pendant deux ou trois générations, ont œuvré pour la prospérité d'un pays devenu leur seconde patrie?
Pour Catherine Mareuil, la survivante, emportée sur les routes de l'exil, il n'y aura de repos que dans l'espérance du retour. Pour son petit-fils Henri, cet espoir prendra la forme d'une décision : il sera, de nouveau, « le Maître de Bao Tan ». Y parviendra-t-il? Et sauront-ils l'aider, ceux qui, au fil des années, ont vu se bâtir et prospérer le domaine? Les lecteurs qui se sont passionnés pour les deux premiers tomes de cette monumentale saga retrouveront avec émotion les personnages auxquels ils se sont attachés : Lee-Aurore et sa fille Diane, Renaud de la Potteraye, l'aviateur casse-cou, Sylvie Mareuil, son mari Denis Lam Than et surtout leur fils Matthieu qui, sans plier, défendra l'héritage de sa famille, ce domaine de Bao Tan sur lequel planera, jusqu'à la fin des temps, l'ombre de ceux qui l'ont bâti.
Ce troisième et dernier tome couvre la guerre américaine au Viêtnam et se termine lors de la chute de Saïgon en 1975.

Paru dans Le Livre de Poche :

La Marche à la mort (Le calvaire des survivants de Diên Biên Phu).

Sud Lointain :

Le Courrier de Saïgon.
La Rivière des Parfums

SUD LOINTAIN

***

LE MAÎTRE DE BAO TAN

Erwan Bergot est né à Bordeaux en 1930. Après des études secondaires classiques, il est appelé au service militaire. Aspirant de réserve parachutiste, volontaire pour l'Indochine, il débarque à Saigon à l'été de 1951. C'est le coup de foudre. Erwan Bergot va se prendre de passion pour ce Sud grouillant de vie et de couleurs. En compagnie de soldats vietnamiens qu'il découvre courageux, industrieux, fraternels, il va vivre une année durant au cœur d'une plantation qui lui inspirera, plus tard, le décor de Sud lointain, *ce grand roman des Français d'Indochine. Le hasard des affectations l'envoie dans le Nord, ce Tonkin froid, austère et rude, ce Laos indolent et pacifique où, en compagnie des paras vietnamiens du bataillon Bigeard, il participe aux grandes opérations de 1952 à 1954. C'est avec d'autres Tonkinois et une poignée de légionnaires qu'Erwan Bergot se trouve plongé dans l'enfer de Diên Biên Phu. Fait prisonnier, il va vivre la terrible* Marche à la mort *qui le mènera dans les camps de rééducation de la frontière de Chine. Il en sortira brisé et il lui faudra trente ans pour en écrire le récit, une façon d'exorciser l'horreur.*
La guerre d'Algérie, au cours de laquelle il est grièvement blessé (il restera aveugle de longs mois) n'arrive pas à lui faire oublier cette Indochine qui lui colle à la peau. Ce n'est donc pas par hasard si son premier livre, 2e Classe à Diên Biên Phu, *paru en 1964, hommage rendu aux oubliés de cette bataille, est également l'occasion de revenir par la plume en Extrême-Orient. Une trentaine d'ouvrages suivront, dont plus de la moitié seront prétexte à amasser une abondante documentation historique sur cette Indochine meurtrie qui a sombré dans la nuit en 1975.*
Président de l'Association des Ecrivains Combattants (fondée par Dorgelès, Genevoix et Paulhan à l'issue de la Grande Guerre), Erwan Bergot a reçu le Grand Prix d'Histoire de la ville de Nancy pour sa grande saga « Sud lointain ». *Son livre,* Les 170 jours de Diên Biên Phu, *a été couronné par l'Académie française.*

1956. Dans le Viêtnam de l'après-guerre, d'où la France a été bannie, quelle peut encore être la place de ces Français qui,

(Suite au verso.)

ERWAN BERGOT

Sud Lointain

Le Maître de Bao Tan

PRÉSENTÉ PAR JEANNINE BALLAND

PRESSES DE LA CITÉ

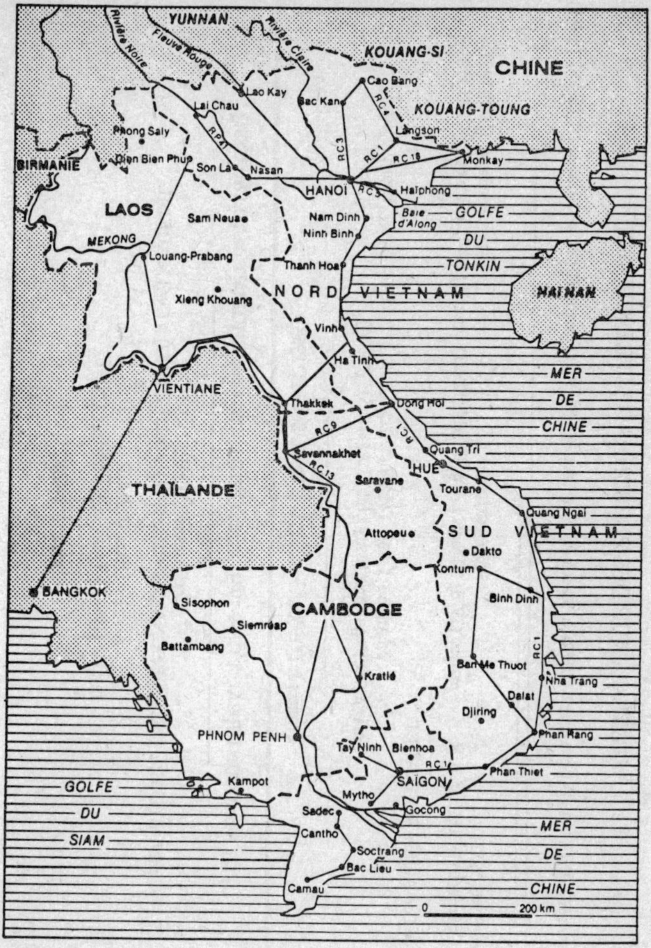
YUNNAN
Rivière Noire
Fleuve Rouge
Rivière Claire
KOUANG-SI
CHINE
KOUANG-TOUNG
Cao Bang
Lao Kay
Lai Chau
Bac Kan
RC4
Langson
Phong Saly
RP41
RC3
RC1
RC18
Monkay
Dien Bien Phu
Son La
Nasan
BIRMANIE
HANOI
RC5
Haiphong
LAOS
Sam Neua
Nam Dinh
Baie d'Along
GOLFE DU TONKIN
Ninh Binh
MEKONG
Louang-Prabang
Thanh Hoa
HAINAN
Xieng Khouang
NORD VIETNAM
Vinh
Ha Tinh
MER DE CHINE
VIENTIANE
Thakkek
Dong Hoi
RC9
RC1
Quang Tri
Savannakhet
RC13
HUE
THAILANDE
Saravane
Tourane
Quang Ngai
Attopeu
SUD VIETNAM
Dakto
Kontum
BANGKOK
Binh Dinh
Sisophon
CAMBODGE
Siemreap
Battambang
RC1
Ban Me Thuot
Kratié
Nha Trang
Dalat
Djiring
PHNOM PENH
Phan Rang
Tay Ninh
Bienhoa
RC1
Phan Thiet
SAIGON
GOLFE DU SIAM
Kampot
Mytho
Gocong
Sadec
Cantho
Soctrang
Bac Lieu
Camau
MER DE CHINE
0
200 km

GÉNÉALOGIE DES PERSONNAGES PRINCIPAUX

(1) Francis MAREUIL (1880-1954) marié (1902) à Madeleine GANERAC (1882-1909) remarié (1918) à Catherine DUCREST (*1898).

Cyril (1903-1952)
marié (1933) à Charlotte GATHELLIER

remarié (1952) avec Lee-Aurore REGNAULT

Sylvie (*1906)
mariée (1928) à Denis LAM THAN (*1901)

Matthieu LAM THAN (*1925)
marié (1959) à Marie (May Linh) LAFARGE (*1934)

Francis Jr (*1966)

Sylvie-Souën (*1968)

Bertrand (1920-1945)
marié (1944) à Françoise CHEVRIER (1920-1948)

Henri (*1945)

---

(2) Alban SAINT-REAUX (1879-1941) marié (1904) à Kim-Anne CHOLLET du TILLY (*1881)

Lee-Aurore (*1905)
mariée (1935) à Philippe REGNAULT (1906-1941) remariée (1952) à Cyril MAREUIL

Diane (*1940)
mariée (1963) à François DÉMERY (*1928)

Cyril Jr (*1968)

(* : date de naissance)

Le colonel Lam Than Hieu fut tué, le 30 avril 1975, à la tête de sa brigade de rangers sud-vietnamiens, en défendant le dernier bastion de la résistance de Saïgon, à l'orée de la plaine des Tombeaux. Lui et ses hommes avaient chèrement vendu leur peau, dix-huit chars communistes brûlaient devant leurs positions.

Denis Lam Than apprit la mort de son fils six semaines plus tard, au retour des journalistes qui avaient « couvert » les derniers combats et la chute de la capitale.

Il se suicida le soir même, dans sa petite villa de Tourette-sur-Loup où il s'était retiré. Il avait soixante-quinze ans.

Sylvie découvrit son corps le lendemain matin, en allant lui apporter son petit déjeuner. Près de lui, elle trouva quelques lignes, écrites d'une main encore ferme :

« Mes frères vietnamiens sont entrés dans une nuit où suinte l'horreur. Mais un homme d'Occident a dit que lorsqu'on est allé au bout de la nuit, on rencontre une autre aurore. Cela vaut aussi pour l'Orient. Nous sommes simplement en retard d'une nuit sur l'aurore qui montera au-dessus des rizières d'une Indochine radieuse. »

PREMIÈRE PARTIE

Chapitre 1

1956

1

— La prochaine fois, tonna César Bougras, je reviendrai avec un huissier. Nous verrons bien s'il ne vous obligera pas à vendre ! Et pour rien, encore !

Catherine Mareuil fit front. Enfin, César Bougras se dévoilait. Tout à l'heure, quand il était entré sans s'être fait annoncer, et en dépit de ses façons cauteleuses, de sa voix sucrée, elle avait flairé l'ennemi. Un ennemi de la pire espèce, de ceux qui avancent masqués derrière le paravent de la compassion, de la compréhension.

— Je sais, avait-il commencé, que vous avez de gros ennuis d'argent. Je suis venu vous aider. Je vous achète La Nouaille.

Pour concrétiser son offre, il avait posé sur un coin de la table du salon un porte-billets gonflé de grosses coupures.

— Il y a là douze millions. Voyez, je paie cash ! Prenez-les, vous faites une affaire...

Catherine avait reculé d'un pas. Une seconde, la tentation avait été forte de décrocher, du manteau de la cheminée où il était accroché, le fusil de chasse au gros gibier. Mais elle s'était bornée à secouer la tête.

— La Nouaille n'est pas à vendre.

— Mon argent vaut bien le vôtre !

— Justement, non. Vous l'avez dit, je n'en ai pas.

— Vous refusez parce que je suis boucher ?

Catherine faillit lui répondre que ce n'était pas le métier qui la dérangeait, mais la graisse dont il était enveloppé. Elle répéta :

— La Nouaille n'est pas à vendre.

Le boucher ricana :

— Et qui paiera vos dettes ? Je suis bien renseigné...

— Sortez !

Il y avait, dans la voix de Catherine, une telle violence contenue que César Bougras reprit prestement son portefeuille et sortit, non sans clamer :

— La prochaine fois, je reviendrai avec un huissier...

Il partit sans négliger de claquer la porte derrière lui. Le moteur de sa voiture rugit et, en démarrant, il aspergea la façade d'une pluie de gravillons crépitants.

Catherine n'avait pas bougé. Qu'avaient-ils donc tous à vouloir ainsi la dépouiller ? Elle qui n'avait jamais rien possédé, qui, toute sa vie, s'était efforcée d'être la gardienne vigilante de l'héritage des autres, son mari d'abord, les enfants de celui-ci ensuite.

La Nouaille n'était pas à vendre. D'ailleurs le domaine ne lui appartenait pas, ce n'était qu'un refuge provisoire où elle s'était repliée après avoir été chassée en Indochine de la maison et de la plantation auxquelles elle avait consacré près de quarante ans de sa vie.

Maintenant, Catherine s'était lovée au creux du vieux fauteuil de cuir avachi, regardant danser dans l'âtre les flammes du feu de bois.

Au-dehors, l'aigre bise d'ouest chargée de neige qui remontait la vallée de la Vézère agitait les grands arbres du parc avec un souffle modulé semblable au ressac d'une mer que l'on eût dite proche. L'hiver était là. Il avait repris vigueur en cette mi-février et semblait ne jamais devoir reculer.

Catherine frissonna et ramena devant sa poitrine les pans de son châle de laine blanche. Elle avait froid. Elle ferma les paupières, se laissant dériver. Les mains croisées autour de ses genoux repliés, elle effaça le présent, cette France de givre et de frimas, ce Périgord blême et transi pour s'évader par le cœur et par la mémoire dans un autre pays, dans une autre maison qui naguère avaient été le décor de sa vie. Un pays sans hiver, une maison grande ouverte aux rumeurs et aux odeurs du dehors. Et tout cela s'était brisé l'été dernier, au moment de son départ de Saïgon.

En cet instant, le bruissement du vent qui emplissait ses oreilles devenait, par la force de l'illusion, celui de la mousson d'Asie dans la ramure de Bao Tan.

Elle eut mal. Évoquer Bao Tan équivalait à raviver une blessure douloureuse. Au chagrin de sa terre perdue, cette partie d'elle-même dont elle était amputée, s'ajoutait le désespoir d'un serment trahi.

« Je resterai ! » avait-elle lancé, un an plus tôt, comme un défi à ceux qui voulaient la chasser[1]. « Je resterai ! » avait-elle promis à ceux des siens qui reposaient là-bas, des rives du Mékong à la frontière de Chine, ou tout près du bungalow comme Francis Mareuil, son mari. En dépit de tout, elle avait fui. Il ne se passait pas de jour sans qu'elle se le reproche même si, lucidement, elle devait admettre qu'elle n'avait pas eu d'autre choix. Moins du reste à cause du danger qu'elle courait — Catherine n'accordait pas trop d'importance à sa propre existence — qu'en

1. Cf. *La Rivière des Parfums* (« Sud Lointain », t. 2).

raison de celui qu'elle aurait fait courir à Henri, son petit-fils, le dernier des survivants de la lignée des Mareuil, l'ultime héritier du nom.

Une bûche roula sur les chenêts, dans un brasillement sec. Catherine reprit pied dans la réalité. L'évidence s'imposait ; elle ne se trouvait plus à Bao Tan, mais ici, à La Nouaille, la propriété léguée par Lucien Ganerac, l'ancêtre, à ses petits-enfants, près de Revignac, en Dordogne. Leur seul bien.

Elle se dressa, d'un bond, promenant autour d'elle un regard blasé sur les meubles de chêne ciré dont aucun ne rappelait l'Indochine, à l'exception, au milieu de la cloison du fond, du grand tableau serti dans un cadre doré, qui représentait une jeune fille en robe de mousseline blanche, les mains sagement ramenées devant elle. Le portrait avait été exécuté, au début du siècle, à Saïgon, par un artiste local qui n'avait rien négligé de tout ce qui pouvait accentuer l'exotisme du décor. Couleurs pastel, rameaux de palmes, ciel de jade zébré de tiges flexibles de bambou, et, en fond de décor, lotus tendres dans une vasque soutenue par des dragons de pierre. Par jeu sans doute, la jeune fille avait adopté le maintien hiératique d'une princesse d'Annam, le buste droit mais le front chastement baissé. Seuls, l'expression du regard, le pli moqueur du sourire ébauché indiquaient qu'elle avait dû beaucoup s'amuser à poser.

Catherine n'avait jamais rencontré le personnage du tableau, mais il lui était aussi proche, aussi familier qu'une vieille amie. Il s'agissait de Madeleine, la première femme de son mari, Francis Mareuil. Madeleine avait été assassinée dans sa propre maison par un coolie dément, sous les yeux de son fils Cyril, alors âgé de six ans. Elle reposait à Bao Tan, sous le grand banyan qui abritait aussi la tombe de Francis, mort au printemps de 1954.

— Pour l'éternité, murmura Catherine en s'adressant au portrait, vous resterez ainsi jeune, fraîche, heureuse de vivre dans le souvenir de ceux qui vous auront contemplée. Moi, je me sens inutile, sans avenir...

Catherine était la survivante du clan. Cette constatation ne lui procurait aucune satisfaction, bien au contraire. Elle avait la certitude d'avoir failli, d'avoir été incapable de maintenir l'héritage, cinquante années d'efforts, de sueur, de souffrances, de sang dépensés par Francis, le premier de la dynastie, le pionnier d'une prodigieuse aventure indochinoise, commencée au début du siècle[1]. Et pourtant, n'avait-elle pas, elle-même, payé plus que sa part d'épreuves ? Compagne dévouée de son mari, elle avait sauvegardé le domaine, seule face aux Japonais. Elle avait payé le prix du sang, Bertrand, son propre fils, avait été tué au combat face au Viêt-minh naissant.

Il lui revenait en mémoire une phrase, entendue de la bouche de Ton That Toàn, l'un des plus vieux, des plus fidèles amis de son mari :

« Vivre trop longtemps n'est pas un bienfait des dieux. Car la vieillesse n'apporte que peines, infirmités, chagrins... »

Catherine éprouvait tout cela. Il en résultait une immense lassitude. Depuis son retour en France, alors qu'elle n'aspirait qu'à reprendre confiance et force, voilà que de nouveaux soucis surgissaient. On lui avait pris Bao Tan. On allait lui prendre La Nouaille. Qu'elle s'obstine, qu'elle continue d'affirmer que la propriété n'était pas à vendre n'y changerait rien.

Catherine hocha la tête, sans cesser de faire face au portrait de Madeleine.

— Que pensez-vous de moi ? l'interrogea-t-elle.

1. Cf. *Le Courrier de Saïgon* (« Sud Lointain », t. 1).

Francis, un jour, m'a raconté comment vous aviez chassé, l'arme à la main, des vautours qui voulaient s'emparer de Bao Tan. Je suis certaine que vous n'auriez pas hésité à vous battre pour conserver La Nouaille. Mais Francis était près de vous, avec vous...

Il lui sembla que, d'ironique, le sourire de Madeleine se faisait complice. Elle y puisa une détermination nouvelle :

— Je vais me battre, décida-t-elle. En souvenir de vous...

Dans la cuisine, Marguerite maugréait, comme à son habitude. C'était une robuste septuagénaire aux mains forgées par les gros travaux, au visage carré encadré d'une stricte rangée de cheveux ramenés en deux bandeaux se rejoignant, bas sur la nuque, en un chignon étique. Il y avait déjà plus de cinquante ans qu'elle vivait ici. Elle était entrée à l'âge de dix-sept ans au service de Lucien Ganerac lorsque celui-ci, le père de Madeleine, ancien gouverneur d'Annam, était venu s'établir en Périgord. Elle était restée sur place bien après la mort de son maître, en 1940, et s'y trouvait encore, gardienne des lieux lorsqu'en 1944 les S.S. de la Division Das Reich en retraite avaient incendié la maison, en représailles aux attaques d'un groupe de maquisards qui y avaient établi leurs cantonnements.

— Vous avez bien fait de mettre César à la porte, grogna-t-elle, sans se retourner. C'est un malpropre. Il a fait fortune pendant la guerre dans l'abattage clandestin et le marché noir.

Elle s'essuya les mains sur son tablier.

— Il ne faut pas vendre, reprit-elle. Ni à César, ni à personne.

— C'est mon intention, Marguerite.

La gouvernante se tourna vers Catherine.

— Comment vous y prendrez-vous ? Vous n'avez pas un sou. Je ne veux pas me mêler de ce qui ne me regarde pas, mais je sais que c'est M. Chevrier, l'autre grand-père de Henri, qui paie la pension du collège. Alors ?

Catherine baissa la tête. D'Indochine, elle n'avait ramené qu'une malle d'effets et une bourse de toile contenant un peu de terre de Bao Tan. Et le dossier d'indemnisation n'était pas près d'être examiné ; il naviguait quelque part entre le défunt ministère des États associés, celui des Affaires étrangères et l'ambassade du Viêt-nam.

— Vous avez raison, Marguerite. Je ne sais pas. Il faut que je réfléchisse. Une chose est certaine, je ne lâcherai pas.

— Pourquoi ne pas faire appel à Mme Sylvie ? Après tout, elle est également l'héritière de M. Generac, son grand-père. La Nouaille lui appartient aussi.

Sylvie était la fille née du premier mariage de Francis Mareuil et de Madeleine. Avocate, elle avait épousé dans les années trente Denis Lam Than, avocat lui aussi, le descendant d'une vieille et noble famille mandarinale, apparentée à l'empereur d'Annam. En 1954, au moment des pourparlers de Genève destinés à mettre fin à la guerre d'Indochine, Sylvie et son mari avaient suivi Bao Daï dans son exil et, depuis, ils vivaient à Tourette-sur-Loup, près de Vence, sur la Côte d'Azur. Connaissant à fond la législation sur les indemnisations, Sylvie avait bataillé, des années durant, pour faire aboutir le dossier des dommages de guerre concernant La Nouaille. La maison avait été reconstruite, mais l'État traînait les pieds pour achever le remboursement des derniers travaux auprès des entrepreneurs. Ceux-ci, aujourd'hui, se retournaient contre Catherine, exigeant, par voie de justice, qu'elle acquitte le règlement des factures impayées.

— Sylvie a assez de ses soucis. Dans sa dernière lettre, elle me racontait qu'après avoir destitué l'empereur Bao Daï et proclamé la République, le nouveau gouvernement vietnamien avait placé sous séquestre les biens des exilés. Elle est comme moi. Sans le sou.

Marguerite haussa les épaules et grogna.

— Je l'ai toujours dit. Ce qui manque ici, c'est un homme ! Un homme, c'est fait pour trouver de l'argent. Les femmes ont déjà bien à faire pour tenir une maison.

Cette constatation amena un sourire sur les lèvres de Catherine. Un homme ! Marguerite n'avait pas tout à fait tort. Les hôtes de La Nouaille, Catherine, Sylvie ou son amie d'enfance Lee-Aurore et sa fille Diane étaient toutes des femmes. Seule exception, Henri. Mais Henri n'avait que onze ans.

— Et M. de la Potteraye ? Ne pourriez-vous pas vous adresser à lui, lui demander conseil ? reprit Marguerite.

Catherine esquissa une moue.

— Renaud de la Potteraye est un ami. Un très vieil ami. Raison de plus pour le tenir en dehors de nos ennuis. Il ne faut pas mélanger l'argent et l'amitié, dit un proverbe de chez moi.

Marguerite bougonna, tout en s'essuyant les mains sur son tablier :

— A quoi ça peut servir d'avoir des amis si on ne peut pas leur confier ses soucis ? Surtout M. de la Potteraye. Il ne fait rien, il est cousu d'or, on raconte qu'il a fait fortune à la Colonie ! Et, en plus, c'est le beau-frère de Marsan, le président du Conseil général et le sénateur ! A votre place, je n'hésiterais pas. Si quelqu'un peut vous aider, c'est bien lui !

— Il ne saurait en être question. Soyez gentille, n'insistez plus.

Les poings sur les hanches, dans une attitude combative, Marguerite fit front.

— Gentille ? releva-t-elle. Croyez-vous que j'ai envie d'être gentille ? Surtout quand je vois ce qui se passe ici. Je ne vous reproche rien, mais je dois vous rappeler que La Nouaille est ma maison, autant que la vôtre. Il y a cinquante ans que j'y vis. Je sais pourquoi vous ne voulez pas appeler M. de la Potteraye. Il est amoureux de vous. Et vous ne voulez pas vous engager auprès de lui.

— Marguerite, protesta Catherine d'un ton de reproche, je ne vous permets pas...

— Je me fiche de votre permission. — Elle dénoua son tablier, le roula en boule et le jeta sur un coin de table. — Je vais faire mes paquets dès ce soir. Je préfère mourir à l'asile de vieillards que de voir La Nouaille partir à l'encan.

Sur cette dernière phrase, sa voix se brisa, mais elle demeura debout, dans la même position de défi. Désarçonnée par cette attaque, Catherine se fit conciliante.

— Vous avez peut-être raison, Marguerite. Restez avec moi, s'il vous plaît. Je téléphonerai dès demain à Renaud de la Potteraye.

Marguerite n'avait pas désarmé. Elle n'était pas femme à se satisfaire d'une demi-victoire.

— Pourquoi attendre demain ? Invitez-le à dîner. Le père Moreau, le jardinier, m'a apporté deux pigeons ce matin. Je comptais vous les servir demain, à votre déjeuner. Je les préparerai ce soir, avec des petits pois.

Adossé à la cheminée, faisant tourner entre ses doigts les glaçons dans son verre de whisky, Renaud de la Potteraye laissait son regard errer au hasard, devant lui, d'un coin à l'autre du salon aux boiseries sombres, au plafond strié de poutres patinées par les saisons, effleurant le merisier des meubles rustiques que quelques lampes, diffusant une tiède lumière, ennoblissaient de reflets soyeux.

— On est bien, chez vous, observa-t-il à mi-voix.

Si l'invitation impromptue de Catherine l'avait surpris, il n'en avait rien laissé paraître. « Venez comme vous êtes », avait-elle précisé, soulignant du même coup l'urgence de l'entrevue. Mais il avait pris le temps de se changer, avant de parcourir, en moins d'une heure, les soixante kilomètres de verglas qui séparaient Cadarjac, son domaine, de La Nouaille où il était arrivé un peu avant huit heures. Depuis, il attendait. Il était sans illusion, Catherine ne l'avait pas fait venir pour le seul agrément de sa présence et de sa conversation, mais il n'était pas pressé de connaître les vrais motifs de cet appel. Il se contentait de savourer l'instant présent, comme un répit ou un délai de grâce.

— J'ai passé toute la journée dehors, reprit-il. Je suis rentré trempé, crotté comme un chien de chasse ! Votre coup de fil est tombé à pic, je me désespérais à l'idée d'une soirée en solitaire et, sans vous, je me serais couché sans dîner...

— Désolée de vous avoir troublé. Vous deviez être fatigué.

— Savez-vous que j'ai enfin obtenu l'aide des Eaux et Forêts pour reboiser les quinze hectares de friches autour de Cadarjac ? Je vais en profiter pour raser l'ancienne ferme du château.

— Et pourquoi donc ?

— Je n'ai pas envie de voir s'installer à ma porte une tribu de ces Bataves calvinistes comme il s'en implante un peu partout en Périgord ! Imaginez-vous qu'une famille hollandaise s'était mis en tête de m'acheter ces ruines. Ils souhaitaient les restaurer et exploiter les terres attenantes ! Un comble, ils avaient réussi à circonvenir le maire, un prétendu résistant, ancien « colonel » de F.T.P. Autant dire un ennemi de classe ! Cet imbécile s'est mis dans la tête de me contraindre à vendre sous peine de tripler mes impôts fonciers ! Je vais prendre tout le monde de vitesse. Chez moi, je fais encore ce que je veux.

Il but une gorgée de whisky, reposa son verre et esquissa de la main un petit geste désinvolte comme pour chasser une pensée importune.

— Cadarjac est une vieille baraque dans laquelle je mène une vie d'ermite. Elle est froide, sans confort, sans animation, mais j'ai la faiblesse d'y tenir. Ce n'est pas comme ici, poursuivit-il. Même si rien n'y rappelle Bao Tan, il règne une ambiance comparable. Vous réussissez ce prodige d'imposer votre marque partout où vous vous trouvez.

Il sourit et fixa attentivement Catherine. Une petite flamme brillait dans ses yeux.

— Vous ne changez pas, ajouta-t-il.

— Mais si, protesta-t-elle, du fond de son fauteuil où elle s'était recroquevillée. Je me sens vieille, et j'ai froid...

Elle disparaissait sous un gros pull-over de laine dont le col roulé masquait le bas de son visage, et portait un gros pantalon de velours qui ne révélait aucune des formes de son corps et, pourtant, Renaud ne pouvait s'empêcher de l'admirer, se rappelant ce jour où il l'avait tenue contre lui.

Cela s'était passé six ans plus tôt, lors du pèlerinage qu'elle avait tenu à effectuer au Laos, à Pak-savane où avait été tué son fils, Bertrand, au cours d'un engagement contre le Viêt-minh. En franchissant un arroyo, sautant d'un rocher à l'autre, elle avait glissé et aurait sans doute été emportée par le courant, si Renaud, se jetant à l'eau, ne l'avait rattrapée et transportée dans ses bras jusqu'à la rive.

Comme à son habitude, sous sa mince robe de coton blanc, Catherine ne portait qu'un léger slip de dentelle, et le tissu trempé ne cachait ni l'aréole de ses mamelons dressés, ni le creux du ventre à la fourche des cuisses. Tandis qu'il la déposait avec soin sur l'herbe de la berge, elle n'avait pas pu ignorer le trouble qui s'était emparé de lui.

Quelques semaines plus tard, sans avoir reparu à Bao Tan, Renaud avait fait ses valises et était reparti pour la France.

Six ans avaient passé avant que le hasard du voisinage ne les remette en présence. Entre-temps, Cyril avait disparu au cours d'une mission aérienne dans le nord du Tonkin, à la frontière de Chine, et Francis était mort. Pourtant, bien que la sachant veuve, jamais Renaud de la Potteraye n'avait évoqué cet incident ni donné les raisons de son brusque départ. Catherine, qui les devinait, lui était reconnaissante de sa discrétion.

Ce soir, en le dévisageant, elle surprenait, dans son regard, l'envie qu'il n'avait cessé d'avoir d'elle.

— Si nous dînions ? proposa-t-elle en se mettant debout.

Ce fut seulement au moment du dessert, et après avoir reçu comme des injonctions sévères les coups d'œil de Marguerite, que Catherine, embarrassée, fit part à Renaud des soucis qui étaient les siens. Ce dernier ne montra que peu de surprise, il se doutait de la nature des soucis de son hôtesse. Sérieusement, il s'informa :

— Est-ce vraiment aussi grave ?

— Oui, Renaud. Et peut-être plus encore que je n'ose l'imaginer.

— Je suppose que vous attendez de moi un examen sérieux de votre situation ? Et une franche réponse ?

— Naturellement.

Renaud déposa sa serviette, se leva et, passant derrière Catherine, l'aida à quitter la table. Elle le précéda jusqu'au bureau, à l'extrémité de la maison, lui désigna un secrétaire à cylindre derrière lequel il s'installa.

— Tout est là, dit-elle.

— Dresser votre bilan risque de prendre quelque temps, prévint Renaud après un rapide examen. Ne vous occupez pas de moi. Allez vous reposer. Quand j'aurai terminé, je m'en irai sur la pointe des pieds. Demain matin, vous trouverez mes observations et mes suggestions. Il ne vous restera qu'à me téléphoner pour me donner votre avis. D'accord ?

— D'accord, concéda Catherine après un instant d'hésitation. N'avez-vous besoin de rien ?

— Non, merci. Ou, plutôt, d'un pot de café bien chaud...

Catherine monta dans sa chambre, se déshabilla rapidement et se glissa sous sa douche. Tout en laissant l'eau chaude couler sur sa peau hérissée, elle examina d'un œil sans complaisance sa silhouette que lui renvoyait la grande glace murale qui lui faisait face. Elle dut admettre qu'en dépit de son âge son corps était tout à fait convenable : ses seins, fermes et haut placés, auxquels leur petit volume avait épargné les flétrissures, un ventre plat, des cuisses nerveuses dont un entraînement sévère et quotidien maintenait le galbe.

« A quoi tout cela me sert-il ? » se demanda-t-elle brièvement. Il y avait déjà bien des années qu'aucune main d'homme ne s'était posée sur elle, et peu de chances pour que cela se reproduise jamais. Elle ne le regrettait pas, c'était son choix. Un choix moins dicté par son devoir de fidélité à la mémoire de Francis, son mari pendant plus de trente années, que par le souci de se consacrer exclusivement à l'éducation de son petit-fils, Henri, son seul et unique parent.

Elle se frictionna, se sécha, enfila une chemise de nuit avant de se glisser, en frissonnant, sous les draps glacés. Elle se cala contre son oreiller et, comme à son habitude, reprit la lecture du roman qui l'aidait chaque soir à trouver le sommeil. Très vite, elle se rendit compte que son esprit n'enregistrait pas le sens des mots et des phrases que parcouraient ses yeux. Elle guettait, parmi les craquements familiers de la maison, le bruit d'une porte refermée, le claquement d'une portière, le ronflement d'un moteur. Les minutes s'égrenaient, sans que rien ne se manifeste. Elle regarda sa pendulette, constata qu'il était déjà une heure du matin.

Elle n'y tint plus. Elle voulait savoir, dût-elle apprendre que la situation était désespérée.

Sur sa chemise de nuit, Catherine passa un déshabillé sur lequel elle drapa son gros châle de laine, chaussa ses mules et descendit jusqu'au bureau.

Au miaulement de la porte, Renaud releva le front et se tourna vers Catherine.

— J'ai presque fini, annonça-t-il.

— Et alors ?

Renaud ne répondit pas directement. Il demanda :

— Quelle somme vous a offerte César Bougras pour acheter La Nouaille ?

— Douze millions.

— Ce n'était pas très généreux de sa part. Vous avez bien fait de refuser, ces douze millions serviraient à peine à couvrir les dettes les plus criantes.

Catherine se laissa tomber sur un crapaud, le souffle coupé.

— C'est à ce point ? interrogea-t-elle, d'une toute petite voix.

Renaud opina. Il se pencha de nouveau sur ses feuilles, effectua quelques opérations. Puis il reposa son stylo, et cette fois, se tourna franchement vers elle.

— Je me suis aperçu que vous êtes uniquement l'usufruitière de La Nouaille. Les véritables héritiers sont votre belle-fille Sylvie et la veuve de Cyril, Lee-Aurore. Il serait injuste que vous assumiez, seule, le passif de cette propriété.

— J'y habite. Si je n'avais pas cette maison, où irais-je ?

— C'est vrai. Mais rien ne devrait vous interdire de leur demander à quel niveau pourrait se situer leur aide.

Catherine secoua la tête :

— Les biens de Sylvie et de son mari, Denis Lam Than, ont été mis sous séquestre au Viêt-nam. Depuis, ils vivent petitement des honoraires de leur profession. Quant à Lee-Aurore, elle n'a comme ressources que sa pension de veuve de guerre. Elle loge, à Paris, dans un petit appartement, sa fille Diane est pensionnaire à la Maison d'Éducation de la Légion d'honneur.

« N'y a-t-il pas d'autre solution ?

— L'essentiel, pour l'instant, est de gagner du temps. Dès demain matin, je vais alerter mon beau-frère Marsan, le sénateur, en lui demandant d'intervenir pour faire accélérer la procédure d'indemnisation de façon à vous permettre de percevoir ce que l'Etat vous doit encore, près de neuf millions, peut-être un peu plus compte tenu des intérêts.

— Combien de temps cela prendra-t-il ?

— Quelques semaines. Deux mois tout au plus. En attendant, je prendrai contact avec mon notaire qui vous consentira un prêt hypothécaire, nanti tout à la fois sur les indemnités à venir et sur la valeur marchande de La Nouaille. Nous pouvons avoir l'argent sous huitaine. Judicieusement réparti, il apaisera vos créanciers les plus importants.

— Vous m'avez bien dit que les douze millions de César Bougras auraient à peine servi à apurer mon passif. Comment, avec les neuf millions de l'État, arriverai-je à régler le reste des dettes ?

— C'est mon affaire. Je peux vous prêter de l'argent...

Elle l'arrêta, d'un geste de la main.

— Je vous remercie, Renaud. Mais je ne puis accepter.

— Et pourquoi donc ?

— Vous le savez. Je ne serais pas en mesure de vous rembourser.

Il se leva, s'approcha d'elle, affectant une désinvolture qu'il était loin d'éprouver.

— Il y a une façon de tout arranger, Catherine. Épousez-moi. — Puis, avec chaleur : — Il y a neuf années que je vous attends, reprit-il. Je vous ai aimée dès le premier jour. Rappelez-vous, c'était une date historique, le 19 décembre 1946. Nous avons appris le coup de force des communistes à Hanoï...

« Jamais je ne me suis déclaré, je n'en avais pas le droit. Par respect pour vous, par estime pour Francis, votre mari. Par amitié pour Cyril, mon équipier, mon sauveur.

« Mais ils sont morts aujourd'hui. Vous êtes seule. Le hasard ou le destin ont permis à nos routes de se croiser à nouveau. Depuis des mois, pourtant, je me suis tu, à cause de ces ombres qui, je le sens, vous environnent encore.

Il s'était penché et lui avait saisi le bout des doigts. Avec beaucoup de douceur, Catherine se dégagea.

— Vous êtes un ami comme toute femme rêve d'en avoir, Renaud. Mais j'ai passé trop de temps avec Francis pour envisager de terminer mon existence auprès de quelqu'un d'autre. Elle eut un pauvre sourire : — Je sais, je fais tout très mal, mais mon devoir est de veiller à l'éducation de mon petit-fils, Henri.

— Henri ? — Renaud avait repris sa place devant le bureau. Il frappa le cuir du plat de la main. — A cause d'un gamin de onze ans, qui, d'ailleurs, n'est pas là les trois quarts du temps, vous vous imposez une vie solitaire ! Est-ce vraiment la seule raison de votre refus ?

Il se pencha en avant, les coudes aux genoux :

— Est-ce bien sérieux ? Voulez-vous savoir pourquoi Henri lui-même a choisi d'être interne au collège de Sarlat ? Il avait envie de vivre en compagnie de garçons de son âge. Ici, il n'est environné que de femmes. Il y a vous. Il y a Marguerite. Il y a aussi, aux vacances, Lee-Aurore et sa fille Diane. Sans parler de Sylvie qui a trouvé le moyen de venir passer Noël à La Nouaille en « oubliant » d'y amener son mari.

« Ce soir-là, d'homme à homme, Henri m'a fait ses confidences. Savez-vous quel est son correspondant privilégié ?

— Non.

— Matthieu, son cousin. Il en est très fier. En se cachant, il m'a montré une photo de lui, sanglé dans son grand uniforme de la garde présidentielle du Viêt-nam. Beau garçon, belle allure...

Catherine était stupéfaite. Jamais Henri ne lui avait raconté cela. Elle n'en éprouvait aucune jalousie, seulement un peu de regret de n'avoir pas accès à ses secrets de petit garçon.

Renaud s'était levé.

— Il est tard, dit-il. Je dois rentrer. Je vous demande de réfléchir.

Il se pencha, lui prit les deux mains qu'il effleura d'un baiser.

— J'ai attendu neuf ans. Je suis capable d'attendre encore.

Catherine l'escorta jusqu'à la porte d'entrée qu'elle ouvrit. Agressée par le vent glacé qui s'engouffrait dans le vestibule, elle recula, en frissonnant, ramenant devant elle les pans de son châle de laine.

— Ne prenez pas froid, Catherine, dit Renaud, en repoussant le vantail. Montez dans votre chambre.

Catherine opina. Et brusquement, comme une

lame de fond, une immense détresse l'envahit. Sa vie lui apparaissait pleine de menaces obscures qu'elle ne se sentait plus le courage d'affronter. Jusque-là, elle croyait avoir accepté l'idée de vieillir dans la solitude. En réalité, elle n'avait fait que la subir et, si elle avait obstinément refusé l'aide de Renaud, c'était moins pour ne pas solliciter un ami que par peur d'elle-même.

Renaud parti, elle allait se retrouver de nouveau abandonnée, en tête à tête avec ces ombres froides, ses seuls compagnons, avec aussi ces vivants, acharnés à la tourmenter.

Et son désarroi fut si grand, si subit, qu'il l'emporta. Catherine ne fut plus que désespoir. Elle éclata en sanglots, et cacha son visage dans ses mains.

Renaud demeura figé, bouleversé, regardant, sans en comprendre la cause, ce chagrin qui secouait les épaules de son amie. Il la fit asseoir sur la banquette de bois, prit place auprès d'elle, et l'entoura de son bras.

— Allons, dit-il doucement, je suis là, près de vous. Que puis-je faire ? Où est la femme forte que vous êtes ?

Catherine secoua la tête.

— Je ne suis pas forte, Renaud. J'en ai assez. Assez d'être seule, assez de me battre, assez d'être l'éternelle vaincue. Tout se brise entre mes mains. On m'a tout pris. Mon mari, mon fils, ma maison de Bao Tan. Et demain ce sera La Nouaille.

« Toute ma vie, j'ai lutté, j'ai espéré. Cela n'a rien empêché. Allez-vous-en, Renaud. Fuyez-moi, je n'apporte que l'échec. »

Il était bouleversé par cette confession. Il l'avait vue vivre, guerroyant, obstinée, disputant pied à pied chaque pouce carré de ce qui constituait son univers. La pression de sa main se fit plus forte. Il l'attira près de lui et elle se pelotonna contre sa poitrine, le corps encore secoué de hoquets. De sa main libre, il caressa ses cheveux, prononçant de ces mots qui ne signifient rien, mais dont la musique veut endormir la peine. Une onction.

— Il est temps, pour vous, de vous reposer. Confiez-moi votre vie, Catherine. Je vous redonnerai le goût du bonheur. Je veux vous voir sourire à nouveau, je prends vos soucis à mon compte.

Catherine s'apaisait. Elle bougea un peu, tourna la tête et approcha ses lèvres de celles de Renaud.

— Je ne sais pas si je suis prête à vous aimer, souffla-t-elle. Je ne sais même pas si je suis encore capable d'aimer. Je ne veux pas me lier par une promesse que je ne suis pas certaine de tenir. Et pourtant, ce soir, je n'ai pas envie de vous perdre. Restez auprès de moi.

Le cœur de Renaud battit très fort. Mais il hésitait. Ne regretterait-elle pas, à son réveil, ce qui peut-être n'était qu'un égarement passager, et ainsi, ne le rejetterait-elle pas définitivement hors de sa vie ? Catherine sentit ces scrupules. Elle se blottit davantage.

— Ne pensons à rien, murmura-t-elle. A rien d'autre qu'au moment présent. Demain viendra toujours assez vite.

Alors, il se leva, la souleva, l'emporta jusque dans sa chambre et la déposa sur son lit avec d'infinies précautions. Puis, lumières éteintes, il se glissa contre elle, repoussa les soies et les linons, apprenant du bout des doigts ce corps qui ne se refusait pas. Et peu à peu, il se bouleversa à découvrir le pouvoir qu'il avait de l'émouvoir.

Le temps s'arrêta. Il n'existait plus.

Catherine se réveilla très tard. Un soleil blanc filtrait à travers les persiennes. Les aiguilles de sa pendulette de chevet marquaient dix heures. Son premier réflexe fut de jaillir hors des couvertures ; elle le refréna. Elle n'avait envie que de rester ainsi, encore lasse, avec, dans le cœur, une joie nouvelle. Elle se tourna ; sur l'oreiller voisin subsistait encore l'empreinte de la tête de Renaud.

A cette évocation, un peu de rose monta à ses joues. Elle s'aperçut que, contrairement à son habitude, Marguerite ne s'était pas encore manifestée. « Elle doit savoir », songea-t-elle. Avec un petit rire intérieur, elle s'avoua que ce détail ne la tracassait guère. Pour la première fois depuis longtemps, elle était détendue, prête à affronter la vie avec entrain.

Son regard se posa sur le portrait de Francis, placé sur la commode qui lui faisait face. Il lui sembla lire sur ses lèvres immobiles les mots qu'il n'aurait sûrement pas manqué de prononcer : « Mon plus cher désir est que tu sois heureuse, Catherine... Tout est bien... »

C'était, à quelques mots près, ce qu'il lui avait déjà dit, quelques années plus tôt quand elle lui avait avoué la folie qui l'avait jetée, une nuit d'orage, dans les bras de Patrick O'Donovan, le jeune pilote australien qui avait trouvé refuge à Bao Tan après avoir été abattu au-dessus de l'Indochine par la D.C.A. japonaise.

Plus tard, et par amour pour elle, le jeune Australien s'était engagé à la Légion étrangère pour venir défendre ce pays auquel l'attachait le souvenir de cette nuit.

Catherine avait conservé, comme une relique, la dernière lettre qu'il lui avait adressée, depuis un poste perdu au fond des montagnes du Tonkin. Un poste inconnu qui, quelques mois plus tard, avait éclaté à la face du monde ; il s'appelait Diên Biên Phu.

Elle savait le contenu par cœur : « Après avoir

longtemps hésité, écrivait Patrick, j'ai fini par obéir à cette petite voix me disant que le meilleur moyen d'acquitter ma dette était de venir me battre pour contribuer, même modestement, à ramener la paix en Indochine... Je n'ai d'autre but que l'espoir d'en finir bien vite afin de réaliser le vœu que j'ai fait, vous revoir et vous dire, de vive voix, combien je vous porte dans mon cœur... »

Ce vœu, Patrick O'Donovan n'avait pu le réaliser. Il avait disparu dans la tourmente et, lorsque les prisonniers avaient été libérés, Catherine avait, en vain, essayé d'avoir de ses nouvelles. Patrick O'Donovan devait reposer quelque part, au bord d'une piste, dans un coin de rizière ou au cœur d'une forêt. Ne restait de lui que cette lettre...

« Pauvre Patrick, songea Catherine. Il est mort d'avoir poursuivi une chimère. »

2

Février 1956

D'abord, Patrick O'Donovan n'y avait pas cru. Quand il avait perdu conscience, rongé de vermine, dévoré de fièvre, dans cette cagna obscure au fond du pays thaï où l'avaient abandonné ses compagnons de captivité, l'ultime image qu'il avait conservée était celle du visage de la vieille paysanne penchée au-dessus de lui. Un visage que l'on eût dit sculpté dans une racine tant il était torturé, crevassé, d'un gris de terre, seulement animé par un regard aigu. Un visage qui l'avait hanté par la suite, celui d'une sorcière ricanante avec, accrochés à la gencive supérieure, deux chicots rougis de bétel comme avec du sang.

Le sang. Son esprit enfiévré en était baigné. Il

dégoulinait de partout, il l'imprégnait, il collait à sa peau, poissait ses doigts, emplissait sa bouche.

Heureusement, comme une délivrance, la raison l'avait déserté, il avait plongé dans le trou noir. Il en émergeait aujourd'hui. Le soleil inondait la chambre dans laquelle il se trouvait. Sous ses paumes, le contact de draps frais lui semblait irréel. La première réflexion qui lui vint à l'esprit fut de se dire qu'il était mort et réincarné dans un autre corps. Il tenta de bouger, il ne le put. Des sangles le maintenaient étroitement soudé au matelas sur lequel il était allongé. « Que m'est-il arrivé ? » se demanda-t-il. « Comment suis-je ici ? Quel est cet endroit ? »

Des images tourbillonnaient dans sa tête, qu'il n'arrivait pas à coordonner. Il était à bord d'un King Cobra, au-dessus d'un pays plat, baigné d'eau où se reflétaient les nuages. Des flammes l'environnaient, la peur lui nouait les entrailles.

Hiatus.

Il était maintenant suspendu au bout d'un parachute. Mais son uniforme n'était plus le même, autour de lui d'autres parachutes descendaient, vers un paysage de collines cernant des rizières en damier que limitaient les méandres d'une rivière.

Rupture.

Des bruits d'explosion, le claquement de la mitraille. Les explosions sourdes des grenades. Les cris d'encouragement de soldats invisibles. La nuit, orange et noire. Des flashs en lambeaux traversaient sa mémoire, sans lien entre eux. Une route poudreuse dans la clarté jaunâtre d'une fin d'après-midi. Une piste boueuse sous une pluie désespérante. Des brûlures aux chevilles. Et puis des visages, tragiques ou gais, amicaux ou haineux. Des grimaces...

Il songea que c'était sa vie qui défilait, à la façon d'un film emballé, monté par un cinéaste dément.

Tout se mélangeait. Il répéta une phrase, issue du fond de son inconscient : « *My name is Patrick O'Donovan. Number six, one, seven, zero.* » Les mots lui étaient à la fois étrangers et familiers, comme s'ils se trouvaient en équilibre sur deux langues.

N'en subsistait qu'une impression de danger immédiat. Il perdit le souffle, essaya de se rassurer. Tout aussitôt, il se vit dans une maison amie. Et pourtant l'orage grondait. Il entrevit l'éclat de deux yeux d'un vert indéfinissable, celui des rochers que la mer recouvre et que le vent balaie. Il sentit sous ses doigts le doux grain d'une peau satinée. Il chercha le visage, en vain.

Il se tordit dans ses liens, maudissant cette mémoire qui le trahissait. Des larmes inondèrent ses joues.

Mais son cerveau tourbillonnait. Il se trouva ramené dans cette cagna sombre, et ses narines s'emplirent de l'odeur tenace du feu de bois. Ses papilles captèrent le goût sucré de l'opium qu'on lui donnait à fumer chaque soir.

Le corps couvert de sueur, les membres traversés de crampes, Patrick O'Donovan cessa de lutter, de se débattre.

Il se laissa aller. Une grande paix l'envahit alors. Il referma les yeux. Pas pour longtemps. Le sentiment aigu d'une présence proche le fit se crisper dans ses liens, tandis qu'il cherchait à identifier la personne qui déambulait près de lui. Il observa, à peine surpris, que les murs de sa chambre étaient tapissés d'un épais molleton et que la fenêtre qui lui faisait face était striée de barreaux de fer. « Je suis prisonnier », songea-t-il.

Il s'attendait au pire. Il éprouva une immense surprise en constatant qu'il s'agissait d'un homme vêtu d'une longue blouse d'infirmier, les pieds chaussés de sandales blanches, qui se déplaçait sans bruit d'une extrémité à l'autre de la pièce. Il l'interpella, en anglais, étonné par le son rauque de sa propre voix.

— Qui êtes-vous ?

L'homme sursauta et fit face. C'était un Arabe au teint basané dont les yeux, exorbités, formaient deux grosses boules claires au milieu du visage.

— Tu bouges pas, réussit-il à dire, les mains à plat, en signe d'apaisement.

— Où suis-je ? demanda-t-il, en français cette fois.

— A Oran, à l'hôpital militaire.

— A Oran ? répéta Patrick, incrédule. Qu'est-ce que je fais à Oran ?

Il était complètement abasourdi. Par quel miracle avait-il été transporté de sa cagna sordide du pays Thaï, au fin fond du Tonkin, dans cet hôpital d'Algérie ?

— Quel jour sommes-nous ?

— Mercredi.

— Mercredi de quel mois ?

— Février.

— Quelle année ?

L'infirmier haussa les épaules.

— Tu devrais te reposer, mon vieux. Ça n'a pas l'air d'aller très fort dans ta tête.

— Quelle année ? insista Patrick.

Cette fois, l'Arabe prit l'air faussement apitoyé, celui que l'on adopte en face d'un doux maniaque obstiné dans sa folie.

— 1956, finit-il par répondre.

Patrick O'Donovan ouvrit la bouche, et la referma sans prononcer un mot. Une date tournait dans sa tête, obsédante. « Nous sommes en 1956, je me trouve en Algérie, je ne sais pas comment je suis arrivé là. Que s'est-il passé ? »

Il éprouva un vertige. Celui que l'on ressent à franchir un espace de vide, d'un bond, suspendu à rien, simplement propulsé par son élan...

« Il y a une rupture dans le fil de ma vie. Le destin m'a volé dix-huit mois. Dix-huit mois pendant lesquels j'ai été mort. »

Il eut froid.

— Tu bouges pas, reprit l'infirmier, je vais te faire la piqûre...

Patrick se raidit, retenant à grand-peine un hurlement de bête qui grondait dans sa poitrine et qui venait de très loin, du tréfonds de sa mémoire.

— Non ! Pas question. Je veux voir le toubib.

— Le toubib ? Il viendra pas.

— Va le chercher.

L'Arabe haussa les épaules, résigné.

— Comme tu veux, admit-il, placide. Mais il va gueuler après toi...

Le médecin arriva un moment plus tard, escorté de deux infirmiers à tête de catcheurs, nez bosselé, crâne rasé, muscles saillant sous la blouse blanche. Patrick fronça les sourcils. Que venaient faire ces deux malabars ?

— Alors, l'ami, on refuse sa piqûre ?

Il avait un ton faussement jovial, mais derrière ses bésicles, l'œil était froid, scrutateur, sur ses gardes.

— Je veux seulement savoir pourquoi.

— Pourquoi ? Mais simplement parce que tu es malade, l'ami. Tu souffres beaucoup, la preuve, c'est que nous avons été obligés de t'attacher pour t'empêcher de te fracasser le crâne contre les murs. La piqûre que nous allons t'administrer n'est destinée qu'à te soulager.

Patrick médita quelques secondes l'explication du médecin. Il eut du mal à en comprendre le sens, il n'avait aucun souvenir, ni d'avoir souffert, encore moins d'avoir tenté de se suicider.

— Y a-t-il longtemps que je suis ici ?

— Environ six mois. Tu es rentré d'Indochine dans un état physique lamentable et psychologique encore plus délabré. — Il consulta le carnet qu'il portait dans une des poches de poitrine de sa blouse. — Tu te prenais pour un pilote australien et tu te battais contre tous ceux qui tentaient de t'approcher, les confondant avec des Japonais !

Patrick faillit rire à cette méprise.

— Je n'ai aucun souvenir de tout cela, dit-il enfin. Je vais tout à fait bien maintenant. Vous n'aurez plus besoin de m'attacher, docteur. La seule chose dont j'ai besoin est de combler le trou de ces dix-huit derniers mois. Comment dire ? Je voudrais renouer le fil...

Le médecin hocha la tête, à moitié convaincu. Puis :

— Nous allons effectuer un premier test. Je vais te délivrer mais les infirmiers resteront auprès de toi.

— Une dernière question, docteur. Qui suis-je exactement ?

— Tu es le légionnaire Patrick Donovan, du bataillon étranger de parachutistes. Tu as été capturé à Diên Biên Phu et porté disparu pendant quelques mois avant d'être libéré dans des circonstances que j'ignore. Ce que je sais, c'est que tu es arrivé ici entre deux légionnaires musclés dans un état de fureur rarement observé...

— Merci, docteur. C'est un début de réponse.

Elle était arrivée, au milieu de l'après-midi suivant, tailleur strict, chemisier neutre, le visage professionnel derrière de grosses lunettes à monture d'écaille, la coiffure sans fantaisie, deux bandeaux ramenés en un chignon très sage sur la nuque. Elle faisait penser à une religieuse rendue à la vie civile, ou encore à une institutrice en début d'année scolaire.

Elle s'était assise sur la chaise de fer, au chevet du lit de Patrick et, après avoir posé sur ses genoux joints un gros bloc-notes, elle avait déclaré, d'un ton impersonnel, comme une leçon bien apprise :

— Je suis le Dr Gentelet. J'ai en charge votre traitement. Vous n'avez rien à craindre, votre seule contribution sera de répondre à mes questions. Ne vous froissez pas s'il m'arrive de les répéter. Ce que je dois obtenir, avec votre coopération, c'est vous obliger à rentrer en vous-même pour trouver vos réponses. Vous avez subi un grave traumatisme psychologique, peut-être même plusieurs, ce qui explique que votre mémoire se refuse à les évoquer. Je vous aiderai à les démêler, les mettre au jour. C'est le seul moyen d'obtenir une guérison complète. M'avez-vous comprise ?

Cette entrée en matière avait déplu à Patrick, il avait senti comme un danger obscur. Il crut s'en tirer en essayant de déconcerter la jeune femme.

— Parlez-vous anglais ? lui demanda-t-il, dans sa langue.

— Bien sûr, j'ai suivi des cours de psychiatrie aux États-Unis.

— Quel est votre prénom ?

— Contentez-vous de m'appeler « docteur », répliqua-t-elle, plus pincée encore qu'au début de l'entretien.

— O.K. Allez-y, docteur.

Les premiers entretiens s'avérèrent décevants. Patrick se refermait à double tour dès que les questions le dérangeaient, même inconsciemment. Mais le Dr Gentelet était patiente, attentive, progressant à pas comptés. Elle prenait note sur note, reprenant le lendemain un point de détail auquel elle avait réfléchi durant la soirée et qui lui semblait significatif.

De son côté, Patrick fouillait dans sa mémoire, mais les bribes qui lui revenaient, furtives, échappaient à son contrôle dès lors qu'il voulait les préciser, exactement comme un dormeur n'arrive pas à se souvenir d'un rêve qui l'a accompagné jusqu'à son réveil.

Tout changea, deux semaines après, lorsqu'il remarqua la couleur des yeux de son interlocutrice. Ils étaient verts, d'un vert particulier, à la fois clairs et profonds. L'eau calme d'un lagon.

— Catherine ! s'écria-t-il.

Cette exclamation suscita aussitôt une foule de questions que posa le médecin, en rafales. Elle s'engouffrait dans la faille, ne laissant aucun répit à son malade. Patrick répondait, le souffle court, la tête bourdonnante.

— Ne réfléchissez pas, parlez, parlez !

Et il parla. On eût dit qu'il avait enfin trouvé l'extrémité d'un fil qu'il n'avait plus qu'à tirer, par brèves saccades, pour qu'il se déroule. Un fil. Un film. Celui de sa vie pendant les quelque dix-huit mois d'obscurité mentale.

Il commença par raconter comment il avait été abattu au-dessus de l'Indochine en guerre, à l'été de 1943. Comment il avait été recueilli par des paysans vietnamiens. Comment, ensuite, il avait été hébergé, le temps de sa convalescence, dans une famille de planteurs d'hévéas, au domaine de Bao Tan.

— Continuez, dit le Dr Gentelet, son bloc ouvert sur ses genoux, le crayon en l'air, immobile, attentive.

Patrick releva le front et la regarda, sans la voir, surpris de son propre silence. En lui, les images se bousculaient, défilaient maintenant avec une force et une rapidité telles que c'est à peine s'il pouvait en suivre le déroulement. Catherine était là, obsédante. Catherine était la femme de son hôte, Francis Mareuil, le maître de Bao Tan. Il en était tombé éperdument amoureux au premier regard. Il se rappelait sa silhouette élancée, chacun des mille petits gestes simples du quotidien, une certaine façon de ramener sur son front une mèche évasive, de redresser une fleur dans un vase, de planter l'aiguille de sa sempiternelle tapisserie. Il lui semblait n'avoir observé qu'elle, et le moindre détail était resté gravé au fond de lui comme dans un livre, oublié dans le coin d'une bibliothèque et brusquement retrouvé et ouvert, avec la fraîcheur et la netteté du neuf.

Il revivait les jours de sa convalescence, les soirées chaudes et familiales. Il se rappelait son premier refus lorsqu'il lui avait avoué l'amour qu'il lui portait, sa fuite dans l'escalier, sa jupe légère voletant autour d'elle dans le mouvement qu'elle avait eu pour se sauver, autant de lui que d'elle-même.

Il entendait le grondement de l'orage, la nuit d'après, le cri de frayeur de Catherine au premier coup de tonnerre, son émotion lorsqu'il avait entouré ses épaules de ses bras, et le souffle qui lui avait manqué lorsqu'elle s'était abandonnée...

L'aurait-il voulu en cet instant qu'il aurait été incapable d'exprimer ce qui s'était passé ensuite, ce quelque chose qui avait définitivement scellé son sort. Quelque chose dont il n'avait jamais parlé à personne. Et pourtant, c'était cela qui remontait maintenant à la surface, qui faisait vibrer sa peau, trembler ses doigts, humectait ses paupières. Il avait possédé ce corps tant désiré. Il l'avait touché, caressé, parcouru de ses lèvres, il l'avait senti s'animer contre lui, il l'avait entendu gémir, appeler, crier...

C'était ensuite pour acquitter la dette contractée cette nuit-là qu'il avait tout tenté pour rester en Indochine, puis pour y revenir avec l'espoir insensé de la revoir, ne serait-ce qu'une minute, même de loin.

Et tout avait basculé dans sa tête quand il avait compris qu'il avait marché, souffert, peiné en vain et que sa vie allait s'achever là, dans cette cagna sordide à des années-lumière de la liberté. Il était mort. Véritablement mort.

— Tout s'enchaîne maintenant, murmura-t-il.

Patrick n'apprit la vérité qu'en lisant enfin le rapport rédigé, au moment de sa libération, par un fonctionnaire français de la mission Sainteny, demeurée à Hanoï bien après le départ des derniers soldats du Corps expéditionnaire.

« Le 26 avril 1955, disait le texte, nous avons eu connaissance d'une information selon laquelle un pilote américain était encore détenu en Haute Région par les autorités vietnamiennes.

« Interrogé à ce propos, le ministère de l'Intérieur nous a apporté tous les apaisements nécessaires. Il s'agissait d'un simple bruit, sans fondement aucun.

« Le 19 mai, pendant les cérémonies et la réception donnée au palais du gouvernement à l'occasion de l'anniversaire du président Ho Chi Minh, je me suis personnellement entretenu avec Son Excellence, le ministre Truong Chinh. Après avoir confirmé les affirmations émanant de ses services, M. Truong Chinh a accepté de diligenter une enquête, après que je lui ai fait part de mon intention d'alerter les membres de la Commission Internationale de Contrôle.

« Un peu plus de trois semaines plus tard, une courte note, embarrassée, indiquait qu'en effet un Européen inconnu, vraisemblablement un pilote d'origine américaine, était hébergé dans le village de Ban Chieng Phuoc, à une trentaine de kilomètres à l'ouest de Son La, sur la route 41. Ce pilote, précisait la note, est actuellement malade et intransportable.

« Il a fallu de longues et incessantes démarches de notre part pour obtenir de rendre visite à ce détenu. Les objections soulevées étant que les accords concernant l'échange des prisonniers de guerre ne s'appliquaient, d'une part, qu'aux soldats de l'Armée populaire vietnamienne, d'autre part, qu'aux membres du Corps expéditionnaire français. Cet "Américain" était de ce fait exclu de ces accords.

« Deux officiers de la C.I.C. se sont rendus à Ban Chieng Phuoc, un major canadien et un capitaine indien. A leur retour, ils ont déclaré que l'inconnu, frappé de démence, avait été soigné et hébergé dans des conditions relativement acceptables, compte tenu de la vénération ancestrale vouée par les montagnards envers les fous, considérés comme des hommes habités par les Esprits — les Makouis.

« Qu'à leur avis — et au vu d'un tatouage porté par l'intéressé sur l'avant-bras droit — l'inconnu, vraisemblablement britannique, appartenait en réalité au moment de sa capture à la Légion étrangère française.

« Effectivement, après enquête auprès du bureau des effectifs de la Légion, nous avons pu produire les documents attestant que l'inconnu s'appelait Patrick Donovan et faisait partie des effectifs du 1er Bataillon étranger de parachutistes.

« Cet homme, acheminé jusqu'à Hanoï, a été évacué sur la France via Saïgon, par un appareil de la C.I.C., dans les derniers jours du mois d'août 1955. »

— Et voilà, conclut le Dr Gentelet, nous avons pu, enfin, renouer tous les fils. Votre vie ne comporte plus la moindre lacune. Bien sûr, je n'ai pas réussi à découvrir une explication satisfaisante à cette amnésie temporaire. Je serais tentée de la mettre au compte d'un violent sentiment d'échec. Vous souhaitiez ne pas survivre, mais c'était sans compter sur la solidité de votre constitution physique qui, elle, s'accrochait — je dirais de façon animale — à la vie.

— Que vais-je devenir ?

— Vous allez sans doute reprendre le cours normal de votre destin.

— Mon destin, je m'en fiche. Je n'ai plus aucun but. Je souhaitais revenir en Indochine, me voici rivé à l'Afrique du Nord. Que voulez-vous que ça me fasse ?

Le docteur consentit à sourire :

— Je me permets de vous faire observer que vous êtes un homme libre : plus aucun contrat ne vous lie à la Légion, votre engagement de cinq ans a expiré voici six semaines.

Il esquissa un mouvement de tête :

— Que vais-je pouvoir faire, seul, sans argent, sur le pavé d'Oran ?

— Rengagez...

Il se dressa, ses yeux lançaient des éclairs :

— Cher docteur, avec tout le respect que je vous dois, permettez-moi de vous dire que vous vous fourrez le doigt dans l'œil si vous imaginez que je vais rengager ! Me voyez-vous, à mon âge, jouer les voltigeurs de pointe sous les ordres d'un caporal de vingt ans et d'un sergent de vingt-deux ? Non. Je n'ai rien contre la Légion étrangère, bien au contraire, et je lui dois beaucoup, à commencer par la possibilité qu'elle m'a offerte d'aller défendre cette Indochine à laquelle m'attachent tant de liens. Mais, ici, en Algérie, je n'ai rien à défendre. Je n'aime pas les Arabes, je ne comprends rien aux Européens...

Il baissa la tête et acheva :

— Ma patrie est ailleurs.

— La Légion vous fournira sûrement les moyens de retourner en Australie... Et puis vous allez toucher un important rappel de solde, rendez-vous compte, presque deux ans !

Cette fois, Patrick éclata de rire.

— Je peux faire le calcul. Dix-neuf mille francs par mois multiplié par vingt-quatre. Quatre cent cinquante-six mille francs dans le meilleur des cas et à condition qu'on ne me déduise pas les indemnités d'alimentation, la solde de campagne double... et j'en passe. Quant à me faire rapatrier en Australie ? Que voulez-vous que j'aille y faire ?

– Vous voulez retourner au Viêt-nam, c'est ça ?

– Oui.

– Comment ?

– Je n'en sais rien encore. Je trouverai.

3

Juin 1956

Au capitaine Lam Than Hieu,
Garde Présidentielle,
Saïgon, Viêt-nam

« Cher cousin Matthieu,

Je me dépêche de vous écrire afin d'être le premier à vous annoncer le mariage de ma grand-mère Ba Trinh avec Renaud de la Potteraye, un ancien pilote de ligne que vous avez peut-être rencontré autrefois à Bao Tan. Il était l'associé de mon oncle Cyril dans leur compagnie aérienne Diane Air. C'est un homme très gentil et très riche. Il va pouvoir offrir une vie confortable à Ba Trinh qui avait bien des soucis avec la maison.

Hier soir, j'ai eu un instant de cafard. Renaud est venu me voir, il m'a expliqué qu'il n'avait pas l'intention de me voler ma grand-mère, bien au contraire. Il m'a fait rire en m'expliquant que j'aurais ainsi deux grands-parents. A mon tour, je lui ai dit qu'il m'enlevait un grand poids, je ne serai plus seul pour m'occuper de ma pauvre Ba Trinh... Nous allons bien nous entendre.

Le mariage n'a pas été une grande cérémonie. Juste un court passage à la mairie, une bénédiction à l'église, et tout le monde s'est retrouvé à la maison pour un repas de famille.

Il y avait vos parents, tante Sylvie et oncle Denis. Et, bien sûr, ma marraine Lee-Aurore et sa fille Diane que je n'avais pas vue depuis les grandes vacances et qui est devenue snob parce qu'elle se prend pour une vedette de cinéma, très fière de ses seins...

Il y avait aussi des cousins que je ne connaissais pas, des neveux de Ba Trinh, presque aussi vieux qu'elle. Ils s'appellent Béatrice et Bruno. Ce sont des grandes personnes qui parlent fort et qui se disputent tout le temps. Surtout le mari de Béatrice, Georges Roubaz, un gros bonhomme avec un costume tout froissé, une grosse voix et une pipe qui sent mauvais. Il est journaliste et veut toujours avoir raison. A un moment, il s'est mis à parler de la "sale guerre d'Algérie" et a failli se faire gifler par son neveu, le fils de Bruno, François Démery. C'est un lieutenant de parachutistes qui s'est battu en Indochine et qui rentrait d'Alger. Tout le monde s'est mis à crier, Ba Trinh a pleuré et moi, je suis monté dans ma chambre afin d'être tranquille pour pouvoir vous écrire... »

Henri releva la tête, l'œil perdu, suçotant le capuchon de son stylo, cherchant ce qu'il pourrait bien raconter encore. Matthieu était plus que son correspondant privilégié, l'ultime lien qui le rattachait au Viêt-nam et à sa maison de Bao Tan.

En bas, le tumulte s'était apaisé, laissant place aux accords d'une musique douce diffusée par l'électrophone.

Catherine et Renaud avaient ouvert le bal, dans le grand salon dont Marguerite avait roulé les tapis et repoussé les meubles contre les murs. Ils évoluaient au rythme lent du slow que Diane, la fille de Lee-Aurore, avait placé sur la platine du tourne-disque.

— Je suis désolée pour l'incident de tout à l'heure, Renaud. Je me suis ridiculisée. Éclater en sanglots devant tout le monde, quel spectacle affligeant pour une jeune mariée !

— Ne vous inquiétez pas de cela, Catherine. Vous avez eu une journée épuisante, tout le monde l'aura compris. Et puis, votre réaction a mis fin à cette polémique mal venue sur la guerre d'Algérie. Ce Roubaz, quel provocateur ! Quel besoin avait-il d'afficher ses convictions en présence d'un officier en uniforme, et, de surcroît son neveu !...

Catherine le remercia d'une pression de ses doigts sur sa paume.

— C'est vrai, admit-elle. Cette journée m'a épuisée. Je ne l'imaginais pas ainsi...

Renaud se tut. Il ne lui demanda pas comment elle l'avait imaginée, et Catherine aurait été bien embarrassée de le lui dire.

En fait, elle avait failli ne pas exister du tout.

Tout avait mal commencé ce matin, par un sévère accrochage entre Marguerite et Lee-Aurore. A peine arrivée, cette dernière s'était comportée en véritable maîtresse des lieux — ce qu'elle était, même si elle ne venait à La Nouaille que de façon épisodique — réorganisant l'accueil des invités, redistribuant les chambres, modifiant le plan de table, réduisant ainsi à néant tout le patient travail de préparation de Marguerite.

Celle-ci n'avait pas tardé à réagir, menaçant de rendre son tablier, et dès son réveil, Catherine avait dû s'interposer, ramener le calme et apaiser les esprits. Elle connaissait la rivalité opposant de longue date les deux femmes dont les caractères étaient faits pour s'affronter. A la sagesse toute paysanne de la première, à son sens pratique, son goût de l'ordre et du rangement, la seconde montrait désinvolture et impréparation, coups de tête et foucades.

— Mme Lee-Aurore n'est pas comme nous, disait Marguerite. Et elle ne sait pas tenir une maison.

La réalité était un peu différente. Lee-Aurore devait à ses origines asiatiques, à son éducation aventureuse, une vision du monde et de la conduite de sa propre vie qui échappait à la logique européenne. Sa conception de l'existence aurait pu se résumer d'une formule tenant en deux mots, droit et vite. Elle avait toujours été ainsi et l'âge n'avait atténué ni sa vivacité, ni sa détermination à n'en faire qu'à sa tête. Elle avait l'esprit prompt, la décision plus prompte encore et rien n'aurait pu la faire dévier du but qu'elle s'était assigné, sinon le but lui-même, utilisant pour l'atteindre le seul itinéraire qu'elle connaisse, la ligne droite. Elle écartait alors d'un geste, d'un mot, tous les obstacles qui auraient pu se dresser devant elle. Ni les échecs, nombreux, retentissants et parfois douloureux, ni les épreuves, ni les chagrins, ni les deuils ne l'avaient changée. Sous des apparences frivoles, Lee-Aurore était, dans son genre, une femme de fer. Elle l'avait montré dans les mois terribles de la répression japonaise au printemps de 1945 en Cochinchine. En dépit du traitement inhumain qui lui avait été infligé, des tortures subies, jamais elle n'avait consenti à trahir Cyril passé à la clandestinité et recherché par la sinistre Kempeïtaï nippone.

A sa sortie des camps de la mort, Lee-Aurore avait mené à son terme le serment qu'elle s'était fait, abattre le lieutenant Sakamura, le responsable de sa déchéance. Elle avait agi de sang-froid, sans passion, sans remords, comme on se lave d'une souillure.

Mais, cela, Marguerite l'ignorait. L'eût-elle su que son jugement en eût été modifié, à moins qu'elle n'en ait pris prétexte pour conforter son sentiment : « Mme Lee-Aurore n'est pas comme nous. »

C'était d'autant plus vrai qu'elle ne s'appesantissait jamais sur son passé ; si elle n'oubliait rien, elle semblait n'en tenir aucun compte.

— L'expérience, disait-elle volontiers, ne me sert qu'à connaître par avance le prix à payer pour les erreurs que je ne pourrai pas m'empêcher de commettre.

Ce matin, elle était si obstinément présente que Catherine avait renoncé et s'était réfugiée dans sa chambre. Et c'était là, tandis qu'elle se brossait les cheveux, que le doute l'avait saisie. « Pourquoi ai-je dit "oui" à Renaud ? » se demanda-t-elle. « Était-ce nécessaire d'officialiser notre liaison ? »

Elle n'était plus sûre de rien. Et surtout pas d'elle-même. Les sentiments qu'elle lui portait étaient faits d'un mélange de tendresse, d'amitié, de confiance, d'attachement. S'y mêlait aussi un peu de la reconnaissance qu'elle lui vouait pour avoir comblé ce besoin inavoué de se sentir entourée, protégée, de se blottir dans les bras d'un homme. De là à engager sa vie, il y avait un abîme qui lui donnait le vertige et qu'elle n'était plus certaine de vouloir combler.

Elle ne se résolvait pas à achever sa toilette, affronter la foule des invités, sourire aux parents, aux amis qui allaient envahir La Nouaille. Par la fenêtre ouverte, au-delà du brouhaha extérieur, lui parvinrent les premiers tintements de la cloche de l'église de Revignac.

« Je ne bougerai pas d'ici. Telle que je la connais, Lee-Aurore sera là dans cinq minutes. Je lui expliquerai, elle comprendra. Elle trouvera les mots qu'il faut pour convaincre Renaud... »

Catherine reposa la brosse d'un geste décidé, se leva et alla s'asseoir sur le bord de son lit. « Je vais me coucher », se dit-elle.

La porte s'ouvrit à la volée. Comme prévu, Lee-Aurore intervenait.

— As-tu vu l'heure ? Les invités s'impatientent et

je ne te parle pas de Renaud. Il tourne en rond comme un ours en cage. C'est la première fois que tu es en retard.

Elle cueillit sur son cintre la veste du tailleur de soie grège, la tendit à Catherine. Quelque chose dans l'attitude de son amie attira son attention. Elle plissa les yeux. Un examen précis.

— Que t'arrive-t-il ? Des scrupules de dernière heure ?

— Je ne me marie plus. C'est une absurdité. Regarde-moi. De quoi ai-je l'air ? Je suis une grand-mère, j'ai passé l'âge de jouer les vierges effarouchées. Va dire à Renaud que je me suis trompée sur moi, sur nous... Cela ne ressemble à rien.

Lee-Aurore rejeta la tête en arrière, en un mouvement d'agacement.

— Très drôle, persifla-t-elle. Vraiment très drôle ! Je suis certaine que tous tes invités vont hurler de rire devant cette manifestation de ton humour dévastateur. Quant à Renaud, autant ne pas imaginer sa réaction.

Elle s'interrompit, changea de ton, s'approcha et saisit Catherine par le bras :

— Allons, debout ! Assez plaisanté. Tu es une grand-mère, dis-tu ? Alors ne te conduis pas comme une écervelée. Sois digne, responsable. Et pense à Henri. Il a accepté sans trop de difficultés l'idée de ce mariage ; ne le perturbe pas davantage.

« Je te donne deux minutes pour achever de te préparer et pour nous rejoindre en bas. — Elle se ravisa. — Et puis, non ! Je ne te lâche pas d'une semelle.

Lee-Aurore avait aidé Catherine à enfiler la veste de son tailleur. Puis après avoir vérifié d'un coup d'œil attentif que tout était en ordre, elle l'avait poussée sur le palier.

— C'est une bien curieuse coïncidence, observa

Bruno Démery qui dansait avec Lee-Aurore. La dernière fois que nous nous sommes vus, c'était, précisément, au premier mariage de Catherine. Je n'ai pas oublié la date, c'était le 11 novembre 1918. — Il la rapprocha de lui. — Et je me souviens également de vous. Vous portiez une robe de taffetas vert jade avec une large ceinture de velours d'un vert plus soutenu. Avec des socquettes blanches. Je vous admirais, mais vous n'avez pas fait attention à moi, vous couviez d'un œil possessif mon camarade Cyril.

En ravivant de vieux souvenirs, Bruno Démery rappela à Lee-Aurore une époque heureuse et révolue. La mémoire lui revint. Pendant la Grande Guerre, le père de Bruno et de Béatrice occupait les fonctions de major de garnison de Saïgon. Leur mère étant morte des fièvres au cours de l'hiver de 1916, Catherine, leur cousine plus âgée, était venue de France pour s'occuper d'eux. C'est au cours des vacances passées à Bao Tan l'été suivant, chez Cyril et Sylvie Mareuil, condisciples du lycée Chasseloup-Laubat, que Catherine avait fait la connaissance de Francis qui l'avait demandée en mariage.

— C'est si loin, soupira Lee-Aurore. Il faisait aussi beau qu'aujourd'hui, mais j'étais de mauvaise humeur à cause précisément de ces socquettes blanches de petite fille. — Elle rit. Vous m'avez pourtant invitée à danser. Une valse très exactement. Voyez, moi aussi, j'ai bonne mémoire.

— J'étais déjà le danseur le plus médiocre qu'il se puisse trouver. Je n'ai d'ailleurs pas changé.

— Qu'êtes-vous devenu depuis tout ce temps ?

— J'ai grandi. Je suis allé de collège en pensionnat au gré des garnisons de mon père. Puis ce fut Saint-Cyr. En 1940, capitaine, au retour de l'expédition de Narvik, j'ai choisi de rester à Londres. Un temps, j'ai participé aux campagnes de Libye, de Tunisie, de Provence et d'Alsace. Quand le général de Gaulle a quitté les affaires, j'ai abandonné l'armée et je me suis reconverti dans la politique. — Il esquissa un vague geste du bras. — En réalité, je ne cherche pas à y faire carrière, j'ai seulement participé à la fondation du Rassemblement du Peuple français, le R.P.F., et depuis, je m'occupe avec quelques militants de l'organisation des fédérations. C'est une besogne obscure. Elle me prend vingt heures sur vingt-quatre.

Lee-Aurore se récria :

— N'avez-vous donc pas de vie privée ?

Bruno Démery releva la question.

— Une vie privée ? Non. Je dois avouer que cela ne me préoccupe guère. Voyez-vous, depuis la mort de ma femme, tuée en 1944 au cours du bombardement de Brest, je n'ai guère envie de rechercher une âme sœur. Il y avait François, mon fils, qui n'aurait sans doute pas supporté voir quelqu'un d'autre auprès de moi. Ensuite, quand il est entré à Saint-Cyr, en 1948, je me trouvais bien trop vieux pour, comme l'on dit, refaire ma vie.

C'était dit sans amertume. Plus tard, au cours de la soirée, Lee-Aurore apprit que Bruno œuvrait, avec quelques grands ténors du gaullisme, Chaban-Delmas, Schumann, Debré et d'autres, au retour du général aux affaires.

— A-t-il une chance ?

— Plus que jamais. Il n'y a que de Gaulle pour sortir la France du marécage où elle est en train de s'enliser. La guerre d'Algérie est un cancer. Après l'avoir combattue, les socialistes ont choisi de la mener avec une feinte détermination sans pour autant négliger de nouer des contacts avec nos ennemis. Ils ont lancé l'armée dans la tourmente, tout en se montrant incapables de la soutenir lorsqu'elle est attaquée, vilipendée, calomniée.

D'un geste du menton, il désigna Georges Roubaz

qui dansait à l'autre bout de la pièce avec Joëlle, la femme de François.

— Regardez Georges, c'est ce que l'on appelle une « belle conscience ». Dans ses éditoriaux, après avoir soutenu l'action du Viêt-minh, le voilà maintenant prenant parti pour le F.L.N. !

Lee-Aurore observa le couple et dit :

— Votre beau-frère est peut-être une « bonne conscience ». Mais il a une façon de danser qui ne fait pas preuve de ses bonnes manières. C'est indécent. Qu'en pense sa femme, votre sœur Béatrice ?

— Elle doit avoir l'habitude. Georges Roubaz n'est pas un modèle de fidélité conjugale. Il n'a jamais pu s'empêcher de papillonner autour des jupons qui passent à sa portée.

— Mais votre fils François ? Tout à l'heure, j'ai bien cru qu'il allait sauter à la gorge de ce malotru, et il ne réagit pas.

Avec un peu de tristesse dans la voix, Bruno répondit :

— C'est un ménage qui bat de l'aile. A son retour d'Indochine, François s'est marié vite. Bien trop vite à mon gré. Certes, Joëlle est une magnifique créature...

— Une panthère brune !

— ... mais je m'étais renseigné sur elle. Je savais qu'elle était parfaitement amorale, avec des mœurs très libres. François n'a pas voulu écouter mes avertissements. En fait, il s'est laissé séduire par ce bel animal, son visage de madone, ses yeux profonds d'un noir de jais, son long cou, ses manières de chatte.

« Il était encore traumatisé par sa captivité après Diên Biên Phu, désorienté par le drame qu'il avait vécu là-bas. Tous ses camarades morts...

— Il a sans doute voulu échapper à la solitude.

— Sans doute. Il n'a fait qu'en changer. A peine mariée, Joëlle a posé ses conditions. Pas d'entraves à ses envies...

— Et François a accepté cela ?

— Le moyen de faire autrement ? D'une certaine façon, il tenait à elle, il ne voulait pas la perdre tout à fait. Trois mois plus tard, il a préféré s'en aller, se porter volontaire pour servir en Algérie dans un régiment de parachutistes. Là, au moins, il a retrouvé la fraternité des guerriers, la loyauté de ses frères...

Assis, côte à côte, sur le grand canapé d'angle, Gérard Marsan, le sénateur, et Denis Lam Than, le mari de Sylvie, avaient entrepris une grave conversation sur la Constitution française, ses limites et ses lacunes.

— Elle est à l'origine de l'impuissance de nos gouvernements, disait le sénateur.

— C'est pourtant cette Constitution-là qu'envisage d'adopter le Viêt-nam, répondit Denis Lam Than. J'ai reçu voici quelques jours une bien étrange proposition de mon ami le président Ngo Dinh Diêm. Il m'offre de rentrer à Saïgon et de travailler, avec quelques autres spécialistes de droit constitutionnel, à la rédaction de la future charte de la République vietnamienne.

— Naturellement, vous avez accepté ?

Denis remua les mains, à l'horizontale. De très belles mains dont les mouvements évoquaient le vol de deux colombes.

— Je ne peux pas ainsi disposer de ma personne. J'appartiens à l'empereur Bao Daï que j'ai suivi dans son exil et qui, comme vous ne l'ignorez pas, vient d'être destitué. Avant toute décision, je dois lui demander son avis. Je me conformerai à ses vœux.

Marsan sourit, affable :

— Allons, cher ami, de vous à moi, n'avez-vous pas envie de rentrer dans votre pays ?

— Monsieur le sénateur, la France est mon pays autant que le Viêt-nam. Surtout le Viêt-nam d'aujourd'hui. Vous n'ignorez sans doute pas que les relations entre Saïgon et Paris sont plutôt... tendues. Les Américains...

— Les Américains ont toujours été nos plus farouches ennemis dans cette partie du monde. Pour l'instant, en effet, ils semblent tenir entre leurs mains les rênes de la diplomatie de Ngo Dinh Diêm. Pour l'instant seulement. Ne pensez-vous pas que des hommes comme vous ont un rôle à jouer dans le rapprochement de nos deux pays ?

Denis Lam Than inclina la tête, une façon d'agréer le compliment qui lui était indirectement adressé.

— C'est me faire beaucoup d'honneur que de me croire capable, à moi seul, d'infléchir la ligne de conduite des membres de la famille Ngo. Certes, je connais Diêm depuis longtemps et je le crois un ami sincère. Mais il n'est pas seul, il y a son entourage, son frère Nhu, l'éminence grise du régime, le fondateur du parti Can Lao inspiré des thèses personnalistes d'Emmanuel Mounier. Sans parler des autres frères, Can, l'illuminé et sa police parallèle, et Thuc, l'archevêque... Cela fait bien des obstacles à contourner !

François Démery se désintéressa de la conversation. Tout à l'heure, il était venu s'asseoir près de Denis Lam Than. Comme tous les anciens d'Indochine, il avait un préjugé favorable à l'égard de tout ce qui évoquait cette patrie lointaine. Il songeait qu'à la place de son voisin il n'aurait pas hésité à y revenir.

Les raisons invoquées, arguments de spécialistes, l'ennuyaient. Il se leva, s'approcha de la porte-fenêtre entrouverte et sortit sur la terrasse. Nez en l'air, il regarda les étoiles, brillantes et aussi précises qu'à travers un ciel lavé d'après orage. Au loin, quelques éclairs de chaleur nimbaient le sommet des collines de lueurs silencieuses.

« On dirait des bombes éclairantes », songea-t-il, revenant, par la pensée, au cœur de cette bataille qui l'avait marqué à tout jamais. « Deux ans déjà », songea-t-il encore. Malgré les mois, les semaines, il n'oubliait pas. Il avait bien essayé de chasser ces instants de sa mémoire, elle s'y refusait. Tout comme son corps — ou son esprit — se refusaient à se défaire des gestes appris de force au cours de la longue marche à la mort qui l'avait mené vers les camps de la frontière de Chine. Souvent, la nuit, dans un demi-sommeil, harcelé par quelque *can-bô* surgi de son cauchemar, lui arrivait-il de s'asseoir et de loger sa tête entre ses genoux repliés, la seule façon de retrouver l'apaisement.

Mais tout cela, il le gardait enfoui au fond de lui-même. Il avait bien tenté d'en parler, de faire comprendre avec les mots les plus simples possible ce qui lui était arrivé, cette fêlure qui avait entamé sa vieille cuirasse de certitudes. Il y avait renoncé. Peut-on communiquer à d'autres les impressions intimes d'un viol ? Or, il le sentait, et en dépit des efforts déployés pour résister, persuadé tout d'abord qu'il y avait réussi, il savait, maintenant, que le viol avait eu lieu, sans qu'il puisse préciser ni l'endroit, ni le jour où il s'était produit. A moins que cela ne soit arrivé que peu à peu, chaque jour rognant un espace infime de sa conscience.

Cette constatation le rongeait. Comme une sale maladie dont on ne peut parler à personne. Et d'ailleurs, il se taisait. Au moins sur l'essentiel. Il se contentait de vivre en surface, sans rien engager de profond. Au régiment, seul lieutenant titulaire de la croix de la Légion d'honneur, il était le chef de file de ses pairs, insolents par définition, menant grand tapage à la popote, mais aussi pauvres qu'ils savaient se montrer munificents après avoir, les soirs de « dégagement », massacré quelque bar dans une ville de passage.

Là-bas, en Algérie, l'échec de sa vie sentimentale s'estompait. Il ne savait rien des frasques de Joëlle, et il préférait n'en rien savoir, ne serait-ce que pour la tranquillité de son esprit. Il n'en prenait conscience qu'à ses rares permissions. Elle lui apparaissait alors comme une étrangère, distante et indépendante, vivant dans un univers dont il était exclu, presque intrus. Elle avait des amies qu'il ne connaissait pas, des habitudes qu'il ne lui avait jamais soupçonnées.

Et, quand il lui arrivait de s'abandonner dans ses bras, Joëlle lui donnait l'impression d'être plus une maîtresse de rencontre que sa propre épouse.

Il l'avait observée, tout à l'heure, dansant avec Georges Roubaz, cette larve qu'il aurait eu tellement de plaisir à gifler et qui, de toute évidence, ne cherchait maintenant qu'à l'humilier, le ridiculiser en enlaçant sa femme d'aussi près, ventre à ventre, sa main montant et descendant le long de son dos nu, si bas que le bout de ses doigts se faufilait sous la soie...

Une bouffée de chaleur l'envahit, ses paumes devinrent moites, l'extrémité de ses doigts le démangea. « Que vais-je faire ? Un nouvel esclandre ? »

Il enfourna ses mains dans ses poches. « Et puis je m'en fous », s'obligea-t-il à penser. Il éprouva, brièvement, l'envie de rentrer dans le salon, d'y prendre un grand verre qu'il remplirait de whisky. Il y renonça vite. Il supportait mal l'alcool. Selon son humeur, il le rendait ou excessivement triste, ou exagérément agressif. Plus rarement gai ou drôle, sauf lorsqu'il se trouvait entre camarades. Et, ce soir, les camarades...

— Pourquoi ne dansez-vous pas ? demanda tout

près de lui la voix douce d'une jeune fille qu'il n'avait pas entendue approcher.

Il se retourna et reconnut Diane, la fille de cette Lee-Aurore dont lui avait parlé son père, qui l'avait connue autrefois en Indochine. Une petite fille sage en robe de vichy — une mode lancée par Brigitte Bardot — qui avait esquissé une révérence quand elle lui avait été présentée, ce matin. Il lui sourit, dans le noir.

— Pourquoi ne dansez-vous pas vous-même ? Ce ne sont pas les cavaliers qui manquent...

— Oh, fit-elle, dédaigneuse, ce sont tous des vieux. Il n'y a que vous...

Il rit :

— Mais je suis presque aussi vieux que les autres, protesta-t-il. Surtout si je me compare à vous. J'ai vingt-huit ans.

— Et moi seize. Je ne suis plus une enfant. Dans quinze jours, je vais passer la première partie du bac.

François préféra esquiver.

— Je danse très mal. Je n'ai pas eu le temps d'apprendre.

— Est-ce pour cela que vous êtes triste ? Je vous ai bien regardé, vous souriez, vous essayez de faire croire que vous vous amusez, mais vos yeux sont mélancoliques.

— Vous faites erreur, mademoiselle...

— Je m'appelle Diane.

— Vous faites erreur, Diane. Je ne suis pas triste. Et puis, de toute façon, ajouta-t-il en prenant un ton de professeur, ce n'est pas convenable pour une jeune fille de poser ce genre de question à un vieux monsieur.

Elle porta sa main à ses lèvres, comme pour paraître s'excuser de son indiscrétion. Mais son rire montra qu'elle n'était nullement confuse.

— Arrêtez de dire que vous êtes vieux. Je vous trouve au contraire très jeune...

— Et moi je vous trouve impertinente, la coupa-t-il, gagné malgré lui par la spontanéité de Diane. Si je vous comprends bien, je dois me résigner et vous inviter à danser ?

Sans répondre, elle se glissa entre ses bras, et esquissa les premiers pas d'un cha-cha-cha qui passait maintenant sur la platine. Il n'avait plus qu'à suivre, gauchement, tanguant au rythme endiablé de la danse. Elle le guidait d'une main ferme, le visage baissé, surveillant ses pieds. Il rit :

— C'était un piège ! Jamais je ne suivrai une pareille cadence ! Vous n'avez rien trouvé de plus calme ?

— Ah non ! protesta-t-elle. Les slows me donnent envie de dormir. Le mois dernier, au bal de la Légion d'honneur, mon cavalier, un Brution plein de boutons, ne savait danser que les slows. En réalité, il en profitait pour me caresser les fesses et les seins ! Merci bien !

— Me soupçonneriez-vous d'aussi mauvaises intentions ? demanda-t-il. — Il commençait à s'amuser vraiment. — Si c'est le cas, pourquoi m'avoir invité ?

— Parce que je suis dans ma maison et que mon devoir est de m'occuper du bien-être de nos hôtes.

— Je n'en crois pas un mot. Vous vous en moquez bien !

— Si vous parlez du gros homme chauve que vous avez failli gifler tout à l'heure, vous avez raison. Avez-vous vu sa bouche ? Quand il sourit, on ne voit pas ses dents, on dirait un poisson qui va saisir un hameçon...

L'image était juste et François en convint, en riant. Il était tout à fait détendu maintenant. Diane était comme un bain de fraîcheur. Mais, avec une cruelle innocence — était-ce vraiment de l'innocence ? — , elle lui porta l'estocade :

— Votre femme est très belle. L'aimez-vous ?

Il répondit, sans réfléchir.

— Oui, naturellement. — Avant de se reprendre : En quoi cela vous regarde-t-il ?

— Je vous ai observés toute la journée. Vous ne vous êtes pas dit trois mots. Et vous ne l'avez même pas fait danser.

François se détacha d'elle.

— Vous êtes une vilaine petite curieuse, Diane. Et vous parlez beaucoup trop. Sachez que les gens mariés n'ont pas besoin de se parler pour se comprendre.

Il s'éloigna, rentra dans le salon, agacé de s'être laissé entraîner dans cette conversation qui le désarçonnait.

Diane l'avait suivi. Elle l'accrocha par la manche de sa vareuse :

— Je vous demande pardon. Ne me laissez pas toute seule, je vais mourir d'ennui. Je vous promets de ne plus vous dire de choses stupides. Écoutez, voici un slow. Dansez-le avec moi. S'il vous plaît. — Elle répéta, une supplication : S'il vous plaît.

Il l'enlaça, sans un mot, s'appliquant à maintenir entre eux une distance convenable, conscient des regards des autres invités. Il se sentait gauche, vaguement ridicule.

— Puis-je vous emprunter mon mari, mademoiselle ?

Joëlle était là, faussement désinvolte, mais son ton indiquait clairement qu'elle entendait bien s'affirmer comme propriétaire. Diane avait rougi. Elle détacha ses bras, recula et s'éloigna sans un mot.

— Mon cher François, vous les prenez au berceau

maintenant ? Méfiez-vous, on pourrait vous accuser de détournement de mineure !

Elle ondulait contre lui, et le mouvement qu'elle eut, pour le dévisager, cambrant le dos, poussa son ventre contre le sien.

— Il y avait d'autres personnes à inviter, reprit Joëlle. Vous manquez de tact. Et, en plus, vous vous tenez mal. Que va dire sa mère ?

Elle le provoquait, espérant sans doute l'amener à faire un éclat, en lui reprochant à son tour la façon dont elle s'était elle-même comportée en se donnant en spectacle dans les bras de Georges Roubaz. Mais François avait décidé de se taire. A quoi bon ? Il haussa les épaules, se détacha de Joëlle. Le slow avait pris fin.

— T'es-tu bien amusée ? demanda Lee-Aurore à sa fille.

Diane ne répondit pas directement. Assise sur son lit, l'œil perdu dans le vague, elle attendait que sa mère soit sortie du cabinet de toilette. Les mains sagement croisées sur ses cuisses, elle se borna à dire :

— Le jour où je me marierai, il y aura une grande tente sur la terrasse et un orchestre. Un vrai...

Elle s'imagina, dans sa robe de tulle blanc, tournant à en perdre haleine au bras de son mari. Un mari en uniforme de lieutenant de parachutistes.

— Il n'y avait que des gens de votre génération, ajouta-t-elle. Ce n'était pas un vrai mariage, plutôt une petite fête de famille.

Lee-Aurore passa la tête dans l'embrasure de la porte :

— Tout le monde a remarqué ton absence, qui coïncidait avec celle de François Démery. Cela ne se fait pas, sais-tu ?

Au lieu de prendre l'air de contrition qui aurait été

de circonstance, Diane éclata de rire. Un rire, observa Lee-Aurore, qui était celui d'une femme triomphante.

— As-tu vu Joëlle, la femme de François ? Elle était verte de jalousie ! — Elle poussa un grand soupir : — Ah ! si seulement j'avais deux ans de plus...

Lee-Aurore se fâcha :

— Diane, je t'interdis de parler ainsi. Ce n'est pas d'une jeune fille bien élevée de jeter les yeux sur un homme marié !

Elle dut percevoir quelque danger, car elle rentra dans la chambre et, en se penchant, saisit les mains de sa fille :

— Ne serais-tu pas amoureuse de notre beau lieutenant ?

Diane se dégagea, en secouant la tête :

— Mais non, maman. J'ai seulement trouvé qu'il était triste. Et c'est sûrement à cause de sa femme, qui se tenait comme une... Elle laissa sa phrase en suspens et ajouta : — Je la déteste.

Catherine entra à pas de loup dans la chambre de son petit-fils, pour le border et déposer un baiser sur son front. Elle sourit, attendrie. Henri était encore devant son pupitre. Il dormait, la tête sur son bras replié. Devant lui, la lettre qu'il destinait à Matthieu s'achevait ainsi :

« Autre grande nouvelle. J'ai entendu ma tante Sylvie confier à Ba Trinh tout à l'heure qu'elle allait peut-être retourner au Viêt-nam. Oncle Denis, votre père, a été invité par le président Diêm à occuper un poste de conseiller. Je n'en sais pas davantage.

« Je les envie. Je vous envie, vous allez retrouver vos parents.

« Quant à moi, je n'ai pas renoncé. Moi aussi, un jour, je reviendrai là-bas. Je m'installerai dans ma maison et je serai le maître de Bao Tan...

« Affectueusement à vous, votre

Henri... »

La lettre fut postée le lendemain. Matthieu ne devait jamais la recevoir.

Chapitre 2

1956-1957

1

25 décembre 1956

Plus tard, quand il dut s'expliquer, le colonel N'Guyen Bo prétendit avoir été pris à parti par une mitrailleuse. Dans son rapport, dicté le lendemain, il en ajouta une seconde, ainsi, pour faire bonne mesure, qu'un mortier de 60 mm, après avoir appris qu'un des soldats, un nommé Hy, un idiot élevé au rang de héros, avait été blessé par un éclat, en réalité, une grenade maladroitement manipulée par l'intéressé.

En fait, N'Guyen Bo n'avait rien vu. Dès le premier coup de fusil, un misérable mousquet posté sur la berge du canal bordant Xom Hong, un hameau d'une dizaine de paillotes calamiteuses, il s'était jeté à plat ventre dans la rizière, et sans doute le premier car son blouson maculé portait encore les empreintes des semelles des voltigeurs qui l'avaient piétiné.

Il n'en demeurait pas moins que Xom Hong avait été rayé de la carte. Il avait suffi d'une allumette pour mettre le feu à une paillote. Les autres s'étaient enflammées comme des torches. Transmises par les postes de radio, les détonations des charpentes de bambou explosant sous l'effet de la chaleur étaient facilement passées pour l'écho d'un sévère accrochage d'infanterie.

Le capitaine Lam Than Hieu avait assisté, de loin, à l'incident, sans pouvoir intervenir. Dès le début, il avait jugé inutile de déplacer sa compagnie, son expérience du combat lui ayant permis d'apprécier la situation. A l'origine, elle n'avait rien de dramatique, ni d'inquiétant pour la suite de l'opération en cours. Il s'agissait de deux ou trois guetteurs dont le rôle se bornait à signaler l'approche des troupes gouvernementales avant de disparaître promptement. Il avait pu les observer, courant comme des lapins sur l'étendue plate d'une jachère avant de disparaître dans les fourrés de la forêt proche. Ils ne valaient même pas une rafale. Aussi avait-il été scandalisé lorsque le colonel N'Guyen Bo avait ordonné, en représailles, d'incendier le village. Les habitants, des femmes, des enfants, des vieillards, mais aucun homme adulte, avaient été bousculés, regroupés, entassés dans des G.M.C. qui les avaient emmenés, ne possédant plus rien que ce qu'ils avaient sur le dos, vers le *Khu Tru Mat* le plus proche, l'une de ces « agrovilles » nouvellement créées à l'initiative de Ngo Dinh Nhu, le frère du président de la jeune République du Viêt-nam, en fait le véritable maître du pays. Ces communautés agricoles, cernées de barbelés et de miradors, gardées par des miliciens en armes, étaient en principe destinées à couper les populations des rebelles résiduels, laissés sur place après la grande migration vers le nord des unités régulières du Viêt-minh en application des accords de Genève, deux ans et demi plus tôt, le 20 juillet 1954.

Ces accords avaient coupé le Viêt-nam en deux parties, de part et d'autre du 18e parallèle, frontière provisoire qui aurait dû disparaître à l'issue des élections libres et générales devant fixer la nature et le système politique dans lequel souhaitaient vivre les Vietnamiens.

Poussé par les Américains, Ngo Dinh Diêm avait transformé ces élections en un plébiscite personnel, une farce sinistre qui lui avait accordé près de 98 % des voix, et repoussé à jamais l'espoir d'une réunification pacifique du pays.

Du coup, les opposants au régime n'avaient eu d'autre issue que de replonger dans la clandestinité et de se diluer dans le pays. Les *Khu Tru Mat* devaient les acculer à la misère et à la reddition. En fait, et le capitaine Lam Than Hieu en avait chaque jour des preuves tangibles, ces « agrovilles » obtenaient un résultat inverse de celui escompté. Individualistes incorrigibles, comme la plupart des paysans du monde, attachés à leur lopin, à leur hameau, aux tombeaux de leurs ancêtres, les *nha qués* sudistes se soumettaient de mauvais gré à ces regroupements forcés. Outre cette promiscuité intolérable avec des inconnus à laquelle ils étaient confrontés, ils maugréaient d'être tenus éloignés des terres qu'ils considéraient comme leurs, depuis que, quelques années plus tôt, au temps de la guerre des Français, le Viêt-minh, qui avait « libéré » leur province, les leur avait concédées gratuitement après en avoir dépossédé leurs anciens propriétaires, les riches mandarins.

Ce n'était pas encore la révolte ouverte, mais une sorte de résistance passive qui avait abouti à ce bilan, paradoxal et dramatique : même au plus fort de la guerre, jamais la production de riz n'avait atteint un niveau aussi bas, six cent mille tonnes seulement pour l'année.

Le capitaine Lam Than Hieu avait longtemps suivi du regard, entassés comme du bétail sur la plate-forme des camions, les habitants de ce qui avait été le village de Xom Hong, pauvres hères abrutis de malheur, le regard hébété ou effrayé, qui se seraient laissé mener directement dans une fosse commune, tant ils semblaient détachés de la vie.

Il avait, du même coup, haï son chef, le colonel N'Guyen Bo, autant pour ce qu'il venait d'accomplir, mais aussi, et peut-être davantage pour avoir dépravé ses propres soldats au point d'en faire d'inconscients bourreaux, qui riaient au spectacle pitoyable de ces malheureux, ces femmes, ces enfants, ces grands-pères qui auraient pu être les leurs. Car ces soldats étaient, eux aussi, des paysans.

Pour Lam Than Hieu, la guerre ce n'était pas cela.

Lam Than était tout, sauf un sentimental. Il portait un uniforme et une arme depuis près de treize ans. Depuis ce jour de 1943 où il avait compris qu'il devait choisir son camp, et cesser, ainsi que le faisait son père, d'être un spectateur passif de l'affrontement prévisible entre la patrie qu'il avait décidé de servir et le pays qui la maintenait sous sa tutelle.

A l'époque, il s'appelait Matthieu Lam Than. Son père, Denis, avocat en renom, était le descendant d'une très ancienne et très noble famille mandarinale, apparentée aux empereurs d'Annam. Sa mère, Sylvie Mareuil, était la fille d'un Français, un de ces pionniers indomptables qui était arrivé en Indochine au début du siècle et qui, à force de patience et de travail, avait édifié un domaine où prospéraient les hévéas.

Matthieu avait grandi, sans trop se soucier de la dualité de ses origines, bourgeois déjà arrivé, sûr de sa force et de sa valeur, jusqu'au jour où, à l'issue d'une rixe, opposant de jeunes lycéens à une bande de va-nu-pieds venus des faubourgs populeux de Da Kao, il avait été sévèrement malmené par des policiers et, humiliation suprême, traité de « sale gnac ».

Il avait alors compris que, quoi qu'il fasse, il resterait aux yeux des Européens un métis, autant dire un bâtard. Alors, en toute logique, il s'était rangé sous la bannière de ceux qui rêvaient, dans l'action, de rendre au Viêt-nam, sa vraie patrie, sa dignité et sa grandeur passées.

Des années durant, Matthieu Lam Than, devenu Lam Than Hieu, avait combattu les troupes françaises. Avec ardeur, avec courage, sans jamais regarder en arrière. Jusqu'au jour où il s'était aperçu que ses chefs, et parmi eux le plus cher à son cœur, un nommé Trinh Minh Té, ne se servaient de lui que comme l'instrument d'un asservissement du Viêt-nam à une cause bien plus contraignante encore que celle qu'il avait affrontée. Alors, loyalement, il avait rallié la bannière impériale, jaune à trois bandes rouges, et, pendant six années, il avait guerroyé au coude à coude avec ses anciens adversaires du Corps expéditionnaire, du delta du Mékong dans le Sud, à la frontière de Chine, au nord.

A l'arrivée au pouvoir de Ngo Dinh Diêm, en 1954, le capitaine Lam Than Hieu avait été appelé au commandement de la Compagnie d'honneur de la présidence, un poste qu'il avait dû à une amitié ancienne liant le nouveau chef du gouvernement à son père Denis Lam Than.

Quelques mois plus tard, au cours de la « Bataille de Saïgon » qui avait opposé au printemps de 1955 les unités en armes des diverses sectes soutenant Bao Daï aux éléments de l'armée ralliés à Ngo Dinh Diêm, Matthieu avait reçu de ce dernier l'ordre d'exécuter le « général » caodaïste Trinh Minh Té dont l'ambition forcenée inquiétait à juste titre le nouveau président Ngo Dinh Diêm.

Agent japonais sous l'occupation, rallié au Viêt-minh en 1945, Trinh Minh Té avait personnellement organisé le massacre des cent cinquante habitants de la cité Heyraud, un acte d'une sauvagerie restée dans toutes les mémoires. Plus tard, se servant des fonds secrets que lui versaient les services spéciaux américains, Trinh Minh Té avait monté, en plein cœur de la capitale, toute une série d'attentats qui avaient ensanglanté et terrorisé la ville. Au nombre des victimes, figurait une jeune femme que Matthieu connaissait bien ; la femme de son oncle Bertrand, la mère de son cousin Henri, un gamin qui avait onze ans aujourd'hui et vivait en France.

Pour se rallier au nouveau régime, Trinh Minh Té avait exigé de la C.I.A. une somme de trois millions de dollars. Et sans doute aurait-il trahi l'un ou l'autre de ses nouveaux employeurs, si le colt de Matthieu n'avait mis fin à cette criminelle carrière.

Mais Lam Than Hieu était sans illusions. Une fois la réconciliation nationale achevée, la paix intérieure rétablie, l'autorité de l'État assurée, il n'était plus rien qu'un témoin gênant de la duplicité présidentielle. Et, d'ailleurs, officiellement, Trinh Minh Té avait été déclaré tué au combat, à la tête de sa brigade de choc, en donnant l'assaut au pont de Binh Day — le très célèbre pont en Y — tenu par le gros des forces Binh Xuyen du général rebelle Le Van Vien. Il figurait désormais au nombre des héros de l'Indépendance.

Pour Lam Than Hieu, cela ne changeait rien. D'une façon ou d'une autre, avec ou sans ordre, il était bien décidé à abattre celui qu'il considérait comme un chien enragé. Et c'était sans surprise excessive qu'il s'était vu, quelques jours plus tard, muté au commandement d'un des bataillons de la brigade parachutiste. Une éviction camouflée sous les fleurs, puisqu'elle était assortie d'une promotion — à titre provisoire toutefois.

Un provisoire qui n'avait guère duré. Six mois plus tard, cela faisait à peu près un an maintenant,

Lam Than Hieu, redevenu capitaine, avait été affecté comme officier opérations auprès du colonel N'Guyen Bo, le commandant territorial de l'une des provinces de la région de Ca Mau, dans l'extrême sud de la péninsule. Un endroit oublié des dieux, que se partageaient la forêt et les marécages, le coin le plus pourri qu'il soit possible d'inventer. Les soldats en parlaient comme du « trou du cul du monde ».

Au temps des Français, la pointe de Ca Mau était une zone de cauchemar, dont ils avaient à peu près totalement abandonné le contrôle au Viêt-minh qui y avait installé ses centres d'instruction et ses dépôts, ses postes de commandement et ses camps de repos.

Depuis leur évacuation, à l'été de 1954, les Viêt-minh avaient laissé derrière eux un véritable désert. Les villages étaient à peu près vides, les rizières en jachère, et les populations restantes montraient à l'égard des unités gouvernementales une circonspection dictée à la fois par l'inquiétude et l'inimitié.

Au premier contact, N'Guyen Bo et Lam Than s'étaient détestés. Ils n'avaient rien pour se plaire. Pour le colonel, ce jeune capitaine était la synthèse de tout ce qu'il abhorrait. Il était grand, il était solide, il était beau, d'une beauté virile qui en imposait aux hommes et qui séduisait les cadres. Mais, surtout, c'était l'héritier d'une grande et riche famille d'Annam et, tout métis qu'il soit, il était élégant, cultivé, disert et savait, d'un mot, d'un geste, d'une expression, remettre à leur place les importuns. Le pire était que Lam Than était, aussi, un beau combattant ; ses rubans prestigieux en témoignaient.

N'Guyen Bo, à l'inverse, était un Sudiste de la rizière, rustique, volontiers brutal, affectant une dégaine de cow-boy et portant sa casquette d'uniforme cassée à la façon des héros américains des bandes dessinées.

En privé, Bo traitait Lam Than d'« officier de salon », et ce dernier le définissait comme un « pharmacien qui se prend pour Napoléon ». Ce qui n'était pas tout à fait faux. Bo avait commencé sa carrière militaire comme garçon de salle à l'hôpital psychiatrique de Bien Hoa avant de se faire passer, à la faveur du changement de régime, pour médecin capitaine, puis pour capitaine tout court.

Il avait obtenu son avancement foudroyant en se faisant l'instigateur du gigantesque autodafé au cours duquel les gradés de la jeune Armée vietnamienne avaient solennellement brûlé tout ce qui, képis, galons, écussons, décorations, risquait de rappeler la France et le passé « colonial ».

Un geste que Lam Than, qui s'y était résigné par discipline et par loyauté au nouveau régime, avait jugé inutile, provocant et dérisoire... « La revanche des aigris », avait-il laissé tomber, dédaigneux, s'adressant à son meilleur ami, le capitaine Pham Dinh Loï, un ancien parachutiste qui avait combattu et avait été fait prisonnier à Diên Biên Phu, une tare ineffaçable qui en faisait lui aussi un « élément peu sûr ».

— C'est une injure gratuite faite à tous nos camarades français tombés ici pour notre liberté, avait ajouté Loï.

Rapportés au colonel Bo, ces propos n'avaient pas été de nature à améliorer leurs relations. Et, depuis, N'Guyen Bo évitait d'adresser la parole à ses deux subordonnés, leur réservant autant que possible les missions les plus pénibles, sinon les moins glorieuses.

La nuit tombait. Lam Than Hieu commençait à rassembler sa compagnie. Sans entrain, les hommes se regroupaient. Quelques gradés grommelaient ; ils savaient devoir leur mise à l'écart à l'inimitié opposant leur capitaine à leur colonel. Et s'ils avaient peu de considération pour ce dernier, ils n'en éprouvaient pas moins une certaine rancune à l'égard du premier. Mais ils se gardaient bien d'exprimer ouvertement leurs sentiments. Ils connaissaient suffisamment le patron pour savoir qu'il n'était pas homme à tolérer la moindre critique. A mainte reprise, il avait personnellement réglé d'une façon expéditive les litiges qui surgissaient. C'était un redoutable athlète, spécialiste du combat à mains nues.

Une estafette arriva, portant un message hâtivement rédigé à la main par le colonel :

« Compagnie "C" restera sur le terrain, en embuscade jusqu'à demain matin. »

Lam Than haussa les épaules. A peine surpris, il s'était demandé quelle avanie nouvelle lui réservait son chef. Elle était là.

— Veux-tu savoir ce que je pense ? lui dit son camarade, le capitaine Pham Dinh Loï, qui passait à sa hauteur. Ce salaud de Bo ne tient pas à ce que tu donnes ta version des faits. Il va chercher d'abord à se couvrir vis-à-vis de ses chefs et des conseillers américains.

— Je m'en doute, il va tenter de faire passer pour un exploit héroïque ce qui n'est qu'une saloperie de plus. Beau bilan en vérité.

Loï s'éloignait. Il agita la main :

— Bon Noël tout de même !

Lam Than hocha la tête.

« C'est vrai, songea-t-il. C'est Noël et je fais la guerre... »

Pour lui, cette nuit de la Nativité était indissolublement liée à ses souvenirs d'enfance. Une enfance à laquelle il avait volontairement tourné le dos en quittant sa famille et en endossant l'uniforme. Et, durant toute sa carrière militaire, les jours avaient été toujours semblables, apportant l'un après l'autre leur cortège de peines, d'efforts, de joies ou d'angoisse. Des jours de bataille et de calme, d'espoir et de souffrances. Mais des jours qui ne comportaient pas suffisamment d'heures pour en consacrer une seule à la nostalgie ou à la fête.

Noël avait été, autrefois, il y avait très longtemps, un mot magique. Il évoquait le sapin scintillant de toutes ses bougies au milieu du salon familial, les paquets enrubannés entassés à son pied et des touffes de coton blanc censé symboliser la neige.

— Sais-tu à quoi ressemble la neige ? demanda-t-il au lieutenant Lam, son adjoint, un étudiant récemment mobilisé, adolescent long et maigre, au visage triste d'une blancheur de cire.

— Non, mon capitaine, répondit Lam. Je sais seulement que c'est froid, que c'est blanc et que c'est doux au toucher. — Puis il ajouta : D'ailleurs, je m'en fiche, je ne suis pas catholique. Un peu de riz, mon capitaine ?

Lam Than émit un léger rire, qui surprit le triste lieutenant ; son capitaine ne montrait pas souvent ses sentiments.

— Ce soir, mon cher Lam, je mangerais bien volontiers une dinde fourrée aux marrons...

Il s'allongea, la tête posée sur ses deux mains croisées et son regard se perdit au loin, dans les étoiles. Il éprouvait brutalement un étrange sentiment de solitude et de désarroi. Un grand vide l'envahit. « Je suis en train de perdre la foi », se dit-il, lucidement. « Un serpent qui sort de ses écailles et qui se retrouve tout nu. Curieuse impression... » C'était très exactement cela. L'armée dans laquelle il se trouvait maintenant ne satisfaisait plus son besoin d'absolu. Il avait fallu cette journée de cauchemar, la vision de ce village inutilement, criminellement brûlé, de ces hommes et de ces femmes malmenés sans raison par des soldats qui, pour la plupart, n'avaient jamais connu le combat, le vrai, pour qu'il prenne conscience de ce vide dans lequel il était obligé de se mouvoir. « Je gâche ma vie », songea-t-il encore.

Il s'évada du présent, et, soudain le bruit qui l'environnait fait de cette cacophonie d'hommes manipulant gamelles et bidons, s'interpellant, plaisantant ou se querellant, s'estompa pour faire place à une immense paix intérieure. C'est à cela qu'il comprit que sa décision était prise. Il allait démissionner.

Pas une seconde il ne s'attarda à l'évocation de tout ce qu'il allait laisser derrière lui, toutes ces habitudes, ces comportements, ces modes de pensée qui avaient été les siens depuis tant d'années. Au contraire, il se projeta vers un avenir qu'il ne discernait pas encore clairement, mais vers lequel il était bien résolu à se lancer, à corps perdu.

« Je vais quitter le Viêt-nam, je vais aller en France retrouver ma famille. » Une pensée cocasse le traversa : « Je vais enfin savoir à quoi ressemble la neige... »

2

Avril 1957

L'aigrelette sonnerie du téléphone cassa le silence de l'aube. Ici, à Saïgon, c'était encore l'heure incertaine où la nuit se retire sur la pointe des pieds avant de s'effacer, avec la brusquerie d'un rideau de théâtre, levé d'un seul coup. Pas plus que de crépuscule il n'y avait d'aurore.

Sylvie Lam Than tendit la main, tâtonna avant de saisir le combiné de Bakélite qu'elle porta à son oreille.

— J'écoute, dit-elle, en français, partagée entre

une curiosité teintée d'inquiétude et l'agacement d'être réveillée à une heure aussi matinale.

— Est-ce vous, mère ? demanda, en vietnamien, une voix lointaine, que la distance et le fading rendaient presque inaudible.

Cette fois, Sylvie se dressa tout à fait :

— Matthieu, s'écria-t-elle, où es-tu ? Il y a si longtemps...

Il y eut un léger silence, puis :

— C'est vrai, il y a bien longtemps que personne ne m'a appelé ainsi. Matthieu...

— Que deviens-tu ?

— Trop long à expliquer, mère. Je viens seulement d'apprendre que vous êtes revenus au pays. Je souhaiterais vous voir.

— Je t'attends. Quand penses-tu arriver ?

— En fin de matinée. Je vous expliquerai. Est-il vrai que père est devenu un important personnage du régime ?

— En effet, il a été désigné pour siéger à la commission chargée d'élaborer la future Constitution de la République. Nous sommes arrivés de France depuis quatre mois et, en dépit de mes efforts, je ne parvenais pas à te joindre. Où es-tu ?

Une nouvelle fois, Matthieu éluda la réponse. Il se borna à répéter :

— Je serai à la villa en fin de matinée. — Il précisa : — Au fait, prévoyez deux couverts de plus.

— Tu veux dire...

— Exactement. A tout à l'heure.

Sylvie demeura un assez long moment ainsi, le combiné sur les genoux, prise d'impatience. Il y avait déjà quatre années qu'elle n'avait pas vu son fils et cette absence n'avait pas été étrangère à sa joie de revenir au Viêt-nam. Mais ses recherches avaient été vaines, le capitaine Lam Than Hieu semblait s'être dissous dans les nuées.

Elle se leva, enfila un déshabillé et descendit à la salle à manger où Dao, la servante — le terme de « boyesse » étant désormais proscrit — , avait dressé le couvert et préparé le thé. Elle prit place et demeura immobile devant la tasse fumante, le menton appuyé sur le dos de sa main, regardant le vide. C'était la première fois depuis son retour qu'elle n'avait pas à redouter de la journée qui commençait une longue plage d'ennui et de vaine attente. Matthieu allait venir. Elle le verrait, le toucherait, lui parlerait, l'écouterait.

Elle devait se rendre à l'évidence. Sa réinstallation à Saïgon avait déçu ses espérances. Trois années d'absence avaient fait d'elle une étrangère à ce pays où elle était née, où elle avait grandi, aimé, espéré, où elle avait vécu des heures gaies ou tristes, parfois tragiques. Où, autrefois, il lui semblait qu'elle manquerait de temps pour accomplir ses tâches quotidiennes. Alors qu'aujourd'hui il n'y avait rien d'autre devant elle, autour d'elle, qu'un grand vide ou, plus exactement, que des absences. Saïgon n'était plus qu'un décor.

Pourtant, rien ne semblait avoir changé ou peu de choses si l'on tenait pour mineure l'apparition de ces petits immeubles sommaires qui poussaient comme des champignons parasites dans les parcs et les jardins des anciennes villas coloniales ; il avait fallu en effet, de toute urgence, loger une partie des quelque huit cent mille catholiques du Tonkin réfugiés dans le Sud en 1954 et qui constituaient le vivier électoral du président Ngo Dinh Diêm. Des Nordistes faméliques et industrieux qui avaient repris à leur compte les restaurants chics et les magasins élégants des grandes artères, désertés par les Français et les Chinois, pour en faire d'austères boutiques d'artisans.

Ce n'étaient pas seulement les noms des rues et des

boulevards qui avaient été modifiés et remplacés par des noms vietnamiens — la rue Catinat était devenue rue Tu Do — c'était leur apparence. L'impression de dépaysement était profonde. Jadis, Saïgon éclatait de mouvements, de couleurs, de vie. Elle faisait penser à une fleur tropicale, au parfum lourd et généreux, à l'exubérance contrastée, attirante et inquiétante à la fois. Il s'en dégageait une sensation d'extraordinaire vitalité que rien ne semblait devoir freiner, où pouvaient cohabiter sans gêne la plus extrême pauvreté et la plus impudente richesse. Ici, l'outrance semblait être la règle.

Maintenant, Saïgon s'était endormie, et son aspect était celui d'une ville provinciale, propre — trop propre — , calme — trop calme — , policée, aseptisée.

Les habitants y avaient acquis des manières nouvelles, bien étudiées, bien élevées et finalement bien hypocrites : les Français pour montrer leur loyauté envers ce pays qui les hébergeait comme des hôtes tolérés, et plus encore soucieux de faire oublier leur statut d'anciens colonisateurs ; les Vietnamiens pour calquer leur attitude sur celle de leur président et de son entourage de bien-pensants sans parvenir tout à fait à se débarrasser et de leur comportement et de leurs complexes anciens ; les Chinois pour se fondre dans le paysage, et ne pas risquer d'un mot ou d'un geste provocants une expulsion dont la menace était brandie à tout moment.

Nouveaux venus, les Américains, imbus de leur bon droit, bardés de bonne conscience, évoluaient comme des géants débonnaires mais civilisés, persuadés de leur supériorité face au reste du monde, qu'il soit celui des ex-colonialistes ou celui de ces arriérés d'Asiatiques.

En fait, chaque communauté demeurait cloîtrée dans des limites qu'elle s'était imposées. Il en résultait une multitude de petits cercles restreints où l'on acceptait difficilement, et moins encore qu'autrefois, le mélange des races.

Sylvie Lam Than, par ses origines européennes et par son mariage avec un Vietnamien, fût-il de haute lignée, se trouvait écartée de la plupart des manifestations de la vie sociale. Et même si elle n'en éprouvait aucune acrimonie particulière, car les avanies ne lui avaient guère été épargnées depuis bientôt trente ans, jamais le sentiment de sa différence n'avait été aussi aigu.

Le retour de Matthieu semblait être le signe qu'elle avait attendu.

— Dao ? appela-t-elle. Prépare la chambre d'amis. Matthieu, mon fils, revient.

Dao était une Tonkinoise maigre et noueuse, au visage ingrat, qui, sans doute, ne s'était jamais plissé d'un sourire. Elle avait l'obéissance bougonne, le geste brusque et dans sa voix rauque, aux inflexions heurtées du parler du Nord, passaient souvent les intonations d'une perpétuelle mauvaise humeur. Elle mettait dans l'exécution de son service une telle hargne que parfois Sylvie était tentée de lui demander pourquoi elle avait accepté cet emploi. En fait, la réponse était simple : Dao était humiliée d'être aux ordres d'une T'ay, une Blanche, et il était plus que probable qu'elle n'y avait été contrainte que par la Sûreté qui, d'une façon ou d'une autre, la tenait dans ses filets.

Car, s'il figurait au nombre des hauts fonctionnaires de l'État vietnamien, Denis Lam Than, le mari de Sylvie, n'avait pas été admis sans réserves par l'entourage du nouveau président de la République. Même si une complicité, voire une vieille amitié liait l'un à l'autre Ngo Dinh Diêm et Denis Lam Than, personne n'oubliait la fidélité que ce dernier avait toujours manifestée envers l'ex-empereur Bao Daï, qu'il avait d'ailleurs suivi dans son exil à la fin de 1953. Son ralliement récent au nouveau régime semblait donc tiède, peu sûr, et Ngo Dinh Nhu, le frère de Diêm chargé de la sûreté, n'avait certainement pas hésité à le faire espionner jusque sous son toit.

Et puis il y avait Matthieu. En dépit de tous ses efforts, Sylvie n'avait pas pu, jusqu'ici, avoir des précisions sur la situation exacte de son fils. A l'occasion d'une réception qu'elle avait donnée peu de temps après leur arrivée à Saïgon, elle avait interrogé le général Duong Van Minh, le chef d'état-major, un colosse jovial qui pour une fois s'était montré réservé et évasif :

— Le capitaine Lam Than Hieu est un officier extrêmement brillant. Il est sans doute appelé à un grand avenir...

— Mais ?

— Comme vous le savez, madame, l'institution militaire est comme un escalier. Avant d'arriver au sommet, il faut avoir gravi tous les degrés sans en omettre un seul. C'est parfois long, fastidieux et l'on doit quelquefois accepter, comme c'est le cas, une mission lointaine et sans gloire.

Sylvie avait compris qu'elle ne tirerait rien de plus de ce gros homme qui s'était empressé d'aller rejoindre le cercle des admirateurs de Lê Xuan, l'épouse de Ngo Dinh Nhu, l'un des personnages les plus influents du régime, une bourgeoise autoritaire qui affichait une rigueur morale dont, murmurait-on, elle était tout à fait dépourvue dans sa vie privée. Elle était belle, arrogante, et se comportait depuis le début de la soirée en véritable maîtresse de maison, après avoir accordé à Sylvie un vague salut.

Ngo Dinh Nhu était seul, appuyé au balcon de la galerie extérieure, apparemment plongé dans d'obscures méditations. Découragée par la réponse évasive du général Minh, Sylvie s'était adressée à lui.

— Lam Than Hieu ? Nous le connaissons bien, il commandait, autrefois, le détachement d'honneur de la présidence du Conseil. — Il avait alors ébauché un sourire qui pouvait tout aussi bien passer pour une grimace. — Mais son caractère ombrageux s'accorde mal avec la discipline militaire. N'ayez aucun souci pour lui, nous lui avons confié un commandement à la mesure de ses capacités.

— Où cela ?

— En principe, madame, je ne devrais pas vous le dire, c'est un secret relatif à la Défense. Mais pour vous, sa mère, je veux bien passer outre. Votre fils a été nommé adjoint du commandant territorial de la province de Ca Mau.

— Puis-je espérer le voir prochainement ?

Sans répondre, Nhu avait tourné les talons, laissant Sylvie dans la plus grande perplexité. De toute évidence, Matthieu avait été éloigné de Saïgon et confiné dans un exil qui ressemblait fort à une disgrâce. A qui la devait-il ? Quelle en était la raison ? Autant de questions que Sylvie n'était pas parvenue à résoudre.

Aux temps lointains de la guerre des Français, Matthieu avait pendant quatre ans appartenu aux forces caodaïstes alliées du Viêt-minh. Plus tard, il avait servi sous l'uniforme du Corps expéditionnaire. Mais quand il avait choisi de s'engager aux côtés de l'Armée nationale vietnamienne, il s'était loyalement comporté, sans un regard en arrière, sans états d'âme et, apparemment, sans complexe aucun qu'aurait pu faire naître sa double origine. Alors ?

Elle regardait sans cesse sa montre. « Aimer, songeait-elle, c'est attendre. » Un détail lui arracha un sourire, Matthieu avait précisé qu'il ne serait pas seul. Était-ce cela, la raison de son retour à Saïgon ?

Qui pouvait bien être ce mystérieux invité ? Une compagne ? Peut-être une fiancée... « Ce serait merveilleux, marier mon fils... »

Elle ne tenait pas en place et Dao la regardait vaquer aux travaux domestiques, retendre les rideaux de la chambre, inspecter les armoires, chasser la pellicule de poussière qui veloutait le dessus du large bureau de teck qui avait appartenu à Francis Mareuil, autrefois.

— Madame c'est contente, observa-t-elle, placide, les bras croisés, sans pour autant participer aux préparatifs.

— Je n'ai pas vu mon fils depuis plus de quatre ans, répondit Sylvie avant de s'apercevoir que c'était la première fois que Dao émettait une opinion personnelle qui ne relevait pas de son service. Je suis heureuse, en effet.

3

C'était fini. Matthieu avait tourné la page. Il éprouvait désormais une double impression, contradictoire et déconcertante, de soulagement et d'incertitude. Soulagement d'avoir enfin osé prendre la décision qui s'imposait, incertitude quant à la direction que prendrait sa vie. Quelques mois plus tôt, après la pénible affaire de Xom Hong, il avait envisagé de quitter le Viêt-nam et de partir pour la France, retrouver ses parents. Mais ces derniers étaient revenus. Que faire ? La perspective de s'expatrier ne le tentait plus. Et lui ne savait que la guerre. Il se sentait comme un religieux ayant brusquement perdu la foi, qui en a tiré les conséquences et abandonne son cloître, avec ce sentiment d'insécurité que provoque la confrontation avec un monde inconnu, hors de la protection des murs du couvent, et cette mauvaise conscience d'avoir lâché sa communauté.

Il avait longtemps hésité. On ne quitte pas sans déchirement un mode d'existence, des habitudes de pensée, d'action qui ont été les siens pendant près de quinze années. Pourtant, il avait sauté le pas.

— Ta démission, sais-tu où tu peux te la mettre ? avait hurlé N'Guyen Bo, son chef, lorsqu'il avait déposé sur son bureau sa demande de radiation des cadres d'active de l'armée. — Il avait abattu son poing sur la table. — D'ailleurs, je vais la flanquer au panier.

— J'en déposerai une autre dès demain.

— Tu ne t'en tireras pas comme ça, Lam Than. C'est de la désertion !

— Nous ne sommes plus en temps de guerre, mon colonel. Vous êtes tenu de transmettre ma demande.

— Je le ferai, mais avec avis défavorable. Ca prendra des mois et, d'ici là, je vais t'en faire baver. Tu as voulu allumer un pétard ? Il va t'exploser à la gueule !

Le colonel Bo avait tenu parole. Trois mois durant, Matthieu avait été détaché dans l'extrême Sud, en protection d'un chantier de construction d'un « agrovillage » au milieu des marécages insalubres, où la moitié de sa compagnie avait contracté des maladies diverses, paludisme ou œdèmes dus aux morsures de sangsues.

Cette mission s'était avérée décevante et inutile : à peine les soldats avaient-ils tourné les talons que les paysans, amenés là de force, avaient pris la fuite pour retourner dans leurs anciens villages.

Deux jours plus tôt, enfin, la demande de démission était revenue de Saïgon, assortie d'un bref commentaire :

« Capitaine Lam Than Hieu est mis à la réforme par mesure administrative. Il n'est pas admis à faire valoir ses droits à une retraite militaire. »

— Que vas-tu devenir ? lui demanda son meilleur

ami, le capitaine Pham Dinh Loï, au cours du « pot » traditionnel offert par Matthieu à ses camarades.

— Moi ? Comme tout le monde. Je vais chercher du travail, me marier, élever des enfants.

Loï avait éclaté de rire :

— Te marier ? Toi ? Le plus endurci des célibataires ?

— Après tout, je n'ai que trente et un ans et je ne me sens pas une vocation monastique.

— Tes parents vont te présenter une jeune fille de la riche bourgeoisie saigonnaise, un pur produit du couvent des Oiseaux, chaste et pure, douce et soumise. — Il rit. — Tu vas t'ennuyer à périr.

— Pour qui me prends-tu ? Pour un gigolo ? Rassure-toi, je crois avoir déjà trouvé l'âme sœur.

Loï poussa un rugissement sauvage et asséna une claque vigoureuse entre les omoplates de son ami.

— Sacré cachottier ! Tu ne m'en avais jamais parlé.

— Parce que je croyais que cela n'avait pas d'importance. Je viens de changer d'avis.

— Et quel est cet oiseau rare ? Une Française ? Une Vietnamienne ?

— Ni l'une, ni l'autre. Ou plutôt les deux à la fois. Une métisse, comme moi. « *Dau ga, dit vit* », tête de poulet, cul de canard.

Ils s'étaient rencontrés huit mois plus tôt, à Saïgon, au cours d'une liaison que Matthieu était allé effectuer auprès du commandement du Corps d'Armées du Sud. Il s'était trouvé bloqué, à bord de sa jeep, non loin du palais présidentiel, par un cordon de la Garde, chargé de canaliser une manifestation de soutien à Ngo Dinh Diêm. Organisée par Ngo Dinh Nhu et ses équipes « spéciales », ce meeting rassemblait une trentaine de milliers de catholiques du Tonkin qui criaient des slogans et chantaient des cantiques.

La jeune fille se débattait, véritable furie, contre quatre agents de la Sûreté qui s'opposaient à sa volonté de traverser le cortège pour, expliquait-elle, véhémente, pouvoir regagner sa maison. D'abord amusé par le spectacle, cette femme tenant à distance les sbires de la police en les menaçant de son ombrelle, brandie comme une épée, Matthieu s'était décidé à intervenir quand il avait vu les argousins lever leurs matraques.

Bondissant de sa jeep, il s'était interposé.

— Ne touchez pas à cette femme ! avait-il ordonné d'un ton sans réplique.

Sa carrure, son treillis de combat, ses galons et les armes de ses soldats, horizontales, avaient impressionné les policiers qui avaient rengainé leurs bâtons. Seul, le chef de l'équipe avait grogné :

— A votre guise, capitaine. Mais je ferai un rapport. De toutes façons, je dégage toute responsabilité si mademoiselle persiste à vouloir traverser la manifestation. Elle va avoir des ennuis, la foule est très hostile aux Français.

Matthieu n'avait pas relevé l'allusion, elle le visait autant qu'elle visait l'inconnue, vêtue à l'européenne d'une robe vert d'eau, toute simple, sans manches, les bras protégés du soleil par des gants montant jusqu'au-dessus du coude. Il s'approcha d'elle et reçut, comme une décharge électrique, l'éclat de deux yeux aux reflets d'or. Des yeux de tigresse, devait-il décrire un peu plus tard, car sa colère n'était pas retombée. Il se présenta et :

— Venez avec nous, mademoiselle, nous contournerons le quartier et nous vous raccompagnerons chez vous.

— Je m'appelle Marie Lafarge, répliqua-t-elle avec, dans la voix, une nuance de défi qui n'échappa pas à Matthieu. Mon père est français et je n'ai aucun ordre à recevoir de ces flics mal embouchés. Ni de vous, d'ailleurs...

— Il ne s'agit pas d'un ordre, corrigea Matthieu avec un sourire engageant, mais d'une invitation. Libre à vous de la refuser.

Le nom qu'elle avait affirmé être le sien n'avait pas troublé Matthieu, bien au contraire. Il indiquait, plus clairement qu'une longue explication, la situation de Marie Lafarge. A Saïgon, tout le monde savait qu'avant son départ pour la France, le Dr Lafarge, le médecin-chef de la Fondation Ronan-Kervizic, la maternité autochtone de Cholon, avait reconnu et adopté une quinzaine de métis de l'orphelinat, en leur donnant son propre nom.

Il eut envie de brusquer les choses :

— Comment t'appelles-tu vraiment ? lui demanda-t-il, en vietnamien.

Le regard de fauve se braqua sur lui.

— May Linh ! — Puis : — Je sais, je n'ai pas de père. C'était un officier. En 1939, il est parti, en promettant à ma mère de l'épouser à son retour et de nous ramener toutes les deux dans son pays. Nous ne l'avons jamais revu, j'ignore même son nom. Je le hais.

— Il y a eu la guerre en Europe, rappelle-toi. Peut-être a-t-il été tué ?

— Qu'est-ce que cela change ? Ma mère aussi m'a laissé tomber. J'avais cinq ans, elle s'est mariée avec un camionneur cambodgien qui ne voulait pas entendre parler de moi. Je me suis retrouvée à l'orphelinat du Bon-Pasteur. J'en suis partie à seize ans. Mon vrai père m'a légué la couleur de ses yeux, ma mère, ce prénom de May Linh. Et les bonnes sœurs, celui de Marie. Elle persifla : — Bel héritage !

Matthieu avait pris le volant et installé May Linh sur le siège du passager. Par la gare et le boulevard, il se dirigeait vers le port.

— Où habites-tu ?

Elle répliqua, vivement :

— Ne crois pas que je vais te le dire ! Je connais bien les militaires, ils prennent toutes les métisses pour des putains qui se vendent pour cent piastres la nuit !

— Il n'y a plus de putains à Saïgon. Depuis le nouveau régime, la prostitution est interdite.

— Tu crois cela ? Jamais elle n'a autant fleuri surtout depuis l'arrivée des Américains, seulement tout le monde se cache. Mais le premier cyclo venu sait où conduire le client en prélevant au passage son petit pourboire.

— Tu me sembles bien renseignée. Pour un peu, je croirais...

Un coup de griffe, sur son bras, lui arracha une grimace de douleur. Il tourna la tête et eut l'impression d'avoir, en face de lui, un véritable chat écorché.

— Si tu avais l'intention de m'insulter, tu aurais mieux fait de me laisser aux mains des policiers ! Arrête la jeep, je veux descendre !

Matthieu vivait depuis trop longtemps dans un milieu exclusivement masculin et guerrier pour avoir l'expérience des femmes et de leur susceptibilité. Entre hommes, le langage était direct et faisait fi des nuances. May Linh le déconcertait par la vivacité de ses réactions. Il ne lui restait plus qu'à s'excuser. Ce qu'il fit.

May Linh se tut quelques secondes puis, utilisant le français et le vouvoiement, de règle entre les gens bien élevés :

— Je vois que vous êtes eurasien, comme moi.

— Ma mère est française.

— Est-ce pour cette raison que vous servez dans l'armée vietnamienne ?

— En partie. Disons que c'est un peu plus compliqué que cela. Il y a eu le hasard, l'enchaînement des circonstances. Finalement j'ai été confronté à un choix. J'ai choisi.

— Eh bien, moi, je suis française. Je travaille, j'économise afin de pouvoir me payer le voyage du retour. Je ne veux plus rester au Viêt-nam où l'on me méprise, où l'on me traite en bâtarde. Je veux aller en France. A Paris.

— Vous avez tort. Que ferez-vous à Paris ? Vous serez déçue. D'abord parce qu'il y fait très froid, ensuite, là-bas aussi vous serez considérée comme ici. Une bâtarde.

Elle secoua la tête, faisant voler la masse de ses cheveux aux reflets châtains.

— Sûrement pas, capitaine. Là-bas, j'épouserai un Français qui sera très riche et qui me traitera en reine.

Matthieu éclata de rire et faillit accrocher un cyclo qui l'évita de justesse et l'abreuva d'insultes choisies.

— Vous êtes comme toutes les filles d'ici, naïve et romantique. Vous imaginez l'Europe comme un film à grand spectacle, où l'on voit des princes en uniforme chamarré s'éprendre d'humbles bergères. Mais ce n'est pas cela, l'Europe. C'est plein de gens ordinaires qui gagnent leur vie en travaillant.

— Qu'en savez-vous ? Et pourquoi riez-vous ? Ne suis-je pas jolie ? Alors, je ne vais pas attendre d'être vieille pour partir. Ici, ajouta-t-elle avec une sorte de désespoir, les métisses ne restent pas longtemps fraîches, elles se fanent très vite.

« Naïve peut-être, mais réaliste », songea Matthieu que May Linh commençait à intéresser.

— Je suis arrivée, déclara-t-elle brusquement. Arrêtez-vous, s'il vous plaît ?

Matthieu stoppa, avança la main, la posa sur son bras.

— Pourrai-je vous revoir ?

Elle le toisa :

— Est-ce vraiment nécessaire ?

— Je ne sais pas ce que vous en pensez ; pour ce qui me concerne, j'avoue que cela me plairait beaucoup. Je ne sais même pas ce que vous faites dans la vie.

Elle se dégagea et, dans un éclat de rire :

— Je brode des dragons et des chimères sur des chemisiers et des *ao daï* de soie pour les princesses annamites. Etes-vous satisfait ?

— Je ne vous crois pas.

— Cela vous regarde. — Puis, plus sérieusement : — Vous êtes un militaire. Je n'ai pas confiance dans les militaires. Ils ne cherchent qu'à coucher avec une femme et, quand ils en ont assez ou qu'ils lui ont fait un enfant, ils disparaissent. Ou bien ils se font tuer, ce qui revient au même. Ne regrettez rien. Et d'ailleurs je ne coucherai qu'avec mon mari.

May Linh tourna les talons et disparut dans la foule, en faisant entendre une dernière fois son petit rire perlé, et en lui adressant, du bout de son ombrelle, un salut désinvolte.

De toute sa vie, jamais Matthieu ne se souvenait avoir été traité aussi cavalièrement. Et surtout pas par une femme. A la vérité il n'avait jusqu'alors rencontré que des compagnes d'un moment ou d'une nuit, dont la vertu hautement affichée n'avait pas résisté bien longtemps à l'appel du billet de cinq cents piastres. Ou bien alors, il s'agissait de péronnelles, dûment chapitrées par maman, l'épouse d'un officier supérieur, qui minaudaient en le couvant d'un œil de biche et ne réussissaient qu'à le faire fuir.

Et d'ailleurs, dans l'existence de soldat qu'il s'était choisie, il n'y avait pas de place pour une femme. Celles qu'il côtoyait amenaient dans le quotidien de leur mari trop de complications sentimentales pour qu'il ait envie d'y goûter à son tour. Pourtant le dédain ostensible dont il venait d'être l'objet avait froissé son amour-propre en même temps qu'il avait piqué sa curiosité.

— Tâche de savoir où habite cette May Linh, quel est son métier, et si elle a un homme, ordonna-t-il à Ngoc, son garde du corps, un ancien Binh Xuyen auquel il avait sauvé la vie deux ans plus tôt, dévoué comme un caniche et qui connaissait tous les recoins de la ville.

Ngoc sauta en vitesse de la jeep et, à son tour, il se perdit dans la foule.

Deux heures plus tard, Ngoc était de retour, un grand sourire illuminant son visage fripé de vieux pirate.

— La fille n'a pas menti, mon capitaine. Elle s'appelle Marie Lafarge. Elle vit seule dans une moitié de compartiment qu'elle sous-loue à la femme d'un inspecteur des douanes. Elle travaille au service du contentieux d'une société de travaux publics. Salaire, mille sept cents piastres par mois. Trois fois plus que moi...

— C'est tout ?

— Presque. Les voisins disent qu'elle est très sérieuse et qu'elle ne reçoit aucun homme chez elle. — Il grinça un rire de crécelle en ajoutant : — Elle va à la messe le dimanche, mais elle ne donne qu'une piastre à mon copain, le faux aveugle. Elle est avare.

Matthieu se rappela ce que lui avait expliqué May Linh ce matin : « J'économise afin de m'offrir le voyage en France. » Avec mille sept cents piastres par mois, elle ne pouvait évidemment pas se permettre des prodigalités.

Il prolongea d'une journée son séjour dans la capitale. N'Guyen Bo pouvait patienter. Le lendemain soir, il alla attendre la jeune fille à la sortie de son bureau, sur le port. Il s'était mis en civil, c'est-à-dire que, comme la plupart des militaires, il avait enfilé une chemisette de coton à rayures de couleur sur son pantalon beige d'uniforme. En l'apercevant, May Linh montra un peu de surprise, mais elle vint vers lui sans hésitation et, tout naturellement, elle glissa son bras sous le sien.

— Je me demandais si vous aviez parlé sérieusement en me disant que vous aimeriez me revoir. Et combien de temps il vous faudrait pour retrouver ma trace. Bravo ! Vous avez été rapide. Qui vous a renseigné ? La police ?

— Mon garde du corps.

— Le petit maigre au visage d'assassin ? J'aurais dû m'en douter. Que faisait-il avant d'être dans l'armée ? Espion ? Tueur à gages ?

— Les deux, probablement. Mais vous n'avez rien à craindre de lui, sauf si vous devenez un danger pour moi. Mon ennemie.

La pression de la main se fit plus forte.

— Je ne suis pas votre ennemie. Pas encore, nous nous connaissons à peine. Et puis, si ce soir quelqu'un court un risque, c'est moi.

Matthieu releva le mot.

— Un risque ? Rien ne vous oblige à le courir.

Elle lui fit face, une lueur moqueuse dans ses yeux dorés :

— Croyez-vous que je ne sais pas ce que vous avez en tête ?

— Il vous suffit de dire « non ». Je ne vous violerai pas. Direz-vous non ?

May Linh éluda la réponse.

— Je suis affamée. Où m'emmenez-vous dîner ?

— Cela dépend de vous. Que souhaitez-vous ? Un menu français ? Chinois ? Un curry indien ?

Elle consulta sa montre et le geste qu'elle eut pour porter son poignet devant son visage lui fit heurter, de la hanche, la cuisse de Matthieu que ce bref contact électrisa.

— Il est encore trop tôt pour me prononcer. Offrez-moi plutôt un verre dans un endroit climatisé. Du champagne. Bien frappé !

Matthieu héla un moto-pousse et lui donna l'adresse d'un bar où, autrefois, il avait ses habitudes. Une fois installé dans la nacelle, il demanda à nouveau :

— Direz-vous non ?

— Voilà bien un militaire, persifla-t-elle. Pas de temps à perdre ! Je ne vous répondrai pas. Je ne vous promets rien. Je suis curieuse de savoir comment vous allez me persuader.

Elle se moquait de lui, et il perdait pied. C'était la première fois qu'il se sentait gauche, maladroit, redoutant la bévue qui lui ôterait la moindre chance. « Tu te conduis comme un collégien », songea-t-il avec déplaisir. Il était dévoré de l'envie de l'entourer de son bras, de poser sa main sur sa hanche pour sentir, sous ses doigts, à travers le mince tissu de la robe le contour de son corps. Mais il ne tenta rien. Il était paralysé de trac. Ils effectuèrent le reste du trajet sans prononcer un mot.

Quelques années plus tôt, le Normandy était, à Hanoï, le rendez-vous, la halte obligatoire de tous les officiers des unités opérationnelles du Tonkin. Betty, la barmaid, une Eurasienne vive et enjouée, avait un faible pour les parachutistes ou les légionnaires dont elle était tout à la fois la confidente, la grande sœur et un peu la mère. D'une générosité imprudente, ouvrant largement son crédit à tous ces lieutenants ou ces capitaines toujours fauchés, elle avait été pratiquement ruinée par la chute de Diên Biên Phu.

Au départ des Français du Nord, elle s'était repliée sur Saïgon où elle avait essayé de reconstituer le décor ancien, fait de trophées militaires, bérets rouges ou noirs, képis ou calots, et d'une collection d'insignes d'émail alignés sur une étagère. Un temps, l'illusion avait été maintenue et le Normandy avait survécu. Mais les Français étaient définitivement partis. Ils se battaient en Algérie et Betty songeait parfois que du côté d'Oran, de Philippeville ou de Sidi-bel-Abbès, une autre Betty avait pris la relève auprès de ses lieutenants ou de ses capitaines.

L'endroit était sombre, frais. Et désert. Il y régnait un silence de musée et c'était presque d'un musée qu'il s'agissait, peuplé d'ombres et de souvenirs.

En voyant entrer le couple, Betty avait froncé les sourcils, avec un geste d'agacement. Que venaient faire ici ces inconnus? Elle faillit leur dire que l'endroit était un club privé qui n'admettait que des membres choisis, mais, se rappelant à temps qu'elle n'avait pas eu le moindre client de toute la journée, le réflexe professionnel l'emporta.

— Que voulez-vous boire ? leur demanda-t-elle de mauvaise grâce, en vietnamien, précisant : je ne sers pas de Coca-Cola.

— Champagne pour mademoiselle et, pour moi, un « képi blanc », répondit Matthieu en français, ajoutant : comme autrefois.

Le « képi blanc » avait été, naguère, le cocktail fétiche du Normandy. Cette fois, Betty s'approcha et examina Matthieu sous le nez, avant de s'exclamer :

— Ça y est ! Je te reconnais ! Le petit lieutenant du « Bawouan » qui s'était fait moucher sur la R.C.4 ! Lam Than, c'est ça ?

Elle l'entoura de ses bras, lui plaqua sur les joues deux baisers sonores. Emue aux larmes.

— C'est bien d'avoir pensé à venir ici, reprit-elle. Il était temps. Je vais être bientôt obligée de plier boutique. Les lois nouvelles assimilent les établissements comme le mien à des maisons de rendez-vous. Nous vivons l'époque des bigots.

— Que deviendras-tu ?

— J'ai envie de quitter le pays. J'ouvrirai un Normandy à Marseille, au pied du fort Saint-Nicolas où je retrouverai des légionnaires. Ou bien à Alger. Ici, c'est tellement triste...

Betty ne s'attardait pas longtemps aux regrets, c'était une nature optimiste. Elle s'enquit de Matthieu, de ce qu'il devenait, mais elle n'écoutait pas les réponses, son attention tournée vers May Linh, qu'elle détaillait, en femme habituée à jauger les compagnes de ses amis, avant de donner son avis, sans aucune complaisance. May Linh subissait l'examen sans broncher. Le verdict tomba :

— Ton amie me plaît, décréta Betty, d'un ton sans réplique. Vous êtes mes invités. Au diable ton képi blanc, Lam Than ! Je dois avoir encore dans la réserve une bouteille de Dom Pérignon que m'a laissée ton ami Hervé Puybazet, avant de sauter sur la cuvette où il s'est fait tuer. Vous allez la boire, en tête à tête. A la santé de nos fantômes...

— Quel étrange endroit, observa May Linh un instant plus tard après avoir bu une gorgée de champagne. J'ai l'impression d'être hors du temps, loin de Saïgon en tout cas. Pourquoi m'avoir amenée ici ?

— Ai-je eu tort ?

— Ce n'est pas ce que je veux dire. J'aimerais seulement savoir ce que vous cherchiez.

— Je l'ignore, avoua Matthieu. J'ai obéi à un vieux réflexe, celui du cheval qui retourne de lui-même à son écurie.

— Voulez-vous connaître le fond de ma pensée ? Je crois que vous avez agi comme l'héritier d'une noble et ancienne famille, faisant visiter à une inconnue la galerie des portraits de ses ancêtres. Est-ce pour l'impressionner ? Ou pour lui prouver la noblesse de ses origines ?

— Je n'ai pas cette prétention. Je suis comme vous, sans racines. A ce détail près que j'ai volontairement rompu tous les liens avec mes parents, pour n'être plus que moi-même, un obscur capitaine de l'armée vietnamienne. Et c'est très bien ainsi.

Elle but une nouvelle gorgée de champagne, qui fit

monter un peu de rose à ses joues et alluma, dans son regard, d'étranges lueurs pailletées. Puis elle posa sa main sur la sienne.

— Vous vous mentez à vous-même, reprit-elle doucement. Vous êtes seul, et, quoique vous le prétendiez, vous êtes très malheureux de l'être. Mais, entre nous deux, il y a une grande différence. Vous pouvez, quand vous le voulez, mettre fin à votre solitude, ne serait-ce qu'en renouant avec votre père, votre mère et, si vous en avez, avec vos frères et vos sœurs. Moi, je n'ai pas choisi mon destin. Je le subis, parfois comme une punition que je n'ai pas méritée, le plus souvent en me repliant dans ma coquille, en m'obligeant à la trouver confortable, en redoutant que quelqu'un — un homme comme vous par exemple — ne vienne la briser pour me jeter sans plus aucune défense dans un monde qui me terrorise.

— Et vous parlez d'aller à Paris ? Vous y serez encore plus solitaire qu'ici. Il y a pire que le dédain ou le mépris. C'est l'indifférence.

May Linh hocha la tête, semblant méditer cette dernière phrase. Puis, sans aucune transition, elle se redressa, le feu aux joues, s'étira à la façon d'un chat.

— Je suis grise, je suis bien. Et j'ai une faim de loup ! Voilà ce que je veux. Un chateaubriand énorme, bien saisi, mais rouge à l'intérieur, avec de la sauce béarnaise et des tonnes de pommes allumettes. Et encore du champagne !

Depuis son comptoir, Betty répondit :

— J'ai ici tout ce qu'il vous faut ! Qu'iriez-vous faire dans un restaurant plein de monde et de bruit ? Restez donc, cela me ferait tellement plaisir !

Ils étaient maintenant blottis l'un contre l'autre sur la banquette de velours. Leurs visages se faisaient face, tout proches, les yeux dans les yeux comme s'ils avaient voulu se lire jusqu'au fond de l'âme. La première, May Linh avança encore, jusqu'à effleurer de ses lèvres celles de son vis-à-vis.

Celui-ci posa sa main sur le genou, s'insinua sous la robe, ému et troublé par la finesse du grain de la peau que découvrait sa paume. Elle avait fermé les paupières. Elle les ouvrit en sentant les doigts hésiter au contact du linon, avant de s'insinuer plus avant. Mais elle se déroba, tout en observant, malicieuse :

— Je crois avoir répondu à la question que tu m'avais posée tout à l'heure...

Matthieu se réveilla au petit jour, dans une chambre inconnue, avec une fenêtre donnant sur une cour où, déjà, caquetaient des ménagères. Il était seul. Sur l'oreiller voisin, était agrafée une carte postale portant ces mots, tracés d'une écriture hâtive :

« Tu pars. Tu vas me manquer. Pense à moi. »

Durant les mois de ce qu'il avait appelé son exil, Matthieu ne lui avait écrit que deux fois. Des banalités. En face de la feuille blanche, aucun des mots qu'il aurait voulu tracer n'arrivait à franchir l'obstacle de sa plume. Cela ne datait pas d'aujourd'hui, il y avait longtemps qu'il avait découvert que les paroles ne sont pas des passerelles entre les êtres, mais des barrières. Jamais May Linh ne lui avait répondu.

Hier soir, vendredi, en débarquant à Tan Son Nhut, l'aérodrome de Saïgon, Matthieu avait sauté dans un taxi et s'était fait conduire à l'adresse de May Linh. Il avait trouvé porte close. Interrogée, sa voisine de palier avait manifesté une incompréhension totale. « *Khong biêt, khong biêt* », répétait-elle, apeurée.

A minuit passé, l'âme lasse, il s'était résigné à regagner son appartement, au premier étage d'une villa de Tan Dinh. Il avait mal dormi, des questions lui traversaient l'esprit auxquelles il ne trouvait aucune explication satisfaisante. Était-elle partie pour la France ? Avait-elle rencontré un autre homme ?

Un peu avant l'aube, il avait appelé sa mère. En lui recommandant d'ajouter deux couverts, c'était un peu comme s'il avait voulu forcer le destin, tenir pour acquis ce qui n'était encore qu'un souhait.

A huit heures, il héla un cyclo et se fit une fois de plus emmener près du Jardin Botanique.

May Linh apparut, déjà habillée, répondant au premier coup de sonnette. Elle eut un mouvement de surprise, vite dominé, et se borna à observer :

— Voilà mon beau capitaine ! Comme c'est gentil de venir, un samedi.

— Où as-tu passé la nuit ?

Elle éclata de rire.

— Beau début ! Déjà une scène ? Ainsi c'est toi qui t'amuses à terroriser ma voisine, une malheureuse Tonkinoise à qui le Viêt-minh a tué le mari et pris les fils !

— Je t'ai vainement attendue hier soir. Je n'ai pas trouvé le sommeil. J'avais peur que tu ne sois partie pour la France.

May Linh ne riait plus. Elle se cabra, d'inquiétantes lueurs dorées dans ses yeux clairs.

— Je pourrais te raconter n'importe quoi et d'ailleurs, je n'ai pas de comptes à te rendre. Je vais pourtant te répondre : je profite de ma soirée du vendredi pour suivre des cours d'anglais.

Matthieu s'était rendu compte du ridicule de sa situation. Il perdit de son assurance, plaida :

— Je m'étais fait une telle joie de t'annoncer une grande nouvelle.

— Laquelle ?

— Je vais t'épouser.

Elle ouvrit la bouche, la referma et fit voleter ses cheveux dans un mouvement vif de dénégation.

— Ceci est hors de question ! Je n'ai pas envie d'aller m'enterrer dans ton pays de sables et de marécages, pourris de moustiques ! Tu vois que j'ai lu tes lettres — au passage, tu aurais pu m'en envoyer un peu plus souvent — et je connais par cœur tes descriptions de Ca Mau. Mais je n'ai rien à expier dans un exil sans fin au milieu de soldats. Et vietnamiens de surcroît.

A plusieurs reprises, Matthieu avait tenté de l'interrompre. En vain. Son débit était si rapide, si nerveux, qu'il n'arrivait ni à placer un mot, ni à lui faire observer que s'il avait peu écrit, elle, en revanche, n'avait pas écrit du tout. Elle se tut enfin, porta sa main devant ses lèvres et demanda, d'une toute petite voix :

— Tu as bien dit que tu voulais m'épouser ? Pourquoi ?

Déconcerté, Matthieu dut s'avouer qu'il ne s'était pas posé la question. Cette décision s'était imposée d'elle-même. Se demande-t-on le pourquoi d'une évidence ? Cette réponse ne satisfaisait pas May Linh. Elle ne lâchait pas facilement prise, elle insistait, le poussant dans ses retranchements.

— Je veux t'épouser parce que je suis libre, parce que je viens de démissionner de l'armée. Parce que tu n'auras pas à craindre d'aller t'enterrer à Ca Mau. Je resterai ici, avec toi, à Saïgon.

— Ce n'est pas cela que je te demande ! répliqua-t-elle, frappant du pied dans un mouvement d'impatience. Cela ne ressemble à rien d'épouser quelqu'un simplement parce qu'on vient de quitter l'armée ! Et puis il faut être deux pour se marier. Que sais-tu de moi, de mes sentiments ? Imagine que j'aie d'autres projets ! Tu n'es pas le seul homme au monde...

Matthieu perdait pied. Qu'attendait-elle vraiment ? Que fallait-il lui dire pour la convaincre ?

— Après ce qui s'est passé entre nous, je croyais...

— Nous avons fait l'amour. Et alors ? Des tas de gens font l'amour et ne se croient pas obligés de vivre ensemble le reste de leur existence ! Tu n'es tenu à rien. Alors, encore une fois, pourquoi ?

— Qu'attends-tu, à la fin ? cria Matthieu, hors de lui.

— Trois mots. Trois petits mots : je t'aime.

Matthieu haussa les épaules.

— Ridicule, jeta-t-il.

Jamais encore il n'avait prononcé ces mots-là. Sauf une fois et ils étaient destinés à sa mère, il y avait bien longtemps. Il se serait fait hacher debout plutôt que de consentir à cet aveu qui lui aurait coûté autant que de se plier à une humiliation.

— Tu as une mentalité de midinette ! Je veux t'épouser, cela ne te suffit donc pas ?

Elle lui faisait face, le regard flamboyant de colère. Tout les opposait en cet instant. Et les mots n'arrangeraient rien, ils le savaient l'un et l'autre.

Elle fit trois pas, ouvrit sa porte en grand :

— Dans ce cas, lui lança-t-elle, va-t'en ! Nous n'avons plus rien à faire ensemble. Je ne me marierai qu'avec un homme qui saura me dire tout simplement qu'il m'aime. Et qui ne me rira pas au nez quand, à mon tour, je le lui dirai.

Matthieu fonça, les mains en avant. Il avait envie de la tuer. Il se reprit, se contrôla et passa devant May Linh, en lui disant :

— Je me rappellerai toujours que c'est toi qui m'as chassé. Sache que je ne reviens jamais en arrière. Adieu.

La porte claqua dans son dos.

4

— Je constate que cette May Linh a fait preuve de caractère, observa Sylvie après que Matthieu lui eut raconté ce qu'il avait appelé une rupture. Tout ce que tu me dis d'elle me semble frappé au coin du bon sens.

— Mais enfin, pour qui se prend-elle ? Je lui ai proposé le mariage, que lui faut-il ?

— L'amour. Elle n'a pas cessé de le répéter. Et c'est justement ce qui me plaît en elle. Réfléchis, voici une jeune fille qui n'a connu que les murs d'un orphelinat, qui, depuis, travaille et ne cesse de progresser, qui ne doit rien qu'à elle-même. Et voilà qu'un jeune homme lui offre le mariage. A sa place, n'importe quelle demoiselle dans sa situation n'aurait pas hésité. Sécurité et confort d'abord. Mais pas May Linh. Elle exige davantage.

Sylvie avança les mains et ébouriffa les cheveux de son fils, un vieux geste d'autrefois.

— Tu t'es conduit comme un idiot, ou comme un militaire, ce qui, dans le domaine des sentiments, revient au même.

Sa joie de revoir son fils après quatre longues années de séparation avait été un peu voilée par sa déception de constater qu'il était seul. En quelques phrases, Matthieu avait résumé le déroulement en dents de scie de sa carrière qui, de 1953 à aujourd'hui, l'avait amené de la Garde impériale à la disgrâce en passant par le commandement d'une compagnie de parachutistes, pour terminer par sa démission.

— Maintenant que tu es redevenu civil, interrogea Sylvie, pratique, comment envisages-tu de gagner ta vie ?

— Je trouverai du travail.

Elle rit :

— A part la guerre, que sais-tu faire ?

— Pas grand-chose avoua-t-il en riant aussi. Mais je trouverai.

— Nous examinerons cela avec ton père. Il va arriver d'une minute à l'autre. Ses relations...

Matthieu se raidit.

— Écoutez, mère. Je viens de quitter une administration à laquelle j'étais très attaché. Ce n'est pas pour entrer dans une autre que je méprise. J'ai déjà goûté aux délices frelatés du panier de crabes qui entoure la présidence, cette expérience m'a servi de leçon. Du reste, je doute d'être persona grata auprès de Ngo Dinh Diêm ou de sa parentèle. Entre nous, il y a l'encombrant cadavre de Trinh Minh Té. Voyez-vous, mes recherches vont plutôt s'orienter vers le commerce ou l'entreprise privée. Là au moins, je n'aurai à compter que sur moi et je ne tremblerai pas à l'idée d'être exilé, ou, pire encore, comme l'est père, espionné en permanence.

La conversation se poursuivit encore, effleurant les sujets les plus divers. Sylvie parla de la France, de Catherine et d'Henri, de Lee-Aurore et de sa fille Diane.

— Catherine ne se console pas d'être partie. Je t'avoue qu'elle m'inquiète.

— Voilà la solution, mère ! Je m'installe à Bao Tan, je reprends la direction de la plantation et Catherine revient s'y installer avec Henri.

— C'est impossible. Tous les domaines abandonnés par les Français ont été nationalisés par le gouvernement et redistribués aux paysans.

— C'est la théorie officielle, mère. J'ai pu moi-même juger de son bien-fondé à Ca Mau. En principe en effet, les grands domaines ont été morcelés et répartis entre ceux qui y travaillaient. En réalité, seuls les privilégiés du régime, mandarins, officiers ou anciens propriétaires vietnamiens ont bénéficié de ces mesures.

« Et cela n'est valable que pour les zones qui jamais n'ont été tenues par le Viêt-minh. Pour les autres, c'est pire ; les terres que les communistes avaient offertes aux paysans ont été confisquées et rendues à leurs anciens propriétaires, quand elles n'ont pas été purement et simplement annexées par le gouvernorat militaire qui commence à y édifier ce que l'on appelle des *Khu Tru Mat,* et qu'on pourrait traduire par « agroville », sorte de coopérative agricole où les paysans sont parqués comme dans les anciennes villes fortifiées.

« En réalité, cette innovation, censée couper la population des unités de la guérilla, risque, à terme, de constituer de dangereux foyers de fermentation révolutionnaire. Vous connaissez comme moi l'individualisme du paysan sudiste. C'est l'indisposer sinon le révolter que de lui imposer son lieu d'habitation...

« Voilà l'une des raisons de ma démission, je ne pouvais ni m'opposer, ni coopérer à ce que je considère comme une folie dangereuse pour l'avenir.

L'arrivée de Denis Lam Than mit une fin provisoire à cette diatribe. Ce dernier se montra heureux de retrouver ce fils dont il était fier, admirant la fermeté de son caractère, un héritage maternel, et la solidité de ses convictions. Contrairement à lui, qui était avant tout un homme de conciliation et de compromis et qui avait souvent choisi la fuite plutôt que l'affrontement.

— Ta démission a été accueillie avec soulagement, lui expliqua-t-il. Tu indisposais tes chefs, sans doute parce qu'ils te jalousaient ; tu les inquiétais, ils se méfiaient des relations qu'ils te prêtaient. Aussi ont-ils accéléré les choses dès que tu leur as fourni l'occasion qu'ils attendaient.

Matthieu haussa les épaules.

— Ils ont peur de leur ombre. Dès qu'un officier semble avoir sa troupe en main, ils redoutent qu'il ne s'en serve pour fomenter un complot afin de prendre leur place. Drôle d'armée ! Nous ne sommes plus au Viêt-nam, mais dans une république bananière !

Au cours du repas, Denis Lam Than annonça :

— Sais-tu que Lê Quang Vinh a été guillotiné ce matin ?

— Guillotiné ? s'étonna Sylvie. Quelle horreur...

— On s'est servi de cette machine que les Français nous avaient léguée au titre de la passation des pouvoirs judiciaires.

Matthieu secoua la tête :

— Je connaissais bien Vinh. Officiellement, on le surnommait Ba Cut, « troisième doigt coupé ». C'était un salaud, mais son courage était légendaire. Il commandait une brigade d'assaut de la secte Hoa Hao, et Diêm aurait été mieux inspiré de le rallier.

— Tout a été tenté. De la même façon qu'il avait acheté Trinh Minh Té, le colonel Lansdale, le chef des services spéciaux américains, avait essayé de payer les autres responsables. Tran Van Soaï — tu sais, ce général à une seule étoile, surnommé Nam Lua, « Cinq Feux », parce qu'il avait été chauffeur sur la péniche à vapeur des Messageries fluviales — a reçu un million de dollars, et l'on raconte que c'est lui qui a vendu son camarade, pour son poids en or.

— C'est une erreur. Tout comme les Caodaïstes, les Hoa Hao étaient avant tout le fer de lance de la lutte anticommuniste. En les pourchassant comme il l'a fait et comme il continue de le faire, Diêm est en train de s'aliéner des forces qui bientôt se ligueront contre lui. Et, pour les chasser de leurs repaires de la plaine des Joncs ou de la presqu'île de Ca Mau, je lui souhaite du plaisir. Tout cela finira mal.

— Puisqu'on parle des sectes, intervint Sylvie, que sont devenus les Binh Xuyen ?

— Les Binh Xuyen étaient avant tout des gangsters, mère. En plus des jeux, de la prostitution et de la drogue, ils avaient la haute main sur la police, et tout cela avec la bénédiction de Bao Daï ! Un peu comme si Al Capone et ses sbires avaient régné en maîtres sur Chicago et ses flics avec l'accord et les encouragements du président des États-Unis. Cela ne pouvait pas durer, surtout quand ils se sont dressés, en armes, contre l'État. Voici deux ans, ils ont déclenché la bataille en ville.

— Par fidélité à l'empereur, objecta Denis.

— Ils étaient indéfendables. Leur fidélité n'était qu'un paravent pour masquer leur désir de conserver leurs privilèges. Je vous accorde qu'ils se sont battus courageusement, ils n'avaient plus rien à perdre. Il a fallu trois journées aux troupes loyales pour en venir à bout, en donnant l'assaut à leurs camps retranchés, le Grand Monde, le lycée Petrus-Ky et leur P.C. du pont de Binh Day — le « pont en Y » — où s'était installé Bay Vien, leur chef. Il est d'ailleurs l'un des rares à avoir réussi à s'enfuir, avec l'aide d'officiers français. On dit, aujourd'hui, qu'il se serait réfugié quelque part dans le Sud-Ouest, près de Toulouse.

— Et son adjoint Ho Chan Sang ? demanda Sylvie.

— Disparu. Certains le croient mort, mais jamais on n'a retrouvé son corps. A mon avis, il n'a pas quitté le Viêt-nam, il s'est certainement retiré dans les marécages du Rung Sat, où les débris de ses troupes ont trouvé refuge.

— Sa femme Suzanne-Souën était l'une de mes amies d'enfance. Elle était la fille du Dr Kervizic, l'un des anciens compagnons de ton grand-père. — Elle sourit. — Nous l'appelions Sou-Sou, c'était une chic fille, douce et timide. Sais-tu ce qu'elle a pu devenir ?

— Je me souviens d'elle. Quand j'étais enfant, j'allais déguster des glaces dans son salon de thé de la rue Pellerin. Elle avait un fils, Richard. Il a été abattu par les Gardes présidentiels dans des circonstances mal définies, au moment où il allait négocier la libération de sa mère, prise en otage. Depuis, plus de nouvelles. En tout cas, elle n'est plus à Saïgon, ce serait trop risqué.

La conversation dériva, ponctuée de banalités. Au dessert, Denis s'informa :

— As-tu des projets ?

— Trouver du travail, père. Le commerce, les travaux publics, je ne sais pas encore. Je ne suis arrivé ici que d'hier soir.

— Es-tu certain d'avoir eu raison de démissionner ? Avec un peu de patience, peut-être les choses se seraient-elles arrangées ?

Matthieu esquissa une brève grimace.

— Je n'ai pas une nature à baisser la tête en attendant que l'orage soit passé, père, vous le savez bien. Et la patience n'est pas mon fort. De toute façon, je ne m'attarde pas sur le passé, je fonce.

— Si tu crois que je peux t'aider, n'hésite pas.

— Merci, père. Sincèrement, merci. Mais j'ai appris depuis longtemps à ne compter que sur moi-même. Et, en plus, ajouta-t-il non sans intention, je suis un homme compromettant.

Denis accusa d'un froncement de sourcils l'allusion faite par son fils à ses nombreuses dérobades. Il préféra esquiver :

— Je parlais d'une aide financière, corrigea-t-il.

Matthieu sentit qu'il devait à son tour modifier son attitude. Il s'en tira par une boutade :

— Pas question d'entamer mon héritage.

Sylvie se taisait. Elle songeait à la façon dont elle amènerait Matthieu à parler de May Linh, tout en redoutant la réaction de son mari, descendant d'une longue lignée de hauts dignitaires de l'Empire quand il apprendrait la liaison de son fils avec une métisse, sans père ni mère, issue de l'orphelinat. Un parti inacceptable pour un Lam Than, noble famille annamite.

« J'irai la voir, s'était-elle promis, je saurai au premier regard la solidité de ses sentiments. » Elle crut le moment favorable pour intervenir :

— Peut-être réserves-tu ton héritage pour tes enfants ?

— C'est une préoccupation bien noble, enchaîna Denis, pas fâché de voir le dialogue s'orienter vers ce qu'il prenait pour des lieux communs. Encore faudrait-il une mère à ces enfants. Quand vas-tu te décider à te marier ?

Au regard noir que lui jeta Matthieu, Sylvie comprit qu'elle faisait fausse route. Elle en fut tout à fait sûre quand elle entendit, lancées d'une voix tranchante, ces deux phrases définitives :

— Je n'ai aucune intention de me marier, père. J'ai suffisamment de problèmes.

Sylvie se garda d'insister. Quant à Denis, il crut habile de détourner la conversation.

— Savez-vous que Joseph Chevrier est de passage à Saïgon ? Il m'a téléphoné ce matin, je me suis permis de l'inviter à dîner demain. — Il se tourna vers son fils : — Peut-être aura-t-il une proposition à te faire ?

La société Chevrier et Fils était l'une des plus anciennes maisons de commerce de Saïgon, presque une institution, même si, depuis le départ d'une importante fraction de la population française du Sud, elle avait vu diminuer son importance et ses moyens. Joseph Chevrier, l'actuel patron, s'employait à louvoyer de façon à ne pas complètement baisser pavillon, tout en plaçant, hors du territoire, à Singapour et à Hong Kong, une partie de ses activités d'import-export.

Treize années plus tôt, sa fille, Françoise, avait épousé Bertrand Mareuil, le demi-frère de Sylvie, morts aujourd'hui tous les deux. Ne restait que Henri, leur fils, dont Catherine assurait l'éducation.

— Après tout, poursuivit Denis, sans paraître remarquer l'expression hostile de Matthieu, Joseph Chevrier est un peu de la famille.

— Je vous répète que j'ai bien l'intention de ne demander l'aide de personne. Et de plus, ajouta-t-il en se levant, ma soirée est prise.

Sylvie l'accompagna jusque sur le perron.

— Ta chambre est prête, lui dit-elle. Tu es ici chez toi.

— J'ai déjà un « chez-moi ».

— Et May Linh ?

Il se pencha, prit sa mère aux épaules et posa sa joue contre la sienne.

— Voulez-vous me faire plaisir ? Ne me parlez plus de May Linh.

5

D'abord, May Linh avait pleuré. Mais pas trop, juste ce qu'il fallait pour que son chagrin soit conforme à sa situation de femme abandonnée. Elle se regarda dans son miroir, se trouva laide et s'adressa une grimace ironique. « Ce garçon ne t'aime pas, se dit-elle. Il ne vaut pas la peine de le regretter. » En même temps, elle guettait, dans l'escalier, le retour de Matthieu.

Elle s'assit sur son lit et son regard fit lentement le tour de sa chambre ; elle la découvrit misérable, sans grâce ni élégance, et soudain elle lui fit horreur. « Je dois sortir, me promener, changer d'air, voir des gens... »

Mais où aller ? Il n'était pas question de retrouver l'une ou l'autre de ses collègues de bureau, qui ne manqueraient pas de la questionner, pour finalement la plaindre avec de faux airs de commisération cachant une jubilation intense. Elle les connaissait trop pour savoir qu'elles n'avaient rien à lui apporter. Elles étaient ainsi, tout à la fois romantiques et sordidement terre à terre. Tout se passait dans leur tête et dans leur existence comme si leur enfance et leur adolescence s'étaient écoulées à rêver du grand amour. Puis elles s'étaient données au premier garçon que leur famille leur avait trouvé ou que les circonstances leur avaient fait rencontrer. Elles l'avaient épousé parce que, passé vingt ans, une jeune fille vietnamienne se doit d'avoir mari et enfants. Pour elles, désormais, il y avait la vie et cette sorte de désillusion qu'elle leur avait apportée, et puis il y avait l'amour, dont elles continuaient à rêver comme à un inaccessible bonheur.

May Linh refusait cette capitulation devant le destin. Elle était certaine de pouvoir conjuguer l'amour au quotidien, de concilier l'inconciliable. Pendant les mois d'absence de Matthieu, elle avait cent fois essayé de coucher sur le papier tout ce qu'elle ressentait, parler de ses projets, préparer l'avenir. Elle n'avait pas réussi à rendre le fond de sa pensée. Les mots étaient trop enflammés, ou trop mièvres, et elle avait renoncé, paralysée par la peur du ridicule.

Où aller ? A qui se confier ? Un instant, elle regretta l'absence d'une mère dans les bras de qui elle aurait pu se blottir, pleurer une bonne fois, se laisser consoler. Mais le vague souvenir qu'elle avait de la sienne ne suscita aucun attrait. Alors, sœur Jehanne de la Charité, qui, bien des années après sa sortie de l'orphelinat avait été, pour elle, une amie affectueuse, attentive, de bon conseil ? Elle songea que jamais elle n'oserait lui avouer qu'elle s'était donnée, le soir même de leur rencontre, au premier homme qui avait paru s'intéresser à elle, qui l'avait regardée avec d'autres yeux, qui avait semblé intimidé face à elle. Malgré toute sa gentillesse, sa compréhension des choses de la vie, sœur Jehanne de la Charité ne manquerait pas de brandir le spectre du péché. Et May Linh avait envie d'entendre parler de tout, sauf de péché. Elle n'avait éprouvé aucun remords, et le souvenir qu'elle avait conservé de la nuit passée aux côtés de Matthieu était celui de l'émerveillement d'une découverte.

Et puis, l'évidence s'imposa. Ou, plus exactement, elle découvrit brusquement un but à sa quête. Voici quatre ans, à sa sortie de l'orphelinat, elle avait été placée, comme serveuse, au Givral, le salon de thé de la rue Pellerin, tenu par une Eurasienne comme elle, une femme douce, prévenante, que les épreuves de la vie n'avaient pas épargnée sans pour autant altérer sa gentillesse et sa bonne humeur. Elle s'appelait Souën et May Linh serait volontiers demeurée à ses côtés si la vie et le destin ne les avaient séparées. Souën avait disparu au cours des tragiques journées de la bataille de Saïgon ; elle était, disait-on, l'épouse d'un des chefs de la confrérie des Binh Xuyen, en révolte ouverte contre le gouvernement, qui avaient été écrasés au cours de sanglants combats.

« Je vais me mettre à sa recherche », se promit-elle, sans se cacher que cette quête risquait de lui prendre beaucoup de temps et d'énergie. Mais du temps, elle en avait bien plus qu'elle ne pouvait en dépenser. Quant à l'énergie...

D'un revers de la main, elle balaya tous ses soucis pour ne conserver qu'une seule préoccupation, retrouver Souën, la seule à son avis capable de l'écouter, de la comprendre, de l'aider.

Dix minutes plus tard, d'un pas décidé, May Linh se dirigea vers l'ancien salon de thé, devenu depuis un atelier de broderie artisanale.

Une Tonkinoise rêche, le cheveu roulé dans un étui de velours, les dents laquées de noir, l'accueillit d'un air soupçonneux, affectant d'abord de ne rien comprendre. A force de patience, de sourires, de démonstrations de politesse, elle finit par obtenir une réponse qui ne soit pas un grognement.

— Es-tu avec l'homme qui est venu la semaine passée ? Il m'a demandé la même chose que toi.

May Linh secoua la tête, assurant qu'elle n'avait rien de commun avec le visiteur.

— Comment était-il ?

— Un métis, comme toi.

May Linh fronça les sourcils, intriguée, sa première pensée étant pour Matthieu, bien qu'à la réflexion cela parût invraisemblable. En quoi Souën pouvait-elle l'intéresser ? Et d'ailleurs, la Tonkinoise précisait :

— Papa chinois, maman annamite. Vieux comme ton père. Mais un homme très fort, avec des bras très longs, comme un singe. — Elle cligna de l'œil. — Il m'a donné cent piastres. Homme riche et généreux.

May Linh haussa les épaules, fouilla dans son sac et en sortit un billet de vingt.

— Et pour vingt piastres, que peux-tu me dire ?

La vieille cracha un long jet de bétel.

— Rien de plus que ce que j'ai déjà dit. Je n'ai jamais vu l'ancienne propriétaire. Quand nous nous sommes installés ici, il n'y avait pas même une porte. Nous avons tout reconstruit.

May Linh rengaina son billet. Déçue. Elle salua, s'apprêtant à sortir, la Tonkinoise la rappela.

— Après la visite du métis, mon mari s'est renseigné. Peut-être trouveras-tu cette femme à Gia Dinh, elle a monté un magasin de réparation de bicyclettes. C'est du moins ce que m'a affirmé mon mari. Mais, tu sais combien les hommes sont menteurs...

May Linh inclina le front, en un geste de gratitude. Elle prit son sac.

— Garde ton argent, lui dit la Tonkinoise. Les temps sont durs, surtout pour une fille comme toi.

Le cyclo était un grand échalas, maigre comme une sauterelle, simplement vêtu d'un short noir effrangé et d'une chemisette d'un blanc douteux dont les pans flottaient librement autour de son torse étique. Mais c'était un joyeux drille, qui pédalait nonchalamment, manifestement content de vivre, d'être libre, et qui, d'emblée, avait expliqué à May Linh qu'il était très heureux de passer un moment, le plus long possible, en compagnie d'une jolie fille. « Nous trouverons ton amie », affirma-t-il dans un éclat de rire, engageant son véhicule dans le flot anarchique de la circulation.

Il faisait beau, et la rue ressemblait à un parterre de fleurs ; les filles avaient revêtu des tuniques aux couleurs vives, des vert émeraude, des mauve lilas, des fuchsia. Les élégantes, poussant nonchalamment sur les pédales de leurs bicyclettes, portaient des gants montant jusqu'au coude pour éviter à leur peau les morsures du soleil. Ici, la blancheur du teint était considérée comme une marque d'aristocratie. Il n'y avait que les paysans pour montrer des visages ou des membres tannés et bronzés.

Gia Dinh avait été naguère une banlieue cossue, résidentielle, petites villas coloniales nichées dans les parcs et les bosquets. Depuis le départ des Français, elle avait peu à peu changé d'aspect. Les murs avaient été abattus par endroits pour permettre à des boutiques de s'installer, simples échoppes de parpaings recouvertes de tôles ondulées, parfois même paillotes misérables offrant au chaland boissons gazeuses, beignets de crevettes ou *nuoc-kem*, ces sorbets blanchâtres au goût de citron vert, de mangue ou de frangipane.

La cohue s'épaississait au fur et à mesure que le cyclo-pousse s'éloignait du centre de la ville. Un véritable carrousel de vélos, de moto-pousses surchargés de marchandises les plus diverses, bananes vertes en gros régimes derrière lesquels le conducteur s'efforçait de deviner sa route, cageots de volailles piaillantes, énormes jarres de grès brun. Une cage de bambou faillit emboutir la nacelle de May Linh qui se trouva nez à nez avec un robuste cochon noir qui lui grogna ce qui ressemblait à des insultes. Des vélomoteurs se faufilaient, pilotés par des véritables acrobates du guidon, transportant des familles entières, l'homme sur la selle, la femme sur le porte-bagages et, entre eux, deux ou trois *nhos* hurlant de joie.

Il y avait quelques cris, quelques appels, des apostrophes nasillardes, mais de l'ensemble se dégageait une bonne humeur, un peu comme dans une kermesse.

Le cyclo se pencha, suggérant à sa passagère une halte rapide devant un kiosque débitant des sandwiches et des bières.

— Il faut manger, dit-il, sentencieux. Un ventre vide est un mauvais conseiller...

Le sandwich, héritage des Français, se composait d'une demi-baguette de pain, entre lequel étaient glissés, dans l'ordre, une part d'omelette, un petit pâté de porc, une salade de liserons cuits à l'eau, quelques grains de riz arrosés de *nuoc mam*. Un véritable repas que May Linh mastiqua d'abord sans plaisir, mais jusqu'au bout, s'apercevant que, finalement, elle avait faim. La recherche reprit peu après. Le cyclo entreprit méthodiquement de parcourir rues et ruelles, n'omettant même pas les venelles boueuses menant au fleuve. « Un magasin de réparation de bicyclettes », avait affirmé la Tonkinoise. C'était une indication dont le vague se confirmait de minute en minute. Jamais May Linh n'aurait imaginé qu'il pût y en avoir autant, au point qu'elle se demanda si Gia Dinh connaissait une autre activité que celle-là. Les ateliers succédaient aux ateliers, tous semblables, tous aussi misérables, pléthoriques.

— A voir tous ceux qui sont en réparation, comment peut-il y avoir encore autant de vélos en état de rouler ? observa-t-elle, avec un sourire.

Elle était consciente des regards qui se posaient sur elle, curieux ou surpris, rarement hostiles. Elle lisait clairement sur les visages : « Que vient faire ici une demoiselle française aussi élégante ? »

De proche en proche, le cyclo, qui avait dit s'appeler Thuoc, posait quelque question, à la volée, n'obtenant que des réponses négatives ou d'ignorance. Près de deux heures durant, ils tournèrent ainsi.

— Cela ne sert à rien, décida May Linh. Rentrons...

Grisée de bruits, saoulée d'agitation, elle éprouvait un vertige qui prenait le pas sur l'excitation qui avait été la sienne quand elle avait décidé de se mettre à la recherche de Souën. Elle n'avait plus envie que de se réfugier dans sa chambre, oublier la cohue, boucher ses oreilles et dormir. Demain, elle n'y penserait plus, et, lundi, son travail lui tiendrait lieu de dérivatif.

Pour la cinquantième fois peut-être, Thuoc avait interrogé un mécanicien, noir de cambouis jusqu'aux coudes, le pantalon maculé, une clef à molette en main. L'homme haussa les épaules et s'approcha. May Linh eut un geste de recul et se tassa dans le fond de sa nacelle, quelque chose l'avertissait d'un danger immédiat.

— Qui cherches-tu ?

— Mon ancienne patronne. Elle s'appelait Souën.

— Pourquoi crois-tu qu'elle se trouve ici ?

— La Tonkinoise qui occupe son ancien magasin m'a expliqué qu'elle possédait un atelier à Gia Dinh.

Elle remarqua alors que, sous la couche de poussière qui maculait son visage, l'homme présentait les caractéristiques d'un métissage sino-vietnamien. Un faciès large et plat, des yeux ronds et mobiles. Il avait en plus des épaules d'une largeur impressionnante et, au bout de ses bras musculeux, d'une longueur inhabituelle, les outils paraissaient dérisoires comme des jouets.

— Qui es-tu ?

— May Linh.

L'inconnu fronça les sourcils. Il réfléchissait. Puis il se décida :

— Renvoie ton cyclo et va m'attendre au coin de la rue. Peut-être pourrai-je te conduire jusqu'à elle.

En dépit des années et des épreuves subies, et malgré les vêtements dont elle était affublée, Suzanne-Souën avait conservé la grâce et le charme qui avaient autrefois tellement séduit May Linh. Elle était toujours droite et mince, avec un cou très long à peine strié de quelques rides et ses cheveux tissés de fils gris étaient encore peignés avec un soin qui dénotait un souci du détail, sa principale qualité. D'abord, elle ne reconnut pas sa visiteuse, il fallut à celle-ci une accumulation de détails vécus pour qu'enfin Suzanne-Souën consente à admettre, en souriant, qu'en effet elle se souvenait d'elle. Après s'être enquise de ce que devenait son ancienne protégée, elle lui demanda :

— Pourquoi t'es-tu mise à ma recherche ? Tu devrais savoir que je ne suis plus rien, ou si peu de chose. J'ai tout perdu pendant la guerre, mon commerce et mon fils Richard.

— Il vous reste votre mari.

— C'est vrai, il vient de rentrer de deux années d'exil à Bangkok. Pour avoir le droit d'habiter ici, il a dû s'engager sur l'honneur à ne plus avoir aucune activité professionnelle ou politique, et la police ne cesse de le tracasser. Nous sommes, tous les deux, des proscrits dans notre propre pays.

C'était dit avec simplicité, sans acrimonie, ni regret. Une constatation.

— Je voulais avoir votre avis, madame.

Suzanne-Souën émit un maigre sourire.

— J'ai bien souvent été incapable de conduire ma propre existence, et même de la comprendre. Je vis, et c'est tout ce que je suis capable de faire. Aussi n'attends pas trop de moi. Mais je veux bien t'écouter.

May Linh raconta sa rencontre avec son beau capitaine, sans rien en omettre. Puis elle évoqua leur rupture et dut s'interrompre à deux ou trois reprises pour calmer les sanglots qui lui montaient dans la gorge.

— Voilà, dit-elle enfin. C'est tout. Que dois-je faire ?

— Ton ami était officier ? Je n'aime pas les militaires. Ce sont des hommes de violence, et je comprends que tu aies d'abord exigé de lui qu'il te parle d'amour. C'est un mot qu'ils n'aiment pas, il les engage trop. Pourtant, dans le cas de ce jeune homme, il te reste peut-être un espoir puisqu'il a abandonné l'uniforme. Le reverras-tu ?

— Non. J'attendrai qu'il revienne, s'il doit revenir. Je ne veux pas avoir l'air de me soumettre.

Suzanne-Souën émit un petit rire.

— Je ne connais pas ce garçon. Je peux te dire que c'est un idiot, tu es jolie, tu es travailleuse et, en plus, tu es amoureuse ! Que lui faut-il de plus ? Autrefois, je t'aurais demandé son nom et je serais allée le voir, par curiosité d'abord, mais surtout pour le traiter de sot. — Elle prit le menton de May Linh entre ses doigts, et examina longuement le visage ainsi tendu vers elle. — Je lis dans tes yeux un grand chagrin, mais même les grands chagrins s'apaisent. Si mon fils avait vécu, j'aurais aimé qu'il rencontre une femme comme toi.

Brusquement, May Linh se dégagea et enfouit son visage sur l'épaule de Souën, ainsi qu'elle l'aurait fait auprès de la mère qu'elle n'avait jamais eue. Ce n'était plus qu'une enfant désemparée, toute fierté abolie, submergée de tendresse, envahie de désespoir. Elle sanglotait, libérant du même coup toutes les frustrations de sa vie, l'absence de parents à chérir, la détresse d'une solitude qu'elle n'avait pas choisie, la peur du lendemain. Bouleversée, Souën retrouvait de vieux gestes oubliés, la main caressant les cheveux, le bras la berçant doucement, la voix murmurant des paroles d'apaisement. « Ne crains rien, petite fille, je suis avec toi... »

— Pourquoi Matthieu n'est-il pas revenu ? demanda-t-elle d'un ton de désarroi.

— Matthieu, as-tu dit ? J'ai connu, autrefois, un petit garçon qui portait ce prénom. C'était le fils de ma meilleure amie, presque une grande sœur. Mais elle est partie pour la France... A part son prénom, que sais-tu d'autre ?

— Rien, pas même son adresse. Quand il était à Ca Mau, il m'a écrit deux ou trois fois, mais maintenant qu'il est revenu à Saïgon, j'ignore son adresse. Il s'appelle Lam Than, son père est vietnamien.

Souën ne cilla pas, même si son cœur bondit dans sa poitrine. Il y avait longtemps qu'elle avait appris à masquer ses sentiments, c'était une marque de bonne éducation dans les milieux vietnamiens dans lesquels elle vivait maintenant depuis plus de vingt ans. Mais ce passé qui, soudain, ressurgissait, la troublait jusqu'au fond de l'âme. Elle revit le visage de Sylvie, elle entendit le son de sa voix, et, à son tour, des larmes lui montèrent aux yeux. Elle retrouva suffisamment d'emprise sur elle-même pour demander :

— Que souhaites-tu ? Tout à l'heure, tu m'as affirmé ta volonté de ne rien tenter pour le retrouver. Sans doute as-tu raison. Vois-tu, il faut continuer à rêver de lui au point d'user ton rêve jusqu'à la trame et qu'il n'en reste plus rien qu'un souvenir impalpable et doux comme de la cendre.

« Alors viendront l'oubli et l'apaisement.

Une seconde, Suzanne-Souën avait été tentée de lui proposer de se mettre à la recherche de Matthieu Lam Than. Ho Chan Sang, son mari, disposait encore de suffisamment d'informateurs pour y parvenir rapidement. Ce qui l'en empêcha fut la représentation des obstacles infranchissables qui séparaient les deux jeunes gens, origine familiale, statut social, éducation et ce qu'elle supposait de la fortune. Elle ne devait pas susciter de faux espoirs. Cela dit, elle n'excluait pas, sans qu'il lui soit possible d'en parler encore, d'essayer de sonder Matthieu si l'occasion s'en présentait.

— Pourrai-je revenir vous voir, *petite mère* ? demanda May Linh, utilisant pour la première fois ce qualificatif vietnamien qui recélait toute l'affection qu'elle éprouvait et que Souën ressentit comme un hommage.

— Tu es ici chez toi.

— Que dira votre mari ?

May Linh avait été impressionnée, effarouchée aussi par le premier contact qu'elle avait eu avec Ho Chan Sang, la dureté de son regard, la sécheresse de sa voix et le danger latent de son attitude. Un fauve aux aguets.

— La vie a été cruelle envers lui, petite fille. Il n'a survécu qu'à force de méfiance et parce qu'il a toujours frappé le premier. Mais au fond de lui, c'est un homme au grand cœur. S'il t'adopte, comme je le fais, tu n'auras rien à redouter de personne. Ce sera ton protecteur le plus fidèle et le plus sûr.

Sur le chemin du retour, May Linh éprouva un immense sentiment de gratitude envers Souën. Une grande paix était descendue en elle. Elle avait cette impression réconfortante de ne plus être seule. Elle se fit déposer dans le centre et flâna, avant d'entrer dans la cathédrale, vide en cet après-midi de canicule. Une prière s'éleva de ses lèvres, un acte de reconnaissance envers la Providence qui, au plus profond de son désarroi, avait guidé ses pas jusqu'à la seule personne qui pouvait verser l'espoir et la sérénité dans son cœur.

En sortant, éblouie par la clarté blanche du soleil, elle hésita, partagée entre deux désirs contradictoires, rentrer chez elle ou se promener, au hasard, le long du boulevard, jusqu'au Cercle sportif où elle pourrait se rafraîchir dans l'eau claire de la piscine. L'image des ombrages de la terrasse, la perspective d'un soda bien glacé, dégusté à petites gorgées à l'ombre d'un parasol, la décidèrent.

Maintenant, elle était bien, presque euphorique. La peau encore humide, les cheveux à peine secs, elle était assise sur un fauteuil de jardin, regardant les ébats d'une bande de gamins qui se poursuivaient en criant autour des pelouses, montés sur leurs trottinettes dont ils actionnaient la pédale avec une sorte de jubilation, sous l'œil attendri de leurs parents. Elle se rappela la remarque aigre de l'une de ses collègues, une métisse, autrefois l'une des égéries du tout-Saïgon militaire :

— Le Cercle sportif ? C'est plein de Vietnamiens...

C'était vrai, c'était bien. La foule de petits fonctionnaires, de boutiquiers, d'artisans venus pour la première fois dans ces lieux, autrefois interdits, semblait s'imposer une certaine retenue. Ils se comportaient malgré eux comme des invités, conscients de la faveur qui leur était faite d'être enfin admis. « Des enfants sages », songea-t-elle. May Linh prit alors conscience qu'en se voulant Française, en refusant la part d'elle-même qui devait tout à l'Asie, elle était passée à côté de bien des joies simples. Un élan la porta vers ces familles qui faisaient preuve de tant de discrétion, de savoir-vivre.

Une ombre s'interposa entre elle et le soleil déclinant. May Linh leva le front, plissa les yeux et, mains en visière, essaya d'identifier le promeneur, espérant sans trop y croire qu'il s'agissait de Matthieu.

Mais il s'agissait d'un inconnu. Immédiatement sur ses gardes, elle lança, d'un ton sec :

— Vous me dérangez ! Veuillez vous en aller.

— Je vous prie de m'excuser, mademoiselle, dit le nouveau venu avec un fort accent étranger, en tirant à lui un fauteuil dans lequel il s'installa. Je vous ai observée, vous paraissez si seule, si — il chercha le mot, ne le trouva pas et laissa la phrase en suspens.

— Je connais le refrain, riposta-t-elle, acerbe. Puis-je vous faire remarquer que je ne vous ai pas invité à vous asseoir ?

Tout en le défiant de son regard doré, elle examinait l'importun. Une espèce d'échalas, tout en os, un long visage qui aurait paru juvénile s'il n'avait été creusé de longues rides qui lui donnaient une expression d'infinie lassitude. Habillé à la diable, d'une chemise délavée et d'un pantalon de toile qui pochait aux genoux, il était chaussé de sandales de cuir qui n'avaient pas connu la brosse depuis longtemps.

L'homme sembla ne pas être démonté par l'accueil rébarbatif de sa voisine. D'une main nonchalante, il remonta sur le sommet de son crâne une longue mèche de cheveux blonds et sourit comme pour se faire pardonner.

— Je n'ai pas de mauvaises intentions, mademoiselle. Il n'y a pas d'autre siège disponible. Et je suis tellement fatigué.

— D'accord, concéda May Linh, avec un soupir résigné. Mais ne vous croyez pas obligé de me parler. Moi aussi je suis fatiguée.

Le serveur s'approchait, en traînant les pieds, un air de mauvaise humeur sur le visage. Au premier coup d'œil, il avait jaugé son client, rangé dans la catégorie de ces Blancs que l'on pouvait bousculer sans vergogne.

— *What want to drink* ? demanda-t-il, maussade, en mauvais anglais.

— *Nothing, thanks.*

Le jeune homme se tourna vers sa voisine. « Je n'ai pas un cent », lui glissa-t-il, à mi-voix. Mais le serveur avait l'ouïe fine. Il se campa sur ses jambes et tout, dans son attitude, indiquait qu'il cherchait l'occasion de déclencher un scandale.

— Quoi vous c'est boire ? insista-t-il.

— Je n'ai besoin de rien.

— Vous c'est pas moyen rester ici sans boire ! Vous, c'est partir !

L'inconnu se déplia, fataliste.

— O.K., je m'en vais.

— Attendez, intervint May Linh, sans réfléchir, touchée par la détresse du jeune homme. Monsieur est mon invité, ajouta-t-elle à l'intention du garçon. Servez-lui ce qu'il demande.

L'inconnu commanda un jus d'ananas.

— Je vous remercie, mademoiselle. Permettez-moi de me présenter. Je m'appelle...

— Cela ne m'intéresse pas. Je n'ai agi que pour vous éviter de perdre la face. Ici, c'est très important, surtout pour un Blanc. Et il vaut mieux éviter les incidents avec les Vietnamiens, vous n'auriez jamais raison.

— Je m'appelle Patrick O'Donovan.

Elle esquissa une grimace et s'étonna :

— C'est drôle, remarqua-t-elle, c'est la première

fois que je vois un Américain qui n'a pas des dollars plein les poches. Vous avez l'air d'un vagabond.

— Je ne suis pas américain. Mais australien. Et j'ai fait un long, très long voyage pour arriver jusqu'ici. Savez-vous comment j'ai été accueilli à Tan Son Nhut ?

— Mal, je suppose, les services d'immigration voient d'un mauvais œil les Blancs pauvres. Ils se méfient des combinards.

— Combinards ? releva O'Donovan, je ne sais pas ce que c'est. J'ai un contrat de travail en bonne forme, mais un pickpocket m'a volé mon portefeuille. Mon consulat est fermé pendant le week-end, tout comme les banques. Je dois attendre deux jours.

— Où avez-vous dormi ?

— Sur un banc, dans le square en haut de la rue Tu Do, près de la cathédrale.

— Et qu'avez-vous mangé ?

Il haussa les épaules.

— J'ai l'habitude de me contenter de peu. Une vieille femme m'a donné une boule de riz.

— Qu'allez-vous faire ce soir ? Et demain ?

— Je l'ignore. Mais cela n'a pas d'importance, je suis tellement content d'être ici ! — Il se pencha, les coudes sur les cuisses, et ajouta, en confidence : — Je vais enfin pouvoir réaliser un vœu, vieux de quinze ans déjà...

En quelques phrases, il raconta comment, après avoir été abattu au-dessus du delta de Cochinchine par la D.C.A. japonaise, il avait été caché dans une maison, à quelques kilomètres de Saïgon. Là, il avait rencontré une femme, une Européenne qu'il avait aimée et qu'il n'avait jamais oubliée.

— Je m'étais promis de revenir, de la revoir. Pour cela, je me suis engagé dans la Légion, mais on m'a envoyé au Tonkin. Et ce fut Diên Biên Phu...

Il avait été renvoyé en France et, son contrat

terminé, il avait longtemps erré sur le port de Marseille, à la recherche d'un embarquement sur un cargo à destination du Viêt-nam.

— J'aurais accepté n'importe quoi, même un poste de soutier, mais personne ne voulait m'engager, je n'étais pas syndiqué et, de plus, j'étais étranger...

Il se tut, le serveur revenait, toujours aussi désagréable. Il posa le verre de jus d'ananas avec une telle vigueur qu'un bon tiers du liquide se répandit sur le guéridon ; ensuite, il attendit, main tendue, que May Linh règle la consommation.

— Je commençais à désespérer, reprit O'Donovan, et j'avais à peu près dépensé tout mon pécule. Mais j'ai rencontré, par hasard, mon ancien capitaine de la Légion. Il m'a recommandé auprès d'une société d'import-export dont une succursale se trouvait à Marseille. Connaissez-vous la maison Chevrier et Fils ?

— Autrefois, c'était la plus importante de toute l'Indochine. Elle a baissé depuis l'Indépendance, mais elle est encore solide. Cela dit, elle a la réputation de ne pas être très généreuse avec ses employés.

O'Donovan balaya ce détail du revers de la main.

— Ils m'ont signé un contrat. Une chance, ils étaient à la recherche d'un démarcheur capable de nouer des contacts avec des sociétés américaines.

May Linh laissa s'installer le silence. Elle enviait secrètement la femme qui avait su inspirer à cet Australien une passion que le temps n'avait pas altérée.

— Croyez-vous la retrouver ? Êtes-vous certain qu'elle se trouve encore ici, au Viêt-nam ?

— Je ne suis sûr de rien. J'ai seulement pensé que si nous devions nous revoir, ce serait au Viêt-nam. — Il eut un petit mouvement de tête, comme s'il avait déjà imaginé d'autres possibilités. — En France, je ne la reconnaîtrais peut-être pas.

— C'est étrange, dit May Linh. Moi, je rêve de quitter ce pays. Depuis mon enfance, tout ce que je lis, tout ce que je sais de la France me la décrit comme le paradis sur la terre. Si vous saviez comme j'ai souvent souhaité aller à Paris, me promener sur les grands boulevards, admirer les monuments, la tour Eiffel, l'Arc de triomphe, Notre-Dame, Montmartre. Entrer dans un grand restaurant, s'asseoir à côté de Martine Carol, de Gérard Philipe, de Tino Rossi...

— Vous ne savez pas le bonheur qu'il y a ici, répondit O'Donovan. La France est triste, égoïste, morose. Si vous êtes seul, vous pouvez crever, personne ne fait attention à vous.

— Vous parlez comme un de mes amis. Un officier qui vient de quitter l'armée. Lui aussi préfère rester ici.

— Votre fiancé ?

May Linh secoua la tête.

— Nous sommes brouillés, dit-elle, brièvement.

— Votre ami est un idiot. On ne devrait pas se brouiller avec une jeune fille comme vous. Vous êtes sensible, vous avez du cœur.

May Linh secoua la tête. « A quoi cela me sert-il ? » se demanda-t-elle.

La nuit tombait. Venue de la rivière, une brise apportait, avec un peu de fraîcheur, toutes les senteurs du port, mêlées à celles, plus pimentées, plus subtiles de la rue, le charbon de bois des cuisines en plein vent, la saumure du poisson, la friture des beignets, auxquelles s'ajoutait le lourd parfum des frangipaniers du boulevard. O'Donovan consulta sa montre, et se leva.

— Il est six heures, dit-il. Je dois trouver un abri pour la nuit avant que tous les bancs du square ne soient envahis par les mendiants de la ville. Et puis je vous ai suffisamment ennuyée avec mes histoires.

En tout cas, merci de tout. Surtout de m'avoir écouté. Je n'ai plus l'habitude.

Il se pencha, déposa un baiser sur le bout des doigts de May Linh.

— Lorsque je penserai à vous, j'aimerais mettre un nom sur ce souvenir.

— Je m'appelle Marie. Marie Lafarge. Mais pour mes amis, je suis aussi May Linh.

— Alors, au revoir, May Linh.

Il s'éloigna, le dos voûté, les mains dans les poches. Elle l'observait, songeant qu'en dépit des apparences Patrick O'Donovan n'avait pas l'air d'un vaincu, mais plutôt d'un flâneur, se promenant dans son rêve à la poursuite d'une étoile. Son grand corps avachi avait supporté des épreuves terribles, mais elles n'avaient pas éteint la petite flamme qui continuait à brûler dans son cœur, à vivre dans son regard. Et même si elle n'y croyait pas trop, elle souhaita qu'il finisse par trouver, enfin, l'objet de sa quête inlassable. Un élan de compassion la poussa à se lever, à courir à sa suite. Elle lui prit le bras. Il ne se retourna même pas. Il observa, simplement :

— Que vont penser les gens en nous voyant ? Je suis mal habillé, je ne suis même pas lavé. Vous l'avez dit tout à l'heure, j'ai l'air d'un vagabond.

— Je me moque de l'opinion des gens. Et j'ai une proposition à vous faire. Je vous emmène chez moi, vous pourrez prendre une douche. Ensuite, nous irons manger un *hu tieu,* une soupe saïgonnaise. Pour dormir, je me débrouillerai, mon appartement n'est pas bien grand, mais on doit pouvoir s'arranger.

— Et si votre fiancé venait chez vous ? Que va-t-il s'imaginer ?

May Linh eut un geste impatienté.

— Matthieu ? Qu'il aille au diable !

6

Sylvie avait eu le plus grand mal à reconnaître Suzanne-Souën, son amie d'enfance. Elle avait conservé d'elle l'image d'une jeune beauté timide, gauche, vite effarouchée, n'ayant aucune confiance en elle. Et la femme qui se tenait devant elle dans ses vêtements de paysanne, caraco marron, pantalon flottant, les pieds nus dans des socques de bois, ressemblait à l'une de ces paysannes du delta, dure et sèche, le visage prématurément vieilli par les épreuves, le corps encore mince mais que l'on devinait noueux, comme un cep de vigne. En quelques mots, dédaignant le rappel des vieux souvenirs, abrégeant les préliminaires, elle était allée droit au but.

— Je suis venue te parler de May Linh et de Matthieu. A vrai dire, je ne me rappelle plus très bien ton fils, il y a si longtemps que je ne l'ai vu, et, de plus, je crois savoir qu'il a été de ceux qui ont combattu les Binh Xuyen dont mon mari était l'un des chefs. Je n'ai donc aucune raison d'avoir quelque sympathie à son égard. Par contre, May Linh est une jeune fille accomplie, sérieuse, travailleuse, et le fait qu'elle n'ait ni père, ni mère connus ne change rien aux qualités qu'elle possède.

Elle raconta la visite qu'elle avait reçue et conclut :

— J'ai longtemps hésité avant de venir te voir. Et je le regrette déjà. May Linh est éprise de ton fils, mais jamais un Lam Than n'épousera une bâtarde. Il a seulement voulu s'amuser d'elle.

Sylvie lui prit la main.

— Viens, proposa-t-elle aimablement. Nous serons mieux dans mon salon pour parler de tout cela.

Suzanne-Souën fit non de la tête.

— Je sais tenir mon rang. Nous sommes très bien ici, sur la véranda, et je préfère rester debout.

— Comment as-tu trouvé mon adresse ?

— Aucune importance. Tout se sait, à Saïgon. Même la position privilégiée de ton mari auprès de Ngo Dinh Diêm. Mais je ne suis pas venue pour cela.

A son tour, Sylvie donna la version des faits qu'elle tenait de Matthieu.

— Il est devenu intransigeant, cassant, et je l'ai deviné secrètement blessé, écorché vif. Il m'a interdit de tenter la moindre démarche auprès de May Linh. Que faire ?

— Rien. Ton fils est majeur. A l'occasion, si tu le vois, dis-lui, de ma part, qu'il s'est conduit de façon méprisable. — Elle descendit les marches du perron, puis elle fit volte-face. — Et conseille-lui de ne plus approcher May Linh, surtout s'il doit lui faire encore plus de mal qu'il ne lui en a fait. Elle n'est plus seule, il me trouvera en travers de son chemin.

Elle partit, droite et raide, sans se retourner. Sylvie s'élança à sa suite :

— Il faut que je voie cette jeune fille, où habite-t-elle ?

— Qu'as-tu à lui proposer ? Un emploi de boyesse ? De maîtresse entretenue de ton fils ?

— Je ne te reconnais pas, Souën. Tu es devenue froide, dure, impitoyable.

— En effet. Je suis comme la vie m'a modelée. J'ai tout perdu, maison, boutique, argent. Mon fils a été assassiné sous mes yeux par les camarades de ton fils et mon mari se cache, comme un malfaiteur. Tout va bien, tu vois. — Elle avança la main, saisit le poignet de Sylvie qui éprouva l'impression d'être emprisonnée dans une serre d'oiseau de proie. — Tu veux aller voir May Linh ? D'accord. Allons-y. Tu verras quel merveilleux château elle habite, tu verras ses bijoux, ses bibelots, ses serviteurs. Et si, après cela, tu as envie de la voir épouser ton fils, ne te gêne pas, dis-le-moi !

Souën se fit prier pour embarquer dans la vaste Plymouth officielle que Sylvie avait décidé d'emprunter. « Je sais tenir mon rang », répétait-elle. Elle y consentit cependant après avoir admis que cela leur ferait gagner du temps.

— Nous nous arrêterons au coin de la rue. Je monterai d'abord chez May Linh lui demander si elle a envie de te voir.

7

Torse nu, une serviette nouée autour des reins, Patrick O'Donovan achevait de se sécher. Il avait apprécié, en souriant, la rusticité du local de la douche, un cagibi commun à tout l'étage planté tout au bout de la galerie, devant lequel s'étaient agglutinés cinq ou six gamins rigolards, qui avaient commenté le spectacle, détaillant les cicatrices qui marbraient la peau de ce Blanc inconnu et répétant : « *My, My !* »

— Ils vous ont pris pour un Américain, expliqua May Linh.

— Vous voilà définitivement compromise, mademoiselle. J'en suis désolé. Surtout pour une simple douche !

— Ne vous faites pas de souci pour ma réputation. D'abord parce que je n'ai de comptes à rendre à personne sur la manière dont je mène ma vie privée. Et puis, les gens d'ici sont plus simples qu'on ne l'imagine. Curieux, mais pas cancaniers. Ils prennent les choses comme elles viennent.

Pratique, elle ajouta :

— Demain, je vous prêterai un peu d'argent, votre

chemise a besoin d'un sérieux lavage. Pour ce soir, nous nous arrangerons. Est-ce qu'une natte vous suffira comme matelas ?

— J'ai l'habitude de coucher sur la dure.

Elle sortit.

— Je vous attends dehors. Quand vous serez habillé, rejoignez-moi. Nous irons dîner tout à côté.

Il y avait foule dans la rue. Les trottoirs étaient encombrés de flâneurs, de joueurs de cartes, de buveurs de thé, de diseurs de bonne aventure, assis sur de minuscules tabourets entourant une table basse éclairée par une lampe à gaz. Des gamins couraient, se faufilant entre les jambes des promeneurs, avec des cris aigres. Des cyclistes pédalaient, en carillonnant pour se frayer un chemin. De-ci, de-là, des vendeurs de cartes postales, de timbres-poste, de cigarettes au détail proposaient leur marchandise d'un ton geignard.

C'était l'heure bénie de la nuit où l'atmosphère était enfin supportable. Des odeurs se mêlaient, puissantes, agressives comme si une lutte farouche les opposait pour les rendre dominantes. Aux fumées des bâtonnets d'encens se superposaient celles du poisson séché, mis à griller sur des réchauds portatifs, celles, plus sucrées, des bassines de caramel, ou encore celles, poisseuses et tenaces, du curry ou des épices.

May Linh marchait devant, ayant renoncé depuis quelques instants à la présence, à ses côtés, de Patrick O'Donovan qui la suivait, quelques mètres en arrière, sa progression ralentie par tous ceux qui s'accrochaient à lui, mendiants, chiromanciens, ou *nhos* quémandant une petite piastre.

Il était détendu, euphorique. Il avait l'impression d'être enfin rentré chez lui. Tout lui était bonheur, il avait pris une mentalité de badaud et s'intéressa, une seconde, au spectacle de la Plymouth noire, long insecte silencieux et étincelant qui tentait de se frayer un passage au milieu de la chaussée, escortée de gamins qui frappaient aux vitres, la main ouverte en conque.

Il regarda devant lui et, une seconde, il eut peur d'avoir perdu son guide. A coups d'épaules, il écarta la foule, rattrapa May Linh au moment où elle franchissait l'enseigne d'un restaurant en plein air installé au fond d'une impasse inondée de lumière. Ils prirent place dans un coin reculé, conscients, l'un et l'autre, des regards de curiosité dont ils étaient l'objet. Mais cela ne gênait pas May Linh.

— Je suis certaine, observait-elle, que les clients se posent des questions à votre sujet. Ils ont remarqué la dextérité avec laquelle vous utilisez les baguettes, ce qui, de toute évidence, vous désigne comme un familier de l'Asie. Et pourtant, vous n'êtes pas français, cela aussi, ils l'ont deviné. Ce qui les intrigue sûrement est aussi le fait que rarement un Américain se risque dans un pareil endroit. Ils préfèrent vivre entre eux, boire l'eau que des avions-citernes leur apportent de Guam, leur base arrière, manger leurs hamburgers surgelés venus directement de Los Angeles.

— Je crois surtout, répondit Patrick avec modestie, qu'ils se demandent ce qu'une fille comme vous, jeune et jolie, fait avec un type comme moi qui suis vieux, pauvre et mal rasé. — Il rit : — C'est mauvais pour votre standing.

May Linh haussa les épaules.

— Je n'ai pas de rang à tenir. — Puis, changeant de sujet : — Quand vous aurez enfin commencé à travailler, je suppose que vous ne vous en tiendrez pas là ? Comment comptez-vous procéder pour retrouver cette femme que vous cherchez depuis si longtemps ?

— Je ne sais d'elle qu'une chose. Elle habitait près

de Bien Hoa, dans une plantation qui s'appelait Bao Tan. Elle se trouvait sur la route menant à Baria.

May Linh fit la grimace et s'exclama :

— Vous aurez du mal. La zone est encore peu sûre, et placée sous contrôle militaire. Plus aucun civil, surtout français, n'y demeure plus.

Patrick O'Donovan se renfrogna, mais son optimisme l'emporta.

— Eh bien, dit-il d'un ton décidé, je m'y rendrai quand même et, s'il le faut, j'en chasserai les occupants et je m'y installerai. Si Catherine n'y est plus, je l'attendrai. Elle ne peut manquer d'y revenir. C'est une certitude, aussi ancrée en moi que peut l'être la foi dans l'aube prochaine. Tout ce que j'ai accompli de ma propre volonté depuis quinze ans, tout ce que j'ai subi sans l'avoir voulu, tout cela n'a de sens que si j'atteins le but que m'a fixé mon destin. Croyez-vous à la Providence ?

— Bien sûr, répondit May Linh sans grande conviction. Je suis catholique.

— Moi aussi. Savez-vous qu'au moment du doute, ou de l'incertitude sur le choix à faire, elle vous adresse de petits signes qui arrivent à point pour vous guider ? Ces signes, bien souvent, on ne les perçoit pas de façon claire. Ce n'est qu'après, lorsqu'on regarde en arrière, que l'on s'aperçoit, à la lumière de l'expérience, qu'ils vous apparaissent à la façon des aiguillages qui vous ont orientés, dessinant une trace aussi précise et droite que les rails d'une voie ferrée.

May Linh le regardait avec des yeux incrédules et admiratifs. « Comment peut-on aimer à ce point ? » se demandait-elle, tout en songeant : « Il est complètement fou. »

— Vous êtes bien affirmatif, dit-elle enfin. Avez-vous seulement imaginé que vous ayiez pu vous tromper ? Si vous aviez pris pour des signes providentiels quelques hasards auxquels vous seul avez cru trouver un sens ? Vous ne savez même pas si Catherine est vivante, si elle vous attend, si même elle pense à vous ! Quinze ans, c'est long.

Patrick haussa les épaules et, d'un geste de dépit, jeta brutalement sa serviette sur la table.

— Si je me suis trompé, murmura-t-il sourdement, dents serrées, autant crever tout de suite. — Mais il se reprit et, avec un grand sourire qui lui donna l'air d'un adolescent ébloui : — Je mens. Je remercierai la Providence ; elle m'aura offert le plus beau cadeau qu'un homme puisse souhaiter. Vivre pour conquérir une étoile, même si on ne doit jamais l'atteindre.

May Linh l'écoutait, attentive, émue. Elle songea qu'elle aussi poursuivait une étoile.

Sylvie et Souën frappèrent en vain à la porte de May Linh. Elles l'avaient croisée, sans la reconnaître, dans la rue. Obligeante, une voisine les renseigna :

— Elle, c'est partie voici quelques minutes, avec un homme...

Un instant, Sylvie espéra que Matthieu était revenu sur sa décision et qu'après avoir réfléchi, il avait de lui-même entrepris cette démarche de réconciliation. L'équivoque ne dura pas.

— L'homme est un Américain, précisa la voisine, très grand et très maigre...

Sylvie et Souën se regardèrent. Elles ne se dirent rien, mais leurs sentiments étaient faciles à deviner. La première songeant que May Linh avait bien vite remplacé Matthieu dans sa vie, la seconde qu'elle venait de perdre la face.

Ni l'une ni l'autre ne renouvelèrent leur tentative.

Le lendemain matin, Sylvie apprit que son fils avait été arrêté la veille au soir, et transféré au secret dans la prison militaire de Mytho. En dépit de tous ses efforts, elle ne parvint pas à connaître les motifs de cette mesure. Pire encore, un proche de Ngo Dinh Nhu, le frère du président, lui fit comprendre qu'il n'était pas souhaitable, pour sa propre liberté, de chercher à en savoir davantage.

Chapitre 3

Avril 1957

1

N'étaient les barreaux scellés dans la maçonnerie d'embrasure de la fenêtre et la sentinelle qui faisait les cent pas le long de la galerie, Matthieu aurait pu se croire dans une de ces chambres ordinairement réservées aux officiers de passage dans les garnisons militaires. Il n'en était pas moins prisonnier et même si, jusqu'à maintenant, ses rares visiteurs lui témoignaient déférence et égards, il ne quittait jamais les dix-huit mètres carrés de cette pièce au plafond haut où, en permanence, tournait un ventilateur asthmatique.

Depuis une semaine, il vivait ainsi, au ralenti, passant la presque totalité de son temps à dormir. Il possédait en effet cette merveilleuse faculté, cultivée au cours de ses années de campagne, de succomber au sommeil pour peu qu'il s'allonge et croise les mains derrière la nuque. Qu'aurait-il pu faire d'autre? Réclamer des explications? Mais à qui? Ses seuls visiteurs étaient les deux hommes de corvée qui, à heures fixes, lui apportaient ses repas et balayaient sa chambre. Réfléchir à son cas, s'interroger sur les raisons de son internement? S'inquiéter sur son avenir? Autant de problèmes qu'il se refusait à évoquer, il n'avait pas envie de détruire son moral, alors qu'il aurait sans doute besoin de tous ses moyens pour faire face aux accusations qu'on ne manquerait pas de lui porter tôt ou tard.

Ce n'était, de sa part, ni fatalisme, ni résignation, sa passivité apparente n'était que de la concentration.

Son seul sujet de préoccupation était sa mère qui devait sûrement s'attendre au pire. Il l'imaginait parfois, déployant une activité débordante, ameutant ses relations, remuant la ville au risque de susciter des mesures de rétorsion. S'il avait pu lui écrire, Matthieu lui aurait recommandé la plus extrême prudence ; Ngo Dinh Nhu n'appréciait pas que l'on conteste ses ukases.

Sa solitude fut interrompue par l'apparition d'une sentinelle l'arme à la hanche qui, d'un signe de tête, l'invita à le suivre.

— Promenade ? s'informa Matthieu, affable.

— Venez, se borna à répondre le soldat.

Il escorta son prisonnier tout au bout de la cour principale au milieu de laquelle des détenus s'affairaient à quelque obscure besogne sous la surveillance débonnaire d'un caporal, nonchalamment adossé au tronc d'un palmier étique, serti dans un enclos de cailloux dont la peinture, autrefois blanche, s'écaillait par plaques.

L'un précédant l'autre, les deux hommes arrivèrent devant un bâtiment en dur, escaladèrent les degrés du perron et pénétrèrent à l'intérieur, dans un couloir tout en longueur qui drainait un air moite et confiné.

Le gardien frappa à la deuxième porte, puis, sans attendre de réponse, il l'ouvrit et engagea sa tête, annonçant :

— Lam Than est là, mon commandant.

— Fais-le entrer !

Matthieu fit quelques pas et se trouva devant un officier supérieur, sanglé dans un uniforme blanc. Sa poitrine était vierge de toute décoration et, sur ses pattes de col, il portait les insignes de la justice militaire, un glaive et une balance stylisés.

— Asseyez-vous, ordonna le magistrat.

Puis, ouvrant un dossier de carton bordeaux, il enchaîna :

— Je suis chargé d'instruire la tentative de putsch militaire fomentée par un certain nombre de jeunes officiers. Votre nom a été prononcé à plusieurs reprises, autant de la part de certains inculpés...

— Foutaises ! l'interrompit sèchement Matthieu.

— ... que de la part de témoins, compléta l'officier qui enchaîna : Connaissez-vous le capitaine Pham Dinh Loï ?

— Bien sûr, nous commandions chacun une compagnie du même régiment. Pourquoi cette question ?

Le magistrat ne répondit pas directement, écartant l'interruption d'un revers de main.

— Que pensez-vous du colonel N'Guyen Bo ?

Matthieu haussa les épaules.

— Rien.

— C'était pourtant votre chef. Il m'a donné à votre sujet les plus mauvais renseignements. Il vous considère comme un officier peu sûr politiquement.

— Je n'ai jamais fait de politique.

— Ce n'est pas ce qui ressort des interrogatoires que j'ai eu à conduire. Vous avez violemment désapprouvé le geste hautement symbolique consistant à détruire par le feu les souvenirs humiliants pour notre nation de son passé de colonisée.

— Quel rapport avec un putsch militaire ?

— Votre ami le capitaine Pham Dinh Loï figure au nombre des conjurés...

— Première nouvelle.

— ... et les informations que je possède m'incitent à penser qu'il vous avait averti de ce qu'il tramait.

— Je me permets de vous rappeler que j'ai démissionné de l'armée. Depuis plus de dix jours, je suis civil.

Le magistrat pointa un index accusateur :

— Justement ! Cette démission, fort opportune, vous donnait la possibilité d'agir avec les mains libres. Plus libres en tout cas à Saïgon qu'à Ca Mau.

Matthieu comprit alors, en un éclair, que cette affaire de putsch ne tenait pas debout. C'était son retour à Saïgon qui avait déplu en haut lieu. Il répliqua, un peu vivement :

— Où vouliez-vous que j'aille ? C'est là que sont mes parents...

Il laissa sa phrase en suspens. Il avait failli ajouter : c'est là que se trouvent mes amis, tout en songeant qu'il n'avait plus guère d'amis, et que cette évocation relancerait l'interrogatoire. Le juge l'observait, avec attention, attendant la suite.

— ... personne ne m'avait averti que j'étais interdit de séjour dans la capitale, acheva-t-il.

Il capta une lueur d'agacement dans les yeux de son vis-à-vis. « J'ai touché juste », se dit-il.

— Qui avez-vous rencontré à Saïgon ?

— Je vous l'ai déjà dit, mes parents.

— C'était imprudent, vous risquiez de les compromettre. Votre père...

— Laissez mon père en dehors de tout cela. Il mène sa vie comme il l'entend, je ne m'en mêle pas, pas plus qu'il ne se mêle de la mienne. Et d'ailleurs, en quoi suis-je compromettant ?

Le juge sembla surpris de la vivacité de l'interruption. Il ne répondit pas, se plongea dans la lecture du dossier. En réalité il cherchait une contenance. Il referma la chemise, posa dessus ses mains, bien à plat, et esquiva :

— Nous reprendrons cet entretien un peu plus tard, Lam Than. D'ici là, essayez de réfléchir à votre intérêt. Vous ne m'avez pas convaincu ; il vous faudra trouver d'autres arguments. En attendant, vous êtes assigné à résidence ici.

Matthieu ricana :

— C'est un euphémisme. Je suis prisonnier.

— Je vais donner des ordres pour que vous ayez la possibilité de sortir du camp pour participer aux activités d'intérêt collectif, si j'ai votre parole que vous ne chercherez pas à quitter la ville, ni à prendre des contacts avec l'extérieur.

— Puis-je au moins écrire à mes parents, ne serait-ce que pour les rassurer sur mon sort ?

Le magistrat secoua la tête :

— Je vous ai dit : pas de contacts extérieurs tant que votre dossier est à l'instruction. C'est ce qui a été expliqué aux membres de votre famille.

Matthieu était furieux. Il se leva, posa ses poings sur le rebord de la table et approcha son visage de celui de l'officier :

— Pouvez-vous me dire combien de temps va durer cette comédie ?

— Ce n'est pas une comédie ! A votre place, je prendrais cela très au sérieux.

— A votre place, répliqua Matthieu, je ne serais pas fier de faire votre sale boulot.

— Je ne vous permets pas...

— Je me fiche de ce que vous me permettez ! Un homme privé de liberté a tous les droits, même celui de vous dire, en face, que vous êtes le complice d'une infamie. Il n'y a rien dans mon dossier, toute cette machination n'a qu'un but, celui de me réduire au silence. J'aimerais pourtant savoir ce qu'en haut lieu on redoute de me voir divulguer.

Le juge était devenu gris. Il balbutia :

— Je n'en sais rien moi-même. Je me borne à exécuter les ordres.

— De qui ?

— Cela ne vous regarde pas. Sachez qu'ils viennent de très haut.

Cette fois, Matthieu était fixé. Entre Ngo Dinh Diêm et lui il y avait l'encombrant cadavre de Trinh Minh Té, qu'il avait abattu sur un ordre présidentiel. Il se redressa, tourna les talons et sortit, en claquant la porte derrière lui.

Ce que le juge d'instruction avait appelé les activités d'intérêt collectif s'apparentait plutôt à des travaux forcés. Tous les matins, à l'aube, des camions emmenaient les assignés à résidence, cent vingt hommes environ, jusque dans la région de Cho Gao, à l'est de Mytho, afin de rétablir les diguettes pour permettre la remise en culture d'anciennes rizières laissées en jachère depuis la fin de la guerre.

Matthieu ne s'en plaignait pas trop, ces efforts avaient à ses yeux un double avantage, l'empêcher de penser à son sort, et lui permettre d'entretenir sa forme physique. Il maniait la pelle et la pioche avec ardeur et, bien souvent, il prenait à sa charge la part de la besogne assignée à son voisin, un intellectuel saigonnais pour qui le maniement des outils constituait une épreuve surhumaine.

Il s'appelait Pham Quyn Khiên. Son arrestation, puis son incarcération étaient dues à une lettre ouverte qu'il avait eu l'imprudence de publier dans les colonnes du *Thoï Luan,* le journal qu'il dirigeait et qui n'avait pas survécu à cette lettre dans laquelle il disait notamment :

« Monsieur le Président, vous êtes fier d'avoir doté le Sud-Viêt-nam d'un régime que vous croyez similaire à celui des États-Unis. Si ces deux régimes sont similaires, c'est dans le sens où un gratte-ciel est similaire à une bicoque en tôle ondulée, puisque les deux constituent un logis. »

— J'ai été trahi par tout le monde, se plaignait Khiên. Même par les Américains, pourtant si vétilleux sur les atteintes aux droits des citoyens. Cette lettre, je l'avais adressée à Alfred Friendly, le rédacteur en chef du *Washington Post*. Je le croyais mon ami. Friendly m'a fait savoir qu'il n'était pas possible de faire la moindre mention de cette lettre. « Je ne veux pas donner l'impression de bousculer un peu trop le Viêt-nam. » Voilà où nous en sommes. J'en arrive à me demander si les Américains ne se soucient pas de nous comme d'une guigne et s'ils ne cherchaient pas seulement à chasser les Français.

Il était amer et désabusé. Nationaliste fervent, Khiên avait applaudi, l'an passé, au départ des derniers vestiges de l'administration coloniale, le Bureau des changes et la Direction des douanes. A cette époque, il était encore persuadé que Diêm respecterait les accords de Genève de 1954 qui, notamment, prévoyaient des élections générales et libres, préludant à la réunification du pays, arbitrairement coupé en deux à la hauteur du 18e parallèle depuis l'été de 1954.

— C'est vrai, répétait-il. Je croyais, naïvement, que par l'exemple de la liberté et de la démocratie, le Sud donnerait au Nord l'envie de se débarrasser du système communiste. Or, à quoi avons-nous assisté ? A un référendum truqué qui n'a servi qu'à plébisciter, à 98,8 %, Diêm et sa tribu — pour ne pas parler de son gang ! Quant aux élections générales, ce fut une sinistre farce où l'armée a bourré les urnes, et où les rares opposants qui avaient à se faire élire ont été aussitôt invalidés dans le meilleur des cas, quand ils ne se sont pas retrouvés en prison.

Il devenait véhément, bourrait de coups de poing rageurs la glaise de la diguette qu'il était en train de consolider.

— C'est ainsi que, non seulement, nous avons

consommé la partition du Viêt-nam en deux blocs définitivement irréconciliables, mais, en plus, nous justifions le régime de Hanoï, en offrant l'image d'un système policier tout aussi totalitaire.

— Vous ne devriez pas parler ainsi, l'avertit Matthieu en jetant autour de lui des regards furtifs. C'est plein d'oreilles malveillantes. — Puis, à mi-voix : — Vous êtes de parti pris, vous vous complaisez à noircir le tableau.

— Possible, mais j'ai des excuses ; ma colère est à la mesure de la déception éprouvée à voir trahis les espoirs que j'avais fondés sur l'avenir.

Il s'assit, ostensiblement, sans se soucier de la présence du surveillant, un caporal cambodgien débonnaire qui s'abritait du soleil sous une immense ombrelle mauve.

— Diêm, reprit-il d'un ton accablé, a fait du Sud une vaste prison dont il n'est possible de s'évader que par l'exil ou par la mort, deux fuites, deux démissions auxquelles je me refuse. Ce qui était concevable de la part d'étrangers, parce que c'était dans la logique du système colonial, basé sur les rapports de forces, est inadmissible venant d'un compatriote. Encore moins quand il se drape dans les habits de la Démocratie !

Il pointa un index accusateur :

— Je suppose, jeune Lam Than, que vous vous moquez bien de tout cela. Vous semblez accepter bien passivement votre sort !

Piqué au vif, Matthieu riposta :

— Qu'en savez-vous ? De toute façon, le moyen de faire autrement ? Je suis comme l'oiseau dans la cage, les barreaux me cernent, mais ils me protègent aussi.

— Et de qui vous protègent-ils ? Qu'avez-vous donc à vous reprocher de si terrible que vous redoutiez autant la liberté ?

— Rien, sinon mon obéissance. Jusqu'à présent, j'étais un soldat, je ne faisais pas de politique.

— Si vous étiez l'innocent que vous dites, vous ne seriez pas ici. Pour paraphraser Talleyrand : « Les opposants sont toujours des coupables. Peu importe de savoir de quoi ! »

La conversation s'arrêta. Le clairon sonnait le rassemblement des travailleurs auprès des camions qui les ramenèrent au camp. La nuit venue, douché, rasé, ayant enfilé du linge propre, Matthieu s'allongea sur sa couchette, mais, à son agacement, il ne trouvait pas le sommeil. Des mots lui trottaient dans la tête, ceux qu'avait prononcés Khiên tout à l'heure : « Vous acceptez bien passivement votre sort. » Il était bien forcé d'admettre que ce n'était pas tout à fait faux. Qu'était devenu le Matthieu d'autrefois, l'homme intransigeant, capable de remettre toute sa vie en question, simplement pour la haute idée qu'il s'en faisait ?

Il finit pourtant par glisser, lentement, dans un engourdissement à mi-chemin du rêve. Un rêve peuplé de visages familiers. Des morts et des vivants. Francis, son grand-père, l'homme au monde qu'il avait le plus admiré. Cyril et Bertrand, ses oncles, dont l'âme errante hantait les montagnes du Nord. Plus proche de lui, il y eut celui de son confident, le capitaine Loï. Puis « petit » Henri, dont la naïve confiance en lui l'avait tellement ému.

Mais tous avaient l'air sévère. Ils lui posaient la même question : « Qu'as-tu fait de ta dignité d'autrefois ? »

La dernière image, celle de May Linh qu'il croyait à jamais chassée de sa mémoire, lui apparut si nette, si pathétique, qu'elle le réveilla tout à fait. Il se dressa, le front moite, le corps en sueur, le cœur tordu. « May Linh », murmura-t-il. « Comment ai-je pu être aussi stupide ? Et pas seulement stupide, mais odieux ! »

Il comprit alors que le fatalisme qu'il montrait était en réalité de l'indifférence pour tout ce qu'il pouvait lui arriver depuis que, par sa faute, il avait perdu May Linh. Ce nom, sur ses lèvres, lui rappela le goût de ses baisers, un peu miel, un peu citronnelle. Et, brusquement, sa décision fut prise. Il devait tout tenter pour sortir de ce trou à rats. Fort de cette résolution, il s'endormit, cette fois sans cauchemars. Au réveil, la solution lui apparut, lumineuse. « Je possède la double nationalité. Comme citoyen français, je suis détenu illégalement, puisque je ne fais l'objet d'aucune inculpation de droit commun. Il me faut trouver le moyen d'alerter le consulat. Tout ce que je risque est une expulsion du pays. Je rentrerai en France, c'est ce que souhaite May Linh. Tout sera pour le mieux... »

Il ne se cachait pas les difficultés de la démarche. Comment en effet joindre le consul depuis le camp ? Et, ensuite, qui se chargerait des formalités ? Ses parents ? Mais ne serait-ce pas les compromettre ? Il savait la précarité de la position de son père, que le poste de conseiller du président ne mettait pas à l'abri des intrigues de Ngo Dinh Nhu. Il décida de s'en ouvrir à son équipier Pham Quyn Khiên. « C'est un homme de bon conseil, il trouvera sûrement la solution. » Une déception l'attendait. Son compagnon ne se présenta pas au rassemblement du matin. Interrogé, l'adjudant de semaine répondit brièvement :

— Khiên est malade.

Il fut impossible de lui tirer autre chose.

C'est sans le moindre entrain que Matthieu embarqua dans le camion prévu pour emmener les travailleurs sur leur chantier. Il faisait déjà une chaleur de four. On était au cinquième mois du calendrier chinois, qui en principe marquait le début de la saison des pluies. Tous les paysans guettaient le ciel, attendant l'apparition du premier petit nuage, qui mettrait fin à la sécheresse. Ils sauraient le reconnaître, eux qui vivaient près de la nature, et le salueraient, comme il se doit, avec des cris de joie.

Ce matin, le travail imposé aux détenus consistait à monter l'eau dans la rizière, à partir d'un petit canal, en contrebas. Par groupes de deux, postés de part et d'autre de la vanne, ils puisaient l'eau à l'aide d'un godet de bois étanche, suspendu à des cordes accrochées à des perches. D'un mouvement synchronisé, ils la déversaient par-dessus la diguette. C'était un procédé rudimentaire, mais, depuis des siècles, les *nha qués* n'en pratiquaient pas d'autre. Une image s'imposa aussitôt à Matthieu. « C'est le tonneau des Danaïdes. Comment espérer remplir une telle surface avec un aussi ridicule récipient ? » Et pourtant, le même geste, inlassablement répété jour après jour, par des centaines d'hommes, finit par aboutir au résultat espéré. Alors, les buffles furent amenés. Leur piétinement malaxa la terre, jusqu'à en faire une boue liquide dans laquelle les femmes, le *cai quan* retroussé au-dessus des genoux, les jambes dans l'eau fangeuse, enfonçaient les touffes de riz à repiquer. Elles allaient vaillamment, penchées en avant, sous l'abri de leur chapeau conique.

L'époque du second repiquage prit fin. Toutes les rizières avaient été remises en état. Il ne restait plus qu'à attendre le résultat du lent travail de la nature. Pour les détenus, avec la mousson s'achevait la période des activités extérieures.

Pour Matthieu, qui n'avait toujours pas revu Khiên, ce retour définitif au camp signifiait la fin de ses espoirs. Il n'avait pas résolu son problème. Un problème qu'il avait pourtant tourné et retourné sans trêve dans sa tête, jusqu'à la nausée.

Le dernier jour, au cours de la pause de midi, sous la bâche où il s'était réfugié pour se protéger de l'averse, Matthieu sentit le poids d'un regard posé sur sa nuque. Il se retourna, et chercha à identifier l'inconnu qui le fixait ainsi. En vain. Aucun des visages ne retenait son attention, il revint à sa position initiale, accroupi comme un paysan, émiettant du bout des doigts un peu du riz qu'il avait reçu dans sa gamelle d'aluminium. Un coude heurta le sien. Il fit face et retint une exclamation de surprise. Près de lui se tenait Ngoc, son ancien chauffeur-garde du corps. L'ex-Binh Xuyen. Le plus fidèle de ses soldats. Une foule de questions lui vint aussitôt à l'esprit. Ngoc était-il là par hasard ? Dans le cas contraire, comment avait-il retrouvé sa trace, et, surtout, comment avait-il réussi à s'infiltrer parmi les détenus ? Mais il se borna à dire, sincèrement ému :

— Je suis fichtrement heureux de te voir.

— Mon capitaine, il y a des semaines que je vous cherche. Le capitaine Loï a été arrêté et déporté sur les Hauts Plateaux, du côté de Ban Mé Thuot. Juste avant d'être enfermé, il m'avait chargé de vous prévenir d'avoir à vous méfier du colonel N'Guyen Bo. Il vous a accusé de préparer un coup d'État.

— Merci, vieux. Mais tu arrives trop tard.

— Que puis-je faire pour vous ?

— Avant tout, que deviens-tu ?

— Moi ? — Ngoc se fendit d'un large sourire de pirate, l'œil allumé, apparemment très satisfait de son sort. — Déserteur, mon capitaine. Je me suis démobilisé tout seul. La police militaire peut toujours me chercher pour me mettre en prison, c'est là que je vis !

— Ici ?

— Oui. Depuis avant-hier, je sous-loue à mon cousin son poste de gardien !

Matthieu faillit éclater de rire. Ngoc avait des cousins partout. Il répéta sa question :

— Que puis-je faire pour vous ? Si vous voulez vous évader, je peux vous arranger cela.

Matthieu secoua la tête.

— Non merci, je me vois mal dans la situation d'un clandestin. Regarde-moi, j'aurais du mal à passer inaperçu ! Je me ferais reprendre tout de suite. Mais j'ai une autre idée.

En quelques phrases, Matthieu expliqua à Ngoc ce qu'il attendait de lui. Se rendre à Saïgon, retrouver May Linh, la persuader de prendre contact avec le consul de France afin de l'informer de la situation. Il s'était décidé en un instant. Seule la jeune femme était en mesure de l'aider, pour peu qu'elle y consente. Mais le voudrait-elle après la façon dont il l'avait traitée ? « Explique-lui que mon sort est entre ses mains. »

Le soir même Ngoc disparut. Pour Matthieu commencèrent alors de longues journées d'attente, avec des alternances d'espoir et de détresse. Cloîtré dans sa chambre pour cause de mousson, il tournait en rond, des heures durant, d'un mur à l'autre. Il ne mangeait plus et même le sommeil l'avait déserté. Une semaine passa. Puis une autre. Ngoc n'était toujours pas revenu.

Un matin, au cours de sa promenade quotidienne, Matthieu eut la surprise de retrouver Khiên. Un Khiên chancelant, amaigri, qui se déplaçait avec difficulté appuyé sur une canne.

— Je suis arrivé au terme, dit-il avec lassitude. Je sais maintenant que jamais je ne retrouverai la liberté. L'autre jour, j'ai tenté de me pendre, mais le gardien m'a détaché. Je recommencerai.

— Vous m'aviez pourtant affirmé que c'était une lâcheté que de fuir ainsi.

— Ce n'est pas une fuite, jeune Lam Than. Seulement une façon de porter témoignage. Dans notre tradition, pour se venger d'un affront, il est courant que l'offensé se tue devant la porte de celui qui l'a humilié. Alors, pendant tout le reste de sa vie, l'insulteur portera le remords de son injustice et le mépris de ses amis et de sa propre famille.

— Je connais cette tradition. Mais ici, dans cette prison coupée du reste du monde, loin de votre tourmenteur, votre geste n'aura aucune portée.

L'argument porta. Khiên leva vers Matthieu un visage noyé de larmes. Le vieil homme avait l'air désemparé.

— Que me reste-t-il ?

— L'espoir. Et la volonté. Mort, vous ne servez plus à rien. Et le Viêt-nam a besoin d'une plume libre. La vôtre.

— Ici, vous le savez bien, je suis réduit au silence.

— Vous rappelez-vous ce que vous m'avez dit un jour ? J'acceptais un peu trop passivement mon internement. Cela m'a fait réfléchir. Peut-être dans quelque temps sortirai-je d'ici. Je vous promets de ne pas vous oublier. Ayez confiance en moi, je me battrai pour vous.

— Je ne demande qu'à vous croire. En fait, je vous crois.

Ils se quittèrent sur cette dernière phrase. Un peu plus tard dans la journée, Matthieu fut convoqué au P.C. Il y retrouva, sans surprise excessive, le magistrat instructeur qui l'avait interrogé quelques semaines plus tôt. A la différence de leur première entrevue, celle-ci se déroula dans un climat détendu.

— Je suis chargé de vous annoncer que plus aucune charge n'est retenue contre vous.

— Je suis donc libre ?

— Oui, mais à plusieurs conditions. Vous disposerez d'un mois pour vous faire établir un passeport français. Votre visa de séjour sera soumis à contrôle. Vous devrez justifier d'une activité professionnelle assurant vos moyens d'existence et vous abstenir de toute ingérence dans les affaires intérieures vietnamiennes.

— Ce qui signifie ?

— Que vous n'aurez aucune relation avec les opposants, quels qu'ils soient. D'ailleurs, vos déplacements seront limités à la seule agglomération saigonnaise. Si vous vous avisez d'en franchir les limites, vous serez immédiatement expulsé. Est-ce clair ?

Matthieu se permit d'ironiser :

— Les temps changent, observa-t-il avec un sourire en coin. Il y a quatre mois, j'étais persona non grata dans la capitale. Et voici qu'aujourd'hui on m'interdit d'en sortir ! C'est un peu incohérent, ne trouvez-vous pas ?

Le magistrat n'apprécia pas la remarque.

— Votre humour vous jouera de vilains tours, répliqua-t-il sèchement. Bornez-vous à profiter des avantages de votre situation et ne cherchez pas au-delà. Cela vaudra mieux pour vous.

2

Patrick O'Donovan fronça les sourcils et se retourna vivement. Depuis plusieurs jours déjà, il éprouvait la désagréable impression d'être l'objet d'une surveillance qui ne se relâchait pas. Jamais encore, pourtant, il n'était parvenu à repérer l'homme qui le suivait partout et qui, la nuit, montait obstinément la garde devant le compartiment que lui avait trouvé May Linh, près du grand marché. Il ne comprenait pas les raisons qu'aurait eues la police de s'intéresser à lui. Depuis qu'il avait pris ses fonctions dans la maison Chevrier et Fils, il menait une existence sans histoires, entre son bureau, son logement, le restaurant où il prenait ses repas et ses différents fournisseurs. Le dimanche, avec May Linh, ils flânaient dans la ville, et, après avoir dégusté une glace près du port, il leur arrivait de terminer la soirée au cinéma de l'hôtel Majestic. Rien dans tout cela qui mérite une aussi étroite surveillance. Il menait la vie paisible des quelques milliers d'Européens qui habitaient ici.

Une fois de plus, Patrick ne vit, derrière lui, que des visages mouvants, météores indistincts et fugitifs. Il aurait pourtant aimé dire quelques mots à l'homme qui s'était attaché à ses pas.

Il reprit sa marche, se faufilant au milieu de la foule déambulant de façon anarchique sur les trottoirs encombrés d'obstacles hétéroclites, vélos, cageots ou bien ces petits éventaires de marchands de cigarettes, de sodas ou de cartes postales. Il s'obligea à réfléchir au problème qu'il allait avoir à affronter dans les heures à venir, obtenir de la Direction des Douanes vietnamiennes la signature du document autorisant l'importation de matériels lourds destinés aux Travaux publics, niveleuses, excavatrices, pelleteuses. Un marché de plusieurs millions de dollars âprement négocié en France. Mais le directeur était gourmand. Trop gourmand. « Pas plus de cent mille piastres », avait prescrit Joseph Chevrier qui avait inclu ce dessous-de-table dans ses prévisions. « Les Américains me donneraient trois ou quatre cent mille piastres », avait discrètement fait savoir le fonctionnaire. A Patrick de l'amener à réduire ses prétentions, ce qui ne l'enthousiasmait que modérément.

Il s'avouait que la solution lui échappait. « A la Légion, songea-t-il, l'affaire aurait été rapidement menée... » Il sourit, imaginant le scandale que provoquerait une séance de boxe avec un haut fonctionnaire local ! Puis il se rappela que l'on était samedi et que, demain, il verrait May Linh. « Je lui demanderai de me conseiller sur la meilleure tactique à adopter. Elle connaît bien la psychologie de ses compatriotes. » Fort de cette assurance, il se détendit et se surprit à siffloter un air martial, en s'engageant sur le passage piétonnier donnant accès à l'ex-quai des Belges où se trouvaient les bureaux de la société. Il ne prêta d'abord aucune attention à l'inconnu qui lui faisait face, un Asiatique vêtu comme un coolie, courte veste noire, pantalon flottant, le visage à demi caché par un casque de liège dont la toile grise était maculée de taches graisseuses.

Patrick eut un haut-le-corps lorsque, arrivant à sa hauteur, il se heurta au bras de l'homme, tendu à l'horizontale, lui barrant la route. Son premier réflexe fut d'écarter l'obstacle, mais une main agrippa le devant de sa chemise.

— Écarte-toi, grogna Patrick, excédé par ce qu'il prenait pour de la mendicité agressive. — Il serra les poings, bien décidé à ne pas se laisser faire. — Que veux-tu ?

— Écoute-moi, dit l'inconnu sans relâcher son emprise. — Il avait la voix sourde, comme rouillée, et parlait sans remuer les lèvres. — Connais-tu May Linh ?

— Cela ne te regarde pas. Je n'ai pas de comptes à te rendre. Pour la dernière fois, lâche-moi.

Sa main avait saisi le poignet de son vis-à-vis. Sous ses doigts, les muscles étaient durs. Du bois. Il dévisagea l'intrus. Qui pouvait-il être ? A coup sûr, ce n'était pas un Vietnamien de pure race. Ce n'était pas non plus un Chinois, plutôt un métis des deux. Quarante-cinq, cinquante ans à peu près. Mais une force peu commune. Et, dans les yeux, un air d'autorité qui ne trompait pas. Cet homme savait ce qu'il voulait. Il avait l'habitude d'être obéi. Si on lui résistait, il était sûrement dangereux.

— May Linh est une amie, répondit-il. Il n'y a aucun mal à cela. En quoi cela te regarde-t-il ?

— Je suis son père.

Patrick haussa les épaules.

— Des histoires ! May Linh m'a parlé. Son père est un Français.

— C'est vrai, admit le métis. Mais je suis sa nouvelle famille. Celle qu'elle a choisie. Pour moi c'est la même chose.

— D'accord, concéda Patrick, tu es son père. Et alors ?

Le métis ébaucha ce qui pouvait passer pour une amorce de sourire. Un sourire qui ne monta même pas jusqu'à ses yeux.

— Je voulais te donner un conseil. Juste un conseil. Il ne faut plus aller la voir. May Linh appartient à un autre homme. Un homme de sa race. Tu n'as rien à faire avec elle.

Patrick était d'origine irlandaise. Il avait le sang vif. L'envie le prit de balancer son poing dans la figure de cet importun qui se mêlait de vouloir lui dicter sa conduite et croyait pouvoir l'intimider comme n'importe quel croquant. Mais il se maîtrisa et persifla :

— Qu'en pense May Linh elle-même ? J'aimerais bien le savoir. Lui as-tu seulement posé la question ?

Une vague d'agacement passa sur le visage du métis qui relâcha un peu son emprise.

— Sais-tu, demanda-t-il d'un ton faussement doucereux, le sort que l'on réservait aux femmes adultères et à leurs amants ?

— Non, et je m'en moque.

— Tu as tort. Autrefois, si le mari trompé l'exigeait, les deux amants étaient ligotés ensemble sur un radeau de bambou. Ils étaient jetés dans le fleuve et descendaient vers la mer. S'il arrivait que le courant les pousse vers le rivage, les riverains qui les découvraient devaient les renvoyer au milieu de l'eau. La mer les engloutissait.

— Que veux-tu que cela me fasse ? May Linh n'est pas infidèle. Elle n'est pas mariée, que je sache.

— Un homme l'aime. Cela revient au même.

— Je te le répète. May Linh n'est pas adultère. Et même si je n'ai aucun compte à te rendre, je peux te dire qu'il n'y a rien entre elle et moi.

— Rien du tout ? J'ai ta parole ?

— Bien sûr.

Cette fois, le métis retira sa main. Il ébaucha une grimace qui, à la rigueur, pouvait passer pour un sourire.

— Dis-moi, reprit Patrick. Est-ce toi qui me suis depuis cinq ou six jours ?

— Non. Et tu as eu beaucoup de chance, parce que celui qui te suivait, Ngoc, était bien décidé à te tuer. Heureusement pour toi, il est venu me demander conseil. C'est l'un de mes vieux camarades de combat. Je lui ai dit de patienter, je voulais te voir d'abord et te mettre en garde.

Patrick poussa un soupir. Il l'avait échappé belle. En même temps, tout devenait clair. Voici une quinzaine de jours, un dimanche, le nommé Ngoc était venu rendre visite à May Linh. Il lui apportait des nouvelles de son capitaine, Matthieu Lam Than, détenu dans la prison militaire de Mytho, en lui demandant d'alerter le consulat de France. Patrick se souvenait parfaitement de l'air réprobateur qu'avait eu le messager en voyant un homme auprès de la fiancée de son chef.

Il songea qu'en le dévisageant, il lui avait trouvé en effet une tête d'assassin. Il ne s'était pas trompé. Ngoc l'aurait égorgé sans hésitation.

— En somme, dit-il au métis, je te dois la vie ? Comment t'appelles-tu ? Moi, c'est Patrick O'Donovan.

— Américain ?

— Non. Australien, mais j'ai combattu ici dans l'armée française.

— Je m'appelle Sang, dit le métis en tendant sa main, large comme un battoir.

Patrick l'accepta, au risque d'avoir les phalanges brisées. Mais ses appréhensions furent vaines, Sang se borna à lui saisir le poignet, l'index tendu sur l'avant-bras. Une coutume qui ressemblait fort à un geste d'initiés.

— Le capitaine va être libéré, dit-il. Il vaudrait quand même mieux éviter de revoir May Linh. Cela pourrait la compromettre inutilement.

Il pleuvait. Patrick songea que, de toute façon, son dimanche était gâché. Sans May Linh, à laquelle il s'était amicalement attaché, il ne voyait pas très bien ce qu'il aurait pu faire à Saïgon, sous la pluie et sans voiture. Au début de son installation, il avait bien envisagé de faire l'acquisition d'une de ces occasions que l'on trouvait du côté de Da Kao ou du pont de Binh Loï, à des prix abordables. Des modèles anciens, français pour la plupart, principalement des 203 Peugeot ou d'antiques tractions avant Citroën, consciencieusement retapées par ces prodigieux mécaniciens qu'étaient les Vietnamiens. Il y avait renoncé lorsqu'il avait appris que le seul endroit où il eût aimé se rendre, dans la plantation de Bao Tan, au-delà de Bien Hoa, était déclaré zone militaire et rigoureusement interdit, surtout aux civils étrangers. Ce qui ne l'avait pas empêché d'essayer de savoir ce qu'étaient devenus le domaine et ses habitants. Tout ce qu'il avait pu apprendre était que les Européens étaient partis et que les ouvriers qui l'occupaient se bornaient à entretenir les arbres et les bâtiments. Personne ne semblait plus se soucier de l'exploitation. D'autant moins que les voies d'accès étaient barrées par un cordon de sécurité.

Un temps, il avait espéré qu'après son départ de

Bao Tan, Catherine s'était installée à Saïgon. En dépit de ses recherches, il n'avait pas réussi à retrouver sa trace. Il en était réduit à penser qu'elle avait dû rentrer en France, et songeait, avec un humour noir, qu'ils s'étaient peut-être croisés sans se reconnaître, sur les quais de Marseille.

— C'est sûrement mieux ainsi, lui avait assuré May Linh. Plus de quinze ans ont passé depuis votre première rencontre. Croyez-moi, continuez de rêver à votre impossible amour ; la réalité vous décevrait !

Il savait que May Linh avait raison, mais il se refusait, obstinément, à l'admettre. Rien ne découragerait ni son espoir, ni sa quête inlassable. Pas une seconde il n'envisageait l'échec, encore moins la déconvenue. « On finit toujours par obtenir ce que l'on a mérité », disait-il.

Il écarta les persiennes, fit un geste pour se pencher au-dehors, et rentra précipitamment. L'averse se faisait trombe. Une trombe tiède, avec des gouttes larges comme des pièces de monnaie, qui mouillaient à peine le goudron brûlant et qui s'évaporaient presque aussitôt, en exhalant des bouffées de vapeur suffocantes. Il était torse nu, la peau ruisselante de transpiration, rougie de l'irritation causée par le col et les emmanchures de sa chemise. Il ouvrit la douche en grand, laissa couler l'eau afin d'obtenir un jet moins bouillant. Débarrassé de son short, il savoura longuement la caresse de l'eau. Puis, sans se sécher, il s'allongea sur ses draps, dirigeant sur lui le flux de son ventilateur. Il se sentit alors euphorique, détendu, avec seulement un seul souhait. Ne plus bouger.

Il avait dû dormir deux ou trois heures. Quand il ouvrit les yeux, la pluie avait cessé et un soleil blanc inondait sa chambre. Ce n'était pas cela qui l'avait tiré du sommeil. Quelqu'un frappait à sa porte. Il faillit répondre « *Come in* » et s'aperçut, à temps, qu'il était nu. Il enfila son short et alla lui-même tourner la poignée. May Linh était là, souriante, et cette apparition ne l'aurait pas vraiment surpris, mais elle n'était pas seule. Près d'elle se tenait un grand garçon, bâti en athlète, épaules larges, biceps apparents, la chemise ouverte sur des pectoraux puissants. A n'en pas douter, il s'agissait de ce fameux capitaine Lam Than dont May Linh lui avait parlé tant de fois.

— Entrez, dit Patrick avec un ample geste du bras. Excusez le désordre de mon *home,* la boyesse ne travaille pas le dimanche...

Matthieu était arrivé la veille au soir à Saïgon. Sa première visite avait été pour rassurer ses parents, auxquels il avait brièvement raconté sa détention et le rôle joué par May Linh pour obtenir sa libération. Sylvie avait manifesté un peu d'étonnement.

— Sais-tu qu'elle s'affiche avec un Américain ?

Matthieu accusa le coup. Mais il se reprit bien vite.

— Je l'ignorais, admit-il. Il n'empêche que j'irai la voir, ne serait-ce que pour la remercier. — Il hésita. — Après tout, si elle a décidé de se trouver quelqu'un d'autre, je ne saurais la blâmer. J'ai tout fait pour cela.

Sylvie lui jeta un regard appuyé. Elle ne reconnaissait plus son fils, autrefois tellement sûr de lui, intraitable, parfois arrogant. Était-ce la prison qui l'avait changé à ce point ? Elle n'osa pas poser la question. Mais Matthieu, qui l'avait devinée, lui fournit la réponse :

— J'ai eu le temps de beaucoup réfléchir, mère. En choisissant de retrouver ma citoyenneté française, j'ai accepté de me plier aux règles communes. Je suis maintenant un civil comme les autres.

Il rentra peu après dans son appartement, au premier étage d'une villa de Tan Dinh. Sans grand étonnement, il y trouva Ngoc, qui avait installé son campement dans le couloir, devant sa porte. Il se contentait de peu de choses, une simple natte, qu'il roulait dans la journée. En voyant Matthieu, il se dressa et son visage inquiétant se fendit d'un large sourire ébréché.

— Cela fait quinze jours que je vous attends, mon capitaine. J'ai tout préparé dans votre chambre. J'ai même mis de la bière dans le frigo !

Matthieu le remercia d'une affectueuse bourrade dans le dos. Puis, sans transition, il posa la question qui lui brûlait les lèvres :

— Je viens d'apprendre que May Linh vit avec un Américain. Est-ce vrai ? Qui est ce type ?

— Vous me connaissez, mon capitaine. Cet Américain, je l'ai vu, je l'ai suivi pendant des jours et des jours ; la nuit, je montais la garde devant sa maison. Si j'avais eu la moindre certitude, faites-moi confiance, il ne vous aurait pas embêté longtemps. Par hasard, j'ai retrouvé mon ancien patron, un *An Chi*[1]. Ce matin, il est allé trouver le gars ; ils se sont expliqués. Soyez rassuré, il n'y a rien entre votre fiancée et cet Américain, Sang me l'a juré.

Matthieu opina, le cœur léger. Pourtant quelque chose l'avait alerté.

— Sang, as-tu dit ? Veux-tu parler de Hô Chan Sang, le Binh Xuyen, l'ancien bras droit de Bay Viên ?

— Lui-même. Pourquoi ? Le connaissez-vous ?

— Je ne l'ai jamais rencontré, mais sa femme était une amie d'enfance de ma mère. Je le croyais mort ou en exil. Ainsi, il a refait surface, ce vieux pirate ?

— Après deux ans passés à Bangkok, il a obtenu l'autorisation de rentrer, contre l'engagement de ne

1. *An Chi :* grand frère. Nom donné aux chefs de la confrérie des Binh Xuyen.

plus avoir d'activité politique. Avec sa femme, il exploite un petit atelier de réparation de bicyclettes à Gia Dinh.

Matthieu n'était pas entièrement satisfait.

— Qu'est venu faire Sang dans cette affaire ? En quoi était-il concerné par la conduite de May Linh ?

— Je crois qu'autrefois votre fiancée travaillait avec Souën dans le salon de thé qu'elle possédait. Ho Chan Sang et sa femme sont devenus plus ou moins ses parents d'adoption.

Cette explication en valait une autre, et Matthieu n'en chercha pas d'autre, celle-ci lui convenait. Il songea que Saïgon était un univers tout petit. Tôt ou tard, on finissait par y croiser les mêmes gens. « Il ne me reste plus qu'à rencontrer cet Américain », se dit-il.

Le lendemain matin, et malgré l'averse qui noyait la ville sous des trombes d'eau, il se fit conduire en taxi chez la jeune femme, décidé, cette fois, à lui apporter sa capitulation sans conditions. Elle répondit aussitôt au coup de sonnette et apparut, habillée, manifestement prête à sortir, un imperméable de nylon transparent dans la saignée du bras. En reconnaissant Matthieu, elle pâlit, porta la main à son cœur, ouvrit la bouche sans émettre le moindre son.

— Je te dérange, peut-être ? demanda Matthieu le plus humblement possible, attendant, sur le seuil, qu'elle l'invite à entrer.

— J'avais rendez-vous avec quelqu'un, dit-elle enfin. Mais cela ne fait rien ; viens, assieds-toi.

Matthieu obéit, s'installa sur le fauteuil d'osier, tandis que May Linh prenait place sur le bord de son lit.

— Ainsi, commença-t-elle, tu as été libéré ? J'en suis bien heureuse.

— C'est à toi que je le dois. Je tenais à t'en remercier du fond du cœur.

Elle fit voleter ses mains, d'un geste désinvolte.

— Ce n'était rien. Le consul de France a été tout à fait coopératif. C'est lui qui a effectué toutes les démarches. Si tu dois remercier quelqu'un, c'est lui. Et maintenant, que vas-tu devenir ?

— May Linh, j'ai eu tout le temps de faire le point en prison. Je sais maintenant que je ne peux pas concevoir ma vie autrement qu'avec toi. Si ce n'est pas trop tard, je viens te le demander encore. Veux-tu m'épouser ?

Ses lèvres tremblaient un peu quand elle répondit :

— Matthieu, mon désir le plus cher est d'être ta femme, sois-en certain. Mais je n'ai pas changé. Je veux un mari qui m'aime et qui n'ait pas honte de le dire.

Matthieu baissa la tête, avala sa salive et murmura :

— Je t'aime. — Puis, levant son visage, tendu vers May Linh, il rugit presque : — Je t'aime, entends-tu ? JE T'AIME ! ! !

— Pas si fort ! Tu vas ameuter le voisinage !

— Je m'en fiche.

Il étendit les bras, elle s'y réfugia et enfouit sa tête contre son épaule, lui picorant le cou de petits baisers pointus.

La pluie avait cessé quand, enfin, ils se désenlacèrent. Un timide rayon de soleil s'efforçait, vaillamment, de percer les derniers nuages qui s'enfuyaient vers l'ouest. Tout en courant vers sa douche, May Linh observa :

— Il est midi, Patrick est en retard. — Puis : — Au fond, j'en suis plutôt contente.

— Parles-tu de ton Américain ?

Il avait élevé la voix pour couvrir le bruit de cataracte de l'eau frappant le rideau de plastique translucide à travers lequel le corps de sa maîtresse apparaissait, flou, comme nimbé de brume.

— Il n'est pas américain, corrigea-t-elle aussitôt. Il est australien. — L'instant d'après, elle passa la tête hors du rideau et demanda : — Au fait, comment as-tu appris son existence ?

Matthieu le lui dit, ajoutant :

— Tout le monde s'en est mêlé, même Ho Chan Sang !

Elle était sortie de sa douche et vint se camper devant le lit sur lequel Matthieu était resté allongé dans sa position favorite, les mains sous la nuque.

— Je comprends maintenant pourquoi Patrick n'est pas venu, ce matin. Je suis même prête à parier que c'est Ho Chan Sang qui le lui a déconseillé, à sa manière plutôt musclée. Je connais bien ses méthodes. Est-ce que je me trompe ?

Matthieu ne répondit pas. Il était fasciné par le corps de sa maîtresse constellé de fines gouttelettes irisées de soleil, qu'elle lui dévoilait avec une tranquille impudeur. Troublé, il ne pouvait en détacher son regard.

— Est-ce que tu m'écoutes ? insista-t-elle, agacée, avant de saisir une serviette dans laquelle elle se drapa. Je te parlais de Ho Chan Sang et de ses méthodes !

— Comme tout le monde, il croyait que Patrick était ton amant.

Une seconde, il redouta qu'elle ne se mette en colère, mais elle cambra le buste dans une attitude provocante :

— On ne prête qu'aux riches ! J'aurais été très vexée que l'on ne me croie pas capable d'éveiller le désir d'un homme. — Plus sérieusement cette fois, elle ajouta : — Le mieux est d'aller lui rendre visite. Tu verras, c'est un garçon tout à fait bien. Un ami comme une femme rêve d'en avoir, avec lequel elle se sent en sécurité, sans craindre un mot ou un geste déplacés.

— Pourquoi ? Serait-il impuissant ?
— C'est bien une observation de mâle, imbu de sa supériorité. La réalité est qu'il est amoureux, depuis quinze ans au moins, d'une femme inaccessible. Rien d'autre ne l'intéresse que son acharnement à poursuivre ce qu'il appelle son étoile.

— Ainsi, dit Matthieu, affable, en souriant à Patrick, vous travaillez chez Chevrier et Fils ? Ce fut autrefois une très importante affaire. Mon grand-père y a débuté en arrivant en Indochine, au début du siècle. Il me racontait souvent les difficultés qu'il avait eues dans ses rapports avec les Chinois.
— Elles ne pouvaient pas être pires que celles que je rencontre auprès des fonctionnaires vietnamiens. Plus leur poste est élevé, plus ils sont gourmands.
Il était en confiance. Finalement, Matthieu lui plaisait. Il valait mieux que l'image qu'il s'en était faite d'après les confidences de May Linh. Il parla de ses démêlés avec le directeur des Douanes et demanda :
— Que me conseilleriez-vous pour l'amener à réduire ses exigences ?
— Il faudrait lui envoyer Ho Chan Sang, suggéra May Linh, en pouffant.
Ce rappel eut le don de provoquer l'hilarité générale. Puis, reprenant son sérieux, Matthieu répondit :
— Tout est dans la manière. Il s'est dévoilé en formulant un chiffre. Il ne peut donc pas, sous peine de perdre la face, se déjuger sauf si vous lui offrez une porte de sortie honorable. Un alibi en quelque sorte.
— Lequel ?
— En lui expliquant, par exemple, avec beaucoup de doigté, que votre patron, Joseph Chevrier, est prêt à renoncer à conclure cette affaire dans laquelle il ne trouve pas son compte. Mais qu'elle se fera quand

même, cette fois en passant directement de la firme française au ministre des Travaux publics, ce qui le mettrait hors du circuit.

— Me croira-t-il ?

— Oui. Les Vietnamiens sont joueurs. Il a tenté de vous bluffer. Vous verrez qu'il s'en tirera par une pirouette.

Ils avaient déjeuné à Cholon, dans un restaurant chinois, aménagé en terrasse, au sixième étage d'un des nouveaux buildings récemment construits en bordure de l'Arroyo. Venue de la rivière, une brise légère rafraîchissait l'atmosphère, et ils prolongeaient leur séjour, peu pressés de se replonger dans la moiteur de la ville. Matthieu racontait les péripéties de sa détention en prenant soin de les choisir parmi les plus cocasses.

— Quel effet cela vous fait-il de retrouver Saïgon ? demanda Patrick.

— Un provincial, jeté dans le tourbillon de la capitale. J'en avais perdu l'habitude, et je suis presque terrifié à l'idée de traverser une rue, au milieu des motos et des voitures. Où peuvent bien aller tous ces gens ? Ils conduisent comme des fous, à croire que leur vie en dépend !

— Ils ne vont nulle part, répondit May Linh. Ils tournent en rond, pour oublier qu'ils ne peuvent pas sortir de Saïgon.

— C'est vrai, confirma Patrick. La campagne est interdite. Dans une certaine mesure, nous sommes des Berlinois...

— C'est pourtant là que vous êtes venu vous enfermer. Y étiez-vous obligé ?

Il n'y avait aucune intention désagréable dans la question, simplement la preuve de l'intérêt que Matthieu portait à son voisin. Celui-ci ne s'y trompa pas, mais son séjour à la Légion lui avait appris à être discret sur lui-même. Il esquissa un geste évasif.

— Mon retour est la conséquence d'un vœu.

— Il souhaite retrouver la femme de sa vie, précisa May Linh.

Patrick rosit, gêné de voir livré un secret qu'il avait confié dans un instant de désarroi. Il ébaucha un sourire un peu contraint.

— Le plus risible est qu'elle est probablement repartie pour la France. Je suis revenu pour rien.

Un ange passa. May Linh croisa le regard de Matthieu. Ils n'avaient pas besoin de se parler pour ressentir, en même temps, le même désir d'être seuls. Cette complicité muette n'avait pas échappé à Patrick. Il se leva, prétextant un dossier urgent à traiter. Après s'être galamment incliné devant la jeune femme, il serra la main de son voisin. Au dernier moment, il demanda :

— Vous qui avez été militaire, pourriez-vous m'indiquer la façon la meilleure pour franchir les barrages d'une zone interdite ?

— Essayez toujours de graisser la patte du gradé responsable. Où souhaitez-vous vous rendre ?

— Dans la région de Bien Hoa, sur une plantation où, en 1942, après avoir été abattu par la D.C.A. japonaise, j'ai été caché et soigné. L'endroit s'appelle Bao Tan.

Matthieu retint un mouvement de surprise. Brusquement, il se rappela avoir entendu sa mère raconter cette anecdote. Ainsi, Patrick était ce fameux pilote ! Mais alors, dans ce cas, la femme qu'il recherchait obstinément ne pouvait être que Catherine ! Cette pensée lui déplut. Il avait une telle vénération pour la seconde épouse de son grand-père qu'il se refusait à admettre qu'elle ait pu accorder ses faveurs à quelqu'un d'autre que son mari. Il répondit, un peu sèchement, mettant fin à la conversation :

— Je suis hélas rivé à Saïgon. Si je trouve un moyen, je vous en avertirai.

Patrick parti, May Linh se pencha et posa sa main sur le bras de son amant.

— Que se passe-t-il, Matthieu ? Je t'ai observé. Ton visage a changé de couleur quand il a parlé de Bao Tan. Et il y avait presque de la haine dans ton regard.

— Mais non, protesta-t-il sans grande conviction. Il se trouve simplement que moi aussi j'aurais aimé aller là-bas. Bao Tan était le domaine de mon grand-père.

May Linh secoua la tête.

— Ce n'est pas la véritable raison, tu le sais bien.

Elle s'interrompit.

— Ton Patrick est un foutu mythomane, dit-il avec une violence contenue. — Puis, plus calmement : — Et d'ailleurs, Catherine s'est remariée l'an passé, en France.

— Pourquoi ne pas le lui avoir appris ? Pour l'épargner ?

— Non. Cette histoire ne me concerne pas. Il apprendra la vérité toujours assez tôt.

Chapitre 4

1959

1

Sarlat, juillet 1959

La distribution des prix venait de se terminer. Maintenant, dans la cour des « petits », devant le grand perron d'honneur aménagé en estrade, élèves, familles en habits de cérémonie et professeurs, religieux ou civils, bavardaient en commentant, selon le cas, les prouesses des enfants, ou leurs faiblesses. Catherine et Renaud avaient retrouvé Henri, les bras chargés de livres de collection, reliures soignées, tranches dorées. Il avait raflé cinq des sept meilleures places, dans des domaines aussi différents que la chimie et le français, la géographie et l'anglais. Pourtant, il montrait un visage maussade. Il lui manquait la récompense suprême, cette Excellence couronnant le meilleur des élèves d'une classe. Une distinction qu'il estimait devoir lui revenir. Mais les profs en avaient décidé autrement et l'avaient attribuée à Régis Flahaut, un adolescent languide au doux visage angélique, aux manières pleines d'onction, le soliste de la chorale, assidu de la chapelle.

— Le fayot parfait, affirmait Pierre Molines, l'un des deux meilleurs amis d'Henri.

— Les jésuites lui ont mis le grappin dessus. Il a dû les assurer de son désir d'entrer dans les ordres, renchérit Gabriel de Fayssac, l'autre membre du trio.

— C'est un coup du père Willox, ajouta Henri. Il m'a pris en grippe dès mon arrivée au collège.

Le père Willox assurait les fonctions de préfet des études. Il cultivait soigneusement l'image d'un personnage redoutable, autoritaire et cassant, faisant appliquer sans faiblesse les règles strictes de la discipline interne. Entré tardivement en religion, après la Seconde Guerre mondiale qu'il avait effectuée à la tête d'une compagnie de tirailleurs, il avait conservé de son passage sous les armes, outre une main mutilée, des manières abruptes, une voix de commandeur. Ses sanctions étaient sévères et sans appel.

— Quand on parle du loup, souffla Pierre Molines en poussant Henri du coude.

Le père Willox s'approchait, caressant de l'index et de l'auriculaire, les deux doigts qui lui restaient, sa barbiche carrée, en un geste familier. Il s'inclina devant Catherine, sourit à Renaud et se pencha vers Henri.

— Je suis nommé à Madagascar, commença-t-il. L'année prochaine, vous aurez un autre préfet. Je suis persuadé que vous ne me regretterez pas. Ai-je tort ?

— Non, mon père, répondit Henri, avec franchise.

Le préfet se tourna vers Catherine.

— M'autorisez-vous à dire quelques mots en particulier à notre jeune Henri ? Ce ne sera pas long.

— Je vous en prie.

Ils s'éloignèrent, descendirent le grand escalier menant à l'allée de platanes ordinairement réservée aux professeurs.

— Je devine votre déception d'avoir été écarté du

prix d'Excellence, commença le religieux. Et je ne vous apprendrai rien en vous disant que c'est moi qui ai convaincu le jury. Voulez-vous savoir pourquoi ?

— Vous ne m'aimez pas, mon père. Depuis mon arrivée à Sarlat, voici quatre ans, vous m'avez choisi comme bête noire. Je n'ai jamais compris pourquoi. Les premiers temps, j'en pleurais, tout seul, le soir. Mais j'ai cessé de pleurer le jour où j'ai décidé de ne plus attacher d'importance à vos brimades.

Le père Willox hocha la tête.

— Je m'attendais à cette réponse. Aussi, je vais être sincère, Mareuil. Croyez-moi, mes sentiments personnels n'ont jamais guidé mon attitude à votre égard. Dès votre arrivée, je vous ai observé. Vous n'arriviez pas à vous intégrer à vos condisciples. Ceux-ci l'ont senti, ils vous ont rejeté comme ils croyaient que vous les rejetiez. Votre détresse m'a ému ; souvenez-vous, je vous ai interrogé. Je n'ai rien pu tirer de vous.

Henri se rappelait l'entrevue. Qu'aurait-il pu répondre ? Il était persuadé que cela ne servirait à rien d'essayer de se justifier du rejet dont il faisait l'objet. Comment se défendre d'une hostilité dont il ne saisissait ni l'origine, ni la cause ? On le détestait pour ce qu'il était. Pouvait-il changer ?

— Vous avez failli me posséder, reprit le préfet. Exactement comme vous avez possédé Pierre Molines et Gabriel de Fayssac, les preux chevaliers volant au secours de l'opprimé. Eux aussi vous croyaient victime. Victime de votre timidité principalement. Mais moi, je me suis aperçu que vous vous serviez de cette timidité comme d'une cuirasse dissimulant un orgueil démesuré. Persuadé que vous valez mieux que les autres, vous attendez qu'ils en conviennent sans condescendre à le leur dire. C'est volontairement que vous vous êtes retranché. Vous poursuivez votre route solitaire car vous seul savez où vous allez. Et vous ne voulez prendre conseil de personne.

« Vos deux amis Pierre Molines et Gabriel de Fayssac se croient vos protecteurs. Ils ne se sont pas aperçus qu'ils sont en fait les instruments de votre volonté. Vous semblez les suivre, mais vous êtes leur véritable chef.

Henri baissa la tête. Tout ce que venait de lui dire le père Willox l'éclairait sur lui-même. Il aurait pourtant voulu se défendre, affirmer que rien, dans sa façon d'être, n'était le résultat de tortueux calculs. Une fois encore, il préféra garder le silence.

— Vous êtes le meilleur élève de votre classe, reprit le préfet. Si nous n'avions eu à prendre en compte que vos seuls résultats scolaires, vous auriez obtenu, haut la main, ce prix d'Excellence auquel vous estimez avoir droit. Mais voilà. Un garçon comme vous, dont la personnalité exerce une influence, même involontaire, sur ses camarades, représente un danger pour l'esprit même de notre maison. C'est cela que j'ai sanctionné ; vous aviez besoin d'une leçon d'humilité.

Henri songea qu'en effet c'était une bien sévère leçon. Puis il s'inquiéta. N'allait-on pas refuser de le reprendre l'an prochain ? En dépit de tout, le collège était devenu pour lui un univers familier où il savait pouvoir s'épanouir.

— Suis-je renvoyé ? demanda-t-il.

Le père Willox lui posa la main sur l'épaule et émit un petit rire.

— Je vois que vous n'avez pas encore appris à connaître les jésuites, dit-il d'un ton ironique. Nous croyez-vous incapables de concilier les principes et l'intérêt ? Un brillant sujet comme vous est une excellente publicité pour Saint-Joseph. Nous aurions bien tort de nous en séparer.

— Espérez-vous que je vais changer ?

— Je le souhaite, mais je n'y crois guère. Je préfère vous neutraliser. Aussi, à la rentrée, vous entrerez directement en Humanités. Vous êtes capable de sauter la troisième. Ne me remerciez pas, il ne s'agit pas d'un cadeau. Vous serez le benjamin de votre classe et comme tel, vous ne compterez pas. Pour exister vous n'aurez que la ressource de vous couler dans le moule commun.

« Et maintenant, allez, Henri Mareuil. — Du pouce, il traça une croix sur le front de son élève. — Que Dieu vous garde. Qu'Il vous éclaire sur vous-même et qu'Il vous donne la force d'accomplir le destin pour lequel vous êtes fait. — Il sourit et conclut par une boutade : Vous auriez été un fameux jésuite ! Prenez cela pour un compliment.

A l'exception de Renaud, qui s'y était installé au lendemain de son mariage, La Nouaille était le domaine des femmes. Par dérision, Henri l'appelait « Le Gynécée ». Outre Marguerite, la gouvernante, sa grand-mère Ba Trinh et sa marraine Lee Aurore, il y avait Diane et Hélène, une amie de la faculté de droit de Paris où toutes deux avaient brillamment réussi leurs examens de fin de première année.

Henri se refusait à être « le petit dernier ». Aussi, après de laborieuses négociations, soutenu par Renaud, il avait obtenu l'autorisation d'aller habiter Cadarjac, la propriété familiale des la Potteraye, seulement occupée par le gardien, Evaristo Ruiz, un célibataire endurci, qui tenait le rôle de factotum préposé à l'entretien de la maison.

Evaristo était un personnage haut en couleur. Ancien mineur des Asturies, engagé dans les rangs de la Fédération anarchiste ibérique aux temps de la guerre civile espagnole, il avait suivi le sort de ses compagnons d'armes. Réfugié en France, il avait assisté au déferlement des troupes allemandes et, après avoir émigré en Afrique du Nord, il s'était engagé dans la 2e Division blindée du général Leclerc qu'il avait accompagnée jusqu'à Berchtesgaden.

Condamné à mort dans son propre pays, Evaristo était resté en France. C'était un esprit indépendant, qui trouvait à Cadarjac le cadre idéal où s'épanouissait sa passion de la liberté, ce qui lui permettait d'y déployer au gré de sa fantaisie une activité sans limites. Renaud le laissait faire. Il n'avait eu jusqu'ici qu'à se féliciter de ses initiatives. Grâce à Evaristo, la gentilhommière avait retrouvé un peu de sa splendeur d'antan. En un an, il avait restauré la cheminée du salon, repeint les chambres, réparé les huisseries et, à l'automne dernier, prétextant la venue d'Henri, il avait, à peu de frais, installé le chauffage central.

Pour Evaristo en effet, rien de ce qui pouvait servir au bien-être du jeune garçon n'était à négliger.

— Encore un qu'Henri a mis dans sa poche, constatait Catherine.

Ce n'était pas entièrement vrai, leurs rapports étaient bien plus complexes. L'Espagnol se considérait tout à la fois comme un mentor investi d'une mission pédagogique qu'il assumait à sa manière un peu bourrue, et comme un serviteur déférent, attentif, mais familier. Selon le cas, Henri était tantôt « Chico », tantôt « don Enrique ».

Henri lui vouait une véritable dévotion. Il admirait sa force et sa dextérité, tout autant que sa capacité à créer le rêve. L'été dernier, lorsque, se rappelant son passé de *dinamitero,* Evaristo avait entrepris de détruire à l'explosif la ferme convoitée par les Hollandais du village, il avait su donner à cette opération une dimension épique, en bâtissant au préalable un scénario digne d'un film de guerre.

Avant de la faire sauter, ils l'avaient peuplée de mannequins de paille symbolisant leurs ennemis, Hitler, Franco et d'autres moins connus. A ce propos s'étaient manifestées quelques divergences de vue.

— Pourquoi n'y met-on pas de Gaulle ? avait suggéré Henri.

De Gaulle était en effet l'homme du jour. Quelques semaines plus tôt, à la faveur des événements qui s'étaient déroulés à Alger le 13 mai 1958, le général avait été rappelé à la tête du gouvernement et préparait une constitution nouvelle qui donnerait à la France sa cinquième République.

Mais, pour Catherine, de Gaulle était l'homme qui avait cautionné le traitement injuste réservé aux Français d'Indochine au moment de la libération. Elle n'avait pas oublié, pas pardonné l'injure suprême faite à son fils Bertrand, le père d'Henri, en lui refusant, d'un trait de plume, l'honneur posthume de la mention « mort pour la France », alors qu'il était tombé, l'un des premiers, au Laos, face au Viêt-minh, en tentant de hisser sur Paksavane le drapeau tricolore. Henri ne pouvait que partager l'avis de sa grand-mère. Pour lui, de Gaulle était et resterait l'homme qui avait déshonoré ce père qu'il n'avait pas connu et qu'on lui avait appris à chérir et à admirer.

A l'inverse, Evaristo ne voyait que l'ancien chef de la France libre, l'homme à la croix de Lorraine, cette croix de Lorraine qu'en qualité d'ancien de Leclerc il arborait fièrement aux grandes occasions et qui, le reste du temps, trônait dans sa chambre, au-dessus de son lit.

Face à la détermination de l'Espagnol, Henri n'était pas de taille. Il avait transigé :

— D'accord, mais mettons-y Ho Chi Minh. C'est lui qui nous a chassés de notre maison.

— Si tu y tiens, don Enrique. Bien que pour moi, Ho Chi Minh soit un patriote...

— Un assassin, devrais-tu dire.

Evaristo avait failli protester, expliquer qu'un communiste était parfois obligé de tuer, mais uniquement pour défendre le droit à la justice et à la liberté. Cela l'aurait mené trop loin. Et puis, dans une certaine mesure, il comprenait l'amertume du gamin. C'était, comme lui, un émigré.

— Quand je retournerai à Bao Tan, promit Henri, je t'emmènerai avec moi. Tu m'aideras à faire revivre le domaine.

Evaristo avait renoncé à dissiper ses illusions. Au contraire, il avait joué le jeu et, pendant leurs longues veillées, ils avaient, ensemble, élaboré de grands projets.

La destruction de la ferme avait constitué le sommet des grandes vacances. Tout le monde était là. Evaristo avait tenu à prouver qu'il n'avait pas perdu la main. Les murs avaient été comme aspirés de l'intérieur, tandis que la toiture disparaissait dans un nuage de poussière. Quand elle s'était dissipée, il ne restait plus rien des bâtiments qu'un maigre tas de pierres et de poutres fumantes. Renaud avait débouché une bouteille de champagne, à la santé de la Hollande, tandis que Henri avait rédigé un poème de circonstance, dont, plus tard, la lecture avait ébloui ses deux camarades, Pierre Molines et Gabriel de Fayssac.

Leur réaction avait été conforme à leur personnalité. Féru de cinéma, se destinant à une carrière de metteur en scène, le premier avait regretté de n'avoir pas été là pour filmer le spectacle, tandis que le second, plus réservé, qui se destinait, au-delà de Sciences-Po, au concours de l'Inspection des finances, avait souligné les risques encourus, principalement vis-à-vis de la municipalité : avait-on le droit de démolir une maison ?

Cette année, Henri aurait souhaité les inviter.

Mais, avant d'en solliciter la permission, il cherchait l'événement susceptible de les émerveiller.

— Tu comprends, expliquait-il à Evaristo, si je n'ai comme programme à leur proposer que le désherbage du potager ou l'arrachage des pommes de terre, ils ne vont pas être emballés. Ce ne sont pas des manuels...

— Et si je remettais en état le parcours de steeple que M. Renaud avait tracé voici trois ou quatre ans à travers nos bois ?

Henri secoua la tête :

— Je les vois mal galoper à bride abattue à travers les sentiers forestiers de Cadarjac ! Et d'ailleurs, je doute que Mirabelle, notre bonne vieille jument, goûte ce genre d'exercice. Avec, en plus sur son dos, des novices terrorisés.

— Même pour distraire tes copains, je ne peux tout de même pas dynamiter le château !

Henri abandonna le projet. Mais Evaristo, qui le connaissait bien, savait qu'il n'y avait pas renoncé, sa soumission était feinte. Il cherchait, persuadé que les semaines à venir lui fourniraient la solution. Son obstination n'avait d'égale que sa patience. Mais le hasard, pour une fois, devait en décider autrement et constituer le véritable tournant de sa vie.

Catherine débarqua deux jours plus tard, sans s'être fait annoncer, ce qui n'était pas dans ses habitudes. Elle redoutait de s'immiscer dans leur univers d'hommes des bois. Elle ne s'étonna donc pas de les trouver dans un désordre indescriptible, les vêtements tachés, le visage marbré de poussière, les cheveux crêpés de toiles d'araignées.

— Nous étions en train de mettre de l'ordre dans le grenier, expliqua Evaristo. Il en avait besoin...

— Et nous avons trouvé plein de trésors ! Je vais commencer à en dresser l'inventaire...

— Une autre fois. Je te ramène à La Nouaille.

Henri se rebella :

— Ba Trinh, je n'ai pas envie de rentrer à La Nouaille ! Dans une malle en osier, j'ai découvert un modèle réduit de planeur. Avec Evaristo, nous allons le remettre en état. Nous y adapterons un moteur. Pourquoi irais-je chez vous ?

— D'abord, pour prendre un bain. Regarde-toi ! Tu as l'air d'un romanichel.

— Ce n'est pas ma faute si le grenier est plein de poussière ! Je prendrai une douche tout à l'heure.

Catherine s'éloigna, semblant se résigner.

— Parfait, Henri. Comme il te plaira. J'expliquerai à ton cousin Matthieu que tu étais bien trop occupé pour prendre le temps de venir le saluer à sa descente d'avion.

— Matthieu ? Ce n'est pas une blague ?

Henri ne parvenait pas à y croire.

— Je n'ai pas l'habitude de raconter des « blagues », comme tu dis. Viens-tu ?

— Tout de suite, Ba Trinh. Laissez-moi seulement le temps de me changer. — Il se tourna vers Evaristo : — Excuse-moi de t'abandonner, mais tu dois comprendre. Mon cousin arrive du Viêt-nam. Il va sûrement me donner des nouvelles de ma maison.

— Va, répondit l'Espagnol. Je te comprends. Je suis très heureux pour toi. Ne m'oublie pas tout à fait !

2

Avant d'entreprendre ce voyage, Matthieu avait beaucoup hésité, car il redoutait de ne pas obtenir de visa pour rentrer. Depuis sa libération, deux ans plus tôt, il n'avait en effet pas cessé d'être l'objet des tracasseries sans nombre de la police secrète du Can

Lao, le parti de Ngo Dinh Nhu. Son appartement était régulièrement visité durant ses absences, sa correspondance ouvertement contrôlée, ses déplacements surveillés. Pire encore, il n'arrivait pas à conserver une place plus de quelques semaines. Des pressions exercées sur ses employeurs obligeaient ceux-ci à se séparer de lui sans motif. Il n'était pourtant pas difficile. Ayant, une fois pour toutes, renoncé à solliciter l'appui de son père, réduit à ses seules relations, il avait été successivement comptable aux Brasseries & Glacières d'Indochine, représentant d'une firme d'apéritifs anisés, placier en assurances, dépositaire de diverses marques de parfums de luxe. Cela ne durait guère ; avec ou sans ménagements, il recevait bien vite l'invitation à aller exercer ses talents ailleurs. Il en avait pris son parti. Du moins en apparence, car sa haine du régime croissait à mesure des vexations qui lui étaient infligées.

— Ils ne m'auront pas, affirmait-il à May Linh, avec laquelle il vivait maintenant de façon officielle. Je ne baisserai pas les bras.

Celle-ci lui conseillait la patience :

— Ne commets pas d'imprudence, ils n'attendent qu'un écart ou un éclat pour t'expulser.

Le climat s'alourdissait de semaine en semaine et Matthieu voyait approcher le jour où il en serait réduit à subsister des maigres secours aux Français nécessiteux que distribuait parcimonieusement le consulat. Ce serait la solution de désespoir. Il se refusait, quoi qu'il arrive, à demander la moindre aide pécuniaire de ses parents. May Linh, qui avait imprudemment évoqué cette possibilité, s'était vu si vertement rabrouer qu'elle n'en avait plus jamais reparlé. Pourtant, un jour, à son tour, elle avait explosé.

— Je ne comprends plus ! Tu restes là, à tourner

en rond à ronger ton frein, alors qu'il y a Bao Tan. Ta grand-mère en est partie mais, que je sache, ta famille en est toujours propriétaire. Qu'attends-tu pour reprendre les choses en main ?

— Tu sais bien que je n'ai pas l'autorisation de quitter Saïgon. J'ai les mains liées.

— Parce que tu le veux bien ! Je te concède que tu ne puisses pas t'offrir le luxe de te mettre en infraction. A quoi te sert alors de demeurer au Viêt-nam si tu n'as même pas accès à ton domaine ? Tu n'es pas seul, d'autres peuvent, par exemple, se rendre sur place, établir un état des lieux, recenser les ouvriers, bavarder avec eux, bref, te dire si Bao Tan vaut la peine d'être remis en exploitation. Et, si c'est le cas, je suis certaine que nous pourrons trouver un arrangement avec les autorités locales. Mais tu ne peux plus vivre ainsi. Ton caractère s'aigrit, tu deviens odieux. Et moi, un jour, je te quitterai, Matthieu. Je t'aime, mais je te quitterai, parce que je ne supporterai pas d'assister à ton naufrage.

Jamais encore elle ne lui avait parlé de la sorte. Il subit l'algarade sans broncher, sans même chercher à se défendre. Il sentait, confusément, qu'elle avait raison.

— Je vais demander à Ngoc d'aller là-bas.

May Linh fit « non » de la tête.

— J'admets que Ngoc a beaucoup de qualités, mais il n'est pas compétent pour apprécier la situation. Prends plutôt conseil de Ho Chan Sang.

— Jamais de la vie ! C'est un gangster !

— Et alors ? En affaires, même les gangsters sont des gens avisés.

La suite prouva que May Linh avait fait le bon choix. Le rapport de Ho Chan Sang, soigneusement retranscrit par Souën, était aussi complet que possible. Tout y était. Depuis l'état du bungalow, qui avait subi l'injure du temps, jusqu'à l'inventaire des machines, toutes en ordre de marche, en passant par le recensement des ouvriers, de leurs familles, de leurs doléances, de leurs souhaits.

— Il serait temps d'intervenir, conclut-il. Des réfugiés catholiques du Tonkin ont établi un village en bordure du domaine et ont commencé à débiter les hévéas pour en faire du bois de chauffage qu'ils vont vendre clandestinement à Saïgon en passant par le Dong Naï. Si vous n'y mettez pas bon ordre, d'ici à deux ans, il ne restera plus rien de Bao Tan.

Dès lors, Matthieu ne connut plus de repos. Il avait un but, sauver l'héritage des Mareuil. Il était transformé. Le guerrier qu'il avait été s'était réveillé ; il avait trouvé un combat à sa mesure.

Il lui fallut d'abord défricher l'imbroglio administratif découlant du départ de Catherine. En principe et en vertu de la loi, les exploitations abandonnées depuis deux années étaient considérées comme bien d'État. Avec l'aide de sa mère, redoutable juriste, Matthieu avait effectué de minutieuses recherches dans les archives du tribunal de commerce, et il avait réussi à prouver que peu de temps avant sa mort, Francis Mareuil, son grand-père, avait transformé sa société en une coopérative ouvrière, ne conservant que 49 % des parts.

« Or, plaida-t-il, les ouvriers, majoritaires, sont restés sur place. Par conséquent, Bao Tan n'est pas une exploitation abandonnée. »

Avec un peu de surprise et beaucoup de soulagement, Matthieu obtint gain de cause et se vit confirmé dans ses droits, sous réserve qu'il soit désigné, par le conseil de famille, comme exécuteur testamentaire et comme usufruitier du domaine.

— Nous vous accordons un délai de huit mois à partir d'aujourd'hui, pour apporter la preuve que Bao Tan a repris une activité normale.

Fort de ce jugement, Matthieu put passer à la

seconde partie de son programme. Il s'était fixé trois objectifs. En priorité, faire rapporter la mesure policière lui interdisant de sortir des limites de Saïgon. Quoi qu'il lui en coûtât, il fut bien obligé de solliciter l'appui de son père, Denis Lam Than.

— Je ne vous demande rien d'autre, lui dit-il, qu'une entrevue avec Ngo Dinh Nhu. Qu'il me soit permis, enfin, de dissiper le malentendu qui le dresse contre moi.

— Je ne te promets rien, répondit Denis. Nhu est un personnage difficile à approcher. Même par moi. C'est Diêm qui m'a imposé au sein du Conseil constitutionnel, je suis le seul qui n'ait jamais été reçu en audience privée. Aussi je ne peux pas préjuger de ses réactions. Il se peut même, au seul énoncé de ton nom, qu'il se fâche et te fasse expulser.

— Je prends le risque, père.

En attendant ce rendez-vous, Matthieu entama les démarches constituant les deux dernières étapes de ses projets : négocier des prêts bancaires afin de pouvoir disposer de la trésorerie indispensable au redémarrage de la société, prendre contact avec les représentants de la puissante Société internationale d'exploitation forestière, dont l'un des trois domaines jouxtait celui de Bao Tan.

Créée après la Grande Guerre, sous le sigle de la S.E.E.F., cette firme avait été le cauchemar de son grand-père Francis Mareuil. Au fil des années, les relations étaient devenues moins tendues, et, sur la fin, franchement cordiales. Devenue S.I.E.F. depuis 1955, en s'implantant hors du Viêt-nam, en Amérique latine et en Afrique équatoriale, cette société diversifiait ses productions et cherchait, Matthieu l'avait appris, des sous-traitants pour des marchés jugés secondaires, mais dont elle ne voulait pas laisser l'exclusivité à des concurrents étrangers, japonais principalement.

Matthieu s'y attendait un peu. L'accueil des banquiers fut, sinon franchement sceptique, du moins fortement évasif. « Le Viêt-nam n'est pas un pays d'investissements », lui fut-il répondu. « Les Américains apportent à ce pays une manne de dollars tellement substantielle et sans contrepartie, qu'elle ne peut que décourager ceux qui croient encore aux vertus du travail. Pourquoi se fatiguer quand il n'y a besoin que de tendre la main ? »

« Ici, nous nous contentons de gérer. Peut-être, en France, réussiriez-vous à convaincre nos directeurs ? »

Ce n'était guère encourageant, mais Matthieu releva surtout que tout espoir n'était pas perdu. May Linh en tira la conclusion.

— Il faut aller à Paris ! — Puis, pratique : — J'aimerais t'accompagner. Ce serait une sorte de voyage de noces.

— Si nous partons, objecta-t-il, aurons-nous l'autorisation de rentrer ?

— Pose la question à Nhu.

Mais le rendez-vous n'était pas acquis. A la demande formulée par Denis Lam Than, aucune réponse officielle n'avait encore été donnée. « Pas de nouvelles, bonnes nouvelles », affirmait May Linh, décidément optimiste, ajoutant : « Si tu étais toujours indésirable, il y a longtemps qu'on t'aurait flanqué, manu militari, dans le premier avion... »

Matthieu passait par des alternances de confiance et de doute. Il éprouvait cette impression débilitante d'être inutile, lui qui se sentait plein de possibilités. Un outil affûté remisé au fond d'un placard.

Et puis, en quelques jours, tout changea.

Il y eut d'abord la rencontre avec le représentant local de la S.I.E.F., Jacques Bongrain, un homme jeune, trente ans à peine, grand, mince, sportif, les cheveux courts, l'œil clair au milieu d'un visage bronzé, qui évoquait plus un jeune midship qu'un responsable commercial de haut niveau. Entre Matthieu et lui, le courant s'établit aussitôt.

— Je viens d'arriver au Viêt-nam, commença Bongrain. Je ne connais rien au pays, mais je sens que je vais m'y plaire. Bien plus en tout cas qu'en Afrique, où l'incompétence des cadres locaux n'a d'égale que leur fatuité. Quant aux personnels, ils ne pensent qu'à en faire le moins possible, avec des ruses qu'un enfant de trois ans aurait honte d'inventer ! Ici, j'ai trouvé un peuple industrieux, dur au travail, avec lequel les rapports sont simples, dès lors que l'on sait ménager leur fierté.

« En quoi puis-je vous être utile ?

Mis en confiance, Matthieu lui raconta tout. La genèse de Bao Tan, l'état actuel des lieux, et les projets de remise en route.

— Je vais être franc avec vous, répondit Bongrain. En termes de rentabilité, le maître mot d'une société comme la nôtre, votre domaine n'offre aucun intérêt. Mais, corrigea-t-il aussitôt, à titre personnel, et parce que votre démarche m'a plu, je suis prêt à vous épauler. Laissez-moi votre dossier, je vais l'étudier et je vous dirai comment le présenter à la haute direction, à Paris. Mais je ne vous cache pas qu'il vous faudra autre chose que des arguments techniques ; c'est votre force de conviction qui emportera la décision.

Le soir même, Matthieu apprit que Ngo Dinh Nhu l'attendait au palais présidentiel le lendemain, à cinq heures du matin.

L'entretien dura quatre heures. Quatre longues heures pendant lesquelles Matthieu ne réussit pas à placer un mot. Debout, il regardait le petit homme qui s'agitait, parcourant d'un bout à l'autre, à grands pas, l'immense bureau rococo, remuant les bras, posant, un instant, une fesse sur le coin d'une table, se relevant aussitôt, repartant, faisant volte-face, brandissant un index professoral, se plantant devant la fenêtre, s'adressant à une foule invisible, rebondissant, fonçant dans sa direction, l'œil fulgurant, avant de se lancer vers le mur d'en face.

Quatre heures durant, Matthieu subit, sans broncher, ce discours délirant, mélange de conférence magistrale et de diatribe enflammée.

« Les droits que donne aux citoyens un État libéral comme le nôtre sont pour un grand nombre d'entre eux aliénés dans leur existence économique et sociale. La démocratie politique doit être entièrement réorganisée sur une démocratie économique effective, adaptée aux structures modernes de la production », affirmait-il en ponctuant les mots de son poing fermé.

Ou encore : « La souveraineté populaire ne peut se fonder sur l'autorité du nombre. La majorité est arbitraire comme le bon plaisir d'un seul... »

Puis, en conclusion, en forme de mise en garde :

— Notre union ne sera jamais faite d'une collection désordonnée d'individus qui tirent chacun de leur côté dans un seul but, leur intérêt personnel. Notre union, tirant sa force de l'unité et de la discipline — il répéta : de la discipline — , poursuivra, neutralisera et extirpera toutes les brebis galeuses de la société, ennemies de ce régime personnaliste qui s'engage à apporter des solutions aux problèmes d'un pays sous-développé et à assurer l'indépendance, la liberté et le bonheur de tous...

Matthieu observa que, dans la bouche de son interlocuteur, le mot de « bonheur » résonnait comme une menace. Au temps où il servait dans les rangs du Viêt-minh, il avait déjà entendu cette promesse, comme celle d'un châtiment suprême. Depuis, il se méfiait de ce genre de prophétie.

C'était fini. Nhu s'était assis, tassé plutôt dans le

fauteuil à haut dossier où il disparaissait presque complètement. Il respirait à petites goulées comme pour évacuer le trop-plein de pression.

Puis il releva la tête, fixant Matthieu comme s'il découvrait à peine sa présence.

« A tous les coups, songea ce dernier, il va me demander ce que je fiche là. » Il ne savait plus trop bien quelle contenance adopter.

De longues minutes, Ngo Dinh Nhu resta silencieux. Puis, d'un ton doucereux :

— Ainsi, vous souhaitez pouvoir vous déplacer librement dans notre pays. Pourquoi ne pas aller à Hanoï ? Les Français y ont très bonne réputation.

D'un geste de la main, il arrêta la réponse.

— Je sais d'avance ce que vous allez me dire. Apprenez que j'ai d'autres préoccupations en tête que les agissements d'un officier renégat. Qui se soucie de vous, obscur petit Français ? Vous n'avez aucune importance. Vous pouvez aller et venir, partir ou rester à votre guise. N'oubliez cependant jamais que vous êtes seulement toléré ici.

Il sonna un planton.

— Prenez le passeport de M. Lam Than, sujet français. Donnez-lui un visa permanent.

Puis, sans transition, il cessa de s'intéresser à son visiteur qui s'éclipsa, sur la pointe des pieds.

Ils avaient débarqué à Orly après un voyage de vingt heures à bord du Constellation régulier d'Air France. May Linh n'avait pas dormi, partagée entre l'impatience de découvrir enfin ce pays dont elle avait tant rêvé, et l'appréhension de ce qu'elle allait y trouver. Comment y serait-elle accueillie ? Elle redoutait les réactions des Français qu'à l'instar des Européens de Saïgon elle imaginait méprisants à l'égard de tous ceux qui n'étaient pas de leur race. N'allait-elle pas se trouver en butte à des affronts répétés ?

Autre sujet d'anxiété, la façon dont elle se comporterait. Quelle attitude adopter ? Projetée dans un univers nouveau, qu'elle pensait sophistiqué, obéissant à des règles inconnues d'elle, n'allait-elle pas commettre d'impairs impardonnables qui la rendraient ridicule et qui nuiraient à Matthieu ? Elle se sentait sotte, malhabile, ignorante des usages. Et tout cela se résumait dans une seule question : « Ai-je eu raison d'insister pour effectuer ce voyage ? »

— Il est un peu tard pour y penser, lui répondit Matthieu, en lui tenant la main. Tout ira bien, tu verras. Sois comme je t'aime, naturelle, les gens ne remarqueront que ta beauté.

Sur ce dernier point, il ne se trompait guère. Dès sa descente d'avion, dans le hall des arrivées où se pressait une foule estivale, May Linh se sentit la cible de bien des regards, admiratifs des hommes, scrutateurs des femmes qui cherchaient le défaut de cette superbe créature longue et flexible comme une liane, avec son port de princesse, son cou de cygne et ce visage lisse, couleur de miel, au regard étrange. Ce qu'elles prenaient sans doute pour de la morgue n'était, en réalité, qu'un épouvantable trac. « Je marche sur des œufs », confia-t-elle à l'oreille de Matthieu.

Ils étaient tous venus les attendre, Lee-Aurore et Diane, Renaud et Catherine, et surtout Henri qui, d'emblée, accapara son cousin en glissant sa main dans la sienne, affirmant de la sorte la solidarité des derniers et des seuls héritiers mâles de la dynastie des Mareuil.

Pour leur séjour parisien, Lee-Aurore avait loué plusieurs chambres dans un petit hôtel du quartier de Saint-Germain-des-Prés, charmant et désuet, à deux pas de son appartement. Tous les matins, ils se retrouvaient sur la terrasse, pour un petit déjeuner réunissant la « tribu », comme le disait drôlement Renaud. Tandis que les femmes mettaient au point le programme de la journée, consacré pour une part au tourisme, pour une autre à des visites des grands magasins, les hommes dressaient l'inventaire des démarches à accomplir. Elles n'étaient pas sans poser de difficultés. En cette fin de juillet, Paris était vide. Le Paris des affaires en tout cas, et la moindre demande de rendez-vous se heurtait aux regrets de secrétaires indifférentes ou arrogantes.

Même s'il n'y prenait pas directement part, Henri avait tenu à assister à ces discussions, soutenu par Matthieu qui avait senti ce qu'aurait pu avoir de blessant pour son cousin sa mise à l'écart de tout ce qui touchait à Bao Tan. « Après tout, avait-il dit, Henri est l'héritier du domaine. — Puis, avec un sourire : Dans dix ans, quand je serai très vieux, c'est à lui que j'en remettrai les clefs. »

Henri lui était infiniment reconnaissant de cette attitude. Et c'est pour l'aider qu'un matin il intervint.

— A Sarlat, expliqua-t-il, l'un de mes meilleurs amis s'appelle Gabriel de Fayssac. Son père est un haut fonctionnaire, proche du gouverneur de la Banque de France. Il doit sûrement être en relations avec tous ces directeurs que vous n'arrivez pas à toucher.

Renaud et Matthieu se regardèrent, interloqués.

— Qu'en pensez-vous ? interrogea Matthieu.

— Nous ne risquons rien à essayer, répondit Renaud.

La voie ouverte s'avéra pleine de promesses. Après quelques essais infructueux, Henri finit par joindre au téléphone son ami Gabriel dans sa maison de vacances en Normandie, près de Deauville.

— Mon père rentre ce soir de New York, où il participait à une réunion du F.M.I. Je lui demanderai de trouver dès demain un créneau pour recevoir ton cousin. Je te rappelle sans faute.

Gabriel de Fayssac tint parole, et, le lendemain, en fin d'après-midi, Matthieu obtint son rendez-vous.

Il s'y présenta, ponctuel, et fut reçu par un homme visiblement accablé de préoccupations dont le niveau se situait bien au-dessus des problèmes subalternes d'une modeste plantation d'Extrême-Orient. Il écouta cependant son visiteur avec une infinie courtoisie, posant quelques questions, se faisant préciser des détails infimes.

— Je ne vous cache pas, cher ami, dit-il enfin, que le Viêt-nam a été relégué loin des soucis primordiaux de la France. Ce pays s'est retiré de la zone franc et s'est inféodé à l'Amérique, ce qui ne peut que déplaire au général de Gaulle.

« Ensuite, il y a l'Algérie. Le Plan de Constantine monopolise l'attention des investisseurs français. — Il sourit : — Ah ! regretta-t-il, si vous aviez du pétrole !

Matthieu n'avait pas bronché. Il cacha sa déception et se préparait à prendre congé lorsque Louis de Fayssac le fit rasseoir.

— Avez-vous un bon dossier ? demanda-t-il.

— Je le crois, monsieur. — A son tour, il sourit, ajoutant : — Je ne pense pas qu'il soit de nature à bouleverser l'économie mondiale, mais à l'échelle du Viêt-nam, il est solide. Puis-je ajouter qu'il s'agit d'une entreprise française ? Nous ne sommes plus si nombreux dans ce cas à perpétuer à l'autre bout du monde la présence de notre pays.

Ce dernier argument produisit son effet. Louis de Fayssac s'absorba dans ses réflexions. Puis il se décida.

— Vous avez raison, reprit-il. Il faut préserver l'avenir.

Il se leva, signifiant que l'entretien était terminé. Tout en raccompagnant son visiteur, il conclut :

— Je crois pouvoir convaincre certains de mes amis. Laissez-moi tout de même un peu de temps. Comme vous avez pu le constater vous-même, la France est en vacances. Alors, faites comme elle. Détendez-vous et ayez confiance. Votre remarque sur la présence de nos compatriotes au Viêt-nam m'a plu. Je la resservirai. Elle ne manquera pas de faire son effet, surtout si ça gêne les Américains.

— Maintenant que vous voilà rassuré sur la bonne marche de vos affaires, proposa Renaud le soir même, pourquoi ne pas suivre le conseil de M. de Fayssac et ne pas achever vos vacances à La Nouaille ? Vous y êtes chez vous ; c'est la maison de votre arrière-grand-père.

May Linh approuva. Après toute l'agitation parisienne, elle avait envie d'un peu de calme. Et puis elle était impatiente de découvrir ce domaine périgourdin dont Sylvie lui avait brossé un tableau idyllique.

— Il me reste encore un devoir à accomplir. Un devoir de fidélité à l'égard d'un compagnon de prison. Pham Quyn Khiên, un journaliste saigonnais emprisonné pour avoir osé critiquer Ngo Dinh Diêm et le régime. Au Viêt-nam, j'avais les mains liées, mais ici, à Paris, j'aimerais intéresser un journaliste à son cas.

— Penses-tu à quelqu'un en particulier ? demanda Catherine.

— Non. A Saïgon, nous manquons un peu d'informations dans ce domaine. Mais je suppose qu'il doit suffire de se présenter à une rédaction ?

Renaud ébaucha une moue sceptique.

— Ce n'est pas si simple. Dans ce domaine comme dans tous les autres, c'est affaire de relations.

Diane intervint :

— Les journalistes sont devenus méfiants. Depuis que de Gaulle a plus ou moins rétabli les délits de presse, ils redoutent d'avoir affaire à des provocateurs. Mais je connais un éditorialiste qui peut être intéressé par ton ami. — Elle fouilla dans son sac, sortit son carnet d'adresses. — Je lui passe un coup de fil pour arranger un rendez-vous. D'accord ?

— D'accord. Et merci.

Deux minutes plus tard, Diane revint, un papier à la main.

— Voilà l'adresse, dit-elle à Matthieu. Il te recevra demain à quatre heures à son bureau. Demande Georges Roubaz.

— Bravo, dit Matthieu, sincèrement admiratif.

En entendant le nom, Catherine avait froncé les sourcils :

— Tu as parlé de Georges Roubaz. Serait-ce le mari de ma cousine Béatrice, cet individu qui a provoqué un scandale le jour de mon mariage ?

— En effet, c'est lui. Mais il ne faut pas le juger sur un éclat passager. L'important est qu'il puisse venir en aide à l'ami de Matthieu. S'il estime que cette cause en vaut la peine, il est tout à fait capable de déclencher une campagne de presse.

Renaud ne semblait pas convaincu.

— Ce type ne m'a jamais inspiré confiance. Il a toujours soutenu nos adversaires.

— C'est une question de point de vue, répliqua Diane un peu vivement. On peut être sincère sans partager les mêmes idées. En ce qui concerne Georges Roubaz, je puis vous assurer qu'il a beaucoup évolué. Aujourd'hui par exemple, après l'avoir combattu, il s'est rangé derrière le général de Gaulle, avec ses amis chrétiens progressistes.

— Comment sais-tu tout cela ? interrogea à son tour Lee-Aurore.

— Georges Roubaz est venu à la Fac donner une série de conférences sur l'histoire de la législation de la presse en France depuis 1830. Je suis allée me présenter à l'issue de l'un de ses exposés, il m'a invitée chez lui...

— Et tu y es allée ?

— Évidemment !

— Mais tu ne m'en as jamais parlé !

— Tu ne me l'as pas demandé ! Pourquoi ? Est-ce un crime ?

— Non, mais nous connaissons tous la détestable réputation de ce personnage.

Diane haussa les épaules, visiblement agacée.

— Maman, répondit-elle, d'un ton d'affectueux reproche. Je ne suis plus une enfant ! Rassure-toi, il ne s'est rien passé de ce que tu as l'air de redouter. Et d'ailleurs, je ne risquais rien, il n'était pas seul. Il vit plus ou moins ouvertement avec Joëlle, la femme de son neveu François, le lieutenant de parachutistes.

— Diane ! protesta Lee-Aurore, scandalisée, je n'aime pas ce genre de fréquentations. Ces gens-là donnent un exemple détestable. S'afficher ainsi, impudemment, devant une jeune fille ! Quelle mentalité ! J'aimerais savoir ce qu'en pense François ! Pendant qu'il fait la guerre, sa femme... Il ne réagit pas ?

— Comment veux-tu que je le sache ? Il ne me fait pas de confidences.

Elle rougit un peu, mais, seule, May Linh le remarqua, gardant pour elle cette observation.

Diane n'aimait pas mentir. Pouvait-elle avouer, maintenant et en public, que depuis un an, depuis le jour de ses dix-huit ans, elle était la maîtresse de François ? Cela s'était fait tout simplement. Joëlle avait accompagné Georges pour un reportage en Allemagne où de Gaulle rencontrait Adenauer et Lee-Aurore participait à un colloque organisé par les gaullistes à Marseille. Ils s'étaient retrouvés seuls, un peu désemparés. Ils avaient dîné, au champagne, dans un restaurant de la porte Maillot et soufflé, en tête à tête, les dix-huit bougies du gâteau d'anniversaire. Un peu grise, elle l'avait accompagné chez lui. A vrai dire, il y avait longtemps déjà que Diane avait accepté dans son cœur et dans sa tête qu'il en soit ainsi : dès l'instant de leur première rencontre. Elle n'avait eu qu'à laisser s'accomplir son destin. Elle ne regrettait rien, même si François, qui ne venait en France qu'à de rares occasions, ne la revoyait que brièvement et en secret. Elle l'attendait, certaine que l'avenir les réunirait.

Georges Roubaz avait écouté Matthieu sans l'interrompre, tapi comme un gros chat sommeillant dans un vieux fauteuil au cuir avachi. Il avait adopté une attitude bienveillante, mais, au fur et à mesure qu'il parlait, Matthieu sentait se dresser entre eux une barrière invisible.

— Je crains que votre histoire n'intéresse guère nos lecteurs, énonça enfin le journaliste. Nous sommes en période de vacances et les Français n'ont pas envie de lire des choses attristantes. Et puis le Viêt-nam est loin, c'est de l'histoire ancienne. Ce qui s'y passe aujourd'hui ne concerne plus notre public. Il a les yeux tournés vers l'Algérie.

« Je vais peut-être vous paraître cynique, mais il y a partout dans le monde des prisonniers politiques, bien plus maltraités que votre Pham Quyn Khiên. Après tout, ses conditions de détention ne sont pas inhumaines.

Matthieu hocha la tête, mécontent.

— Je comprends, dit-il. Un sujet sur les prisonniers politiques au Viêt-nam vous paraît fade, dès l'instant où ils n'ont pas été abominablement torturés. Ce que vous voulez, c'est du sang à la une...

— Mais non. Nous cherchons à réveiller les consciences en dénonçant les injustices. Or, si je vous ai bien écouté, votre ami a été imprudent.

Matthieu se leva. Il en avait suffisamment entendu. Il partit, avec un sentiment amer d'impuissance. Il ne pouvait pas savoir que Georges Roubaz avait déposé quelques jours plus tôt auprès de l'ambassade du Viêt-nam une demande de visa et qu'il ne tenait pas à la compromettre à cause d'un éditorial malencontreux. Le soir même, à l'occasion d'une conférence de presse au Quai d'Orsay, il raconta l'histoire de Pham Quyn Khiên à l'un de ses confrères appartenant à la rédaction d'un quotidien communiste.

L'information parut le lendemain, assortie d'un commentaire laissant entendre qu'une répression sauvage sévissait au Sud-Viêt-nam où les patriotes, ceux qui exigeaient l'application des accords de Genève concernant les élections libres et la réunification du pays, étaient l'objet de sévices atroces, jetés en prison sans jugement, molestés, frappés, torturés et parfois abattus. Pham Quyn Khiên y était présenté comme un militant communiste pur et honnête, une victime des fascistes de Saïgon à la solde de Diêm et des services spéciaux américains.

Matthieu tomba par hasard sur l'article. Sa première réaction fut d'angoisse. Au lieu de servir la cause de son ami, ce texte allait étayer les accusations portées contre lui. Il y avait gros à parier que Nhu et sa police ne manqueraient pas de l'utiliser comme la preuve qu'ils cherchaient.

« Pauvre Khiên », songea-t-il, effondré. Et puis la colère le saisit. Il prit le téléphone, bien décidé à dire crûment son fait à Georges Roubaz, coupable d'infamie.

Son appel tomba dans le vide. Pas plus chez lui qu'à son journal Georges Roubaz ne répondit. A force d'insistance, Matthieu obtint une secrétaire qui, d'un ton impersonnel, lui fit savoir que son patron était en vacances, et qu'elle n'était pas autorisée à communiquer son adresse. « Écrivez-lui ici, proposa-t-elle. Nous ferons suivre. »

— Le salaud, gronda Matthieu, écœuré. Il a des réflexes rapides ! Il s'est défilé comme un lapin...

Puis, à May Linh :

— Retiens bien son nom. Si jamais cet individu vient pointer sa sale gueule à Saïgon, je lui réserve un accueil dont il se souviendra !

L'été s'achevait. Matthieu et May Linh bouclaient leurs bagages. Tout était réglé. Bao Tan allait pouvoir revivre. En une semaine, seul à Paris, et grâce à l'appui de Louis de Fayssac, Matthieu avait obtenu l'aval des banques, contre une participation financière au capital de sa société. Fort de cet accord, il avait pu négocier avec la puissante S.I.E.F., un contrat d'association qui lui garantissait des débouchés pour sa production.

Durant son absence, May Linh et Lee-Aurore avaient sillonné les routes du Périgord, avec un émerveillement toujours renouvelé. Elles étaient assez semblables, à la fois pragmatiques et fantasques, obéissant à une logique qui leur était propre et qui tenait sans doute à leur commune origine au confluent de deux races. Elles n'avaient pas besoin de longues explications pour se comprendre. Lee-Aurore avait l'impression d'avoir à ses côtés un double d'elle-même, avec une même conception de la vie. Mais, à la lumière de sa propre expérience, elle la mettait en garde.

— Tu as Matthieu, disait-elle. Garde-le comme un précieux cadeau du destin. Quand on vous regarde, votre amour est lumineux. Ne fais pas comme moi. J'ai gâché trop d'années à poursuivre des chimères, alors que j'avais tout près de moi trop près peut-être ? — le seul homme qui pouvait combler mon besoin d'absolu. Et nous ne nous sommes retrouvés que pour nous perdre tout à fait...

Puis elle ajouta :

— Je t'envie, May Linh. Tu vas retourner dans ce pays qui m'est interdit à tout jamais.

— Vous serez chez vous à Bao Tan...

— Bao Tan appartient aux vivants. A vous deux, Matthieu et toi. Aux enfants que je vous souhaite. Et à Henri. Qu'irais-je y faire ? Mon Indochine n'existe plus ; elle se trouve avec moi, là où je suis...

C'est au cours d'une de ces conversations qu'incidemment May Linh évoqua sa rencontre avec Patrick O'Donovan. En entendant ce nom, Lee-Aurore pâlit.

— A qui d'autre en as-tu parlé ? demanda-t-elle vivement.

— Seul Matthieu est au courant. Sa réaction m'a étonnée, il a refusé de le revoir. — Elle ajouta : — Il s'agit de Catherine, n'est-ce pas ?

— Oui. Mais ne lui dis rien, elle le croit disparu. Et Renaud ignore tout.

— L'aimait-elle ?

Lee-Aurore secoua la tête.

— Catherine n'a jamais aimé que son mari, Francis. Mais aucune femme n'est à l'abri d'une faiblesse. Patrick l'avait émue et troublée.

3

Après le dernier virage, tout au bout de la grande allée de flamboyants, Patrick O'Donovan arrêta le moteur de la Buick et resta assis, les mains sur le volant, toute exaltation retombée. Il était déconcerté. Plus rien n'était semblable à ce qu'il avait pourtant cru devoir rester à jamais gravé dans sa mémoire. Autrefois gai, coquet, pimpant, le bungalow ressemblait à une vieille bâtisse à l'abandon. La peinture, en s'écaillant, dévoilait de longues cicatrices, blêmes d'humidité, tandis que le toit s'incurvait dangereusement vers le milieu de la charpente. Au rez-de-chaussée, les persiennes, arrachées, dévoilaient l'intérieur dévasté, où l'on devinait quelques carcasses de mobilier. A l'étage les volets pendaient, lamentables, retenus par des ficelles aux poutres de l'auvent.

Il n'était pas seulement déçu, il était blessé, comme par une trahison. Songeant à tout ce qu'il lui avait fallu supporter, affronter, entreprendre, risquer, il avait mal d'arriver au bout de sa route pour découvrir qu'il était trompé.

Abattu par une tempête, un aréquier achevait de pourrir au milieu de ce qui avait été le massif de roses, l'un des grands sujets de fierté de Catherine. Au fil des années, c'était devenu un taillis de broussailles et d'épineux, au milieu duquel grimpaient, incongrues, des lances de bambou parasite.

Patrick O'Donovan pleurait, autant sur le gâchis qu'il avait sous les yeux que sur lui-même et sa vie ratée.

Il n'avait plus envie de descendre de voiture. Ce pèlerinage de la dernière chance, dont il avait tant et tant de fois rêvé l'accomplissement, tournait maintenant au cauchemar. Cette maison, aux fenêtres ouvertes sur le néant, comme des yeux crevés, lui paraissait peuplée de fantômes. Il dut faire effort pour s'obliger à s'extirper de son siège, à ouvrir la portière, à aller au bout de ce qu'il avait entrepris. Il était trop tard pour reculer. Il devait savoir, quitte à nourrir, un peu plus, son désespoir.

Patrick franchit le perron, pénétra dans ce qui, autrefois, était le grand salon. Il n'en subsistait à peu près rien. Ni rideaux, ni tableaux aux murs, ni meubles. Rien que des tas de feuilles mortes que les courants d'air soulevaient encore avant de les entasser dans les angles. Rien que des lambeaux d'affiches punaisées sur les cloisons. L'une d'elles, maladroitement dessinée d'une encre violette délavée, représentait le barbu de Hanoï, Ho Chi Minh. Une goutte d'eau, en délayant la couleur, lui faisait une longue larme mauve. A côté, d'anciennes banderoles célébraient le « Dang Lao Dong », le Parti des travailleurs auxquels une main anonyme souhaitait — « *muon nam* » — mille ans de vie.

D'un drapeau rouge, mangé aux termites, ne subsistait plus que la pointe d'une étoile jaune, et le dernier mot, « *Thi Dua* » — émulation — d'un slogan célébrant l'effort de tous pour la victoire.

Depuis combien de temps personne n'était entré ici ? C'était difficile à dire avec certitude. De toute évidence, les communistes avaient fait du bungalow une « maison du peuple », avant d'en être chassés par les soldats ou les policiers de Diêm. Et, depuis, par désintérêt ou superstition, les villageois avaient déserté l'endroit.

Au bout du hall, Patrick entra dans l'ancien bureau de Francis. Les envahisseurs y avaient entassé le mobilier du rez-de-chaussée, ou ce qu'il en restait après qu'ils l'eurent massacré. Sous une épaisse couche de poussière, accumulée sur les toiles d'araignées, tendues comme une housse protectrice, on devinait le pied contourné d'un guéridon, un bras de fauteuil, le cône tronqué d'un abat-jour en peau de buffle, la pointe d'une corne de gaur, autrefois accrochée, trophée de chasse, au-dessus de la porte.

Patrick se pencha, ramassa une tringle rouillée et, de la pointe, fit une brèche dans la toile. Il recula, avec un geste de répulsion. La housse était un suaire. En dessous, le mobilier n'était qu'apparence. Cendre et poussière. Les termites grouillaient, si nombreux qu'ils faisaient penser à de la boue liquide, mouvante, d'un gris sale.

Il sortit du bureau comme on s'enfuit et se hasarda aux étages. Là encore, les vandales avaient sévi, à leur façon, volontairement profanatrice. Les chambres, vides, étaient jonchées d'immondices entre lesquels couraient des rats, qui s'enfuirent en couinant.

C'en était trop. Patrick dégringola les marches, faillit trébucher en s'appuyant sur la rampe qui céda, avec un bruit mat, et ne reprit son équilibre qu'au prix d'un saut acrobatique. Une fois dehors, sur la terrasse, il se plia en deux, saisi d'une nausée incoercible.

Il ne lui restait plus qu'à rentrer à Saïgon, s'enfermer chez lui, se saouler et oublier. « Pourquoi, se demanda-t-il, avoir voulu venir ? Que croyais-tu ? Que rien n'avait changé, que l'on t'attendait, qu'on te ferait fête ? Plus de quinze années ont passé. Un siècle... Et tout est mort. Réfugie-toi dans ce mirage qui t'a aidé à survivre. » Il savait qu'il ne le pourrait plus.

Autour de sa voiture, une nuée de gosses était agglutinée qui s'égailla à son apparition. Patrick enfla la voix :

— *Maï ; oï*[1] *!* cria-t-il, au hasard.

Un gamin, un peu plus déluré que les autres, s'arrêta, fit demi-tour et, retirant son chapeau, un feutre informe, le plaqua contre sa poitrine et salua d'une inclinaison du buste.

— *Chao, ong !* dit-il, respectueux.

1. « Eh, toi ! »

— Approche. Comment t'appelles-tu ?

Le gamin comprit le geste et avança, prudemment, prêt à détaler à la première alerte. Pour l'amadouer, Patrick s'accroupit, sourit de façon engageante.

— Comment t'appelles-tu ? répéta-t-il.

— *Khong biêt.*

En fouillant sa mémoire, Patrick rassembla le peu de vocabulaire qu'il possédait, et reposa sa question.

— Mon nom est Dûc, dit le gamin.

— Où est ta maison ?

Dûc esquissa un petit geste de la main, indiquant une vague direction, derrière lui.

— Et ton père ?

Le gamin refit le même geste.

— Conduis-moi à lui.

Apparemment rassurés, les autres enfants s'étaient rapprochés, formant un large cercle, mais à bonne distance, tout en ne perdant rien du dialogue. Patrick en désigna un et lui tendit un billet d'une piastre :

— Garde la voiture, lui ordonna-t-il.

Le gosse saisit le billet en hochant la tête très sérieusement, conscient d'avoir été investi d'une mission d'importance. Dûc attendit Patrick et le guida, hors du jardin en fouillis, jusqu'à une piste de terre rouge qui, d'un seul coup, s'élargit, devenant une allée carrossable, parfaitement entretenue. Patrick éprouva une étrange impression, celle de pénétrer dans un autre monde où, enfin, tout était en ordre. Comme avant. Les bâtiments de l'ancienne usine étaient propres, en état, les hangars abritaient leurs machines, briquées et luisantes, animaux assoupis attendant le réveil pour se remettre en mouvement. Sous un auvent, les tasses à latex étaient soigneusement empilées, sages colonnes de grès ocre.

Escorté de la troupe des gosses, Patrick passa devant le séchoir, dans lequel, suspendues à des perches de bambou, des crêpes blanchâtres se balançaient au gré de la brise.

Quelques centaines de mètres plus loin, le groupe pénétra dans le village des ouvriers. Là encore, à sa grande surprise, Patrick constata que tout semblait vivre normalement. Dans leurs appentis, accroupies devant leurs marmites, les femmes épluchaient les légumes, plumaient les volailles, en jacassant avec, parfois, de grands éclats de rire bien sonores, qui s'interrompirent brusquement à l'apparition de cet étranger, ce T'ay inconnu qui venait troubler la quiétude du quotidien.

Dûc s'arrêta, désigna l'avant-dernière des maisons et dit :

— C'est là.

Patrick se préparait à entrer. Cinq ou six hommes, surgis des maisons voisines, s'approchèrent et vinrent se placer autour de lui. Vêtus du pyjama noir des guérilleros, tête nue, le cheveu court, ils étaient sans armes mais leurs regards, froids, inquisiteurs, les désignaient comme des adversaires dangereux.

« Des maquisards », songea Patrick qui, sans éprouver de véritable crainte, se tint sur ses gardes.

— Américain ? demanda le plus âgé des nouveaux venus, d'un ton soupçonneux.

— Non. Je suis français.

L'homme traduisit, puis, dans un langage volontairement châtié, il s'informa, avec une politesse glacée :

— Pouvons-nous savoir ce que vous êtes venu chercher ici ?

Patrick se troubla. Il s'aperçut qu'il était incapable de fournir une réponse, à la fois cohérente et de nature à satisfaire son interlocuteur. Il choisit de dire la vérité, dût-il passer pour un nigaud.

— Voici quelques années, j'ai habité ici. J'ai eu envie de revoir les lieux.

— Vous n'êtes pas si naïf pour imaginer que nous allons vous croire ?

— Possible. Mais il vous faudra vous contenter de cette explication. Je n'en ai pas d'autre à vous offrir.

Les hommes en noir se concertèrent, à mi-voix. Finalement, celui qui semblait leur chef reprit la parole.

— Certains des ouvriers affirment que les anciens colons vont revenir pour remettre cette plantation en exploitation. Savez-vous quelque chose à ce propos ?

Patrick tressaillit. Si seulement cela pouvait être vrai !

— Je n'ai entendu parler de rien. Au contraire, en voyant leur maison, j'ai cru qu'ils étaient définitivement partis.

Le chef hocha la tête, apparemment déçu.

— Dans l'intérêt des ouvriers, il serait bon que Bao Tan fonctionne à nouveau. Mais sous certaines conditions que nous sommes prêts à négocier. Si jamais vous rencontrez les anciens propriétaires, expliquez-leur cela.

Patrick promit, sans être certain de pouvoir tenir cette promesse. Mais il était sincère ; tout autant que son vis-à-vis, même si leurs motifs étaient différents, il ne demandait qu'à revoir les anciens maîtres de Bao Tan.

— Pour quelle raison a-t-on laissé se délabrer le bungalow ? demanda-t-il.

— C'était un symbole du colonialisme. Nous l'avons volontairement retranché du paysage.

— Si les Français reviennent, il faudra le restaurer. Y êtes-vous disposés ?

Le chef ébaucha une amorce de sourire crispé. De toute évidence, il n'aimait recevoir ni conseils, ni ce qui pouvait ressembler à des ordres.

— Pour un simple visiteur, vous me paraissez bien exigeant.

— Ce n'est pas une exigence, tout au plus un acte élémentaire de courtoisie vis-à-vis de ceux qui contribueront à ramener un peu de prospérité aux ouvriers.

— Vous n'avez pas bien compris la situation, monsieur... ?

— O'Donovan. Patrick O'Donovan.

— ... monsieur O'Donovan. Peut-être savez-vous qu'il y a, dans le sud du Viêt-nam, deux autorités. La première, illégitime, tient son apparente réalité à l'héritage des gouvernements fantoches de Bao Daï et à l'appui des impérialistes américains. Elle a un prétendu chef, Ngo Dinh Diêm, sa clique et son armée. Mais elle n'a aucunement le soutien populaire.

« Et puis, il y a les forces progressistes, qui, peu à peu, se rassemblent et se préparent à lutter pour une véritable indépendance. Je ne vous surprendrai pas en vous disant que je suis avec ceux qui se battent contre toute ingérence étrangère dans notre pays.

Patrick O'Donovan opina.

— Je l'avais compris ainsi, dit-il, aimablement.

— Mon nom est Cao Van Minh. Dans notre Armée populaire, je suis colonel, responsable militaire et politique de cette province. A ce titre, tout ce qui concerne Bao Tan est du ressort de ma juridiction. C'est la raison de ma présence ici. Alors — il esquissa un geste du bras — la restauration du bungalow...

— Je vois. Vous vous en moquez. Est-ce que vous vous y opposerez ?

— Monsieur O'Donovan, je vais vous raconter une histoire. La mienne. Je suis né ici. Enfant, j'ai joué avec Cyril, le fils aîné de la maison, et je me croyais pareil à lui, jusqu'au jour où j'ai compris que, quoi qu'il arrive, Cyril serait toujours le maître et moi toujours le fils du chef des coolies. Alors, j'ai choisi la voie de la révolution.

Tout en parlant, Cao Van Minh avait saisi le bras de Patrick et l'entraînait avec lui, à petits pas, sur la piste, comme il l'aurait fait avec un vieil ami. Il n'y avait du reste aucune acrimonie dans sa voix, au contraire, presque de la chaleur humaine. Il avait l'air heureux de se confier, et de pouvoir s'exprimer en français, ce qui ne devait pas lui arriver souvent.

— Vous savez, monsieur O'Donovan, la vie était très dure pour les ouvriers vietnamiens.

— Elle l'était tout autant pour des gens comme Francis Mareuil.

— C'est vrai. Il s'est tué à la tâche. Il est mort la même année que mon père...

Patrick n'osa pas demander ce qu'était devenue Catherine : ce fut Minh qui, incidemment, évoqua son souvenir :

— Mme Mareuil a tué mon frère Lam ; c'était un bandit, elle n'a fait que se défendre. Quand je l'ai chassée d'ici, je n'ai pas agi par vengeance. Je pensais, sincèrement, que les colonialistes n'avaient plus leur place dans ce pays.

— Beau résultat. Bao Tan est à l'abandon et ses ouvriers sont réduits à la misère !

Cao Van Minh ne se fâcha pas. Il émit un petit rire de crécelle, qui le dispensait de répondre. Il enchaîna, l'air naturel :

— L'Armée populaire est pauvre. Elle vit avec le peuple, elle se bat pour le peuple, et, en échange, le peuple assure sa subsistance. Il faut donc que le peuple trouve des ressources pour survivre et soutenir son armée.

Patrick soupira, excédé. S'il ne pouvait se défendre d'une certaine sympathie pour ce vieux militant et pour sa sincérité candide, son discours avait le don de l'agacer.

— Je connais le refrain, répliqua-t-il, sarcastique. On me l'a seriné, des mois durant, au cours d'un séjour forcé et involontaire dans le Nord. Et j'ai vu la réalité de votre révolution. L'armée est avec le peuple comme le lierre avec l'arbre. Elle s'accroche à lui, elle se nourrit de sa substance, mais, en fin de compte, elle finit par l'étouffer. Votre république démocratique du Viêt-nam est une immense caserne. Je le sais, je suis allé à Hanoï le mois dernier.

Cette fois, Cao Van Minh accusa le coup. Sa voix se fit cassante :

— Si vous rencontrez ceux qui envisagent de revenir à Bao Tan, dites-leur bien que, s'ils veulent être acceptés ici, ils devront subordonner leur intérêt au bien-être des ouvriers. A cette condition, nous les aiderons.

— De quelle façon ?

— N'en demandez pas trop. Nous ne nous opposons pas à leur retour, j'estime que c'est déjà beaucoup.

Il y avait près d'un an maintenant que Patrick O'Donovan avait perdu la trace de May Linh. Elle avait quitté son petit appartement du Jardin Botanique, sans doute pour aller vivre avec Matthieu, et avait démissionné de sa société. Si cette absence avait quelque peu troublé ses habitudes, elle n'avait pas constitué une préoccupation majeure. Il était lui-même débordé de travail et ses activités s'étendaient au-delà des frontières, de Singapour à T'aiwan, de Manille à Séoul. Il traitait d'importants marchés et son ascension au sein de la maison Chevrier et Fils, qui se concrétisait par de substantielles rémunérations, lui avait permis de s'installer dans une villa de cinq pièces, spacieuse et confortable, précédemment occupée par l'un des directeurs, qui venait de prendre sa retraite et était rentré en France. Elle jouxtait le grand parc où s'édifiait la nouvelle ambassade des États-Unis, imposant bloc de béton aux allures de bunker, sur le boulevard derrière la cathédrale.

Il avait hérité de la Buick, du mobilier et du personnel, et s'en trouvait bien. Van Tam, le chef de famille, était un robuste quadragénaire aux cheveux gris taillés en brosse carrée, souvenir du temps où il était garde auxiliaire dans la région de Ben Tré, le fief des milices catholiques du colonel Leroy, un métis aujourd'hui exilé hors du pays. C'était un personnage jovial et truculent, dont la principale occupation semblait être la sieste, pour laquelle il avait suspendu devant la boyerie, entre deux eucalyptus, un hamac du fond duquel il surveillait les activités de la maisonnée. En réalité, la véritable autorité appartenait à Thi Haï, sa femme, despote domestique qui menait d'une main de fer le reste de la parentèle, deux filles, un garçon et un nombre incertain de cousines et de cousins, taillables et corvéables à merci dès l'instant où ils trouvaient, ici, le gîte et le couvert.

Thi Haï régentait tout, et son pouvoir s'exerçait jusque dans l'intimité de Patrick, dont elle décidait sans discussion les vêtements qu'il devait porter selon les heures de la journée et les jours de la semaine, la composition des menus et l'ordonnancement des meubles. Qu'il émette la moindre objection et il se voyait opposer un : « Ça, pas bon ! » définitif.

Il en avait pris son parti, et, finalement, débarrassé de tous soucis ordinaires, il pouvait se consacrer entièrement à son travail, certain, le soir, de trouver la maison propre, sa chambre en ordre et son couvert mis.

Son excursion à Bao Tan, décidée sur un coup de

tête, lui avait ouvert les yeux. Si, comme le prétendait Cao Van Minh, les anciens propriétaires avaient l'intention de revenir à Bao Tan, il ne pouvait s'agir que de Matthieu. Matthieu, dont l'attitude amicale jusque-là était brusquement devenue distante, presque hostile dès l'instant où il avait évoqué devant lui le séjour qu'il avait effectué sur la plantation en 1943. En y réfléchissant, il s'était rappelé qu'à cette époque le fils de Sylvie, la belle-fille de Catherine, venait de rompre avec sa famille pour s'engager dans les milices nationalistes chaperonnées par les Japonais. Ce garçon et Matthieu ne faisaient qu'un.

Tout devenait clair maintenant.

« Quel maladroit ai-je été en confiant à May Linh ma passion et mes espoirs, songeait-il. Matthieu n'a pas été long à comprendre que cette femme que je cherchais était l'épouse de son grand-père... »

Cela expliquait que jamais plus ils n'aient renoué leurs relations avec lui.

« Que puis-je faire ? se demandait-il. Comment les convaincre de mon désir de leur venir en aide ? Seuls, livrés à eux-mêmes, ils n'arriveront à rien. Il y a trop de travail pour remettre la propriété en état. »

Dès le lendemain, il se mit en quête de leur adresse. Il cherchait May Linh. Paradoxalement, ce fut Ngoc qui le trouva.

— Mon capitaine veut te voir, grinça l'ancien Binh Xuyen sans autre formule de politesse.

Il était entré, de sa démarche chaloupée, s'était planté au milieu du salon en prenant soin de ne tourner le dos ni à la porte, ni à la fenêtre. Puis il avait récité son message et, depuis, il attendait comme si Patrick devait lui obéir toutes affaires cessantes.

Patrick prit le temps de terminer son verre de whisky, et se leva, à temps pour intercepter Thi Haï qui fonçait, vitupérante, un tisonnier à la main pour chasser cet intrus qui l'avait inconsidérément bravée en pénétrant de vive force dans ce qu'elle estimait être son pré carré. Son mari suivait, plus motivé par la curiosité que par l'intention de lui prêter main-forte. Patrick avait remarqué que Van Tam craignait les mauvais coups.

— Tout va bien, Thi Haï, dit-il, apaisant l'orage. Un de mes amis veut me voir, et il semble très pressé.

— Ainsi, vous êtes allé à Bao Tan, attaqua Matthieu, après avoir brièvement salué son visiteur et sans l'inviter à s'asseoir. De quel droit ?

Agressé de plein fouet, Patrick fit front :

— Du droit de tout citoyen à se déplacer selon sa guise. Et je n'ai pas de comptes à vous rendre. Comment l'avez-vous appris ?

Matthieu haussa les épaules, dédaignant de répondre. Il reprit :

— Quel but poursuivez-vous ? Avez-vous l'intention de contrarier mes projets ?

— Pas le moins du monde. Il s'agissait d'un simple pèlerinage et je n'avais jamais caché ce désir, vous en étiez vous-même informé. Non seulement je ne cherche pas à vous mettre, comme l'on dit en français, des « bâtons dans les roues », mais je souhaite vous aider, si toutefois vous l'acceptez. — Il sourit, et plus aimablement, mettant toute sa conviction dans cette phrase, il acheva : — Nous ne serons jamais assez nombreux pour redonner vie à Bao Tan...

Matthieu n'avait pas désarmé.

— Pour la dernière fois, monsieur O'Donovan, ôtez-vous de mon chemin.

Cela dit, il tourna les talons et sortit de la pièce. Il ne restait plus à Patrick qu'à s'en aller. Il était triste, comme jamais. May Linh le guettait sur le trottoir. Elle s'approcha de lui, lui prit le bras et :

— Il faut comprendre Matthieu, expliqua-t-elle. Il en veut à la terre entière. Nous ne sommes rentrés à Saïgon que depuis deux jours et les mauvaises nouvelles s'accumulent. Il a appris, ce matin, qu'à la suite d'un article paru en France il y a quelques semaines l'un de ses amis, un journaliste du nom de Pham Quyn Khiên, a été condamné aux travaux forcés. Sur le point d'être transféré au bagne de Poulo Condor, il s'est suicidé dans sa cellule.

— Je n'y suis pour rien...

— Il n'a pas apprécié non plus votre visite à Bao Tan, encore moins votre longue conversation avec Cao Van Minh.

— Comment l'a-t-il apprise ? demanda Patrick, sidéré de la précision des informations.

— Ho Chan Sang dispose d'un espion sur place.

— Je n'ai rien fait de mal, c'est par hasard que je suis tombé sur ce Cao Van Minh. Il m'a assuré qu'il ne s'opposerait en aucune façon à votre retour sur la plantation, et qu'il était prêt à vous apporter son aide.

— L'avez-vous dit à Matthieu ?

— Il ne m'en a pas laissé le temps.

— C'est mieux ainsi. Cao Van Minh est le pire ennemi de Matthieu, et de toute la famille Mareuil. Un serpent venimeux, à ce qu'il prétend. C'est la raison de son animosité à votre égard.

— Que puis-je faire pour dissiper tous ces malentendus ? interrogea Patrick, accablé.

— Rien. Vous effacer. Pour le moment.

Elle lui tendit la main, lui souhaita bonne chance. A la dernière seconde, elle faillit lui parler de Catherine.

— Au fait, commença-t-elle...

— Oui ?

May Linh secoua la tête en se mordant les lèvres.

— Rien, rien du tout. A bientôt peut-être. Laissez faire le temps.

Chapitre 5

1960-1961

1

10 novembre 1960

Le front collé au hublot, Catherine emplissait ses yeux du spectacle de la mer qui déroulait sous les ailes du Constellation le moutonnement infini des vagues du golfe du Siam. Elle guettait la côte, cette terre qu'elle espérait de toute son âme. Parfois, fugace comme un éclair d'argent, le sillage d'une jonque jouet tranchait sur la monotonie de l'émeraude de l'eau. Elle imaginait alors l'équipage, levant les yeux dans sa direction, et il lui semblait qu'un lien tangible s'établissait entre eux.

Discret, ne voulant pas troubler l'instant émouvant des retrouvailles avec l'Indochine, Renaud de la Potteraye avait abandonné son siège et, en homme du métier, il avait obtenu d'aller s'installer, touriste privilégié, dans la cabine de pilotage.

Ils avaient abrégé leur escale de Bangkok, déçus par ce premier contact avec l'Extrême-Orient. Rien n'était comparable au souvenir qu'ils en avaient gardé. La capitale thaïlandaise ressemblait à un décor de théâtre où tout était conçu pour fournir au voyageur son plein d'exotisme de pacotille, et même la traditionnelle promenade en sampan sur l'un des *khlongs,* ces canaux qui sillonnaient la ville, ne leur avait procuré qu'un sentiment de dépaysement programmé, exactement le contraire de ce qu'ils recherchaient.

A présent, ils volaient vers Saïgon. Et Catherine avait la gorge serrée, le cœur battant. Même si leur séjour ne devait être que de courte durée, leur visa ne leur ayant été accordé que pour six semaines, elle revenait chez elle.

Et la côte apparut, plate, jaunâtre, parsemée de hameaux de pêcheurs s'étendant comme une barrière de chaume rectiligne au pied des dunes de sable rose. Plus loin, ce furent les rizières en damier avec leurs canaux d'irrigation bordés de haies vives s'échancrant de place en place pour laisser respirer ces petits villages, une place ronde au milieu de laquelle s'élevait le tumulus doré du tas de son provenant du battage du dixième mois. Tout autour, en un désordre bon enfant, les paillotes des paysans, que prolongeaient, vers les arroyos de navigation, des pontons de bois auxquels étaient amarrés pirogues et sampans.

Tantôt ocre, tantôt d'un vert cru, la vaste plaine de l'Ouest faisait penser à un de ces patchworks de laine dont on recouvre les canapés et les lits de campagne, et se perdait dans l'infini cotonneux des brumes, loin vers le nord-est.

Catherine nommait, dans sa tête, les bourgades survolées. Toutes lui rappelaient un souvenir précis de sa vie d'autrefois. Ha Tien, Long Xuyen, Sadec. Puis, après le fleuve Bassac, ce fut Mytho et le Mékong. Déjà, les paillotes s'effaçaient, laissant la place à de vraies maisonnettes en dur, au toit de tuiles rousses, et la route devenait rue, celle d'une agglomération filiforme menant jusqu'à Tan An et, au-delà, vers Saïgon.

L'avion aborda la capitale par le sud, effectuant une large boucle qui lui permettrait de prendre la piste principale par son grand axe. Catherine retint son souffle. Sous les ailes, un plan en relief lui sautait aux yeux. L'arroyo chinois de Cholon, envahi d'embarcations grouillantes de vie, les grandes avenues rectilignes qui se coupaient à angle droit, l'embouchure de la Rivière, et le « pont en Y ». Elle suivit le quai des Belges, identifia la rue Catinat, couloir de verdure dont, seuls, émergeaient les deux clochers jumeaux de la cathédrale de briques roses.

Mais, déjà, la ville s'estompait. Renaud était revenu prendre place auprès de sa femme, après que la voix impersonnelle de l'hôtesse eut invité les passagers à attacher leur ceinture et à ne plus fumer. Catherine glissa sa main dans celle de son mari.

— J'ai peur, souffla-t-elle.

— Vous n'avez rien à craindre. Le pilote est un as, il connaît la piste de Tan Son Nhut au millimètre près. Vous ne sentirez même pas le contact du train avec le sol...

— Cela n'est pas ce qui m'inquiète. Je redoute de me sentir étrangère dans ce pays où je me croyais chez moi. De ne plus rien reconnaître. De ne croiser que des visages indifférents ou hostiles, de ne rien comprendre à ce que l'on me dira, de parler une langue que plus personne n'emploie.

Quelques jours avant son départ de Paris, Catherine avait appris, de la bouche de Lee-Aurore, la présence à Saïgon de Patrick O'Donovan. « Si je l'avais su plus tôt, avait-elle répondu, jamais je n'aurais entrepris ce voyage. » Il était trop tard pour l'annuler et la perspective d'une confrontation brutale avec son passé n'était pas étrangère à ses appréhensions. A Bangkok, elle avait résolu de tout raconter à Renaud. Le courage lui avait manqué. Non qu'elle doute de son amour pour elle, de sa compréhension, de sa gentillesse ; il y avait des mots qui ne pouvaient franchir ses lèvres. Elle tentait de se rassurer : « Saïgon est grand, je n'y passe que quelques heures, ce soir, je serai à Bao Tan... », le malaise persistait. Elle se moquait d'elle-même, répétant ces aphorismes qui meublent le vide des conversations : « le monde est petit » ou « il n'y a que les montagnes qui ne se rencontrent pas ».

Elle ferma les yeux, retint son souffle. Le Constellation venait d'atterrir.

Du plus loin qu'elle les aperçut, au-delà du comptoir de la douane, Sylvie agita les bras, en signe de bienvenue. Passées les premières effusions, Catherine s'étonna :

— Matthieu n'est pas avec toi ?

— Non. Hier soir, au téléphone, il m'a prié de l'excuser auprès de vous deux. — Elle hésita, puis ajouta : — Il m'a semblé bizarre, évasif, comme s'il se méfiait d'oreilles indiscrètes.

Catherine l'observa. Sylvie elle-même avait un air tendu, inquiet. Une ride soucieuse barrait son front, verticale entre les sourcils.

— Que se passe-t-il ? interrogea-t-elle.

— Je ne sais pas. J'ai un mauvais pressentiment. Saïgon s'agite, il y a des militaires partout, la police est nerveuse, elle multiplie les barrages. Pour venir ici, j'ai été contrôlée trois fois. — Elle s'obligea à prendre un ton léger : — J'espère que vos papiers sont en règle ? — Elle rit : — Naturellement, je plaisante.

Catherine lança un coup d'œil vers Renaud qui y répondit par une moue dubitative. Ils pensaient la même chose. Sylvie ne plaisantait pas autant qu'elle l'affirmait.

— Comment Henri a-t-il réagi à votre projet de voyage au Viêt-nam ? demanda Sylvie, qui avait préféré changer de sujet.

Ils s'installaient dans la Plymouth officielle. Catherine attendit que le chauffeur ait embrayé et se coule dans le flot de la circulation.

— L'idée est de lui. Il connaissait mon envie de revenir, mais il savait aussi mes scrupules à le laisser au collège. C'est pourquoi, comme d'habitude, il a trouvé un biais. Prétextant que les rares lettres de Matthieu ne le renseignaient pas suffisamment sur l'état des travaux de remise en route de Bao Tan, il nous a dit, peu avant la rentrée : « Je ne bougerai pas de Sarlat avant Noël. Pourquoi n'en profiteriez-vous pas pour aller voir sur place ce qui se passe ? Après tout, c'est à vous de veiller sur mon héritage ! Par la même occasion, vous vous offrirez un vrai voyage de noces ! »

Sylvie apprécia.

— On voit qu'il a bien assimilé l'esprit des jésuites ! Comment vont ses études ?

— On ne peut mieux. Sais-tu qu'à quinze ans, il vient d'entrer en première et qu'il a toutes ses chances d'obtenir son premier bac en fin d'année ? On dirait qu'il met les bouchées doubles de façon à être prêt au plus tôt pour la vie active !

— C'est un vrai Mareuil ! Obstiné comme son grand-père !

— En effet. Parfois, j'ai l'impression d'entendre Francis. Quand il a une résolution en tête, il n'y renonce pas avant de lui avoir donné réalité !

Renaud intervint :

— Et astucieux. Je n'ai jamais encore réussi à le battre aux échecs. Il invente des combinaisons incroyables !

Il s'interrompit. La voiture avait stoppé. Un policier en casquette à bande rouge frappait à la vitre et, en vietnamien, demandait les papiers des occupants.

— Que se passe-t-il ? lui demanda Sylvie, du ton le plus officiel, espérant peut-être intimider le fonctionnaire.

Mais celui-ci demeura imperturbable.

— Contrôle, dit-il sèchement.

Il examina soigneusement les passeports, les rendit après un bref salut.

— C'est bien. Vous n'êtes pas des journalistes. Passez...

— Puis-je savoir ce que vous reprochez aux journalistes ? s'enquit Renaud.

— Ils se mêlent de ce qui ne les regarde pas.

La même scène se renouvela deux fois encore, jusqu'à ce que, brusquement, la Plymouth se trouve bloquée par un convoi militaire qui progressait vers le centre de la ville, tenant toute la largeur de la chaussée. A bord des camions, des parachutistes en tenue léopard, casque en tête, arme sur les genoux, jetaient des regards peu amènes sur les civils qu'ils semblaient considérer comme du bétail.

L'un d'eux pointa le doigt et hurla quelque chose en désignant la voiture officielle.

— Qu'a-t-il dit ? demanda Sylvie en s'adressant au chauffeur, dont la nuque se couvrait de sueur.

— Eux dire nous c'est beaucoup salauds ! Peut-être c'est mieux nous tuer tout de suite...

— Quel accueil ! observa Renaud, ironique, s'efforçant, par son calme, de dédramatiser la situation.

Il n'obtint pas le résultat escompté. Catherine se blottit contre son épaule et Sylvie, blême, interrogea son chauffeur :

— N'y a-t-il pas moyen de passer par un autre itinéraire ?

— C'est pas moyen, madame. Y en a les camions partout !

Un parachutiste s'approcha. Sous le casque, son visage apparaissait creusé de fatigue, mais ses yeux étaient froids. Sur le col de sa vareuse marbrée de poussière, deux galons d'argent indiquaient qu'il s'agissait d'un capitaine.

Il prit les passeports, s'attarda sur celui de Sylvie.

— Lam Than ? Seriez-vous parente avec l'ex-capitaine Lam Than Hieu ?

— Je suis sa mère.

L'officier se fendit d'un sourire, et porta la main à son casque :

— Enchanté, dit-il. Hieu était mon meilleur ami. Je suis le capitaine Pham Dinh Loï. Nous étions ensemble à Ca Mau il y a trois ou quatre ans. Que devient-il, ce lâcheur ? Il ferait mieux d'être avec nous !

— Il a repris en main le domaine familial.

— Qu'êtes-vous en train de préparer ? demanda Renaud, intéressé. Un coup d'État ?

Le capitaine Loï éclata de rire et s'accouda familièrement à la portière.

— C'est encore un secret, mais à vous, je peux le dire. Nous ne savons pas comment les événements vont tourner. Cette nuit, nous avons été relevés sur le terrain, avec ordre de notre colonel, Vuong Van Dong, de pénétrer en ville et de prendre position autour du palais présidentiel.

Sylvie s'inquiéta.

— Que voulez-vous ? Chasser Diêm ?

— Nous voulons qu'il se débarrasse de Nhu et de sa clique. Nous voulons seulement qu'il entame de vraies réformes et que la police ne soit plus toute-puissante dans ce pays.

« Nous acceptons de nous faire tuer, encore faut-il savoir pourquoi. Et pour qui.

Il se redressa, hurla quelques ordres, fit déplacer un ou deux camions. Puis il fit signe à la Plymouth que la voie était libre.

— Mes amitiés à Hieu, cria-t-il en agitant la main.

Renaud laissa passer quelques instants, afin d'être hors de portée des oreilles indiscrètes. Puis il observa, sceptique :

— Ces parachutistes me semblent naïfs. Ils s'imaginent que leur seule présence autour du palais va suffire à faire plier Diêm. Ils vont au-devant d'une cruelle désillusion.

« En rentrant du Viêt-nam, j'ai passé quelque temps en Amérique du Sud. J'ai assisté à ce qu'ils appellent un *golpe,* un putsch, si vous préférez. Je vous garantis que les colonels sont des gens sérieux. Ils commencent par fusiller les dirigeants en posant en principe que les prochains, n'importe lesquels, ne seront pas pires que leurs prédécesseurs.

— Quelle horreur ! protesta Catherine, offusquée. Renaud, vous ne devriez pas plaisanter sur des sujets aussi graves !

Depuis la veille, Matthieu ne décolérait pas. Ses deux tentatives pour rallier Saïgon s'étaient soldées par deux échecs. Hier soir, il s'était heurté à un premier barrage de police, à l'entrée du pont sur le Donaï, qui l'avait contraint à faire demi-tour. Et voici que tout à l'heure, il avait frôlé le drame. Il en vibrait encore d'indignation. En milieu d'après-midi, il avait à nouveau quitté Bao Tan avec May Linh à ses côtés, bien décidé, cette fois, à aller chercher Catherine et Renaud pour les ramener ici. Il se faisait une joie de leur montrer le résultat du travail accompli pendant ces derniers mois, le bungalow nettoyé, rénové, les murs extérieurs repeints, le jardin redessiné, la grande allée rétablie. L'usine avait retrouvé son rythme d'antan, et avec l'aide de Gérard Ranzac, un jeune ingénieur stagiaire, mis à sa disposition par Jacques Bongrain, le directeur de la S.I.E.F. à Saïgon, la production ne tarderait pas à se rétablir au niveau d'autrefois. Sa fierté n'avait d'égale que son impatience.

Dès le départ, au volant de sa Land Rover, les ennuis avaient commencé. Ils venaient de déboucher sur la route nationale, encombrée par un lourd convoi militaire se dirigeant vers Bien Hoa, et avaient entrepris de le dépasser, lorsque le conducteur d'un G.M.C. avait volontairement donné un brusque coup de volant sur sa gauche, avec l'intention manifeste d'accrocher la Land Rover. Pour éviter la collision, Matthieu n'avait eu que la ressource de se jeter au fossé, heureusement peu profond à cet endroit. Sous les lazzi des soldats, il était parvenu à se dégager et à reprendre sa progression. Deux cents mètres plus loin, deux jeeps d'état-major étaient garées en travers de la chaussée et leurs occupants, des officiers de la Garde, discutaient avec animation, penchés sur une carte étalée sur le capot. Contraint de stopper, Matthieu était descendu de son siège et, interpellant un lieutenant, lui avait demandé d'avoir l'obligeance de dégager un passage pour lui permettre de poursuivre sa route.

Il s'était aussitôt vu entouré par des soldats, l'air furieux, qui l'avaient saisi, malmené et plaqué contre le blindage d'une automitrailleuse, le canon d'un fusil d'assaut planté dans l'estomac.

— Où voulez-vous aller ? interrogea un capitaine, le mufle mauvais, la main sur le colt qu'il portait au ceinturon.

— A Saïgon. Ma grand-mère vient d'arriver de France.

Un ricanement, assorti d'une gifle, avait sanctionné la réponse. Puis, de nouveau :

— Qu'allais-tu faire à Saïgon ?

— Je viens de vous...

Nouvelle gifle, accompagnée du claquement d'un fusil que l'on armait.

— Tu ferais mieux de nous dire la vérité, rugit le capitaine. Moi, je sais pourquoi tu essaies de forcer le passage. Tu vas avertir tes copains, ces salauds de parachutistes qui se sont rebellés et que nous nous préparons à écraser !

— Si c'était le cas, je n'aurais pas embarqué ma femme dans cette aventure.

— Ta femme ? Encore une putain de métisse. Comme toi, *fucky bastard* ! Toi, on va te faire sauter la tête, et on s'occupera de ta veuve. Mes gars n'ont pas baisé depuis un mois...

Brusquement, Matthieu avait eu peur. Ces forcenés étaient bien capables de mettre leurs menaces à exécution. Ils étaient excités, leur haleine empestait l'alcool et leurs yeux, injectés, montraient qu'ils étaient sur le point de perdre toute retenue.

S'il avait été seul, Matthieu aurait cédé à la fureur et invité ce fumier de capitaine à aller se faire voir, dût-il payer cette insolence de sa vie. Mais il y avait May Linh, qu'il devinait terrifiée, cramponnée à son siège. Il se domina et, d'un ton apaisant, contrôlant les tremblements de sa voix :

— Je m'appelle Matthieu Lam Than. Je suis citoyen français et je ne me mêle pas de politique. J'ajoute que je suis un ancien capitaine de votre armée, et je suis officier de l'Ordre national du Viêt-nam, décoré par le président Diêm en personne.

Il avait parlé suffisamment fort pour attirer l'attention d'un colonel, le plus haut des gradés présents. Celui-ci s'approcha :

— Avez-vous écouté la radio ?

— Non.

— Vous avez eu tort. Vous auriez appris que, depuis ce matin, deux bataillons de parachutistes, un de marines et un de blindés, se sont mutinés et ont investi le palais présidentiel. Le président a fait appel à nous, qui sommes restés loyaux. Nous allons bientôt faire mouvement sur la capitale pour mater cette rébellion.

« Vous auriez appris également que les routes d'accès sont interdites aux civils, quels qu'ils soient. En application de la loi martiale, je suis autorisé à passer par les armes toute personne qui se trouve en infraction.

« Qu'avez-vous à répondre ?

— Rien, sinon que j'ignorais tout. Je voulais simplement me rendre dans ma famille pour y saluer mes grands-parents qui viennent d'arriver de France.

Le colonel hocha la tête.

— Je veux bien vous croire. Pour votre sécurité, je vous conseille de faire demi-tour et de retourner au plus vite d'où vous venez. Vous avez deux minutes pour disparaître. Filez !

Matthieu ne se l'était pas fait dire deux fois. Quittant la route, il avait préféré utiliser les pistes de forêt qu'il connaissait bien, et, par Tan Maï où se construisait un énorme complexe industriel de pâte à papier, il avait regagné Bao Tan. En chemin, sa peur avait fait place à la colère. Une colère née tout à la fois de la contrariété éprouvée et de l'humiliation subie.

Et maintenant, assis dans son fauteuil préféré, les mains crispées sur l'accoudoir, il revivait la scène et imaginait ce qu'il ferait au capitaine si jamais il le retrouvait, seul à seul, en face de lui.

May Linh vint s'accroupir à ses pieds et posa sa joue contre sa poitrine, les bras enserrant ses cuisses. Une attitude familière et tendre, faite de confiance et d'abandon.

— Tout à l'heure, dit-elle doucement, tu as été magnifique ! Un instant, j'ai redouté que tu ne perdes ton sang-froid. Ils t'auraient massacré. Mais tu as su montrer ton courage. Tu étais si beau ! Je t'admire...

— Je vais te dire quelque chose, May Linh chérie. Face aux fusils braqués, d'un seul coup, j'ai pu mesurer combien je tenais à toi, bien plus qu'à ma vie.

— Je l'ai senti. Tu sais, s'ils t'avaient tué, je me serais tuée aussi. Que deviendrais-je si je n'étais plus la moitié de toi ?

Brusquement, Matthieu se dressa.

— J'y pense, dit-il. Saïgon est peut-être à feu et à sang ! Et Catherine qui vient de débarquer ! Pourvu qu'il ne leur soit rien arrivé !

A tout hasard, il décrocha le téléphone et, non sans quelque surprise, il obtint la ligne.

— C'est drôle, souffla-t-il à May Linh, les communications n'ont pas été coupées. A la place des parachutistes, c'est la première chose que j'aurais faite !

Sylvie avait décroché.

— Non, dit-elle à la première question de son fils, il ne se passe pas grand-chose ici. Saïgon est un peu agitée, la population des faubourgs est venue voir les parachutistes comme on va au spectacle. Mais l'atmosphère est détendue, bon enfant. On attend un discours de Diêm dans lequel il doit annoncer des réformes. Finalement, tout se sera déroulé sans violences.

Matthieu respira, soulagé. Mais quelque chose le tracassait. Il cherchait ce que cela pouvait être et il trouva.

— Diêm doit prononcer un discours ? demanda-t-il. Comment peut-il être diffusé ? Est-ce que, par hasard, les paras n'auraient pas pensé à contrôler l'immeuble de la radio ?

— Je ne le crois pas, le programme est normal...

Perplexe, Matthieu songea que, décidément, les rebelles étaient légers. Ou naïfs.

— A propos, enchaîna Sylvie, l'un de tes anciens camarades, le capitaine Loï, nous a priés de te transmettre son meilleur souvenir.

En entendant le nom de son ami, Matthieu sourit.

— C'est bien de lui d'aller se fourrer dans un guêpier pareil ! observa-t-il.

Et puis, lui revint brusquement en mémoire l'incident de tout à l'heure, ces troupes massées à Bien Hoa, qui attendaient, fermement, l'ordre de faire mouvement sur Saïgon et d'y écraser les mutins. Ils n'avaient pas l'air de plaisanter et leur hargne était visible.

« Bon sang ! songea-t-il. Diêm est en train de préparer un coup fourré ! En faisant semblant de se plier aux exigences des paras, il ne cherche qu'à gagner du temps pour permettre à ses troupes fidèles de reprendre le contrôle de la situation. Tout cela finira mal... »

— Maman, dit-il précipitamment. Crois-tu pouvoir contacter le capitaine Loï ? Il faut que je lui parle de toute urgence.

— Je m'en charge, intervint Renaud.

Il avançait, fendant avec difficulté la foule des badauds qui s'était agglutinée sur l'esplanade face aux grilles du palais, devant lesquelles s'étaient rangés les blindés, leurs canons tournés vers la façade sombre qu'aucune lumière n'éclairait. Le contraste était grand entre les illuminations de la ville et la masse sombre du bâtiment, parfois balayé du faisceau d'un projecteur. De-ci, de-là, sur les pelouses du jardin, quelques feux de bivouac donnaient au spectacle un petit air de fête champêtre. Renaud avait remarqué que la plupart des gens portaient un poste récepteur à transistor et sans rien perdre de ce qui se passait autour d'eux, ils guettaient les informations et, sans doute, le discours annoncé. Pour l'instant, les haut-parleurs ne diffusaient que des marches militaires ou des airs folkloriques, sans aucun commentaire parlé.

Renaud finit par arriver auprès d'une sentinelle qui faisait face à la foule, mais sans agressivité. Son rôle se bornait à la maintenir à distance, mais rares étaient ceux qui cherchaient à enfreindre la consigne. Ils s'en tenaient à leur état de badauds, plutôt sympathiques, et, de temps à autre, ils lançaient en direction des soldats des tablettes de chewing-gum ou leur faisaient passer des bouteilles de bière ou de jus de fruits.

— Je cherche le capitaine Loï. Un parachutiste, dit Renaud.

La sentinelle le toisa, lui sourit.

— Américain ? s'informa-t-elle.

— Oui, répondit Renaud, après une seconde d'hésitation.

Il avait préféré ce mensonge, qui lui permettrait de gagner du temps. Il rétablirait la vérité plus tard.

— Passez, monsieur, dit le soldat en s'écartant.

Renaud erra, d'un bivouac à l'autre, posant, inlassablement, en anglais, la même question. Finalement, un sous-officier se proposa pour l'accompagner jusque devant le perron d'honneur à l'abri duquel, sous une toile de tente tendue entre deux blindés, un groupe d'officiers s'étaient rassemblés devant leur poste récepteur. Diêm parlait. Il admettait quelques erreurs, s'engageait à les corriger, et promettait à bref délai des élections véritablement libres, ainsi qu'un assouplissement du régime.

Il ne fit aucune allusion à la présence des soldats devant son palais, mais c'était à eux qu'il s'adressait quand il conclut :

— Mon principal souci en cet instant est l'unité de notre armée, qui a été à la peine et qui a mérité d'être à l'honneur. Je sais qu'ils feront leur devoir pour le salut de la patrie !

Un silence accompagna les derniers mots. Puis, spontanément, les officiers levèrent leurs verres. L'un d'eux s'écria :

— Nous avons gagné !

— Il n'a pas évoqué le départ de Nhu, constata un autre.

— Nous ne partirons pas d'ici tant que Nhu restera en place ! proclama un lieutenant-colonel. Je vais demander une entrevue à Elridge Durbrow, l'ambassadeur des États-Unis, afin qu'il use de son influence auprès de Diêm pour faire aboutir cette exigence.

Renaud profita d'une seconde de silence pour s'informer du capitaine. Le message circula de bouche à oreille et, finalement, Loï se présenta. D'abord sur la défensive, il se détendit lorsqu'il apprit que son ami Matthieu souhaitait s'entretenir avec lui.

— Je reviens ! lança-t-il en emboîtant le pas à Renaud.

Un quart d'heure plus tard, depuis la villa des Lam Than, ils appelaient Bao Tan.

— Loï ? dit précipitamment Matthieu, abrégeant les formules de politesse, Diêm est en train de vous rouler ! Il se prépare à engager contre vous l'épreuve de force ! Des troupes se rassemblent à Bien Hoa, mais probablement aussi ailleurs. Dès que tout sera en place, il fera donner l'assaut ! Vous n'avez que quelques heures de répit avant le jour. Préparez-vous à vous défendre, ou bien décampez en vitesse si vous ne voulez pas être responsables d'un massacre !

Loï haussa les épaules et rit :

— La vie civile ne te réussit pas, sacré vieux Hieu ! Tu t'affoles pour rien. Avec qui veux-tu que Diêm essaie de nous intimider ? Avec ses bataillons de chaussettes à clous formés de conscrits ? Ils foutront le camp à la première sommation. Ou bien ils pactiseront avec nous.

— Loï ! hurla Matthieu, hors de lui. Je me tue à te dire que Diêm va faire donner les unités d'élite de la Garde ! Je les ai vues, tu peux me croire ! Elles ne feront pas de quartier !

— Comment aurait-il pu les mettre en alerte ?

— Par radio ou par téléphone, bien sûr ! Vous n'avez pas isolé le palais, cette négligence risque de vous coûter cher.

— Mais non ! tout sera terminé avant la fin de la nuit. Tu connais Vuong Van Dong ? Il a demandé audience à l'ambassadeur des États-Unis. C'est son ami, il fera pression sur Diêm.

Dans le salon de la villa, la tension était extrême. Tous suivaient ce dialogue dramatique avec anxiété et, même s'ils n'entendaient pas ce que disait Matthieu, ils en devinaient le sens.

Denis Lam Than se pencha vers Renaud.

— Je connais Elridge Durbrow. C'est un fin diplomate, très au fait des réalités du pays. Je suis certain qu'il éprouve de la sympathie pour la cause des insurgés, mais il ne lèvera pas le petit doigt pour les aider s'il n'est pas certain de leur réussite.

— J'ai rencontré sa femme à deux ou trois reprises, enchaîna Sylvie, à l'intention de Catherine. C'est une grande bringue, aux manières affétées, très Rotary Club, mais elle a l'étrange manie de s'habiller à la mode vietnamienne, avec un *ao daï* arachnéen et un *cai quan* transparent sous lequel elle porte des slips à fleurs ! Elle a fait rire le tout-Saïgon !

— Qui est ce Vuong Van Dong dont parle le capitaine ? demanda Renaud.

— Une vedette des parachutistes. Le plus jeune et le plus décoré de leurs colonels. Originaire du Nord, il a combattu avec les Français. Par la suite, il a suivi une formation à Fort Leavenworth, au Kansas, et ses conseillers américains le tiennent en haute estime. Farouchement anticommuniste, il est l'âme du complot. Comme beaucoup de ses pairs, il est fatigué de l'arbitraire de Diêm auquel il reproche de se mêler, sans y rien connaître, aux opérations militaires.

— Je vois, c'est un baroudeur, mais il a tout à apprendre sur la façon de mener un putsch...

— Il semblait pourtant avoir ses chances. La preuve, c'est que, pour avoir réussi à regrouper autour de lui et de ses parachutistes les marines et les blindés, il a sûrement convaincu leur patron, le colonel N'Guyen Chan Thi, jusque-là considéré comme un inconditionnel de Diêm, qu'il a aidé à liquider les sectes en 1955.

— En écoutant ce jeune capitaine, je le donne perdant à cent pour cent. En refusant de verser le sang, il va provoquer une tuerie...

Le capitaine Loï avait raccroché. Il semblait avoir perdu sa jovialité et cette assurance qu'il avait montrée à son arrivée.

— Je crois que le mieux est que je rejoigne au plus vite mes camarades, dit-il. Si Hieu a raison, autant aller crever avec les copains. — Il ne put s'empêcher de lancer une ultime boutade : — Pourrez-vous me prêter un costume civil ? Je vais sans doute perdre mon boulot...

2

— Si vous, c'est aller travailler, déclara, du fond de son hamac, Van Tam à Patrick qui venait d'ouvrir la porte du garage, c'est mieux laisser la Buick à la maison. — Il s'éventa et ajouta, philosophe : — C'est même mieux pour vous rester aussi à la maison. En ville, c'est peut-être la guerre. Faire beaucoup vilain.

— Tu as raison, vieux pirate ! Je vais y aller à pied. — Puis : — Que se passe-t-il ? Depuis l'aube, on n'entend que des bruits de moteurs et de chenilles.

Van Tam plissa les lèvres, et laissa fuser un petit air de trompette. Une façon qu'il avait d'annoncer les mauvaises nouvelles. Patrick en fut tout à fait certain quand le gardien utilisa le terme de « Ba Tuc », la prononciation vietnamienne de son nom, dont il n'usait que dans les grandes occasions :

— La Garde, *ong* Ba Tuc. Eux beaucoup sauvages, ils vont se battre avec les parachutistes.

— Et tu ne vas pas assister au spectacle ?

— Moi déjà connaître la guerre. Pas beaucoup joli. Toujours les civils faire *chêt*[1]...

Patrick dut admettre que cette observation n'était pas dépourvue de bon sens. Quant au reste, l'affrontement entre la Garde et les parachutistes, il n'y croyait qu'à demi. La veille au soir, après le discours du président, les choses avaient plutôt semblé s'arranger en ville et la population avait plus ou moins fraternisé avec les soldats, rebelles l'instant d'avant, encensés tout de suite après.

— Bon, dit-il d'un ton décidé. Je vais au bureau. Je passerai devant le palais pour voir si le premier round a commencé ! Je te raconterai !

Il était parti de chez lui, persuadé que Van Tam était victime de son imagination. Il commença à changer d'avis en constatant la présence, en travers du boulevard menant à Da Kao, de deux chars Shaffee, embossés en chicane, leurs canons tournés vers le square de l'abside de la cathédrale. Mais tourelles et volets étaient ouverts ; les équipages, assis à l'extérieur, regardaient d'un air indifférent passer le flot humain, venu des faubourgs, qui s'écoulait lentement vers le centre. « Curieux barrage », songea Patrick, d'abord rassuré. Mais un pressentiment le saisit quand il se rendit compte que les militaires ne permettaient à personne de refluer vers la périphérie. « Cela ressemble bigrement à une nasse », se dit-il encore. « Ils y laissent entrer le poisson... »

1. Morts.

Il était trop tard pour faire demi-tour. Seul étranger ou presque au milieu des curieux, il ne tenait pas à attirer l'attention. Il suivit le flot, et se retrouva bientôt à l'entrée de l'esplanade au bout de laquelle se dressait le palais.

Et ce qu'il découvrit le remplit d'appréhension. Devant les grilles fermées, une vingtaine de blindés étaient stationnés, leurs canons braqués vers la façade. Entre eux, abrités derrière des remparts de sacs de terre, on distinguait les casques et les tenues camouflées des parachutistes, armes prêtes, grenades à fusil engagées au bout des canons. Des mitrailleuses pointaient leur museau hors des créneaux et, de loin en loin, les tubes des bazookas visaient l'angle du boulevard où, maintenant, d'autres blindés prenaient position. La Garde commençait à boucler le terrain.

Entre les deux, il y avait la foule.

Le premier réflexe de Patrick fut de s'arrêter et de chercher une issue, soit vers la cathédrale, soit vers le lycée Chasseloup-Laubat. Mais il se trouva vite englué au milieu des promeneurs, qui le poussaient inexorablement en avant, vers les positions des parachutistes.

Il se rappela l'observation de Van Tam tout à l'heure : « C'est toujours les civils faire *chêt.* » C'était impossible. Ni les paras ni la Garde n'oseraient ouvrir le feu. Cela provoquerait un épouvantable carnage.

Autour de lui, les gens se pressaient, tendant le cou pour essayer de distinguer un peu du spectacle à venir. Inconscients, ils étaient persuadés sans doute que leur qualité de civils désarmés faisait d'eux des neutres intouchables. Alors qu'ils se trouvaient exactement dans les trajectoires des obus ou des balles.

« Celui qui donnerait l'ordre de tirer serait un véritable criminel... »

De la foule montait une rumeur confuse, faite de milliers de conversations, d'interpellations, d'encouragements, d'avertissements. Et cette rumeur se cassa, d'un seul coup, laissant place à un silence impressionnant, suivi aussitôt d'une clameur qui courut à la façon d'une lame de fond.

Patrick tourna la tête. Il dominait les gens et vit distinctement les tourelles des blindés rebelles qui opéraient un demi-tour complet et se braquaient vers le fond de l'esplanade, droit sur les chars de la Garde.

Il chercha à se dégager. A grands coups de coude, il tenta de se frayer un chemin, pour échapper au piège qui se refermait. Il n'avait pas fait dix mètres quand un hurlement de détresse, amplifié par l'écho, déferla sur le rassemblement.

La Garde venait d'engager le combat.

Ce fut la panique. Certains spectateurs se couchaient, aussitôt piétinés par ceux qui couraient, à la recherche d'un abri. Derrière les arbres aux troncs soigneusement peints en blanc, c'était un entassement de corps qui se chevauchaient, s'entremêlaient, se battaient pour s'y faire une place.

Patrick fut emporté, comme par une tornade. Il fut bousculé, faillit perdre son équilibre, se rattrapa au hasard et reçut, en échange, un coup de pied venu il ne savait d'où. Une femme se jeta contre lui, le visage défiguré par la peur et lui laboura le visage de ses ongles. « *My ! My !* » criait-elle, le tenant peut-être pour le responsable du carnage.

Car il s'agissait d'un véritable carnage. Maintenant, la Garde tirait de toutes ses armes, dans un vacarme indescriptible. Des hurlements stridents s'échappaient des poitrines. A quelques pas de lui, Patrick vit un homme dont la tête éclata comme une pastèque, inondant ses voisins de sang et de débris de cervelle.

Et la fusillade ne cessait pas, bien que, depuis quelques instants, des chiffons blancs avaient été hissés sur les positions rebelles. Ni leurs blindés, ni leurs paras n'avaient riposté.

Patrick s'éloignait, le buste plié, écartant sans ménagement tous les obstacles. Ses mains empoignaient des bras, des torses, des cuisses, qu'il rejetait sur le côté, comme il l'eût fait de sacs de riz. Il n'avait plus qu'une idée en tête. Fuir.

Mais les issues étaient bloquées et tous ceux qui, devant lui, tentaient de s'extraire de l'esplanade et de gagner le boulevard étaient inexorablement refoulés par une ou deux mitrailleuses qui les prenaient en enfilade. Il perdit, en quelques secondes, tout le terrain qu'il avait conquis et n'eut plus pour ultime ressource que de s'abriter derrière le rempart dérisoire d'une voiturette de marchand de glaces, abandonnée là par son propriétaire. Il s'y blottit, et refoula, du pied et du poing, ceux qui tentaient de l'en déloger.

A quelques pas de lui, il remarqua soudain un Européen, vêtu d'un impeccable costume blanc, qui, sans souci du danger, prenait paisiblement des photos avec un Rollei qu'il tenait au-dessus de sa tête, à bout de bras. Il mitraillait consciencieusement la foule, véritable provocateur, seul être vivant encore debout, visible comme un signal. Ou comme une cible.

Patrick se souleva sur un coude et cria, en anglais :

— *Hey, man ! You !* Planquez-vous, espèce de foutu idiot ! Vous allez vous faire flinguer !

L'inconnu tourna la tête, sourit et lui adressa un petit signe amical de la main :

— *No trouble,* lança-t-il. — Puis, en français cette fois : — Ne vous faites pas de souci pour moi, j'ai la baraka ! — Avant d'ajouter, en commentaire : — Quelle boucherie !

Cette désinvolture eut le don d'exaspérer Patrick. Il bondit, en hurlant, furieux :

— Couchez-vous, merde ! Vous voulez vous suicider ou quoi ?

Il était sur lui et se préparait à le plaquer au sol quand il reçut dans ses bras l'inconnu qu'une balle perdue avait atteint, au biceps gauche. Sous la violence de l'impact, il avait perdu l'équilibre. Patrick amortit sa chute et l'allongea dans l'herbe.

— Vous avez gagné ! grogna-t-il, encore sous l'effet de la colère.

Il acheva de déchirer la manche du veston déchiqueté par le projectile, et s'en servit pour poser un pansement compressif sur la blessure. L'homme se laissa faire. Quand ce fut terminé, il se souleva sur son coude valide et dit, comme si cela allait de soi :

— Au fait, je ne me suis pas présenté. Je m'appelle Renaud de la Potteraye...

Sans réfléchir, Patrick se présenta à son tour, avant d'ajouter :

— Je vais vous aider à marcher jusqu'à une ambulance. Il est urgent d'aller vous faire soigner à l'hôpital.

Depuis quelques instants en effet, la fusillade décroissait d'intensité et, convergeant vers les lieux du drame, des véhicules sanitaires approchaient, dans un tintamarre de sirènes ululantes.

— Inutile de vous donner tout ce mal. J'habite à côté.

Patrick n'avait aucune objection à formuler. Il aida le blessé à se redresser.

— Ça ira ? demanda-t-il.

— Je crois... je crois que je vais tourner de l'œil.

— Le moment me paraît mal choisi. Ne pourriez-vous pas attendre un peu ?

Mais Renaud n'écoutait plus, il se fit lourd au bras de son voisin. Patrick l'allongea, regrettant de ne pas avoir de whisky sous la main. Une idée lui vint. Il bondit jusqu'à la voiturette du marchand de glaces, ouvrit un des couvercles au hasard et cueillit une boule de crème violacée. Revenu auprès de Renaud, toujours inconscient, il la lui plaqua énergiquement sur le visage. L'effet fut immédiat.

— J'ai horreur de la mangue ! protesta le blessé, en s'agitant.

— Désolé, riposta Patrick, au bord de l'exaspération. La prochaine fois, je m'informerai de vos préférences. — Il se décida : — Maintenant, les caprices, ça suffit. On y va !

— J'ai perdu mon appareil !

Avec un soupir excédé, Patrick ramassa le Rollei. Puis, avec une certaine brusquerie, il crocha la manche du bras valide et remit le blessé sur ses pieds.

— Où se trouve votre maison ?

Les échos de la fusillade avaient alerté Catherine. « Pourvu, songea-t-elle, que Renaud ne soit pas allé se fourvoyer au milieu des combats. » Tout à l'heure, il avait simplement annoncé, avant de sortir :

— Je vais aller jusqu'au port jouer les touristes. Je prendrai quelques clichés en souvenir de notre séjour. Je serai rentré pour midi.

Il allait être midi et Renaud n'était toujours pas rentré.

Sylvie était à l'office. Elle passa la tête dans l'encadrement de la porte et annonça :

— D'après les informations de Radio Phnom Penh il y aurait eu de graves affrontements devant le palais présidentiel. On parle de quatre cents morts et d'un millier de blessés au moins.

— C'est épouvantable ! Renaud n'aurait jamais dû sortir en ville. J'ai peur. Je le connais, il est tout à fait capable d'être allé là-bas voir ce qui se passait.

— Tu te fais du souci pour rien. Renaud n'est tout de même pas aussi inconscient...

Sylvie passa dans la salle à manger, pour surveiller Dao, la boyesse qui achevait de dresser le couvert. Levant les yeux, elle aperçut Renaud qui arrivait, en clopinant, soutenu par un inconnu. Elle se précipita pour l'aider, lui faire gravir les degrés du perron et l'asseoir dans un fauteuil de rotin, sous la véranda.

— Vous pourrez dire à votre mari qu'il a passé l'âge de se livrer à des enfantillages. Il s'en est fallu de quelques centimètres pour que vous deveniez veuve.

— Je ne suis pas sa femme, riposta sèchement Sylvie, choquée par la familiarité de cet étranger qui traitait Renaud de façon aussi cavalière. — Puis, tournant ostensiblement le dos à Patrick : — Comment vous sentez-vous, Renaud ?

— Ça va mieux. Le pire est passé. Tout est ma faute, je suis un idiot.

— Ne bougez pas. Je vais appeler le Dr Duy Kim. Il habite à côté. Je vous envoie Catherine.

— Je boirais bien un grand whisky, avec plein de glaçons. Et vous ?

— Rien pour moi, merci. Jamais d'alcool avant cinq heures du soir, mentit Patrick qui n'avait plus qu'une envie, rentrer chez lui, prendre une douche et se changer. Ses bras, sa chemise et son pantalon étaient maculés de terre, de sang et de glace à la mangue.

Catherine apparut dans l'encadrement de la porte-fenêtre. Elle n'eut d'yeux que pour son mari, vers lequel elle se précipita, et s'accroupit à ses pieds.

— Renaud ! Que vous est-il arrivé ?

— Pas grand-chose, mon amour. Une imprudence de ma part. Dans quelques jours, ce ne sera plus qu'un mauvais souvenir. Remerciez plutôt M. O'Donovan. Sans lui, je ne sais pas comment j'aurais pu arriver jusqu'ici...

Catherine leva la tête et le sang se retira de son visage. Elle ouvrit la bouche, la referma, incapable d'articuler un son. Prenant appui sur les accoudoirs, elle se redressa, fit face à Patrick qui se tenait droit, raide, pétrifié.

Un froid intense lui tordait le cœur. En une fraction de seconde, il venait de voir voler en éclats le rêve qu'il avait caressé depuis tant et tant d'années. Il dut faire effort sur lui-même pour retrouver son sang-froid et, quand il parla, sa voix était naturelle, celle d'un homme dont la modestie n'a d'égale que la courtoisie.

— Madame, dit-il, je suis heureux d'avoir pu vous être utile. Je vois que mon blessé se trouve en de bonnes mains. Permettez-moi de me retirer.

Il se pencha, baisa les doigts de Catherine et fit demi-tour. Encore sous le choc, elle n'eut pas un geste pour le retenir.

3

Il faisait chaud. Chaud et moite. Pour la dixième fois peut-être, Matthieu se retourna sur son lit, avec un soupir excédé. Il n'arrivait pas à dormir. Trop de soucis l'assaillaient. Jamais, auparavant, il n'aurait imaginé combien la plantation pouvait être une charge aussi lourde. Certes, la production de Bao Tan avait repris, mais à un rythme très lent. Bien plus lent qu'il ne l'aurait pensé. Pendant ce temps, l'argent filait.

Dans quelques jours, en fin de mois, il faudrait à nouveau assurer la paie des ouvriers et cette ponction sur sa trésorerie ne ferait qu'aggraver le déficit.

« Bao Tan est une trop petite entreprise pour devenir rentable, songeait-il. Nous travaillons selon des méthodes que presque tout le monde a abandonnées. Nous en sommes encore au stade artisanal, à faire des crêpes de latex, alors qu'à la S.I.E.F., ils utilisent des centrifugeuses et expédient le lait directement dans des bidons de deux cents litres. Mais investir dans des centrifugeuses est hors de portée de nos moyens... »

Il avança la main, consulta sa montre lumineuse. Deux heures du matin. Il éprouva la tentation de se lever, la chassa bien vite et reposa sa tête sur l'oreiller.

« J'en parlerai demain à Renaud », se promit-il.

Renaud et Catherine étaient arrivés depuis deux semaines, et ce n'était pas sans émotion qu'elle avait retrouvé le domaine, le bungalow et, surtout, repris possession de son ancienne chambre, juste à côté de celle qu'occupaient Matthieu et May Linh, autrefois attribuée à Francis, et dont les fenêtres s'ouvraient sur la grande allée au-delà de laquelle on pouvait observer l'usine et les hangars.

Matthieu se tourna sur le côté et sa main effleura le flanc de sa compagne qui dormait, lovée en chien de fusil. Sa respiration était régulière, paisible. Matthieu enviait cette faculté de pouvoir s'extraire de ses soucis quotidiens et de plonger, d'un seul coup, dans le sommeil le plus profond.

Il approcha sa bouche de son oreille, souffla une mèche de cheveux.

— Je t'aime, murmura-t-il.

Elle bougea la tête, offrant ses lèvres sur lesquelles il cueillit un baiser.

— Moi aussi, je t'aime, répondit May Linh d'une voix alanguie.

Il se pressa contre elle et, du bout des doigts, effleura la pointe d'un sein, l'agaça jusqu'à ce qu'elle se redresse. Puis il poursuivit son exploration, jamais lassé de découvrir le grain si fin de sa peau, la tiédeur de ses cuisses. Sous sa caresse, précise, le sexe s'épanouit, ouvert comme une fleur vivante.

— Il fait trop chaud, protesta May Linh du fond de son sommeil, sans pour autant se défendre davantage.

— Hypocrite ! lui dit Matthieu tendrement, en l'enlaçant.

— Catherine va nous entendre ! objecta May Linh, qui s'était enfin réveillée.

— Catherine dort. Et puis, elle n'est pas du genre à s'effaroucher.

May Linh avait le plaisir vif et violent. Elle gémit, griffa et, à la fin, supplia.

— Je veux un enfant de toi, Matthieu. Tout de suite...

Matthieu releva la tête. Quelqu'un grattait à la porte.

— Oui ? demanda-t-il, songeant que l'intrus choisissait bien mal son moment.

— C'est moi, Loï. Il faut que je te parle !

— Ça ne peut pas attendre le jour ?

— Non. Viens tout de suite, c'est grave.

« Zut ! » se dit-il, résigné, en dénouant les bras qui le maintenaient prisonnier. Il s'habilla à tâtons et sortit. Loï l'attendait et, par gestes, lui fit signe de le rejoindre en bas.

Loï était arrivé, en civil, avec femme et enfants, trois jours après la fin du putsch manqué. La répression s'abattait sur les officiers rebelles. N'Guyen Chan Thi et Vuong Van Dong, les deux colonels qui avaient été l'âme du complot, avaient réussi à s'enfuir et s'étaient réfugiés au Cambodge. Ceux qui n'avaient pas eu cette chance avaient été mis aux arrêts de forteresse en attendant de passer en jugement. D'autres avaient été dispersés dans des garnisons lointaines et insalubres. Loï avait préféré prendre les devants et se démobiliser en attendant des jours meilleurs.

A Bao Tan, Matthieu l'avait accueilli comme un frère. Il lui avait confié la responsabilité de la sécurité et s'en trouvait bien. L'ancien capitaine s'acquittait de cette charge avec zèle et efficacité. Une semaine plus tôt, il avait démantelé un réseau de collecteurs de fonds.

— Alors ? interrogea Matthieu, encore sous l'effet du charme rompu.

— Les Viêt-congs mijotent un mauvais coup. Une embuscade.

Matthieu opina, sans répondre, attendant des détails supplémentaires. Depuis quelque temps, à l'initiative des conseillers américains, le terme de Viêt-cong s'était substitué de façon officielle à l'appellation ancienne de Viêt-minh, qui conservait, selon eux, auprès des paysans un trop important capital de sympathie, et qui rappelait aussi la guerre des Français. Abréviation de la formule révolutionnaire « *Viêt-nam dan chu cong hoa* » qui figurait notamment sur les billets de banque émis par le Nord, le son même du mot Viêt-cong était censé rappeler leur appartenance au système communiste et provoquer ainsi un réflexe de rejet.

— Continue, je t'écoute.

— Elle aura lieu tout à l'heure, dans le lot 17, au moment où les ouvriers se rassembleront pour la saignée. Leur but, embarquer un certain nombre de nos gars pour les incorporer dans leurs rangs.

Matthieu fronça les sourcils. Si Loï ne se trompait pas, ce qui était probable, Bao Tan courait au-devant de graves ennuis.

— Que pouvons-nous faire ?

— C'est toi le patron. Décide. Au fait, as-tu entendu parler d'un nommé Cao Van Minh ?

Matthieu sursauta.

— Cao Van Minh, dis-tu ? Ce vieux salopard n'est pas encore crevé ?

— Il est vivant. Et bien vivant ! C'est le responsable politico-militaire de la province. Un communiste pur et dur, et rusé comme un renard.

— J'en sais quelque chose. Il est né ici même, à Bao Tan. Il y a quelques années, peu après la mort de N'Guyen Binh, le général, l'homologue de Giap pour la Cochinchine, on avait songé à lui pour le remplacer. Ho Chi Minh et le Tong Bô[1] s'y sont opposés, ils se méfiaient des gens du Sud.

— Je peux déjà t'annoncer que Cao Van Minh sera présent à l'aube, sur la saignée.

— Quelle heure as-tu ? J'ai oublié ma montre.

— Trois heures dix. Le jour va bientôt se lever. Le rassemblement des ouvriers aura lieu dans un peu plus de trois quarts d'heure.

Loï s'interrompit, son regard se déplaça vers l'embrasure de la porte où Catherine venait d'apparaître, drapée dans un peignoir en tissu-éponge.

— J'ai entendu, dit-elle. Vous n'êtes pas discrets. Quelles sont vos intentions ?

— Il n'est pas question de céder, répondit Matthieu. Ou alors, autant fermer la boutique.

— Moi aussi je connais Minh, répliqua-t-elle. Au moment de notre départ, il a eu à mon intention un geste touchant que je n'ai pas oublié, en me remettant un petit sachet contenant un peu de la terre de Bao Tan. C'est un compagnon d'enfance de ton oncle Cyril, Matthieu. Que vas-tu faire ? Engager une épreuve de force ? A toi tout seul ? Et même avec ton ami Loï, vous n'êtes pas de taille.

— Alors, nous devons capituler, nous laisser dépouiller ?

1. Organe de commandement suprême du Viêt-minh.

— Non. Mais nous pouvons toujours discuter. Je vais venir avec vous.

— Il n'en est pas question, madame. En ma qualité de responsable de la sécurité, je n'ai pas le droit de vous autoriser à courir un risque pareil. Minh et ses hommes sont dangereux.

Catherine sourit.

— Si Cao Van Minh avait voulu me tuer, il y a longtemps qu'il l'aurait fait. Je n'ai rien à craindre de lui. Et puis, comme vous, j'ai, moi aussi, quelque chose à défendre, l'héritage d'Henri. J'y suis décidée. Je viens.

— D'accord, concéda Loï. Mais prenez une arme.

— A quoi bon ? J'ai passé l'âge de jouer les amazones. Je ne prendrai pas de fusil et je vous conseille d'en faire autant. Il est trop tentant d'ouvrir le feu, et Dieu sait quelles catastrophes peuvent en découler !

Matthieu stoppa la Land Rover à l'intersection des pistes délimitant les lots 16 et 17. Il mit pied à terre et se dirigea, d'un pas qu'il voulait ferme, vers le rassemblement des ouvriers qui se tenaient en demicercle, leur outil à la main, escortés des femmes portant les cupules de grès. Quelques mètres en arrière, Loï et Catherine suivaient, les mains ouvertes bien en évidence, pour montrer leurs intentions pacifiques.

En face, au centre d'un groupe d'une dizaine de guérilleros en pyjama noir, Cao Van Minh avait interrompu sa harangue. Il avait l'air détendu, sûr de lui. Les bras croisés, il patientait, comme si le temps n'avait plus d'importance.

Matthieu affecta d'ignorer sa présence, il vint s'interposer entre les saigneurs et lui, auquel il tourna ostensiblement le dos.

— Allons, lança-t-il d'un ton engageant. Au travail, les enfants ! Les hévéas sont pressés. Ils pissent mieux à la fraîche.

C'était, de sa part, une plaisanterie familière. Elle tomba à plat. Les ouvriers ne bougèrent pas. Manifestement, ils attendaient la confirmation de l'ordre par le chef des hommes en noir.

— Vous n'avez pas beaucoup d'autorité, persifla Cao Van Minh.

— Bonjour ! lui dit Catherine, avec simplicité. Vous devriez permettre aux travailleurs d'accomplir leur besogne. Vous aurez l'occasion de leur parler un peu plus tard. N'est-ce pas ?

Minh hocha la tête et, d'un geste de la main, libéra les ouvriers qui se dispersèrent parmi les arbres.

Il y eut ensuite un long silence, lourd d'incertitude. Chacun restait sur ses gardes, et le malaise qui en résultait devenait pesant, à la limite du supportable. Tout pouvait arriver. Catherine comprit qu'elle devait prendre l'initiative. Gagner du temps, apaiser les esprits, détendre l'atmosphère, établir le dialogue.

— J'ai apporté du thé dans une Thermos, reprit-elle. Peut-être serions-nous mieux assis pour bavarder ?

Minh ricana.

— Je ne suis pas venu pour des mondanités, riposta-t-il, acerbe.

Catherine interpréta cette réponse comme la preuve que Minh était sur la défensive. Elle poussa son avantage.

— Libre à vous. — Et, se tournant vers Loï : — Auriez-vous l'amabilité d'aller chercher dans la voiture le panier que j'ai préparé ? Il y a des gâteaux secs, des fruits, des boissons et des cigarettes. — Puis, à Minh : — Si vous n'en voulez pas, peut-être votre escorte acceptera-t-elle de partager notre petit déjeuner ?

Il y avait un piège, Minh en était certain, mais il ne parvenait pas à le discerner clairement. Aussi crut-il nécessaire de remettre les choses au point, en rappelant qu'il était le chef et que personne n'avait à lui dicter sa conduite.

— Mes soldats m'obéissent, riposta-t-il. Ils mangent quand je mange. Ils boivent quand je bois.

— Je vois. C'est pour cela qu'ils sont si maigres. A nos âges, nous avons appris à nous contenter de peu. Mais eux, ils sont jeunes.

Un peu en retrait, Matthieu ne perdait pas un mot du dialogue. De la main, il adressa à Loï un signe impératif, lui enjoignant de ne pas intervenir. Lui non plus n'avait pas compris où Catherine voulait en arriver. Entre Minh et elle se livrait une sorte de duel verbal. Le vaincu serait celui qui perdrait son sang-froid le premier.

— Ils sont maigres en effet. Parce qu'ils ont choisi de tout sacrifier pour la révolution et l'indépendance.

Il se croyait sur un terrain plus solide. Il se trompait. Catherine saisit la balle au bond.

— Ils ont choisi ? demanda-t-elle. A voir la façon dont vous envisagez de recruter les travailleurs de Bao Tan, permettez-moi d'en douter.

— S'ils ne viennent pas avec moi, ils seront incorporés dans l'armée fantoche de Diêm.

Tout en parlant, Catherine avait déployé une nappe et disposé dessus les victuailles du panier : bananes, ananas, mangoustes et un durion enveloppé dans un linge humide ; paquets de biscuits, quelques gâteaux aux amandes préparés la veille par May Linh et destinés au repas d'anniversaire de Renaud. D'un seau isotherme, elle sortit des boissons gazeuses, sodas et Coca-Cola, ainsi que la Thermos de thé fumant. Les hommes de Minh dévoraient des yeux toutes ces friandises avec convoitise, n'attendant que la permission de leur chef pour y goûter.

— Je suis française. Je n'ai pas à prendre parti pour telle ou telle conception du système politique qui doit régir le Viêt-nam. Je défends seulement les intérêts de Bao Tan qui sont, convenez-en, ceux de votre patrie et de ses travailleurs. — Elle leva la main, prévenant l'objection : — Je dirais exactement la même chose à tout autre que vous.

Puis, en maîtresse de maison accomplie :

— Allons, venez, et dites à vos soldats de se servir.

Ils mangèrent en silence. Catherine ne cessait d'observer Minh qui mâchouillait sans entrain une bouchée de gâteau aux amandes. Elle devinait qu'il cherchait une sortie honorable et, de son côté, elle ne songeait qu'à lui offrir un compromis qui lui éviterait de perdre la face.

— C'est à vous de décider, dit-elle enfin. — Puis, comme par hasard : — Savez-vous qu'en France, pendant la guerre, les ouvriers jugés indispensables à l'économie du pays étaient mobilisés à leur poste de travail ?

Un ange passa.

— Bon, poursuivit-elle en se levant. Nous allons rentrer à la maison. Je vous laisse. — Elle fit signe à Matthieu et à Loï de la suivre. Au bout de quelques pas, elle se retourna. — Au fait, ajouta-t-elle, je voudrais vous dire que si vous ou vos hommes se présentent à Bao Tan sans armes, ils y seront accueillis comme doivent l'être des hôtes de passage, sans avoir rien à craindre de personne. N'est-ce pas, Matthieu ?

Directement mis en cause, celui-ci hésita. C'était beaucoup exiger de lui qu'il offre l'hospitalité à ces Viêt-congs qu'il pourchassait depuis tant d'années. Mais, sous l'intensité du regard que Catherine dardait sur lui, il s'inclina.

— C'est d'accord, admit-il.

— Nous avons ta parole ?

— Vous l'avez.

Les ouvriers rentrèrent un peu avant midi. Un seul manquait.

— Minh a été encore plus fair play que je ne l'aurais imaginé, observa Loï, qui n'avait pas encore donné son avis. Il a récupéré N'Guyen Van Cam, son principal agent.

Matthieu ne répondit pas. Il attendait la suite des événements pour se forger une opinion définitive. Mais, apparemment, rien ne changea dans les mois qui suivirent. A un détail près. Le drapeau national vietnamien, qui jusque-là flottait au-dessus de la maison commune, disparut un beau matin. Rien ne fut hissé à sa place. Matthieu interpréta le geste comme l'affirmation de la neutralité des ouvriers.

Renaud et Catherine repartirent quelques jours après Noël de 1960.

— Prenez bien soin de vous, fut le dernier conseil qu'ils donnèrent à Matthieu. — A May Linh, Catherine dit simplement : Si vous deviez avoir un enfant, j'aimerais qu'il naisse ici, à Bao Tan. Ce serait la troisième génération des Mareuil à y voir le jour.

Dans l'avion qui les ramenait à Paris, Renaud apprit, par la lecture des journaux de France, que Hanoï venait d'annoncer la création d'une nouvelle organisation dans le Sud : le Front national de libération.

— Vieux stratagème communiste, commenta-t-il, pour faire croire à tous les gogos qui manipulent l'opinion publique mondiale que ce « Front national de libération » est un mouvement nationaliste sans aucune attache politique. Et ça marchera, vous verrez. En réalité, c'est un simple cheval de Troie pour camoufler la stratégie de conquête du Nord.

— L'histoire se répète. Mais les Américains ne laisseront pas pourrir la situation.

— Ils feraient aussi bien. Mais je crains qu'ils ne se trouvent bientôt empêtrés dans leurs propres contradictions. D'une part, empêcher le Sud-Viêt-nam de tomber dans l'orbite communiste, en vertu de ce qu'ils appellent la théorie des dominos.

— La quoi ?

— La théorie des dominos. Il s'agit d'une métaphore. Si vous dressez des dominos les uns à côté des autres, il suffit de faire basculer le premier pour qu'il entraîne tous les autres. Ainsi de cette partie du Sud-Est asiatique. Que Saïgon soit communiste et ce sera bientôt le tour de Phnom Penh, de Bangkok et, pourquoi pas ? de Manille et de Singapour.

— Et d'autre part ?

— L'exemple de notre propre échec — un échec auquel, soit dit en passant, ils ne sont pas étrangers — les incite à ne s'engager militairement ici qu'avec la plus extrême prudence. Il y a actuellement une dizaine de milliers de militaires. Ils ont un rôle — théorique — de conseillers, c'est-à-dire qu'ils ne doivent pas être directement mêlés aux combats que mène l'armée vietnamienne. Est-ce que cela sera suffisant ? J'en doute.

— Alors ?

— Tout va dépendre de ce que décidera le nouveau président des États-Unis, John Kennedy. Il est jeune, il est dynamique, il passe pour un libéral et, pour un catholique, il a une cote d'amour exceptionnelle. Il ne devrait donc pas être contesté dans le choix qu'il arrêtera.

« Eisenhower l'aurait, dit-on, persuadé de l'importance du Viêt-nam dans l'équilibre des forces en Asie. Mais sait-on jamais ? Les positions qu'il a publiquement adoptées en ce qui concerne le problème algérien ne m'incitent pas à l'optimisme.

— Qu'a-t-il dit ?

— Il a rappelé que les États-Unis — sous-entendu

lui-même — avaient une vieille tradition anticoloniale et qu'ils ne verraient aucune objection à un État algérien souverain.

Catherine lui adressa un sourire gentiment ironique :

— Seriez-vous pour l'Algérie française, par hasard ?

— Bien sûr. Par sentiment, et par raison. Et j'ai été choqué par les revirements successifs de De Gaulle. En juin 1958, il est revenu aux affaires en laissant croire qu'il n'avait qu'une seule ambition, faire une France unie de Dunkerque à Tamanrasset. Quinze mois plus tard, en septembre 59, il nous assène son discours sur l'autodétermination. Et j'apprends que, pendant notre séjour à Bao Tan, il s'est fait acclamer à Alger par les musulmans qui brandissaient le drapeau vert et blanc du F.L.N. Je me demande ce qu'en pensent les militaires.

— Vous n'aurez qu'à poser la question à mon neveu François Démery. J'ai appris avant de partir qu'il avait été promu capitaine et qu'il servait dans un régiment de parachutistes de la Légion.

4

12 septembre 1961

— Le voyage m'a un peu fatiguée, dit Kim-Anne en se levant de table. Je crois que je vais aller me coucher.

— Ta chambre est prête, maman, répondit aimablement Lee-Aurore. Diane va t'y accompagner.

A quatre-vingts ans passés, Kim-Anne avait conservé une étonnante vitalité. Pour assister au mariage de sa petite-fille, elle n'avait pas hésité à effectuer, d'une traite et en voiture, les quelque six cent cinquante kilomètres de petites routes séparant Trestenas, dans le Vaucluse, où elle habitait depuis son retour d'Indochine et où reposait son mari, le colonel baron d'Estier de Pénancourt, mort deux ans auparavant, jusqu'à La Nouaille où, demain matin, seraient célébrées les noces de Diane avec Michel Saret, un jeune diplômé de l'École nationale d'administration, qui se destinait à la carrière diplomatique.

Une fois encore, la maison était pleine et, pour accueillir tous les invités, il avait fallu rouvrir un certain nombre de chambres à Cadarjac où Henri, nouveau bachelier, faisait office de maître de céans avec son inséparable Evaristo.

Il faisait encore jour et l'automne donnait au paysage que Kim-Anne découvrait depuis sa fenêtre une palette de couleurs étranges, allant du vert pâle au rouge vif en passant par toutes les teintes du jaune d'or à l'orange tendre.

— Le Périgord est une belle région, dit-elle en se retournant vers Diane qui se tenait debout derrière elle, dans une attitude un peu contrainte, comme si elle ne se résolvait pas à s'en aller de la pièce.

— Tous ces arbres me changent de mon désert de vignobles qui s'étendent jusqu'au Ventoux. Et puis l'air est doux. Il sent la châtaigne et le cèpe de forêt.

Kim-Anne se pencha et, de la main, fit signe à Diane de s'approcher d'elle. De ses bras tendus, elle l'amena jusqu'à ce qu'elle se trouve en pleine lumière et dit :

— Tu es superbe, ma Diane. Je n'en reviens pas de te voir aussi grande. Sais-tu que tu me rappelles ma jeunesse ? J'étais comme toi, mince et souple, avec les mêmes cheveux aux reflets fauves, un visage de princesse asiatique...

Elle sourit et ajouta, l'air sévère :

— Mais je n'avais pas cet air chiffonné qui me

désole. Que se passe-t-il ? N'es-tu pas heureuse ? J'ai bien examiné ton fiancé tout à l'heure. Il m'a l'air tout à fait convenable, ne parle pas trop fort, soigne son langage, et, à ce que m'a assuré ta mère, c'est un excellent parti. Tant mieux. Que ce soit ta mère ou moi, nous n'avons jamais réussi à épouser que des garçons sans le sou !

— Vous avez tout de même été mariée au colonel d'Estier de Pénancourt !

— Le baron ? Je l'aimais bien, mais, si tu veux savoir la vérité, nous étions l'un pour l'autre une assurance-vieillesse. Il ne voulait pas mourir seul, et je redoutais de n'avoir, pour solution, que l'asile de vieillards...

— Vous vous moquez de moi.

— Pas le moins du monde, fillette. — Elle ajusta ses bésicles et promena un œil inquisiteur sur Diane, qu'elle examina attentivement, de bas en haut, émettant quelques brefs commentaires : — Hem, hem ! Les jambes longues, la taille fine, les seins pas trop gros, mais ronds et fermes. Et, en plus, tu ne me sembles pas sotte. Il a de la chance, notre jeune diplomate. Le sait-il, au moins ?

Diane ébaucha une moue dubitative.

— Sans doute. Du moins je le crois. Mais...

Elle se tut. Kim-Anne poursuivit, à sa place :

— Mais tu ne l'aimes pas. Et c'est pour me le dire que depuis un quart d'heure tu t'incrustes dans ma chambre. Je me trompe ?

Diane fit « non » de la tête.

— Puis-je au moins savoir pourquoi tu as attendu aussi longtemps pour t'en apercevoir ? Et pourquoi m'as-tu choisie, moi, pour cet aveu ? Maintenant, cesse de te dandiner comme un pendule, viens t'asseoir. Là, sur le bord du lit.

Elle-même avait pris place dans le crapaud, juste en face. Elle prit les mains de sa petite-fille.

— Je t'écoute.

— Tout le monde est contre moi, commença Diane d'une toute petite voix. Vous seule pouvez me conseiller, parce que vous n'êtes pas de parti pris, grand-mère.

— Ne m'appelle pas « grand-mère », la coupa Kim-Anne, agacée. Ça fait vieux... Trouve autre chose. Au Viêt-nam, tu dirais *Ba Ngoaï*, mère de ma mère. Cela me convient parfaitement. Continue.

— Il y a quatre ans, j'ai rencontré un officier. François Démery, un neveu de Catherine.

— Aïe.

— Marié.

— Je l'aurais parié. Il t'a promis de divorcer et tu es devenue sa maîtresse.

— Il ne m'a rien promis. Tout ce qui est arrivé, je l'ai voulu. Et d'ailleurs, je ne l'ai rencontré qu'à trois ou quatre reprises, il fait la guerre en Algérie.

— Je vois ! Tu avais mis toutes les chances de ton côté. Un officier, marié, et qui, de surcroît, fait la guerre ! Ma pauvre chérie, tu as un goût très sûr pour les situations sans issue ! Mais dans tout cela que vient faire ton fiancé, Michel Saret ? Où l'as-tu trouvé ?

— François et sa femme Joëlle formaient un couple très libre. Du moins je le croyais ; elle s'affichait partout avec Georges Roubaz, son amant, un journaliste très connu. Voici quelques mois, juste avant de repartir en Algérie, François a dit à sa femme qu'il souhaitait divorcer pour m'épouser.

— Ton histoire est banale à pleurer. J'imagine que ta Joëlle a découvert qu'elle était amoureuse de son mari et qu'elle ne voulait s'en séparer à aucun prix. Cela arrive tous les jours. Ensuite ?

— J'ignorais tout des projets de François et Joëlle ne m'en a jamais parlé. Au contraire, elle s'est montrée tout aussi amicale et prévenante que par le passé. C'est elle qui m'a présenté Michel. Elle s'est arrangée également pour le présenter à maman à qui il a beaucoup plu.

« Moi, comme une idiote, je n'ai rien compris jusqu'au jour où Michel Saret m'a demandée en mariage. Naturellement, j'ai refusé. Alors, Joëlle m'a fait une scène épouvantable et m'a traînée, en larmes, jusque chez maman à qui, brutalement, elle a révélé que j'étais la maîtresse de son mari.

— Pauvre Diane ! Celle par qui le scandale arrive ! Je suppose que tout le monde s'est ligué pour te mettre le marché en main ? Épouser Michel Saret...

— Même pas. Je ne reverrai jamais François. Au mois d'avril dernier, il a participé avec son régiment au putsch des généraux d'Alger. Depuis, il a disparu. D'après les journaux, il aurait déserté pour rejoindre les rangs de l'Organisation armée secrète.

— J'ai entendu parler de ces gens. Des excités qui veulent assassiner de Gaulle ! Note bien que je n'ai aucune sympathie pour ce personnage qui a tellement maltraité les Français d'Indochine et qui s'apprête à donner l'Algérie aux fellaghas. Mais le meurtre politique, quelle horreur ! Autrefois, dans le vénérable empire d'Annam, lorsque le souverain avait démérité, qu'il avait failli à l'honneur ou à la dignité de sa fonction, son entourage lui faisait parvenir un plateau sur lequel étaient disposés un flacon de poison, un lacet de soie et un poignard. C'était une invitation à partir élégamment en lui laissant le choix des moyens.

— François n'est pas un excité, Ba Ngoaï. Je le connais bien. S'il a déserté, c'est pour ne pas infliger à son uniforme l'infamie des tribunaux. Et pourtant, comme tous ses camarades, la police le recherche. Il doit se cacher, songer avant tout à sa propre sécurité. Je ne peux rien pour lui, au contraire, je ne ferais que lui compliquer la vie. Et d'ailleurs, je ne sais pas où le trouver. Il n'a même pas repris contact avec sa femme.

— Élémentaire précaution. Son appartement est sans doute le premier endroit que surveillent les policiers.

Kim-Anne avait fermé les yeux ; une ride verticale, à la racine du nez, indiquait qu'elle réfléchissait profondément. Quand, à nouveau, elle posa son regard sur Diane, celle-ci fut frappée par la lumière qui s'en dégageait, et aussi par une petite lueur gaie, presque espiègle.

— Ma petite fille, tu es venue me trouver pour prendre conseil. Aussi, tu vas m'écouter et faire ce que je te dirai. Bien sûr, plus question de mariage. Je préfère te savoir malheureuse toute seule que triste pour le reste de tes jours aux côtés d'un mari encombrant.

— Mais tout est prêt ! Les invités sont là, la cérémonie est pour demain ! Le repas...

— Laisse le repas tranquille ! Ce ne sera pas la première fois qu'un mariage sera rompu. De toutes les façons, tu n'as pas à t'en soucier. Tu seras partie. C'est moi qui aurai des comptes à rendre à tout le monde, puisque j'aurai facilité ta fuite. Sais-tu conduire, au moins ?

— Bien sûr, répondit Diane, interloquée.

— Voici les clefs et les papiers de ma Mercedes. Prends-en soin, c'est celle du colonel et il y tenait beaucoup. Sais-tu où aller ?

— A Paris. Je loue une chambre rue Notre-Dame-des-Champs.

— N'en bouge plus. Contrairement à ce que tu penses, s'il est recherché par la police, c'est maintenant que ton capitaine a besoin de toi. Et s'il t'aime aussi sincèrement que tu l'affirmes et que je l'espère, il viendra. Attends-le. As-tu de l'argent ?

— Un petit peu. Mais cela n'a pas d'importance.

— Au contraire. Quand on se cache, c'est la seule chose qui compte. Si l'on vient à en manquer, on commet des imprudences : la faim fait sortir le loup du bois. Passe-moi mon *vanity case,* je te prie. — Elle l'ouvrit, en retira une enveloppe, compta quelques billets. Puis : — Voici trois cent mille francs. — Elle corrigea : — Trois cent mille anciens francs, je n'arrive pas à m'habituer à ces nouveaux francs que de Gaulle nous a imposés.

— C'est beaucoup trop, Ba Ngoaï ! protesta Diane.

— Mais non ! Je sais ce que je dis. — Elle se leva. — Et maintenant, va, petite fille. Sois heureuse. Et tiens-moi au courant, je sais être discrète. Si vous ne savez pas où aller, Trestenas vous est ouvert.

Diane allait sortir. Kim-Anne la rappela :

— Demande à ta mère de venir. Il est temps de lui parler.

— Tiens ? s'étonna Henri, qui venait de surgir de l'ombre et s'accoudait à la portière. La Baronne t'a prêté sa Mercedes ? Peux-tu me déposer à Cadarjac ? Ton fiancé et sa famille vont encore passer des heures à bavarder et moi, je tombe de sommeil. En plus, demain, j'ai une journée chargée. Tout de suite après ton mariage, Evaristo m'emmène à la foire aux cèpes de Monpazier.

— Monte ! soupira Diane, de mauvais gré. Et cesse d'appeler ma grand-mère « la Baronne ». C'est désobligeant et je l'aime bien.

Henri émit un petit ricanement.

— Comme tu voudras. — Puis, changeant de ton : — Je t'ai vue t'éclipser par la porte de l'office, en catimini, comme une voleuse. Que mijotes-tu ?

— Rien du tout. J'avais seulement envie de faire un tour. Pour prendre l'air et pour réfléchir.

— C'est sans doute la raison pour laquelle tu as emporté ton sac de voyage ?

Diane se rebiffa, et donna un brusque coup de frein, stoppant la voiture.

— J'ai horreur des espions ! Si tu dois poursuivre ton interrogatoire, tu perds ton temps. Je refuse de répondre à tes questions. Descends !

— Calme-toi, Diane. Je me fiche complètement de savoir pourquoi tu files à l'anglaise. Apparemment, ton mariage est tombé à l'eau. Dans le fond, je ne peux que t'approuver, ce Michel Saret ne m'inspirait aucune sympathie. Il est snob, prétentieux, et un brin casse-pieds.

— Henri, pour la dernière fois, je t'interdis...

— Diane, l'interrompit Henri, d'un ton conciliant. Faisons la paix si tu veux bien. Nous nous connaissons depuis toujours. Je t'ai considérée comme une grande sœur et c'est probablement la raison pour laquelle nous n'avons jamais cessé de nous chamailler. Il serait peut-être temps d'arrêter, ne le crois-tu pas ? Je ne suis plus un gamin. Et en plus, je ne suis ni aveugle, ni sourd. Ici, tout le monde est au courant de ton aventure avec François Démery. Le scandale du siècle !

— C'est faux. Michel n'en sait rien.

— Il l'a appris par Joëlle et je ne serais pas surpris qu'il ait été son amant. Il n'est que de le voir rouler des yeux blancs lorsqu'il est question d'elle !

De saisissement, Diane donna un coup de volant très sec.

— Hé là ! Attention ! Tu as failli nous flanquer dans le décor !

— C'est ta faute. A force de dire des âneries, tu me fais perdre mon sang-froid.

— Diane, reprit Henri après un instant de silence. Que vas-tu faire ? A moi, tu peux tout dire, je ne te trahirai pas. Peut-être même pourrai-je t'aider.

— J'aimerais bien savoir comment.

— Bien. — Henri poussa un soupir. — Voilà ce

que je crois : tu viens de quitter La Nouaille et tu te prépares sans doute à regagner Paris pour y retrouver ton capitaine. Mais il est en cavale, comme on dit dans les romans policiers. J'ai lu il y a quatre ou cinq jours dans *Sud-Ouest* qu'il venait d'être condamné à mort par contumace. Avec Evaristo, nous en avons parlé. Il est d'accord pour le cacher à Cadarjac. Si tu le vois, tu pourras le lui dire. Nous avons tout prévu, personne ne viendra le chercher.

— Tu es gentil, Henri, répondit Diane, affectueusement. Pardonne-moi d'avoir été un peu vive tout à l'heure. Mais je viens de remettre toute ma vie en question, et je ne comprends pas encore ce qui m'arrive.

5

De sa main ouverte en conque, François Démery protégea la flamme moribonde de son briquet, en songeant, avec un sourire contraint, que ce geste résumait parfaitement sa situation : allumer le dernier mégot de sa dernière Gauloise avec un Dupont en or à bout de souffle. « Comme moi », se dit-il.

Il tira deux ou trois bouffées, jeta la cigarette et remit le Dupont dans sa poche. Un cadeau de Diane dont il ne s'était jamais séparé.

Il était à bout. De fatigue, de faim, de sommeil. Depuis l'arrestation de l'ultime membre de son réseau, trois semaines plus tôt, depuis que ceux qui l'hébergeaient lui avaient fait comprendre qu'ils ne pouvaient plus garantir sa sécurité, coupé de tout contact, il tournait en rond dans Paris, ne quittant plus guère le métro dont il parcourait inlassablement un circuit qu'il connaissait par cœur, à en avoir la nausée. Étoile-Nation par Denfert, Nation-Étoile par Barbès. Il ne se risquait au-dehors que le soir, ayant appris à se méfier des salles d'attente des gares, des bancs de square et des errances sans but sur les quais. D'ailleurs, sa chaussure droite n'allait pas tarder à rendre l'âme.

Il n'y avait plus d'issue. Pas question, pour lui, de solliciter le plus petit secours de son père. Militant gaulliste farouche, son acharnement à combattre l'O.A.S. était d'autant plus violent que son propre fils était un « soldat perdu ». Quant à Joëlle, autant ne pas y compter. Si elle ne l'avait pas déjà sous-loué pour aller s'installer définitivement avec Georges Roubaz à Neuilly, son appartement devait être sous surveillance de la police.

Restait Diane. Après avoir longtemps hésité à la compromettre, il s'était rendu à son studio, rue Notre-Dame-des-Champs. Il y avait trouvé porte close. C'était la période des vacances. La rentrée des facultés n'aurait lieu qu'en novembre. Bien au-delà de ses possibilités de durer. « Deux solutions, ou bien me constituer prisonnier. Ou voler aux étalages... » Aucune ne le tentait vraiment. En réalité, tout au fond de lui, continuait à briller une petite lueur d'espoir. Quelque chose, il ne savait quoi, allait se produire qui résoudrait ses problèmes. Un *happy end,* comme au cinéma. « Ne rêve pas, murmurait une voix, dans sa tête, nous ne sommes pas au cinéma. » Sa fréquentation assidue du microcosme des usagers du métro lui avait permis d'observer le nombre important de soliloqueurs, poursuivant, à mi-voix, d'interminables monologues. Une façon de briser une solitude, insupportable dès l'instant où elle n'a pas été choisie. Et lui-même se surprenait parfois à les imiter, même si aucun son ne sortait de ses lèvres. Il était habité par deux personnages, le premier, qu'il appelait François, était le rêveur, béatement optimiste, qui s'opposait à Démery, le réaliste, férocement railleur

François passait son temps à gonfler les ballons de l'utopie, Démery les crevait de venimeux coups d'épingle.

« Nous nous en sortirons », s'obstinait à répéter François, à quoi Démery ripostait, sarcastique : « J'aimerais savoir comment. Peut-être un miracle, comme à Lourdes ? » « Et pourquoi pas ? » répliquait François.

Au regard étonné de sa voisine d'en face, François comprit qu'à son tour il avait parlé tout haut. Le rouge au front, comme un cancre surpris, il se leva et descendit au premier arrêt.

Il n'y resta que peu de temps, chassé par un sentiment d'insécurité. Deux hommes, imperméables et chapeaux mous, l'avaient dévisagé avec insistance avant de se diriger d'un pas pressé vers la sortie. Il redouta d'avoir été reconnu et bondit dans le premier wagon passant à sa portée. François, l'optimiste, persistait à affirmer qu'il s'agissait d'une fausse alerte. A l'inverse, Démery se préparait à la bagarre, inévitable selon lui. « Tant pis pour celui qui tentera de m'arrêter. S'il veut m'avoir, il lui faudra y mettre le prix ! »

Ses craintes se révélèrent sans fondement. François triompha : « Tu deviens pusillanime, tu as peur de ton ombre. » « Il vaut mieux se défier de tout et de tous, grogna Démery, acerbe, plutôt que de se faire bêtement agrafer ! »

Pour se donner une contenance, il s'empara d'un exemplaire du *Figaro* abandonné près de lui, sur la banquette, et le déploya largement, feignant de s'absorber dans sa lecture. Plus qu'un abri provisoire, le journal lui permettait d'observer discrètement les abords. Il parcourut chaque page, mais son esprit était ailleurs et ne retenait pas le sens des phrases. Il arriva enfin à la rubrique « Carnet du jour », où son regard accrocha par hasard un nom qui le figea. Diane.

Croyant à une homonymie, il lut attentivement le faire-part et là, le doute s'envola. Il s'agissait bien de Diane Régnault. Elle avait épousé, hier, 13 septembre 1961, un nommé Michel Saret. La cérémonie avait eu lieu à onze heures, en l'église de Revignac (Dordogne).

Le souffle oppressé, les mains moites, il était anéanti. Moins par l'annonce de ce mariage que par la soudaineté de l'événement. Qu'était-il arrivé ? Comment Diane avait-elle pu se décider aussi vite ? Et qui pouvait être ce Michel Saret dont elle ne lui avait jamais révélé l'existence ? Il se sentait trahi. « Elle n'a pas eu confiance en moi. Pourquoi ne pas m'avoir attendu ? » Et Démery, le cynique, répondit : « Que peut offrir à une jeune femme un homme comme toi ? Un hors-la-loi sans avenir envisageable, dépourvu de toute ressource, privé d'identité, sans existence légale et condamné à mort ? Rien. Rien du tout. Alors, n'y pense plus. »

En réalité, avec le mariage de Diane s'évanouissait l'un des derniers espoirs qu'il nourrissait encore de trouver un asile, une halte qui lui aurait permis de reprendre haleine.

La journée lui parut interminable. Et plus la nuit approchait plus l'angoisse augmentait. Où aller ? Où dormir ? Où manger ? Il n'éprouvait pas une quelconque fringale, ce « creux » du travailleur au milieu de sa journée, mais, bien plus profonde, cette sensation de vide qui l'engourdissait, provoquant de brèves somnolences, faisant danser devant ses yeux des myriades de petits points brillants.

Vers sept heures, à la station Edgar-Quinet, un clochard vint s'asseoir à ses côtés, puis, après l'avoir observé, lui offrit de partager son casse-croûte.

— Nous ne sommes pas de la même confrérie, lui dit-il. Mais je sais reconnaître un gars qui n'a pas mangé depuis deux jours. Toi, tu n'as pas choisi la

cloche, tu es un bourgeois. — Il assortit son propos d'un clignement d'œil canaille et conclut, complice :
— Tu serais un officier en cavale que je n'en serais pas autrement étonné. J'ai tort ?
— Non. Et maintenant, qu'allez-vous faire ?
— Rien. Et si je n'aime pas les militaires, ça ne m'empêche pas d'avoir de l'estime pour les hommes qui vont au bout de leurs convictions. — Il tendit une baguette de pain et un saucisson. — Allez, mange, c'est de bon cœur.

Il marchait, au hasard, un peu gris du vin qu'il avait bu au goulot et dont il avait perdu l'habitude. Comme guidés par une volonté inconsciente, ses pas le menèrent rue Notre-Dame-des-Champs devant l'immeuble qu'habitait Diane autrefois. Il songeait « autrefois » comme s'il s'était agi d'une vie antérieure. Il faisait tout à fait nuit et, en ce dimanche soir, les promeneurs étaient rares.

François s'adossa au mur, sur le trottoir d'en face, et leva les yeux vers les fenêtres du sixième étage où se trouvait le studio de Diane et crut discerner un halo de lumière derrière les rideaux tirés. « Tu rêves », se dit-il, n'osant y croire. Mais un examen plus attentif lui prouva qu'il avait raison. La pièce était éclairée.

Sans plus réfléchir, il traversa la rue, poussa la porte d'entrée et se lança dans l'escalade des étages. A chaque marche, sa résolution faiblissait. Qu'allait-il trouver là-haut ?

« Les femmes attendent de nous que nous soyons forts, déterminés, conquérants. Savent-elles la peur qu'elles nous inspirent et l'effort qu'il nous faut exercer sur nous-mêmes pour apparaître tels qu'elles nous espèrent ? » songeait-il, le ventre noué, les mains tremblantes.

Il reprit son souffle sur le palier, et se remémora

une scène analogue, les dernières lignes du *Caporal épinglé*, le récit de Jacques Perret, un livre lu et relu et qu'il savait presque par cœur.

« *Coups de sonnette et coups de sonnette. Silence. Le timbre faisait là-bas son chemin dans les rêves.* »

A son tour, François appuya sur le bouton.

« *Coups de sonnette et coups de sonnette. Silence. Puis, au bout du couloir, une porte qui s'ouvrait et, sur le plancher craquant, un pas nu. Contre la porte, une voix qui savait déjà :*

— C'est toi ? »

François Démery espérait. Comme un naufragé attendant l'improbable sauvetage. Sa vie dépendait des secondes à venir.

— C'est toi ? interrogea la voix de Diane derrière le panneau.

Nue, assise en tailleur, adossée à l'oreiller dressé contre le chevet du lit, les cheveux dénoués, Diane regardait dormir François. Elle s'attendrissait jusqu'aux larmes de le voir ainsi, abandonné sans défense à sa seule vigilance. Elle en avait la garde et lui était reconnaissante de cette preuve de confiance. Le visage d'un homme qui dort est un livre ouvert, et Diane y lisait toute la détresse du monde. Les traits tirés, les joues creusées, de petites rides au coin des paupières, et déjà quelques cheveux gris aux tempes, tout attestait que François avait subi une redoutable épreuve. Sa respiration, tantôt paisible, tantôt heurtée, coupée de soupirs, brefs comme des sanglots trop longtemps contenus, était celle de quelqu'un à bout de nerfs. Combien de temps lui faudrait-il pour oublier, pour redevenir gai, heureux de vivre, la tête et le cœur remplis de projets d'avenir ? Diane n'en savait rien. Elle savait seulement qu'elle aurait la force d'attendre. Une chose comptait, merveilleuse certitude, François était là. Définitivement à elle. Pour elle. Plus rien ne pourrait les séparer.

Ils ne s'étaient pas dit vingt mots, résumés à l'essentiel. Ils n'en avaient pas besoin de plus pour se comprendre.

— Et ton mariage ?

— Un malentendu. Je t'expliquerai.

— J'ai eu si peur...

Et puis ils avaient fait l'amour en pleine lumière, comme s'ils voulaient montrer qu'ils n'avaient plus à se cacher. François avait sombré tout de suite après.

Ils furent réveillés, à midi, par le soleil qui inondait la chambre. Leur premier geste fut pour se prendre les mains et pour se regarder, les yeux dans les yeux, comme s'ils avaient peine à croire qu'ils étaient là, réels, libres, vivants. Ils roulèrent sur le drap, emmêlés, jamais rassasiés l'un de l'autre.

Sans s'être fait annoncer, Lee-Aurore débarqua rue Notre-Dame-des-Champs une semaine plus tard.

— Pour être franche, lui dit Diane en l'accueillant, je t'attendais depuis quatre jours au moins.

— Ah bon ? fut la seule réponse.

Lee-Aurore prit possession des lieux, avec son aisance coutumière, ne manifestant rien d'autre qu'une sollicitude polie pour la solution des problèmes matériels. Diane la rassura de son mieux, se bornant à laisser à sa mère le soin d'aborder d'elle-même l'objet de sa visite.

— Et maintenant ? demanda-t-elle enfin, s'adressant aussi à François, drapé dans un peignoir de bain bien trop étroit pour lui et qui ne savait trop quelle contenance adopter. Faute de troisième siège disponible, il choisit de s'asseoir sur le tapis.

— Je l'aime, maman. J'ai l'intention de vivre avec lui.

— Je m'en serais doutée, ma pauvre Diane ! On ne déclenche pas un esclandre comme celui que tu as déchaîné à La Nouaille simplement pour voir l'effet produit ! — Elle daigna sourire à quelque souvenir cocasse et ajouta, sur un ton de commentaire : — Il s'est tout de même trouvé quelques invités pour prendre bruyamment ton parti. Renaud, qui ne perd jamais une occasion de se singulariser, ta grand-mère, bien entendu, qui nous a définitivement brouillés avec le curé de Revignac, un jeune un peu progressiste qu'elle a traité de défroqué ! Et ton cousin Henri, qui n'a rien trouvé de mieux que d'accrocher une pancarte « *just divorced* » à l'arrière de la Peugeot de ton ex-fiancé. A part cela, tout va bien. Mais vous ? Quels sont vos projets ? J'imagine que vous n'envisagez pas de passer le reste de votre existence tapis dans cette chambre dont je ne conteste pas le charme, mais qui me paraît d'un intérêt limité ?

— J'épouserai Diane dès que cela sera possible, madame.

— Que vous l'épousiez ou pas est le cadet de mes soucis. Diane est majeure, elle a pris ses responsabilités et je me conformerai à ce qu'elle a décidé. C'est une tradition familiale ; chez nous, les filles mènent leur vie à leur gré. Cela n'a pas toujours été sans drames, mais nous sommes ainsi. Mais vous, François ? Quel avenir avez-vous à lui proposer ? Vous ne pouvez pas même faire un pas dans la rue sans courir le risque de vous retrouver derrière les barreaux !

— En attendant que les choses s'arrangent, commença Diane, Henri m'a offert de le cacher à Cadarjac. Tout est prêt et...

François lui coupa la parole.

— Ta mère a raison, Diane. Elle a posé la seule véritable question. — Il se tourna vers Lee-Aurore : — J'ai beaucoup réfléchi, madame. Et j'ai fait le point. Voyez-vous, j'ai déjà été prisonnier une fois, à

Diên Biên Phu. Je me suis juré de ne plus jamais retourner dans une prison, quelle qu'elle soit. Même à Cadarjac. Il ne me reste donc qu'une solution, quitter la France, partir à l'étranger, dans un pays qui voudra bien m'accueillir.

— Bien raisonné, approuva Lee-Aurore. Maintenant, soyez pratique ; comment comptez-vous procéder ?

— L'an passé, au cours d'un séjour à Paris, j'ai retrouvé un de mes camarades de promotion de Saint-Cyr. Il s'appelle Sam Champéak. Il est colonel et occupe les fonctions d'attaché militaire à l'ambassade royale khmère. A l'époque, je lui avais fait part de mes inquiétudes à propos de l'avenir de l'Algérie, et du malaise d'une certaine partie du corps des officiers parachutistes. Et j'avais, déjà, envisagé de démissionner si de Gaulle poursuivait sa politique que je jugeais — et que je juge encore — néfaste. Il m'avait répondu : « Si tu le souhaites, je peux te proposer un poste d'instructeur et de conseiller dans notre armée. » J'ignore si son offre reste valable. Si c'est le cas, je suis prêt à partir là-bas, dussé-je prendre la nationalité cambodgienne. Je ne veux plus avoir à me poser de questions.

— Tu ne m'avais pas parlé de ce projet, dit Diane, abasourdie.

— Parce que je n'étais pas sûr de moi. C'était une décision difficile à prendre. On ne rompt pas avec sa patrie de gaieté de cœur. Mais je n'ai pas d'autre issue.

— Intéressant, laissa tomber Lee-Aurore, d'un ton sec. Irréaliste, mais intéressant. Notez bien que je n'ai rien contre le Cambodge. Je connais le pays, c'est le dernier havre de paix dans cette région du monde. Sihanouk est un chef d'État qui a tout pour me plaire. Fantasque, imprévisible, absolument mégalomane. Mais il est d'une habileté politique incontestable, il a su manœuvrer avec une rare intelligence et son neutralisme a sauvé son peuple du chaos.

« L'ennui, pour vous, Phnom Penh n'est pas la porte à côté. De plus, vous l'avouez vous-même, vous n'êtes pas certain que l'on voudra de vous là-bas. Vous êtes bien trop compromettant.

— Vous ne m'aimez pas, madame.

— Tiens donc, persifla-t-elle. Vous l'avez remarqué ? Non, monsieur Démery, je ne vous aime pas. Ni à cause de ce que vous êtes, ni à cause de la façon dont vous menez votre vie, selon des critères que je n'ai pas à juger. Je ne vous aime pas parce que j'aime ma fille et que je suis terrifiée à l'idée de la voir s'engager, aveuglément, avec vous, à cause de vous, dans une voie qui ne peut déboucher sur rien d'autre que sur une catastrophe. Je sais que vous vous en tirerez sans y laisser trop de plumes, vous avez pris suffisamment de coups pour avoir le cuir tanné. Mais elle ? Y songez-vous ? Elle a vingt ans.

— Vingt et un, corrigea Diane.

— Elle n'a même pas achevé ses études, poursuivit Lee-Aurore sans tenir compte de l'interruption. D'ailleurs, je constate que vous n'avez parlé que de vous. Qu'allez-vous faire ? L'embarquer avec vous dans cette aventure ? L'abandonner ici, seule à Paris ? — Elle leva la main, pour imposer le silence. — Oh ! Je sais ce que vous allez répondre : « Je ferai ce que Diane voudra. » Ainsi, vous dégagez par avance toute responsabilité. Bravo !

Accablé sous l'avalanche des mots, François avait failli perdre pied. Mais il se ressaisit. Ce n'était pas seulement son honneur qu'il avait à défendre, mais l'avenir du couple qu'il formait avec Diane.

— Madame, répondit-il avec calme, mais fermement, vous m'aviez condamné avant de m'entendre. Vous m'avez posé des questions, j'y ai loyalement répondu. Sachez ceci. Même si j'ai déserté, je reste un officier. Et c'est la parole d'un officier que j'engage, en vous affirmant que je subordonnerai toute ma vie au bonheur de Diane. Vous avez le choix. Nous accepter comme vos enfants, elle et moi. Ou nous combattre, et, dans ce cas, ce que vous entreprendrez contre l'un sera ressenti par l'autre comme une agression personnelle. Et il en tirera les conséquences.

Il se leva, tourna le dos. Blême, Lee-Aurore s'était dressée et se dirigeait vers la porte. La main sur la poignée, elle lança une dernière flèche.

— Je dois vous dire que je milite avec votre père dans les rangs du parti gaulliste. Je l'ai vu tout à l'heure. Il savait que j'allais vous voir. Il m'a chargé de vous transmettre un message : vous avez quarante-huit heures pour quitter cette maison. Faute de quoi, c'est la police qui viendra vous en déloger.

— Tu n'as pas fait ça ? interrogea Diane, atterrée.

— Non. Bruno Démery savait où se cachait son fils. Ce n'était pas difficile, la famille Saret s'est chargée de l'éclairer. Je le trouve bien chevaleresque de vous accorder ce délai de grâce.

— Qu'allons-nous devenir ? interrogea Diane après le départ de sa mère.

Elle avait l'air d'une toute petite fille au bord du désespoir. François s'approcha, l'entoura de ses bras, posa sa joue contre ses cheveux et, le plus doucement possible :

— Calme-toi, mon cœur, murmura-t-il. Vois-tu, si nous avions des hésitations, elles ne sont plus de mise. Notre chemin est désormais tracé. Nous allons rentrer en Indochine. Ensemble. Tout ira bien. Nous allons prendre ces quarante-huit heures de délai comme un cadeau de la Providence.

Il la guida, l'obligea à s'asseoir, s'accroupit à ses pieds et lui prit les mains.

— Il s'agit maintenant de nous organiser. Première question : as-tu un passeport ?

— Bien sûr, c'est obligatoire en fac en prévision des voyages d'étude.

— Parfait. Alors, voici ce que tu vas faire...

Ils franchirent la frontière du Luxembourg deux nuits plus tard à bord d'une voiture de l'ambassade khmère, pilotée par le colonel Champéak. Alerté par Diane, celui-ci s'était personnellement occupé de toutes les formalités, visas d'entrée, billets d'avion, accueil à Phnom Penh, exigeant seulement de François sa parole qu'il n'avait pas de sang sur les mains. Un serment que François lui avait fait bien volontiers.

De là, ils prirent le train jusqu'à Francfort où leurs places avaient été retenues sur le vol de la ligne régulière de la Panam à destination de l'Extrême-Orient.

En embarquant, François se retourna et agita la main en disant :

— Adieu, vieille Europe ! Que le diable t'emporte !

Diane se serra contre lui.

— Je n'ai plus que toi, murmura-t-elle. Tu es désormais ma seule famille.

— Sois patiente, j'ai l'intention de te faire plein d'enfants pour peupler notre maison.

Vingt heures plus tard, ils arrivèrent à Phnom Penh, en plein orage de mousson.

— Mariage pluvieux, mariage heureux, commenta Diane, le visage noyé, rayonnant de bonheur.

CHAPITRE 6

1963

1

Saïgon, août 1963

La pièce ressemblait à un pavillon de chasse. Peaux de tigres, massacres de gaurs, javelots et arbalètes étaient accrochés aux murs et, sur le bureau, une magnifique défense d'éléphant servait de support à une lampe dont l'abat-jour était constitué d'une série de vessies tannées et cousues ensemble.

Le tout, qui aurait pu être confortable et chaleureux, dégageait pourtant une impression de malaise. Il y avait trop de dépouilles et certaines, mal préparées, avaient tendance à exhaler une odeur sucrée de décomposition.

Jamais encore Denis Lam Than n'avait été admis dans ce que les conseillers privés de Ngo Dinh Nhu appelaient le « saint des saints ». D'ordinaire, il recevait ses hauts fonctionnaires dans l'austère bureau du premier étage du palais, murs blancs, meubles de teck et d'ébène.

La convocation était arrivée le matin même, portée par un motard en uniforme de la Garde. Elle était laconique : *M. le Conseiller Lam Than se présentera au Palais à 11 heures, ce 23 août, pour y être reçu en audience privée.*

C'était tout. C'était peu. C'était surtout offensant. Sylvie en avait été extrêmement choquée.

— Ils te sonnent comme un domestique, avait-elle remarqué. Pour qui te prennent-ils ? Et que peuvent-ils te vouloir ?

Denis n'en savait rien. Et s'il avait la conscience en repos, il ne pouvait se défaire d'une sourde inquiétude. Le climat s'était considérablement alourdi depuis quelques mois et aux arrestations arbitraires s'ajoutaient des disparitions, officiellement attribuées aux Viêt-congs, mais dont tout le monde savait qu'elles étaient l'œuvre de la police secrète de Ngo Dinh Nhu qui ne s'embarrassait pas de scrupules. Pour aggraver les tensions, les bouddhistes s'agitaient un peu partout dans les grandes villes. A Hué, le 3 mai dernier, alors qu'ils s'apprêtaient à célébrer le 2 527e anniversaire de la naissance de Bouddha, ils avaient été sauvagement chargés par la troupe qui avait ouvert le feu, tuant une femme et huit enfants.

En signe de protestation, le 11 juin, en plein Saïgon, le vénérable Thich Quang Duc s'était immolé par le feu, sous l'objectif des photographes. L'émotion suscitée par ce geste spectaculaire avait été grande dans le monde entier. Interrogé par Paul-Michel Séranne, l'envoyé spécial de *Présences,* l'hebdomadaire des chrétiens progressistes, Denis Lam Than n'avait pas caché son désarroi. « Tout catholique que je sois, avait-il dit notamment, je ne peux que partager le désespoir de ces hommes et de ces femmes, persécutés pour leur foi. » En soi, cette phrase n'avait rien de compromettant. Présentée en conclusion d'un reportage de quatre pages, remarquablement documenté et qui condamnait sévèrement le régime, elle avait pris une tout autre résonance.

Venant quelques jours seulement après la parution de l'article, cette convocation soudaine laissait penser à Denis qu'elle n'était pas sans rapport avec lui. Il s'attendait, au mieux, à une demande d'explications, au pire, à une arrestation immédiate. Son poste, purement honorifique, de membre du Conseil consultatif constitutionnel ne le mettait pas à l'abri d'une telle sanction. Seul, arpentant le bureau, il essayait de se rassurer. « Tout ce que je risque, c'est ma radiation de ce poste. »

Cette perspective ne le chagrinait guère. Au contraire. Elle lui permettrait de se consacrer à plein temps à son métier d'avocat, qu'il avait repris depuis quatre ans. Son cabinet était prospère, au point que Sylvie elle-même avait dû, à plusieurs reprises, prendre à son compte un certain nombre de dossiers. Sa demande de réintégration au barreau de Saïgon était sur le bureau de N'Guyen Van Thach, le garde des Sceaux.

Denis consulta sa montre. Il était onze heures trente-huit. « Ils me laissent mijoter, songea-t-il. Un vieux truc. Mais cela ne prend pas. » Plus les minutes passaient, et plus il se sentait d'humeur combative. « Je ne me laisserai pas intimider », se promettait-il.

La porte s'ouvrit enfin, et Ngo Dinh Nhu entra, l'air affairé d'un homme surchargé de travail. Il n'était pas seul, sa femme, Lê Xuan, l'accompagnait. A part lui, Denis observa qu'elle avait sacrifié son élégance ordinaire, un peu voyante, pour une tenue de pensionnaire sage, large juge plissée de jersey bleu marine, austère chemisier blanc boutonné jusqu'au cou.

— Asseyez-vous, monsieur le conseiller, dit Nhu, d'un ton signifiant qu'il s'agissait plus d'un ordre que d'une invitation.

Denis obéit et prit place dans un profond fauteuil

de cuir sur lequel était étalée une peau de tigre, tandis qu'en face de lui Mme Nhu l'imitait, en prenant soin de ne pas froisser sa jupe qu'elle étalait en corolle tout en croisant haut les jambes. Dans ce geste, elle se découvrit bien au-delà de ce que tolérait la décence et bien malgré lui, Denis ne perdit rien du spectacle. Relevant la tête, il vit qu'elle ne l'avait pas quitté des yeux et n'avait donc pas pu ignorer la direction de son regard. Il se troubla. « Elle l'a fait exprès, songea-t-il. Que cherche-t-elle ? A me séduire ou à m'embarrasser ? »

Lê Xuan s'appliquait pourtant à donner d'elle l'image d'une puritaine intransigeante et, sous son impulsion, un certain nombre de lois avaient été votées, visant à moraliser la société. Interdiction de la prostitution, du concubinage, de l'adultère. Condamnation de l'avortement, de la contraception. Fermeture des maisons closes, des dancings et des boîtes de nuit, ainsi que des gymnases où se donnaient des matches de catch ou de boxe.

Pourquoi agissait-elle d'une manière aussi provocante ?

Comme à son habitude, Nhu était resté debout, prenant appui sur le rebord de son bureau, allumant une cigarette au mégot de la précédente. Mais il ne parla pas, laissant ce soin à sa femme.

— Monsieur Lam Than, commença-t-elle avec un sourire enjôleur, seriez-vous enchanté d'apprendre que votre épouse, la délicieuse Sylvie, a un amant ?

Cette question abrupte surprit Denis, mais il était suffisamment maître de lui pour ne pas le montrer.

— J'avoue, répondit-il sur le même ton, que je n'ai jamais envisagé cette éventualité.

— Je répète : seriez-vous enchanté ?

— Évidemment non, mais cette question est sans objet. Nous sommes mariés depuis plus de trente-cinq ans...

— Vous n'aimeriez pas apprendre cela, n'est-ce pas ?

— Non.

— Eh bien, c'est très exactement ce qui arrive à mon beau-frère. Sa femme, ma sœur Liên, le trompe effrontément. Le pire est qu'elle n'en éprouve aucune honte, au point qu'elle souhaite divorcer.

— Je le sais, madame. Je suis son avocat.

Au fond de lui, Denis était soulagé. Il se trouvait maintenant sur un terrain solide. De toute évidence, les époux Nhu étaient les solliciteurs.

— Nous aimerions que ce divorce ne se plaide pas, intervint Nhu d'un ton sec.

« Et pour cause, songea Denis : le mari de Liên est immensément riche. Et il est vieux. En cas de divorce, sa fortune échapperait à l'insatiable famille ! »

— Je suis désolé, objecta-t-il, très professionnel, mais je ne crois pas que cela soit possible. Mme Tran Liên est ma cliente, elle m'a confié ses intérêts et j'ai accepté de les défendre. Me désister serait incompatible avec la déontologie.

— Laissez tomber la déontologie ! fulmina Nhu, dans un brusque accès de fureur. Vous ne plaiderez pas, un point c'est tout !

— Désolé, répéta Denis. Je me suis engagé.

— Liên est une dévergondée, intervint Lê Xuan. En la défendant, vous êtes son complice.

— Madame, la vie privée de ma cliente ne regarde qu'elle. Et du reste, vous le savez aussi bien que moi, le véritable motif de ce divorce n'est pas l'adultère, mais le fait que le mariage n'ait jamais été consommé. J'ignore si elle a un amant et, pour tout vous dire, cela m'est complètement indifférent.

Nhu fit trois pas et se pencha vers Denis, l'index braqué.

— Tenez-vous à ce point à perdre votre siège au Conseil constitutionnel ?

Denis se raidit. Toute sa vie, il avait cédé aux pressions et aux menaces. Et voici, par un revirement soudain, qu'il venait de décider que rien ne pourrait le faire reculer. « Tu veux la bagarre ? Tu vas l'avoir ! » se promit-il.

— Si vous ne me laissez pas d'autre choix, monsieur, je préfère renoncer à mon siège plutôt que de renier mon serment d'avocat.

Lê Xuan décroisa les jambes et rabattit sa jupe. Elle n'avait plus du tout l'air bienveillant qu'elle affectait depuis le début de l'entretien. Ses traits s'étaient contractés et ses yeux brillaient d'un éclat dur.

— Lam Than, siffla-t-elle, vous n'avez pas une juste appréciation de la situation. En perdant votre siège, vous perdez aussi votre immunité de haut fonctionnaire. Et, du coup, vous tombez sous le coup de la loi pour les scandaleux propos que vous avez tenus devant la presse au sujet des bouddhistes.

— Je ne les démens pas.

— C'est cela ! Faites comme eux ! Un barbecue ! Je vous fournirai le carburant et les allumettes !

Denis se leva. Il était encore plus pâle qu'à l'ordinaire, et si son estomac se nouait d'angoisse, sa voix n'en trahit rien quand il dit :

— Comme haut fonctionnaire de l'État, j'étais tenu à une certaine réserve. En me ramenant au rang de simple citoyen, vous me rendez ma liberté de jugement et de parole. Je vous en remercie.

— Sortez ! crièrent ensemble Nhu et sa femme.

— Je n'aurais pas attendu votre permission !

Durant les jours qui suivirent, Denis attendit placidement la notification officielle de sa déchéance. Rien ne vint. Il poursuivit ses activités ordinaires sans rien changer à ses habitudes, ni à sa clientèle. Sylvie s'inquiéta :

— Ce silence ne me dit rien qui vaille. Les Nhu n'ont pas la réputation de laisser leurs menaces sans suite. Que préparent-ils ?

— Rien, affirma Denis avec une conviction que Sylvie trouva suspecte. Rien du tout. N'oublie pas que je suis un vieil ami de Ngo Dinh Diêm. Il aura fait preuve de mansuétude en intervenant auprès de son frère pour l'inciter à abandonner ses projets de sanctions à mon encontre. Nous n'avons rien à craindre.

Sylvie affecta de croire son mari. Elle ignorait que, depuis la veille, celui-ci se savait condamné à mort.

Il l'avait appris, bizarrement, sur le fauteuil de son dentiste chez lequel il soignait un début de carie. Brusquement, il avait vu surgir, penché sur lui, un visage nouveau qu'il avait mis quelques secondes à identifier. Le Dr Tran Kim Tuyen, le chef du très officiel « Bureau d'études politiques et sociales », en réalité un service très secret, organisé avec l'aide de la C.I.A. pour surveiller les activités des opposants au régime. Totalement inféodée à Nhu, cette police secrète constituait une officine de meurtres et de disparitions en tout genre.

Tran Kim Tuyen était un catholique du Nord, réfugié dans le Sud depuis 1954. Petit, d'une maigreur de cadavre, il avait une réputation de férocité cauteleuse, qu'aggravait encore une insupportable voix de fausset qui grinçait sur les finales.

— Pas de noms, dit-il. Mais savez-vous qui je suis ?

La bouche ouverte, encore remplie de liquide antiseptique, Denis n'avait eu d'autre ressource que d'approuver, d'un battement de cils.

— J'ai reçu la mission d'organiser contre vous un attentat en pleine ville. Nous l'attribuerons aux Viêtcongs.

De saisissement, Denis faillit avaler le permanganate, qu'il cracha précipitamment. Mais il retrouva suffisamment de sang-froid pour riposter :

— Ce n'est pas sérieux. Qui croira à une pareille fable ?

— Tout est prévu, nous avons même rédigé les notices nécrologiques destinées aux journaux. Vous êtes une importante personnalité du régime, ami personnel du président Diêm, anticommuniste farouche. Tout ce qu'il faut pour justifier que les tueurs s'intéressent à vous. Nous vous ferons des obsèques solennelles. A la cathédrale.

Denis était partagé entre la panique et l'incrédulité. Pourtant, Tran Kim Tuyen était là, il n'était pas du genre à se livrer à de macabres facéties. Au fait, pourquoi avait-il pris sur lui de l'avertir de ce qu'il tramait ? Il posa la question.

— Je ne suis pas un philanthrope, maître. Mais, avant toute chose, j'ai besoin de savoir. Qu'allez-vous faire ? Quitter Saïgon en vitesse, courir vous réfugier en France ?

— Ce serait, en effet, une sage décision. Mais je n'ai pas envie de partir. Appelez cela de l'inconscience, ou du fatalisme, comme vous voulez. Quoi qu'il arrive, je resterai.

Le visage de momie de Tran Kim Tuyen s'illumina d'un sourire aurifié.

— Voilà exactement ce que j'espérais entendre, grinça-t-il. Maintenant, écoutez-moi.

Il avait parlé longtemps, expliquant les raisons pour lesquelles il n'avait plus confiance dans le régime autoritaire de Diêm pour combattre et vaincre les communistes. Un régime qu'il avait pourtant servi, sans défaillance, avec toute sa foi et toute son intelligence, en y laissant son âme.

— Nous sommes en pleine paranoïa, ajouta-t-il. Il y a huit ans, j'ai aidé Diêm à se débarrasser des

Français parce qu'ils avaient perdu la guerre et que je misais sur les Américains pour nous aider efficacement. Or, voilà que Diêm lance une campagne d'antiaméricanisme qui ne peut aboutir qu'à les décourager. Qu'opposerons-nous aux communistes ? Un pays divisé, des factions qui se combattent entre elles, des militaires impuissants. Nous n'aurons d'autre ressource que de pactiser avec Hanoï, et je ne serais pas surpris que des tractations soient déjà en cours...

— Qu'avez-vous d'autre à proposer ?

— Il faut parer au plus pressé. C'est-à-dire qu'il faut renverser ce régime pourri...

— Un complot ? Vous n'y songez pas sérieusement ? Il vous faudrait l'appui de l'armée, et je doute qu'elle soit prête à se lancer dans une nouvelle aventure. Le putsch raté des parachutistes d'il y a trois ans a singulièrement dû refroidir leurs ardeurs.

— Détrompez-vous. Les militaires s'agitent, ils conspirent. Je veux les prendre de vitesse, pour éviter qu'ils ne s'emparent du pouvoir. Ils ne sauraient qu'en faire ; ils n'ont aucune formation politique et sont bien trop infatués d'eux-mêmes pour songer au bien-être du peuple.

— Je partage assez votre sentiment, mais je ne vois pas très clairement les raisons qui vous poussent à me dévoiler ainsi vos projets.

— Un changement de régime vous sauverait la vie, maître. Vous avez tout avantage à marcher à mes côtés.

— De quelle utilité serais-je ? Je n'ai que peu ou pas d'audience, et vous ne rassemblerez pas grand monde sur mon nom.

— Ce n'est pas cela que j'attends de vous. Voici le marché que je vous propose. Je m'arrange pour que l'attentat échoue. C'est facile.

— Et ensuite ?

— Vous êtes citoyen français, je crois ?

— En effet, je possède la double nationalité.

— Connaissez-vous bien M. Roger Lespinasse ?

— L'ambassadeur de France ? Je le connais en effet, peut-être pas comme un ami intime, mais nous avons des relations très cordiales. Que vient-il faire dans votre complot ?

— J'aimerais que vous le sondiez pour savoir si le gouvernement de Paris verrait d'un mauvais œil le renversement de Diêm et s'il serait prêt à reconnaître un nouveau régime à Saïgon.

— C'est tout ?

— Pour l'instant. — Le sourire réapparut, mais sans aucune gaieté. — Soyez diplomate, mais ne perdez pas de temps. Le temps, c'est ce dont nous disposons le moins. — Avant de s'éloigner : — Rendez-vous ici dans une semaine. N'ayez aucune crainte, le dentiste sera discret. Je le tiens.

Denis était rentré chez lui, en proie à des pensées contradictoires. En dépit des affirmations de Tuyen, il ne parvenait toujours pas à croire que sa vie fût sérieusement en danger. Cela ne l'empêcha pas de prendre un certain nombre de précautions, ne se déplaçant plus qu'en voiture et changeant chaque jour d'itinéraire pour se rendre à son bureau, modifiant ses horaires et ne sortant jamais de sa maison après la tombée de la nuit. De la même façon et parce que sa curiosité était en éveil, il s'arrangea pour rencontrer à deux reprises l'ambassadeur de France. La première fois, à son bureau, prenant prétexte d'un litige opposant à l'administration vietnamienne un industriel français dont il assurait la défense. La seconde, dans les jardins de l'ambassade, au cours d'une réception offerte à des membres de l'Institut des hautes études de la Défense nationale, en voyage d'information au Japon et qui avaient fait une brève escale à Saïgon.

S'il n'avait évoqué que du bout des lèvres le véritable sujet qui le préoccupait au cours du premier entretien, il se fit plus direct à cette seconde entrevue. Le climat, sympathique et détendu, s'y prêtait tout à fait. Il n'escomptait pas une réponse immédiate, aussi fut-il très surpris que Roger Lespinasse lui prête une oreille attentive et, le prenant à part, se montre d'une grande franchise.

— Mon cher ami, dit-il en souriant, vous n'êtes pas le premier à aborder l'éventualité d'un départ de Ngo Dinh Diêm. Mais, avant de vous répondre, permettez-moi de vous rappeler le principe qui régit nos relations internationales. La France reconnaît les États, en l'occurrence, pour l'instant, le Sud-Viêtnam, sans pour autant renoncer à voir appliquer les accords de Genève de 1954, prévoyant à plus ou moins brève échéance la réunification du pays.

« Que le gouvernement de Saïgon vienne à changer, et Paris entérinera le fait accompli sans émettre d'opinion ou de restriction, chose qui serait contraire à la doctrine de non-ingérence dans les affaires intérieures d'un pays souverain.

« Cela dit, et pour vous répondre précisément, rien n'indique que le régime de Ngo Dinh Diêm soit menacé. A moins que vous ne possédiez des informations dont je serais moi-même dépourvu.

C'était une interrogation indirecte. Denis se vit obligé de protester de son ignorance.

— Je suis seulement préoccupé par cette agitation qui ne cesse de grandir ici, expliqua-t-il. Ce n'est pas un bon signe.

— Allons, monsieur le conseiller, vous savez comme moi que rien ne se ferait sans l'accord, sinon l'appui, des Américains. Or, rien n'est moins sûr. J'ai vu, hier, à l'occasion de son cocktail de départ, M. Nolting, mon homologue américain. Il est d'accord avec moi pour estimer qu'en dépit des erreurs commises, Ngo Dinh Diêm est encore la moins mauvaise des solutions pour ce pays. Il n'est donc pas question de l'évincer. Par qui le remplacer ?

— Par qui, en effet ? répondit Denis, évasif. Est-ce aussi l'avis du général de Gaulle ?

Roger Lespinasse prit familièrement le bras de son hôte et se pencha vers lui, comme pour une confidence :

— A vous, cher ami, je peux bien le dire, le général de Gaulle se soucie peu de ce qu'il considère comme un avatar mineur. Diêm ou un autre, que lui importe ? Son dessein est bien plus vaste. Plus ambitieux aussi, instaurer un Viêt-nam neutre et réunifié, à l'instar du Cambodge et, dans une moindre mesure, du Laos.

— C'est une idée grandiose et généreuse, monsieur l'ambassadeur. Est-elle réaliste ? Elle impliquerait, au Sud, un désengagement américain, au Nord, un retrait soviétique...

— ... et l'établissement d'un dialogue franc et loyal entre Hanoï et Saïgon, nous le savons. Et nous ne nous en cachons pas les difficultés. Mais le général pense que la paix est à ce prix et que la France peut y jouer un rôle de premier plan. C'est, en tout cas, ce à quoi je m'emploie.

Il émit un petit rire.

— Mais je vous ai assez ennuyé avec ces considérations de haute politique. Ne négligeons pas nos invités. Venez donc boire une coupe de champagne avant que le buffet n'ait été dévasté !

Cette nuit-là, Denis mit longtemps à trouver le sommeil. Certes, son entretien avec l'ambassadeur l'avait, en grande partie, rassuré sur l'attitude de la France, qui ne semblait pas devoir s'opposer à un renversement du régime, pour autant que ses successeurs se montrent réceptifs aux propositions de neutralité formulées par de Gaulle. A ce propos, une petite phrase l'avait alerté et le tracassait, la dernière qu'avait prononcée Roger Lespinasse : « c'est ce à quoi je m'emploie ».

Que signifiait-elle exactement, sinon que des contacts secrets étaient en train de se nouer, par l'intermédiaire de l'ambassade de France à Saïgon et la représentation française de Hanoï, entre les dirigeants des deux frères ennemis, le Sud et le Nord ?

Et, brusquement, il se rappela avoir lu, quelques jours plus tôt dans un entrefilet du *Monde,* une déclaration de Ho Chi Minh qu'il n'avait pas relevée alors, mais qui, maintenant, prenait toute sa valeur : « Notre principal ennemi n'est pas le régime de Ngo Dinh Diêm, mais l'impérialisme américain. »

De la même façon, la campagne d'antiaméricanisme à laquelle se livrait la presse gouvernementale saigonnaise manipulée par Nhu n'était pas innocente.

« Ce qui signifie, en clair, conclut-il, que Paris soutiendra Diêm, parce que sa fragilité même en fait le meilleur atout de la politique gaullienne, contre ceux dont l'objectif avoué est le durcissement du combat anticommuniste. »

Dès le lendemain, au cours d'un rendez-vous clandestin chez son dentiste, Denis fit part à Tran Kim Tuyen de ses observations. Celui-ci ne s'en montra pas exagérément affecté.

— Les choses vont aller vite, affirma-t-il. Le 26 août prochain, un nouvel ambassadeur des États-Unis arrive. Henry Cabot-Lodge n'a pas été désigné au hasard par le président Kennedy. C'est un dur. Nous lui ferons comprendre qu'il ne parviendra pas à infléchir la politique de Diêm et qu'il est de son intérêt de nous soutenir.

Le surlendemain de cette entrevue, le 20 août au

matin, Denis reçut un mystérieux coup de téléphone :

— Ne restez pas chez vous ce soir. Il y va de votre vie.

Il n'hésita pas une seconde. Même s'il s'agissait d'une mauvaise plaisanterie, aucune précaution ne méritait d'être négligée. Sans plus attendre, il embarqua sa femme et quelques dossiers compromettants et courut se réfugier à Bao Tan. La suite des événements lui montra qu'il avait eu raison. Le soir même, les Forces spéciales investirent brutalement les différentes pagodes bouddhistes de Saïgon et, principalement, celle de Xa Loï qui abritait plus d'un millier de moines et de nonnes. Certains s'enfuirent, d'autres résistèrent et furent abattus. Pour faire bonne mesure, les policiers arrêtèrent un certain nombre d'opposants notoires qui disparurent sans laisser de trace.

A son retour à Saïgon, quatre jours plus tard, Denis chercha à reprendre contact avec Tuyen, afin de le remercier de son intervention qui lui avait probablement sauvé la vie. Ce fut en vain. Il apprit, par la suite, que l'ancien directeur du Bureau d'études sociales avait été nommé consul général du Viêt-nam au Caire, une promotion qui ressemblait fort à une mesure d'exil.

En fait, jamais le Dr Tran Kim Tuyen ne rejoignit son poste. Il préféra s'arrêter à Hong Kong, où, paisiblement, il attendit la suite des événements.

A la mi-septembre, Denis reçut une lettre de lui, acheminée par des voies mystérieuses. Elle le plongea dans le trouble le plus extrême. Dans un langage alambiqué et allusif, mêlant circonlocutions et métaphores, il expliquait les raisons de son éloignement. Denis mit du temps à tout comprendre. Il en tira la conclusion que les militaires avaient pris ombrage de l'action clandestine de Tran Kim Tuyen et qu'ils s'étaient arrangés pour en aviser Nhu. Celui-ci, qui redoutait la puissance occulte de son chef de la police secrète, avait préféré l'éloigner plutôt que d'entamer avec lui une épreuve de force.

En conclusion, Tuyen conseillait à Denis de prendre contact avec les officiers dont il donnait les noms codés. Après décryptage, il s'avéra que ces officiers étaient les plus haut placés dans la hiérarchie militaire : Tran Van Don, le commandant en chef, et son beau-frère, Lê Van Kim, que Nhu avait poussé sur une voie de garage en le nommant directeur de l'École de guerre.

Denis Lam Than les connaissait bien tous les deux. Le premier, né à Bordeaux, était le prototype de ces militaires formés à l'école française, courageux au combat, compétents dans leurs fonctions d'état-major, mais complètement coupés de leurs racines. Il en allait de même pour Kim, son beau-frère, un pur produit de la bourgeoisie saigonnaise francisée, intellectuel cultivé et dilettante qui, entre autres activités, avait été l'assistant du cinéaste Marcel Pagnol.

— Le seul handicap de ces brillants militaires, expliqua-t-il à Sylvie qu'il avait finalement été contraint de mettre dans la confidence, est qu'en dehors de leur chauffeur et de leur planton, ils ne commandent directement aucune troupe. Or je ne vois pas comment un coup d'État peut réussir si l'armée ne bascule pas, car les soldats n'obéiront qu'à leurs chefs, ceux qu'ils connaissent personnellement et auxquels ils font aveuglément confiance.

Sylvie admit qu'en effet des généraux sans bataillons n'étaient guère redoutables.

— Pas plus, poursuivit-elle, que vous ne l'étiez vous-mêmes. Tuyen avait beau avoir la haute main sur sa police, il ne pouvait pas grand-chose face aux chars et aux canons. Le mieux serait que tu prennes contact avec Tran Van Don.

Denis en était encore à chercher le motif qui lui permettrait de rencontrer le général, quand il reçut la visite d'un émissaire des conjurés. Sans réelle surprise, il constata que cet émissaire n'était autre que l'ex-capitaine Pham Dinh Loï, l'adjoint de Matthieu à Bao Tan.

— J'ai repris du service, dit ce dernier en riant comme s'il s'agissait d'une bonne farce. Clandestinement bien entendu. Je sers d'agent de liaison entre les généraux de Saïgon et les parachutistes de Ton That Dinh, le commandant de la Région militaire de la capitale. Nous espérons bien le rallier. Dès que ce sera chose acquise, nous passerons à l'action. Ça ne peut pas rater, nous avons le feu vert des Américains.

2

Saïgon, 26 août 1963

Stoppé par un cordon de bérets-verts des Forces spéciales qui barraient la rue, Patrick O'Donovan rangea sa Buick le long du trottoir, remonta les vitres, brancha le climatiseur au maximum et alluma la radio. Il ne lui restait plus qu'à s'armer de patience. Il commençait à en avoir l'habitude. Depuis une semaine, depuis le coup de force des hommes de Nhu contre les pagodes bouddhistes de Saïgon, il ne se passait pas de jour sans qu'une manifestation ne se déroule en ville, selon un processus immuable débouchant généralement sur une charge des bérets-verts qui ne se distinguaient pas par leur délicatesse. Sur ordre, ils s'élançaient, bâton en main, et balayaient à grands moulinets tout ce qui bougeait devant eux.

Le plus étonnant, le plus inquiétant peut-être, au moins pour le régime, était que loin de s'apaiser, cette effervescence gagnait chaque jour des sympathisants supplémentaires et inattendus. Aux bouddhistes des premières heures s'étaient joints, dès le lendemain, les étudiants de l'université, qui avait aussitôt été fermée comme « foyer d'agitation communiste ».

Les lycéens avaient pris le relais. Hier, ils avaient défilé, portant panneaux et banderoles sur lesquels étaient inscrits des slogans hostiles à Diêm et à son régime. La police et les rangers avaient eu du mal à les disperser, et on comptait un nombre important de blessés, des deux côtés.

Ce qui surprenait le plus Patrick O'Donovan était que ces garçons qui conspuaient le système étaient, pour la plupart, issus de familles bourgeoises. Leurs pères appartenaient au gouvernement, à l'administration, à la police ou à l'armée, ce qui ne manquait pas de créer des situations étranges.

Ainsi, Patrick avait assisté à des scènes bizarres, des officiers en uniforme faisant le coup de poing avec des bérets-verts qui avaient eu le tort de malmener leur progéniture, des policiers se bastonnant entre eux pour délivrer leurs garçons, traînés sans ménagement vers le panier à salade.

Une rumeur montait du boulevard. Patrick ferma sa radio qui ne diffusait qu'une musique insipide et entrouvrit sa vitre. Il tendit l'oreille, et entendit une phrase qu'il connaissait bien : « *Da dao Dinh Diêm ! Da dao Dinh Nhu ! Da dao Lê Xuan*[1] *!* »

Mais les voix qui scandaient ces slogans étaient celles de toutes jeunes filles. Patrick les aperçut bientôt, uniformément vêtues de l'*ao daï* bleu pâle de l'ancien lycée français Petrus-Ky, devenu depuis le lycée Trung-Vuong, du nom de l'une des héroïnes nationales du Viêt-nam ancien.

1. A bas Diêm, à bas Nhu, à bas Lê Xuan.

C'était un spectacle presque touchant. Elles avançaient, comme pour une procession, se tenant par la main, les plus hardies menant le cortège d'un pas assuré, les plus timides baissant le front, n'osant pas regarder les hommes qui leur faisaient face.

« Ils ne vont tout de même pas charger ? » espéra Patrick, ému par autant d'innocente inconscience, et qui souhaitait que les rangers des Forces spéciales soient, comme lui, sensibles à ce gracieux défilé qui ressemblait à une promenade de pensionnat. Il n'en fut rien.

Avec des cris sauvages, matraques haut levées, les bérets-verts s'élancèrent au petit trot, en ligne de front, frappant sans ménagement les lycéennes, prenant plaisir à les empoigner par leurs longs cheveux pour les jeter à terre, n'hésitant pas à lacérer leurs tuniques de soie.

Ce fut comme une envolée de moineaux bleus. Les fillettes s'égaillèrent avec des cris de frayeur, essayant d'échapper à cette violence à laquelle elles étaient loin de s'attendre. Mais les soldats étaient rapides. Ils les rattrapaient, frappaient, frappaient comme des forcenés, s'encourageant avec des exclamations de joie sauvage.

Patrick n'y tint plus. Il mit le moteur en marche, décolla du trottoir et fonça, à plein régime, avertisseur bloqué au paroxysme, emporté par l'indignation, sans se soucier des conséquences imprévisibles de son geste.

Alertés par le rugissement du moteur et le hurlement du klaxon, les soldats se retournèrent. Certains purent s'écarter de la trajectoire, d'autres, percutés de plein fouet, exécutèrent des vols planés qui les envoyèrent dans le décor. Patrick n'y prit pas garde, tout comme il ne faisait pas attention aux coups de bâton qui martelaient sa carrosserie. Il roulait.

Cinquante mètres plus loin, il s'arrêta à la hauteur

d'un petit groupe de fillettes qui fuyaient. Il ouvrit sa portière et leur cria :

— Montez, montez vite !

Elles ne se firent pas prier pour envahir la Buick où elles s'entassèrent, une dizaine au moins.

Il repartit; plus lentement cette fois, pour ne pas risquer d'écraser une lycéenne. Mais il ne put aller bien loin. Au premier carrefour, un officier se tenait devant lui, jambes écartées, bras à l'horizontale. Patrick stoppa et descendit en voltige, aveuglé de rage.

— Je suis le colonel Lê Quang Tung, clama l'officier. Je suis le chef des Forces spéciales ! Ce que vous venez de faire est passible de la loi martiale !

Il ne put rien ajouter. Patrick l'avait saisi par le devant de sa chemise et le secouait.

— Espèce de salaud ! lui cracha-t-il au visage. Je ne sais ce qui me retient de flanquer mon poing dans votre sale gueule ! Ôtez-vous de mon chemin ! Et dites à vos sbires d'arrêter ce lynchage scandaleux ! Des gamines ! Vous n'avez pas honte ?

Le colonel avait blêmi. Il n'avait sans doute pas l'habitude de voir contester son autorité. Il bredouilla :

— Qui êtes-vous pour oser me donner des ordres ?

Les deux adversaires se trouvaient maintenant au centre d'un cercle de rangers. Ceux-ci hésitaient à intervenir, craignant sans doute d'atteindre leur chef. Patrick se savait acculé, il ne devait pas céder, sous peine d'être impitoyablement massacré. Sans lâcher sa proie, il gronda :

— Peu importe qui je suis. Obéissez, ou je vous casse les dents !

Mais Lê Quang Tung ne se savait plus seul, et pensait qu'en gagnant du temps il l'emporterait.

— Lâchez-moi d'abord, ordonna-t-il d'une voix plus assurée.

— D'accord, concéda Patrick, retrouvant un peu de lucidité. Ensuite, vous me laissez passer et vous dites à vos hommes de réparer les dégâts.

Patrick abandonna sa proie et recula de deux pas, s'attendant à chaque seconde à recevoir des coups de matraque. Brusquement, la situation se décanta. D'autres militaires venaient de faire leur apparition. Des troupes régulières, menées par un grand diable de capitaine qui alla serrer la main de Patrick.

— Vous êtes sacrément gonflé, mon vieux, dit-il avec une grimace admirative. Et si je comprends bien, j'arrive à temps, vous étiez mal parti !

— Pourquoi intervenir si tard ?

— Les ordres, mon vieux. Les ordres ! Il a fallu que la fille d'un ministre se fasse un peu cabosser pour que la présidence réagisse et m'envoie ramener le calme. — Il étendit le bras : — Vous pouvez partir. — Puis, avec un clin d'œil un brin égrillard : — Avant de ramener ces donzelles chez papa-maman, faites votre choix, aucune n'a quelque chose à vous refuser ! Veinard !

Patrick ne se sentait pas d'humeur à apprécier la jovialité du capitaine. Il se borna à le remercier et regagna sa Buick avec laquelle il dut entreprendre la tournée des beaux quartiers pour y déposer ses passagères. Son humeur ne s'en trouva pas améliorée. Il n'avait pas prévu ce contretemps et risquait de rater le rendez-vous important que l'un de ses amis lui avait donné, à l'aéroport de Tan Son Nhut.

Pilote de la Commission internationale de contrôle, la C.I.C., mise en place en Indochine en 1954 pour veiller à l'application des accords de Genève, Vladislav Grabowski, quoique d'origine polonaise, était citoyen australien. Pendant la Seconde Guerre mondiale, il avait appartenu à la même escadrille de chasseurs-bombardiers que Patrick O'Donovan et, depuis qu'ils s'étaient retrouvés, par hasard, deux ans plus tôt, il ne se passait pas de semaine sans qu'ils se revoient, soit en ville, soit à l'escale, pour y boire un verre et bavarder, savourant le plaisir simple d'être ensemble et d'évoquer des souvenirs anciens.

Il en avait en tout cas été ainsi au début. Car, depuis six mois, leurs relations avaient pris un tour différent.

Tout avait commencé, en janvier, par une invitation qu'avait reçue Patrick pour un cocktail à l'ambassade de France. Là, à l'abri des oreilles indiscrètes, un colonel l'avait longuement questionné sur son passé, sur ses activités présentes et, pour finir, lui avait dit :

— Cher monsieur O'Donovan, tout ce qui a précédé n'était qu'une entrée en matière. Naturellement, nous étions au courant de votre courageuse attitude pendant la guerre et des combats que vous avez menés contre les Japonais et contre les Viêt-minh, au coude à coude avec vos camarades français. De la même façon, nous possédons tous les renseignements concernant votre passage au sein de la Légion étrangère. Je peux même vous apprendre qu'une proposition est en cours pour vous nommer chevalier de la Légion d'honneur.

Patrick accueillit la nouvelle avec sérénité. Il ne briguait guère les médailles. Tout ce qu'il avait accompli ne l'avait pas été par patriotisme, mais pour l'amour d'une femme et il n'estimait pas, pour cela, mériter la moindre décoration. De plus, en cinq années de présence au Viêt-nam, il s'était forgé une âme et une mentalité de civil, commerçant de surcroît, menant une vie à part, sans presque de relations avec les milieux de la colonie française.

— C'est bien aimable à vous, répondit-il, sur ses gardes. Mais je n'ai rien sollicité. Au fait, pour quelle raison vous intéressez-vous autant à ma modeste personne ?

— Nous pensons que vous pouvez à nouveau servir la France.

— Merci bien. Si c'est pour me faire à nouveau endosser l'uniforme, j'ai déjà donné.

— Il n'est pas question de cela. Il se trouve seulement que vous seul êtes en mesure de faciliter un contact entre nous et une personne qui nous intéresse.

Patrick se raidit. Il n'aimait pas du tout ce qui allait suivre. De toute évidence, ce colonel appartenait au S.D.E.C.E. et tout ce qui touchait à l'espionnage lui donnait envie de fuir. Aussi répondit-il ;

— Mon colonel, je mène une existence paisible. Je crois avoir mérité qu'on me laisse tranquille. Si vous croyez m'avoir alléché par la perspective de la Légion d'honneur, gardez-la.

— Monsieur O'Donovan, reprit l'officier d'une voix doucereuse, je crains que vous n'ayez pas d'autre choix que de m'écouter et d'accepter ma proposition.

— Ah bon? Qu'est-ce qui vous fait croire ça?

— A votre avis, quelle serait la réaction de Ngo Dinh Nhu s'il apprenait votre liaison avec Mme Tran Liên, la sœur de sa femme? Cette personne est mariée, que je sache, et, à Saïgon, l'adultère est très mal vu...

Patrick bondit :

— Mais c'est du chantage!

— En effet. Que voulez-vous, faute de susciter votre enthousiasme, il me faut bien utiliser les armes dont je dispose.

— Vous êtes un beau salaud.

— Permettez-moi d'être d'un autre avis. Je fais mon métier, et mon métier consiste à vous persuader de servir mon pays. Un pays qui est aussi le vôtre, car, si je ne m'abuse, vous possédez la nationalité française?

— Exact. Ce n'est pas une raison pour...

— Écoutez-moi, O'Donovan, l'interrompit le colonel d'un ton de commandement. Ce que je vous demande est simple et ne vous engagera pas outre mesure. Vous avez parmi vos amis un nommé Vladislav Grabowski. Il est d'origine polonaise.

— Si c'est lui qui vous intéresse, vous perdez votre temps, il m'enverra sur les roses et vous avec.

— Je n'en suis pas aussi certain que vous. Grabowski est un flambeur, il a de gros besoins d'argent. Imaginez qu'il perde son boulot...

— O.K., concéda Patrick, avec lassitude. Maintenant que vous avez commencé, allez jusqu'au bout.

De l'exposé du colonel, Patrick retint que son rôle, tout comme celui de son ami Grabowski, se bornait à n'être que les maillons d'une chaîne aboutissant à un nommé Mieczyslaw Maneli, chef de la délégation polonaise de la Commission internationale de contrôle, qui, à l'instar de ses collègues canadiens et indiens, circulait librement dans toute l'Indochine et, notamment, de Hanoï à Saïgon.

Maneli, comme le lui apprit le colonel, avait ses entrées auprès des gouvernants communistes et s'était particulièrement lié avec Pham Van Dong, le ministre des Affaires étrangères du Nord-Viêt-nam.

— Votre ami est pilote, il parle polonais, c'est presque un compatriote. Il ne doit pas lui être difficile de sympathiser avec Maneli, de le mettre en confiance et, au besoin, avec votre concours, de l'amener à faire des confidences ! Ce sera votre premier travail.

Patrick avait accepté, du bout des lèvres et, curieusement, au fil des semaines, il s'était pris au jeu. D'autant plus volontiers que Mieczyslaw Maneli était un homme ouvert et sympathique, qui ne dédaignait ni la bonne chère, ni les longues soirées dans les dancings privés qui florissaient à Saïgon en dépit des interdictions officielles.

Et, peu à peu, Maneli se livra. Il expliqua comment, à force d'y vivre, il s'était pris d'une sincère amitié pour le Viêt-nam et surtout pour les Vietnamiens dont, disait-il, la liberté d'esprit et de jugement n'était pas sans lui rappeler celle de ses propres compatriotes. « Les Russes n'ont rien compris, affirmait-il, et les Allemands de l'Est, encore moins. En cela, ils sont aussi imperméables à l'âme profonde de ce peuple que peuvent l'être les Américains. Il n'y a que les Français qui l'ont devinée, et, après eux, seuls les Polonais en sont capables ! »

Un soir, il évoqua ses rencontres avec Pham Van Dong, qu'il décrivait comme un homme ardent, intelligent, sachant tempérer la rigueur de ses convictions par un zeste d'humour.

— C'est un patriote avant tout, ajouta-t-il. Et je me demande ce qu'il place au premier rang, sa foi communiste ou son amour pour son pays.

Le moment était venu. Patrick posa la question qui lui avait été dictée par Toreilles, le colonel du S.D.E.C.E. de l'ambassade :

— A l'occasion, observa-t-il ingénument, j'aimerais bien savoir si Pham Van Dong verrait un inconvénient à des échanges culturels entre les deux zones...

Maneli ne montra aucune surprise à cette attaque directe.

— Je ne manquerai pas de le sonder sur cette intéressante question, promit-il.

Il tint parole, avec une ponctualité et une précision qui alarmèrent le colonel Toreilles.

— Comme la plupart des chefs de mission des pays de l'Est à l'étranger, Maneli a sûrement été formé aux méthodes du renseignement, dit-il à Patrick lorsque celui-ci lui rendit compte de l'accueil favorable réservé par Pham Van Dong à la proposition de rétablir des liens, même ténus, avec le Sud.

« Maintenant, il cherche à contrôler la situation.

Patrick haussa les épaules :

— Je suis certain qu'il se doute, depuis le début, que notre intérêt subit pour sa personne n'est pas exclusivement dicté par un élan de sympathie spontané ! Il joue sa propre partie, c'est normal.

— C'est trop compliqué pour vous, trancha Toreilles. Je serai présent à votre prochain rendez-vous.

Puis :

— Au fait, monsieur O'Donovan, comment vont vos amours avec la belle Mme Tran Liên ?

Patrick fit la moue.

— Je suis bien embarrassé, avoua-t-il. Elle veut que je l'épouse et a pris un avocat pour entamer une procédure de divorce.

— Vous avez été imprudent. Ne redoutez-vous pas une brutale réaction de sa sœur et de son beau-frère ?

— Ce qui les retient pour l'instant est la peur du scandale public. Quoique vieux et impuissant, le mari de Tran Liên est immensément riche. Il est averti de son infortune et je sais qu'il s'en accommode. Qu'elle devienne notoire et le souci de garder la face lui fera une obligation de répudier l'épouse infidèle. Du même coup, ses millions seront perdus pour la famille Ngo, ce dont elle ne veut à aucun prix. C'est pourquoi ils espèrent que Liên abandonnera son projet de divorce. Au besoin, ils feront pression sur son avocat.

— Ou sur vous. A moins qu'ils ne vous fassent expulser. Pour ne pas imaginer quelque autre solution encore plus désagréable. Comment avez-vous pu vous embarquer dans une pareille aventure ? Il ne manque pourtant pas de femmes libres et consentantes à Saïgon, pour aller séduire une femme mariée !

— Vous n'allez pas me croire. Je n'y suis absolument pour rien !

Patrick O'Donovan ne mentait pas. Leur rencontre s'était passée le plus banalement du monde. A Tan Son Nhut d'abord où, tandis qu'il attendait l'avion pour Bangkok, il avait observé cette jeune femme au maintien distant, au regard perdu, à l'air absent. Dans l'avion où croyait-il le hasard l'avait placé à côté d'elle, il avait été frappé par son changement de comportement. Ce n'était plus la vierge froide et inaccessible mais une personne vive, enjouée, babillant intarissablement, comme une pensionnaire enfin libérée des entraves de la discipline.

A l'escale de Phnom Penh, il savait déjà que son prénom était Liên, qu'elle avait vingt-six ans, qu'elle était difficile, qu'elle n'aimait pas les jeunes gens de son âge — « ils sont vantards et expéditifs » — et qu'elle leur préférait les hommes mûrs — « ils sont tendres et expérimentés ».

— Est-ce pour cela que vous allez à Bangkok ?

— En partie. A Saïgon, on étouffe. On ne peut pas faire un geste sans qu'il se trouve cent témoins pour vous espionner, vous juger et colporter des ragots. — Puis elle avait pouffé, cachant son visage derrière ses mains : — Vous savez, je vous avais remarqué à Tan Son Nhut. J'ai soudoyé l'hôtesse pour qu'elle vous installe auprès de moi !

C'est tout naturellement qu'à Bangkok elle avait glissé son bras sous le sien. Au chauffeur de taxi, elle avait donné l'adresse de son propre hôtel sans se préoccuper de savoir si son compagnon n'avait pas d'autres projets. Femme de décision, comme beaucoup de Vietnamiennes, c'était aussi une nature possessive.

Ils passèrent quatre jours à Bangkok. La journée, tandis que Patrick se consacrait à ses rendez-vous, discutant des contrats, traitant ses affaires, Liên demeurait dans sa chambre. Elle prétendait ne jamais s'y ennuyer, convoquant manucure, coiffeur, masseuse ou devin. Le soir, elle l'accueillait avec l'exaltation d'une amoureuse impatiente. Ils dînaient, brièvement, sur leur terrasse privée, avant de s'allonger, en pleine lumière. Elle était ardente, exigeante, mais ne s'abandonnait pas, menant son propre plaisir à son terme sans paraître se soucier de son partenaire. Avec douceur mais fermeté, Patrick parvint à lui imposer la lenteur, la patience, l'attente.

Le matin du dernier jour, alors qu'ils se rendaient à l'aéroport de Pochentong, Patrick lui confia son numéro de téléphone.

— Appelle-moi, j'aimerais te revoir à Saïgon.

Elle secoua la tête.

— Jamais de la vie. Je n'ai pas envie que toute la ville apprenne que j'ai un amant australien.

Patrick se contenta de cette réponse. Dans l'avion, son attitude changea à nouveau. Elle redevint comme au départ, froide, hautaine, inaccessible princesse.

Trois semaines plus tard, Liên lui téléphona :

— J'ai deux places pour Singapour dans le vol de la Cathay de mercredi. Je t'attends. Viens.

Ce fut au cours de ce séjour qu'elle lui apprit une partie de la vérité. Mariée à dix-sept ans à N'Guyen Quan Hoa, de cinquante ans son aîné, un important homme d'affaires milliardaire, elle n'avait pas tardé à découvrir qu'il était impuissant et qu'il s'en consolait par la fumée de l'opium. « Il me permet ces escapades, à condition qu'elles se passent loin, dans la discrétion la plus absolue. »

C'est ainsi qu'en compagnie de Liên, Patrick visita successivement Hong-Kong, Manille et même Tokyo.

— Quand je dis « je visite », corrigea-t-il, j'exagère, nous n'avons pas quitté notre hôtel.

Ils avaient prévu de passer Noël à Bali. L'avant-veille du départ, elle téléphona :

— Annule tout, dit-elle, d'un ton buté. Nous ne devons plus nous voir. C'est fini.

Patrick n'eut pas le temps de formuler des protestations ou de demander des explications, elle avait raccroché. Désemparé, il s'aperçut alors qu'insensiblement il était devenu amoureux de la jeune femme. En dépit de ses recherches, il ne parvint pas à découvrir son adresse. Il était sur le point d'y renoncer tout à fait lorsqu'un soir, à la nuit tombée, elle débarqua chez lui, en larmes.

— J'ai tout avoué à mon mari, lui apprit-elle. Je crois que je t'aime. Je ne veux pas te perdre.

Ce fut au cours de la nuit qu'elle lui révéla enfin ses liens familiaux avec Ngo Dinh Nhu et sa femme. Deux semaines plus tard, Patrick reçut l'invitation à se rendre à l'ambassade de France.

— Vous êtes en retard, lui fit sèchement remarquer le colonel Toreilles, en l'accueillant à Tan Son Nhut. Par chance, l'avion de la C.I.C. n'a pas encore atterri.

Mais Patrick n'était pas d'humeur à encaisser les remontrances sans réagir. Il le fit, avec vivacité, racontant la manifestation des lycéennes, son intervention musclée et son algarade avec le colonel Le Quang Tung, sur le boulevard. Toreilles grogna :

— Ce n'était pourtant pas le jour pour vous faire remarquer ! Nous jouons une partie capitale. Si vous voulez passer vos nerfs, choisissez quelqu'un de moins voyant ! Le Quang Tung n'est pas le premier venu, vous vous êtes sûrement fait un ennemi de taille. Ne comptez pas sur moi pour vous sortir du pétrin.

— Je ne vous ai pas attendu ! Il y a longtemps que j'ai appris à me débrouiller seul.

Mieczyslaw Maneli ne montra aucun étonnement à voir le colonel Toreilles qu'il n'avait encore jamais rencontré. Bien que celui-ci fût en civil, son comportement était celui d'un chef.

— Je me demandais quand je ferais votre connaissance, attaqua le Polonais. J'en suis ravi. Cela me fournit l'occasion de vous dire que je suis tout à fait conscient du rôle de voyageur de commerce que vous me faites jouer. Je l'ai accepté par attachement à ce pays. Seulement, maintenant, je ne veux plus être un simple pion sur votre échiquier. Je ne révélerai le contenu de mes entretiens avec Pham Van Dong et d'autres dont je tairai le nom qu'à des responsables de niveau équivalent du gouvernement sudiste. A vous de vous débrouiller pour organiser une entrevue avec Ngo Dinh Diêm ou, à défaut, avec son frère. Je ne parlerai qu'à eux. A eux seuls.

Il porta sa main à son chapeau en un salut désinvolte avant d'achever :

— Si vous en êtes incapables, inutile de chercher à me revoir. Salut !

Toreilles le retint par la manche de son veston.

— C'était très exactement ce que j'étais chargé de vous proposer. M. l'ambassadeur Lespinasse a obtenu un rendez-vous avec Ngo Dinh Nhu. Il est fixé le 2 septembre, dans une semaine. Nous vous attendrons à l'ambassade à vingt heures.

Par le colonel Toreilles, Patrick apprit les résultats de cette première prise de contact.

— Nhu s'est montré extrêmement intéressé. Désormais il existe un lien direct entre Hanoï et Saïgon. Tout a donc parfaitement fonctionné. Il reste à espérer que Maneli ne nous trahira ni les uns ni les autres, mais, bien que ce ne soit pas dans mes habitudes, je m'obstine à lui faire confiance. Naturellement, vous continuez à assurer la liaison entre lui et nous.

— Bien volontiers. Maneli est devenu presque un ami pour moi.

Toreilles ricana :

— Je vous vois venir, mon cher O'Donovan. Vous n'oubliez pas vos propres intérêts. Si Hanoï et Saïgon parviennent à une entente cordiale, vous serez le mieux placé pour obtenir de substantiels contrats commerciaux.

— Mon cher colonel, il faut bien que je trouve une compensation au temps que je vous ai consacré. Bénévolement, je vous le rappelle. Au fait, quand aura lieu le prochain rendez-vous ?

— Le 11 novembre. Retenez bien cette date, elle aura pour vous une double importance : vous figurez sur la liste des nominations dans la Légion d'honneur.

Le rendez-vous entre Mieczyslaw Maneli et Ngo Dinh Nhu ne devait jamais avoir lieu. Le destin en avait décidé autrement.

Quelques mois plus tard, Patrick apprit du colonel Toreilles que le Polonais était passé à l'Ouest. Mais chez les Américains.

3

Octobre 1963

Depuis un mois, Denis Lam Than travaillait d'arrache-pied. La Constitution future, que les généraux lui avaient demandé d'élaborer pour le pays, exigeait de lui une attention soutenue et des heures de recherches comparatives. Mais cette mission le passionnait. Il avait l'impression d'être enfin plus utile au Viêt-nam qu'il ne l'avait été jusque-là. Par Loï, qui avait pris ses quartiers dans sa villa, il était informé jour après jour des progrès accomplis dans la préparation du coup d'État, qui, dans sa bouche, prenait tantôt des dimensions épiques, dignes d'un roman de politique-fiction, tantôt des aspects cocasses, que l'on eût dit tirés d'un vaudeville.

Les généraux impliqués dans le complot étaient maintenant au nombre de quatre. Outre Tran Van Don, le commandant en chef, et son beau-frère Lê Van Kim, il y avait Duong Van Minh, qui occupait le poste honorifique de « conseiller spécial de la présidence », et qui passait le plus clair de son temps à jouer au tennis et à cultiver les orchidées de son jardin, ainsi que Tran Thiên Khiêm, le chef d'état-major de l'armée de terre.

— Mais ils ne disposent toujours pas de troupes, objecta Denis.

— Cela se précise tout doucement, répondit Loï. Tran Van Don vient de réussir un assez joli coup. En deux temps. Premièrement, il a mis dans la tête de Ton That Dinh, le commandant de la Région militaire de Saïgon et, à ce titre, patron des forces terrestres et responsable du maintien de l'ordre, de se faire nommer par Diêm ministre de l'Intérieur. Ton That Dinh est un beau soldat, mais il est vaniteux et pas très futé. Il a sauté sur l'occasion de gravir un échelon de plus dans la hiérarchie et se voyait déjà avec un bureau, une limousine blindée et une escorte de motards.

« Dans un deuxième temps, Tran Van Don est allé trouver Diêm et lui a fait part des ambitions de son camarade, ajoutant que Dinh était un bravache sans aucun discernement et qu'une telle promotion constituerait une faute politique et psychologique grave.

« Aussi, lorsque, tout frétillant, Dinh a sollicité

une audience présidentielle, il s'est sèchement vu remettre à sa place. Du coup, furieux et humilié, il a prêté une oreille attentive et complaisante aux avances des conjurés. Sans le savoir, les bataillons de la capitale ont basculé dans la rébellion !

— Quelle sera l'attitude des Américains ?

— Officiellement, ils sont neutres, mais nous savons que l'ambassadeur Cabot-Lodge ne verrait pas sans déplaisir l'éviction de Diêm et surtout de Nhu. Le président Kennedy lui-même suit de très près l'évolution de la situation. Il en est informé par un agent de la C.I.A. qui sert tout à la fois de conseiller politico-militaire aux conjurés et assure les liaisons extérieures. C'est un certain Lucien Conein, un colonel d'origine française qui connaît bien le Viêt-nam.

Le 15 octobre, Loï avertit Denis :

— La date de l'insurrection vient d'être arrêtée. C'est pour le 1er novembre. Dans exactement deux semaines.

Imperceptiblement, en ville, le climat changea. Comme par enchantement, toutes les manifestations s'étaient calmées, mais il aurait été vain de croire que ce répit apparent était dû à la présence, de plus en plus voyante, des unités régulières du général Ton That Dinh, qui avaient relevé les Forces spéciales du colonel Lê Quang Tung, expédiées hors de la ville sur ordre de Tran Thiên Khiêm, le chef d'état-major de l'armée de terre. En réalité, le temps semblait suspendu, comme avant un orage. Tout le monde attendait, sans bien savoir au juste quoi.

Le 1er novembre, jour de la Toussaint, était jour férié. Denis et Sylvie prenaient leur petit déjeuner lorsqu'ils virent descendre Loï, revêtu de sa tenue de combat mouchetée, béret rouge glissé dans la patte d'épaule, colt au côté, casque au ceinturon. Il paraissait d'excellente humeur.

— Je réintègre ma vraie famille, dit-il. L'armée.

Puis :

— C'est pour aujourd'hui. Tous les officiers de la garnison sont convoqués à midi au Q.G. de l'état-major, près de l'aérodrome de Tan Son Nhut. A treize heures trente, le général Duong Van Minh lancera sur les ondes une proclamation, invitant Diêm à démissionner et à remettre ses pouvoirs au Conseil révolutionnaire militaire.

— Et si Diêm refuse ?

— Nous investirons le palais au besoin par la force. Tout est prévu, nous avons tiré les leçons de notre échec d'il y a trois ans. Dans une heure, nous aurons pris la radio, l'état-major de la police. La Garde sera enfermée dans l'enceinte du palais.

« De la même façon, des unités ralliées protègent Saïgon de toute arrivée de renforts loyalistes.

Sylvie intervint :

— Avez-vous aussi prévu le cas où certains officiers refuseraient de vous suivre ?

Loï frappa son colt du plat de la main.

— Nous ne manquons pas d'arguments, répliqua-t-il en riant.

Il s'en alla bientôt, non sans donner à ses hôtes une ultime recommandation, ne pas sortir de chez eux avant le surlendemain matin.

4

Il était sept heures du soir. Assis près de sa radio qui, depuis le début de l'après-midi, ne diffusait que de la musique militaire, coupée du même sempiternel communiqué annonçant qu'un Conseil militaire révolutionnaire avait pris en main les destinées du Viêt-nam et que le président Ngo Dinh Diêm avait été déposé, Patrick O'Donovan attendait. La journée avait eu un goût bizarre, faite d'agitation stérile et de silence oppressant. Vers quinze heures, répondant à une convocation du colonel Toreilles à le retrouver à l'ambassade, il avait pu constater que des troupes, en nombre important, assiégeaient le palais mais de façon apparemment débonnaire, sans montrer ni nervosité ni agressivité. On aurait dit le rassemblement d'unités se préparant à un défilé.

En rentrant, deux heures plus tard, il avait noté que le climat s'était alourdi. Des pièces d'artillerie étaient en cours d'installation, leurs tubes dirigés vers le palais et les bâtiments de la Garde qui le jouxtaient.

En l'accueillant, Toreilles avait sa tête des mauvais jours.

— Notre affaire est dans le lac, avait été sa première phrase. Diêm et Nhu sont fichus. Les généraux rebelles sont décidés à aller jusqu'au bout et, par mon informateur au palais, je sais que les Américains ne bougeront pas le petit doigt.

« Tout à l'heure, au téléphone, Cabot-Lodge a simplement dit au président : "Si je peux faire quelque chose pour votre sécurité, appelez-moi." Mais il n'a rien proposé de concret.

Le colonel Toreilles semblait abattu.

— Mon erreur est d'avoir mal apprécié les événements et les hommes. Je croyais que le général Don se contenterait de belles paroles et qu'il lui suffirait d'arracher à Diêm des réformes concrètes et immédiates pour qu'il rentre dans la légalité. C'était compter sans Duong Van Minh. Comme tout le monde, je croyais que ce grand et gros type — on l'appelle « Big » Minh — qui a fait ses classes chez nous, à Saumur, était avant tout passionné de tennis et amateur d'orchidées rares. Je me trompais. Même s'il est entré tardivement dans la conjuration, il en est devenu l'âme et le moteur. Lui ne se laissera pas berner.

« Savez-vous que, tout à l'heure, il a fait exécuter le colonel Lê Quang Tung, le patron des Forces spéciales qui se refusait à rallier le coup d'État ?

Patrick se rappela l'altercation qui l'avait opposé au mois d'août au vindicatif colonel. Il hocha la tête :

— Ce Tung avait bien des défauts, mais il aura été loyal jusqu'au bout. Paix à son âme.

— En tout cas, reprit Toreilles, Diêm se bat bien. Depuis le bunker aménagé dans les caves, il n'arrête pas de harceler ses généraux au téléphone. Il espère que son charisme et son autorité en feront fléchir quelques-uns. Mais je suis certain que Minh veille au grain et qu'il est là pour les revigorer s'ils venaient à mollir.

Puis, tout en raccompagnant Patrick :

— La nuit qui vient risque d'être capitale. Il est possible que j'aie besoin de vous. Comme le couvre-feu a été annoncé pour huit heures, ne vous déplacez pas sans ce sauf-conduit diplomatique. Il est signé du colonel N'Guyen Van Thieu, un ami à moi qui commande la brigade déployée sur l'esplanade, devant les bâtiments présidentiels. Ne me téléphonez pas, nous sommes surveillés. Je vous alerterai par cette simple phrase : « L'homme n'est que déguisement, mensonge, hypocrisie. »... C'est de Pascal...

Bien qu'il y soit préparé, la sonnerie du téléphone fit sursauter Patrick, au point qu'en voulant saisir l'appareil, il faillit le laisser échapper. Portant le combiné à son oreille, il attendait Toreilles. C'était Liên.

— Écoute-moi, dit-elle d'une voix haletante au débit précipité, si tu m'aimes et si tu me fais confiance, viens à mon aide. Ma vie en dépend.

— Parle.

— Il est huit heures moins dix. Prends ta voiture et va te garer, à huit heures précises, en face de l'ancien lycée Chasseloup-Laubat, sur le trottoir de gauche. Laisse le moteur tourner. Trois hommes se présenteront. Ils te diront « Liberté ». Tu les emmèneras à l'adresse qu'ils t'indiqueront, sans poser de question. Peux-tu faire cela pour moi ?

— Tu sais bien que oui.

« Me voici embarqué dans un roman policier », songeait Patrick en roulant vers le point du rendez-vous. Ce n'était pas pour lui déplaire. Il se souvenait de la phrase qu'affectionnait Ruiz, son chef de groupe à Diên Biên Phu : « Le danger, ça repose de l'ennui. »

Les trois inconnus étaient exacts. Ils montèrent prestement à l'arrière de la Buick, se tassèrent sur la banquette de façon à passer inaperçus de l'extérieur. L'un d'eux donna une adresse, du côté de la plaine des Tombeaux.

— Prenez les petites rues et évitez les patrouilles, ajouta le second, du ton d'un homme habitué à donner des ordres.

Patrick hocha la tête, sans un mot. Malgré la pénombre, il avait reconnu Ngo Dinh Diêm et son frère Nhu, escortés d'une sorte de gorille, probablement leur garde du corps.

A peine avait-il démarré qu'une série de déflagrations éclatèrent à quelques centaines de mètres en arrière. Le bombardement d'artillerie venait de commencer sur le palais, dont la toiture s'embrasa.

Patrick conduisait, tous les sens aux aguets, sans vitesse excessive, de façon à ne pas donner l'alerte par les rugissements du moteur. A l'arrière, ses passagers se taisaient, mais c'était sans doute un effort bien trop grand pour Diêm, dont la voix s'éleva bientôt, monotone, ne montrant ni lassitude, ni panique. Il s'adressait à son frère :

— Tran Van Don m'a déçu, observa-t-il. J'attendais de lui un peu plus d'égards. Ce que je lui demandais n'était pourtant pas exorbitant. Nous laisser partir avec les honneurs dus à un président !

— Il y en a un auquel je réserve un chien de ma chienne, répondit Nhu, acerbe. C'est Ton That Dinh ! Ce salaud fait le mort, impossible de l'avoir au téléphone. C'est pourtant lui le responsable du maintien de l'ordre ! Comment a-t-il pu laisser s'installer le bordel ?

Il s'exprimait en français, n'hésitant pas à utiliser un vocabulaire de troupier. Diêm s'efforça de le calmer.

— Minh a probablement dû le neutraliser. Mais je finirai bien par le trouver. Il m'écoutera et rétablira l'ordre. Laissons passer l'orage.

Si Patrick ne manqua pas de saluer, en lui-même, le cran du président, il se retint de lui faire observer qu'il manquait totalement du sens des réalités. « Cette obstination à croire qu'il peut encore retourner la situation serait pathétique si elle n'était pas insensée », songeait-il.

Sur les indications de Nhu, Patrick s'engagea bientôt dans une impasse, fermée par un portail métallique qui s'ouvrit sur un appel de phares, et déboucha sur une grande cour, encombrée de caisses et de matériaux de travaux publics. Une jeune femme arriva en courant. C'était Liên. Sans accorder la moindre attention à son amant, elle ouvrit la portière arrière et aida ses beaux-frères à descendre de la Buick. Nhu se retourna et se pencha :

— Nous sommes arrivés, dit-il, bref. Rentrez chez vous. Pas un mot de ce que vous avez vu ou entendu.

Patrick observa à part lui que Nhu aurait pu, au moins, lui adresser un mot de remerciement. Comme s'il l'avait deviné, celui-ci ajouta :

— J'avais songé à vous faire abattre. Je vous ai épargné. Nous sommes quittes.

Bien plus tard, par le colonel Toreilles, Patrick apprit ce qui s'était passé au cours de la nuit et de la journée qui avaient suivi. N'Guyen Quan Hoa, le mari de Liên, avait borné son aide aux fugitifs à l'octroi d'une traction avant Citroën avec laquelle ils avaient d'abord cherché refuge chez Ma Tuyen, un riche négociant chinois qui avait contribué à financer le Can Lao, le parti politique de Nhu. Là, enfin, Diêm avait réussi à joindre le général Ton That Dinh. Celui-ci, étroitement surveillé par le capitaine Loï qui, sur ordre de Minh, le tenait sous la menace de son colt, avait caché son embarras et sa confusion sous un langage de soudard :

— Je vous ai sauvé la mise souvent, tas de fumiers ! Mais pas ce coup-ci, bande de salauds ! Vous êtes foutus, ordures ! Terminé...

Au petit matin, Diêm et Nhu avaient trouvé asile dans l'enceinte de Saint-François-Xavier, l'église française de Cholon. De là, Diêm effectua une ultime tentative auprès du général Tran Van Don, et sa voix, voilée par les cigarettes qu'il n'avait pas arrêté de fumer, était celle d'un homme vaincu.

— J'accepte vos conditions, dit-il. Je suis prêt à signer la passation de pouvoir. Je vous demande simplement de nous laisser quitter le pays.

— D'accord. Dites-moi où vous êtes. Je vous envoie une voiture et une escorte pour vous amener jusqu'à l'état-major.

— Le général Tran Van Don était de bonne foi, poursuivit le colonel Toreilles. Il avait même pris contact avec les Américains pour qu'ils mettent à la disposition du président déchu et de sa famille un avion militaire. Mais ceux-ci ont tergiversé, car Kennedy était décidé à ne pas leur donner le droit d'asile aux États-Unis. Ils ont alors fait savoir aux rebelles qu'ils devaient patienter car aucun avion n'était disponible immédiatement, le seul en état d'effectuer cette mission se trouvant à Honolulu...

« De toutes les façons, Duong Van Minh avait arrêté sa décision. Une décision grave mais logique. En véritable chef révolutionnaire, il savait que rien ne serait acquis tant que les Ngo resteraient en vie. Aussi, sans en aviser ses camarades, il a chargé deux capitaines de les liquider discrètement, dans le blindé qui devait les amener au quartier général de l'insurrection. Ce qui a été fait.

Il se tut un instant, avant de conclure, d'un ton désabusé.

— Dommage. J'aurais pourtant bien aimé voir aboutir notre projet... — Puis : — Avez-vous revu Liên ?

— Non. Même son mari ignore où elle se trouve. Depuis que Can, le dernier des frères Ngo, a été passé par les armes, elle se terre quelque part, j'ignore où.

Patrick mentait. Liên habitait chez lui.

Le lendemain, à son réveil, Patrick apprit la nouvelle qui avait bouleversé le monde entier. Le président John Kennedy venait d'être assassiné à Dallas.

C'était le 22 novembre 1963. Exactement trois semaines après l'homme qu'il n'avait pas voulu sauver.

DEUXIÈME PARTIE

CHAPITRE 7

1965

1

Sa valise à la main, Henri s'engagea résolument sous le porche de l'antique citadelle de Montlouis et répondit, d'un geste désinvolte, à la sentinelle qui lui présentait les armes.

— Ne te fatigue pas, lui lança-t-il, en riant. Je ne suis plus le sous-lieutenant Mareuil, mais *monsieur* Mareuil. Totalement, absolument, définitivement civil ! Bonne chance à toi.

— Bonne chance à vous aussi, mon lieutenant, répondit la sentinelle en abaissant son fusil.

C'était fini. Tout était en ordre. Une nouvelle page était tournée. Henri éprouvait cette sensation un peu grisante d'avoir scrupuleusement rempli le programme qu'il s'était fixé près de dix ans plus tôt, quand il avait quitté Bao Tan. Tout accepter, tout faire pour y revenir en maître. Il était sur le point d'y parvenir.

Pour beaucoup de gens, l'avenir n'est qu'un puzzle décousu de désirs, de rêves et d'envies d'action. Il ne prend sa signification que bien plus tard, à la lumière de l'expérience ; la route que l'on a parcourue semble alors droite et cohérente. Mais, dès le début, Henri avait su où elle le mènerait. Pas un jour, pas un mois ne s'était écoulé sans qu'il ne pense et qu'il n'agisse en fonction de ce seul objectif : Bao Tan.

Sitôt passé son second baccalauréat de math élém. en 1961, allégrement réussi avec mention « bien », il s'était donné quatre ans pour se préparer, intellectuellement, techniquement et physiquement, à prendre son domaine en charge. Deux années d'études à l'Institut français du caoutchouc l'avaient initié et familiarisé avec les techniques de récolte, de traitement et d'utilisation du latex. Une année de stages divers, au Cameroun à la S.I.E.F., au Brésil chez Michelin, lui avait appris l'organisation du travail, l'entretien des matériels et la gestion administrative d'une plantation.

Il ne lui restait plus qu'à accomplir une ultime formalité avant de se considérer entièrement libre de ses actes, son service militaire.

— Tu es orphelin de guerre et pupille de la Nation, lui avait fait observer Catherine. A ce titre, tu peux facilement en être dispensé.

Henri avait refusé.

— Pas question de m'y dérober, Ba Trinh. Et cela pour plusieurs raisons. En premier lieu, parce que mon père ne comprendrait pas que je me serve de sa mort pour me soustraire à mon devoir. Ce serait faire injure à sa mémoire. Ensuite, parce que le Viêt-nam n'est pas un pays sûr et que j'ai besoin de connaître les armes et la façon de s'en servir. J'ai donc l'intention de devancer l'appel et de choisir les commandos-parachutistes. Titulaire du brevet de la Préparation militaire supérieure, je servirai comme officier. Un excellent apprentissage pour mon futur rôle de conducteur d'hommes.

— Tu as pensé à tout, nota Catherine.

Elle n'avait pas tort. Et si elle admirait secrètement la détermination de son petit-fils qui ne déviait jamais de la voie qu'il avait choisie, elle s'inquiétait aussi de ce trait de caractère, qui lui apparaissait comme la sécheresse du cœur, subordonnée à la froide raison.

Sur ce point, Catherine faisait fausse route. Sous une apparente confiance en lui, Henri cachait une sensibilité profonde, une grande générosité et un immense besoin d'être compris et aimé. Sa brusquerie n'était que de surface. Un rempart contre les agressions extérieures. Il n'attendait de la vie que des occasions de dépenser ces trésors qu'il savait posséder en lui.

Au physique, c'était un grand garçon au corps souple, aux membres déliés, aux épaules carrées que la pratique quotidienne des sports de combat avait élargies. Sous des cheveux châtain clair, plantés à la diable, le visage était d'un ovale allongé, terminé par un menton accusé, un signe de volonté que soulignait encore le dessin de ses lèvres minces. Henri n'était pas d'une beauté sur laquelle se retournaient les jeunes filles, mais, pour peu que l'on y prête attention, son regard, du même vert lumineux que celui de sa grand-mère Catherine, trahissait, quand il n'y prenait garde, l'intensité d'un feu intérieur.

Il descendit la rue principale, déserte à cette heure matinale, sortit des remparts et prit le chemin menant à la gare. A la hauteur du Clos Cerdan, le bar-restaurant-cabaret qui avait constitué, des mois durant, l'unique attraction de la garnison, il vit que les lumières étaient encore allumées. Intrigué, il s'en approcha et, comme si elle n'avait attendu que cet instant, la porte s'ouvrit, des bras jaillirent, s'emparèrent de lui et le projetèrent à l'intérieur où il atterrit, au hasard, dans un groupe qui le saisit pour l'empêcher de tomber. Il se dégagea et s'aperçut que tous les membres de sa section étaient là, au complet, en tenue de sortie, béret rouge en tête.

— Mon lieutenant, déclama avec une solennité comique le sergent-chef Guillou, qui avait été son fidèle adjoint, il n'est pas convenable qu'un véritable commando abandonne son poste d'un cœur léger et en pleine possession de son bon sens. Aussi, nous nous proposons de remédier à ce qui probablement de votre part n'est qu'une étourderie.

Henri connaissait la tradition, selon laquelle un officier ne devait pas s'en aller sans avoir l'excuse d'être complètement ivre. Il s'efforça de faire bonne figure, bien qu'il ait tenté, en s'échappant de la Citadelle dès potron-minet, sans adieux ni fanfares, d'éviter cette épreuve, redoutable pour lui. Il n'avait pratiquement jamais bu d'alcool.

Il se vit contraint d'ingurgiter, sans presque reprendre haleine, le contenu d'un bidon, préalablement rempli de liquides variés dont le seul point commun était leur forte teneur en éthanol. Pour l'encourager, un chœur improvisé entonna le refrain des commandos.

Il se réveilla, trois heures plus tard, en gare de Perpignan, le cerveau embrumé, la bouche pâteuse, l'estomac en déroute, et ne dut qu'à l'obligeance d'un marsouin compatissant, auquel, depuis un moment, il tenait des propros incohérents en vietnamien, de pouvoir attraper sa correspondance pour Toulouse où l'attendaient Renaud et Catherine.

Henri ne s'attarda pas à La Nouaille où plus rien ne le retenait, et ne fit qu'une brève visite d'adieux à Évaristo auquel il confia :

— Je me sens comme un coureur de fond dans la dernière ligne droite. Le but est tout proche, je ne relâche pas mon effort.

Évaristo acquiesça, observant simplement :

— Si j'avais eu dix ans de moins, je serais parti avec toi. Que Dieu te garde.

Henri lui donna une bourrade affectueuse.

— Tu vieillis, si tu en es à invoquer Dieu...

Deux jours plus tard, il était à Paris, afin de régler les dernières formalités administratives, obtention d'un visa de résident, vaccinations diverses, réservation de sa place d'avion. Le 10 septembre, trois semaines exactement après sa libération, il se présentait à Orly. Catherine avait tenu à l'accompagner. Elle feignait la résignation, mais, au dernier moment, le cœur lui manqua et elle s'effondra, en larmes, sur son épaule.

— Mon petit Henri, articula-t-elle entre deux sanglots, il y a vingt ans, je m'étais donné pour tâche de faire de toi un homme, et si possible un homme comme l'on dit aujourd'hui « bien dans sa peau ». Je pense y être arrivée. « Mission accomplie » selon l'expression favorite de ton père. Maintenant, tu t'en vas. Il ne me restera plus qu'à vieillir doucement auprès de Renaud, en guettant chaque jour le facteur qui m'apportera peut-être une lettre de toi. Tu sais, Henri, je n'ai jamais osé te l'avouer, mais j'ai toujours attendu tes retours comme une fête. Cette joie m'est reprise. Je n'aurais pas cru qu'il serait si cruel de te voir t'en aller.

— Voyons, Ba Trinh, le Viêt-nam n'est plus le bout du monde. Avec les jets, Saïgon est à peine à douze heures de Paris. Dès mon arrivée, je ferai préparer votre chambre. Tous les jours, je la garnirai de fleurs. Rien que pour vous.

— Je crains qu'il ne soit bien tard. A mon âge, on n'a plus tellement envie de bouger. Le seul grand voyage auquel il me faille songer sera le dernier. — Elle lui prit les mains : — Oh ! Henri, si seulement tu savais combien j'aurais aimé qu'avant de partir tu prennes le temps de te marier !

Henri secoua la tête et protesta, avec douceur :

— Me marier ? C'est vrai, je n'y ai jamais songé. Mais si cela avait été le cas, avais-je le droit d'imposer à une jeune fille de France les conditions de vie rudimentaires que j'aurai à Bao Tan ?

— Justement, elle serait restée ici, et, quand elle m'aurait rendu visite, c'était un peu de toi qui aurait été là. Peut-être même m'aurait-elle donné un enfant à chérir ?

Il était ému. Cette dernière confidence lui faisait mesurer la solitude à laquelle il condamnait celle à qui il devait tout.

— Je suis un égoïste, je n'ai pensé qu'à moi. Pardonnez-moi le chagrin que je vous cause.

Il se tut. Un haut-parleur invitait les passagers à se présenter au contrôle des billets. Il prit sa valise, se pencha et déposa un baiser sur le front de sa grand-mère, promettant :

— Je reviendrai, Ba Trinh. Et vous repartirez avec moi.

— Te voilà enfin ! lui dit Matthieu, venu l'accueillir à Tan Soṇ Nhut, escorté de May Linh et de ses parents. Bienvenue au pays ! — Il rit, et ajouta : — Je commençais à désespérer ! Qu'as-tu fait pendant tout ce temps ?

— J'ai grandi.

Avant de l'embrasser, Sylvie prit le temps de l'examiner et constata, troublée :

— J'ai l'impression de voir notre père. Ne serait la couleur de tes yeux, je jurerais l'avoir devant moi. Je suis heureuse de ta venue ; il y aura, de nouveau, un Mareuil en terre d'Asie.

May Linh l'entoura de ses bras et lui plaqua sur les joues quatre baisers sonores, ajoutant :

— J'étais impatiente moi aussi. Je me demandais si tu serais là assez tôt pour être le parrain de mon fils. La naissance est prévue pour le mois prochain.

Denis Lam Than mit fin à ces effusions, rendues chaotiques au milieu de la cohue de l'aérogare. C'était une véritable fourmilière où les gens couraient en tous sens, se croisant, se bousculant, s'interpellant, se congratulant ou s'injuriant. Henri observa la présence, importante, de soldats américains, affairés ou hésitants, mais tous exclusivement préoccupés d'eux-mêmes, sans égards pour ceux qui n'arboraient pas leur uniforme, affectant un profond dédain pour les civils européens, un total manque d'intérêt pour les Vietnamiens, auxquels il ne restait que la ressource de s'écarter de leur passage s'ils ne voulaient pas être balayés d'un revers de main.

Sur le parking, la Lincoln noire officielle de Denis Lam Than était bloquée par un G.M.C. au volant duquel se tenait un marine au poil roux, nonchalamment avachi sur son siège, les pieds sur le tableau de bord, mâchant son chewing-gum d'un air absent. Matthieu l'interpella, en anglais, l'invitant aimablement à déplacer son véhicule, mais le conducteur ne broncha pas et rien, sur son visage, ne montrait qu'il avait entendu.

La patience n'était pas la principale vertu de Matthieu ; il se domina cependant et, toujours aussi courtoisement, mais un ton plus haut, il réitéra sa demande. Cette fois, l'Américain réagit. Il tourna la tête et son regard s'abaissa vers ce Jaune qui avait le front de l'apostropher, lui, un marine, l'élite de l'armée des États-Unis. Il grommela :

— C'est à moi que tu causes, demi-portion ?

Il avait l'accent traînant des gens du Sud. Alabama ou Géorgie ? « Un type qui doit passer son temps à bastonner les Nègres », se dit Matthieu, qui, cette fois, était décidé à entamer l'épreuve de force.

— Ouais, répliqua-t-il, usant à son tour de l'argot : on te demande juste de tirer ton gros cul de là ! Tu gênes !

— Sans blagues ! Moi, j'ai des ordres. Je bougerai pas. C'est pas un foireux comme toi qui me dirais ce que je dois faire.

Matthieu avait blêmi sous l'injure.

— Foireux ? releva-t-il d'un ton de défi. Descends et tu vas voir si le foireux que je suis n'est pas capable de te dérouiller !

Dans la voiture, May Linh se mordait les lèvres pour ne pas se mettre à hurler. Sylvie lui prit les mains, essayant de l'apaiser. Pour sa part, Henri avait contourné le capot de la Lincoln pour se porter aux côtés de son cousin. Quelques badauds avaient assisté à l'algarade. Sans en comprendre le sens exact, ils devinaient que le dialogue s'envenimait. Ils s'arrêtèrent, se regroupèrent et, bientôt, ce fut presque une foule compacte qui s'agglutina autour d'eux.

— A votre place, intervint Henri, calmement, en s'adressant au conducteur, je n'insisterais pas. Vous êtes tout seul. Si vous touchez à mon copain, ces gens vont vous découper en rondelles.

— O.K., fit le soldat, soudain conciliant. Je voulais juste que causer. Y a pas de mal à ça...

Il mit son moteur en route et libéra le passage.

— J'ai l'impression, dit Henri, un peu plus tard, que les Américains ne sont pas très bien vus par ici. Ils viennent pourtant combattre à vos côtés !

— C'est vrai, admit Matthieu. Mais ils se comportent comme en pays conquis et ne manquent pas de souligner leur supériorité d'hommes riches de façon parfois injurieuse vis-à-vis des militaires vietnamiens.

— Et puis ils sont maladroits, ajouta Sylvie. Le général Maxwell Taylor, leur nouvel ambassadeur, se mêle de trop près à la politique intérieure du pays. A cause de lui, nous avons l'impression de nous enfoncer chaque jour un peu plus dans la guerre. Voici deux ans, avec la junte des généraux, surtout Tran Van Don et Lê Van Kim, nous avions peut-être une chance de renouer le dialogue avec le Nord.

Mais les Américains ont fait capoter l'entreprise en favorisant le coup d'État du général Khanh.

— Un sauteur, grogna Matthieu. Avec sa petite barbiche et ses manières affectées de vieux briscard proche de la troupe, il se faisait passer pour un roc. Ce n'était qu'un caramel mou.

— Il a pourtant donné des gages : il a fait traduire en cour martiale ses collègues Don et Kim, les accusant de vouloir amener le Viêt-nam dans la voie du neutralisme.

— C'est moi qui les ai défendus, intervint Denis. Ils ont été acquittés. Pour ne pas perdre la face, Khanh a expulsé le colonel Toreilles, un officier des services spéciaux français que l'on soupçonnait d'avoir servi de contact entre Don, Kim et les dirigeants de Hanoï.

— Par mesure de rétorsion, de Gaulle risque bien de fermer la représentation diplomatique du Sud-Viêt-nam au profit de celle du Nord.

— C'est chose faite depuis ce matin. Nous en avons été avisés par une démarche de l'ambassadeur de France, venu faire ses adieux. Désormais, il n'y aura plus à Saïgon qu'un simple consulat général. — Il se tourna vers Henri : — Tu es arrivé à temps !

Par la fenêtre, Henri s'absorbait dans le spectacle anarchique de la rue. Partout des camions militaires, des jeeps bardées d'armes, qui se doublaient, se croisaient, stoppaient n'importe où, de préférence devant les magasins aux enseignes agressivement lumineuses. Des soldats déambulaient en troupeaux, hélant les filles qui répondaient par des œillades ou des gestes grivois. La musique emplissait l'atmosphère, diffusée par des centaines de haut-parleurs qui braillaient les derniers succès du rock ou du folk-song.

— Saïgon a bien changé, remarqua Sylvie qui avait surpris le regard d'Henri. Déjà, au lendemain de la chute de Diêm, tous les dancings et les boîtes de nuit avaient rouvert leurs portes...

— Et les bordels aussi, ajouta Matthieu.

— Mais, poursuivit Sylvie, tout cela n'a fait que croître et embellir — si je puis dire — avec l'arrivée des cent mille premiers Américains. Et ce n'est pas fini.

— Ils seront cent quatre-vingt mille avant la fin de l'année, précisa Matthieu.

— Que devient Bao Tan ?

— Calme. Tu verras, c'est encore un havre de tranquillité, le dernier peut-être ; une autoroute est en construction entre Saïgon et Bien Hoa, qui est en passe de devenir la plus importante base aérienne de tout le Sud-Est asiatique.

— Et les Viêt-congs ?

Matthieu esquissa un geste vague.

— Ils nous fichent la paix. Pour le moment. J'ai bien été obligé de composer avec eux : « vous nous laissez travailler, personne ne vous embêtera ».

— Veux-tu dire que tu as accepté de discuter ? Toi ?

— Bien sûr, moi ! Le moyen de faire autrement ? Par chance, si l'on peut parler de chance, le responsable politico-militaire de la zone est une vieille connaissance de la famille.

— Cao Van Minh a été l'un de mes premiers clients, rappela Sylvie. Cela m'a d'ailleurs valu quelques problèmes, mais cela m'a fourni l'occasion de rencontrer M. Denis Lam Than. Je ne l'ai jamais regretté.

— Merci, répondit Denis. C'est la chose la plus gentille que tu m'aies dite depuis bien longtemps.

Mais Henri n'était pas satisfait. Il insista :

— Vieille connaissance ou pas, ce Cao Van Minh est tout de même l'homme qui nous avait chassés de Bao Tan. Comment peut-on...

Matthieu haussa les épaules :

— Tu as encore des choses à apprendre, mon cher cousin.

Henri eut beaucoup de mal à s'endormir. A la chaleur orageuse, au vacarme incessant de la rue, s'ajoutaient la fatigue du voyage et l'impatience de retrouver sa maison. Une impatience mêlée d'un peu d'inquiétude. Dans quel état serait le bungalow ? Et les bâtiments ? Et, surtout, les hévéas, *ses* hévéas. Et lui-même, saurait-il se montrer à la hauteur de sa tâche ? « Tu as encore bien des choses à apprendre », lui avait dit Matthieu. C'était vrai, il en était conscient. Il avait le cœur battant, les mains moites. Il s'obligea au calme, contrôla sa respiration, s'apaisa, se disant : « Tu n'es pas abandonné, il y a Matthieu. Tu peux lui faire confiance... Songe à demain. Demain qui balaiera toutes les questions. »

Il s'endormit, harassé, se réveilla juste avant l'aube, l'esprit clair, lavé par le sommeil, prêt à affronter le jour.

Matthieu l'attendait, dans la salle à manger, vêtu d'une tenue de brousse, pantalon et chemise kaki, bottes de toile, sur la tête un chapeau informe, à la teinte incertaine, délavée de pluie et de soleil.

— Paré ? demanda-t-il, affable.

— Plutôt deux fois qu'une ! Et May Linh ?

— Elle va rester encore quelques jours ici. Nous serons mieux, entre garçons, pour faire le point et tout voir.

Saïgon s'éveillait. Henri prit place dans la Land Rover, salué d'un « bonjour, chef ! » par Ngoc, le fidèle garde du corps de Matthieu, qui lui tendit un colt 45 chromé, accompagnant ce geste d'une grimace pouvant à la rigueur passer pour un sourire de bienvenue.

— Vous connaître ? ajouta-t-il.

— Bien sûr.

— En route, lança Matthieu, d'un ton allègre.

Henri se plongea dans la contemplation du paysage, essayant d'accorder les images qui défilaient devant ses yeux aux souvenirs qu'il croyait en avoir conservé. Il dut s'avouer que rien ne correspondait, sinon la lumière bleutée du matin, la hâte des piétons et les odeurs vivaces stagnant dans l'atmosphère. Tout était nouveau, et surtout le décor. Passées les avenues rectilignes, bordées de tamariniers du Plateau, s'étendait maintenant une sorte de terrain vague de baraques sordides, moitié bambou tressé, moitié tôles ondulées, sur lesquelles étaient plaqués des panneaux où en lettres maladroites, était peinte la raison sociale du lieu « *Car wash here* ».

— Ça bordel pour nègres, grinça Ngoc. Conducteurs camions arrêter là, baiser dans *canha,* faire beaucoup rigoler les *nhos* qui regardent à travers *cai phèn.*

— Voilà le Viêt-nam d'aujourd'hui, ajouta Matthieu. Chassés de leur campagne par la guerre, les opérations, les bombardements, les paysans se réfugient dans les bidonvilles. Ils n'ont pour survivre d'autre ressource que de vendre leurs filles, parfois leur femme. Et ils s'aperçoivent qu'elles gagnent, en un jour, autant qu'ils gagnaient en un mois. Mais ils y perdent leur âme.

Il donna un vigoureux coup d'avertisseur, dépassa un autocar surchargé de colis, et s'engagea sur le vaste pont de béton jeté sur la rivière, doublant l'antique pont de fer de Binh Loï que l'on apercevait, huit cents mètres à gauche.

Au-delà, commençait l'autoroute qui évitait Thu Duc et s'incurvait largement vers l'est, avant de franchir le Donaï en aval de l'île de Hiêp Hoa et des deux ponts jumeaux.

Juste après, s'étendait une longue avenue bordée

de cahutes en planches, où grouillait une foule de gens d'apparence misérable, errant sans but au milieu des chiens, des volailles et des petits cochons noirs.

— Je suis perdu, avoua Henri. Dans mes souvenirs, Bien Hoa était une bourgade d'aspect très provincial, avec quelques bâtiments officiels et de petites maisons de fonctionnaires. Maintenant, c'est la cour des miracles.

— Patience, tout change dans deux ou trois kilomètres.

Ils obliquèrent vers la droite, franchirent l'important carrefour menant à la base militaire, survolés par une noria d'avions qui décollaient ou atterrissaient sans cesse.

Et puis, d'un seul coup, ce fut comme s'ils avaient fait un bond de dix ans en arrière. Sur leur gauche commençait la route menant à Dalat, qu'ils laissèrent pour s'engager sur l'ancienne piste de Lang My.

— Là, je reconnais ! s'exclama Henri. Je me souviens du capitaine qui commandait ce quartier. C'était un grand Martiniquais qui m'impressionnait beaucoup [1]. Il avait un sourire de fauve et, persuadé qu'il était cannibale, j'avais peur qu'il ne me dévore !

Maintenant, la jungle était dense et les grands arbres tendaient leurs ramures au-dessus de la piste, formant une voûte sombre comme un tunnel.

— Si mes souvenirs sont exacts, reprit Henri, il y avait un virage en pente, menant à un ponceau sur un arroyo, protégé par une tour carrée, en briques !

Le virage était là ainsi que le ponceau, intact. Et la tour aussi. La gorge serrée, il parvint à ajouter :

— Encore un kilomètre, et nous arriverons à l'entrée de Bao Tan. N'est-ce pas ?

1. *Cf. La Rivière des Parfums* (« Sud Lointain », t. 2).

— Quelle mémoire ! apprécia Matthieu. Tu n'as rien oublié !

Jusqu'à l'arrivée, Henri se tut. Il n'aurait pu prononcer un mot sans que l'émotion ne libère les sanglots qu'il retenait à grand-peine. Et, quand Matthieu stoppa la Land Rover devant l'entrée du bungalow, Henri demeura un instant cloué sur son siège, bouleversé par tous les souvenirs qui déferlaient en désordre, et brouillaient sa vue.

— Viens-tu ? appela Matthieu, qui avait déjà gravi la moitié des degrés du perron.

Henri fit effort, ouvrit la portière et emboîta le pas à son cousin. En haut des marches, deux domestiques, impeccablement vêtus de blanc, s'inclinèrent à son passage, les mains jointes sur la poitrine. Le rêve s'effaça lorsqu'il pénétra dans la maison. Il lui sembla que tout avait rétréci. « J'ai grandi », songea-t-il, avec un peu de regret. Il observa aussi que le mobilier avait changé.

— Tu n'as aucune idée de l'état dans lequel j'ai retrouvé les lieux, expliqua Matthieu. Cela nous a demandé, à May Linh et à moi, presque une année de travail. Il n'y a que ta grand-mère qui ait réussi à reconstituer son décor d'autrefois, quand elle est venue voici cinq ans. Ignorant tes goûts, je t'ai laissé le soin de t'organiser. Tu as à ta disposition toute l'aile gauche. De quoi installer un appartement confortable.

Henri remercia, et prit possession de son domaine. Par la fenêtre, il avait une vue d'ensemble sur les bâtiments de service et nota qu'ils étaient presque tous neufs, mais que Matthieu avait veillé à ce qu'ils s'intègrent parfaitement au style des anciens, restaurés et repeints de la même couleur uniforme jaune ocre. Devant eux, soigneusement ratissée, l'aire de stationnement était vierge de toute herbe folle. De tout cela se dégageait une impression d'ordre et de propreté, qu'il ne se souvenait pas avoir été la préoccupation principale de son grand-père vers la fin de sa vie.

C'était l'heure où les ouvriers rentraient du travail. Henri observa que les femmes étaient au moins aussi nombreuses que les hommes.

— Je dois compenser le départ des jeunes, mobilisés dans l'Armée nationale, ou dans les rangs du Viêt-cong.

— N'y a-t-il pas moyen d'empêcher cette hémorragie ?

— S'il existe, je ne l'ai pas découvert. Une chose est certaine, et tu t'en apercevras bien vite, au besoin en allant rendre visite à nos voisins de la S.I.E.F. : les plantations françaises constituent un monde à part, à égale distance des deux camps opposés. Surtout, évite de prendre ouvertement parti, cela ne peut conduire qu'à la catastrophe.

— Comment dois-je interpréter cela ?

Matthieu lui jeta un regard surpris. Cette réaction un peu vive lui parut receler une critique informulée mais bien réelle. Il choisit de dissiper tout malentendu.

— Tu as bien des choses à apprendre. En premier lieu, l'art du compromis. Tu n'as pas d'autre choix. Ou tu t'affirmes comme un partisan du Viêt-cong, et je ne donne pas quinze jours avant que le drapeau du F.N.L. ne flotte sur Bao Tan, avec pour conséquence un raid aérien qui réduira tout en poussière et toi avec, à moins, si tu as de la chance, que tu ne sois expulsé *manu militari*. Cette mésaventure est arrivée récemment à deux assistants de Xom Trang, de jeunes crétins, arrivés de France avec des idées qu'il est sans doute de bon ton d'afficher à Saint-Germain-des-Prés, mais qui, au Viêt-nam, ne peuvent qu'aggraver le malheur des gens. Entre parenthèses, de Gaulle ferait bien de surveiller ce qui se trame dans ses universités, sinon il va se trouver avec une révolution sur les bras...

— Je n'ai pas de sympathie particulière pour les communistes.

— Raison de plus pour garder tes sentiments pour toi. Si tu privilégies trop ostensiblement les gouvernementaux, et si, en plus, tu refuses tout dialogue avec ceux d'en face, tu n'es pas au bout de tes ennuis. Plus un seul camion n'arrivera entier à Saïgon, et une main anonyme glissera du datura dans ton potage !

Cette dernière image arracha un sourire à Henri.

— Si je comprends bien, nous devons nous livrer à un numéro permanent d'équilibristes ?

— En effet. Nous compromettre le moins possible, donner un minimum de gages aux uns et aux autres. Ce n'est pas très facile ; aucun des deux camps n'a la même appréciation de la valeur de ce que tu lui abandonnes en comparaison de ce qu'il croit que tu laisses à l'autre.

Tout en bavardant, les deux cousins avaient atteint le hangar principal, tout vrombissant des moteurs alimentant les centrifugeuses. Sous l'auvent trois camions flambant neufs attendaient leur chargement de bidons de latex liquide.

Celui qui paraissait le contremaître s'approcha, retira sa casquette à longue visière, salua les deux arrivants d'une flexion du buste et dit :

— J'ai dû laisser le Dodge n° 2 sur la route, patron. Un essieu cassé. L'équipe de dépannage est sur place.

— Une mine ?

— Oui.

— La merde ! Et le chauffeur ?

— Nhang a eu de la chance, seulement un éclat dans la cuisse. Deux centimètres à droite et il cessait d'être un homme...

Matthieu fit les présentations :

— Henri, voici M. Cum. Tu ne trouveras pas un meilleur mécanicien dans toute la province. La S.I.E.F. lui a proposé un pont d'or, il a préféré rester ici. Au fait, Cum, pourquoi as-tu refusé ?

Cum avait recoiffé sa casquette. Il la retira de nouveau pour s'adresser à Matthieu :

— J'ai travaillé quinze ans chez Renault, à Billancourt. La S.I.E.F. me rappelle l'usine ! Ici, je suis le patron. — Il sourit, corrigea : — Je veux dire, au garage.

Matthieu semblait préoccupé. Lorsqu'ils se furent éloignés, se dirigeant maintenant vers les anciens bâtiments de l'usine, le séchoir et le silo, Henri demanda :

— Est-ce la mine qui t'inquiète ?

— Oui. Ce n'était pas prévu.

— Veux-tu dire que quelqu'un n'a pas respecté un contrat ?

— C'est en effet ce que je crains. Si j'ai choisi Cum comme chef du garage et du parc des véhicules, ce n'est pas par hasard. En France, il était délégué syndical C.G.T. pour le personnel d'origine étrangère. Ici, c'est lui qui se débrouille avec les Viêtcongs pour éviter ce genre d'incident. Je ne veux pas savoir comment. Jusqu'à maïntenant, tout s'était à peu près bien passé.

— Es-tu certain que cette mine nous ait été destinée ? Après tout il n'y a pas que nos véhicules qui empruntent cette route.

Matthieu ne semblait pas convaincu.

— Admettons, bougonna-t-il.

Les semaines qui suivirent s'écoulèrent sans incident notable. L'emploi du temps des deux cousins était réglé par les contraintes du travail. Levés vers quatre heures du matin, ils accompagnaient les saigneurs et répartissaient les lots à exploiter.

A dix heures et demie, les camions revenaient, chargeaient les bidons pleins de latex et ramenaient les ouvriers au village, tandis que Matthieu et Henri s'adonnaient à leurs tâches administratives, comptabilité, règlement des litiges, gestion des stocks, prévisions à court terme. Peu à peu, Henri se faisait une idée assez précise de la situation de Bao Tan. Il ne pouvait qu'admirer la façon dont Matthieu avait mené la remise en route du domaine, à la fois audacieuse et sage, n'investissant pas au-delà des capacités de production de Bao Tan dans les cinq années à venir.

— Cinq ans, expliquait-il à Henri, c'est la durée maximale sur laquelle les banques consentent à s'engager.

— Autrement dit, nous pouvons durer, mais nous ne pouvons pas envisager de nous agrandir.

— Non. La plantation a atteint son plafond de rentabilité. Ce n'est pas si mal.

L'après-midi, après la sieste, au moment où la chaleur commençait à décroître, les deux cousins parcouraient le domaine sur leurs chevaux. Matthieu les avait achetés deux ans plus tôt au moment de la liquidation de l'hippodrome de Bien Hoa. Tim et Tom étaient issus de croisements savants, destinés à créer une race capable de courir sous des températures élevées. D'un naturel fougueux, primesautier, ils étaient inséparables tant qu'ils n'avaient pas sur le dos une selle et son cavalier. Ils cessaient alors d'être de bonne compagnie et ne supportaient, ni l'un, ni l'autre, d'être en seconde position. Formés par des jockeys retors, ils avaient la fâcheuse manie de mordre le mollet du cavalier à leur portée. Ce qui obligeait Matthieu et Henri à courir, une cravache à la main, en surveillant leurs arrières, ou à chevaucher à distance convenable, entre les arbres.

Leurs promenades les menaient d'un bout à

l'autre du domaine, depuis la frange sud-est, où, après le déboisement opéré sauvagement naguère par les réfugiés tonkinois, Matthieu avait entrepris de nouvelles plantations, jusqu'à la limite nord où commençait la forêt.

— Ne pourrions-nous pas défricher et mettre ces hectares en culture ? demandait Henri.

— Qui défrichera ? Nos ouvriers sont déjà suffisamment occupés, et même dans ce cas, comment désoucher les énormes racines ? Te rends-tu compte du matériel qu'il faut ? Nous n'avons pas les moyens de l'acquérir.

Henri avait une idée :

— Engageons les Tonkinois. Ils commenceront par débroussailler, préparer des layons...

— Qui les paiera pour ce travail ? Toi ?

— Ils fabriqueront du charbon de bois. C'est d'un bon rapport. Par la suite, nous leur verserons un pourcentage sur la vente des grumes.

— Si tu t'en charges, je n'y vois aucun inconvénient. Mais jusqu'à maintenant je n'ai pas réussi à établir un contact positif avec eux. Ils sont durs, méfiants, à la limite de l'hostilité.

— Cela ne coûte rien d'essayer, répondit Henri.

— Ton cousin a raison, affirma May Linh, au cours du dîner. Je me suis toujours demandé de quoi pouvaient bien subsister ces pauvres gens. Ils se sentent rejetés par tout le monde, y compris nos propres ouvriers qui les traitent en parias.

Matthieu protesta :

— Je suis d'accord avec toi, ma chérie. Si j'ai émis des réticences, c'est simplement parce que je me demande où Henri trouvera le temps de mettre ce projet en route. Les journées n'ont que vingt-quatre heures. Elles sont juste suffisantes pour mener à bien nos tâches ordinaires. D'autant plus qu'il s'agit là d'un travail de longue haleine. Si nous pouvions, un jour, engager des assistants, alors, ce serait différent. Mais, actuellement, je ne vois pas comment faire.

2

Phnom Penh, octobre 1965

En dépit de son nom, hérité des missionnaires qui l'avaient recueilli tout enfant, et qui lui avaient permis d'effectuer des études lui ouvrant l'accès à Saint-Cyr une vingtaine d'années plus tôt, le général Hyacinthe Martinez était un Cambodgien de pure race. Il assurait les fonctions de chef d'état-major de l'Armée royale khmère. Petit, tout en muscles, c'était un personnage jovial et truculent dont les boutades à l'emporte-pièce et le franc parler faisaient le bonheur des journalistes occidentaux qui ne manquaient jamais ses conférences de presse, certains d'en ramener quelque formule percutante ou quelque portrait au vitriol. Le général Hyacinthe Martinez avait un don certain pour les relations publiques, mais, même s'il ne dédaignait pas l'argot ou le calembour, son grand et solide bon sens, son caractère entier étaient entièrement au service de ses convictions. Nationaliste intransigeant, anticommuniste farouche, il avait entrepris de forger une véritable armée, capable de défendre le territoire contre toute agression extérieure, d'où qu'elle vienne.

Pour le seconder, il avait fait appel à des instructeurs chevronnés, principalement français, qui s'étaient donnés à leur tâche avec ardeur et compétence. En quatre ans, six bataillons de paras commandos avaient pu ainsi être mis sur pied, dont les qualités avaient été mises à l'épreuve avec succès contre les Issaraks, ces rebelles armés par les communistes dans le nord-est du pays.

Et voilà qu'aujourd'hui tous ses efforts allaient être réduits à néant, par une foucade de Norodom Sihanouk, le chef de l'État.

Il ne décolérait pas et depuis un quart d'heure maintenant, il vitupérait, ponctuant ses phrases, à la mode khmère, des éclats d'un rire bref et perlé, une sorte de tic qui n'avait jamais cessé de troubler François Démery, son conseiller particulier.

— J'avais pourtant usé ma salive pour expliquer à Sa Majesté la nécessité d'une armée forte, ardente, entièrement dévouée à sa cause, seule garantie de notre indépendance. Hi hi hi ! Je croyais l'avoir convaincue. Je me trompais. Dans sa déclaration d'hier, annonçant la création de « l'Union des peuples d'Indochine », le roi s'est délibérément engagé dans la voie du neutralisme, aux côtés des « non-alignés ». Non-alignés ! Hi hi hi ! Comme si Tito, N'Krumah[1] ou Soekarno ne servaient pas de cheval de Troie aux stratèges du Kremlin, spécialistes de la subversion !

« J'ai infiniment de respect pour notre souverain, aussi n'est-il pas question pour moi de le trahir comme me l'ont suggéré certains boutefeux de la C.I.A.[2]. Mais c'est la mort dans l'âme que je vais voir mon corps d'armée transformé en corps de ballet et mes bazookas en saxophones. Sihanouk sera leur professeur ! Hi hi hi !

Comme tout le monde, François connaissait la prédilection du roi pour Charlie Parker. Il jouait

1. N'Krumah (1909-1972), président du Ghana. Renversé en 1966. Soekarno (1901-1970), président de l'Indonésie. Renversé en 1966.

2. Ce coup d'État devait avoir lieu cinq ans plus tard, en avril 1970, à l'initiative du général Lon Nol, poussé et soutenu par les services secrets américains. (*N.d.A.*)

lui-même agréablement de cet instrument et ne négligeait pas, au dessert, de régaler ses hôtes avec quelques airs de sa composition.

— Mais vous, reprit le général, qu'allez-vous devenir ?

— Moi ? Pourquoi ? s'étonna François.

— Votre poste est supprimé. Hi hi hi ! Et cette mesure de licenciement s'applique aussi à tous les instructeurs étrangers. Notre roi ne fait pas les choses à moitié. Il ne lui suffit pas de se proclamer neutraliste, il croit aussi aux vertus du pacifisme, en espérant que son exemple sera contagieux.

François était abasourdi par cette nouvelle. Mais, s'il s'inquiétait, c'était moins pour son avenir, provisoirement assuré par les économies réalisées en quatre ans de présence au service du pays (il avait en effet le grade et le traitement de colonel, *Sak Pram*), que pour celui des deux sous-officiers qu'il avait recrutés et fait venir de France. Avec juste raison, il se sentait responsable de leur sort. Et, tandis que Hyacinthe Martinez poursuivait sa diatribe, lui ne songeait plus qu'à rentrer dans sa maison, pour réfléchir calmement à ce problème auquel il était brutalement confronté.

— Il me reste l'A.R.K.[1], concluait le général sur un jeu de mots. Mais qu'est-ce qu'un arc sans la corde pour le bander ? Hi hi hi ! Et la corde, c'était vous...

— Vous nous avez convoqués, *Louk Sak Pram* ? demanda Maxime Fischer, utilisant l'appellation réglementaire, en vigueur dans l'Armée royale. A quel sujet ?

Fischer avait une belle tête de ruffian, visage en lame de couteau, nez acéré, pommette balafrée,

1. Armée royale khmère.

lèvre supérieure ornée d'une épaisse moustache rousse aux pointes soigneusement effilées. Quoique d'apparence fluette, c'était du vif-argent, au regard constamment en éveil, toujours tendu, prêt à bondir.

A l'inverse, Stéphane Macroy, son inséparable compagnon, était la placidité même. Sur son visage presque rond, lisse, ne se lisait jamais rien de ses sentiments. Et pourtant, lui aussi était un redoutable combattant, capable de liquider, sans broncher et à l'arme blanche, un ennemi attaqué par surprise. Discret, presque secret, c'était le prototype du guerrier de l'ombre.

Ancien du Groupement des commandos mixtes de la guerre française d'Indochine, Macroy avait baroudé trois années durant, en solitaire, dans les forêts des hauts plateaux du Sud-Annam en compagnie d'une dizaine de Moïs, tout aussi implacables que lui. Plus tard, en Algérie, il avait tout naturellement suivi ses camarades du Groupement des commandos du commandant Robin dans la folle équipée du putsch manqué d'Alger. Mais si la plupart d'entre eux s'y étaient lancés à corps perdu, en faisant sauter les ponts derrière eux, Stéphane Macroy était trop lucide pour croire aux chances de réussite. Il n'avait agi que par solidarité.

A la différence de Maxime Fischer qui, à son procès, avait insulté les juges et revendiqué comme un titre de gloire son appartenance à l'O.A.S., ce qui lui avait valu une lourde peine, quinze ans de prison, Stéphane Macroy n'avait pas prononcé un seul mot, se bornant à réfuter d'un haussement d'épaules les accusations portées contre lui. Il est vrai qu'elles étaient minces. En technicien de la guerre clandestine, il ne laissait jamais de traces derrière lui et, en dépit des interrogatoires musclés auxquels il avait été soumis, il n'avait rien avoué.

Libéré du pénitencier de l'île de Ré après deux ans

de détention, Stéphane Macroy n'en était pas sorti seul. Dans sa cantine de fer s'était dissimulé son presque frère, Maxime Fischer.

Cette évasion rocambolesque avait, en France, provoqué un énorme scandale. Toutes les polices s'étaient lancées aux trousses du fuyard et de son complice. Ils étaient loin. Et c'est depuis l'Espagne, où ils avaient trouvé refuge, qu'ils avaient repris contact avec leur ancien chef, François Démery. Celui-ci les avait bientôt recrutés à ses côtés. Il avait besoin de soldats solides et expérimentés.

— Mauvaise nouvelle, dit François, sans ambages. Norodom Sihanouk a décidé de se passer de nous.

Comme il était prévisible, Maxime Fischer explosa.

— On nous vire comme des malpropres ? Et Hyacinthe Martinez n'a pas protesté ? J'ai toujours pensé que c'était un dégonflé ! Son amour pour ce guignol de Sihanouk confine à la connerie ! Bon Dieu ! Laissez-moi les mains libres et avec mon copain le colonel Lon Nol et sa brigade, je vous garantis qu'on règle le problème.

Stéphane Macroy demeura de glace, son visage n'eut pas un tressaillement. Il se borna à observer, d'un ton paisible :

— Ne rêvons pas. Pensons plutôt à trouver du travail.

— Tu vas sans doute passer une petite annonce : « Mercenaires au chômage cherchent mécène belliqueux pour financer armée privée » ?

— Écoutez. Je n'ai pas le droit de vous laisser. Le Cambodge est fichu pour nous. C'est ainsi. Mais tout espoir n'est pas perdu. Au Viêt-nam, on a certainement besoin de garçons comme vous dans les plantations ou ailleurs. Ce sera l'occasion d'une reconversion !

« Demain ou après-demain, j'irai à Saïgon. Ma femme y a des amis haut placés. Du diable si je ne trouve pas une solution !

Les deux sous-officiers se concertèrent du regard.

— D'accord, dit Fischer. Mais ce que nous souhaiterions, c'est rester ensemble. Et si possible avec vous. Que voulez-vous, à nos âges, on a ses habitudes !

En apprenant la nouvelle du licenciement de François, Diane ne formula qu'un commentaire :

— Dommage, je me plaisais bien à Phnom Penh. Quand partons-nous ?

— Je dois d'abord aller à Saïgon. J'aimerais que tu m'accompagnes. Bien sûr, je connais Sylvie et Denis Lam Than. Avec toi à mes côtés, je serai moins embarrassé pour leur exposer mes problèmes. Ce sont tes amis avant tout.

— Mais ce sont les tiens aussi ! protesta-t-elle. N'oublie pas que c'est grâce à leur intervention que nous devons d'être réconciliés avec ma mère. Si tu ne leur avais pas plu, crois-tu qu'ils se seraient donné autant de mal ? Rassure-toi, je suis ravie de ce voyage et d'embrasser Sylvie. Il y a bien un an que nous n'avons pas bougé d'ici ?

— Treize mois exactement. Rappelle-toi, c'était au mois d'août, lorsqu'ont éclaté les incidents navals du golfe du Tonkin entre des vedettes nord-vietnamiennes et le destroyer américain *Maddox*.

— C'est vrai, j'aurais dû m'en souvenir. Quelle histoire ! On ne saura jamais si ces incidents ont été voulus ; ils ont en tout cas servi de prétexte à l'engagement direct des marines.

— Ils ont aussi permis la réélection de Johnson.

Diane revint à ses préoccupations immédiates.

— Résumons-nous, dit-elle en secouant la tête, un geste familier qui faisait voler l'auréole de ses cheveux. Demain, j'annoncerai mon départ au médecin-chef. Il va être triste. Il s'appuyait de plus en plus sur moi. Il y a tant de travail ici.

Un an après leur arrivée dans la capitale cambodgienne, Diane avait en effet brusquement décidé qu'elle en avait assez de rester à la maison, seule et sans rien avoir à faire, tout l'entretien étant assuré par les domestiques et les plantons-jardiniers. Et elle avait placé François devant cette alternative : « Ou bien je trouve du travail à l'extérieur, ou bien je rentre en France ! »

C'est ainsi que Diane était entrée à l'hôpital français, au service de Paul Grauwin, un ancien médecin militaire qui, après la chute de Diên Biên Phu dont il avait été l'une des personnalités les plus marquantes, n'avait pas voulu quitter l'Indochine. C'était une sorte de saint laïque, totalement dévoué à son sacerdoce, jamais en repos, comme s'il voulait porter sur ses épaules toute la misère du monde. Et tout cela pour un salaire dérisoire.

Diane lui vouait une admiration sans limites, et une grande affection réciproque les unissait l'un à l'autre, dont François n'avait pas pris ombrage. Le Dr Grauwin était pour lui aussi l'ami et le confident. Ils s'étaient connus et appréciés pendant les cinquante-sept jours de la fameuse bataille.

— Vous me manquerez, toubib ! lui dit Diane, le lendemain, en prenant congé.

— Toi aussi, petite fille ! répondit Grauwin, ému. — Mais il se reprit vite et dissimula sa tristesse sous un masque bourru, grognant : — Puisque tu ne vas avoir que ça à faire, essaie donc de me fabriquer un filleul. Et dis à ton fainéant de mari de s'activer un peu ! Quand on a comme lui la chance d'avoir dans son lit une personne aussi bien roulée que toi, il faut être aveugle ou manchot pour la négliger.

Diane rougit.

— A vous, toubib, je peux l'avouer. Tout est ma faute. Je ne voulais pas d'enfant tant que ma mère ne m'aurait pas pardonnée. Et, après, c'était trop tard, j'avais trop de travail.

— Alors, tu fais bien de t'en aller. La prochaine fois que je te verrai, je veux que ce soit pour ton accouchement. Et je m'en occuperai personnellement !

Il l'embrassa, paternellement, sur les deux joues et la poussa dehors.

— File, maintenant ! Je suis débordé...

— Vous arrivez bien, leur dit Sylvie, venue les attendre à Tan Son Nhut. Justement, j'allais vous écrire pour vous demander si vous ne connaissiez pas un ou deux garçons susceptibles d'assister Henri à Bao Tan.

Diane s'étonna.

— Mais il y a déjà Matthieu pourtant. Que se passe-t-il ? Bao Tan aurait pris tellement d'extension ?

Sylvie secoua la tête.

— Ce n'est pas impossible. Henri est arrivé ici avec des tas de projets qui ne manquent d'ailleurs pas d'intérêt. Nous verrons dans quelques mois s'il a pu les réaliser ; cela ne m'étonnerait pas, il a une volonté de fer. — Avant de poursuivre, elle hésita comme si elle craignait que ses paroles soient mal interprétées. — Mais je ne crois pas que Matthieu reste là-bas...

— Aïe, dit Diane. Le torchon brûlerait-il entre les deux cousins ?

— Non. En fait, Matthieu n'a repris l'exploitation de Bao Tan que par devoir, pour conserver dans la famille l'héritage des Mareuil. Maintenant qu'Henri est arrivé, il considère que sa mission est remplie. Et puis May Linh doit accoucher bientôt.

— Si Matthieu s'en va, demanda François, où ira-t-il ?

— Il envisage de reprendre du service. Au fond, il ne s'est jamais vraiment pardonné d'avoir démissionné alors que le Viêt-nam a besoin de toutes ses énergies. L'armée est sa passion.

— Je comprends tout à fait cela.

— Voici quelques semaines, son camarade Pham Dinh Loï a repris contact avec lui. C'est devenu un personnage important depuis que son ancien colonel, N'Guyen Van Thieu, promu général à la chute de Diêm, occupe le poste de chef de l'État. On lui propose sa réintégration, assortie d'une promotion au grade de commandant. Matthieu a demandé un délai de réflexion, ne serait-ce que pour donner à Henri le temps de se familiariser avec le fonctionnement de Bao Tan. Mais à Noël, au plus tard, il sera parti. A ce moment-là, Henri aura besoin d'assistants de plantation.

Denis Lam Than était d'excellente humeur. La présence, à sa table, de Diane, fraîche et très en beauté, le changeait agréablement des dîners protocolaires auxquels ses nouvelles fonctions de président du Conseil constitutionnel l'avaient habitué. Il raconta, sur le mode humoristique, le ballet des différents chefs de l'État qui se succédaient depuis un an à la tête du pays, ayant seulement un peu d'indulgence pour le dernier en date, N'Guyen Van Thieu, qui, seul de son espèce, avait à son avis la stature d'un véritable président.

— Au mois de juillet dernier, raconta-t-il, nous étions un certain nombre de dignitaires de la République à être conviés à l'ambassade des États-Unis pour un dîner très officiel, donné à l'occasion du retour de Henry Cabot-Lodge qui a accepté de reprendre son ancien poste. Il y avait aussi Robert Mac Namara, le secrétaire d'État à la Défense, venu spécialement à Saïgon pour cette occasion.

« Nous bavardions, en attendant les toasts et les petits-fours lorsque, soudain, les conversations s'arrêtèrent. Un huissier annonça : " Monsieur le général N'Guyen Cao Ky, Premier ministre ".

— Je crois l'avoir vu en photo dans *Paris Match,* s'écria Diane. N'est-ce pas cet aviateur qui porte une petite moustache à la Clark Gable et des combinaisons de vol de couleur mauve ?

— Exactement, confirma Denis. Mais ce soir-là, en civil, il s'était surpassé. Il avait revêtu une veste blanche, cintrée à l'italienne, des pantalons noirs moulants qui laissaient apparaître de superbes chaussettes rouges sur des escarpins pointus. On aurait dit un crooner des années cinquante ! La tête de Mac Namara était tout à fait réjouissante. Quant à Cabot-Lodge, il est resté imperturbable, mais je l'ai entendu glisser à son voisin, le général Wheeler : « Au moins, on ne risque pas de le confondre avec l'Oncle Ho... »

Plus tard, interrogé par François sur la situation militaire, Denis se montra évasif.

— La position officielle est que les bombardements sur le Nord-Viêt-nam vont probablement décourager Hanoï de soutenir la guérilla viêt-cong, et de stopper l'infiltration de soldats réguliers à travers l'introuvable piste Ho Chi Minh.

« Par conséquent, avec l'appui des Américains, nos forces ne peuvent, à terme, que venir à bout de cette rébellion.

— La méthode Coué considérée comme une forme de gouvernement, en quelque sorte ?

— Cette méthode n'est pas l'apanage du Viêt-nam. Rappelez-vous, Paul Reynaud en 1940 : « Nous vaincrons parce que nous sommes les plus forts... » A vrai dire, ce n'est pas cela qui m'inquiète, mais bien plutôt ce goût morbide du malheur qui semble ronger ce pays. Regardez autour de vous. Que voyez-vous ? Une frénésie de plaisirs, une course forcenée à l'argent cela s'appelle, ici : « *lam tieng My* », littéralement : « faire du fric américain ».

« Ce pays est un bateau ivre dont les passagers pressentent qu'il va couler et qui font tout — consciemment ou pas — pour hâter le naufrage.

3

— Comme je l'ai déjà expliqué à François Démery, je ne suis pas certain de pouvoir vous payer très cher, dit Henri, avec une franchise d'autant plus cassante qu'il avait dû faire effort sur lui-même pour lâcher cet aveu, qui mettait sa fierté à mal et risquait, craignait-il, d'entamer son autorité de jeune patron.

Stéphane Macroy plissa les lèvres, écarta les bras, mains ouvertes. Une attitude qui signifiait : « Nous sommes là, c'est l'essentiel. »

— Si c'était seulement pour une question d'argent, monsieur, explicita Maxime Fischer, sûr qu'on ne se serait pas déplacés. Le capitaine nous a tout raconté. On est d'accord. — Il ajouta : — Ce qui compte, finalement, c'est de pouvoir rester en Indochine. — Puis, avec un rire insouciant : — Au besoin, on est prêts à payer pour ça ! Quand commençons-nous ?

Henri se détendit et, un peu plus chaleureusement :

— Dès demain, si vous le voulez. Pour ce soir, vous êtes mes invités ; nous allons faire la fête, ce n'est pas si souvent que j'ai l'occasion de passer la nuit à Saïgon.

Henri avait retenu une table de trois couverts au restaurant en terrasse du Majestic, tout en bas de Tu

Do, l'ancienne rue Catinat. C'était un endroit sélect, snob où, dans une ambiance feutrée, des garçons au style compassé proposaient un service « à la française ».

On y accédait par un ascenseur situé au fond du hall où se pressait une foule compacte en tenue stricte, fonctionnaires locaux, officiels américains, hommes d'affaires internationaux, venus négocier marchés et contrats. Il se dégageait de l'ensemble une sorte d'ennui distingué, qui contrastait avec l'agitation de la rue, perceptible de l'autre côté des grandes baies vitrées.

Escorté de ses deux compagnons, Henri patientait, attendant paisiblement leur tour d'entrer dans la cabine de l'ascenseur. Il n'avait pas remarqué le regard qu'avaient échangé Fischer et Macroy. Un regard qui traduisait leur manque d'enthousiasme à l'idée de passer la soirée dans cet établissement, trop guindé à leur goût. Ils avaient une tout autre conception de la « fête ». Mais, en invités convenables, ils se taisaient et s'efforçaient de calquer leur attitude sur celle de leur patron.

Leur tour arriva enfin. Henri se préparait à entrer, quand il remarqua, juste derrière lui, une jeune fille en *ao daï* brodé, l'air hautain, le visage fardé de blanc, où seules les lèvres, d'un rouge agressif, mettaient une tache de couleur vive, comme du sang. Courtoisement, il s'effaça, et fut, tout aussitôt, repoussé par une horde de jeunes Vietnamiens arrogants, cheveux gominés, ramenés en banane sur le front à la façon d'Elvis Presley. C'étaient, à n'en pas douter, les riches rejetons des familles fortunées de Saïgon, qui se rendaient, en bande, au dancing du troisième étage. Au passage, l'un d'eux gratifia Henri d'un coup de coude, tandis qu'un autre le bousculait ouvertement de l'épaule.

Henri s'efforça de faire bonne contenance. Sa

réserve naturelle lui interdisait de déclencher un esclandre.

Cette passivité apparente ne fut pas du goût de ses compagnons.

— On leur rentre dans le chou ? suggéra Fischer.

— Pas la peine, répondit Macroy, toujours avare de paroles.

Il tendit la main, crocha la manche du godelureau le plus proche et, fermement, le tira hors de la cabine. Un instant, ils s'affrontèrent, les yeux dans les yeux. Mais, devant la détermination qu'il lisait sur le visage du Français, le Vietnamien capitula et baissa le front.

Fischer se tourna vers Henri.

— Montez, monsieur, dit-il avec une déférence exagérée, volontairement destinée à impressionner les jeunes gens.

Il y réussit tout à fait. Arrivés à destination, ceux-ci s'éclipsèrent, le dos rond, la fesse rentrée, redoutant peut-être d'y recevoir un coup de pied.

— Vous y avez été un peu fort, observa Henri, après qu'ils eurent pris place autour de la table somptueusement décorée. Ne craigniez-vous pas un incident grave ?

— Monsieur Mareuil, répondit Macroy, à ce que m'a dit le capitaine Démery, vous êtes né dans ce pays ?

— En effet. Pourquoi ?

Macroy hésita. Ce qu'il voulait expliquer risquait d'être plus long que ne l'étaient ses interventions habituelles. Il prit une longue inspiration, avant de poursuivre :

— Pourtant, vous agissez comme un « monsieur tout neup' », ainsi qu'ils appellent les nouveaux débarqués.

— Je ne comprends pas.

— Comme les Chinois, les Vietnamiens sont xénophobes, même s'ils sont respectueux des lois de l'hospitalité. Persuadés d'être les héritiers d'une civilisation bien supérieure à la nôtre, ils n'attendent de nous qu'un comportement de Blancs, c'est-à-dire des gens grossiers, brusques, exigeants, coléreux. Si vous les traitez en égaux, vous les troublez. Pire, vous les choquez, exactement comme si un manant se prenait pour un noble. Ils vous méprisent alors, car, à leurs yeux, vous êtes aussi ridicule que nous les trouvons nous-mêmes quand ils s'avisent de singer nos manières.

Fischer écoutait son camarade, fasciné, et surpris.

— Ben, mon gars, quand tu t'y mets...

— Merci pour ce cours de psychologie appliquée, je tâcherai d'en faire bon usage.

— Je n'ai pas tout compris, avoua Fischer. Mais je ne suis pas complètement d'accord. Pour moi, les relations entre les hommes sont basées sur des rapports de force. Les Vietnamiens sont des gens pratiques. Ils prennent simplement la courtoisie pour de la faiblesse, la gentillesse pour de la soumission. Ma devise : il vaut mieux passer pour une vache que pour un con.

— Je connaissais cet adage, dit Henri, en souriant. Mais moi j'en ai un autre : donner des ordres vagues et exiger l'exécution immédiate est de l'abus d'autorité. — Pour rester dans le ton, il précisa : — C'est de Confucius. Pour ma part je préfère convaincre qu'imposer.

Le maître d'hôtel était là. Après avoir distribué les menus, il s'informa, en anglais :

— Quelle sorte d'apéritif prendront ces messieurs ? Champagne ? Martini-cocktail ? Bourbon-soda ?

— Un pastis bien tassé ! répliqua Fischer, d'une voix forte qui fit converger tous les regards dans sa direction et suscita, chez le maître d'hôtel, un haut-le-corps offusqué.

— La même chose, confirmèrent ensemble Henri et Macroy.

Après avoir soigneusement consulté le menu, ce dernier le reposa sur sa serviette damassée, et, tout en jouant avec sa fourchette en argent :

— Monsieur Mareuil, commença-t-il, pour être franc...

— Oui ?

— Je ne me sens pas à ma place ici, dans ce décor de palace avec ces gens trop bien habillés. Et puis — de sa fourchette, il montra l'alignement des verres — il y a tout ça...

Henri hocha la tête.

— Excusez-moi, je croyais que ça vous rappellerait la France.

— Oh, vous savez, la France... Et d'ailleurs, même là-bas, je ne suis jamais entré dans un grand restaurant.

— Désolé, répondit Henri, sincère. Que suggérez-vous ?

Comme d'habitude, Macroy et Fischer s'interrogèrent du regard et, comme s'il s'agissait d'un numéro de duettistes très au point :

— Voilà, commença Macroy.

— On voudrait vous expliquer...

— Dans le boulot...

— C'est vous le patron. Cela ne se discute pas, vous commandez, nous obéissons. Sans problèmes. Mais...

— En dehors du boulot...

— J'ai compris. Vous pouvez m'appeler Henri.

Ils le remercièrent d'un grand sourire épanoui.

— Maintenant... reprit Macroy.

— S'il s'agit de faire la fête...

— Il vaudrait mieux nous faire confiance.

— O.K. Quel est votre programme ?

— D'abord, une soupe chinoise à Cholon...

— Avec des *cha-gio* et un crabe farci.

— Ensuite, un tour au dancing et, pour finir...
Ils éclatèrent de rire et, ensemble :
— ... passer le reste de la nuit avec une jolie fille !

— Vous aviez raison, constata Henri en se glissant derrière le volant de la Land Rover. Ce dîner chinois était épatant. Je ne regrette pas de vous avoir écoutés. Le Majestic était sinistre. A présent, où allons-nous ?

Pour la première fois depuis son retour au Viêtnam, il se sentait détendu, léger, débarrassé de ses soucis. Il se laissait porter. Et cette euphorie n'était pas uniquement due à la bière. Au cours du repas, il avait découvert que ses deux compagnons étaient des garçons simples, chaleureux, disponibles. Après quelques vaines tentatives pour l'appeler Henri, ils étaient tombés d'accord sur le terme de « patron », une façon de lui montrer qu'ils l'avaient adopté comme chef, mais aussi comme l'un des leurs.

Bien que différents dans leur caractère et leurs expressions, ils lui rappelaient Guillou, son ancien adjoint, qui savait mêler habilement le respect de la hiérarchie et l'autorité bienveillante d'un presque grand frère chargé de le conseiller et de le guider de son expérience.

— A Phnom Penh, répondit Fischer, nous avons entendu parler d'une toute nouvelle boîte qui vient d'ouvrir, boulevard Tran Hung Dao.

— L'ancien boulevard Gallieni, précisa Macroy.

— Ça s'appelle le Blue Angel. Il paraît que c'est superbe. Chromes et cuirs, éclairages savants, whiskies de première...

— Sans oublier les plus belles taxi-girls de Saïgon. Vous connaissez ?

— Pas du tout. Vous savez, Bao Tan est au fin fond de la province : le bout du monde. Et puis, les dancings ne figurent pas au nombre de mes préoccupations.

— Vous avez tort, patron. Il n'y a pas que le travail dans la vie. Il faut savoir se détendre. Vous verrez, ça fait du bien de penser à autre chose.

Le Blue Angel était tel que l'avaient décrit Fischer et Macroy. Confortable, luxueux même et probablement très cher aussi. Mais, sur ce point, Fischer avait averti Henri : « Vous êtes notre invité. »

Ils prirent place au creux de profonds divans de cuir, et, pendant quelques minutes, ils observèrent la salle et la piste de danse sur laquelle évoluaient des couples aux accords d'un orchestre philippin particulièrement en verve, alternant morceaux rythmés et tangos ou slows langoureux.

Fischer se pencha vers Henri :

— Voyez-vous les taxi-girls, là-bas ? Faites votre choix, je les retiendrai pour la soirée auprès de la *maman-san*.

— Est-ce vraiment nécessaire ? Je suis un piètre cavalier.

— Il n'est jamais trop tard pour apprendre. Les filles sont payées pour se laisser marcher sur les pieds. Alors ?

Bien qu'il n'en eût pas particulièrement envie, les plaisirs tarifés ne lui paraissant pas satisfaisants, Henri se sentit obligé de se décider. Ses compagnons n'auraient pas compris un refus. Au hasard, il répondit :

— A gauche, la grande, avec une robe émeraude, et une queue de cheval.

Fischer siffla :

— Pour quelqu'un qui se moque des boîtes de nuit, vous avez bon goût. Et toi, Steve ?

Macroy haussa les épaules, indifférent :

— Choisis toi-même ; avec ma chance, je tombe toujours sur des idiotes ou des rapaces. Avec ton flair, je ne peux avoir qu'une bonne surprise.

Fischer s'absenta quelques instants et revint,

escorté de trois taxi-girls qui prirent place à côté de leurs cavaliers.

— *My name is Pearl,* se présenta la voisine d'Henri, d'un ton indifférent, fixant devant elle un horizon lointain. *And you? What is your Christian name?*

— Henri. — Puis, en vietnamien : — Je suis né ici. Et je préfère bavarder dans ta langue. Veux-tu danser? Nous ferons connaissance.

Elle daigna tourner la tête et le dévisagea avec, dans les yeux, la marque d'un intérêt certain. Puis elle inclina la tête, sourit et se leva, le précédant vers la piste. Henri lui emboîta le pas, admirant le modelé de son dos, révélé par la robe chinoise, très ajustée, haut fendue, qui dévoilait des jambes fines, soyeuses, au galbe parfait. Il l'enlaça, l'amenant tout contre lui, mais elle se déroba, mettant entre eux la distance de ses bras tendus.

— *Maman-san* n'aime pas trop d'intimité avec les nouveaux clients.

— *Maman-san* est sage, approuva Henri. Si une fille accorde tout le premier jour, que lui restera-t-il à donner les jours suivants?

Elle parut surprise de la réponse.

— Tu es drôle, dit-elle. D'habitude, les hommes ne comprennent pas. Certains disent qu'ils ont payé, d'autres se mettent en colère.

— Ils ont tort. Le vrai plaisir est de penser qu'il reste quelque chose à découvrir.

D'une pression des doigts, Pearl montra qu'elle appréciait cette remarque. Puis :

— Tu dois bien connaître les femmes? Tu es marié?

— Non. — Il sourit : — Non aux deux questions!

— Je ne te crois pas. Tu parles trop bien. — Elle fronça les sourcils, cherchant une explication qui justifierait l'affirmation de son cavalier. Elle crut l'avoir trouvée et demanda, innocemment : — Peut-être ne peux-tu pas faire l'amour ?

Il allait répliquer ; plus prompte, elle poussa son ventre contre le sien, et ne put ignorer son désir.

— Tu es comme un jeune étalon, apprécia-t-elle, en pouffant.

Bien plus tard, entre deux danses, Fischer regarda sa montre.

— Dites, patron, il est minuit. Dans une demi-heure ce sera le couvre-feu. Quelles sont vos intentions ? Steve et moi, nous partons avec Marylin et Suzy, elles sont d'accord, il y a un hôtel à côté. Et vous ?

Henri hésita. Il regarda Pearl, qui avait glissé sa main dans la sienne.

— O.K., finit-il par dire.

— Je vais arranger cela avec la *maman-san,* conclut Fischer en se levant.

Il revint quelques instants plus tard.

— Il y a un ennui. Pearl n'est pas disponible. Elle a déjà été retenue par un client important. Un Américain.

— Dommage, fit Henri, sincère.

— Que raconte votre ami ? s'informa-t-elle. — Henri le lui traduisit. Elle grimaça : — Je n'ai pas envie d'aller avec lui. Il est gros, il transpire, il pousse des cris et il s'endort tout de suite après...

Fischer avait compris, à demi-mot. Il adressa à Henri un clin d'œil complice.

— Ça doit pouvoir s'arranger, patron. Je vais aller voir cet Américain. — Puis à voix plus haute : — Tu viens, Steve ?

De sa place, Henri les observa, songeant qu'il aurait été plus correct de sa part d'effectuer cette démarche lui-même ou, à tout le moins, d'escorter ses deux compagnons.

— Je reviens, glissa-t-il à Pearl. Ne bouge pas, attends-moi.

Tout en s'approchant, il constata que l'entretien n'avait pas l'air de bien se passer. Fischer et Macroy se tenaient debout, face à trois hommes vautrés dans leurs fauteuils, un Vietnamien replet aux cheveux taillés en brosse, un Européen maigre au visage tendu, vêtu de blanc, et un Américain congestionné, en chemise hawaiienne, écumant de fureur, qui glapissait :

— Foutez-moi le camp, espèce de « Frenchies » de malheur ! Foutez le camp ou j'appelle les videurs ! J'ai payé, cette fille est pour moi !

— Pardonnez-moi, intervint Henri, calmement. Tout est ma faute. Permettez-moi, au moins, de m'expliquer.

— Il n'y a rien à expliquer, intervint sèchement l'homme en blanc. Nous étions là, trois amis venus passer un agréable moment, et voilà que vos zèbres se pointent avec des exigences extravagantes. Un conseil, emmenez-les hors d'ici.

— A trois contre trois, grogna Fischer, entre haut et bas, c'est jouable. Qu'en penses-tu, Steve ?

— Moi, je prends le Ricain...

Henri songea à la théorie sur les relations entre les hommes, basées sur les rapports de force, telle que l'avait émise l'ancien sous-officier, tout à l'heure, au restaurant. Mais il n'avait pas l'intention de déclencher un pugilat pour des motifs aussi contestables, aux suites imprévisibles. Il préféra s'incliner.

— Venez, dit-il à ses compagnons. Ne faisons pas un drame pour si peu de choses. La prochaine fois, je m'y prendrai plus tôt pour passer la soirée avec Pearl.

Fischer se rembrunit. Il reprit ses distances.

— C'est vous le patron, laissa-t-il tomber, avec froideur. A vos ordres, monsieur Mareuil.

— Excusez-moi, intervint l'inconnu en blanc avec vivacité. Vous vous appelez Mareuil ? Seriez-vous un parent de Francis Mareuil ?

— C'était mon grand-père. Pourquoi ?

L'homme hocha la tête, sans répondre tout de suite. Il paraissait ému. Finalement, il reprit, la voix voilée :

— Vous êtes sans doute le fils de Bertrand ? Sachez que je me trouvais près de lui le jour où il a été tué, à Paksavane.

Henri éprouva un choc. C'était la première fois qu'il se trouvait en présence d'un témoin de la mort de son père.

— Qui êtes-vous ? demanda-t-il, bouleversé.

— Mon nom est O'Donovan. Patrick O'Donovan.

— Que faisons-nous, patron ? interrogea Macroy.

Henri le dévisagea comme s'il le découvrait. En une seconde, tout le présent s'était effacé.

— Je suis désolé, vieux. Faites comme si je n'étais pas là.

— Je comprends, patron.

— Et Pearl ? intervint Fischer.

— Cela n'a plus d'importance. J'aimerais surtout entendre O'Donovan me parler de mon père.

— Je crains que nous n'en ayons plus guère le temps avant le couvre-feu. Mais voici ce que je propose. Remettons cette conversation à demain. En attendant, je ne crois pas que mon ami Howard s'oppose plus longtemps à vous priver du charme de la jolie Pearl. N'est-ce pas, Howard ?

— M'en fiche, bougonna le gros Américain.

— Voici mon adresse, ajouta Patrick en tendant une carte de visite. Rendez-vous à dix heures ?

— A dix heures, je serai reparti pour Bao Tan.

— Bao Tan ? Ainsi, vous avez repris la direction de votre plantation. Qu'est devenu Matthieu Lam Than, le bouillant capitaine ?

— Nous travaillons ensemble, pour peu de temps encore : il envisage de reprendre du service dans l'armée. C'est pourquoi j'ai engagé ces deux assistants. — Puis, changeant de ton : — Racontez-moi Paksavane. Comment était mon père ? Je ne l'ai pas connu, sauf par une très vieille photo. Il paraît que je lui ressemble...

Patrick secoua la tête :

— Je dois rentrer chez moi, ma femme s'inquiéterait. Ne pouvez-vous pas retarder votre départ, ne serait-ce que de quelques heures ? J'aurai peut-être une proposition à vous faire concernant Bao Tan.

Henri accepta.

— Que se passe-t-il ? demanda Pearl, d'une petite voix désappointée. Je ne te plais pas ?

— Mais si, protesta Henri, en lui caressant le flanc d'une main distraite. Je te trouve très belle, au contraire.

— Mais tu n'as pas fait l'amour. Pourquoi ? C'est la première fois ?

— Oui, répondit-il, sans réfléchir.

Il avait l'esprit ailleurs. A l'impatience de connaître enfin la vérité sur la mort de son père, se mêlaient des interrogations sans fin. « Pourquoi ni Ba Trinh ni Matthieu, qui ne pouvaient ignorer l'existence de Patrick O'Donovan, n'ont jamais évoqué son existence en ma présence ? Quel mystère cela cache-t-il ? »

Pourtant Patrick O'Donovan semblait bien disposé à l'égard de la famille Mareuil. « Que fait-il à Saïgon ? Et quelle est la proposition qu'il a évoquée ? »

Conscience professionnelle ou dépit de se voir délaissée, Pearl s'était résolue à prendre l'initiative. Des doigts et des lèvres, elle finit par émouvoir son compagnon, involontairement troublée elle-même, ce qui pourtant était contraire à sa ligne de conduite, car elle avait un fiancé auquel elle réservait d'ordinaire le privilège de son plaisir.

Mais une force invincible l'attirait et, quand elle chevaucha son partenaire, elle se laissa aller et manifesta son contentement en le picorant de baisers, mêlés de petits cris aigus, plantant ses ongles dans le dos d'Henri, tout ébloui de cette découverte.

Ponctuel, à dix heures du matin, Henri se présenta à la villa de Patrick, accueilli par une jeune Vietnamienne vivace et sans complexes, qui lui sourit en observant ses yeux cernés.

— Mon mari est au téléphone, dit-elle. Asseyez-vous. Que puis-je vous servir ? Du thé ? Ou quelque chose de plus... revigorant ? Vous semblez fatigué.

— Du thé, merci madame, accepta Henri, en rougissant.

Elle appela la servante, donna ses ordres, puis elle s'installa, sans façons, sur l'accoudoir du fauteuil d'en face.

— Si, comme je l'espère, nous devons devenir amis, commencez par m'appeler Liên, reprit-elle. Quel est votre prénom ?

— Henri, madame.

— Mon mari m'a raconté votre rencontre, cette nuit. Croyez-vous au hasard ?

— Quelquefois. A dire vrai, je manque de références dans ce domaine. Quoi que, à y réfléchir...

— Moi, je n'y crois pas. Je pense qu'il existe, bien au-dessus de nous, une volonté supérieure qui se plaît à entrecroiser les destins des hommes. Et des femmes aussi, bien entendu. Tenez. Combien y avait-il de chances pour que vous tombiez sur Patrick, précisément le seul jour où, l'un et l'autre, vous allez dans cette boîte, le *Blue Angel* ? Pratiquement aucune. Or, vous vous êtes trouvés. Et, le plus extraordinaire, au moment où vous êtes en mesure, l'un et l'autre, de vous rendre service !

Henri hocha la tête :

— Savez-vous de quoi il s'agit ?

— Non. Seulement qu'il y a pas mal d'argent à gagner. Mais, le voilà, il vous expliquera cela lui-même. Au revoir, conclut-elle en se levant et en s'éclipsant discrètement.

Il y avait près d'une heure maintenant que Patrick avait entrepris de raconter un épisode vieux de vingt ans déjà. Il avait commencé son récit de façon impersonnelle, se bornant à retracer les circonstances dans lesquelles, après avoir échappé aux Japonais alors qu'il était en traitement à l'hôpital militaire de Hué, il avait retrouvé Bertrand, à la tête d'une dizaine de soldats, dans un village de lépreux non loin de Paksavane, au Laos.

— Nous avions, l'un et l'autre, mis près de trois mois pour franchir la Cordillère annamitique, à travers la jungle, sans ravitaillement, sans médicaments, perpétuellement sur le qui-vive, évitant pistes et villages, sans cesse traqués par les Japonais. Je me suis alors intégré à la section de votre père. Deux autres groupes avaient fait jonction, l'un emmené par Dauberge, l'ancien chef du poste de Paksavane, l'autre par un jeune officier de parachutistes, le capitaine Puybazet.

— Je me souviens vaguement de lui, l'interrompit Henri. Peu de temps avant sa mort, ma mère me l'avait présenté, ils avaient conçu le projet de se marier. Je devais avoir deux ou trois ans.

— A la fin du mois d'août, nous avons décidé de reconquérir Paksavane, encore tenu par les Japonais en dépit de leur capitulation, intervenue deux semaines auparavant. Le 7 septembre au matin, nous avons attaqué. A midi, la ville était à nous. Et puis...

Patrick s'était interrompu.

— Et puis ? répéta Henri, tendu, avide de connaître la suite.

Aiguillonné, pressé de questions, Patrick fouilla dans sa mémoire, exhumant tout ce qu'il y avait enfoui depuis longtemps. Insensiblement, il replongea dans son passé, emporté par les images qui surgissaient, comme celles d'un film demeuré intact, protégées par l'oubli aussi sûrement que si elles avaient été conservées dans un coffret scellé.

Il n'était plus à Saïgon, mais sur les bords du Mékong, par un bel après-midi d'automne.

Ils s'attendaient à une contre-attaque et, pour l'enrayer, ils s'étaient réparti les missions. Le lieutenant Dauberge avait réoccupé son ancien poste qu'il avait mis en défensive, Puybazet et ses parachutistes avaient pris position dans la Résidence, transformée en redoute fortifiée. Pour leur part, Bertrand et sa section, à laquelle s'était intégré Patrick, avaient occupé un blockhaus situé sur le pont routier de la Nam Savan, au nord de la ville, pour prévenir un retour en force des Japonais et des révolutionnaires annamites qu'ils avaient enrôlés.

L'attente se faisait pesante, sous un soleil de plomb qui faisait vibrer l'air. La jungle sommeillait, la route restait vide. Pour tuer le temps, ils bavardaient.

— Pourquoi ne resterais-tu pas en Indochine ? demanda Bertrand. Quand la guerre sera terminée il faudra remettre le pays en route, reconstruire l'économie, relancer la production, panser les plaies...

Patrick opinait, retenant les mots qui lui brûlaient les lèvres. Pouvait-il dire que son choix était fait, sa décision prise ? Son avenir n'était pas là où il n'était qu'un intrus, entré par effraction dans une vie qui ne lui appartenait pas...

— Que s'est-il passé ? demanda Henri, fasciné.

Brusquement ramené dans le présent, Patrick regarda le jeune homme qui lui faisait face et fut frappé par l'intensité pathétique qui se lisait dans ses yeux, d'un vert d'eau limpide et lumineux. Des yeux comme il n'en avait vus qu'une seule fois. Ceux de Catherine, un soir d'orage, à Bao Tan.

L'émotion lui noua la gorge. « Il a vingt ans, songea-t-il. Il pourrait être mon fils. Cet enfant que Catherine m'a supplié de lui faire, dans un instant d'égarement. Cet enfant que je n'ai pas eu d'elle... »

Il fit effort pour retrouver une voix naturelle, mais, sans trop savoir pourquoi, il passa au tutoiement quand il reprit :

— Vois-tu, quand le char a débouché du virage, huit cents mètres devant nous, nous étions dans un état second. Sans en avoir parlé, nous étions conscients que la mort était sur nous. Mais aucune force au monde ne nous aurait fait reculer. Moi, parce que j'avais contracté une dette d'honneur vis-à-vis des Français d'Indochine qui m'avaient recueilli, protégé, soigné en dépit des risques encourus.

— Et mon père ?

— Bertrand voulait témoigner. Pour cette armée coloniale qu'il savait vouée au mépris et à la haine des gaullistes. Puybazet le lui avait laissé entendre. On lui reprochait d'avoir prétendument collaboré avec les Japonais, elle qui s'était battue contre eux à Langson en 1940, qui avait vaincu les Siamois et qui n'avait cessé d'organiser la revanche. Avoir servi l'amiral Decoux, demeuré fidèle à Vichy, était un crime.

— Mon père vous l'a dit ?

— Ce sont les dernières paroles que je lui ai entendu prononcer. Quand il est devenu évident que notre position devenait intenable, que nous devions nous replier et que rester une minute de plus équivalait à un suicide, il a d'abord refusé. J'ai insisté. Alors, entre deux rafales, il m'a crié : « Je me fous de ce pont ! Je me bats pour tous ceux qui ne se sont pas battus ! Je me bats pour un principe ! Je me bats pour l'honneur... »

« Presque aussitôt après, une balle l'a atteint, au ventre. Il est mort trois heures plus tard.

Il se tut et, pendant quelques secondes, il y eut un profond silence.

— Nous l'avons enterré, le soir même, à Thomrong, un village de lépreux, aux côtés du Dr Kervizic, le plus cher et le plus vieil ami de ton grand-père. Quelques semaines plus tard, je lui ai fait obtenir la *Distinguished Service Order* britannique. — Il esquissa un geste de colère. — Ces salauds de Paris lui avaient refusé la Légion d'honneur !

— C'est curieux, observa Henri, rêveusement. Personne ne m'avait raconté cela. Ni mon grand-père, ni Ba Trinh, ni Matthieu — que vous semblez connaître — ne m'avaient parlé de vous. Est-ce en souvenir de ce que vous avait dit mon père que vous êtes revenu au Viêt-nam ?

— En partie. Mais je ne vais pas te raconter ma vie.

Henri prit cette réponse pour une dérobade. Il soupçonnait un secret que tout le monde s'appliquait à lui cacher.

— Cela m'éclairerait peut-être sur les motifs pour lesquels, à notre première rencontre, vous avez décidé de me venir en aide.

— J'ai passé cinq ans à la Légion étrangère. L'une des choses que j'y ai apprises est que l'on doit respecter le silence des autres. Tout n'est pas bon à dire. Tout n'est pas bon à savoir. Pourquoi devrais-je donner des raisons à un cadeau qui ne t'engage à rien et que tu as la liberté de refuser ?

Henri encaissa la leçon. « Je l'ai bien cherchée », songea-t-il.

— Quel est ce cadeau ?

— Te souviens-tu de Howard Kendall, cet Américain qui était avec moi, hier soir, au Blue Angel ?

— Bien sûr ! Je ne suis pas près de l'oublier.

— Howard Kendall est colonel. De l'Intendance. Il a pris contact avec moi voici quelques jours pour m'exposer son problème, et m'a demandé de l'aider à le résoudre. En apprenant que tu avais repris la direction de Bao Tan, j'ai immédiatement pensé te soumettre cette affaire.

— S'il s'agit d'une combine comme il s'en monte un peu partout dans ce pays, je ne marche pas.

— Qui te parle de combine ? Si c'était le cas, je ne t'aurais parlé de rien. Écoute-moi.

« Les vaillants G.I.'s qui débarquent chaque jour au Viêt-nam (ils seront 185 000 à la fin de l'année) ne sont pas des gens rustiques comme nous l'étions nous-mêmes quand nous crapahutions avec juste une musette et une toile de tente. Ces messieurs ont besoin d'un confort qui nous aurait paru extravagant et qui leur semble la moindre des choses. Or, par exemple, en brousse, les matelas pneumatiques dont ils sont dotés se sont avérés fragiles, rapidement inutilisables.

« L'Intendance a alors envisagé toutes sortes de solutions pour offrir aux unités en campagne de quoi passer des nuits de rêve. Elle a testé les matelas cambodgiens, faits de kapok cousu dans une enveloppe de toile forte. Elle y a renoncé, ils sont trop chers et surtout trop lourds pour peu qu'ils soient mouillés. Quant aux nattes vietnamiennes de paille de riz tressée...

— Rien que l'idée donne des frissons !

— En te voyant, hier soir, je me suis demandé si la solution ne se trouverait pas entre tes mains. Je ne connais pas grand-chose à l'exploitation des hévéas, mais je crois savoir qu'avant de recueillir la sève liquide, les ouvriers arrachent la mince bande de latex coagulé — le cernambis, si je ne me trompe ? Qu'en faites-vous ?

— Des semelles de crêpe. Mais c'est long à écouler, la demande est faible et nous ne sommes pas seuls sur le marché.

— Ne te serait-il pas possible, avec des moyens techniques que je te laisse le soin de découvrir, de fabriquer des rectangles de caoutchouc-mousse, légers, solides, de faible encombrement et d'un poids minime ?

— Je ne dis pas non. Il faut seulement que j'étudie le problème et que j'en discute avec Matthieu. Combien vous en faudrait-il ?

— Si tu arrives à mettre au point un modèle satisfaisant, il n'y a pas de limite. Dix mille, vingt mille peut-être ? Tout dépendra alors de ta capacité à les produire. Il faudra aller vite, tu ne resteras pas longtemps seul sur le marché !

— J'espère pouvoir convaincre Matthieu.

Patrick hocha la tête.

— Inutile de lui dire qui t'a lancé sur cette voie.

— Pourquoi ?

— Il ne m'aime pas. Et il serait capable de te décourager de traiter avec moi. Pour l'unique raison que c'est moi.

— Vous ne voulez toujours pas me dire ce qui vous oppose ? May Linh ?

De la main, Patrick O'Donovan écarta cette explication.

— May Linh était une amie, c'est vrai. Mais il y a longtemps que le malentendu a été dissipé à son sujet. Il s'agit de bien autre chose et je doute que, même si tu l'interrogeais, Matthieu consente à te répondre. Ne cherche pas à remuer les cendres d'un passé révolu. Ce ne serait profitable à personne.

Il se leva, posa sa main sur l'épaule de son visiteur et le raccompagna jusqu'à la grille du jardin.

— Ne tarde pas trop à me donner ta réponse. J'espère qu'elle sera positive. Et dans ce cas, tu vas gagner beaucoup d'argent.

CHAPITRE 8

1968

1

La Nouaille, 31 janvier 1968

Dans sa dernière lettre, adressée à Henri avec ses vœux du nouvel an, Catherine avait glissé ce conseil : « Sois prudent. Le véritable danger est de s'habituer au danger... »

Vue de France, la guerre du Viêt-nam telle que la retransmettaient les images de la télévision ressemblait à un feuilleton à épisodes pour lequel des moyens colossaux auraient été mis à la disposition d'un metteur en scène paranoïaque. Des colonnes de troupes, vomies par des hélicoptères, traçaient leur chemin à travers la jungle hostile ou pataugeaient dans des rizières boueuses pour aborder des villages depuis lesquels des Viêt-congs embusqués les prenaient à partie d'aussi loin qu'ils le pouvaient. Des batteries d'artillerie crachaient leurs obus, écrasant tout sous leur déluge, des avions larguaient des bombes, en chapelet, laissant derrière eux des torrents de flammes ou des champignons de fumée.

Tout se passait comme si les reporters des télévisions du monde entier cherchaient à rivaliser dans l'horreur et l'épouvante. Tous les jours, on pouvait assister au spectacle de blessés se tordant de douleur, G.I.'s, rangers sudistes ou combattants communistes. On voyait aussi des théories de paysans épouvantés, le visage noirci, les vêtements en lambeaux, fuyant leurs hameaux dévastés. Ce n'était que douleur, sang, larmes.

Et pourtant, par un paradoxal phénomène de lassitude, la répétition de ces séquences, trop semblables, avait presque banalisé la violence. Et si, aux États-Unis, un mouvement de l'opinion commençait à se dessiner contre cette guerre, en France, les téléspectateurs n'y voyaient qu'une succession de faits divers.

— Déjà, au temps de notre guerre d'Indochine, les Français étaient indifférents à ce qui se passait là-bas. A plus forte raison aujourd'hui. Cette guerre ne sert qu'à alimenter notre anti-américanisme latent. De Gaulle l'a dit, dans son fameux discours de Phnom Penh, en octobre 1966, observait Renaud. En clair, il pouvait s'interpréter comme une injonction : « bas les pattes au Viêt-nam ».

— C'est ainsi que les autorités de Saïgon l'ont compris. Henri m'a raconté toutes les tracasseries dont il a été l'objet de la part des autorités gouvernementales. Il n'a dû qu'à l'intervention de Denis d'obtenir la prorogation de son permis de séjour !

Souvent, Catherine se demandait comment on pouvait survivre au Viêt-nam, en dépit de la guerre qui paraissait sévir partout. Elle imaginait Bao Tan sous les bombes, les obus, le napalm, les défoliants. Elle imaginait le bungalow assiégé, des vagues d'assaillants déferlant à travers le domaine sous les rafales, les grenades... Il lui arrivait, la nuit, de se réveiller, le cœur tordu d'angoisse.

C'est pourquoi elle avait écrit : « Sois prudent. Le véritable danger est de s'habituer au danger. » En écrivant cela, elle avait pensé à tous ceux des siens qui avaient payé de leur vie leur fougue et leur passion pour cette terre : Cyril, et, bien sûr, son fils Bertrand.

Et la réponse était là, maintenant. Une grosse enveloppe de papier fort, postée le 18 janvier dernier à Saïgon, qui avait mis près de deux semaines pour arriver à La Nouaille.

— Le courrier fonctionnait mieux de notre temps, avait dit Renaud, en accueillant le facteur.

Catherine s'était retirée dans son boudoir pour lire, en toute tranquillité, les quelques feuillets remplis jusqu'à la marge de l'écriture nerveuse et serrée de son petit-fils.

Il s'agissait presque d'un journal de marche ; Henri avait dû s'y reprendre à plusieurs reprises pour raconter, par le menu, la vie quotidienne de la plantation.

Elle s'installa confortablement près de la fenêtre, ajusta ses lunettes et, dès les premières lignes, se laissa emporter. Il lui semblait entendre la voix d'Henri.

« 1er janvier.

« Réveillon très sage. Ambiance fraternelle, presque familiale. François et Diane étaient venus nous tenir compagnie. Évocation de souvenirs d'anciens combattants entre Fischer et Macroy, où il était plutôt question de ce qu'ils appellent des « dégagements » que de récits de combats. A minuit, les Australiens qui occupent le secteur, et, notamment, l'ancien poste français de Lang My, nous ont régalés d'un spectaculaire feu d'artifice, obus de mortier éclairants, rafales de balles traçantes de tous calibres, accompagné d'un concert de cornemuses.

« Patrick et Liên devaient être parmi nous. Nous ne les avons pas vus. François et lui s'accordent à merveille : ils ont découvert qu'ils avaient un souvenir commun, Diên Biên Phu. Ce matin, les ouvriers ont congé et pour une fois, Bao Tan est d'un calme inhabituel, sans le ronronnement des moteurs auquel nous sommes accoutumés. Nous entendons, enfin, les oiseaux. »

Catherine interrompit sa lecture et releva le front. Patrick O'Donovan était maintenant complètement intégré à l'univers de Bao Tan dont il était en quelque sorte devenu la providence. Alors que les cours mondiaux du caoutchouc avaient atteint les cours les plus bas, il était arrivé à point nommé pour offrir à la production des débouchés inespérés sur le marché local.

Deux ans plus tôt, la première fois qu'il était réapparu, au détour d'une lettre, Catherine avait éprouvé un sentiment contradictoire, fait de reconnaissance pour la fidélité et pour la prévenance dont il faisait preuve vis-à-vis de l'héritier des Mareuil, mêlé d'un peu de déplaisir à le savoir marié. Elle avait chassé cette réaction mesquine.

Depuis, de lettre en lettre, Catherine constatait que des liens de plus en plus étroits se tissaient entre Henri et lui. Elle finissait par y déceler quelque chose qui ressemblait à de l'affection, fraternelle chez le premier, presque paternelle chez le second...

« 8 janvier.

« J'ai eu enfin l'explication de l'absence de Patrick. Un voyage imprévu et urgent à Dalat, pour être l'un des premiers à acheter, sur pieds, quelques hectares de *kenaf* qu'il me destine. Je vous dois quelques éclaircissements à ce propos...

« Comme je vous l'avais déjà écrit, je m'inquiète du sort de ces *di khé,* ces réfugiés catholiques qui se sont établis en bordure du domaine voici près de dix ans et qui survivent misérablement sans que, jusqu'à présent, personne ne se soit soucié d'eux. Initialement, j'avais envisagé de leur donner quelques hectares de forêt à défricher, en leur laissant le bénéfice de la vente du charbon de bois qu'ils pourraient en retirer. A cet égard, l'action de Macroy a été payante. C'est un étrange garçon qui, discrètement, sans rien brusquer, a réussi à les apprivoiser, au point que, sans parler leur langue, il s'en fait parfaitement comprendre. De leur côté, ils l'ont adopté et je ne serais pas surpris qu'il se marie bientôt avec la fille de leur *Doc Phu,* un barbichu qui ressemble à Ho Chi Minh, l'autorité morale de cette communauté.

« Voici quelques semaines, Macroy a dit à Patrick :

« — Savez-vous que ces *di khé* sont d'étonnants vanniers ? Ils confectionnent des paniers avec n'importe quoi, du bambou, des joncs de marécage, et même du *kenaf,* cette herbe à éléphant qu'on ne trouve, hélas, qu'en petite quantité par ici, et qu'ils font rouir en la faisant macérer dans l'eau...

« Patrick n'a rien répondu, mais après réflexion, il est allé trouver un officier américain de l'Intendance, auquel il a proposé la livraison de quelques milliers de sacs à sable destinés aux fortifications de campagne.

« Vous avez déjà sûrement compris que le *kenaf,* qui pousse en abondance sur les Hauts Plateaux, est cette herbe miracle que Patrick est allé négocier le jour de l'an. Et qu'il a conçu le projet de donner, à la vannerie artisanale de mes catholiques, une dimension industrielle !

« Quand je vous aurai appris que je vais sans doute signer avec l'administration américaine un contrat portant sur un million — je dis bien *un million* — de sacs à sable, vous saurez tout !... »

Catherine ne put s'empêcher de rire en imaginant Henri, devenu négociant de vannerie en gros, allant livrer un million de sacs à sable comme un débardeur.

« 13 janvier.

« J'ai signé. Et j'ai profité de mon passage à Saïgon pour aller rendre visite à Sylvie et à Denis. Sylvie m'a paru en forme, elle s'est trouvé une occupation à plein temps : la garde de son petit-fils Francis Junior, deux ans depuis Noël, un sacré petit bonhomme qui montre déjà les signes d'une forte personnalité ! Béate d'admiration devant ce chef-d'œuvre né de sa chair, May Linh lui laisse à peu près tout faire, ce qui promet pour l'avenir ! Il est vrai qu'elle nous prépare un second rejeton. Naissance prévue au mois de juin ou de juillet.

« Denis, par contre, m'a semblé préoccupé, pour ne pas dire inquiet. Est-ce la situation politique, ou bien l'évolution de la guerre ? Je n'ai pas eu le loisir de l'interroger, Matthieu était là, en mission de liaison auprès de l'état-major. Il m'a embarqué pour déjeuner au mess de garnison de l'armée vietnamienne, à Tan Son Nhut, où ma présence a semé une certaine perturbation. Dame, un Européen, civil de surcroît ! J'ai pu mesurer ainsi la " popularité " dont jouissent les Américains auprès de leurs alliés. Quand ils ont su que j'étais français, les camarades de Matthieu m'ont littéralement assailli de leurs griefs. Le principal étant le dédain — pour ne pas dire plus — dans lequel ils sont tenus.

« Dans le principe, l'Armée nationale vietnamienne, qui se bat, sur son propre sol, contre une rébellion intérieure soutenue de l'étranger (le Viêtnam du Nord), a reçu l'appui d'un corps expéditionnaire ami. Ce dernier devrait donc lui être subordonné. Or, depuis deux ans, si les rôles semblent distribués, les Américains assurant les missions opérationnelles dans les régions de montagnes ou de jungle, les Vietnamiens se chargeant de la tâche politico-militaire de la pacification, c'est, en fait, le général Westmoreland, chef du M.A.C.V.[1] qui, déte-

1. Military Assistance Command Viêt-nam. (*N.d.A.*)

nant les cordons de la bourse (logistique, appui aérien), est le véritable patron.

« Les Vietnamiens s'en accommoderaient, si leurs alliés leur montraient une certaine considération, ce qui n'est pas le cas, bien au contraire, et s'ils n'agissaient pas à leur guise, menant leurs opérations sans les en aviser. Ce fut le cas pour " Cedar Falls " dans la région de Ben Suc, où trente mille marines ont littéralement désertifié la région ; ce fut aussi le cas pour " Junction City " sur le Song Bé quelques semaines plus tard. Les généraux vietnamiens n'ont pas apprécié ce qui constituait une marque de défiance à leur égard.

« Cette défiance est encore plus mal vécue par les cadres subalternes. Matthieu m'a raconté comment il avait failli en venir aux mains avec un capitaine américain qui, au cours d'une opération commune, avait traité ses paras de *"gooks"*, c'est-à-dire de "gnacs" ou de "bougnoules".

« Je viens de rentrer à Bao Tan. Ici, au moins, l'ambiance est plus saine.

« P.S. Rassurez-vous, je ne tresserai pas moi-même mes sacs de *kenaf*. J'ai passé commande de métiers à tisser à une fabrique de Singapour...

« 17 janvier.

« Ce soir, je serai bref si je veux faire partir ma lettre par le convoi de demain matin à Saïgon. Ici, l'activité est réduite. Les ouvriers ont commencé à préparer les festivités du prochain Têt, qui ouvrira l'année du Singe (Mau Than) le 31 janvier. Je les ai moi-même encouragés à donner à cette fête le plus grand lustre possible : Bao Tan doit être, pour quelques heures au moins, l'image de ce que devrait être ce pays s'il retrouvait la paix.

« Je vous embrasse.

« P.S. (le dernier). Je viens d'apprendre, par un coup de téléphone de François Démery, que Diane attend un heureux événement. Comme pour May Linh, ce sera fin juin. N'ayez donc plus d'inquiétude pour l'avenir, nous repeuplons le Viêt-nam ! »

Catherine reposa la lettre, se proposant de la relire attentivement dans la soirée. Elle demeura un instant sans bouger, le regard perdu au-delà de la cime des arbres du parc, silhouettes noires sur un ciel d'hiver. Elle se prit à envier Henri qui vivait son rêve d'enfant. « Que ne donnerais-je pas pour être auprès de lui », songea-t-elle.

Elle tendit l'oreille. La voix familière de Renaud l'appelait, depuis le salon :

— Catherine ? Voulez-vous venir, je vous prie ? Je viens d'entendre les titres du journal télévisé. Il semblerait que les communistes aient lancé une offensive générale au Viêt-nam. On se bat un peu partout dans le pays, et Saïgon serait en ce moment même attaqué par plusieurs bataillons viêt-congs. Dans quelques minutes, nous allons avoir des images des combats...

2

Patrick O'Donovan s'éveilla en sursaut et son premier geste fut pour poser sa main sur le corps de Liên qui reposait à ses côtés. Il s'étonna de ne rencontrer que le vide, et se rappela, à temps, qu'elle était partie hier après-midi passer les fêtes du Têt chez des cousines qui habitaient à Khanh Hoï, de l'autre côté de la Rivière.

C'est alors seulement qu'il prêta l'oreille aux détonations qui crépitaient non loin de là, dans la direction du boulevard Tong Nhut, la grande artère longeant le palais présidentiel, l'esplanade arrière de la cathédrale et l'ambassade des États-Unis. « Tiens, se dit-il, ces Vietnamiens sont incorrigibles ! Je croyais que l'utilisation des pétards avait été interdite par la police. Mais encore une fois, ils n'en font qu'à leur tête. Ces Saigonnais sont de grands enfants ! »

Il dégagea son bras de la moustiquaire, pressa la poire du commutateur électrique. La lampe de chevet ne s'alluma pas. « La barbe ! Encore une panne de courant... »

Tout à fait réveillé maintenant, il consulta le cadran lumineux de sa montre. Trois heures du matin. Il s'aperçut qu'il avait soif. En tâtonnant, il quitta sa chambre, et, pieds nus, il descendit l'escalier menant à la cuisine où il alluma une lampe à incandescence, qu'en servante prévoyante Thi Haï laissait toujours sur le coin du buffet. Les coupures d'électricité étaient fréquentes à Saïgon, surtout le soir, et, comme par hasard, au moment des repas et du bulletin d'information de la radio.

Il ouvrit le réfrigérateur, saisit une boîte de bière qu'il décapsula avant de l'emporter sur la véranda où il comptait la déguster en même temps que la fraîcheur du petit matin.

Il allait s'asseoir, quand il se figea. Cette fois, le doute n'était plus permis. Ce n'étaient pas des pétards de fête qui explosaient, en rafales, non loin de là, de l'autre côté du grand mur de béton de l'ambassade, mais des tirs nourris d'armes automatiques, ponctués du choc plus sourd des grenades. « Que peut-il bien se passer ? » se demanda-t-il avec inquiétude.

La première explication qui lui vint à l'esprit fut celle d'un coup d'État. Les généraux vietnamiens étaient coutumiers du fait et cela ne serait que le quatrième ou le cinquième depuis la mort de Diêm. Il la repoussa aussitôt. C'était absurde ! Pour quelle raison les conjurés s'en seraient-ils pris à l'ambassade des États-Unis, ce blockhaus de béton abritant Ellsworth Bunker, l'ambassadeur au nom tellement adapté au style de sa maison ?

Des lueurs orangées surgissaient parfois, éclairant le feuillage des grands arbres, précédant des déflagrations qui faisaient vibrer le sol. Levant les yeux, Patrick aperçut une silhouette sombre qui était en train d'escalader son mur. Elle resta, un instant, perchée à califourchon sur le faîte avant de sauter dans son jardin. Dans ses mains, l'inconnu tenait un fusil. Le premier réflexe de Patrick fut de courir dans sa direction, mais il se rappela à temps qu'il était seulement vêtu d'un slip et qu'il se trouverait totalement désarmé si, d'aventure, l'intrus était animé de mauvaises intentions à son égard.

Prudemment, il le héla, prêt à s'allonger à l'abri de la balustrade de briques au moindre geste hostile.

— Les V.C. attaquent ! répondit l'homme d'une voix suraiguë, un Américain en proie à la panique. Ne restez pas là, rentrez chez vous et barricadez-vous !

— Et vous, qu'allez-vous faire ?

— Foutre le camp d'ici, et le plus vite que je pourrai ! Ces salauds tirent sur tout ce qui bouge. Là derrière, c'est le massacre !

— Venez avec moi ! Les communistes ne sont tout de même pas une division ! Restez calme !

L'homme, un soldat simplement vêtu d'un pantalon de treillis, le torse ceint de ses équipements de toile, arriva près de Patrick.

— Ces putains de V.C. avaient drôlement préparé leur coup. Ils sont arrivés en autocar et ont d'abord fait sauter, à l'explosif, le mur d'enceinte. Croyez-vous que les policiers *gooks* ont essayé de les en empêcher ? Rien du tout ; ils se sont taillés en abandonnant leurs armes.

« Je me trouvais dans le poste de garde et, avec les copains, nous sommes sortis pour voir ce qui se passait. Mais les autres étaient déjà dans le jardin, ils nous ont allumés, à bout portant. La boucherie.

J'ai vu tomber quatre ou cinq de mes camarades et, sans attendre, j'ai plongé dans un buisson, puis, en rampant, je me suis rapproché du mur.

— Que reste-t-il pour défendre l'ambassade ?

— Personne, seulement le personnel du chiffre et quelques secrétaires. Tous les autres étaient rentrés chez eux hier soir, pour regarder le défilé des dragons du Têt...

— O.K., dit Patrick. Laissez-moi le temps de m'habiller et de prendre une arme, j'arrive.

— Pas question que j'y retourne, protesta le garde. Je ne tiens pas à y laisser ma peau ! Je ne suis pas un marine, seulement un réserviste auquel on n'a pas demandé son avis avant de l'envoyer au Nam !

— Et tes copains ? l'apostropha Patrick, qui achevait de boucler son ceinturon auquel était accroché l'étui de son colt. N'as-tu pas envie de les venger ?

— Mes copains sont sans doute morts et se foutent pas mal que je les venge ou pas.

— Comme tu voudras. Passe-moi ton flingue, tu n'en as plus besoin. Aide-moi au moins à transporter l'échelle jusqu'au pied du mur. Après tu n'auras qu'à te planquer.

Patrick n'avait pas eu besoin de réfléchir longtemps avant de se résoudre à agir. Cette décision s'était imposée à lui, comme si elle avait été dictée de l'extérieur. Peut-être, simplement, la réaction d'un homme énergique face à la couardise d'un soldat lui avait-elle commandé le moindre de ses gestes ? Appliquer l'échelle contre le mur d'enceinte, en escalader les barreaux, se hisser sur le faîte et examiner le décor qui s'étendait devant lui.

La confusion la plus grande régnait sur les arrières et, pour autant qu'il puisse en juger, à l'intérieur même du bâtiment de l'ambassade où, dans la lumière crue d'un projecteur, allumé sur la façade, de l'autre côté, des ombres gigantesques se profilaient l'espace d'un instant devant les étroites ouvertures. Des détonations, des rafales, des cris se faisaient entendre. En bas, des hommes couraient, tiraient, se hélaient dans le noir.

Incrédule, il écarquilla les yeux. Imperturbable au milieu de ce pandémonium, un cameraman de télévision filmait les scènes, sans apparemment se soucier des balles qui devaient claquer à ses oreilles. « Ça fera un inconscient de plus », se dit Patrick pour s'encourager.

Dans la clarté du petit jour, Patrick aperçut soudain, débouchant de l'angle d'un pavillon, sur sa gauche et juste en dessous de lui, un homme en noir qui, levant les yeux, l'apostropha furieusement, en vietnamien, accompagnant ses aboiements de mouvements impérieux du canon de son fusil d'assaut.

Patrick avait armé son M 16. Il appuya sur la détente, vidant la moitié de son chargeur. Cueilli en pleine poitrine, le Viêt tournoya sur lui-même avant de tomber, d'un bloc, la face contre terre. Mais d'autres guérilleros, que Patrick n'avait pas décelés, surgirent d'un gros buisson de bougainvillées et ripostèrent, de toutes leurs armes. Tel un essaim d'abeilles furieuses, les balles zonzonnèrent à ses oreilles et il n'eut d'autre ressource que de se recroqueviller et de se mettre à l'abri de l'autre côté du mur. Un objet métallique heurta le ciment juste à côté de lui en fusant et ricocha sur le sommet de l'échelle avant de tomber, en explosant, criblant le mur. D'en bas s'éleva un hurlement de douleur qui s'acheva sur un gargouillement décroissant. Patrick se laissa glisser à terre et se pencha vers le jeune soldat qui agonisait, la poitrine défoncée, déjà presque vidé de son sang. Avec tristesse il comprit qu'il ne pouvait plus rien pour lui. Alors, la rage le saisit. Il leva les yeux et constata que si, dans l'ambassade, la riposte semblait s'organiser, les survivants du commando viêt cherchaient à s'enfuir en franchissant le mur de son jardin. Il se tourna dans leur direction et il abattit les deux premiers. Les autres n'insistèrent pas et disparurent à ses regards. Alors, à son tour, il reprit l'escalade sans plus réfléchir, se laissa tomber de l'autre côté, atterrissant dans un épais massif de buis taillé, roula sur une épaule et se trouva seul, au milieu d'une allée de graviers, entre le pavillon d'habitation et le côté du bâtiment principal. D'une fenêtre du deuxième étage, un officier l'apostropha.

Patrick se tourna dans sa direction et reconnut le colonel George Jacobson, qu'il avait eu l'occasion de rencontrer à plusieurs reprises.

— Les salopards sont dans l'escalier ! hurla-t-il. Je suis sans armes, coincé dans mon bureau.

Patrick décrocha son colt.

— Essayez de l'attraper au vol ! lui cria-t-il, tout en prenant son élan, visant la fenêtre.

Par chance, le pistolet arriva exactement entre les mains de l'Américain, qui le brandit et disparut à l'intérieur.

— Bien joué, dit une voix, derrière Patrick.

Se retournant, il aperçut le cameraman qui avait filmé la scène et qui ajouta ce commentaire :

— C'est dans la boîte. Tout à l'heure, aux States, vous serez célèbre.

La séquence fut, en effet, diffusée un peu plus tard dans la journée sur la plupart des chaînes du monde entier, mais trop brièvement pour que le geste de Patrick y soit remarqué, entre les scènes de civils courant en tous sens, tiraillant au hasard parmi les ruines, au milieu des cadavres de Viêt-congs et de G.I.'s mêlés, dans la fumée et la confusion, et juste avant l'intervention du général Westmoreland, en treillis amidonné, affirmant qu'il avait la situation en main, en dépit du fait que les communistes avaient « traîtreusement profité de la trêve du Têt pour créer la consternation ».

Suivit une interview du colonel Jacobson qui raconta comment il avait lui-même abattu dans l'escalier de l'ambassade le dernier des membres du commando.

A l'heure même où fut diffusé ce reportage, l'intérêt des journalistes avait changé de lieu. Depuis l'aube, des bataillons entiers d'hommes en noir se ruaient à l'assaut de la capitale à partir des faubourgs de Khanh Hoï et de Cay May, en bordure de Cholon. Ils investissaient chaque pâté de maison, qu'ils fouillaient systématiquement, expulsant les habitants qui n'avaient d'autre ressource que de se réfugier vers le centre de la ville, aggravant, par leur nombre, les difficultés de circulation des colonnes de soldats gouvernementaux qui se dirigeaient vers les lieux des combats.

Ils attaquèrent à la roquette le centre de commandement américain de Loc Binh d'où à grand-peine parvint à s'échapper le général Weyand. Ils investirent la radio et préférèrent s'y faire massacrer jusqu'au dernier plutôt que de se rendre.

Du côté de l'aéroport de Tan Son Nhut, siège de l'état-major des forces armées vietnamiennes, les engagements connurent une violence et une âpreté terrifiantes. Personne ne faisait de quartier et l'on vit des officiers faire le coup de feu comme de simples voltigeurs.

Les Viêt-congs étaient nombreux, fanatisés, certains de conquérir la capitale et d'y installer un pouvoir révolutionnaire. Aussi lançaient-ils des proclamations invitant la population à pactiser avec eux et à hisser sur leurs toits l'emblème du F.N.L., un drapeau rouge et bleu frappé de l'étoile jaune. Malheur à qui n'obtempérait pas avec suffisamment de zèle, il était sommairement abattu d'une balle dans la nuque. Dans ces exécutions, les femmes montraient une sauvagerie inouïe ; elles n'hésitaient pas à abattre quiconque leur semblait suspect ou même simplement hésitant. Des familles entières furent ainsi massacrées, du vieillard au nouveau-né. C'étaient des furies, enivrées par leurs propres hurlements de haine. Dès qu'une silhouette d'apparence européenne apparaissait dans leur champ de vision, elles s'élançaient, la Kalachnikov à la main, crachant le feu.

Deux journalistes britanniques payèrent de leur vie leur inconscience. Des Français, plus chanceux, furent emmenés, prisonniers, vers l'arrière, par des hommes en bleu au visage patibulaire de pirates. Dans la journée, relayées par Radio Singapour et par le bouche-à-oreille, suppléant à la radio locale défaillante, des informations circulèrent, aggravant l'inquiétude. L'offensive générale des communistes se développait à travers tout le pays. Ils avaient simultanément attaqué Bentré, Vinh Long, Can Tho dans le delta du Mékong, Chau Doc à la frontière du Cambodge, Ca Mau à l'extrémité sud. A Tra Vinh, ils tenaient les bâtiments officiels, proclamaient l'instauration d'un gouvernement provisoire et se livraient à une épuration démocratique », abattant les cadres civils et militaires de l'administration saigonnaise, les prêtres catholiques et leurs fidèles, les moines bouddhistes et leurs catéchumènes.

Plus au nord, sur les Hauts Plateaux, ils avaient mis le siège devant Pleiku, Kontum, Dakto, pourtant tenues par des unités d'élite. A Kham Duc, près des trois frontières, ils avaient anéanti un bataillon de rangers. A la limite de la zone démilitarisée, ils avaient investi Khé Sanh, l'une des bases les plus importantes de la région, tenue par une brigade de six mille marines. Douze mille réguliers nordistes surgis de la jungle, venus par la mythique piste Ho

Chi Minh, enserraient la vallée. Giap en personne dirigeait, disait-on, cette opération et voulait en faire un nouveau Diên Biên Phu.

En fin d'après-midi et toujours par les mêmes sources, on apprit que les Viêt-congs, plus de cinq mille, avaient pénétré dans l'ancienne capitale impériale de Hué, que leur drapeau flottait sur la citadelle et l'ancien palais et qu'ils se livraient là-bas à une répression féroce. On parlait déjà de plus d'un millier d'exécutions sommaires[1].

L'angoisse au cœur, Patrick O'Donovan avait pris le chemin de Khanh Hoï, où on se battait depuis l'aube. Il ne songeait qu'à Liên, partie la veille passer les fêtes du Têt auprès de ses cousines. Il se reprochait de n'avoir pas voulu l'accompagner comme elle le lui avait demandé, et, maintenant, il marchait à grands pas, se hâtant vers le pont « en Y » qui franchissait le confluent de la Rivière et de l'Arroyo, remontant la foule des réfugiés qui refluaient vers le centre. De pauvres gens, qui avaient tout laissé derrière eux et qui n'avaient qu'une seule idée en tête, échapper à l'horreur. Quelques-uns avaient pris le temps d'emballer ce qu'ils considéraient comme leurs biens les plus précieux, misérables trésors ficelés à la hâte dans des ballots de toile. D'autres portaient leurs vieux parents sur leur dos ou dans des charrettes à bras. Des gamines titubaient, un *nho* accroché à leur hanche. Des gamins trimballaient des volailles attachées par les pattes aux extrémités du fléau du balancier. On remarquait, ici ou là, quelques habits de fête, qui faisaient des taches vives au milieu des *babas* noirs,

1. Vingt-deux jours plus tard, après la reconquête de la ville par les marines américains et les rangers sudistes, près de huit mille morts furent recensés dans des fosses communes.

la tenue de nuit en satinette brillante. A chaque fois, le cœur battant, Patrick essayait de s'en approcher, espérant, mais toujours vainement, qu'il s'agissait de Liên. Et il repartait, plus inquiet de minute en minute. Il avançait, à contre-courant, repoussant parfois ces mains en crochet qui l'agrippaient, quêtant le billet, la piécette qui leur donnerait accès au bol de riz, leur survie.

Il était près de midi quand, enfin, il arriva aux abords du pont. Un cordon de parachutistes en assurait l'interdiction, ne laissant filtrer que les habitants fuyant les combats. Il essaya de parlementer, mais les bérets rouges se montrèrent intraitables.

— Rentrez chez vous, monsieur. Ici, c'est très dangereux, surtout pour les Européens.

— Ma femme se trouve de l'autre côté ! plaida-t-il. Comprenez-moi !

— C'est nous qu'il faut comprendre, monsieur O'Donovan, intervint un officier, que Patrick mit quelques secondes à reconnaître, sous le casque enfoncé jusqu'aux sourcils. Nous donnerons l'assaut dans quelques instants, et nous n'allons pas nous encombrer de civils !

— Confiez-moi un fusil, Matthieu, répliqua-t-il. Je suis prêt à accompagner la première vague.

D'abord, Matthieu fut tenté de rejeter cette offre. Mais, devant le désespoir de Patrick il hésita.

— Je ne peux pas prendre la responsabilité de votre mort, dit-il. Mais restez près de moi avec mon équipe de commandement. A une seule condition : aucune initiative intempestive. Vous ferez exactement ce que je vous ordonnerai. D'accord ?

— D'accord. Et merci.

— Ne me remerciez pas. Je sais ce que Henri vous doit.

Le courant des réfugiés commençait à se tarir, et, juste après les ultimes fuyards, apparurent les éléments avancés des sections d'assaut du Viêt-cong. Des hommes en noir, qui manœuvraient vite, franchissant les rues par bonds, pénétrant dans les maisons face à la rivière, qu'ils transformaient en redoutes, entassant aux rebords des fenêtres meubles et matelas. De là, leurs tireurs d'élite prenaient pour cible les éléments les plus avancés des parachutistes.

Très calme d'apparence, Matthieu passa les coordonnées de tir à une batterie d'artillerie postée loin en arrière, puis il ordonna à ses propres mortiers de 81 mm de déclencher une salve de fumigènes sur les lisières, tandis que quelques sections prenaient place dans des sampans pour traverser l'eau et tenter d'établir une tête de pont sur la rive d'en face.

La préparation d'artillerie passa au-dessus des parachutistes en faisant vibrer l'air et les obus s'écrasèrent sur les premières maisons, qui disparurent dans un nuage de poussière grise.

— En avant ! hurla Matthieu, dans le micro de son poste radio.

Ce fut la ruée. Les paras s'élancèrent, galopant, courbés, sur le pont, et débouchèrent sur le carrefour d'en face, chaque section se portant sur son objectif. Très vite, le contact fut établi. Des rafales remplaçaient maintenant les bombardements des 105 et des 155. Les paras se battaient comme des lions. D'un coup de pied, ils faisaient voler les vantaux des portes, balançaient leurs grenades et, aussitôt après, se ruaient à l'intérieur des habitations. On entendait des cris, de brefs échanges de coups de feu. Parfois, ils ressortaient, poussant devant eux leurs prisonniers avant de poursuivre leur avance. Derrière eux, des équipes spéciales faisaient agenouiller les hommes en noir et les abattaient, sans sommations, d'une balle dans la tête.

Précédé de ses groupes de protection, Matthieu

franchit à son tour le pont et, comme à l'exercice, continua à diriger les opérations de nettoyage des premières rues. Il montrait un visage de pierre. Patrick, qui l'observait, remarqua qu'il n'avait pas eu un regard pour les corps recroquevillés de ses ennemis, comme s'il s'était seulement agi de quelque tas de linge sale.

— Plus vite ! Plus vite ! ne cessait-il de clamer dans son poste radio, indifférent aux rafales qui, parfois, claquaient au-dessus de sa tête.

Il se tourna vers Patrick :

— Vous vouliez une arme ? Servez-vous, l'invita-t-il en désignant du menton le tas de Kalachnikov abandonnées sur le bord d'un trottoir. — Puis : — Dans quel quartier se trouve votre femme ?

— Assez loin d'ici, en limite d'An Phu. C'est l'ancienne propriété du général Xuan, l'éphémère président de la République de Cochinchine.

Matthieu haussa les épaules, ce rappel historique était une perte de temps.

— C'est encore dans mon couloir d'intervention. Je vais désigner la compagnie B pour aller voir de ce côté-là. — Il appela : — « Bravo » de « Mike » ? Où en êtes-vous ?

— On vient de foutre en l'air à la roquette une barricade et de libérer une quinzaine d'otages entassés dans un garage.

— Y a-t-il une nommée Liên parmi eux ?

— *Stand by,* je me renseigne.

Trois longues minutes s'écoulèrent. Très pâle, Patrick guettait la réponse. Elle arriva enfin. Laconique :

— Négatif.

Matthieu n'émit aucun commentaire, mais il donna des ordres pour que « Bravo » fonce au plus vite dans la direction que lui avait indiquée Patrick.

— Reçu, répondit « Bravo ». Merci du cadeau : il

y a au moins trois compagnies retranchées dans une ancienne distillerie ! Puis-je avoir un appui préalable ? Artillerie ou mortiers, je m'en fiche, mais le plus tôt sera le mieux.

Patrick intervint :

— J'espère que « Bravo » sait ce qu'il fait, je ne voudrais pas que Liên, si elle a échappé aux Viêt-congs, soit touchée par vos obus.

— Le capitaine Lê Van Tûc est un très bon officier. Le meilleur de tout mon bataillon. Tout ce qu'il pourra tenter le sera.

— Est-il possible d'aller près de lui ?

Matthieu haussa les épaules.

— Si vous voulez, dit-il, indifférent. Ngoc, mon garde du corps, va vous escorter.

Patrick se mit en route, longeant les façades éventrées des maisons, parmi les tas de gravats encore fumants, contournant les cadavres déchiquetés répandus sur les trottoirs. Aux Viêt-congs, reconnaissables à leur uniforme, s'ajoutaient leurs victimes, tassées dans les recoins, mains liées dans le dos par du fil de fer. Les affrontements avaient atteint une violence inouïe ; c'était une vision d'apocalypse qui lui rappelait les photographies de la bataille pour Berlin. Parfois, un pan de mur s'écroulait dans un grondement de cataracte. L'air était empuanti de l'odeur des incendies, bois se consumant, pneus de voiture, chairs calcinées. De proche en proche, remontant les groupes de combat achevant le nettoyage méthodique des ultimes réduits de résistance, Patrick finit par arriver au P.C. volant du capitaine Lê Van Tûc, qui l'accueillit sans enthousiasme, voyant dans cette présence une gêne plutôt qu'un renfort.

Il était posté à l'abri d'un muret de briques, en bordure d'un rond-point au milieu duquel était planté un réverbère ; l'impact d'un obus lui avait donné un air penché. Juste en face, les hauts murs de la distillerie dressaient leur masse grisâtre, hostiles comme ceux d'une prison. Le capitaine le désigna du doigt :

— Voilà le morceau, grogna-t-il. J'espère que vous appréciez ? — Il remarqua la Kalachnikov, émit un ricanement ironique : — Le commandant Lam Than ne m'avait pas dit que je recevrais un semblable renfort. Pour être franc, j'aurais préféré un char. Ou même deux ! — Un soupir résigné. — Enfin, nous allons faire avec les moyens du bord.

La préparation d'artillerie, d'une remarquable précision, s'abattit sur les bâtiments de la distillerie, tandis que deux grenadiers, en rampant, un lance-roquettes à la main, entreprenaient de percer des brèches dans la muraille. Ils durent s'y reprendre à plusieurs reprises, mais leur ténacité trouva sa récompense. L'un d'eux abattit un large pan qui cracha ses briques comme d'un sac crevé, le second pratiqua un trou circulaire, assez large pour permettre le passage de deux ou trois voltigeurs de front. Deux mitrailleuses prirent aussitôt les brèches sous leur feu, interdisant aux assiégés de les utiliser comme créneaux de combat.

— Chefs de section, à moi ! appela le capitaine Tûc.

Ils arrivèrent, deux sous-lieutenants au visage noirci de poussière, arborant sur leur tenue bariolée le brevet de parachutiste américain, et, pour l'un d'entre eux, l'insigne des tireurs d'élite. Ils n'accordèrent pas un regard à ce civil européen, incongru au milieu des hommes harnachés en guerre. Un adjudant survint juste derrière eux et, apercevant Patrick, s'en approcha et, imitant l'accent nasillard des paysans, se présenta :

— Volontaire Vu Viêt Vu, matricule 5 227 ! Premier bataillon étranger de parachutistes, quatrième compagnie, capitaine Cabiro. A vos ordres, cap'ral !

Cette sortie provoqua des mouvements divers. L'un des deux sous-lieutenants ne cacha pas sa désapprobation, le second, plus âgé, éclata de rire, tandis que le capitaine, imperturbable, attendait la suite.

— C'est moi qui suis à tes ordres, riposta Patrick en portant sa main au rebord de son bob de toile. M'acceptes-tu avec toi ?

L'adjudant quêta du regard l'approbation de son chef et reprit :

— Éliane 2, c'était autre chose, pas vrai ? Venez, caporal Donavan, nous allons montrer à ces bleus ce que valent les anciens ! Putain ! La Légion, ça c'était quelque chose !

Avec un demi-sourire, le capitaine distribua les missions. Une section mènerait l'assaut initial sous la protection des deux autres et, aussitôt qu'elle aurait pénétré dans la place, l'ensemble de la compagnie foncerait à sa rescousse. Comme il s'y attendait un peu, ce fut l'adjudant Vu qui reçut l'ordre de passer en tête.

— Toujours d'accord pour l'accompagner ? demanda le capitaine à l'intention de Patrick.

— Pourquoi pas ? L'expérience m'a appris qu'on était plus en sécurité avec les éléments de pointe qui bénéficient de l'effet de surprise.

— S'il vous arrive un pépin, ne vous attendez pas à un traitement de faveur.

— C'est la règle du jeu, je l'accepte. D'autant plus volontiers que les *Charlies*[1] d'en face ne me feront pas de cadeau non plus !

L'assaut démarra quelques instants plus tard. Les voltigeurs s'engouffrèrent dans les brèches, puis se dispersèrent dans la cour centrale, cherchant la protection des angles des bâtiments épars pour s'abri-

1. Les Viêt-congs. Abréviation de « Victor-Charlie » ou V.C.

ter, se faire une idée plus précise des lieux et du dispositif ennemi avant d'effectuer le bond suivant. Patrick apprécia, en connaisseur, leur habileté et leur rapidité manœuvrière. De toute évidence, l'adjudant Vu Viêt Vu avait bien assimilé les leçons du légendaire capitaine Cabiro, qui naguère avait su faire de son unité le fer de lance du B.E.P.

Les Viêt-congs avaient sans doute reçu l'ordre de se faire tuer sur place plutôt que de se rendre. Le nettoyage de la distillerie dura près de cinq heures. Cinq heures d'un jeu mortel de cache-cache, où chaque ennemi devait être débusqué, et, même après avoir épuisé ses munitions, se défendait des poings et des griffes.

Alors que la nuit tombait, le commandant Matthieu Lam Than intervint sur la radio :

— L'état-major vient de m'aviser qu'il m'envoie un groupe de journalistes internationaux. Ces charognards veulent interviewer nos prisonniers. Que chaque compagnie me les fasse pousser jusqu'au P.C.

Le capitaine Tûc interrogea ses chefs de section. Ceux-ci se regardèrent, interloqués.

— Je n'ai pas de prisonnier, avoua le plus jeune des sous-lieutenants.

— C'est un souci qui ne m'a pas paru primordial, ajouta le second.

— Pour faire un prisonnier, renchérit l'adjudant Vu, encore faudrait-il qu'il veuille se rendre. Et même dans ce cas, pour les garder j'aurais été obligé de distraire un groupe de combat au moins. Ma section a eu quatre morts et six blessés. Que me serait-il resté pour la mission ?

Le capitaine rendit compte.

— Bien reçu, répondit Matthieu, laconique.

Debout, bras croisés, adossé au mur du préau de

l'école qui lui servait de P.C. provisoire, Matthieu Lam Than faisait face à une dizaine de journalistes, qui le mitraillaient de flashes, l'aveuglaient du faisceau des projecteurs de leurs caméras. Les Américains étaient les plus nombreux, reconnaissables à leurs chemises bariolées flottant au vent, leurs batteries d'appareils de photo et d'enregistrement, et surtout par la brutalité des questions qu'ils posaient, en rafales.

— Pourquoi n'avez-vous pas pu nous montrer des prisonniers ?

— Vos soldats les auraient-ils massacrés ?

— Que sont-ils devenus ?

— Que faites-vous des lois de la guerre ?

— Qui vous a donné de tels ordres ?

— Croyez-vous que vos méthodes sont celles d'une nation civilisée ?

Matthieu éleva les deux mains. Ces « bonnes consciences » commençaient à lui échauffer les oreilles. Il était sur la brèche depuis l'aube. Il avait reçu l'ordre de reprendre et de nettoyer le faubourg de Khanh Hoï, la mission était remplie aux trois quarts et, pour l'instant, ses compagnies campaient sur le terrain, à la merci d'une contre-attaque ou de l'action de quelques désespérés qui pouvaient surgir, à tout moment. D'autres que lui auraient tergiversé, invoquant l'incertitude de la situation, affirmant qu'il était trop tôt encore pour dresser un bilan des pertes et le nombre des prisonniers. Pas lui. Son bataillon s'était battu, aussi férocement que ses adversaires. Et quand, en début de l'après-midi, un de ses groupes de combat avait été surpris dans un traquenard, les communistes ne s'étaient pas embarrassés de scrupules pour les abattre.

— Messieurs, commença-t-il, vos questions me montrent que vous me traitez en coupable, sommé de répondre de mes actes et de ceux de mes hommes, exactement comme si vous étiez un tribunal. Qui vous a investis d'un pareil mandat ?

— Nos lecteurs ! Nous représentons des millions d'Américains qui ont le droit de savoir comment se déroule véritablement cette guerre pour laquelle ils paient des impôts !

— Bien. Alors, je vais vous répondre. Vous me parlez de guerre. Mais de quelle guerre s'agit-il ? Qui l'a déclarée, et à qui ? Pour ce qui me concerne, je ne vois, en face de mes soldats, que des rebelles au gouvernement légal de mon pays qui, en vertu de la loi martiale en vigueur, s'ils sont pris les armes à la main, peuvent être fusillés sans jugement.

— Vous jouez sur les mots !

— Vous vous comportez exactement comme vos adversaires. Où est la morale dans tout cela ?

Jusque-là, le dialogue s'était déroulé en anglais. Du troisième ou quatrième rang, dans l'ombre, une voix s'éleva, interrogeant, en français :

— Voyons, commandant, vous nous parlez de votre pays. Mais quel est-il exactement ? Le Viêtnam ? La France ? Et ce combat que vous menez n'est-il pas plutôt, pour vous, une façon de régler je ne sais trop quel litige personnel ?

Matthieu fronça les sourcils. Cette voix fielleuse lui rappelait quelqu'un. Il se souleva sur la pointe des pieds et, sans véritable surprise, il reconnut Georges Roubaz, cet éditorialiste que Diane lui avait fait rencontrer quelques années plus tôt à Paris et dont la trahison avait amené Khiên, son compagnon de détention, à se suicider.

— Monsieur Roubaz, répondit-il du ton le plus calme qu'il put, vous me prêtez des sentiments qui, assurément, sont les vôtres. Vous êtes français, vous avez toujours soutenu les ennemis de votre pays. Moi, je sers loyalement celui que j'ai librement choisi.

— Est-ce agir loyalement que d'abattre des prisonniers ?

— Nous n'avons abattu aucun prisonnier.

Un murmure houleux accueillit cette affirmation.

— Pourquoi, alors, n'êtes-vous pas en mesure de nous en montrer un seul ?

Cette fois, Matthieu fit front et répliqua, véhément :

— Aucune convention au monde n'oblige un soldat à faire un prisonnier.

— Même s'il se rend ?

— Pas un seul Viêt-cong n'a accepté de se rendre.

— Ils n'ont jamais levé les bras ?

— Une seule fois, mais c'était une ruse pour attirer une équipe face au canon d'une mitrailleuse.

— Demain, reprit Roubaz, je dirai à mes lecteurs que vos parachutistes se sont conduits comme des assassins. Avec leurs camarades français, ils avaient été à bonne école. Nous les avons vus à l'œuvre en Algérie !

— Écrivez ce que vous voudrez, monsieur Roubaz. Moi, je n'ai pas oublié que vous avez du sang sur les mains. Celui de l'un de vos confrères vietnamiens que votre lâcheté a tué aussi sûrement que si vous aviez noué vous-même la corde autour de son cou.

Indifférent aux mouvements divers qu'avait provoqués cette dernière phrase, il lança :

— Messieurs, je vous invite, dès demain matin à l'aube, à accompagner mes hommes à travers Khanh Hoï. Vous verrez ce qu'en quelques heures seulement vos amis Viêt-congs ont été capables de réaliser dans une ville qu'ils appellent libérée. Je vous promets de belles photographies, bien saignantes, comme vous les aimez !

« Maintenant, je vous prie de m'excuser, je dois rendre les honneurs à vingt-deux de mes parachutistes morts.

Quelques instants plus tard, il appela Ngoc.

— Tâche de savoir à quel hôtel est descendu ce Français qui m'a accroché.

Le visage inquiétant de Ngoc s'illumina.

— Que faudra-t-il faire après ? Le descendre ? Piéger sa voiture ?

Matthieu lui assena une bourrade entre les omoplates :

— Ngoc, lui dit-il d'un ton de reproche, tu es en train de justifier les accusations portées contre les parachutistes. Nous ne sommes pas des tueurs. — Il ajouta : — Au fond, peut-être cela vaudrait-il mieux pour lui...

La maison où aurait dû se trouver Liên n'était guère loin, à moins de cent mètres à peine, juste au-delà des jardins des maraîchers, espace découvert vaguement cerné de haies de bambous entrelacés. D'une des fenêtres de la distillerie, enfin nettoyée, Patrick l'observait, sans bouger, essayant d'y apercevoir quelque signe de vie. Mais elle était noyée d'obscurité et, en dépit de la clarté de la lune verticale, il n'avait pu, jusqu'à présent, y déceler le moindre mouvement. Près de lui, l'adjudant Vu se taisait. Il partageait l'inquiétude de son ancien camarade de combat, qui lui avait fait part de ses angoisses.

— C'est l'objectif de demain matin, avait-il seulement dit.

Demain matin ! Patrick ne pouvait pas se résoudre à attendre ainsi, sans rien tenter, laissant aux communistes, s'ils étaient là, tout loisir de perpétrer leurs atrocités.

« Peut-être se sont-ils enfuis ? songea-t-il. Sachant la partie perdue, ils se sont de nouveau éparpillés dans la campagne. »

Comme s'il l'avait deviné, Vu Viêt Vu renchérit :

— Il y a quinze ans, j'y serais allé. Et vous ?

— Oui. Qui nous empêche d'en faire autant ?

— Je n'en ai pas le droit. Aujourd'hui, je suis responsable de la vie des hommes de ma section. Fini de jouer les voltigeurs de pointe. — Il avait l'air de le regretter.

— Tant pis. Je n'ai pas le courage d'attendre toute la nuit. Je vais me glisser à travers le jardin et j'essaierai de voir ce qui se passe dans la maison.

Vu soupira :

— Je ne peux pas vous en empêcher, vous êtes civil et c'est votre peau que vous risquez. Sifflez *le Boudin* quand vous reviendrez ; je n'ai pas envie que mes sentinelles vous tirent dessus. Même la nuit, ils visent juste.

Il dégrafa ses équipements de toile :

— Enfilez-les, il y a mon pistolet, des chargeurs de rechange et mon poignard fétiche. Une baïonnette de Mauser raccourcie, avec un manche que m'avait sculpté, à ma main, l'armurier de Bach Maï.

— Malicky ?

— Vous avez bonne mémoire ! — Puis : — Je ne vous perds pas de vue. Je vais poster un tireur d'élite sur le toit avec le fusil infrarouge, il vous couvrira de loin.

— Qu'êtes-vous en train de comploter tous les deux ? dit, derrière eux, la voix du capitaine Tûc.

Patrick le renseigna, ajoutant :

— Êtes-vous marié, capitaine ?

— Oui.

— A ma place, ne feriez-vous pas la même chose ? Il s'agit de ma femme.

— Vous voulez dire que vous allez risquer votre peau pour une Vietnamienne ?

— Qu'y a-t-il de si extraordinaire ? Bien sûr, elle est vietnamienne. Et alors ?

Spontanément, Tûc lui tendit la main.

— Et alors ? répéta-t-il. Alors, mon vieux, cette affaire nous concerne tous. Adjudant Vu ? Prenez votre section et allez donc effectuer une reconnaissance de la maison d'en face ! Ce n'est tout de même pas un Français qui va faire notre travail !

Ils avaient quitté la distillerie par une porte latérale et, maintenant, la section progressait le long de la palissade de bambou longeant l'enclos des maraîchers. L'herbe foulée amortissait le bruit des pas. Son pistolet-mitrailleur à la main, les chargeurs supplémentaires glissés dans son ceinturon, Patrick s'imaginait revenu au temps des patrouilles de nuit sur les diguettes du delta tonkinois.

Les voltigeurs chassèrent, à grands gestes silencieux, une meute de chiens errants qui rôdaient autour d'un cadavre, puis, au premier carrefour, ils stoppèrent devant une dizaine de civils, abattus d'une balle dans la nuque et empilés là, comme des sacs. Malgré sa répugnance, Patrick les examina, un à un. Tous étaient des hommes, vraisemblablement les jardiniers employés chez les maraîchers voisins.

La section se déploya face au mur d'enceinte, que des voltigeurs escaladèrent en souplesse sans susciter de réaction particulière. Puis, de l'intérieur, ils ouvrirent la grille d'entrée, les hommes la franchirent, se dispersant dans les bosquets du parc, progressant prudemment, courbés, l'arme à la hanche. Patrick suivait, n'ayant d'yeux que pour la villa, masse blanchâtre émergeant au milieu des frondaisons.

Avec Vu Viêt Vu, il atteignit enfin l'arrière du bâtiment et remarqua aussitôt que la porte de l'office était ouverte, bloquée par deux jambes, baignant dans ce qui ne pouvait être que du sang. Il bondit, saisit les pieds, inertes, déjà froids. Des pieds d'homme, sans doute un domestique, mort, tué d'une balle en plein front. Alors, brusquement, il eut peur de ce qu'il allait découvrir.

Il enjamba le corps étendu, pénétra dans l'office, aussitôt saisi par l'odeur âcre qui y stagnait, une odeur composite, faite de saumure, de friture refroidie et, plus sucrée, de chairs en décomposition. Suivi de quelques hommes, il entama la visite des lieux, piétinant des débris de vaisselle, se heurtant à des meubles renversés. Le rez-de-chaussée était totalement dévasté, comme par une tornade ou une charge d'éléphants. Tables brisées, placards éclatés, portes arrachées ou hachées de rafales, murs maculés, semblaient indiquer une volonté sauvage de détruire, de souiller.

Insolite, inattendue, la sonnerie d'un carillon « Westminster » égrena onze coups à l'étage. Vu toucha le bras de son voisin :

— J'envoie deux gars là-haut, souffla-t-il.

Patrick comprit que l'adjudant craignait, lui aussi, le spectacle de l'inexorable tragédie et voulait le lui épargner.

— De combien de personnes se composait la famille de votre femme ? ajouta-t-il.

— Un oncle, ses deux filles et le mari de l'aînée, Vinh Trach, un ancien officier de la Garde, grand blessé de guerre, cloué sur un fauteuil roulant.

Il y eut un courant d'air et, au premier, une porte claqua. Patrick sursauta.

— Ce n'est rien, souffla Vu, sans doute l'un de mes hommes qui visite les chambres.

— J'y vais.

S'éclairant d'une lampe torche, Patrick gravit les marches de l'escalier central. Sur le palier, un soldat lui barra la route.

— N'avancez pas, dit-il d'une voix blanche. C'est abominable.

Il se détourna, s'appuya au mur et vomit.

Vu était là. Il posa sa main sur l'épaule de Patrick.

— Ne bougez pas, je vais voir...

— Cette affaire me concerne. Laissez-moi passer.

Il fit quelques pas, pénétra dans la première des chambres et le faisceau de sa lampe torche lui révéla l'horreur. Lê Van Dûc, l'oncle de Liên avait été littéralement découpé en morceaux par des forcenés. Sa tête était plantée dans l'un des montants du lit de fer, masque hideux, grimaçant, le sexe enfoncé dans la bouche. Les mains, tranchées à la hauteur des poignets, avaient été suspendues par les pouces aux cordons des rideaux, les jambes, les bras, le torse ouvert, entrailles répandues, avaient été éparpillés à travers toute la pièce, qu'ils avaient éclaboussée de larges traînées de sang, formant le mot « *Viêt-gian* » *:* « traître au Viêt-nam ».

Le pire était à venir. Dans la chambre voisine, Tu, l'aînée des cousines, s'était jetée sur le fauteuil de son mari, cherchant sans doute à le protéger de son corps. Ses bourreaux les avaient cloués l'un à l'autre, à l'aide du fer d'une pioche, demeuré en place. Patrick abaissa sa lampe, les mains tremblantes, le corps en sueur, la tête bourdonnante, l'estomac tordu. Une telle barbarie dépassait son entendement. Il avait l'impression de vivre un cauchemar.

Un gémissement le ramena à la réalité. Sous le corps de sa femme, Vinh Trach vivait encore.

— Vu ? appela Patrick. Fais venir un infirmier de toute urgence, il y a peut-être un survivant.

— J'ai visité les autres pièces, dit l'adjudant après avoir donné ses ordres, elles sont vides. Il n'y a aucune trace de sang.

— Ce qui signifie ?

— Je ne sais pas. Ou bien Liên et sa cousine sont parvenues à s'enfuir. Ou bien...

— Ou bien elles ont été emmenées, c'est cela ?

Vu Viêt Vu ne répondit pas.

Déjà l'infirmier était là. Avec l'aide d'un soldat, il dégagea doucement le corps de la suppliciée, et se pencha sur le blessé, qui respirait faiblement, des bulles sanglantes autour des lèvres.

— Ce type a eu de la chance, observa-t-il. La pioche n'était pas assez longue pour le transpercer, elle n'a fait que défoncer une côte et probablement déchirer le poumon droit. Si nous pouvons l'évacuer rapidement, on peut encore le sauver.

Il ajouta d'un ton de professionnel :

— Le fait qu'il n'ait pas pu quitter son fauteuil l'a empêché de s'étouffer.

— Qui êtes-vous ? demanda le blessé, d'un air égaré.

— Des amis, répondit Vu. Nous allons nous occuper de vous.

— Que sont devenues Liên et sa cousine ? demanda Patrick.

— Tam ? C'est elle qui a donné l'alerte. Je les ai entendues courir dans le corridor. Ma femme est entrée dans ma chambre et je ne me souviens plus de rien.

— Je vais faire fouiller le parc, proposa l'adjudant.

— Je les accompagne. Si Liên et Tam s'y sont cachées, elles ne se montreront pas à des soldats vietnamiens.

— Alors, bonne chance, cap'ral !

Deux heures durant, Patrick et ses compagnons battirent les buissons du parc à la vietnamienne, fait de monticules sur lesquels étaient plantés des buis, taillés en forme d'animaux, biches ou phénix, d'allées ondulantes, de petits ponts en dos d'âne posés au-dessus de mares envahies de lotus, de gloriettes aux poutres recourbées, et de haies censées empêcher les mauvais génies de trouver le chemin de la maison. Mais leurs recherches demeurèrent vaines. Les deux jeunes femmes avaient disparu.

Ils allaient renoncer, se résigner à attendre le jour pour reprendre leurs explorations, quand l'un des soldats poussa une brève exclamation et courut vers Patrick, portant à la main un socque de bois.

— Où l'as-tu trouvé ?

— Là-bas, près du mur du fond, à côté de la cabane à outils.

— Je l'ai pourtant visitée il n'y a pas cinq minutes, observa Patrick. Et je n'ai rien remarqué de particulier.

Mais, malgré lui, l'espoir l'envahit. En quelques enjambées, il s'en approcha, appela :

— Liên ? Où es-tu ? N'aie pas peur, c'est moi, Patrick !

Il attendit une réponse, qui ne vint pas, et commençait à douter quand, de derrière un tas de vieilles planches et de rebuts divers, tôles ondulées, panneaux de *caiphèn,* une voix s'éleva.

— Es-tu seul ?

Le cœur battant, Patrick s'approcha.

— Non, dit-il, je suis avec des soldats, ils sont là pour te protéger. Les Viêt-congs sont partis.

— Dis-leur de s'en aller !

— Pourquoi ?

— Je suis toute nue !

Ce fut plus fort que lui. Brutalement libéré de la tension qui l'habitait depuis le matin, désarçonné par cette réplique inattendue, Patrick fut saisi d'un fou rire subit qui lui coupa le souffle, le plia en deux et lui tira des larmes. Incapable de prononcer un mot, son rire redoubla quand il vit Liên émerger de sa cachette, un avant-bras replié devant sa poitrine, l'autre main en conque devant son pubis. Derrière elle, en slip et soutien-gorge, Tam se dissimulait de son mieux.

— Fais quelque chose au lieu de rester planté là comme un idiot ! cria Liên, furieuse. Si tu crois que j'ai eu le temps de faire toilette quand Tam m'a réveillée et que nous avons sauté par la fenêtre !

Toujours secoué par des hoquets convulsifs, Patrick se dépouilla de sa chemise dont elle s'enveloppa avec des gestes exaspérés, tirant sur les pans pour cacher ses cuisses.

— Que sont devenus les autres ? demanda-t-elle.

Cette question stoppa net l'hilarité nerveuse de Patrick. Il s'approcha, entoura sa femme de ses bras et, sans répondre directement, il murmura, très doucement :

— Viens, nous rentrons à la maison. Tam vient avec nous. Il sera toujours temps de s'inquiéter des autres.

Liên comprit à demi-mot.

3

Depuis une semaine déjà, les préparatifs du Têt, premier jour de l'année du Singe, avaient occupé le temps libre des familles des ouvriers de Bao Tan. Henri leur avait donné toutes facilités pour aller s'approvisionner sur le marché de Bien Hoa, mettant ses camions à leur disposition pour ramener les provisions de riz, les cochons et les ingrédients nécessaires à la confection du *thit kho,* des *banh chung* et des *cha lua,* les plats traditionnels de tout nouvel an digne de ce nom[1].

Il avait fait venir de la ville un devin et un calligraphe, chargés, le premier, de déterminer la nature des souhaits les plus propres à être exaucés, le

1. *Thit kho :* ragoût de porc au jus de coco ; *banh chung :* gâteau de riz gluant ; *cha lua :* petits pâtés de porc.

second, de les dessiner, en idéogrammes d'or, sur des banderoles de papier de soie rouge.

De ses propres deniers, Henri avait financé l'achat d'un somptueux feu d'artifice ; Fischer, aidé par quelques-uns des gamins les plus délurés, avait été chargé de sa mise en œuvre. En spécialiste des explosifs, celui-ci avait apporté au programme initial quelques modifications de son cru et promettait, avec des mines de conspirateur, que le bouquet final marquerait une date dans l'histoire de la plantation.

Pour sa part, Macroy et ses catholiques avaient confectionné, dans le plus grand secret, un gigantesque dragon de papier et de bambou qui devait déboucher, à l'aube, sur la grand-place du village en crachant le feu pour la plus grande joie de tous.

Un temps, Henri avait espéré que May Linh, Matthieu et ses parents pourraient venir passer à Bao Tan les trois journées de réjouissances, mais il avait dû renoncer à cette perspective. Matthieu, à Saïgon, avait des contraintes de service et son père, Denis, était submergé de travail.

Patrick s'était désisté lui aussi, prétextant des engagements familiaux antérieurs. Seuls, François et Diane seraient de la fête. Ils étaient arrivés dans l'après-midi, et Henri n'avait pu manquer d'observer combien la grossesse de la jeune femme lui allait, comme il disait : « bien au teint ».

François semblait en pleine forme. Grâce à Patrick, il avait trouvé un emploi de *dispatcher* dans une des plus importantes entreprises de transports routiers, dont les camions, une centaine, sillonnaient les routes, assurant notamment plusieurs liaisons quotidiennes avec le Cambodge. François gérait le personnel, aussi bien mécaniciens que conducteurs, presque tous des *Khmer krom,* de robustes gaillards originaires des anciennes provinces cambodgiennes rattachées au Viêt-nam depuis quatre-vingts ans, mais qui n'avaient rien renié de leurs origines. Leur haine de l'Annamite en général, du Viêt-cong en particulier, en faisait des employés zélés et sûrs, d'un courage personnel avéré, frisant parfois la témérité. Avec eux, François avait l'impression de ne pas avoir rompu tous les liens sentimentaux qui l'attachaient à son ancien pays d'adoption.

Par souci de bon voisinage, Henri avait également invité le commandant du bataillon de fusiliers australiens responsable de la sécurité du quartier de Lang My. Le major Percy Merryvalle était un grand rouquin flamboyant, d'une raideur toute britannique, racé et flegmatique, dont Fischer affirmait que c'était un officier de l'Armée des Indes qui s'était trompé de pays.

Fischer était arrivé peu avant la tombée de la nuit, amenant de Saïgon, dans la Land Rover, trois invitées surprise, deux taxi-girls vietnamiennes, Lucy et Vicky, censées rétablir l'équilibre de la répartition des sexes, et Armelle Guillon, une jeune hôtesse de l'air d'Air France, qui effectuait son premier voyage sur la ligne d'Extrême-Orient. C'était une grande fille d'allure sportive, sans complexes, qui expliqua :

— Mon enfance a été bercée des récits de mon père qui a passé trois ans en Indochine. J'avais envie de connaître ce pays et Maxime Fischer m'a affirmé que Saïgon n'avait rien de commun avec le Viêt-nam profond et que, pour le découvrir, je serais mieux ici.

— En effet, confirma Henri. A Bao Tan au moins, il n'y a pas de couvre-feu !

Il était minuit. Le repas s'achevait, dans une ambiance détendue, bon enfant, à laquelle le dynamisme de Diane, qui s'était arrogé le rôle de maîtresse de maison, n'était pas étranger, pas plus que le whisky et le champagne qui avaient coulé à profusion. Encore plus raide qu'à l'ordinaire, mais le visage couleur brique et l'œil allumé, le major Merryvalle s'intéressait de très près aux charmes de sa voisine, la jolie Vicky, tandis que Fischer avait entrepris de séduire sa camarade Lucy.

Macroy et Anh, sa fiancée tonkinoise, s'était discrètement éclipsés, pour regagner le village et préparer le défilé du matin à venir.

Assise entre Henri et François, Armelle Guillon se passionnait pour l'histoire de Bao Tan que Henri avait entrepris de lui raconter. Elle lui avait fait promettre de l'emmener, tout à l'heure, visiter la clairière où avait été édifiée la chapelle de bois, toujours intacte, construite avec les débris du premier bungalow, au pied de laquelle reposaient Francis Mareuil, le fondateur de la dynastie, et sa première femme Madeleine. A côté Henri avait dressé une stèle à la mémoire de son père et de son oncle Cyril.

— C'est étrange, dit-elle enfin, je n'imaginais pas du tout qu'il puisse exister, en Indochine, des endroits où règne encore la paix. Vu de France, le Viêt-nam est présenté comme un gigantesque champ de bataille survolé par des B 52 qui écrasent tout sous leurs bombes, où, à terre, des Viêt-congs omniprésents mènent une vie d'enfer à leurs adversaires américains. Comment réussissez-vous à préserver votre neutralité ?

— Je n'y suis pour rien, répondit Henri avec modestie. J'essaie seulement, par l'exemple, de convaincre les uns et les autres que leur intérêt commun est de nous laisser travailler. Mais n'allez pas croire qu'ils nous tiennent quittes sans preuves. La semaine dernière, un délégué du Front national de libération est venu, ici même, discuter de l'augmentation du salaire des ouvriers.

— Comme n'importe quel syndicaliste ?

— Si l'on veut. C'est, en réalité, une manœuvre détournée pour nous taxer de l'impôt « révolutionnaire ». Mais ils y mettent les formes, les apparences sont sauves vis-à-vis de l'administration gouvernementale.

— Personne ne dit rien ?

— Le représentant des finances de Saïgon est, lui aussi, à l'affût ! Ses prélèvements sont exactement calculés sur le montant des sommes versées aux gens d'en face. Et je le soupçonne de soustraire, au passage, son pourcentage personnel !

« Et je ne parle pas des rackets auxquels se livre, ici ou là, tout dépositaire d'une parcelle d'autorité, policiers ou soldats. La moindre autorisation d'exportation, signature au bas d'un document, est cotée selon l'importance du fonctionnaire qui la délivre.

— Des deux côtés ?

— Oui. La seule différence réside dans le fait que les communistes donnent un reçu !

La voix de Fischer s'éleva, réclamant le silence :

— Chers amis, déclama-t-il. L'heure est venue. Je vous invite à vous installer tous sur la terrasse pour assister au plus gigantesque feu d'artifice de tous les temps !

Fischer s'était vanté. En fait, il avait simplement fabriqué des mortiers supplémentaires, augmenté les charges de poudre qui propulsait, haut dans le ciel, les bombes et les fusées multicolores qui prenaient toute leur ampleur. Un système d'allumage électrique lui permettait, en outre, de diriger à sa guise la composition des différentes phases du spectacle. Le succès remporté auprès du public des ouvriers manifestant leur enthousiasme à grands cris fut à la mesure de ses espérances. Il était le démiurge, maître absolu du feu du ciel.

Le plus réussi, et qui lui devait tout, fut le bouquet

final, sur lequel il avait passé de nombreuses heures, utilisant à cet effet le tube d'une pièce de 81, empruntée aux Australiens. Un obus éclairant, préalablement vidé de sa charge, avait été garni d'un long cylindre de carton bourré de boules de poudre colorées, et de pétards. L'effet fut saisissant et illumina le ciel de Bao Tan pendant près de trente secondes. Une éternité.

Le premier, Henri applaudit tandis que les exclamations d'enthousiasme des villageois et des ouvriers ne connaissaient plus de bornes. Les gamins, surtout, battaient des mains et jetaient, par poignées, des petits pétards, distribués à profusion.

En se retournant, pour guetter la réaction de ses invités, Henri constata, avec un sourire amusé, que le major Merryvalle poussait ses avantages auprès de sa partenaire. Sa main disparaissait entièrement dans l'échancrure de son corsage, provoquant des gloussements de satisfaction de la jolie Vicky. La suite ne faisait plus de doute.

— C'est superbe, observa Armelle Guillon. Vous avez su garder le sens de la fête.

En un geste amical, elle mit sa main sur la sienne et sa hanche l'effleura un court instant. Henri fit face, son visage à quelques centimètres du sien. Une douce certitude l'envahit. Il allait l'emmener avec lui, il la coucherait sur son lit, ils passeraient le reste de la nuit ensemble. Déjà, il l'enlaçait, la pressant contre lui, posant ses lèvres sur les siennes et elle s'abandonnait, consentante, le souffle court, les paupières closes. Mais, brusquement, il se figea, tous les sens en alerte, avec l'impression d'un danger immédiat. Levant les yeux, il constata que, sur l'esplanade, la foule des badauds ne se défaisait pas comme à regrets après un spectacle fascinant, mais qu'au contraire elle fuyait, se dispersant comme une volée de moineaux. Sans réfléchir, il poussa Armelle dans le salon, et cria :

— Rentrez tous dans la maison. Éteignez toutes les lumières ! — Puis, à l'intention de François : — Faites monter les femmes dans les chambres. Qu'elles s'y barricadent et qu'elles n'en sortent que sur mon ordre.

Enfin, au major Merryvalle :

— Filez par les communs, rentrez chez vous, ne vous faites pas repérer. Inutile de jouer les héros.

— Que se passe-t-il ?

— Je n'en sais rien encore, mais je n'aime pas la réaction des ouvriers. Les Viêt-congs ne sont pas loin, je n'ai pas envie qu'ils vous trouvent ici. Fischer ?

— Je suis là.

— Venez avec moi, nous allons essayer de faire le point.

— Je prends une arme ?

— Au contraire, nous ne devons pas avoir l'air hostiles. Quelque chose se prépare, j'espère que ce n'est pas contre nous.

François était là.

— Puis-je vous accompagner ?

— Non. Il faut un homme pour rester auprès des femmes. Veillez sur elles, calmez-les. Tout se passera bien.

Il avait prononcé cette dernière phrase avec une assurance qu'il était loin d'éprouver. Pour la première fois de sa vic, il était placé dans une situation qu'il ne contrôlait pas, confronté à des événements dont il n'avait aucune idée. Il n'avait que la ressource d'aller au-devant du destin, responsable de l'existence de ceux qui résidaient sous son toit.

Il traversa l'esplanade, s'engagea résolument sur la piste de latérite menant à l'entrée nord de l'usine. Un dernier scrupule le saisit. Il se tourna vers Fischer.

— Je ne sais pas si j'ai le droit de vous embarquer

dans cette galère, dit-il, s'efforçant à la décontraction. Peut-être vaudrait-il mieux que vous rentriez au bungalow.

— Vous rigolez ou quoi ? riposta son assistant, d'un ton outragé. Pour qui me prenez-vous ? Je pensais, au bout de deux ans, que vous me connaissiez mieux. — Puis, désinvolte : — De toutes les façons, il est trop tard, nos petits copains sont là.

Ils s'étaient arrêtés, leurs silhouettes, d'un blanc immaculé, faisaient une tache de clarté au milieu du décor sombre, alors que les Viêts, silencieux sur leurs semelles de caoutchouc, n'étaient qu'un grouillement noir, indistinct, qu'un bruissement léger, comme le vent dans le feuillage.

D'un seul coup, Henri et Fischer furent entourés, noyés au milieu de la masse des guérilleros. Deux d'entre eux leur plantèrent le canon de leur pistolet-mitrailleur sur le ventre.

— Nous sommes mal partis, grogna Fischer.

— *Im* ! ordonna le soldat, ajoutant, pour mieux se faire comprendre : ta gueu'n !

— Je veux voir votre chef ! répliqua Henri, maîtrisant l'angoisse qui lui nouait l'estomac, songeant qu'un mouvement inconsidéré de sa part risquait de consommer le drame.

— Je suis le chef, dit un nouveau venu, d'une voix haut perchée, tranchante comme le fil d'un rasoir. « Un Tonkinois », songea Henri. « D'où sort-il ? Jamais je n'ai entendu parler de lui. Il va être difficile à apprivoiser... » Mais c'est calmement qu'il demanda :

— Pourquoi vos soldats nous menacent-ils ? Nous sommes sans armes et nous n'avons rien fait contre vous. Votre responsable zonal, Cao Van Minh, pourra vous le confirmer.

— Cao Van Minh n'est plus rien, riposta le Tonkinois, acerbe. Il a été fusillé avant-hier. Tiédeur révolutionnaire. Il était temps de reprendre les choses en main.

— Que voulez-vous, monsieur ?

— Ne m'appelez pas « monsieur » ! Je suis le commandant Ta Van Tho. Dites « mon commandant » !

Henri le regarda mieux et s'aperçut qu'à la différence de ses hommes, Ta Van Tho était vêtu d'un uniforme d'une teinte plus claire, sans doute le vert des troupes régulières nord-vietnamiennes. Face à cet homme, dont le fanatisme se devinait à la brièveté sèche des phrases, la discussion serait âpre.

— Bien, mon commandant, reprit-il. Qu'attendez-vous de nous ?

— Je n'attends rien des colonialistes ! Votre comportement me prouve que vous n'avez pas compris la situation ! Sachez que vous n'êtes pas en mesure de nous proposer quoi que ce soit ! Je sais ce que vous pensez. Vous dites : nous sommes chez nous, et nous allons pouvoir acheter ces soldats avec quelques faveurs. Vous vous trompez ! Un ordre de moi et vous n'existez plus ! — Il claqua des doigts. — Ce sera aussi facile que ça.

De son long séjour chez les jésuites, Henri avait retenu qu'il n'y avait pas de dialogue possible avec un interlocuteur décidé à ne rien entendre, captant un mot au hasard et le renvoyant comme une balle. Il appelait cela « jouer au ping-pong ». Dans ces cas-là, la meilleure attitude était le silence.

— Qu'avez-vous à répondre ? demanda Ta Van Tho, impatienté.

— Rien.

Le commandant parut désarçonné. Frustré aussi d'un échange qui lui aurait permis de prouver la supériorité de sa dialectique face à de médiocres arguments impérialistes.

— Comment cela, rien ? Vous admettez donc que

j'aurais toutes les raisons de vous faire fusiller immédiatement ?

— Vous avez des armes. Si vous décidez de vous en servir contre nous, ce que je pense n'a pas d'importance.

Affectant l'indifférence, Henri écarta le canon de l'AK47 qui était toujours fiché contre son ventre, et croisa les bras.

— Assez bavardé ! trancha le commandant. Voici mes ordres. Possédez-vous un poste radio-émetteur ?

— Oui.

— Et un téléphone ?

— Également.

— Conduisez-moi au local où ils se trouvent.

Henri comprit que la situation se dénouait. Escorté de quelques soldats, il mena Ta Van Tho jusqu'au bureau où se trouvait l'émetteur. Sur un geste de celui-ci, un soldat s'en saisit et le jeta au sol, puis acheva de le détruire à coups de crosse. De la même façon, du tranchant de sa baïonnette, il coupa les fils du téléphone.

— Maintenant, reprit Ta Van Tho, voilà ce que j'exige : vous allez rester ici, sous la garde d'une sentinelle. Elle aura l'ordre de vous abattre à la moindre tentative de sortie. Interdiction vous est faite d'essayer de communiquer avec l'extérieur. Compris ?

Henri hocha la tête.

— Autre chose. J'ai besoin de vos camions. Où sont les clefs ?

— Les clefs sont sous la garde du chef d'atelier, M. Cum, répondit Fischer.

— Un soldat va vous accompagner. Trouvez-le, et rassemblez vos chauffeurs.

— En nous privant de nos camions, vous condamnez la plantation, dit Henri. Qui fera vivre les familles des ouvriers ?

— Je fais la guerre ! riposta Tho. Demain sans doute, quelques-uns de mes soldats seront morts. Mais ils auront vaincu. Que représentent quelques camions face à cet enjeu ? La liberté du Viêt-nam mérite des sacrifices.

Henri se tut. Il venait de comprendre que les Viêt-congs allaient probablement mener l'attaque de la base militaire de Bien Hoa. L'effet de surprise qu'ils escomptaient dépendait du silence radio de Bao Tan, tout autant que du transport des troupes d'assaut. Déjà, il échafaudait des plans. « Dès que les hommes de Ta Van Tho seront partis, je fausserai compagnie à la sentinelle et, depuis le bungalow, j'alerterai par téléphone le major Merryvalle, il doit être rentré. »

Dehors, il y eut un brouhaha confus. Parurent deux Viêt-congs, poussant devant eux François Démery, hagard, le visage ensanglanté, la pommette éclatée d'un coup de crosse.

— Bon sang ! grogna Henri, je vous avais pourtant dit...

— Ces types ont fait irruption dans le hall et m'ont embarqué sans que j'y puisse rien.

— Mareuil ! vociféra Tho, l'index accusateur. Vous ne m'aviez pas dit qu'il y avait d'autres personnes dans votre maison !

— Vous ne me l'avez pas demandé !

— Maintenant, je vous le demande. Qui a-t-il d'autre ?

— Seulement des femmes.

— Mes ordres sont changés. Vous allez tous revenir dans votre villa. Tous les habitants seront regroupés dans le salon sous la garde des sentinelles. — Puis, soupçonneux : — Y a-t-il un téléphone ?

— Oui.

Tho se tourna vers un soldat et le chargea de détruire l'appareil.

— Assez perdu de temps, dit-il enfin. Je dois partir. Mais nous ne tarderons pas à nous revoir. Je vous expliquerai les conditions dans lesquelles vous serez autorisé à demeurer sur le territoire du Viêt-nam libéré.

Dans les souvenirs d'Henri, la nuit qui suivit devait rester gravée comme un cauchemar éveillé. Moins par la situation dans laquelle ils se trouvaient, lui et ses invités, otages dans leur propre maison, que par la révélation du véritable caractère de ceux-ci. Si Maxime Fischer masquait sa nervosité et son envie d'agir sous une apparence de placidité, se réfugiant dans un coin du salon d'où il surveillait le moindre des gestes des sentinelles, assises à califourchon sur des chaises, bloquant les issues, François Démery menaçait à chaque instant d'exploser, poussé par l'inquiétude éprouvée pour Diane, dont l'état aurait nécessité silence et calme. Pourtant, Diane était la seule des femmes dont le comportement eût dû servir d'exemple aux trois autres. Vicky et Lucy, les deux taxi-girls, terrifiées, sachant le mépris dans lequel elles étaient tenues par les communistes, après avoir abreuvé Fischer de toutes les insultes qu'elles connaissaient — et, dans ce domaine, leur vocabulaire était considérable — , avaient choisi la hargne et la désertion. L'une après l'autre, elles avaient essayé d'amadouer les gardiens, plaidant la solidarité de la race contre ces T'ays, qu'elles n'avaient pas suffisamment d'adjectifs pour dénigrer, mépriser, bafouer.

Mais les Viêts, du canon de leur Kalachnikov, leur avaient fait comprendre que, tout Vietnamiens qu'ils fussent, ils n'avaient rien de commun avec elles, qui vendaient leur corps pour quelques dollars.

— Quand le pays sera libéré, promirent-ils, il

vous faudra rempierrer des kilomètres de routes pour expier vos fautes.

D'abord, Henri s'était approché d'Armelle, pour tenter de la rassurer, car, même si elle faisait encore bonne figure, il la devinait prête à s'effondrer.

— Je vous retiens, lui avait-elle jeté au visage. Bao Tan est le seul endroit paisible du Viêt-nam ! disiez-vous. C'est un véritable guet-apens !

Puis, sans transition :

— Vous vous imaginiez peut-être que j'allais tomber dans vos bras ? Pour qui me prenez-vous ? Et surtout pour qui vous prenez-vous ? Vous n'êtes qu'un petit crâneur, qui a une très haute opinion de lui-même. Dès demain matin, j'exige que vous me rameniez à Saïgon !

Sa voix se brisa, elle éclata en sanglots et fut prise d'une véritable crise nerveuse. Posément, Diane s'approcha et la gifla, à la volée. Puis elle la serra contre elle, lui murmurant des mots apaisants. Armelle retrouva un peu de sérénité.

Le jour pointait à peine quand, venus de très loin, les premiers échos des combats qui s'engageaient sur la base de Bien Hoa leur parvinrent. L'attaque était d'envergure. C'était une véritable offensive qui dépassait de loin en intensité les harcèlements qui s'étaient déjà produits à quelques reprises. On entendait même le roulement du canon.

Diane se leva et, en vietnamien, interpella les deux gardes :

— Nous autorisez-vous à aller dans la cuisine faire chauffer du thé ? Je crois que nous en avons tous besoin.

Les deux hommes se concertèrent. Cette perspective n'était pas pour leur déplaire, mais elle ne figurait pas dans leurs consignes. Finalement, le plus déluré des deux acquiesça.

— D'accord, admit-il. Mais vous allez seule et je vous accompagne. Les autres, pas bouger !

Ils sortirent du salon et, bientôt, les otages entendirent les bruits familiers de vaisselle remuée.

Et puis, soudain, ils captèrent le craquement d'une chaise brisée. Surpris, le deuxième garde tourna la tête et se leva. Il ne put aller au bout de son geste. Tel un chat, Fischer avait bondi, d'une prise imparable il l'avait désarmé et, le bras tordu, ramené dans le dos, il le plaquait à terre.

La porte s'ouvrit et Macroy parut, un sourire énigmatique sur le visage.

— Affaire liquidée, dit-il sobrement. Désolé d'avoir tardé, je ne voulais pas vous faire courir le moindre risque. Ces Viêt-congs me paraissaient nerveux. Tout va bien ?

— Maintenant, tout va bien, répondit Henri, avec un soupir de soulagement.

Moins d'une demi-heure plus tard, une compagnie de fusiliers australiens débarquait sur la plantation.

— J'ai l'impression d'arriver comme les carabiniers, observa le major Merryvalle, avec un sourire contraint. Il faut me pardonner, mon bataillon au complet a été dirigé sur Bien Hoa, en renfort de la base militaire. Je ne dois pas m'attarder ici, je voulais seulement m'assurer qu'il ne vous était rien survenu de fâcheux.

— Nous avons eu de la chance, dit Henri.

Fischer et Macroy se consultèrent du regard.

— Plus que les deux zèbres, en tout cas.

— Qu'en avez-vous fait ?

— Rien. Nous leur avons seulement conseillé d'aller voir ailleurs si nous y étions, dit Fischer. Pas vrai, Steve ?

— Sûr !

Henri fronça les sourcils, il connaissait trop bien ses deux adjoints pour savoir que la mansuétude n'était pas leur qualité principale. Mais il ne posa pas de question. Il préférait ne rien savoir.

Et comme les nouvelles allaient vite, il s'aperçut que la vie normale avait repris dans le village des ouvriers. Peu avant midi, les enfants vinrent présenter aux habitants du bungalow les *li-xi*, ces vœux traditionnels auxquels chacun était tenu de répondre par quelques billets neufs, glissés dans une enveloppe de papier rouge, dont Henri avait fait une abondante provision.

Trois jours durant, dans une ambiance assez lourde, faite de gêne et d'attitudes contraintes, les invités restèrent sur place avant de pouvoir regagner Saïgon, que les Américains et les Vietnamiens avaient complètement nettoyé des assaillants.

Au moment de monter dans la Land Rover, Armelle alla trouver Henri :

— Je ne sais que dire...

— Ne dites rien.

— J'ai honte de ma conduite de l'autre soir.

— Pourquoi ? Parce que vous m'avez traité de petit crâneur ? Si cela peut apaiser vos remords, vous n'aviez pas tort. Il y a longtemps que je le sais.

4

Annoncé, à la une, par une photographie représentant l'exécution sommaire d'un Viêt-cong par le général Loàn, le chef de la Sûreté, en plein centre de Saïgon, le reportage de Georges Roubaz consacré à l'offensive du Têt « Mau Than » parut deux semaines plus tard dans l'hebdomadaire progressiste *Confluences*. Sous une apparente objectivité — aucun des faits rapportés n'était contestable — c'était un chef-d'œuvre de perfidie. La première phrase donnait le ton de l'ensemble :

« Comme à Varsovie naguère, l'ordre règne à Saïgon. Après six jours de combats féroces, l'offensive des maquisards du F.N.L. a été enrayée. Dans le sang. Les chiffres officiels annoncent 30 000 tués dans les rangs des révolutionnaires contre 1 800 pour les Américains et 2 800 pour les troupes de Thieu.

« Une fois encore, ce sont les civils qui ont payé le tribut le plus lourd de ces affrontements et de la répression qui a suivi. On estime le nombre des morts autour de 12 000, celui des sans-abri à 600 000. Des faubourgs entiers ont été rasés par l'artillerie et l'aviation. Khanh Hoï, Go Vap, Anh Nhon — fief des catholiques repliés du Tonkin en 1954 — ne sont plus que ruines. »

Le reste du papier était de la même veine. Passant sous silence les massacres auxquels s'étaient livrés les communistes — parés du titre de « Forces de gauche » — , il insistait sur la disparité des bilans, laissant entendre, sans le dire de façon précise, que le nombre élevé de victimes était dû à la brutalité de la contre-offensive, qualifiée par lui de « répression ». A titre d'exemple, il racontait son entrevue avec un Eurasien, commandant d'un bataillon de parachutistes, contraint « d'avouer » avec « cynisme » que ses hommes n'avaient pas fait de prisonniers.

« Aujourd'hui, concluait-il, est venu le temps des règlements de comptes. Saïgon a peur. Et pour un suspect, froidement abattu en pleine ville *(notre couverture)*, combien d'autres sont pourchassés, arrêtés, livrés à une justice sommaire ?

« Les journalistes eux-mêmes ne sont pas épargnés. Témoins parfois gênants pour le régime, ils font l'objet de pressions plus ou moins discrètes de la police. Un de nos confrères vietnamiens, N'Guyen Tran Kim, n'a dû son salut qu'en se réfugiant à l'ambassade américaine. D'autres confrères, un Britannique et deux Américains, ont été expulsés sans ménagements. Pour pouvoir exercer convenablement leur métier, la plupart des autres — dont je suis — sont obligés de se cacher et d'inventer toutes sortes de stratagèmes pour recueillir leurs informations. »

— Il se vante, observa Matthieu auquel Denis avait fait lire l'article. Pas une seule seconde, Ngoc n'a perdu sa trace.

— Que comptes-tu faire ? demanda Sylvie, qui redoutait les représailles auxquelles semblait vouloir se livrer son fils, directement mis en cause par Georges Roubaz.

Matthieu éclata de rire :

— Ne craignez rien, mère. Je ne suis pas un assassin et je ne toucherai pas un cheveu de sa tête. Pour le peu qu'il lui en reste, ce serait trop inhumain !

— Mais alors, pour quelle raison le fais-tu surveiller ? Et par Ngoc encore ! Je n'ai jamais compris les raisons de ton attachement envers cet individu. Chaque fois que je le vois, il me fait froid dans le dos.

— Ngoc se jetterait au feu pour moi, mère. C'est suffisamment rare pour être pris en considération. Encore une fois, Roubaz n'a rien à redouter, ni de moi, ni de Ngoc. Si je le fais surveiller, c'est parce que je lui réserve un tour à ma façon.

— Encore une fois, dans quel but ?

— Je veux le déconsidérer. Par le ridicule. Le piège est en place. Il ne reste plus qu'à attendre que Georges Roubaz en déclenche lui-même le mécanisme.

Par Ngoc en effet, Matthieu avait appris que, comme nombre de ses confrères, le journaliste cherchait à rencontrer un représentant clandestin du Front de libération pour obtenir une interview, qui serait un véritable scoop mondial.

Mais, en vrai professionnel, méfiant et circonspect, il procédait prudemment, ne voulant pas s'aventurer à la légère. A Saïgon proliférait toute une faune d'agents doubles ou triples, d'espions, d'aigrefins et de provocateurs qui gravitaient autour des milieux de presse et dont le seul objectif était d'extorquer un maximum de dollars contre la promesse fallacieuse d'un rendez-vous avec un membre du Viêt-cong ou prétendu tel.

Nombreux étaient ceux qui, en toute bonne foi, avaient accepté le marché, avant de s'apercevoir que leur mystérieux intermédiaire s'était évanoui dans la nature au moment où ils croyaient avoir atteint leur but.

Roubaz n'était pas homme à s'aventurer à la légère et, par sa connaissance du métier et du milieu saigonnais, il était en mesure d'arriver à ses fins.

C'est alors que Matthieu et une équipe, spécialement entraînée à cet effet, se proposaient d'intervenir. Il ferait ainsi coup double, neutraliser un adversaire et obtenir un motif d'expulsion contre le journaliste.

Mais le hasard joua contre lui.

Alors qu'il allait à l'ultime rendez-vous qui devait lui préciser les modalités techniques de la rencontre, Georges Roubaz tomba nez à nez avec François Démery. Et même si celui-ci avait depuis longtemps cessé de nourrir le moindre sentiment vis-à-vis de Joëlle, son ex-femme, son aversion naturelle à l'égard du mari de sa tante lui fit perdre son sang-froid. En plein Saïgon, devant un public enthousiaste et quelques journalistes de passage, il lui administra une correction si sévère que la police finit par se croire obligée d'intervenir.

— Portez-vous plainte ? demanda le brigadier, au commissariat où les deux protagonistes avaient été conduits.

— Essayez, pour voir, lui suggéra François, dont la hargne n'avait pas désarmé.

— Je crois que je vais être obligé de vous fournir une protection rapprochée, constata le policier.

C'était très exactement ce que Roubaz cherchait à éviter.

— Inutile, il s'agit seulement d'un malentendu familial...

Tandis que François était retenu quelques heures pour audition, le journaliste tenta de renouer le contact perdu. Ce fut en pure perte. Le soir même, il apprit que son interlocuteur avait déclaré forfait. « Vous êtes bien trop voyant », lui fit-il dire.

Dès lors, il ne lui restait plus qu'à rentrer à Paris. Ce qu'il fit, dès le lendemain.

Chapitre 9

1968-1970

1

Juillet 1968

Depuis la terrible nuit de l'offensive du Têt, ni Patrick, ni Liên, ni sa cousine Tam n'étaient retournés dans la villa de Khanh Hoï, théâtre de trop de drames sanglants. Ils l'avaient louée, fort cher, aux Américains qui, après l'avoir nettoyée, bétonnée, en avaient fait le siège du P.C. d'une unité d'intervention fluviale. Quelques jours plus tard, ils avaient appris la mort, à l'hôpital militaire Cong Hoa, du beau-frère de Tam, l'ancien colonel Vinh Trach.

Désormais seule survivante de sa famille, Tam était en passe de devenir l'une des plus riches héritières de Saïgon. Sur les conseils de Liên, elle avait confié la défense de ses intérêts à Denis Lam Than, qui s'était montré d'une remarquable efficacité. En moins de six mois, et en dépit de la lenteur de l'administration, il avait réussi à débroussailler le maquis de la procédure de succession et, à l'aide de pots-de-vin, chichement mais judicieusement répartis, il était parvenu à faire établir le bilan global, liquidant quelques sociétés de moindre rapport pour réaliser des investissements plus rentables, et notamment dans le domaine de la reconstruction, un secteur en pleine expansion. Le président Thieu avait placé au premier rang des urgences la réhabilitation des quartiers les plus touchés par les combats du mois de février.

Tam s'était bien adaptée à sa nouvelle vie, entre Liên et Patrick, au point qu'elle n'envisageait pas de se séparer d'eux. A vingt ans, elle était restée aussi dépendante des autres qu'elle l'avait été naguère, entre un père autoritaire, une sœur dominatrice et un beau-frère exigeant. Mais, au contact de Liên, libre d'allure et de propos, de Patrick, solide et chaleureux, elle s'épanouissait, adoptant leur mode de vie, acceptant même, ce qu'elle avait toujours refusé, d'abandonner ses vêtements traditionnels pour des robes européennes qu'avec une certaine malice Liên choisissait parmi les plus légères, avec de profonds décolletés. Tam avait bien tenté de résister, elle se savait sans beaucoup d'attraits, mais personne ne s'opposait longtemps à la dynamique persuasion de Liên.

— Il te faut un mari, lui avait-elle expliqué, péremptoire. Mais pas un de ces hommes imbus de leur supériorité qui ne voient dans leur épouse que leur cuisinière et la mère de leurs enfants. Tu es assez riche pour choisir, et surtout, pour imposer ta façon d'être. Nous ne sommes plus au Moyen Age : sois moderne, sans complexes, sûre de toi. Fixe, dès le début, les règles du jeu et ne te soumets pas. Tu verras, tu mèneras ton mari par le bout du nez.

— C'est sans doute ainsi que tu te comportes avec Patrick ? Je constate pourtant que tout ce qu'il fait et dit te semble aussi sacré que parole d'Évangile !

Liên avait choisi de se dérober :

— Ce n'est pas la même chose. C'est un homme exceptionnel. A la fois ferme et tendre, exigeant et accommodant. — Puis, un ton plus bas : — Il fait merveilleusement l'amour.

Pudiquement, Tam avait baissé les yeux, un peu de rose aux joues. Liên éprouvait toujours un certain plaisir à effaroucher sa jeune cousine, dont l'éducation n'avait pas été particulièrement libérale. Élève du sévère couvent des Oiseaux de Dalat, où avaient été formées la plupart des jeunes filles de la haute société saigonnaise, elle n'en était sortie que pour être au service de son père et de son beau-frère.

Liên avait éclaté de rire.

— Qu'ai-je dit qui te choque à ce point ? Est-ce à cause de Patrick et de moi ? Ma pauvre chérie, l'amour est un tout. Ce n'est pas seulement se tenir par la main, se regarder dans les yeux en se récitant des poèmes ! — Puis, fronçant les sourcils : — A ton âge, tu n'es tout de même pas vierge ?

Tam se rebella, vexée :

— A t'entendre, on croirait qu'il s'agit d'une tare ! Pourtant, depuis que je suis toute petite, mes parents, les religieuses, l'aumônier, plus tard ma sœur, tout le monde m'a expliqué qu'une jeune fille devait se garder intacte pour son mari !

Liên comprit qu'elle l'avait blessée. Elle comprit aussi que la vivacité de la réaction de sa cousine s'expliquait par un profond sentiment d'infériorité. La tutelle dans laquelle elle avait été tenue jusque-là l'avait convaincue de son insignifiance.

— Je suis laide, avoua-t-elle. Je le sais. Ma sœur me l'a assez répété, je n'intéresse pas les garçons...

— Que tu n'intéresses pas les garçons n'a rien d'étonnant ! Je soupçonne ta sœur — paix à son âme — d'avoir fait de toi un repoussoir, de façon à pouvoir te garder auprès d'elle pour lui servir de boyesse ! Tu es laide, prétends-tu ? Viens avec moi !

Elle la prit par la main, l'entraîna dans sa chambre, la planta devant la psyché, où elle la fit mettre nue.

— Voyons ce qui ne va pas, dit-elle. Et d'abord, redresse-toi. Le dos rond est un signe de crainte ou de soumission. Pense à chaque instant que tu es Tam, une des jeunes filles les plus riches de Saïgon, qui n'a rien à solliciter de personne, bien au contraire. Apprends à marcher avec les pieds moins ouverts, cela te fait une démarche de canard !

Elle détailla ainsi chaque partie de son corps, soulignant tout ce qu'il avait de fin et de gracieux.

Elle la fit asseoir devant sa coiffeuse.

— Que reproches-tu à ton visage ? demanda-t-elle. L'ovale est parfait, le front haut, la bouche peut-être un peu trop grande, mais cela peut se corriger. En fait, c'est ton regard qui gâche tout. C'est celui d'un chien battu. Avec juste un soupçon de maquillage au coin des paupières, tu peux le rendre rêveur ou, ce qui serait encore mieux, mystérieux. Mais tu dois apprendre à sourire. Pas comme un cheval, en montrant tes dents, comme une jeune fille, discrètement, en relevant le menton.

Puis elle ajouta :

— Reste ta coiffure. Une véritable catastrophe. Tu portes tes cheveux trop tirés en arrière et la queue de cheval te donne l'air d'une paysanne mal dégrossie. Je vais arranger cela.

Liên se passionnait. Quand elle eut achevé le maquillage et la coiffure, elle contempla son œuvre et avoua, ravie :

— On ne te reconnaît plus ! Tu es rayonnante ! Tu vas faire des ravages ! Maintenant, regarde-toi !

Tam obéit et esquissa un geste de recul.

— Jamais je n'oserai me montrer ainsi ! protesta-t-elle. Je ressemble à une dévergondée !

— Tu dis n'importe quoi ! Habille-toi. Je t'ai choisi une robe qui t'ira comme à une reine. Et pendant que je me prépare, rappelle-toi mes conseils : redresse-toi et surveille tes pieds !

Tam secoua la tête.

— Je ne sors pas. Partez sans moi.

— Il n'en est pas question. Te rends-tu compte que ton refus serait interprété comme une offense ? Aujourd'hui est un grand jour. C'est la première fois, depuis des années, qu'une cérémonie solennelle va se dérouler dans la cathédrale ! Deux baptêmes en même temps ! Il y aura le tout-Saïgon. Dans cet espèce de Brooklyn qu'est devenue notre ville, avec ses néons et ses hot-dogs, ses G.I.'s et ses grosses voitures rose bonbon, la rue Tu Do, l'espace d'un matin, va redevenir la rue Catinat et retrouver un peu de son parfum d'autrefois : toilettes élégantes pour les femmes, costumes blancs pour les hommes ! Ombrelles et calèches...

Patrick frappa à la porte. Il était déjà prêt ; sur son costume éclatant de blancheur, les rubans de ses décorations mettaient une note désuète.

— Pour un parrain, ai-je l'air suffisamment respectable ? demanda-t-il en riant.

May Linh et Diane avaient accouché un peu moins d'un mois plus tôt, à quelques jours d'intervalle. La première avait donné le jour à une fille, à laquelle elle avait tenu à donner un double prénom : Sylvie, comme sa grand-mère, et Souën, comme sa marraine, la femme de Ho Chan Sang, qu'elle n'avait jamais cessé de considérer comme ses parents adoptifs. C'était un ravissant bébé, au teint lumineux d'abricot, aux membres longs et graciles. « Elle sera danseuse ou pianiste », avait affirmé Matthieu, très fier de sa progéniture. Francis Junior, leur premier-né, du haut de ses deux ans et demi, avait osé contredire son père : « elle sera reine », avait-il prophétisé.

Diane était maman d'un garçon, prénommé Cyril, en souvenir du dernier mari de sa mère. Un hommage volontairement rendu à la famille Mareuil, encore plus concrétisé par le choix qu'elle avait fait de Catherine comme marraine. Un choix qui avait troublé Sylvie quand elle avait appris qu'à l'instigation de François Démery, le parrain n'était autre que Patrick O'Donovan. Mais elle s'était gardé du moindre commentaire.

L'idée d'un double baptême solennel, célébré selon l'ancienne tradition « coloniale », leur était venue à peu près en même temps, alors qu'elles occupaient la même chambre de la maternité de l'hôpital Grall, au cours d'une visite que leur avait faite Sylvie. Cette dernière avait non seulement approuvé le projet, mais elle s'en était faite le principal artisan. Et, grâce à elle, ce qui, au départ, n'était qu'une double célébration familiale était en passe de constituer l'événement mondain de l'année, au moins pour la petite communauté française, qui s'obstinait avec une louable persévérance à maintenir des liens anciens, et à affirmer son attachement à ses traditions, mises à mal par le déferlement du *way of life* américain.

Sylvie avait soigneusement réglé les détails de la cérémonie religieuse avec le père Buhl, l'un des derniers religieux français. Elle avait lancé des invitations aux quatre coins de la ville, négocié avec la police les modalités d'un cortège qui ne comprendrait pas moins de douze calèches à chevaux, qu'elle avait chargé son amie Souën de rassembler dans les remises des faubourgs, et auxquelles Ho Chan Sang et ses ouvriers avaient rendu leur lustre ancien.

Elle avait fini par convaincre Denis de demander le patronage officiel de cette cérémonie au président Thieu, de préférence au général Nguyen Cao Ky, d'un américanisme par trop voyant.

— Il y aura plus de trois cents invités, dit-elle. Ce sera grandiose, et si messieurs les Viêt-congs ne viennent pas troubler le déroulement de la fête, nul doute que les habitants viendront en foule admirer le spectacle !

— Pourquoi tout ce faste ? avait demandé Denis, que la perspective d'un pareil déploiement n'enchantait guère, lui qui était plutôt un homme d'ombre et de discrétion.

— Mon cher Denis, je veux rendre à Saïgon, pour un jour, ce que les Américains lui ont volé sans le savoir : sa beauté nonchalante et son charme suranné. Ils vont en être époustouflés !

— Je vois, avait-il grommelé : tu veux leur donner une leçon de savoir-vivre ? Tu perds ton temps, ils ne la comprendront pas. Au contraire, ils vont y voir une sorte de provocation. Pendant qu'ils font la guerre, les Français font la fête.

— D'abord, ce n'est pas une fête. Ensuite, c'est l'affirmation de notre présence, et de l'ancienneté des liens qui nous attachent à ce pays. Nous allons célébrer le baptême de deux petits Eurasiens. Tout un symbole.

La cathédrale était pleine. Outre les invités, qui se pressaient près du chœur, une foule de fidèles, tonkinois pour la plupart, avaient envahi les travées du fond et mêlaient leurs voix aux chants liturgiques français et latins. Ils n'avaient pas pu ne pas remarquer que l'autel était pavoisé aux couleurs oubliées. Drapeau tricolore voisinant avec l'ancienne bannière impériale, jaune bordé de rouge, une façon pour le père Buhl de souligner l'appartenance des deux enfants à la lignée des empereurs d'Annam, dont, par des chemins divergents, ils étaient les descendants.

Les grandes orgues avaient entonné l'*Alleluia* de Haendel au moment où, en tête du cortège, les deux nouveau-nés avaient fait leur entrée dans l'allée centrale, portés par leurs parrains et marraines : Souën et Henri pour Sylvie-Souën, Patrick et Sylvie — remplaçant Catherine — pour Cyril.

Un murmure confus, qui devint rumeur et se mua en un tonnerre d'applaudissements en dépit de la solennité du lieu, accompagna l'entrée du président N'Guyen Van Thieu, qui précédait la famille, et avait tenu à avoir Tam à ses côtés, arguant du fait qu'il avait été un camarade de combat de son beau-frère et un ami de son père.

Suivaient Denis Lam Than et Liên, Matthieu en grand uniforme blanc constellé de médailles et sa femme May Linh, François et Diane, resplendissante dans un somptueux tailleur de soie immaculée, cadeau de sa mère Lee-Aurore, spécialement conçu pour elle par un jeune couturier parisien nommé Courrèges.

La messe commença, dans le recueillement le plus total. Après l'Évangile, le père Buhl monta en chaire. Dans son homélie, il commença par saluer la présence du chef de l'État, symbolisant à ses yeux les liens privilégiés unissant le Viêt-nam et la France en dépit des vicissitudes de l'Histoire. Des liens également charnels, tels qu'en portaient témoignage ces deux enfants, dont les parents avaient mêlé le sang des deux peuples.

Il parla longtemps, avec une émouvante conviction, de cette passion, parfois orageuse, qui avait marqué le destin commun des deux pays. Il affirma l'espoir qu'un jour viendrait où à nouveau, dans le respect mutuel, ils pourraient encore faire un bout de chemin ensemble. Sa voix se voila quand il ajouta, en conclusion :

— Pour nous, Français d'Indochine, venus ici les mains ouvertes, attachés à cette terre par toutes les fibres de notre cœur et de notre âme, c'est avec douleur que nous vivons, en communion avec vous, ces malheurs qui vous assaillent comme un châtiment que vous n'avez pas mérité.

« Puissent nos dirigeants, puissent nos compatriotes de cette France du bout du monde, comprendre enfin le juste combat que vous menez. Car il s'agit de votre âme. Peut-on laisser tuer l'âme d'un peuple sans y perdre la sienne ?

Un profond silence suivit. Beaucoup de regards convergèrent vers Thieu qui paraissait lui-même bouleversé. Mais il se reprit vite et, jusqu'à la fin de la cérémonie, il conserva ce masque indéchiffrable qui était sa marque habituelle.

Si l'arrivée du cortège n'avait provoqué qu'un léger mouvement de curiosité de la part des habitants, la sortie de la cathédrale provoqua une bousculade monstre. Attirés par la rumeur, les Saigonnais se pressaient sur l'esplanade, ils escaladaient les lampadaires de la Poste, ils se perchaient dans les arbres, ils se piétinaient sauvagement. Tous voulaient voir le spectacle, un spectacle inouï qui ne s'était pas produit depuis près de trente ans, bien avant la Seconde Guerre mondiale. Croyant à une émeute, quelques blindés américains avaient pris position au carrefour du boulevard menant à leur ambassade et les G.I.'s, éberlués, n'avaient pas assez de leurs appareils photographiques pour fixer les images qui leur semblaient tirées de la préhistoire. Les calèches, les costumes ou les uniformes blancs, les toilettes élégantes leur inspiraient des commentaires où, à la gouaille initiale, succéda bien vite une sorte de respect, comme celui que l'on doit à des choses très anciennes et très fragiles.

Les invités s'en allèrent, lançant à la volée des dragées que les enfants se disputèrent, à grand renfort de cris et de rires.

Sylvie avait fait installer dans le parc de sa résidence des tentes de couleur sous lesquelles étaient dressés des buffets où des plateaux étaient distribués par une escouade de serveurs, pour la plupart recrutés parmi les parachutistes du bataillon de Matthieu. Ils étaient gais, disponibles et, si leur style manquait parfois de finesse, leur gentillesse faisait oublier leurs bévues.

En maîtresse de maison attentionnée, Sylvie circulait entre les tables où les convives avaient pris place selon leurs affinités. Elle était radieuse et savourait, de-ci, de-là, quelque revanche. S'il lui était arrivé, dans le passé, d'essuyer quelques rebuffades de la part de Français ou de Françaises qui n'appréciaient pas son mariage avec un Annamite, il ne s'en était trouvé aucun pour refuser cette invitation, considérée comme le rendez-vous mondain à ne manquer sous aucun prétexte. Le président Thieu avait donné à cette réception un caractère trop officiel pour que quiconque puisse oser s'y soustraire.

Il était très entouré, et, parfois, pressé de questions sur la conférence qui venait de s'ouvrir à Paris entre Kissinger, le représentant américain, et Xuan Thuy, le délégué du gouvernement de Hanoï. Avec esprit, il s'en tira par une pirouette :

— Imaginez, dit-il, une pièce de théâtre où, au lieu de deux acteurs se donnant la réplique à tour de rôle, l'on verrait deux bonimenteurs parlant en même temps pour vanter leur propre marchandise sans se soucier du partenaire. C'est à peu de choses près ce qui se passe à Paris.

Puis il ajouta :

— Kissinger et Xuan Thuy n'ont pas eu de chance. Cohn Bendit et les étudiants du boulevard Saint-Michel leur ont volé la vedette. Sans parler de l'escamotage du général de Gaulle !

— Monsieur le président, insista un chargé de mission du consulat de France, on parle beaucoup, à Saïgon, de la création d'un mouvement indépendant qui proposerait un programme de paix. Qu'en pensez-vous ?

Thieu émit un petit rire.

— J'en pense beaucoup de bien. La paix est un but tout à fait louable et je vous avoue que je serais le premier à y souscrire. Quel chef d'État n'en rêve ? Maintenant, si vous évoquez la création de cette « Alliance des forces nationales de la démocratie et de la paix », je peux vous dire, en confidence, que, pour l'instant, elle ne regroupe pas assez de membres pour faire une partie de bridge ! Ils ne sont que trois : Thanh Nghi, qui ne s'était signalé jusqu'à présent que par la rédaction d'un dictionnaire franco-vietnamien ; Lam Van Têt, qui a appartenu à la première junte militaire et qui est si bête que même le général Ton Tat Dinh, le moins futé d'entre nous, s'en est aperçu ; et le jeune et sémillant Trim Dinh Tao qui va sur ses soixante-quinze ans et ne sait toujours pas que Roosevelt est mort.

Satisfait du succès qu'il venait de remporter, Thieu s'éloigna, et alla s'isoler en compagnie de Denis Lam Than, qu'il complimenta longuement sur la belle apparence de sa petite fille, n'omettant pas, au passage, de lui demander de sonder les membres de cette « Alliance » nouvellement créée. S'il en brocardait les membres, il s'inquiétait malgré tout de la résonance que pouvait avoir le mot « paix » sur l'opinion publique.

— Je reçois des informations alarmantes sur l'état d'esprit des Américains, expliqua-t-il. Le président Johnson, qui était notre plus fidèle soutien, vient de dire publiquement qu'il ne solliciterait pas un nouveau mandat présidentiel. Et les deux candidats, Humphrey, le démocrate, et Nixon, le républicain, ont basé leur campagne sur le thème d'un désengagement progressif au Viêt-nam.

— Je sais cela. Je sais aussi qu'un courant pacifiste est en train de prendre de l'ampleur sur les campus universitaires. La guerre devient de plus en plus impopulaire là-bas.

Thieu hocha la tête.

— Westmoreland a été relevé. Il me reste à espérer que son successeur, le général Creighton Abrams, ait autant de poigne et de poids.

Denis sourit :

— Vous savez sans doute ce que l'on dit de lui : il rendrait belliqueux un bégonia !

— Acceptons-en l'augure.

Maxime Fischer s'approcha d'Henri, qui naviguait, solitaire, entre les tables, ne se résolvant pas à choisir celle où il s'installerait.

— Je m'ennuie, dit-il, en confidence. Il y a trop de beau linge. Je crois que je vais aller faire un tour à Cholon. Je vous retrouve ici à cinq heures. O.K. ?

— J'irais volontiers avec vous, mon vieux. Je me vois très bien faisant la sieste aux côtés d'une beauté locale. Malheureusement, les devoirs d'un parrain m'imposent de me morfondre au milieu de tous ces inconnus.

Il cherchait François et Diane, mais ils étaient accaparés par des invités qui leur remettaient leurs cadeaux de baptême et ils ne lui prêtaient aucune attention. Quant à Patrick O'Donovan, il était en conversation avec un groupe d'hommes d'affaires importants avec lesquels il menait une discussion animée. Il s'éloigna, cueillit au passage un plateau garni et une boîte de bière et alla s'installer sur les marches de l'escalier de service, bien résolu, dès qu'il le pourrait, à se glisser dans l'une des chambres du premier pour y faire la sieste. Il était debout depuis quatre heures du matin et la prochaine nuit risquait d'être écourtée.

Une femme le héla. Il se retourna et aperçut Liên qui avançait vivement dans sa direction.

— Bonjour, lui dit-elle. Je vous ai trouvé superbe ce matin. Votre rôle de parrain vous va à merveille. Que pensez-vous de votre filleule ?

— Puis-je vous faire une confidence ?

— Bien sûr.

— Vous ne la répéterez à personne ?

— Juré !

— J'ai horreur des bébés !

Elle rit :

— C'est bien une réflexion de vieux garçon ! Ne me dites pas que vous avez également horreur de la façon dont on les fabrique ?

Il répondit, sur le même ton :

— Franchement, il y a si longtemps que cela ne m'est pas arrivé, que je crains d'avoir oublié.

— Voudriez-vous me faire croire qu'à Bao Tan vous menez une vie de moine ?

— C'est pourtant le cas. Le travail laisse peu de place à la bagatelle. La preuve, mon assistant a profité de notre passage à Saïgon pour aller se défouler du côté de Cholon. — Il haussa les épaules. — Je l'aurais bien imité, mais...

— Mais quoi ?

— Il me reste un brin d'éducation. Imaginez l'effet désastreux que cela produirait si le parrain s'éclipsait pour aller assouvir ses pulsions lubriques !

— Vous n'allez pas déjeuner tout seul, assis sur les marches de cet escalier ? Tout le monde va croire que vous boudez. Venez avec moi, je vais vous faire une place à ma table.

Il accepta, sans grand enthousiasme, simplement parce que Liên le lui avait demandé avec cette liberté de ton qui n'appartenait qu'à elle. Il ne tarda pas à le regretter. Seul Européen au milieu de Vietnamiens inconnus, il se rendit rapidement compte que sa présence avait tari les conversations. Il connaissait les usages et savait que ce silence n'avait rien de désobligeant pour lui, bien au contraire, les invités ne voulaient pas sembler l'exclure en parlant dans une langue qu'il était censé ne pas pratiquer. Il ne les détrompa pas, et s'absorba dans la dégustation de son plateau repas. La dernière bouchée avalée, il se recula sur sa chaise, étendit les jambes, sourit largement à tous les visages tournés vers lui, sortit son paquet de Philip Morris, en offrit une à sa voisine qui refusa, d'un léger mouvement de tête.

— La fumée vous dérange-t-elle ? s'enquit-il.

— Pas du tout.

— Merci.

Il l'alluma, tira deux ou trois bouffées, savourant à l'avance l'effet qu'il espérait produire quand il s'adresserait à ses commensaux en vietnamien.

— Ce fut une bien belle cérémonie, dit-il enfin, d'un air détaché.

Tout se passa comme il l'avait espéré. Après un court instant de stupéfaction, les convives se mirent à parler tous en même temps. Les uns le félicitant de sa connaissance de la langue, d'autres s'étonnant qu'un Français puisse s'exprimer ainsi. A quelques chaises de là, Liên laissa fuser son rire perlé :

— J'attendais de vous quelque chose de ce genre ! Vous vous êtes surpassé. Bravo !

Elle se moquait ouvertement de lui. Piqué au vif, il répliqua :

— Heureux de ne pas vous avoir déçue.

Tout autour de lui, les conversations avaient repris.

— Les Français qui parlent le vietnamien sont rares, intervint sa voisine. Comment l'avez-vous appris ?

Henri se tourna et l'examina. Et il s'étonna. Au son de sa voix, douce, retenue, presque timide, il s'était attendu à voir une jeune demoiselle sage, vêtue avec modestie comme ces filles de la bonne société locale. Or il découvrait une poupée, visage fardé, cheveux ramenés sur le sommet de la tête, en une masse floue, habillée d'une robe élégante et sûrement coûteuse, mais largement décolletée, laissant les épaules découvertes.

— Je suis né ici, répondit-il d'abord, avant d'ajouter : je parie que c'est Liên qui vous a attifée comme ça. Cela ne vous va pas du tout. Vous êtes sûrement mieux au naturel.

Elle réagit comme si elle avait été giflée, et, en voyant deux larmes sourdre au coin de ses paupières, Henri regretta sa vivacité. En réalité, il avait été agacé par la réflexion de Liên et avait passé son humeur sur la première venue.

— Excusez-moi, s'empressa-t-il d'ajouter. Je ne voulais pas vous froisser. Je suis désolé. Et j'ai tort, vous êtes très jolie.

Liên s'était doutée de quelque chose. Elle se leva, s'approcha et se glissa entre eux.

— Henri, je vous présente ma cousine Tam. Ménagez-la, elle est fragile et risque d'être blessée par vos manières d'homme des bois.

Henri allait une nouvelle fois faire amende honorable. Tam ne lui en laissa pas le temps.

— Je veux rentrer à la maison, dit-elle en s'adressant à sa cousine. Ramène-moi tout de suite !

Elle se leva brusquement, renversa sa chaise et s'éloigna, en courant presque. Liên se lança à sa poursuite, la rattrapa et lui prit le bras.

— Que s'est-il passé ?

— Ton ami est prétentieux, abominable. Sûr de sa supériorité de Français vaniteux ! Parce qu'il parle notre langue, il se croit tout permis. Comme si nous n'étions pas capables de comprendre la sienne. Je le déteste !

— Voyons, Tam chérie, cela ne vaut pas la peine de te mettre dans des états pareils.

— Je te déteste aussi ! Tout est ta faute, c'est toi qui m'as obligée à m'habiller ainsi. J'ai été ridicule, et devant un Français, de surcroît !

Conscient de sa bévue, Henri s'empressa de la réparer. Avant de rentrer à Bao Tan, il lui fit envoyer un énorme bouquet de fleurs, accompagné d'une carte sur laquelle il avait tracé trois lignes :

« Ceci est l'expression de mon repentir. Ne le refusez pas, je n'aurais d'autre solution que de me faire hara-kiri. Ce serait alors me priver du plaisir que j'aurais à vous revoir. »

Il cacheta l'enveloppe, sauta dans sa jeep, regagna son domaine, se remit au travail et n'y pensa plus.

2

Février 1969

Huit mois avaient passé. Huit mois pendant lesquels Henri n'avait pas connu un instant de repos. Les contrats qu'il avait signés et qu'il se devait d'honorer accaparaient tout son temps. Il y avait d'abord ce million de sacs à sable en *kenaf* que les catholiques ne fabriquaient pas à la cadence souhaitée, car la matière première n'arrivait qu'avec une dramatique irrégularité. D'abord, Henri n'y avait pas prêté attention. Puis il s'était aperçu que les prix avaient pratiquement doublé. Macroy n'avait pas tardé à en découvrir la raison :

— Au début, nous pouvions traiter directement avec les colons tonkinois des Hauts Plateaux. Mais, depuis quelque temps, l'administration et les militaires vietnamiens s'y sont implantés. Ils ont rapidement compris qu'il s'agissait là d'une fructueuse source de profit pour eux. Ils se sont donc érigés en intermédiaires. Prétextant que le *kenaf* est une « matière stratégique », ils exercent un droit de préemption, achètent les stocks et nous les revendent au prix fort.

— N'y a-t-il pas moyen de les court-circuiter ?

Macroy avait haussé les épaules :

— Il y a toujours moyen. Il y en a même deux. Le premier, le plus rentable, consiste à monter un réseau de contrebande. Ça, je sais faire. Mais nous risquons, à moyen terme, d'attirer l'attention des brigades fiscales et elles ne nous feront pas de cadeau.

— Ensuite ?

— Acheter un colonel responsable de l'un des secteurs de production. Inconvénient, il sera gourmand. Avantage, il effectuera les livraisons avec ses propres camions militaires. Nous serons couverts.

— Va pour la deuxième solution.

Ce problème à peine réglé, d'autres avaient surgi et, en premier lieu, les démêlés avec les assurances qui refusaient de rembourser les camions, dérobés par les soldats du Viêt-cong au moment de l'offensive du Têt, et qui avaient été détruits devant la base militaire de Bien Hoa. Les compagnies se fondaient sur le fait qu'au moment de leur anéantissement, les véhicules n'étaient pas utilisés dans le cadre des activités pour lesquelles ils étaient couverts.

Henri avait répliqué :

— J'étais assuré contre le vol. Ces camions ont été volés. Ce qui leur est advenu par la suite n'a pas à entrer en ligne de compte.

— Au moment de leur destruction, vos propres chauffeurs étaient au volant.

— Ils y ont été contraints par la force.

— Rien ne le prouve. Comme rien ne nous prouve le vol : peut-être étiez-vous consentant ?

C'était l'impasse. Henri commençait à désespérer.

Sur place, dans ses hangars, les stocks s'accumulaient, sans aucun profit pour lui-même, et l'intendance américaine menaçait de le poursuivre pour rupture de contrat. Heureusement, grâce à Maxime Fischer, la S.I.E.F. organisa à son profit un convoi exceptionnel, mais ce ne pouvait être qu'un expédient provisoire. Il fallait trouver une solution, la moins coûteuse possible car il ne pouvait être question d'investir à nouveau dans l'achat de camions neufs.

Ce fut Denis Lam Than qui découvrit la faille dans l'argumentation des assureurs. Elle ne manquait pas de piquant :

— Le commandement des forces du Viêt-cong vient de se constituer en un Gouvernement révolutionnaire provisoire que l'on peut légitimement considérer comme une « personne morale ». Je vais donc très officiellement déposer plainte contre lui pour vol aggravé. Fort de cette plainte parfaitement recevable, j'assignerai les assurances, à charge pour elles de se retourner contre le G.R.P.

Henri trouva cet argument assez spécieux pour plaire à un tribunal vietnamien. Il ne se trompait pas. Denis plaida et le juge condamna les compagnies à rembourser les camions volés, les assujettissant en outre à une lourde astreinte si elles ne s'exécutaient pas dans les délais impartis.

Par chance, pendant ces longs mois de procédures, de négociations, de palabres, de temps perdu, et de travail acharné, les communistes ne se manifestèrent pas.

Durement étrillés pendant l'offensive du Têt Mau Than, les bataillons viêt-congs s'étaient repliés en jungle pour y panser leurs plaies et essayer de se reconstituer. Hormis aux abords de la zone démilitarisée, dans le nord du pays, où les Nord-Vietnamiens poursuivaient leurs infiltrations malgré leur retentissant échec devant Khé Sanh, dans le reste du territoire, les guérilleros éprouvaient d'énormes difficultés, de toute nature, en ravitaillement et en effectifs notamment.

Car si les Américains avaient amorcé leur désengagement progressif, mis en œuvre par Richard Nixon, le nouveau président des États-Unis, ce désengagement ne concernait que les forces terrestres. Il était compensé par un accroissement des moyens techniques de plus en plus sophistiqués, dans le domaine des écoutes et de la localisation des unités adverses, et dans l'utilisation systématique des forces aériennes.

A quoi s'ajoutait une augmentation de la participation de l'Armée nationale vietnamienne gouvernementale aux opérations militaires, dans le delta du Mékong principalement. Cette stratégie nouvelle portait déjà ses fruits, et il devenait certain, si cet effort était maintenu pendant quelque temps encore, que l'on assisterait à un renversement de la situation. D'autant plus sûrement que, les campagnes se dépeuplant au profit des villes contrôlées par les Sudistes, les communistes trouvaient de moins en moins d'aide et d'appui auprès des populations rurales.

Pour l'instant, le résultat le plus tangible, pour Henri notamment, était que sur les routes la sécurité était à peu près rétablie et la circulation pouvait s'y effectuer librement, de jour comme de nuit.

Et Henri ne s'en privait pas. En possession de six camions Mack flambant neufs, il les utilisait à plein rendement et, ayant constitué trois équipes de conducteurs, il les lançait sans arrêt sur l'autoroute de Saïgon, aussitôt qu'ils avaient été chargés. Il entreprit même, avec l'aide de Macroy, une expédition en direction de Pleiku, région dans laquelle une quinzaine d'années plus tôt l'ancien sous-officier avait tenu la brousse avec un maquis de montagnards hrés, réfugiés, depuis le départ des Français, dans une solitude hautaine et hostile. Un officier de bérets verts américain, rencontré au nord de la ville, leur affirma que ces Hrés étaient passés, en bloc, du côté des communistes.

— Je vous déconseille de poursuivre votre route, leur dit-il. A Dak To, au mois de novembre dernier, nous avons été attaqués par un régiment au complet.

Macroy ne répondit pas mais le clin d'œil qu'il adressa à Henri signifiait que les Américains n'y connaissaient rien.

Le soir, il partit seul, à pied, vers un mystérieux rendez-vous et, au matin, tout réjoui, il annonça :

— J'ai retrouvé Émile. C'était mon ordonnance. Je ne vous dis pas sa joie de me revoir. Il m'a obligé à vider la jarre en sa compagnie. J'ai un mal de tête à débiter à la hache. Mais j'ai le contact. Ce soir, à Plei Hrum, un de mes anciens chefs de groupe nous attendra. Nous devrons seulement faire attention de ne pas être repérés. En principe, les Hrés devraient nous procurer une tonne de *kenaf* de première qualité. Autant de moins que nous devrons payer aux Vietnamiens !

Ainsi fut fait. Le chargement s'opéra trente-six heures plus tard, dans le plus grand secret, en bordure de la route du Chu Pa, un pic culminant à mille cinq cents mètres, où, autrefois, l'empereur Bao Daï possédait un relais de chasse.

A l'entrée de Pleiku, l'officier des *Special Forces* fronça les sourcils en apercevant le camion et ses occupants, l'ensemble en parfaite forme.

— Par quel miracle avez-vous réussi à rentrer intacts? demanda-t-il, vaguement soupçonneux.

— Il y a quinze ans, répondit Macroy, je jouais Robin des Bois dans le secteur. Je m'y étais fiancé et je suis venu voir si, par hasard, je n'y aurais pas semé un enfant.

L'Américain daigna sourire.

— J'ai toujours pensé que les Français n'étaient pas civilisés ! Comment peut-on avoir envie de ces femelles sauvages, qui vivent nues comme des guenons ?

— Le jour où vous aurez résolu cette question, vous ne serez pas loin de gagner la guerre.

En arrivant à Bao Tan, le lendemain en fin de matinée, Henri trouva un message de Maxime Fischer :

« Les Ricains ont napalmé le lot 24. Je crois que nous avons des morts et des blessés. Je suis parti voir les dégâts. Je serai de retour en fin de soirée.

« P.S. Rappelez Patrick O'Donovan. Urgent, paraît-il. »

Henri pensa que Patrick pouvait attendre ; la véritable urgence lui commandait d'aller sur les lieux de la tragédie. Tout en roulant sur la piste de latérite, il se demandait ce qui avait bien pu motiver une intervention aussi meurtrière de l'aviation américaine à l'intérieur même des limites du domaine.

Une fois sur place, il trouva Fischer, un extincteur à la main, qui, avec les ouvriers et des soldats vietnamiens, achevait d'éteindre l'incendie de broussailles allumé par l'une des bombes au napalm. Tout autour, sur près d'un demi-hectare, les hévéas n'étaient plus que des cierges noircis, fantômes sinistres, dans une atmosphère empuantie par l'odeur gluante du kérosène brûlé.

Mais il n'y avait plus aucune trace de morts ou de blessés. Ce fut la première chose dont Henri s'inquiéta.

— Ils ont été évacués. Pour une fois, nous devons tirer notre chapeau aux Vietnamiens. Alertés par les pilotes de l'U.S. Air Force, ils nous ont expédié un convoi sanitaire qui est arrivé en même temps que moi.

— Bilan ?

— C'est presque un miracle. Nous avons échappé au pire. Deux morts, Trang Biêt...

— Le Cambodgien ?

— Oui. Le plus ancien et le meilleur de nos saigneurs, et Khanh, un gamin de quatorze ans. Et six brûlés, dont quatre femmes.

— Grave ?

— Difficile à dire. Selon l'avis des deux médecins, trois des femmes ont des chances raisonnables de s'en tirer. Ils ne se prononcent pas pour la dernière. — Il eut une grimace. — Le spectacle était assez insoutenable. Le napalm, quelle saloperie !

— A-t-on des explications sur les raisons de ce bombardement ?

— Une grande opération de nettoyage est en cours dans la région de Phu My, en pleine mangrove, non loin d'un ancien aérodrome japonais. Selon le peu de renseignements que j'ai pu obtenir, un bataillon viêt-cong y serait encerclé. Ce matin, une intervention héliportée a été déclenchée. Les appareils nous ont survolé, en rase-mottes. Un véritable essaim de frelons.

« Les chasseurs sont arrivés peu après. Et ils ont lâché leurs bombes. Les ouvriers m'ont dit qu'ils ont effectué deux passages !

Henri était partagé entre la consternation et la fureur.

— Phu My est à plus de vingt kilomètres d'ici ! gronda-t-il. Je ne peux pas croire à une erreur ! Bon sang ! Le commandant de la base de Bien Hoa va m'entendre ! J'y vais !

— Je reste ici, pour calmer les ouvriers. Ils sont sacrément remontés ! On aurait voulu les faire passer de l'autre côté que l'on ne s'y serait pas pris autrement...

Lorsque Henri revint au bungalow, trois jeeps

stationnaient devant le porche. Sur la véranda, un petit groupe d'officiers américains l'attendait. Un colonel s'avança, un air de circonstance sur le visage. Il salua, se présenta.

— Je suis le colonel Hamilton J. Preston, chef d'état-major de la Division. Le général m'a chargé de vous présenter nos excuses pour le dramatique incident de ce matin. Une enquête est en cours pour en déterminer les causes, et je puis vous assurer que des sanctions seront prises.

— Que voulez-vous que cela me fasse ? Rien ne rendra la vie à mes ouvriers ! Et mes blessés ? Avez-vous une idée de leurs souffrances et du désespoir des familles ?

— Nous faisons la guerre, monsieur. Nos G.I.'s meurent aussi.

Henri prit cette réponse pour ce qu'elle était, une façon de lui faire remarquer que s'il pouvait travailler en paix, il le devait au sacrifice des soldats américains. Ce n'était pas la première fois qu'on lui opposait un tel argument.

— Moi aussi, répliqua-t-il sèchement, je fais la guerre. Mais pas la même que la vôtre. Je fais la guerre à la misère, à la pauvreté. Oh, je sais ce que vous pensez, vous croyez que je me remplis les poches pendant que vous souffrez. Sachez que depuis trois générations, nous avons travaillé comme des forçats pour créer ce domaine, sans profit personnel aucun. Je ne gagne même pas la moitié de la solde de l'un de vos caporaux ! Aucun d'entre eux n'accepterait les conditions de vie que je m'impose.

« C'est pour cela que mes ouvriers sont restés ici au lieu d'aller grossir les rangs du Viêt-cong. Ils me voient vivre comme eux, manger comme eux, travailler comme eux. Ils savent que ma présence ici n'a de sens que si elle contribue à la prospérité du pays. Savez-vous quelle était la devise de mon grand-père, le fondateur de Bao Tan ? “Si le latex appartient aux Mareuil, les hévéas appartiennent au Viêt-nam.”

« Ma guerre, c'est cela. Et vous venez de tout foutre par terre !

Le colonel resta sans voix. Il ne s'attendait pas à une telle diatribe, de la part de celui qu'il avait sans doute pris pour un godelureau facilement influençable.

— Nous sommes disposés à vous dédommager de façon substantielle pour les préjudices subis. Fixez un chiffre, intervint un major en sortant un carnet de sa poche.

Henri haussa les épaules.

— Vous ne seriez pas assez riches. A combien estimez-vous le prix de la vie d'un homme ? A combien estimez-vous la douleur des femmes brûlées par le napalm ? Et les hévéas ? Savez-vous que chacun d'eux représente vingt ans de soins, d'efforts, de sollicitude ? Fixez vous-même le tarif. Vous avez des experts pour cela.

« Cela dit, j'accepte les excuses de votre général. Dites-lui qu'en quelques secondes ses pilotes ont gaspillé le capital de sympathie que votre pays possédait auprès de mes ouvriers.

— Monsieur Mareuil, répondit le colonel Preston, soyez certain que je comprends votre réaction, dictée par la passion. Je rapporterai intégralement les détails de cette conversation à mon général. Je crains qu'il ne l'interprète comme une sorte de déclaration de défiance envers nous. Il faudra vous attendre à ce que nous en tirions les conséquences. Jusqu'ici, votre plantation était considérée comme une zone pacifiée. Nous allons être obligés de réviser cette opinion.

La réaction ne se fit pas attendre. Elle se produisit

en deux temps. Une semaine plus tard, Henri reçut la visite d'un expert américain, qui déposa sur le bureau la somme de six mille dollars, en disant :

— Ceci représente l'ensemble du dédommagement. A vous de décider la part qui vous revient pour la perte de vos hévéas.

— Je ne veux rien, ni pour moi, ni pour mes arbres. Tout sera distribué aux familles éprouvées.

Le même jour, une compagnie de fantassins vietnamiens vint prendre ses quartiers à Bao Tan et entreprit, avec des bulldozers, de creuser un large fossé triangulaire au milieu duquel elle construisit blockhaus, alvéoles de mortiers lourds et emplacements de mitrailleuses.

— Ordre du quartier général, expliqua le capitaine. Vous êtes désormais placés sous commandement militaire. Aucun déplacement ne pourra avoir lieu sans mon accord et sans la protection de mes hommes.

Henri ne s'étonna pas. Il s'attendait à une mesure de cette nature.

— Jusqu'à présent, observa-t-il, mes ouvriers se sont passés de votre protection et tout le monde s'en trouvait bien. Je redoute maintenant que, de sanctuaire neutre, Bao Tan ne devienne une cible.

— Comptez-vous rester longtemps? ironisa Maxime Fischer qui était allé examiner d'un œil de professionnel l'état d'avancement des travaux de défense du poste.

— Je n'ai pas d'instructions dans ce sens. Pourquoi ?

— Parce que malgré toutes vos armes, les Viêtcongs vous couperont « les choses » avant que vous ayez pu faire « ouf ». — Il ouvrit la main et énuméra, comptant sur ses doigts : — Un, vous n'avez aucun champ de tir valable ; deux, depuis leurs créneaux, vos sentinelles n'y voient pas plus loin que le bout de leur fusil ; trois, avec une simple allumette, on peut flanquer le feu aux paillotes qui vous servent de dortoirs, elles ont été bâties un peu trop près de vos « remparts » ; quatre, le mirador, au centre de la cour, n'est même pas protégé contre un tir de lance-roquettes, or, si vous regardez attentivement les abords, vous constaterez que le fossé de drainage se trouve à moins de vingt-cinq mètres de là ; et enfin, cinq, vos gars ont commencé à se répandre dans le village des ouvriers et à embêter les femmes. S'ils continuent, je ne garantis pas leur sécurité...

Le capitaine encaissa, sans broncher, mais il avait rougi, c'est-à-dire que, comme tous les Vietnamiens, il était devenu gris.

— Merci pour la leçon, répliqua-t-il, pincé. Vous êtes sans doute l'expert qui a établi les défenses de Diên Biên Phu ? Gardez vos conseils pour vous. A mon tour de vous en donner un : tenez-vous à distance de mon poste. Mes sentinelles ont la détente facile.

— Ça commence bien, observa Fischer une fois que l'officier eut tourné les talons. Nous allons devoir voisiner avec cet olibrius ! Et vous verrez que s'il lui arrive un pépin, ce qui à mon avis ne saurait tarder, ce sera notre faute !

La sonnerie du téléphone dispensa Henri de répondre. Il partageait tout à fait l'opinion de son assistant, et c'est d'un ton rogue qu'il lança dans l'appareil un « j'écoute ! » tonitruant.

— Je peux donner le menu de votre repas de midi, dit la voix enjouée de Liên. Vous avez mangé du lion ! Êtes-vous toujours d'une humeur aussi massacrante ?

— Veuillez m'excuser, répondit Henri, radouci. Je suis assailli de problèmes et je crois que je suis en train de me mettre à dos la terre entière ! Il y a des moments où j'ai envie de baisser les bras et de rentrer en France !

— Parlez-vous sérieusement ? Cela ne vous ressemble pas. Où est le jeune conquérant, tout fier d'être le maître de Bao Tan ?

— Le maître de Bao Tan est fatigué, Liên. A en pleurer, à en mourir. Je me sens comme un vieux cheval fourbu qui n'aspire plus qu'à s'arrêter au bord du chemin et à se coucher...

— Seul ? intervint Liên, en riant.

— Tout le monde n'a pas la chance d'avoir auprès de lui une présence comme la vôtre. J'admire votre joie de vivre. Elle me manque parfois.

— Ce n'est pas ce que j'aurais cru. Cela va faire huit mois que vous n'avez pas daigné nous rendre visite ! Enfin, je suis rassurée, vous ne vous êtes pas fait hara-kiri.

— Je ne comprends pas.

— Manqueriez-vous à ce point de mémoire ? C'est pourtant ce dont vous aviez menacé ma cousine Tam si elle ne vous pardonnait pas. Je peux vous donner tous les apaisements : elle vous a pardonné.

Tam ! Henri se mordit les lèvres. Il avait complètement oublié le baptême de sa filleule et la grossièreté qu'il avait montrée vis-à-vis de sa jeune voisine. Il s'avoua qu'il serait incapable de la reconnaître s'il la rencontrait aujourd'hui, mais crut cependant devoir montrer quelque intérêt.

— Comment se porte votre si charmante cousine ?

— Ne me prenez pas pour une idiote, monsieur Mareuil. Vous vous en moquez absolument.

Henri se montra beau joueur.

— Vous ne laissez jamais rien passer, Liên. Êtes-vous toujours aussi impitoyable ?

— Pas avec vous. La preuve, je vous fais grâce. A une seule condition. Que vous soyez des nôtres, ce soir, à la réception que je donne à la maison, à l'occasion du mardi gras.

— Vous ne me laissez guère de temps pour trouver un déguisement !

— C'est votre faute : Patrick vous a téléphoné voici dix jours pour vous en avertir. Vous n'avez pas rappelé. Venez comme vous êtes. Je vous attends. A huit heures précises ! D'accord ?

Coiffé d'un vieux casque « colonial », affublé d'une fausse moustache, Henri débarqua à la villa à l'heure prescrite. Liên vint à sa rencontre et son premier mot fut pour constater :

— Mon pauvre ami, vous êtes d'une maigreur de squelette ! Vous allez vous tuer au travail ! Personne ne s'occupe de vous ?

— Personne. — Il la maintint au bout de ses bras tendus et ajouta : — Vous êtes toujours aussi belle ! Patrick ne serait pas mon ami...

— Vous perdriez votre temps, je suis d'une fidélité exemplaire. Mais vous êtes gentil, c'est un compliment que toute femme aime entendre. Venez, je vais vous présenter à nos invités.

Henri la suivit, songeant que Liên était sûrement loyale envers son mari, mais qu'elle restait toujours aussi fière de son corps, mis en valeur par une robe chinoise qui l'épousait comme une seconde peau et montrait, sans erreur possible, qu'elle ne portait rien en dessous. Haut fendue, elle révélait par transparence le galbe parfait de ses jambes.

Henri se laissa conduire, saluant des inconnus, pirates et gitanes, émirs ou odalisques. Il s'amusa de découvrir François Démery sanglé dans un uniforme chamarré, le visage encadré d'une paire de favoris abondants.

— Amiral Courbet, je présume ?

Diane était près de lui, dans un justaucorps de soie blanche et culotte à la française.

— S'il te plaît, dessine-moi un mouton ? demanda-t-elle d'une voix sucrée, en secouant les boucles de sa perruque blonde.

— Désolé, je n'ai pas le talent de Saint-Exupéry !

Liên était partie s'occuper de ses autres invités, l'abandonnant aux mains de Patrick, qui s'était fait une tête de lancier du Bengale.

— Salut, dit-il d'un ton snob, n'auriez-vous pas aperçu mes deux camarades ?

Henri se déridait. Il alla vers le bar, se servit un whisky-soda, et chercha, dans la pile de disques près de l'électrophone, un morceau à son goût. Il sourit. Comme beaucoup de Vietnamiens, Liên adorait les mélodies sucrées susurrées par des chanteurs à la voix de velours, André Claveau, Georges Guétary, Tino Rossi. Il finit par découvrir un album de Rythm'n'Blues qu'il posa sur la platine. La voix de Bobby Hebb s'éleva, interprétant *Sunny*, son grand succès. Aussitôt, les couples se formèrent et commencèrent à danser, dans l'éclairage tiède de spots orangés.

C'est à cet instant seulement qu'il aperçut une jeune fille au chignon sage, vêtue d'un *ao daï* de brocart, qui se tenait en retrait, appuyée de l'épaule au montant de la véranda, dans une pose nonchalante, regardant le spectacle d'un air indifférent. Henri fit quelques pas qui l'amenèrent à sa hauteur.

— Bonsoir, mademoiselle, dit-il aimablement. Je m'appelle Henri Mareuil. Puis-je...

— Ai-je tellement changé ?

— C'est-à-dire, avec tous ces déguisements, j'avoue être un peu perdu...

— Je ne suis pas déguisée, monsieur Mareuil. Pas plus que vous, en dépit de vos grosses moustaches. Vous avez l'air d'un planteur exténué et moi, de la jeune fille que vous m'aviez conseillé d'être : naturelle. Je suis Tam, la cousine de Liên.

— Décidément, avec vous, je vais de gaffe en gaffe, répondit-il, contrit. Acceptez-vous de danser ?

Ils ne s'étaient pas quittés de la soirée. Ils avaient

dîné en tête à tête, réfugiés dans un recoin du parc, sans presque se parler. Henri, parce qu'il avait peur de l'ennuyer en évoquant ses problèmes, le seul sujet de conversation qu'il était capable d'entretenir. Il s'en était excusé :

— Je vis comme un ours, je ne suis plus au courant de rien.

Elle avait simplement hoché la tête, avec un petit sourire de compréhension.

— Je ne suis pas très bavarde non plus. Liên me le reproche assez ! Je lis beaucoup, et cela suffit à me tenir compagnie.

Un peu plus tard, pendant un slow, au mouvement que fit Henri pour la serrer contre lui, Tam opposa une légère résistance, suffisante pour lui faire comprendre qu'elle ne faisait que se plier à sa volonté, ce qui ne signifiait pas qu'elle s'abandonnait. Ils dansèrent ainsi longtemps, bougeant à peine. Il avait sa joue sur son front, et, sous la paume de sa main, le dos de sa cavalière était souple, sensible, émouvant.

Il était deux heures du matin. Les uns après les autres, les invités prenaient congé. Liên s'approcha.

— Henri, dit-elle, je suppose que vous n'allez pas rentrer à Bao Tan avant le lever du jour ? Je vous ai fait préparer la chambre d'amis, tout au bout du couloir. Elle est un peu sommaire mais elle présente l'avantage de posséder un escalier qui vous permettra de partir sans déranger personne !

Henri cligna des yeux comme un dormeur réveillé en sursaut. La fatigue, le peu d'alcool qu'il avait bu, le contact du corps de Tam contre le sien, tout avait contribué à lui faire perdre le sens des réalités. Il fit un pas de côté, chancela, se reprit.

— Cela ne va pas ? s'inquiéta Liên, alarmée.

— Je me sens bizarre. Peut-être n'ai-je plus l'habitude de veiller aussi tard. Je vous demande pardon...

Il ne reconnut pas sa voix, elle résonnait dans sa tête comme si elle avait été enrobée de ouate. Et puis, brusquement, tout bascula. « Tu ne vas tout de même pas tourner de l'œil », se rabroua-t-il. « Tam va te prendre pour une mauviette. » Ce fut sa dernière pensée cohérente.

Quand il revint à lui, il faisait grand jour. Il ouvrit les yeux, s'aperçut qu'il était couché sur un lit étroit aux draps trempés, dans une chambre inconnue. Il voulut se redresser, et ce geste lui arracha une grimace de douleur. Il avait l'impression d'avoir été roué de coups. « Que m'est-il arrivé ? » se demanda-t-il.

Il s'étendit, soupira et aperçut, assise près de lui dans un fauteuil d'osier, Tam qui somnolait, la tête penchée, vaincue de sommeil. Les cheveux dénoués tombant sur une épaule, elle portait une chemise de nuit toute simple, en coton blanc, qui la recouvrait jusqu'à mi-mollets. Ainsi, elle avait l'air touchant d'une pensionnaire. Henri la regarda longtemps, n'osant pas bouger, redoutant de la réveiller, ce qui le priverait de ce tableau charmant et chaste. « Elle est sans défense », songea-t-il, attendri. « Quel avenir la vie lui réserve-t-elle ? Sa famille lui imposera un mari selon son rang, un imbécile qui ne saura pas la traiter avec douceur, ou bien un vieux qui la considérera comme une servante ! »

Comme si, dans son inconscient, elle avait deviné l'examen dont elle était l'objet, Tam se réveilla et son premier réflexe fut de replier les bras devant elle, en un geste de protection instinctif.

— Je me suis endormie, avoua-t-elle comme une enfant prise en faute. Je n'aurais pas dû.

— Et pourquoi donc ? Avez-vous veillé toute la nuit ?

— Bien sûr. Vous étiez tellement fébrile. Nous avons tous eu très peur. Mais le médecin nous a assurés que ce n'était pas grave. Seulement un accès de paludisme et une grande fatigue. Vous devez vous reposer trois jours au moins.

— Pas question, j'ai du travail.

— Le travail attendra. Patrick est parti ce matin pour Bao Tan afin de régler avec votre assistant tous les problèmes qui pourraient se poser en votre absence. N'ayez donc plus aucun souci. Détendez-vous.

Elle se leva.

— Maintenant, ordonna-t-elle, allongez-vous sur le ventre. Je vais vous masser pour calmer vos contractures musculaires.

Henri se récria :

— Vous plaisantez ? Je ne vais pas me déshabiller devant une jeune fille !

Elle émit un petit rire flûté, la main devant la bouche.

— Vous êtes déjà tout nu ! — Puis, plus sérieusement : — Vous n'avez rien à craindre, pendant des années, j'ai soigné mon beau-frère, auquel la paralysie causait d'insupportables crampes du dos ! Je sais m'y prendre pour soulager la douleur, vous verrez.

Henri obéit, et fut bientôt obligé d'admettre qu'en dépit de sa fragilité apparente, Tam possédait dans ses mains une force peu commune. Sous ses paumes, sous ses doigts, ses muscles se dénouaient et il éprouvait une sensation de bien-être, comme si l'on retirait un poids écrasant qui l'oppressait jusque-là.

— Vous êtes aussi tendu qu'une corde de violon, observa-t-elle. Vous avez trop travaillé. Depuis combien de temps n'avez-vous pas pris de vacances ?

Il ricana, amer :

— Des vacances ? C'est un luxe hors de mes moyens. Et puis, même si je partais, j'emporterais mes soucis dans ma valise, ce qui aggraverait le sentiment de mon impuissance à les régler.

— Allons, vous allez tomber malade pour de bon. Vous serez bien avancé.

Alors, il parla. Comme s'il se délivrait d'une charge bien trop lourde pour lui. Il dit ses espoirs, ses déceptions, cette course incessante pour rattraper un temps qui fuyait, cette peur qui ne le quittait pas de ne pas savoir se montrer à la hauteur de ce qu'il ambitionnait. Il confessa, pour finir, cette désillusion qui était la sienne de ne pas être conforme à l'image qu'il s'était forgée de lui-même.

— J'ai trop présumé de mes capacités, je me croyais un lion, je ne suis qu'un âne, et j'ai pris pour de l'opiniâtreté ce qui n'était que de l'entêtement. Je me croyais fort, je suis seulement vaniteux.

En cet instant, il aurait été incapable d'expliquer les raisons qui l'avaient poussé à cet aveu, impitoyable pour lui-même, blessant pour son orgueil. Tam trouva la réponse :

— J'ai chassé la douleur de votre corps, dit-elle doucement. Vous devez chasser de votre tête le mal qui s'y trouve. Ensuite vous irez mieux.

Elle se redressa :

— Dormez, et oubliez tout.

— Ne me laissez pas seul, Tam. Votre présence me rassure.

Elle hocha la tête, lèvres plissées. Un acquiescement.

— Donnez-moi cinq minutes. Le temps de prendre une douche et de m'habiller. — Elle montra sa chemise de nuit : — Cette tenue n'est guère convenable.

Il dormait quand elle revint s'asseoir à son chevet.

3

Décembre 1969

« Chère Catherine,

« J'ai beaucoup hésité avant de vous écrire. Mais le temps passe et vous vous inquiétez sans doute du silence d'Henri qui m'a dit, hier, l'habitude qu'il avait de vous donner régulièrement de ses nouvelles, ce qu'il a négligé de faire depuis quelques semaines.

« Je voudrais vous rassurer à sa place. Il va bien. Il se remet lentement d'une légère dépression, née d'une fatigue excessive causée par ce travail de forçat qu'il s'était imposé depuis plusieurs années. Personne n'y aurait résisté et le médecin s'étonne qu'il ait pu tenir aussi longtemps.

« Mais tout cela n'est qu'un mauvais souvenir et, s'il nous a donné quelques émotions, celles-ci appartiennent au passé.

« Nous l'expédions, demain, à Dalat où le climat, comparable au climat de France, lui permettra de se rétablir complètement et de reprendre sa place à Bao Tan.

« Pendant ces quelques semaines, je me suis substitué à lui pour le fonctionnement ordinaire de la plantation et de l'usine annexe. J'ai pu admirer l'œuvre accomplie. Elle est gigantesque, mais bien trop lourde pour un homme seul. Aussi j'ai pris sur moi de débaucher d'une société voisine un assistant qui épaulera ceux qu'il avait lui-même engagés. Tout devrait bien se passer désormais. Michel Courbois possède une expérience vieille de plus de vingt ans, et il saura prendre sur ses épaules une partie du fardeau qui, jusque-là, pesait seul sur celles d'Henri.

« Croyez, chère Catherine, à mes sentiments respectueux et fidèles.

Patrick O'Donovan. »

Au bas de la lettre, Henri avait tracé quelques mots d'une écriture qu'il avait voulue ferme, mais qui faiblissait au bout du message :

« Patrick et les siens ont été formidables. Grâce à eux, j'ai pu surmonter cette défaillance. Tout va bien, Ba Trinh.

« Je vous embrasse. Votre Henri. »

Renaud reposa la lettre que lui avait confiée Catherine et releva la tête :

— Inutile de vous demander ce que vous allez faire, dit-il avec un sourire ambigu. Quand partez-vous ?

— Le plus tôt possible. Pourquoi ne m'accompagneriez-vous pas ?

Il haussa les épaules.

— Mon cher cœur, ce n'est pas de ma présence dont Henri a besoin, mais de la vôtre. J'aimerais seulement que vous ne vous attardiez pas trop longtemps là-bas, que vous soyez prudente et que vous vous ménagiez...

— Essayeriez-vous de m'expliquer que je suis une vieille dame impotente, qui sera plus encombrante qu'utile ?

Il lui prit les mains qu'il baisa.

— J'essayais uniquement de vous dire que vous allez me manquer. Sans vous, je ne suis pas bon à grand-chose.

— Dans ce cas, venez avec moi.

— Encore une fois, c'est non. Mon devoir est de rester à La Nouaille. Qui entretiendrait le feu dans la cheminée ? Et puis, si vraiment ma présence était nécessaire à Saïgon, j'arriverais aussitôt. Vingt heures d'avion, ce n'est rien.

Catherine n'insista pas. Si sa décision de partir avait été exclusivement motivée par l'inquiétude éprouvée pour la santé de son petit-fils, elle ne pouvait se défaire d'un léger sentiment de malaise à la perspective de se retrouver en face de Patrick. La dernière fois qu'elle l'avait vu, dix ans plus tôt, cette rencontre avait été trop brutale, trop brève aussi pour qu'elle ait eu le temps de faire le point sur ses impressions. Et puis, il y avait eu la blessure de Renaud qui mobilisait toute son attention. Mais cette fois ? Comment se comporterait-elle ? Pourrait-elle se montrer naturelle ? Patrick avait été pour Henri plus qu'un ami attentionné, prévenant, affectueux même. Un père n'aurait pas fait davantage, et c'était probablement un rôle qu'il avait volontairement assumé, preuve qu'il était encore attaché à ses vieux souvenirs. Certes, il avait refait sa vie, et, à en croire Henri, le couple qu'il formait avec Liên était exemplaire, sans aucun nuage. N'allait-elle pas raviver des braises, vivaces sous la cendre ?

C'est dans cet état d'esprit qu'elle débarqua, trois jours plus tard, à Tan Son Nhut. Patrick était là, seul, souriant, amical, et le baiser qu'il lui appliqua, sur les deux joues, était sans ambiguïté.

— Vous ne changez pas, lui dit-il, sincère. Et je vous admire d'avoir entrepris un pareil voyage.

— Ce n'est plus de mon âge ?

Il secoua la tête.

— Loin de moi cette pensée, Catherine. Je voulais simplement dire que si nous sommes familiarisés avec l'ambiance du Viêt-nam, elle est peut-être surprenante pour ceux qui la découvrent. C'est un pays dangereux.

— Parlez-moi d'Henri. Comment va-t-il ? Supporte-t-il facilement l'inaction à laquelle il est astreint ?

— N'ayez aucun souci. — Il hésita. — Je dois vous dire qu'il n'est pas seul à Dalat.

Trois jours après le départ d'Henri, Liên avait dit à Patrick :

— As-tu remarqué le comportement de Tam ? Elle ne mange plus, elle s'enferme dans sa chambre et, ce soir, j'ai vu qu'elle avait pleuré.

— Ne me dis pas qu'elle est amoureuse de son malade ? Encore que cela ne me surprendrait pas, cela se voit tous les jours. Patience, elle oubliera.

— J'ai bien peur que non.

— Que faire ? Nous n'allons tout de même pas la jeter de force dans les bras d'Henri ! D'autant moins que je n'ai pas observé, de sa part, la marque d'un sentiment quelconque envers elle. Il la traite en amie. C'est tout.

Liên rit.

— Mon pauvre Patrick ! Tu es un homme d'affaires avisé et ton jugement est sûr quand il s'agit de jauger un partenaire ou un client. Mais pour ce qui est de la psychologie amoureuse, tu n'y connais rien. Henri était sous notre toit, il estimait de son devoir de ne pas abuser de notre hospitalité.

Patrick comprit que Liên avait déjà arrêté sa décision.

— Tu ferais mieux de me dire ce que tu as manigancé. Nous gagnerions du temps.

— Envoyons Tam passer quelques jours à Dalat.

— Et c'est toi qui me proposes une chose aussi insensée ? Ta propre cousine ! Tu n'as donc aucun sens moral ! Sais-tu ce qui va se passer ?

— Ils vont coucher ensemble. Et après ? Tam est vierge, c'est ce qui peut lui arriver de mieux. Et, sous ses dehors d'ours mal léché, Henri est sûrement un garçon plein de tact et de gentillesse.

— As-tu songé une minute au drame que ce serait pour ta cousine si, de retour à Bao Tan, Henri la plantait là ? Et s'il lui fait un enfant, en plus ?

— Je suis certaine que Tam est prête à courir tous les risques.

— Parce que, naturellement, tu lui as parlé de ton projet ?

— Bien sûr. Nous n'attendons plus que ton accord.

— Et si je refuse ?

— Tu ne peux pas refuser. Depuis que tu as rencontré Henri, tu le traites comme ton propre fils, au point que je me demande parfois s'il ne l'est pas vraiment.

— Que vas-tu chercher là ? Je n'ai jamais rencontré sa mère et, quand il est né, je me trouvais au Laos avec son père.

— Ne te défends pas, Patrick. Je ne te demande aucune explication. Je constate, c'est tout. L'important à mes yeux est que tu veuilles le bonheur de ce garçon. Moi, je veux celui de Tam. Chacun son poulain. Crois-moi, même si elle n'est que temporaire, cette solution est la meilleure. Nous serons là, toi et moi, pour apaiser les chagrins s'il y en a.

— Ce que femme veut...

Sans grande conviction, Patrick avait dû s'incliner. Tam s'était envolée le surlendemain pour la station climatique et, par téléphone, elle avait fait savoir à Liên que tout se passait bien.

— Nous faisons de longues promenades à cheval sur les pistes de montagne, nous jouons interminablement aux échecs. Henri reprend des forces...

— C'est tout ?

— Oui. Mais je suis très heureuse.

— Ton protégé est un niais, avait déclaré, péremptoire, Liên à son mari, en lui rapportant cette conversation.

— Pourquoi ? Parce qu'il ne s'est pas comporté comme un soudard ? L'autre jour, tu le trouvais plein de tact et de gentillesse !

— Il y a des limites à tout.

Patrick s'approcha de Liên, la prit aux épaules et déposa un baiser sur sa tempe, à la racine des cheveux.

— Je te reconnais bien là ! Quand nous nous sommes rencontrés, rappelle-toi, c'est moi qui t'ai appris à savourer la lenteur des choses !

— Il semblerait que la situation n'ait guère évolué depuis une semaine, conclut Patrick en se tournant vers Catherine qui avait écouté, amusée, le récit de son compagnon.

— Autrement dit, si je vais moi-même à Dalat, je risque de troubler le tête-à-tête de ces enfants. Je n'aurais peut-être pas dû précipiter mon voyage.

— Au contraire. Vous êtes la seule personne à qui Henri se confiera.

Catherine hocha la tête, et sourit.

— Et voilà, dit-elle, j'étais partie pour veiller au chevet d'un malade, et j'arrive en pleine romance ! Avouez qu'il y a de quoi être déconcertée. Cela dit, je vous avoue mon soulagement.

— Comptez-vous rester quelque temps au Viêtnam ?

— Je suis partagée entre la joie de retrouver ce pays qui est véritablement le mien, et mon devoir d'épouse qui m'impose de revenir auprès de mon mari.

— C'est vrai, j'oubliais, vous avez un mari. Persuadez-le de vous rejoindre. Et s'il juge le confort de Bao Tan un peu sommaire, du diable si je ne vous découvre pas une villa moderne. Avec le retrait des Américains qui s'amorce de façon sensible, le marché de l'immobilier est bien fourni.

— Votre offre est très tentante, Patrick. Il y a quelques années, je l'aurais acceptée avec joie. Voyez-vous, mon rêve était de finir mes jours ici, et de reposer auprès de Francis, sous le grand banyan de Bao Tan. Mais le temps a passé, je me suis habituée au calme de ma maison de La Nouaille, aux rudes hivers du Périgord, aux vives couleurs de l'automne. Au silence des jours, à la douceur des nuits. Je suis effrayée du bruit de Saïgon, de cette frénésie que je devine, de ce décor de néons et de clinquant qui ne réveille en moi aucun souvenir.

« Je suis trop vieille pour m'adapter.

Patrick gara la Lincoln au bord du trottoir et se tourna vers elle.

— Catherine, commença-t-il, il y a dix ans, quand j'ai appris sans ménagement votre mariage avec Renaud, je vous en ai voulu, comme d'une trahison, de ne pas m'avoir attendu, de ne pas avoir suffisamment fait confiance au destin. Et puis j'ai retrouvé la raison. Vous ne m'aviez rien promis, j'avais bâti un roman. Un jour, j'ai rencontré Liên. J'ai refait ma vie avec elle et je ne l'ai jamais regretté. Mais rien ne m'empêchera de vous garder une immense tendresse, cette tendresse que j'ai reportée sur Henri, parce qu'à travers lui, c'est toujours vous que je voyais.

— Merci, Patrick, répondit Catherine, émue. Maintenant, tout est bien.

Liên réserva à Catherine un accueil empressé, chaleureux même, sans aucune arrière-pensée. Sans ambages, elle lui dit l'espoir qu'elle nourrissait de voir l'idylle entre sa cousine Tam et Henri se concrétiser par un mariage.

— Tam est très riche, ajouta-t-elle.

— Ce n'est pas le plus important, répondit Catherine. Les Mareuil ne sont pas gens intéressés. Je crois même qu'ils ont avec l'argent des rapports à éclipse ! Cela dit, si Tam est la jeune fille que vous me décrivez, je serais comblée si Henri l'épousait. — Elle eut un léger mouvement de tête et ajouta, avec un demi-sourire : — Et si cela se produit, je crains que mon séjour ne dure plus longtemps que prévu !

— Vous êtes ici chez vous.

Elles parlèrent encore une partie de la journée et mirent au point les modalités du voyage que Catherine se proposait d'entreprendre à Dalat. Enfin, vers cinq heures du soir, elles reçurent le coup de téléphone attendu. Henri poussa une exclamation de joie en entendant la voix de sa grand-mère.

— Quand arrivez-vous, Ba Trinh ?

— Dans deux jours, je pense. Le temps de me réacclimater.

— Je vais bouillir d'impatience. J'ai tellement de choses à vous dire !

— Comment te sens-tu ?

— J'allais mieux. Je suis maintenant en pleine forme !

— Et Tam ?

Henri marqua un temps d'arrêt et sa voix changea quand il répondit d'un ton bref :

— Je vois, vous faites vous aussi partie du complot ! Rassurez tout le monde, je lui ai demandé sa main tout à l'heure !

La situation semblait sans issue. Après dix jours de présence à Dalat, au Relais de Lang Bian, un petit hôtel intime et désuet, construit dans les années vingt par Jules Scotto, un ancien charpentier de marine reconverti dans l'hôtellerie, et gérée aujourd'hui par son petit-fils, un métis volubile et jovial, Tam avait dû se rendre à l'évidence. Son voyage avait été une erreur. Pire encore, il était à l'origine d'un malentendu qui s'aggravait de jour en jour, en dépit (ou peut-être à cause) des efforts qu'elle déployait pour se montrer enjouée, insouciante, toujours prête à satisfaire les désirs de son compagnon. Un compagnon qui la traitait avec égard, gentiment, mais qui n'avait prononcé un mot, osé un geste qui auraient trahi un sentiment plus profond.

« Qu'aurait fait Liên à ma place ? » se demandait-elle. Elle connaissait la réponse. Liên ne se serait pas embarrassée de scrupules. Mettant sa dignité et sa pudeur de côté, elle serait allée retrouver le soir dans son lit celui qu'elle aurait choisi. Tam était incapable d'agir ainsi. Aussi avait-elle pris la seule décision qui s'imposait. Elle avait fait ses bagages et retenu une place pour le lendemain dans l'avion de Saïgon.

— Ce sera notre dernière journée ensemble, avait-elle dit à Henri, lorsqu'ils s'étaient retrouvés en fin de matinée pour la traditionnelle promenade équestre.

Henri avait froncé les sourcils.

— Vous partez ? Déjà ? Pour quelle raison ?

— Je pense que c'est mieux ainsi. Vous n'avez plus besoin d'une infirmière. D'ailleurs, vous ne resterez pas seul, votre grand-mère sera ici dans deux ou trois jours.

— J'aurais pourtant tellement aimé que Ba Trinh fasse votre connaissance.

Il avait l'air déçu, désemparé même.

— A quoi bon ? Nous ne nous reverrons sans doute plus. Je me marierai bientôt.

— Que voulez-vous dire ? Je ne comprends pas.

— C'est pourtant clair. — Tam était au bord des larmes. — Pour quelle raison croyez-vous que je sois venue vous rejoindre à Dalat ? Pour jouer les demoiselles de compagnie ? Merci bien ! Je vaux mieux que cela. Et je n'ai pas de temps à perdre. J'ai vingt-deux ans. A mon âge, toutes mes amies ont un mari, des enfants, une vie de famille. Pourquoi resterais-je auprès d'un homme qui me traite comme une potiche de luxe, qui n'a rien d'autre à m'offrir que de stupides promenades sur le dos d'un cheval plus stupide encore, qui m'inflige chaque soir d'interminables parties d'échec d'un ennui mortel ! Je déteste le cheval, je déteste les échecs !

Elle éclata en sanglots.

— Et je vous déteste aussi ! acheva-t-elle en cachant son visage dans ses mains.

Henri était sidéré.

— Vous n'avez rien compris, répondit-il, doucement, en lui prenant la main qu'elle retira vivement.

— Dites tout de suite que je suis une idiote !

— Absolument. La plus charmante, la plus ravissante des idiotes ! — Il avança la main, l'obligea à relever le menton, approcha son visage du sien. — Tam ! Écoutez-moi, je vous en supplie ! Depuis dix jours, je n'ai qu'une seule envie, vous prendre dans mes bras. J'aurais pu vous demander d'être ma maîtresse et c'est probablement ce qu'espère votre cousine Liên. Je ne l'ai pas voulu, parce que j'ai trop de respect pour ce que vous êtes. Et je n'ai pas le droit non plus de vous proposer de vous épouser parce que je ne peux imposer à personne de partager la vie que je mène, une vie de paysan, rustique, sans confort aucun, à la limite de la pauvreté. Et je ne parle pas du danger permanent qui m'environne, de l'ennui des soirées solitaires, des nuits écourtées, des soucis de toute sorte. Et sans sorties, et sans repos, toujours une arme à portée de la main.

« Voilà pourquoi je me suis interdit de vous dire que je vous aime.

« Et voilà aussi pourquoi, même si cela me désespère, je comprends très bien que vous partiez.

Elle esquissa un pauvre sourire.

— Puis-je à mon tour vous dire quelque chose ? Vous non plus n'avez rien compris. Où vous irez, j'irai.

Lorsque Henri rapporta ce dialogue à sa grand-mère, celle-ci le pressa contre lui et lui caressa les cheveux.

— Sais-tu, Henri, que c'est très exactement ce que

m'a dit ton grand-père, le jour où il m'a demandé de l'épouser ? Comme Tam, j'aurais tout accepté. Essaie de la rendre aussi heureuse que je l'ai été. Elle le mérite.

Henri et Lê Thi Tam se marièrent deux mois plus tard, au début de mars 1970. Ce fut un mariage discret, dans la petite chapelle de Bien Hoa. Tam l'avait voulu ainsi. Depuis trois semaines, elle se savait enceinte.

Chapitre 10

1970-1971

1

Février 1970

Matthieu descendit de sa jeep, s'appuya au garde-boue et porta ses jumelles à ses yeux. Non loin de la position de son P.C. volant, son bataillon achevait sa mise en place, en bordure d'un ruisseau, le Suoï Tra Phy, qui marquait l'extrême limite de l'avance des troupes amies. Au-delà, s'étendait l'inconnu. Il leva la main, claqua des doigts, réclamant le combiné de son poste radio, avec lequel il entreprit d'appeler, une à une, ses compagnies. A leur tour, chacun de ses capitaines lui transmit le même message, également laconique. « Unité en position. »

Il était sept heures du matin.

Ils étaient arrivés vers minuit la veille à Tay Ninh, dans l'ouest du pays, une grosse bourgade dominée par les tours jumelles de la « cathédrale », construction baroque datant d'avant la guerre, qui servait de « Vatican » à une secte religieuse, le Caodaïsme, autrefois florissante, mais que la politique de répression de Diêm, l'attitude ambiguë de ses dirigeants, avaient réduit à presque rien. On assurait que beaucoup de fidèles avaient rallié les rangs du Front national de libération.

Voici quelques semaines encore, le secteur était tenu par des unités américaines, mais elles étaient en cours de repli, destinées à d'autres tâches, sur la bande côtière du côté de Dong Hoï et de la zone démilitarisée, où se livraient de très durs combats contre les troupes nord-vietnamiennes, infiltrées par régiments entiers pour relever les bataillons viêt-congs, décimés après la contre-offensive du Têt, deux ans plus tôt.

Suivant les directives du président Nixon, le général Creighton Abrams, le commandant en chef du Corps expéditionnaire américain et, à ce titre, véritable patron des opérations militaires au Viêt-nam, appliquait la politique nouvelle qui consistait maintenant à faire relever peu à peu les G.I.'s par des troupes sudistes. Un terme nouveau était à l'ordre du jour, cela s'appelait « la vietnamisation ».

L'objectif était de réduire de moitié, dans les deux ans à venir, l'effectif des forces américaines présentes sur le territoire, en ne laissant qu'un encadrement de « conseillers techniques », quelques troupes spécialisées et la disposition des moyens aériens. Parallèlement, et dans le plus grand secret, Nixon poursuivait, par l'intermédiaire de son ambassadeur itinérant, Henry Kissinger, des conversations informelles avec le représentant de Hanoï, Lê Duc Tho, afin d'aboutir à un accord qui mettrait fin à la guerre et consacrerait la partition définitive du Viêt-nam, ainsi que c'était le cas pour la Corée ou pour l'Allemagne.

Si, dans les coulisses feutrées des salles de conférences, le dialogue se passait le plus courtoisement du monde, il n'en allait pas de même sur le terrain.

C'était logique, chacune des deux parties en présence cherchait à mettre dans son jeu le plus d'atouts possible.

Ainsi, depuis quatorze mois, Creighton Abrams avait entrepris de s'attaquer aux concentrations des divisions ennemies qui jusque-là avaient profité, au Cambodge, de la neutralité affichée de Norodom Sihanouk pour y installer d'importantes bases, où elles pourraient préparer en toute impunité l'offensive finale en direction de Saïgon.

L'enjeu principal de ces opérations était constitué par ce que les états-majors appelaient le « Bec de Canard », une excroissance frontalière, véritable pointe en territoire vietnamien, qui visait, comme une flèche, la capitale à peine distante de soixante kilomètres.

L'opération du jour dans laquelle était engagé le bataillon de parachutistes de Matthieu marquait, en quelque sorte, l'entrée en lice de l'armée vietnamienne dans une action d'envergure destinée à nettoyer le « Bec de Canard » de toute présence adverse.

Le front s'étendait sur près de quarante kilomètres, depuis Tay Ninh, au nord, jusqu'à Go Bac Chiên, au sud, de façon à couper les arrières des positions nord-vietnamiennes, leur interdire tout repli et les anéantir.

Aussi loin que portait le regard, la plaine grouillait de soldats et de matériels, le plus important déploiement de blindés, de camions, de canons, d'hélicoptères de combat.

Au-dessus de ce rassemblement, tournaient sans cesse les avions d'observation chargés de guider la chasse et les terrifiants B 52 dont l'intervention avait été promise pour huit heures ce jour-là.

— On se sent moins seuls, observa Chung Seng, le capitaine adjoint. C'est tellement grandiose que c'en est grisant !

— Rien ne sera de trop quand nous serons au contact des divisions d'élite communistes, répondit Matthieu, pessimiste. D'après ce que prétendent les habitants qui se sont réfugiés de ce côté-ci de la frontière, les Viets nous attendent de pied ferme et leurs défenses sont solides. Ils ont creusé des kilomètres de tranchées, de tunnels, de boyaux. Ils ont semé les glacis de pièges à éléphants, des trous camouflés sous des claies de bambou, au fond desquels sont plantés des pieux durcis au feu. Sans parler des mines, un nouveau modèle soviétique, de véritables bombes volantes truffées de billes d'acier qui explosent à un mètre du sol.

« Sans oublier les volontaires de la mort, camouflés dans les rizières, qui attendent les blindés avec des roquettes individuelles...

— Arrêtez l'inventaire ! répliqua Chung, impressionné, vous allez me faire regretter mon volontariat pour les paras !

— L'avantage d'appartenir à une unité d'élite, mon cher, c'est que lorsqu'on dit « en avant », on est certain d'être obéi. L'inconvénient est qu'il faut, la plupart du temps, être en tête !

Il retrouva son ton de commandement pour lancer dans son poste radio le décompte des secondes avant l'ordre de départ :

— Cinq, quatre, trois, deux, un. A vous !

Un peu partout autour de lui, au même moment, d'autres chefs de bataillon lançaient une injonction identique sur les ondes et, brusquement, l'enfer se déchaîna. Les canons tonnèrent, les obusiers crachèrent leurs salves, les hélicoptères d'assaut surgirent de la cime des arbres et pilonnèrent les positions avancées ennemies.

Haut dans le ciel, les vagues de B 52 apparurent et lâchèrent leurs énormes bombes, en chapelet. Le sol vibra, trembla, gronda. D'immenses colonnes de poussière s'élevèrent dans le ciel, illuminées de l'intérieur par la lueur rougeâtre des explosions. Les collines semblaient se désagréger sous les impacts qui projetaient à des hauteurs vertigineuses des mottes de terre grosses comme des maisons, des gravats de toutes sortes et même des arbres entiers, comme des fétus.

— Il est impossible qu'il puisse rester un homme vivant là-dessous, jeta Chung, les yeux exorbités. Je n'aimerais pas être un Viêt ce matin !

— Ne vous y fiez pas : vous les verrez à l'œuvre quand nous en serons au corps à corps. Venez avec moi, je rejoins la compagnie « Alpha ».

Quand il y arriva, quelques minutes plus tard, Matthieu ne put ignorer la réflexion d'un sous-officier :

— Merde, le « vieux » est là. Ça signifie qu'on va salement dérouiller !

Matthieu ne releva pas la remarque. La veille, devant tout son bataillon rassemblé, il avait dit à ses hommes :

— Le secteur qui nous est confié est le morceau le plus dur. Les Américains s'y sont cassé les dents depuis des mois. A nous de leur montrer ce que les paras vietnamiens peuvent accomplir ! Ils nous méprisent. A vous de relever le gant !

La compagnie « Alpha » était principalement constituée de Khmers krom, ces Cambodgiens que les vicissitudes des frontières coloniales avaient intégrés à l'ancienne Cochinchine, puis au Viêt-nam indépendant. C'étaient de véritables guerriers, endurants, d'un courage frisant l'inconscience, fraternels avec leurs amis, d'une cruauté sauvage envers leurs ennemis. On leur prêtait des mœurs cannibales, affirmant qu'il leur arrivait de dévorer le foie de leurs adversaires vaincus. Méritée ou usurpée, cette réputation n'était pas étrangère au sentiment de crainte qu'ils inspiraient, et ils en étaient flattés, comme d'un hommage à leur virilité.

Jusque-là, Matthieu les avait peu pratiqués, il ne les avait découverts qu'en recevant son commandement et s'était pris pour eux d'une sincère affection. Ils lui avaient plu par leur perpétuelle joie de vivre, leur solide santé morale et leur absence de préoccupations métaphysiques. Ils vivaient au présent, férocement parfois, mais sans se départir jamais du sens de la fête. Trois choses les intéressaient, la nourriture, la sieste et l'amour. La guerre aussi mais pour ce qu'elle leur apportait de sensations fortes et leur cruauté prenait souvent l'apparence d'une intense rigolade.

Matthieu alla inspecter la section d'assaut, constituée des plus anciens, visages burinés, teint de bronze, le *kroma* autour du cou, cette bande de tissu à carreaux noirs et blancs qui leur servait à peu près à tout. Il les connaissait un par un et tint à les saluer, par leur nom, Thach Suong, Lam Suol, Son Kol, Thach Cao, et les autres, Suoï, Nam, et Son Sang, le tueur aux yeux de biche.

— Nous allons là-haut, dit-il en pointant le doigt vers le sommet du Nui Ba Dên, une sorte de pain de sucre, un entassement de rochers entre lesquels s'accrochaient lianes, arbustes et épineux.

En contemplant cette montagne, des souvenirs lui revenaient en masse. C'était là qu'en 1947, vingt-trois ans plus tôt, il avait eu l'entrevue décisive avec Trinh Minh Té, le dissident caodaïste, à l'issue de laquelle il avait choisi de cesser le combat contre les Français. Trinh Minh Té qu'il ne devait revoir que huit ans plus tard, dans les couloirs de la présidence, pour lui loger une balle dans la tête.

En vingt-trois années, le paysage avait changé. Ce qui, à l'époque, était une région au calme bucolique, rizières en culture où s'ébattaient des buffles violets, forêt dense, où l'on pouvait encore chasser le tigre ou le cerf, était devenu une sorte de gigantesque champ labouré d'aspect lunaire, semé de profonds cratères aux bords noircis, au milieu desquels se dressaient les squelettes calcinés de quelques rares paillotes, dressant vers le ciel, comme des poings vengeurs, leurs poutres mutilées.

Défoliée par les produits chimiques épandus, incendiée par le napalm, la forêt elle-même donnait l'impression de n'être plus qu'un vaste cimetière d'arbres cassés, tordus, d'une vilaine couleur de suie. Le sol était souillé de débris innommables, déchets de matériels, rebuts de magasins, dépouilles nauséabondes de chairs en décomposition sur lesquelles grouillaient les mouches et les fourmis rouges. Hommes ou animaux ? Personne n'aurait pu vraiment le dire.

Sur tout cela planait une odeur tenace qui collait aux vêtements, imprégnait les narines au point qu'il semblait que plus jamais l'on ne pourrait s'en débarrasser.

C'était pourtant dans ce cloaque que, ce matin, 16 février 1970, le 7e Bataillon de parachutistes vietnamiens allait livrer combat. La conquête du Nui Ba Dên était prévue en deux temps. D'abord, les paras entameraient l'escalade, sous la protection des hélicoptères d'assaut. A mi-parcours, ils seraient épaulés par plusieurs compagnies de rangers qui seraient posées directement sur le sommet.

La veille, les deux commandants d'unité avaient soigneusement étudié le terrain et mis au point le timing de l'intervention. Ils n'avaient pas eu besoin de beaucoup de phrases pour se comprendre. Le patron des rangers n'était autre que Pham Dinh Loï, l'ancien compagnon d'armes de Matthieu. Son passage au cabinet présidentiel lui avait valu un avancement rapide. Depuis le 1er février, il arborait sur le col de sa tunique de combat l'aigle d'argent de colonel.

Le combat durait depuis près de quatre heures. Très vite, les parachutistes s'étaient heurtés à des résistances acharnées, de la part de bo doïs, des réguliers de l'armée nord-vietnamienne retranchés dans des excavations rocheuses, transformées en redoutes fortifiées, reliées entre elles par des boyaux couverts, appuyées par des armes automatiques et des mortiers placés au-dessus. Devant les assaillants se dressait un véritable mur de flammes et de feu, infranchissable sauf à accepter des pertes importantes.

Matthieu se vit obligé d'ordonner un repli et appela à la rescousse l'artillerie et l'aviation. Mais le bombardement s'avéra inefficace contre des défenseurs abrités sous des rochers de plusieurs tonnes sur lesquels roquettes et obus explosaient sans même les écorner. De la même façon, le napalm n'avait aucun effet. Les bo doïs avaient creusé des trous individuels sur lesquels ils posaient un couvercle de bambou enduit de boue, qui les protégeait du souffle et de la chaleur. Ils poussaient le fanatisme jusqu'à lancer des invectives envers leurs assaillants aussitôt que les chasseurs ou les hélicoptères s'éloignaient pour effectuer leur ressource.

— Venez, criaient-ils. Nous sommes toujours là ! Nous vous attendons, bande de dégonflés !

Il était midi et, dans le planning établi, les paras auraient dû déjà se trouver à mi-pente alors qu'ils n'avaient pas encore réussi à prendre pied sur la base même de la montagne.

— Bon sang ! hurlait dans le poste le colonel commandant l'ensemble de l'opération. Qu'est-ce que vous foutez ? Vos gars sont des couilles molles !

— Je voudrais vous y voir, répliqua Matthieu. Si

vous n'êtes pas content, pointez votre cul par ici, je ne demande pas mieux que de vous céder ma place.

— Que comptez-vous faire ? interrogea le colonel, radouci.

— De mon mieux. Terminé, répliqua-t-il en raccrochant, ajoutant à l'intention de son opérateur : si ce connard se manifeste encore, je t'autorise à mettre ton appareil en panne.

Pourtant, il avait été sensible aux propos de son chef, même si le courage et la fougue de ses Cambodgiens n'étaient pas en cause. Maintenant, il allait devoir prouver qu'ils étaient capables de réussir leur attaque. Il appela Thach Cuoï, le capitaine commandant la compagnie « Alpha ».

— J'ai besoin de cinq volontaires, armement léger, mais musettes bourrées de grenades. Le maximum que vous pourrez trouver.

— Qui les commandera ?

— Moi, bien sûr.

— N'est-ce pas prendre trop de risques personnels ? S'il vous arrive quelque chose, il n'y aura plus personne pour diriger le bataillon.

— Chung fera très bien l'affaire. Si j'échoue, le 7ᵉ de parachutistes sera retiré du combat.

Le capitaine n'avait pas hésité longtemps. Il avait désigné ceux de ses voltigeurs qu'il considérait comme les meilleurs éléments. Lam Suol, un vieux soldat qui avait déjà combattu au temps des Français, et qui arborait un collier de barbe déjà striée de poils gris ; Son Khol et Thach Cao, deux inséparables, imbattables au lancer de grenades ; Son Sang, visage couleur de bronze, regard profond et doux, redoutable coupeur de têtes et, enfin, Nam, le farfadet, qui dissimulait sous son casque une abondante chevelure qu'il libérait parfois et qui lui descendait sur les reins. Nam était le boute-en-train de la compagnie. Capable d'exécuter un saut périlleux arrière, il pimentait cet exercice d'un lancer de poignard et ne ratait jamais sa cible.

— Je ne vous demande pas de jouer les volontaires de la mort en vous jetant, poitrine en avant, sur les salopards d'en face. Au contraire : pensez d'abord à revenir vivants ! Tout comme moi, vous avez femme et enfants !

« Voici comment nous allons procéder...

Matthieu avait longuement observé le dispositif ennemi et en était arrivé à la conclusion que le pivot de la défense se trouvait sur un éperon à l'extrémité gauche, sur lequel avait été établie la base de feux bloquant le débouché des attaquants. C'était là qu'il avait décidé de porter son effort. Pour l'atteindre, il avait choisi de déborder largement, utilisant un cheminement que les Viêts avaient sûrement jugé impraticable puisqu'ils avaient négligé de le tenir. C'était une falaise d'une dizaine de mètres de haut, qui s'achevait par un encorbellement tabulaire, que seuls des acrobates chevronnés auraient été en mesure de franchir.

Quand il leur eut exposé ses intentions, les cinq volontaires firent la grimace.

— Pas moyen passer, répondit Lam Suol.

— On passera quand même. Nam ?

— Si j'ai une corde, pas de problèmes.

— Tu en auras une. Son Khol et Thach Cao, pouvez-vous balancer vos grenades par-dessus la corniche de façon à ce qu'elles explosent sur les emplacements des mitrailleuses ?

Les deux champions s'étaient consultés du regard et répondirent avec ensemble :

— Cela doit pouvoir marcher.

— Alors, en avant.

Nanti de sa *taggle rope*, Nam ouvrit la progression, en rampant le long de la berge du *suoï*. Derrière lui, Matthieu et les autres volontaires avançaient, à imitation, sans faire le moindre bruit. Quand ils arrivèrent au pied de la falaise, la compagnie ouvrit un feu d'enfer de façon à détourner l'attention d'éventuels guetteurs.

Agile comme un chat, Nam entreprit l'escalade, crochant des mains et de l'extrémité de ses pieds nus dans la moindre aspérité. En moins de cinq minutes, il avait atteint la base de l'entablement. Il fixa l'extrémité de sa corde à une racine solidement ancrée dans une faille et la déploya. Puis, après avoir testé sa résistance, il entreprit de s'y balancer, en un mouvement pendulaire de plus en plus ample. Quand il estima posséder suffisamment d'élan, il la lâcha brusquement et, comme un trapéziste propulsé dans le vide, il effectua une pirouette arrière et retomba, sur ses pieds, exactement sur la bordure de l'arête.

Quelques secondes auparavant, Son Khol et Thach Cao avaient jeté chacun quatre grenades, qui explosèrent au moment où leur camarade arrivait en fin de voltige.

Sans plus attendre, le reste du commando, saisissant la corde, se hissait jusqu'au sommet et s'y regroupait, profitant de la surprise pour jaillir dans le dos des mitrailleurs viêts, promptement liquidés au poignard ou au coupe-coupe, et prit instantanément leur place derrière les pièces.

Maintenant, ils avaient devant eux et en contrebas l'ensemble du dispositif ennemi. C'était presque un exercice de tir que de le démanteler, poste après poste.

Attaqués de face par la compagnie, assaillis sur leurs arrières par leurs propres mitrailleuses, les Viêts n'avaient plus d'autre alternative que de se faire tuer ou de se rendre. Plus que la volonté, ce fut le hasard qui décida.

— Objectif conquis ! lança Matthieu, sur les ondes.

— Essayez de combler votre retard, répondit le colonel, sans un mot de félicitation pour l'exploit réalisé.

Il était trois heures de l'après-midi et, maintenant, le bataillon se hissait sur les pentes où la résistance s'avérait finalement moins âpre que Matthieu ne l'avait redouté. Seuls quelques éléments sacrifiés, des groupes de deux ou trois hommes, étaient chargés de mener un combat retardateur, mais ils étaient rapidement neutralisés. Sommairement interrogés, les prisonniers ne firent aucune difficulté pour apprendre aux parachutistes que l'essentiel de la défense se situait sur le sommet, transformé en une forteresse aux abords minés, aux emplacements renforcés de moellons bétonnés, avec des souterrains inexpugnables. Environ trois cents combattants y étaient implantés, et leurs ordres étaient de tenir jusqu'au bout.

— Cela nous promet du sport, observa Chung, l'officier adjoint.

— Heureusement que les rangers vont donner l'assaut par le haut.

Effectivement, leurs hélicoptères se présentaient déjà, en formation compacte, effectuant de larges cercles à la verticale du sommet afin de repérer les lieux et l'endroit le plus favorable au poser. Par radio, Matthieu avait pris contact avec son camarade Loï.

— Prudence, lui dit-il. Il y a du monde là-haut.

— Négatif. Je ne vois rien. Pas un chat. Une véritable promenade de santé !

— Justement, c'est le moment de te méfier. Les Viêts t'attendent. Méfie-toi du traquenard !

— Le premier qui se montre va en prendre plein la gueule ! riposta Loï, la voix joyeuse. Allez, on y va. A tout de suite, mon gars !

D'en bas, levant le nez, les paras virent les hélicoptères libérer leur chargement et dégager, comme à l'exercice. C'était impressionnant de rapidité et surtout de précision. Il s'en fallait parfois de quelques mètres pour que la collision ne se produise, mais les pilotes étaient des as et prenaient tous les risques.

Et puis, soudain, ce fut le drame. Atteint par une roquette, tirée d'un blockhaus jusque-là silencieux, un hélicoptère explosa, en une énorme boule de feu orange, dispersant ses débris dans tous les sens. Ceux qui le suivaient effectuèrent aussitôt un virage serré et se dispersèrent, comme une volée de moineaux.

Sur le sommet, où la fusillade s'allumait, les quelques dizaines de rangers qui avaient atterri étaient seuls désormais, pris au piège, encerclés par une nuée d'ennemis parfaitement camouflés et protégés de gabions et de béton.

Matthieu saisit le combiné de sa radio et appela son camarade.

Celui-ci répondit aussitôt, la voix hachée par les rafales que l'on entendait distinctement, claquant sèchement dans l'écouteur.

— Je me suis fait avoir comme un bleu ! Putain ! J'ai la moitié de mes gars au tapis !

— Peux-tu, au moins, te replier sur moi ? Je suis juste en dessous, à deux ou trois cents mètres à peine.

— Impossible, nous sommes cloués au sol. Et puis je ne veux pas abandonner mes blessés. Tâche plutôt de rappliquer, en vitesse ! Sinon, comme disaient les Français, nous allons être obligés de faire Camerone !

— O.K. Tiens bon. Je vais essayer de te rejoindre avant la nuit.

— J'espère que je ne serai pas... — Loï s'interrompit, poussa un juron et poursuivit : — Je viens de récolter une balle dans le cou !

Cette dernière phrase galvanisa Matthieu. Une seule chose comptait désormais pour lui. Foncer, sans perdre une seconde, achever l'escalade de cette maudite montagne, pousser ses parachutistes, sans tenir compte de leur fatigue. « On crèvera, se promit-il, mais on arrivera. »

Dès lors, il se mua en une véritable bête de guerre et ceux de ses Cambodgiens qui le prenaient jusque-là pour un chef courageux mais débonnaire, le découvrirent dur, impitoyable aux tièdes, menaçant les traînards, n'hésitant pas à dégainer son pistolet pour les contraindre à avancer, prenant enfin la tête de la section de pointe, après avoir dégradé, dans un geste de colère, le sous-lieutenant qu'il jugeait trop mou.

— Les copains sont en train de se faire massacrer et vous avez des vapeurs ! Dégagez, vous n'êtes pas digne de vos galons !

Il livrait une course contre la montre avec le soleil, qui déclinait rapidement, trop rapidement à son gré. De plus en plus nettement il captait les échos de la fusillade dont l'intensité décroissait de façon inquiétante et il n'avait plus aucun contact radio avec les rangers, qui ne répondaient plus aux appels angoissés de l'opérateur.

— Plus vite ! Plus vite ! hurlait-il.

Enfin, le sommet apparut, dans une trouée de végétation.

— Encore un effort, jeta-t-il à ses voltigeurs, exténués.

— Mon commandant ? appela le radio. Écoutez !

Matthieu porta le combiné à son oreille et entendit, très faiblement, les notes d'une mélodie qu'un homme sifflait doucement dans le micro. Et il finit par identifier l'air. C'était *La Marseillaise*.

— Mon commandant, attention ! hurla Son Khol.

Matthieu n'eut pas le temps de réagir à l'injonction de son voltigeur. Il ressentit l'impact d'une balle qui venait de lui fracasser le bras.

La violence du choc fut telle qu'elle le fit tomber, lourdement, en arrière. Mais il se redressa aussitôt, et hurla, la voix rendue encore plus cassante par la douleur :

— Ne vous occupez pas de moi ! Foncez.

L'infirmier était là. Il déchira la manche de la veste, dégagea la plaie et grimaça.

— La blessure n'est pas bien belle, mon commandant. Je dois vous faire évacuer. Si l'on attend trop, il faudra vous amputer.

— Garde tes conneries pour toi. Fixe-moi une attelle, fais-moi une piqûre de morphine, et passe-moi un flacon d'aspirine ou quelque chose d'approchant. Grouille ! — Il se radoucit et ajouta : — De toute façon, je ne vois qu'un seul endroit pour mon évacuation, c'est là-haut. Je serais incapable de redescendre la montagne !

Au-dessus de lui, ses parachutistes étaient au contact des premiers éléments ennemis. Galvanisés par leur chef, ils avaient dépassé le seuil de la peur ou de la simple prudence et la fatigue les avait rendus insensibles. Ce fut une ruée sauvage. Son Sang, le tueur au visage d'ange, attrapa un bo doï et, posément, lui ouvrit le ventre du tranchant de son coupe-coupe. Puis il lui saisit les entrailles à pleines mains, les lui enroula autour du cou et le renvoya, titubant, fou d'épouvante, vers ses lignes. Cette apparition causa la stupeur dans les rangs ennemis. Terrifiés, les oreilles vrillées par les hurlements déments de leur camarade, ils marquèrent un flottement que les Cambodgiens mirent à profit pour les déborder et les fusiller, à bout portant.

Maintenant, par pans entiers, le dispositif viêt se délitait. Les bo doïs jetaient leurs armes, levaient les bras ou se couchaient dans la poussière, les mains sur la nuque.

Matthieu venait d'arriver. Peut-être aurait-il été tenté de faire grâce à ses prisonniers s'il n'avait découvert le spectacle des rangers, massacrés jusqu'au dernier. Une boucherie. Les Viêts s'étaient acharnés sur eux et, après les avoir lardés de coups de baïonnette, ils les avaient littéralement débités, comme des animaux à l'équarrissage. Aucun n'avait été épargné. Poussant l'horreur à son comble, ils avaient entrepris d'édifier de ces restes sanglants une sorte de pyramide, un monument macabre au sommet duquel ils avaient installé le tronc du colonel Loï, dont les orbites vidées semblaient fixer l'infini.

— Flinguez tout ce qui bouge, ordonna-t-il.

Trois jours plus tard, à l'hôpital militaire Cong Hoa, Matthieu apprit que le chirurgien avait réussi à lui sauver le bras.

— Un bonheur ne vient jamais seul, lui dit-il. Vous venez d'être nommé lieutenant-colonel à titre exceptionnel.

2

Mars 1970

Assis au bord de son lit, les coudes aux genoux, François Démery semblait plongé dans une profonde méditation. Diane émergea de sa douche, se frictionnant la tête avec vigueur et, sans prendre le temps de se sécher davantage, elle vint se blottir, nue, sur les genoux de son mari.

— Qu'y a-t-il, mon cœur ? lui demanda-t-elle en entourant son cou de ses bras. As-tu vu l'heure ? Il est temps de t'habiller si tu ne veux pas être en retard à ton travail. — Elle ajouta, coquine : — A moins que tu ne préfères fabriquer une petite sœur à notre Cyril ? Je te trouve bien distant depuis plusieurs jours...

— Il s'agit bien de mon travail, répondit-il, d'un ton las. Depuis que les opérations ont été déclenchées sur la frontière et dans le Bec de Canard, c'est comme si l'on avait agité un bâton dans une fourmilière ! Jusqu'à maintenant, la neutralité du Cambodge garantissait la libre circulation de nos camions entre Saïgon et Phnom Penh. Mais, maintenant, non seulement il y a les Nord-Vietnamiens sur le parcours, mais en plus, ils sont en train de réactiver les Issaraks qui ont pris le nom de « Khmers rouges ».

« Du coup, mon patron envisage de brader ses camions et de mettre la clef sous la porte en attendant des jours meilleurs, s'il y en a...

Diane s'appuya sur lui, de façon à lui faire perdre l'équilibre et se coucha sur lui après avoir dénoué le cordon de son peignoir.

— Mon petit mari devrait prendre une journée de congé. Voici ce que je te propose...

Il rit :

— Inutile de me le préciser davantage. J'ai tout compris !

Ils traînèrent au lit jusqu'à midi, puis allèrent dîner au restaurant du Cercle sportif, après avoir nagé quelques instants dans la piscine et surveillé les évolutions de Cyril, qui barbotait allégrement, sanglé dans un superbe canard aux couleurs vives.

A leur retour à la villa, pour le thé, ils trouvèrent, installé au milieu du salon, un Cambodgien souriant, d'une élégance désuète qui indiquait, plus sûrement qu'un uniforme, le militaire en civil.

— Permettez-moi de me présenter, dit-il, toutes dents dehors. Je m'appelle Son Prath.

— Comment dois-je vous appeler ? Monsieur ou général ?

Le sourire s'agrandit encore.

— Colonel sera suffisant, à moins que vous ne préfériez le terme khmer, *Louk Sak Pram.*

— Accepterez-vous une tasse de thé ? proposa Diane, aimable. Ou quelque chose de plus corsé, du whisky par exemple ?

— Le thé me convient tout à fait.

Le plateau servi, Diane s'éclipsa discrètement.

— Que me vaut l'honneur de votre visite, colonel ? demanda François, d'un ton indiquant qu'il s'en moquait complètement.

La journée passée avec Diane l'avait rendu euphorique, tous ses soucis relégués aux oubliettes.

— Je serai bref, mon colonel. Comme vous le savez sans doute, la politique de neutralité prônée par le roi s'est avérée catastrophique pour notre pays. Les communistes font la loi dans les provinces du nord et de l'est qu'ils ont pratiquement annexées et nous n'échapperons plus à la guerre. Aussi, nous sommes quelques officiers à vouloir réagir et combattre aux côtés de nos alliés américains et vietnamiens. Leur croisade pour la liberté devient la nôtre.

— Je n'ignore rien de tout cela. Tout ce qui touche à la situation de votre pays m'intéresse au plus haut point. Et je ne peux qu'approuver votre détermination.

« Cela dit, pourquoi être venu me parler de ces projets ?

— Comme vous le savez, Norodom Sihanouk est parti au début de l'année pour suivre sa cure habituelle contre l'obésité qui le guette. Il devrait rentrer dans quelques jours. Nous voulons le prendre de vitesse, le renverser et proclamer la République khmère.

— Qu'en pense le général Lon Nol, votre Premier ministre ?

— C'est lui qui m'a chargé de prendre contact avec vous. Il n'a pas oublié les services éminents que vous avez rendus à notre pays dans le passé, en nous aidant, notamment, à mettre sur pied un certain nombre d'unités d'élite qui se sont avérées, depuis, la véritable ossature de notre armée. Accepteriez-vous de reprendre vos fonctions auprès de nous ?

François était trop abasourdi pour répondre. Cette proposition, brutalement assénée, avait déclenché un tourbillon de pensées contradictoires. Certes, elle arrivait à un moment où il se posait des questions sur son avenir professionnel, et, par certains côtés, elle le tentait vraiment. Mais, en même temps, elle impliquait, pour Diane et pour son fils Cyril un changement radical de style de vie. Au bout de cinq ans, ils avaient fini par s'accoutumer à Saïgon, sa frénésie, son rythme trépidant de capitale américanisée, alors que Phnom Penh en était resté au stade de ville provinciale, au calme archaïque.

De plus, l'entrée en guerre du Cambodge n'allait-elle pas modifier radicalement l'atmosphère du pays ? En déchaînant la violence, les futurs maîtres du jeu n'allaient-ils pas le plonger dans le chaos ?

— Dans combien de temps devrai-je vous donner ma réponse ? demanda-t-il.

Le visage du colonel se fendit jusqu'aux pommettes, découvrant des dents chevalines, et il poussa un léger hennissement qui rappela celui de Hyacinthe Martinez, son ancien patron.

— J'aurais préféré ne pas avoir à attendre, répondit-il. Le temps nous est compté. Puis-je revenir demain matin ? Mon avion décolle à seize heures.

— D'accord. Comprenez que je ne suis pas seul en cause. Il y a ma famille, mes amis...

— A ce propos, que sont devenus vos deux adjoints ? Nous aimerions également les voir venir auprès de nous.

— Je leur poserai la question.

— Ce que tu décideras sera le mieux, répondit Diane, un peu plus tard. Mon seul souhait est d'être près de toi, où que tu sois. Si tu estimes que ton devoir est d'aller aider tes amis, je suis d'accord. — Elle se jeta contre lui. — François, ajouta-t-elle tendrement, tu m'as donné tout ce que j'espérais de la vie. Si je devais mourir à l'instant, je remercierais la Providence de m'avoir permis de te rencontrer et pour ces années qu'elle m'a offertes à tes côtés.

— Qui te parle de mourir ? Je m'inquiétais seulement de savoir si tu ne serais pas trop triste d'abandonner notre maison de Saïgon.

— Tu sais à quel point je me suis plu à Phnom Penh. Je me réjouis d'y revenir, pourvu que ce soit avec toi. Vois-tu, la seule chose qui me comblerait serait, un jour, de rentrer en France et de m'installer à La Nouaille. Maintenant que tu es amnistié, rien ne s'y opposerait plus.

— Nous rentrerons à La Nouaille, promit-il. Là où nous nous sommes rencontrés pour la première fois.

Il se dégagea, regarda sa montre :

— Il me reste encore une dernière démarche. Je dois aller à Bao Tan interroger Macroy et Fischer. J'ai juste le temps d'effectuer l'aller et retour avant la nuit.

— Ça m'embête de vous refuser cela, mon capitaine, dit Macroy. Mais c'est non. Je n'irai pas à Phnom Penh. Et pas seulement parce qu'ils nous ont jetés comme de vieilles chaussettes quand ils n'ont plus eu besoin de nous. Après tout, c'était implicitement dans le contrat. En réalité, ici, j'ai trouvé ma voie. J'ai « mes » catholiques, j'ai ma famille, bientôt, j'aurai un enfant.

François hocha la tête. Il comprenait tout à fait les raisons de son ancien adjoint.

— Et toi, Max ? demanda-t-il à Fischer.

Fischer était embarrassé. Il balançait la tête, véritablement déchiré. Il se tourna vers Henri qui se tenait en arrière, les mains croisées dans le dos, son visage fermé n'exprimant rien de ses sentiments.

— Vous êtes libre, Max, dit-il paisiblement. Agissez selon votre conscience.

— Ma conscience... grommela Fischer, entre haut et bas. J'ai beau l'interroger, elle est plutôt muette en ce moment. — Puis un ton plus haut : — Mon capitaine, quel sera exactement notre job ?

— Le même qu'avant, je suppose. Formation et entraînement.

— Alors, je préfère rester ici. Je ne suis plus très jeune, et, à Bao Tan au moins, je vois immédiatement les résultats de mes efforts. Et puis, en cinq ans, nous avons réalisé de jolis coups, Henri Mareuil et moi. Pas vrai, patron ? Si un jour je dois défendre quelque chose l'arme à la main, ce sera cette plantation, ses ouvriers, ses hévéas.

— Merci, apprécia Henri, ému.

— Pas de quoi. C'est moi qui vous remercie de m'avoir donné la possibilité de faire enfin quelque chose de positif dans ma vie.

François Démery serra longuement la main de ses deux sous-officiers.

— Que devrai-je dire à Lon Nol de votre part ?

— Que nous travaillons tous pour la même cause.

François Démery arriva à Phnom Penh une semaine plus tard, au lendemain de la proclamation de la république par le général Lon Nol, devenu chef de l'État. Il débarqua seul, Diane et Cyril devaient le rejoindre aussitôt qu'il leur aurait trouvé une villa qu'il voulait spacieuse, confortable, et — comme l'avait exigé Francis Junior — entourée d'un parc avec beaucoup de grands arbres.

A peine installé dans son bureau, au palais du gouvernement, le téléphone sonna.

A sa grande surprise, il reconnut la voix de Georges Roubaz.

— Cher François, commença le journaliste, onctueux, ne croyez-vous pas le temps venu de la réconciliation ? Certes, j'ai eu des torts envers vous, je l'admets volontiers, mais votre attitude, voici deux ans au moment du Têt, avait singulièrement manqué de délicatesse.

— Nous en sommes donc à un partout ?

— En quelque sorte.

— J'en suis satisfait. Est-ce pour me dire cela que vous m'avez appelé ?

— Non. J'ai un service à vous demander et, compte tenu de votre position actuelle, quasi officielle, ce service ne vous demandera pas un effort démesuré. Voilà : je souhaiterais obtenir une interview exclusive du général Lon Nol.

— Facile, il donne une conférence de presse après-demain. Je ferai déposer à votre hôtel une accréditation à votre nom.

— Vous m'avez mal compris. J'ai dit « exclusive ».

— Vous êtes très exigeant. Le général a déjà décliné six demandes de ce genre, émanant pourtant des grands journaux américains.

— Ce n'est pas la même chose. Lon Nol n'a rien à vous refuser et vous pouvez faire cela pour moi. Après tout, ne sommes-nous pas de la même famille ? Et, en plus, nous avons été victimes de la même femme.

— Victimes ?

— Oui. Joëlle m'a quitté. Et savez-vous pour qui ?

— Non. Et je m'en fiche. Vous n'attendez tout de même pas que je vous plaigne ?

— Non, bien sûr. Et pourtant, j'en ai gros sur le cœur. Me faire ça, à moi ! Avec un de mes confrères, un concurrent de droite, en plus ! — Il revint à son sujet : — Allez, François, soyez chic.

— Je ne vous promets rien. Rappelez dans une heure.

L'interview s'achevait. Venu dans l'évidente intention de poser au nouveau chef de l'État des questions embarrassantes, de façon à le présenter à ses lecteurs comme un matamore complètement irresponsable, une marionnette dont les hommes de la C.I.A. tiraient les ficelles, Georges Roubaz ne cachait plus l'impression favorable qu'il retirait d'un entretien de plus de trois heures durant lequel, avec une très grande franchise et un épais bon sens, Lon Nol avait clairement expliqué les raisons de son intervention, rendue nécessaire par les désordres engendrés par la présence des communistes nord-vietnamiens dans les provinces frontalières.

— La politique officielle de neutralisme avait eu pour principale conséquence le démantèlement de notre armée nationale. Dès lors, rien n'empêchait les divisions de Hanoï de s'installer chez nous, d'y établir des bases, des camps d'entraînement, des dépôts de matériel en vue d'une attaque massive du Sud-Viêt-nam.

« En trois ans, le royaume du Kampuchéa[1] était devenu une colonie nord-vietnamienne. Et lorsque, enfin, Norodom Sihanouk en a pris conscience, qu'a-t-il fait ? Son dernier message au peuple, au moment où il partait effectuer sa cure d'amaigrissement en France, a été de l'encourager à chasser l'envahisseur. Le résultat a été catastrophique : de véritables pogroms contre les innocents civils vietnamiens résidant dans les villes. Ici même, à Phnom Penh,

1. Nom traditionnel du Cambodge remis en honneur par Sihanouk.

deux cents personnes au moins ont été les victimes de ces émeutes. Il fallait y mettre bon ordre. C'est ce que j'ai fait.

« J'espérais que le roi, conscient de ses devoirs, rentrerait dans son pays et que sa présence, son prestige, son autorité rassembleraient autour de sa personne tous ceux qui souhaitaient lutter pour l'indépendance et la liberté. Au lieu de cela, il a pris notre action comme une offense personnelle et il est parti pour Moscou se mettre à la disposition des Soviétiques pour prendre la tête des rebelles communistes. Et comme il a été éconduit par Kossyguine, il est parti pour Pékin et, trop heureux d'embêter les Russes et leurs alliés, les Chinois lui ont offert l'asile et lui ont suggéré de former une coalition incluant ses anciens ennemis communistes et les rebelles maoïstes d'un certain Pol Pot.

« Dans cette affaire, notre souverain s'est conduit en caractériel plaçant son orgueil blessé au-dessus de l'intérêt de son pays et de son peuple. Il portera, devant l'Histoire, la responsabilité de l'incendie qu'il a allumé.

L'article parut quinze jours plus tard. Mais la rédaction parisienne, le jugeant trop favorable au nouveau maître du Cambodge, l'avait coiffé d'un « chapeau » qui en réduisait la portée. Le titre lui-même était une véritable trahison : « Lon Nol, un franquisme cambodgien ».

Quand il en eut connaissance, François Démery entra dans une violente colère.

— Vous avez trahi notre bonne foi, fulmina-t-il. Je ne veux plus entendre parler de vous.

— J'en prends acte, répliqua Georges Roubaz, venimeux. Apprenez que j'ai une très bonne mémoire. Je saurai me souvenir de vous, le moment venu.

3

Janvier 1971

— Renaud s'impatiente, dit Catherine. J'étais partie pour un séjour de quelques semaines, et voilà plus d'un an que je suis ici. Je dois dire que je n'ai pas vu le temps passer. Il y a eu ton mariage, la grossesse de Tam et son accouchement en novembre. J'adore pouponner, cela me rajeunit et je dois avouer que Bertrand junior est le plus adorable des bambins. C'est une bonne et heureuse nature, toujours souriant. Je ne me rappelle pas l'avoir entendu pleurer. Il va me manquer.

— Pourquoi dites-vous cela, Ba Trinh ?

— Parce que je vais rentrer en France. Il le faut. Dans sa dernière lettre, absolument désespérée, Renaud menace de divorcer !

— Il aurait été mieux inspiré de venir vous rejoindre.

— Mon petit Henri, tu sais bien que c'est impossible. Les médecins le lui ont interdit. Depuis sa phlébite, voici trois ans, ils craignent qu'un long voyage assis et dans l'impossibilité d'étendre les jambes, provoque une thrombose.

Henri se rembrunit.

— Bao Tan va nous paraître vide, Ba Trinh. Et Tam ne s'en consolera pas, elle vous est attachée comme à sa propre mère. Vous ne pouvez pas nous faire un pareil chagrin.

— Il le faut pourtant, Henri. Vois-tu, j'ai soixante-douze ans et je voudrais passer les années qui me restent à vivre auprès de l'homme qui m'a consacré son existence et auquel je n'ai rien à reprocher.

« Et puis je ne serai pas seule, en France. Denis et Sylvie, eux aussi, ont décidé de quitter le Viêt-nam. Denis commence à souffrir des atteintes de l'âge, il aspire au repos et va s'installer dans sa villa de Tourette-sur-Loup, au-dessus d'Antibes. Ils emmènent avec eux May Linh et ses deux enfants, Francis Junior et Sylvie-Souën.

— May Linh est d'accord ?

— C'est Matthieu lui-même qui l'a persuadée. Il prendra sa retraite de l'armée dans un an ou deux et pense que Francis est en âge de commencer des études sérieuses.

— A cinq ans ?

— Oui. Saïgon ne vaut rien aux enfants.

Henri parut se résigner.

— Je vois que vous avez tout prévu, Ba Trinh. Quand partez-vous ?

— Après le Têt, vers la mi-février, dans un mois environ.

Le repas du soir fut lugubre, et, pour une fois, même Michel Courbois, pourtant un joyeux convive qui animait de ses plaisanteries les réunions familiales, ne se sentait pas d'humeur à rire. Dernier venu à Bao Tan pour épauler Henri durant sa maladie, il s'y était intégré au point de donner l'impression d'y avoir toujours été présent. Il vouait un véritable culte à Catherine, dont il avait appris, par les plus anciens des ouvriers, le rôle qu'elle avait tenu naguère, aux temps lointains de l'occupation japonaise. Il avait aussi apprécié l'attitude qu'elle avait adoptée, dix ans plus tôt, tenant tête à Cao Van Minh et à ses Viêt-congs.

— Même quand vous n'étiez pas là, lui dit-il, vous restiez l'âme de notre communauté. Notre ange tutélaire. Nous allons replonger dans le néant.

— Mon cœur demeure ici, et, par-delà le temps et la distance, mes pensées ne vous quitteront pas. Ce que vous accomplirez, vous le ferez pour moi...

Visage tendu, lèvres serrées, Tam ne disait rien. Elle luttait pour ne pas fondre en larmes. Dans son berceau, Bertrand Junior se mit à pleurer. Catherine le prit dans ses bras et lui dit d'une voix douce en le berçant.

— Je vais te raconter une belle histoire.

« Il était une fois un homme très gentil et très beau qui s'appelait Francis. Il voulait se marier, avoir des enfants et les rendre très heureux. Mais il était très pauvre et n'avait, comme seule richesse que ses deux mains et son courage. Alors, un jour, il partit dans la forêt...

« Une fée lui dit : Sous les arbres et les broussailles se cache un trésor. N'aie pas peur des animaux, ni des serpents, ni des moustiques. Abats les arbres, enlève les broussailles et, à leur place, plante ces petites graines que je te donne. Si tu es patient, ces graines germeront, elles deviendront de beaux arbres qui te donneront leur sève, aussi blanche que le lait, aussi précieuse que de l'or...

Elle se tut. Bertrand s'était endormi, le pouce dans la bouche.

— C'est l'histoire de notre famille que vous lui racontez, observa Henri. Je voudrais qu'il l'apprenne de votre bouche. Vous êtes notre mémoire.

— Les miliciens ont encore fait des conneries, dit Fischer, le lendemain, au moment où Henri rentrait avec les camions des ouvriers.

Depuis six mois environ, les fantassins qui tenaient le poste militaire implanté aux limites de Bao Tan avaient été envoyés en zone opérationnelle. Ils avaient été relevés par une soixantaine de « volontaires d'office », recrutés au hasard parmi la frange interlope des faubourgs de Bien Hoa. Mal armés, mal habillés, d'un professionnalisme approximatif, ils étaient encadrés par quelques sous-officiers en retraite rappelés à l'activité et commandés par un sous-lieutenant de dix-neuf ans, qui devait cet honneur relatif à son manque probable de relations. Sans autorité, il avait pris son parti de la situation et passait le plus clair de son temps à sillonner les pistes de la plantation à bord de sa jeep de service qu'il menait à la façon d'un pilote de rallye sans se soucier des obstacles qu'il rencontrait sur sa route, causant des ravages certains dans le cheptel des ouvriers, cochons, poules, canards ou chiens. Il devait au hasard de n'avoir pas encore provoqué de mort d'homme.

— Allez-y, soupira Henri, à regret. Dites-moi tout. Je m'attends au pire de la part de ces zigotos.

— Ce matin vers six heures, ils ont dressé une embuscade sur la route de Lang My, arrêté un convoi de la S.I.E.F. et rançonné les chauffeurs. Ils ont raflé près de vingt-cinq mille piastres.

— Quels salopards ! Ils n'auraient pas osé s'en prendre à nos chauffeurs, ils se seraient fait dérouiller. Convoquez-moi le sous-bitte, je veux l'avoir dans mon bureau à onze heures.

L'officier se présenta bientôt, petite silhouette malingre, visage insignifiant, mais le regard sournois, prêt à toutes les bassesses pour dégager la responsabilité de ses hommes contre lesquels il se savait incapable de sévir.

— Ce ne sont pas mes soldats qui ont fait le coup, affirma-t-il, d'entrée.

— Alors, qui ? Les Viêt-congs ?

— Sans doute.

— Apprenez, jeune foutriquet, que les Viêt-congs délivrent toujours un reçu pour les sommes qu'ils prélèvent au titre de l'impôt révolutionnaire. Ce qui n'est pas le cas de vos hommes. — Il frappa violemment du poing sur sa table et enchaîna : — Je n'ai pas souhaité la présence de l'armée dans mon domaine, et nous nous en passions parfaitement.

Mais vos chefs m'ont affirmé qu'elle était nécessaire pour assurer notre sécurité. Or, non seulement vos gars n'ont jamais effectué la moindre patrouille, mais ils roupillent pendant leurs gardes de nuit, ne niez pas, je l'ai vérifié moi-même ! Et voilà qu'en plus ils flanquent le bordel dans le secteur ! Ça, je ne le tolère pas. Voici ce que j'exige de vous. Il est onze heures et dix minutes. A midi, vous aurez démasqué les coupables et récupéré l'argent volé. Vous les amènerez ici...

— Je ne suis pas à vos ordres. Vous êtes un civil, et un civil étranger.

— Mais je suis chez moi. Vous avez intérêt à ne pas l'oublier.

— Et si je refuse ?

— Alors, vous endosserez la responsabilité de tout ce qui vous arrivera. A vos hommes et à vous-même.

— Ce qui signifie ?

— C'est ma botte secrète. Au poker, cela s'appelle payer pour voir.

— Je parie qu'il va se dégonfler, dit Fischer qui avait assisté à la scène.

— J'en suis moins sûr que vous. A mon avis il va jouer l'autruche et se cacher la tête dans le sable en attendant la suite.

— Qu'allons-nous faire ? Il va finir par s'apercevoir que vous avez bluffé !

— Moi ? Pas du tout. En vous attendant, j'ai passé un coup de téléphone à l'hôpital Cong Hoa. Matthieu m'a promis d'alerter la police militaire, appuyée par une section de rangers cambodgiens. Nos miliciens risquent de passer un sale quart d'heure s'ils persistent à faire les morts !

— Vous auriez dû le dire au sous-lieutenant, peut-être que cela lui aurait donné à réfléchir.

— Il ne m'aurait probablement pas cru. De plus,

je lui fournis une occasion de se prouver qu'il mérite ses galons.

Cinq minutes avant l'expiration du délai que lui avait fixé Henri, le sous-lieutenant réapparut, escorté de cinq de ses hommes, tenus en respect par le fusil de l'un des sous-officiers. Il déposa sur le bureau une liasse de billets.

— Voilà l'argent, jeta-t-il, sèchement. Et voilà les coupables.

— Parfait, répondit Henri. Je n'ai pas qualité pour les juger. Je voulais seulement les voir pour leur dire que si moi ou l'un de mes assistants les surprenons à nouveau en train de se livrer à ce genre de plaisanterie, nous tirons dans le tas. Sans sommations. Maintenant, reprenez-les et appliquez le règlement de votre armée. Bon vent !

Il était une heure de l'après-midi. Comme à l'ordinaire, Bao Tan sommeillait, écrasé de chaleur. Les ouvriers avaient regagné leurs maisons et, sous l'auvent, les camions chargés attendaient le déclin de la canicule pour prendre la route de Saïgon, livrer les fûts de latex centrifugé et traité.

Il n'y avait aucun bruit, hormis, guère loin, le caquètement énervant d'une poule grattant le sol à la recherche d'un hypothétique ver.

Allongé, en slip, sur son lit, les mains sous la nuque, Henri se remémorait la scène du matin. Il rédigeait en esprit la lettre qu'il allait envoyer à l'administration militaire pour exposer les motifs de son mécontentement.

« A la limite, songeait-il, je suggérerai d'en revenir aux errements anciens, au temps de la guerre des Français. La constitution d'une garde privée, qui aura, au moins, le mérite de ne pas coûter un centime au budget de l'Etat, et dont les hommes auront quelques raisons de se battre, ne serait-ce que pour sauvegarder leur gagne-pain. Mais, de grâce, qu'on me débarrasse de ces guignols dont les agissements ne peuvent que jeter les ouvriers dans les bras du Viêt-cong !

Il tourna la tête, regarda dormir sa femme, attendri par sa nudité et l'abandon que lui donnait le sommeil, bras étendus, paumes ouvertes en un geste d'offrande, la peau constellée de fines gouttelettes de sueur. Lui n'avait plus sommeil. L'envie le prit de la saisir dans ses bras, de la réveiller de caresses, d'étouffer, d'un baiser, ses tendres protestations. Il y renonça, ne voulant pas troubler cet instant privilégié où, ainsi, elle lui appartenait totalement.

Doucement, il écarta la moustiquaire, glissa ses pieds dans ses chaussures, enfila son short et sa chemisette, et, à pas de loup, il quitta la chambre, avec l'intention de se rendre dans son bureau, pour rédiger la lettre qu'il avait encore présente à l'esprit.

Par habitude, à mi-étape, il jeta un bref regard à travers l'œil-de-bœuf depuis lequel on découvrait une partie de l'esplanade et l'enclos de grillage qui en marquait la limite. Un détail insolite attira son attention. Deux silhouettes en noir étaient en train de cisailler les fils de fer.

« Les Viêts ! » se dit-il, le cœur battant.

Ils avaient parfaitement choisi leur heure pour mener l'attaque. Tout le monde dormait, l'effet de surprise jouerait à plein.

« Que faire ? » se demanda-t-il. « Impossible de donner l'alerte ! Si je me fais remarquer, ils vont m'abattre et ce sera sans profit pour personne. Avant tout, détourner leur attention, les empêcher de s'en prendre à la maison... »

Il ne lui restait qu'une seule solution. Gagner les hangars en longeant les haies de bougainvillées qui constituaient un cheminement naturel, sauter dans la cabine d'un camion et démarrer plein gaz, klaxon bloqué au paroxysme. C'était le seul moyen d'attirer l'attention des ouvriers, d'alerter les miliciens qui auraient, au moins, le temps de se mettre en défense et d'attirer hors de la plantation ceux des assaillants qui entreprendraient de se mettre à sa poursuite. Après, à la grâce de Dieu !

Fischer, Macroy et Courbois avaient des consignes pour agir en cas d'attaque. Elles avaient été définies et mises en pratique au cours d'exercices précédents.

Max Fischer était chargé de diriger la riposte des miliciens, Macroy de la protection du village, Courbois de celle de l'usine, et il devait en outre tenir le local radio à partir duquel il lancerait le signal de détresse auprès des compagnies stationnées autour de la base de Bien Hoa.

Il était encore dans le hall, et décrochait du râtelier un fusil d'assaut américain M16, quand il entendit un appel, susurré depuis le palier du premier étage. Catherine était là.

— Que se passe-t-il ?

— Pour l'amour de Dieu, Ba Trinh, répliqua-t-il, sur le même ton, ne quittez la maison sous aucun prétexte ! N'ouvrez pas les fenêtres, et si Tam se réveille, qu'elle ne fasse aucun bruit et qu'elle non plus ne sorte pas de sa chambre. Ce ne sera qu'une fausse alerte, rassurez-vous !

Il se glissa dehors, sauta au-dessus de la haie de façon à échapper aux regards des assaillants qu'il aperçut, brièvement, en train de se déployer entre les hangars et les bâtiments de l'ancienne usine. Puis, courbé, son fusil sous l'aisselle, il remonta en courant, atteignit le local technique à l'intérieur duquel les groupes électrogènes ronronnaient comme de gros animaux au repos. Là, il s'accorda quelques secondes de répit. Le plus délicat restait à accomplir, un bond de vingt mètres, à découvert, jusqu'aux camions qui somnolaient à l'abri de l'auvent, prêts au départ.

Par prudence, il avança la tête et jeta un coup d'œil en direction de l'enclos où il avait aperçu les deux premiers Viêt-congs. Et il comprit. Leur objectif n'était pas de s'emparer de Bao Tan, mais, seulement, d'investir le poste militaire, d'en anéantir la garnison et de prendre leurs armes et leurs matériels. « Le sous-lieutenant a beau être un crétin, se dit-il, je ne peux pas le laisser massacrer ainsi, comme un mouton promis à l'abattoir. »

Il prit une large inspiration, banda ses muscles et s'élança, toujours courbé, s'attendant à chaque instant à provoquer une réaction des gens d'en face. Mais sans doute avaient-ils d'autres préoccupations, aucun ne fit attention à lui. Il atteignit enfin l'abri du grand hangar, sauta en voltige sur le podium de chargement et aperçut Cum, son chef d'atelier, qui siestait paisiblement, allongé sur un lit Picot recouvert d'une moustiquaire. Il s'approcha, secoua le châssis de bois :

— Venez, souffla-t-il. Grimpez dans un camion et suivez-moi, en faisant le plus de boucan possible.

Sans poser de question, Cum s'éjecta de son lit et, pieds nus dans ses socques de bois, il se dirigea vers le deuxième Mack et se glissa derrière le volant. Henri l'avait précédé. Par la vitre ouverte, il leva le bras tandis qu'il enclenchait le démarreur.

Ensemble, moteurs en route, les deux camions décollèrent du quai de chargement et, l'un suivant l'autre, ils débouchèrent au grand jour sur l'esplanade, la première vitesse poussée au paroxysme, le klaxon enfoncé, résonnant à tous les échos.

Tandis que Cum fonçait droit sur la piste menant vers la sortie, Henri avait choisi de déboîter et de mener son mastodonte vers la coupure de la clôture devant laquelle s'étaient regroupés une dizaine de soldats qui y avaient installé une pièce de mortier. Il caressait l'espoir d'accrocher l'extrémité du grillage et de l'utiliser comme un grand filet, balayant tout sur son passage.

La charge des deux Mack, débouchant dans un vacarme d'enfer, avait surpris les assaillants, qui ne s'attendaient pas à une réaction d'une pareille ampleur, mais elle avait aussi réveillé les soldats du poste qui, frénétiquement, actionnaient leur sirène à main et commençaient à prendre position à leurs emplacements de combat, tiraillant au hasard, sans grande efficacité, avec cependant pour résultat d'ajouter à la confusion.

Brutalement tirés de leur sommeil, les ouvriers aussi commençaient à s'égailler un peu partout, poussant des cris aigus, auxquels s'ajoutaient les hurlements des femmes, les piailleries des enfants.

Fischer et Courbois couraient à travers l'esplanade. Le premier se dirigeait vers la porte arrière du poste, bien décidé à prendre le commandement de la garnison, tandis que le second pénétrait en trombe dans le local de la radio, refermant sur lui la porte blindée et lançant, sur les ondes, les signaux de détresse.

Côté Viêt-cong, les choses n'allaient pas très bien. Surpris en pleine préparation de l'attaque, leur dispositif pas encore établi, ils en étaient à se chercher, s'interpellant, s'invectivant, partagés entre le devoir qui leur commandait de poursuivre et la raison qui les incitait à renoncer.

Sur la piste principale, le camion de Cum avait disparu, avalé par la poussière. « Il ne s'arrêtera qu'à Bien Hoa », songea Henri, avec un sourire. Il avait réussi son pari, et, sans s'arrêter, il entraînait dans son sillage une trentaine de mètres de grillage auquel étaient accrochés quelques hommes en noir, ballottés comme des marionnettes aux fils emmêlés.

Il effectua un demi-tour spectaculaire et revint sur ses traces, avec, cette fois, pour objectif le petit groupe central constitué sans doute de l'état-major de l'attaque qui restait planté en plein soleil, figé de stupeur. Son pare-chocs les cueillit au passage, les envoyant bouler dans toutes les directions. Mais, dans cette manœuvre, le grillage avait dû se prendre dans le train arrière, car le Mack fit une embardée, roues arrière bloquées. Et le moteur cala.

Henri ne s'attarda pas à tenter de le remettre en route. Il saisit son fusil, ouvrit la portière et sauta à terre. Persuadé de se trouver en plein milieu des assaillants, il était décidé à faire front. Le dos collé à la grosse roue avant, il tenait son fusil à deux mains, la crosse calée contre la hanche, ainsi qu'il avait appris à le faire au cours des exercices de tir instinctif suivis au Centre d'entraînement de Montlouis. Il se savait en position de force tant qu'il ne bougerait pas. « S'ils me veulent, se dit-il, qu'ils viennent me chercher. »

Mais les guérilleros avaient abandonné toute intention belliqueuse. Sachant la partie perdue, ils ne songeaient plus qu'à s'enfuir et à regagner l'abri de la forêt. Par petits paquets, protégeant leur fuite de quelques rafales sporadiques, ils s'éloignaient en galopant et disparaissaient sous les frondaisons.

Tam avait brutalement été tirée de son sommeil par le hurlement des moteurs et les appels déchirants des avertisseurs. Son premier réflexe fut de tâter la place à côté d'elle, et le fait de n'y rencontrer que le vide lui procura un sentiment d'angoisse. Lui revinrent en mémoire les moments d'horreur et d'épouvante passés dans sa villa de Khanh Hoï, la terrible nuit du Têt trois ans plus tôt. « Ça recommence ! » songea-t-elle en réfrénant un cri de bête blessée qui montait du creux de son ventre et menaçait de faire exploser sa poitrine.

Elle fit pourtant un effort, s'approcha de la fenêtre

close, colla son œil à l'interstice de la persienne et aperçut, courant dans le plus grand désordre, une dizaine d'hommes en noir qui semblaient se désintéresser de la maison. Leur attention se portait plutôt de l'autre côté de l'esplanade, vers le poste militaire ; celui-ci venait enfin de réagir.

Cela la rassura un peu. Dominant la peur, elle prit le temps d'enfiler un *cai quan* noir et un *cai hao* de paysanne, sa tenue d'intérieur, attrapa le berceau d'osier de Bertrand que rien, décidément, n'arrivait à réveiller, et alla se réfugier dans la chambre de Catherine, à l'autre bout du couloir.

Elle déposa le berceau dans le coin le plus reculé et articula péniblement :

— Ba Trinh ! Ce cauchemar ne finira donc jamais ?

— Du calme, petite fille. Henri m'a promis que ce n'était qu'une fausse alerte. Tout va bientôt rentrer dans l'ordre. Ne bougez surtout pas d'ici.

— Il est en danger, Ba Trinh, j'en suis sûre ! Je ne veux pas le perdre...

— Vous ne le perdrez pas. Il sera là d'une minute à l'autre.

Tam hocha la tête, comme si elle voulait de toutes ses forces croire ce que lui disait Catherine. Elle alla à la fenêtre, inspecta le paysage. Elle repèra le camion arrêté, et Henri, toujours en garde contre la roue avant. Autour de lui gisaient quelques corps immobiles d'hommes en pyjama noir. Elle n'y tint plus, poussa le vantail et s'appuya au rebord, emplissant ses yeux du spectacle de son mari, droit et impassible, dans l'attitude du guerrier vainqueur. Jamais elle ne l'avait trouvé aussi beau.

Il l'aperçut à son tour et, de la main, lui adressa un petit signe de reconnaissance et d'encouragement.

Catherine était venue rejoindre Tam. Elle souriait.

Et son sourire se figea. De la haie où il avait cru

pouvoir se dissimuler, venait de surgir un Viêt-cong, qui portait un drôle de tuyau au bout duquel était fixée une espèce de torpille conique striée de cannelures. Des détails qu'elle avait enregistrés avec une précision photographique et qui devaient rester gravés dans sa mémoire.

L'homme avait entendu claquer le volet, rabattu contre la façade. Se croyant menacé, il leva la tête et braqua son arme en direction de la fenêtre. Catherine eut peur. Moins pour elle que pour Tam, qui ne s'était aperçue de rien.

D'un geste vif, avec une vigueur qu'elle ne se serait pas soupçonnée, Catherine écarta la jeune femme de son bras détendu, si violemment que celle-ci partit en arrière et s'en alla bouler à l'autre bout de la pièce. Puis, sans réfléchir, elle apostropha le soldat :

— *Di !* lui cria-t-elle. *Di vê !* (Va-t'en !), assortissant son injonction du même mouvement de la main qu'elle aurait eu pour chasser une guêpe importune.

Le Viêt appuya sur la détente de son arme, visant la fenêtre, mais la réaction de Catherine l'avait troublé et quand la roquette partit, elle ne toucha pas son but, explosant sur le bois du volet, écornant la maçonnerie de la façade.

Henri avait bondi. En trois enjambées, il franchit l'esplanade, arriva dans le jardin au moment où le Viêt s'apprêtait à s'enfuir. Tout en galopant, il l'ajusta et au jugé lui logea quatre balles dans la tête. Mais il ne s'interrompit pas, déboucha dans le hall et grimpa l'escalier, guidé par les hurlements de terreur de Bertrand que l'explosion avait brutalement réveillé.

Il pénétra dans la chambre, envahie de fumée, et la première chose qu'il aperçut fut Tam, agenouillée auprès de Catherine, étendue de tout son long sur le tapis, les vêtements et le visage souillés de poussière.

Il s'accroupit, se pencha et s'aperçut que sa grand-mère vivait encore. Les yeux grands ouverts, elle respirait faiblement, un étrange sourire accroché à ses lèvres. Le plus délicatement qu'il le put, il la souleva, s'étonnant de la trouver aussi légère, et la déposa sur son lit.

Catherine émit un « Bhooh », une sorte de soupir de soulagement et murmura :

— J'ai eu peur, sais-tu ? J'ai bien cru qu'il allait tirer !

Henri et Tam échangèrent un regard atterré. Elle ne s'était rendu compte de rien, et ne s'apercevait même pas que du sang commençait à couler de ses lèvres et de ses narines.

— C'est drôle, ajouta-t-elle, j'ai un énorme sac de sable sur la poitrine. Sois gentil, veux-tu ? enlève-le. Je respirerai mieux.

— Je ne peux pas me prononcer, déclara le médecin de la S.I.E.F. que Fischer était allé chercher. Je n'ose pas trop la palper, de peur d'aggraver les lésions probables. Tout ce que je peux dire est que votre grand-mère souffre d'un enfoncement de la cage thoracique, et je crains que le poumon droit ait subi d'importants dégâts. Mais il faudrait faire des radios pour confirmer ce diagnostic. Le plus urgent est de la transporter en milieu hospitalier, en lui évitant autant que possible les cahots de la route...

Henri approuva.

— Pourrais-je disposer de l'hélicoptère de chez vous ?

— Sans problèmes. Que Fischer contacte le pilote de ma part. Il sera là dans cinq minutes.

— Dites-moi, docteur ?

Henri hésitait à poser la question, redoutant la réponse. Le médecin le devina.

— Il est trop tôt pour dire si votre grand-mère a une chance de survivre. Pour ce que j'ai pu en juger, elle est solide et beaucoup de gens se portent à merveille avec un seul poumon. Les heures à venir seront déterminantes. Y a-t-il une hémorragie interne ? Quelle est son importance ? Autant d'inconnues que résoudront les examens et l'intervention chirurgicale qui suivra. Par miracle, elle semble ne pas souffrir, dans le cas contraire, je ne pourrais pas lui administrer de calmants : si elle s'endormait, elle risquerait de s'étouffer.

— L'hélico est là, annonça Fischer.

4

Averti par un télégramme laconique, Renaud de la Potteraye n'avait pas perdu de temps. Bouclant ses bagages, il avait roulé à tombeau ouvert jusqu'à Paris. Là, il avait embarqué à bord du Boeing d'Air Viêt-nam où, depuis Saïgon, Denis Lam Than lui avait fait réserver une place. Il atterrit à Tan Son Nhut dix-sept heures plus tard.

Son premier sentiment avait été la colère. « Rien de tout cela ne se serait produit si Catherine était rentrée, comme elle me l'avait promis », avait-il pensé. Mais, au fil des heures, l'inquiétude dominait. Il craignait d'arriver trop tard, et relisait sans cesse le message qu'il savait par cœur, et qui ne lui apportait aucune précision :

« Catherine hospitalisée. État sérieux. Présence souhaitée. »

Sa valise à la main, les formalités de douane et de police expédiées, Renaud chercha des yeux un visage de connaissance parmi la foule de ceux qui étaient venus chercher les arrivants. En vain. Il s'affola. « Je ne sais même pas où se trouve Catherine », songea-t-il avec désespoir.

Un homme vint à lui, qu'il mit plusieurs secondes à identifier.

— Je suis Patrick O'Donovan. Vous souvenez-vous de moi ?

— En effet, se rappela Renaud. C'est vous qui m'avez aidé quand j'ai été blessé devant le palais voici dix ans à peu près. Comment va Catherine ?

— État stationnaire.

— Soyez plus précis. Que lui est-il arrivé ?

Patrick lui répéta le récit que lui avait fait Henri de l'attaque de Bao Tan, et du réflexe de Catherine pour mettre Tam à l'abri, n'hésitant pas à s'exposer à sa place. Il conclut :

— Elle a été opérée aussitôt, le chirurgien pense qu'elle a eu beaucoup de chance. A quelques centimètres près, le cœur était touché... Mais...

— Mais ?

— Elle n'a toujours pas repris connaissance.

Renaud ne répondit pas. Il était effondré. Toute sa vie s'écroulait. Il se reprochait de n'avoir pas été là, auprès de sa femme qu'il aurait pu protéger. « J'ai été un égoïste. J'ai préféré le confort de La Nouaille au lieu de venir à Saïgon... »

— Nous nous relayons sans cesse à son chevet, Sylvie, Henri, Tam et moi, reprit Patrick. Et nous restons tous en contact téléphonique.

— Je prendrai votre relève. C'est désormais à moi de veiller.

Il y avait une certaine animosité dans cette phrase, que Patrick ne manqua pas de remarquer. Mais il s'abstint de la commenter, se contentant d'un signe de tête d'en prendre acte.

— Je m'étais toujours demandé ce qui vous avait poussé à vous intéresser autant à Henri, reprit Renaud. Je crois avoir trouvé la réponse. — Il se tourna vers son voisin. — C'est à cause de Catherine, n'est-ce pas ?

Sans quitter la route des yeux, les mains sur le volant, Patrick répliqua, le plus doucement possible :

— Le moment est mal choisi pour parler de cela, ne croyez-vous pas ?

Mais Renaud était à bout de fatigue, d'inquiétude, de chagrin. L'angoisse lui tordait le ventre, et, dans sa tête, tourbillonnait un flot de pensées incohérentes, déraisonnables, qu'il ne contrôlait plus.

— J'y vois clair maintenant, lança-t-il avec une véhémence à la mesure de son désespoir. Catherine n'a pas voulu quitter Saïgon pour rester avec vous !

Patrick commençait à perdre patience. « Il est fou ! » se dit-il. Mais il s'obligea au calme.

— Allons, dit-il, conciliant. Je suis marié, monsieur de la Potteraye. J'ai une femme, je l'aime, je ne l'ai jamais trompée, si c'est cela que vous voulez savoir.

— Répondez ! supplia Renaud, au bord des larmes.

Patrick comprit qu'il devait réagir pour obliger son passager à reprendre ses esprits. Il le fit, avec violence, frappant son volant du plat de la main.

— Écoutez-moi, et enfoncez-vous bien ça dans la tête. Catherine va peut-être mourir. C'est lui faire injure que de la soupçonner ainsi ! Si vous l'aimez, montrez-vous digne de son courage.

Renaud enfouit sa tête dans ses mains et éclata en sanglots.

Catherine reprenait conscience. Une douleur lancinante lui vrillait le bras, comme si quelqu'un cherchait à y enfoncer un clou. Elle tenta d'échapper, mais se rendit compte qu'elle était étroitement sanglée dans son lit.

— Ne bougez pas, Ba Trinh, chuchota, contre son oreille, la voix d'Henri.

Elle ouvrit les yeux et, malgré la pénombre, elle reconnut les visages penchés sur elle. Henri, Tam, Sylvie, Renaud. Elle voulut leur sourire, mais ce sourire ne leur enleva pas l'expression de sollicitude angoissée qui marquait leurs traits.

— Bonjour, Renaud, dit-elle. Je vous avais promis de rentrer bientôt à La Nouaille. Voyez, j'ai tenu parole.

Mais, en même temps qu'elle parlait, elle ne reconnaissait pas le son de sa voix. Et c'est alors qu'elle se rendit compte qu'un masque de plastique était plaqué contre sa bouche, et que des tubes étaient suspendus au-dessus de sa tête. L'un d'eux était enfoncé dans sa narine, l'autre courait sur le drap et allait se perdre sous un pansement adhésif collé sur son avant-bras.

Elle se désespéra. « Comment faire comprendre à Renaud que je suis heureuse d'être arrivée ? » se demanda-t-elle.

— Ne dites rien, mon cœur, murmura-t-il. Vous ne devez pas vous fatiguer inutilement.

« Pourquoi sont-ils tous là ? Serais-je tellement malade ? Je ne me souviens de rien... »

Elle s'agita, elle voulait comprendre. Dans le mouvement qu'elle fit, le masque glissa et elle put enfin se faire entendre.

— Que m'est-il arrivé ? Où suis-je ?

— Vous avez eu un accident, expliqua Renaud. Mais on vous a opérée. Maintenant, tout va bien. Dans quelques jours, vous serez guérie. A présent, soyez raisonnable, laissez-moi vous replacer le masque à oxygène. Cela facilitera la cicatrisation.

— Je n'en veux pas. Répondez-moi. Où suis-je ?

— A Saïgon, dans la clinique américaine de Tan Dinh.

Elle ferma les yeux, se concentrant pour activer sa mémoire. Et, bientôt, elle se rappela. L'attaque de Bao Tan, la charge folle des camions. Tam devant la fenêtre et le petit homme en noir avec son espèce de ridicule tuyau de poêle. Et la terrifiante déflagration de la torpille explosant contre le volet de bois.

Elle sentit, contre son flanc, le souffle gigantesque qui l'avait emportée, en même temps qu'une pensée lui traversait l'esprit : « C'est fini. Je vais mourir... »

Malgré elle, elle répéta cette dernière phrase à mi-voix.

— Je vais mourir...

— Mais non, protesta Renaud, la voix nouée. Vous allez guérir, au contraire !

Catherine ouvrit grand les yeux, chercha son regard et riposta, d'un ton sans réplique :

— Je sais ce que je dis ! — Puis, plus doucement, comme apaisée : — Et c'est très bien ainsi.

Des larmes perlaient à ses paupières, coulèrent sur ses joues.

— Henri ? appela-t-elle d'une toute petite voix suppliante. Ramène-moi à Bao Tan. Ici, je ne suis pas chez moi, c'est triste, c'est froid...

— Impossible, Ba Trinh. Si vous voulez vous rétablir...

— Je suis dans la main de Dieu. — Elle ajouta : — Soyez gentils, sortez tous et demandez au médecin chef de venir me voir.

Quand il réapparut, vingt minutes plus tard, refermant derrière lui la porte de la chambre de Catherine, le médecin chef avait le visage grave, empreint d'émotion.

— Je n'ai jamais rencontré chez une femme une telle lucidité, dit-il, impressionné. Je ne peux pas m'opposer à son retour dans sa maison.

— N'est-ce pas lui faire courir un trop grand danger ? demanda Renaud.

— Puis-je vous parler franchement ?

— Bien sûr.

— Votre femme n'est plus très jeune, elle est aussi trop atteinte pour survivre encore plus de quelques semaines et au prix de quelles souffrances ! Elle me l'a demandé, je ne lui ai rien caché. Tout ce que nous aurions pu faire pour elle aurait été d'adoucir ses derniers instants. Aussi je ne me sens pas le droit de lui refuser cet apaisement qu'elle réclame, rentrer chez elle. Avec votre permission, je vais commander un hélicoptère sanitaire et une équipe d'infirmiers pour aider à la transporter. Après, ce sera à vous de veiller sur elle. Ayez du courage et de la patience. Et, si elle souffre trop, voici quelques médicaments qui la soulageront.

Catherine lutta encore cinq jours et cinq nuits. Le corps torturé, elle refusa pourtant le secours des médicaments qui auraient pu l'apaiser.

— La souffrance fait partie de la vie, dit-elle à Renaud. Ne me volez pas cette douleur, elle m'appartient.

Vers midi, le sixième jour, elle appela à son chevet tous les membres de sa famille, Denis et Sylvie, Matthieu, sa femme May Linh et ses deux enfants, Francis Junior et Sylvie-Souën, Renaud, Henri, Tam et Bertrand.

— Je vous bénis tous pour les joies que vous m'avez données. Je veux être enterrée ici, à côté de Francis et de Madeleine. Ensemble, quoi qu'il puisse arriver, nous resterons pour témoigner à jamais de la présence des Mareuil en terre d'Asie.

Renaud s'était absenté quelques instants. Après avoir longtemps hésité, il s'était résolu à téléphoner à Patrick. Depuis une semaine en effet, ce dernier, par pudeur et par discrétion, s'était abstenu de se montrer à la clinique et à Bao Tan. Simplement, tous les soirs, il prenait des nouvelles auprès de Henri.

— Patrick, dit Renaud, je crois que Catherine serait heureuse de vous revoir une dernière fois. L'autre jour, je me suis montré odieux et stupide.

Venez, je vous en prie. J'aurais trop de remords d'avoir refusé à Catherine votre ultime adieu.

— J'arrive.

Lorsqu'il arrêta sa Lincoln devant le perron, Patrick constata que tous les ouvriers, sans exception, s'étaient rassemblés sur l'esplanade. Ils attendaient, en silence, le visage grave, la tête baissée. Les femmes avaient recouvert leurs cheveux d'un foulard blanc, signe de deuil.

Renaud l'attendait. Ensemble, les deux hommes montèrent à l'étage et pénétrèrent dans la chambre de Catherine. Chacun d'eux lui prit une main. Elle ouvrit les yeux, les dévisagea à tour de rôle et sourit :

— Adieu, mes beaux chevaliers, murmura-t-elle. Fidèles parmi les fidèles...

Il était six heures du soir. Elle rendit l'âme exactement au moment où, sur le mur d'en face, s'éteignait le dernier rayon d'un soleil rouge.

L'enterrement eut lieu le surlendemain, dans la clairière que les ouvriers avaient soigneusement nettoyée et décorée de fleurs.

Personne ne remarqua la présence, à l'orée de la forêt, de trois guérilleros en noir, qui présentaient les armes.

TROISIÈME PARTIE

Chapitre 11

1975

1

Phnom Penh, 17 avril 1975

C'était la fin. Deux jours plus tôt, François Démery avait réussi à faire embarquer Diane et ses deux enfants, Cyril, sept ans, et Kim-Anne, trois ans, dans l'un des derniers avions militaires à destination de Bangkok. Cela n'avait pas été sans problèmes. Alors que les premiers obus de mortiers des Khmers rouges explosaient à proximité de la piste de Pochentong, l'aérodrome de Phnom Penh, une foule de réfugiés de toutes conditions avaient tenté d'investir l'appareil et François avait été obligé de faire donner les parachutistes de son escorte pour permettre aux siens de prendre place dans l'appareil, en limite de charge.

— Viens avec nous ! avait supplié Diane, ta présence ne sert plus à rien.

— Je ne peux pas laisser mes compagnons de combat. Bien sûr, Lon Nol s'est enfui, mais son frère, Lon Non, mon ami le général Sak Sutsakhan et surtout le prince Sirik Matak, le cousin de Sihanouk, ont décidé de rester jusqu'au dernier moment, pour essayer de négocier la reddition de la capitale afin d'éviter une effusion de sang. Aie confiance. Je te rejoindrai bientôt, à moins que tu ne puisses toi-même revenir quand tout sera calmé.

Il avait regagné son bureau, au palais du gouvernement, et commencé à brûler ses archives. La veille au soir, 16 avril, une ultime réunion avait rassemblé les dirigeants du pays.

— Nos émissaires ont été massacrés, avait dit Sirik Matak. Les Khmers rouges ne veulent pas entendre parler de négociations. Ils veulent une reddition sans conditions. Je vais donc les attendre ici. Ils feront leur entrée dans Phnom Penh à l'aube.

— Personne ne défendra la capitale ? demanda François.

— Avec quelles troupes ? répondit le général Sak Sutsakhan. Il n'y a plus d'armée. Les soldats qui n'ont pas déserté se sont mis en civil et essaient de se fondre dans l'anonymat de la foule. Nous sommes seuls.

— Colonel Démery, avait alors repris Sirik Matak, si les Khmers rouges vous capturent, vous serez traité en mercenaire et passé par les armes. Je vous donne l'ordre de vous sauver. Mettez-vous en civil, je vais vous faire escorter jusqu'à l'ambassade de France. Vous y serez protégé par l'exterritorialité de la Résidence. Bonne chance. Et merci pour tout ce que vous avez fait pour notre malheureux pays.

Ce matin, il était là, dans le grand hall de l'ambassade, qui ressemblait à une véritable cour des miracles. Aux civils français s'ajoutait une foule de Cambodgiens qui avaient réussi à escalader les grilles ou à forcer le cordon de policiers qui défendaient les abords des bâtiments.

Dans la cour, quelques camions étaient garés, arborant chacun un immense drapeau tricolore. Tout à l'heure, un attaché de cabinet avait expliqué :

— Nous allons tenter d'obtenir des autorités révolutionnaires un sauf-conduit pour le convoi routier qui emmènera vers la Thaïlande ceux de nos ressortissants en possession d'un passeport français.

– Et les autres ? demanda François. Tous ces pauvres gens qui ont cherché refuge ici ?

– Désolé, nous n'aurions pas suffisamment de places dans les camions. De plus, un contrôle sévère sera effectué par les autorités nouvelles. Tout incident risquerait de remettre les accords en question.

– Savez-vous que, de la sorte, vous les condamnez tous à mort ?

– N'exagérons rien. Les Khmers rouges ne sont pas des S.S. ! Ces gens-là risquent tout au plus quelques mois de séjour dans un camp de rééducation. Ils n'en mourront pas !

François n'avait pas insisté. Le cœur serré, il regardait tous ces malheureux qui n'avaient pas encore compris qu'ils allaient, bientôt, être rejetés à la rue, livrés sans défense aux représailles des révolutionnaires dont il savait le peu de cas qu'ils faisaient de la vie des gens.

Il enjamba quelques corps, s'approcha de la fenêtre protégée de barreaux. De la ville, lui parvenaient les échos d'une rumeur confuse. Les Khmers rouges faisaient leur entrée dans la capitale.

Devant les grilles, la foule grossissait de minute en minute. Des hommes tentaient l'escalade, tirés en arrière par ceux qui voulaient prendre leur place. Des femmes tendaient leurs bébés, certains n'hésitaient pas à les lancer par-dessus. Ils s'écrasaient dans les massifs de buis ou d'hibiscus en poussant des hurlements de terreur ou de souffrance.

La rumeur s'enfla, devint clameur, entrecoupée du crépitement de ce qui semblait être des applaudissements et qui s'avéra bientôt être des rafales.

Alors, d'un seul coup, le silence se fit. Un silence de glace.

Et les premiers soldats apparurent. Coiffés d'une casquette chinoise timbrée de l'étoile rouge, une toile de tente en travers du torse, la Kalachnikov à la main, un foulard rouge noué autour du cou, c'étaient, pour la plupart, de jeunes garçons, quinze ans, seize peut-être, quelquefois moins. Le visage impassible, ils avançaient comme des automates ou des somnambules. Sur leur passage, la foule s'écartait avec une sorte de frayeur superstitieuse, comme s'il s'agissait d'êtres venus d'une planète inconnue.

Brusquement, et sans raison apparente, l'un des soldats se tourna, agrippa le civil qui se trouvait près de lui et qui, peut-être, ne s'était pas effacé avec suffisamment de promptitude. Sans que son visage ne trahisse le moindre sentiment, haine ou colère, il le fit agenouiller et, posément, lui tira une balle derrière l'oreille. Cela fait, il regagna sa place dans la colonne.

Ils avaient pris position le long des grilles de l'ambassade, faisant face à la foule qui, d'instinct, recula de plusieurs mètres.

Un officier, seulement reconnaissable au porte-documents de cuir qui lui battait le flanc, se campa devant l'entrée principale et, dans un français chantant, interpella l'attaché de cabinet qui venait d'apparaître sur le perron.

— Faire sortir premier camion. Arrêter dehors. Ensuite civils français venir un par un. Montrer passeports. Après, monter dans camion. Faire pareil avec deuxième camion.

Ainsi fut fait. Quelques Cambodgiens tentèrent l'aventure de se glisser parmi les partants. Mais ils furent refoulés sans pitié, et aussitôt emmenés hors de vue. Des coups de feu crépitèrent.

A son tour, son passeport à la main, François se présenta au contrôle, le cœur serré, redoutant d'être reconnu par l'un de ses anciens soldats, passé dans les rangs communistes. A son grand soulagement, l'officier lui restitua le document sans émettre le moindre commentaire.

Il venait à peine d'escalader le hayon et prenait place, debout, au milieu de ses compagnons que, de la foule, jaillirent des vociférations :

— Ne laissez pas s'enfuir cet homme ! C'est un traître au peuple khmer ! Un mercenaire au service du régime fasciste de Lon Nol !

François sentit la peur lui nouer le ventre et la sueur inonder son corps. « Ça y est, songea-t-il. Je suis fichu... »

Il porta ses regards dans la direction d'où provenaient ces cris et aperçut, casquette chinoise sur la tête, foulard rouge autour du cou, dans son immuable costume froissé, Georges Roubaz entouré de quelques autres journalistes européens, qui le désignait du doigt à l'attention d'un soldat, le secouant frénétiquement, essayant de s'en faire comprendre.

Mais le Khmer rouge ne savait pas le français. Il répliqua quelque chose dans sa langue, se dégagea et, comme Roubaz insistait encore, il lui lâcha une bordée d'injures et, d'un coup de crosse porté de bas en haut, il lui fendit la pommette en hurlant :

— *Comoat !* (Ta gueule !)

N'auraient été les circonstances, et la peur qui le tenait encore au ventre, François aurait éclaté de rire, en songeant que, parfois, il existait une justice immanente.

Le soir même, avec quelque cent cinquante autres compatriotes, François franchit la frontière thaïlandaise.

Il regarda par-dessus son épaule et, pour lui tout seul, il dit un adieu fervent à ce pays fait pour l'amour, le calme et la beauté et qui allait bientôt s'anéantir dans un bain de sang.

2

Bao Tan, 18 avril 1975

Inexorablement, le rouleau compresseur des forces nord-vietnamiennes progressait, écrasant devant lui les unités gouvernementales qui s'efforçaient de faire front, sans grand espoir d'endiguer la formidable machine de guerre déferlant de partout, le long de la bande côtière, et aux débouchés de la piste Ho Chi Minh.

Le 16 mars 1975, Pleiku, le chef-lieu des Hauts Plateaux montagnards, avait été conquise, isolant toute la partie septentrionale du pays. Hué, l'ancienne capitale impériale, était tombée cinq jours plus tard, le 21 mars, et, depuis, chaque jour amenait l'annonce d'un échec nouveau.

Les routes étaient de véritables fleuves humains, drainant toute une population terrorisée fuyant la marée communiste, et gênant considérablement l'acheminement des renforts venus de Saïgon en direction du front.

Le pays entrait en agonie.

A Bao Tan, Maxime Fischer ne décolérait pas.

— Que foutent les Américains ? Ce serait pourtant le moment de réagir, de faire donner leur aviation et d'écraser ces punaises qui osent se montrer à découvert ! Ils se sont débinés en 1972 comme des voleurs après la signature des soi-disant accords de Paris, en nous laissant tomber. Et maintenant, devant cette violation flagrante du traité de paix par les communistes, que font-ils ? Rien !

« Je n'aimais pas Nixon, que je trouvais trop mou, mais, à côté de cette lavette de Ford, c'était un lion. Lui, au moins, aurait sûrement tenté quelque chose !

— Regrets tardifs, mon vieux Max, répondit Henri. La gauche américaine a eu la peau de

Richard Nixon en prenant prétexte de cette sordide affaire du Watergate.

— J'ai toujours pensé que ces journalistes et ces intellectuels de Harvard travaillaient en secret pour Moscou ! Rappelez-vous en 1945, ce sont eux qui ont persuadé Roosevelt de mettre Ho Chi Minh en selle. Ce sont eux qui se sont opposés au retour des Français en Indochine. Encore eux qui ont torpillé l'aide militaire au moment de Diên Biên Phu.

« Ils savaient que les Nordistes allaient envahir le Sud. Pour faciliter leur action, ils ont choisi de liquider Nixon, qui ne serait pas resté les bras croisés ! Gerald Ford est un ectoplasme, je l'ai vu à la télévision, il ne peut pas faire trois pas sans se prendre les pieds dans les tapis ! On dit même qu'il est incapable de faire deux choses en même temps, marcher et mâcher du chewing-gum ! Quelle pitié !

Macroy mit fin à cette diatribe en posant une simple question :

— Et nous ?

Henri avait longuement réfléchi. Depuis trois semaines maintenant, la production de Bao Tan était complètement arrêtée. Un moment, il avait envisagé d'évacuer complètement la plantation et de regagner Saïgon avec sa famille, ses assistants européens et quelques cadres vietnamiens qui le souhaiteraient, en attendant que la situation se clarifie.

« Quel que soit le régime qui s'installera ici, avait-il pensé, mon premier souci sera de remettre en marche l'activité agricole et industrielle. Bao Tan pourra continuer. »

Mais l'idée même de laisser, ne serait-ce que pour quelques semaines, quelques mois au plus, son domaine à l'abandon lui était apparue comme la tentation d'une lâcheté. Je suis parti une fois, il n'est pas question que j'abandonne à nouveau. Ni mon grand-père, ni Catherine ne me le pardonneraient.

Les Mareuil doivent demeurer ici. C'est leur fief, leur royaume. »

Ce soir, il avait convoqué dans son bureau ceux qui, depuis si longtemps, avaient travaillé, transpiré, souffert et espéré à ses côtés. Ils étaient là, Maxime Fischer, le visage encore brillant de la colère qui l'avait saisi, Stéphane Macroy et son air de sphinx indéchiffrable et, enfin, Michel Courbois, homme d'expérience et de bon sens dont l'avis serait précieux.

— Je voudrais vous dire merci, commença Henri, la voix tendue. Merci pour tout ce que vous avez accompli jusqu'ici. Merci surtout d'être restés auprès de moi jusqu'au bout.

— C'était normal, patron, dit Maxime Fischer. Bao Tan est la maison que je n'ai jamais eue.

— Maintenant, je crois le moment venu de vous rendre votre liberté. J'ai appris cet après-midi que nos voisins de la S.I.E.F. ont commencé à évacuer les cadres européens et le matériel sensible. Ils ont seulement tiré au sort pour désigner celui d'entre eux qui restera sur place pour garder la boutique. Pour ce qui concerne Bao Tan, il n'y aura pas de tirage au sort. Je reste.

« J'ai seulement un dernier service à vous demander. Si jamais la plantation devait reprendre son activité, il est indispensable qu'elle puisse le faire avec tous ses matériels intacts. Or il est à craindre qu'elle ne souffre des combats qui pourraient s'y dérouler. Aussi, nous allons démonter les machines les plus fragiles, les centrifugeuses, les appareils de conditionnement et de filtrage ainsi que les groupes électrogènes et les appareils de radio. Nous les chargerons sur les camions et, sous la conduite de l'un de vous, ce convoi partira pour Saïgon afin d'aller se mettre à l'abri dans un entrepôt que notre ami Patrick O'Donovan a mis à notre disposition.

« Max, j'ai pensé que vous pourriez vous charger de cette mission. Êtes-vous d'accord ?

— Sincèrement, patron, j'aurais préféré garder ma place auprès de vous. Si nous devons nous battre...

— Je n'ai nullement l'intention de faire Fort Chabrol. N'oubliez pas la devise des Mareuil : si le latex nous appartient, les hévéas appartiennent au Viêtnam. A plus forte raison la terre...

— O.K., patron. Mais je reviendrai dès que possible.

— Nous verrons. Autre chose, à votre convoi seront incorporés tous les véhicules légers, les deux Land Rover et la Buick de ma femme. Y prendront place les familles, la mienne bien entendu, la compagne de Michel Courbois, la femme et le bébé de Stéphane Macroy. Pas d'objection ?

— S'il reste un peu de place, dit Macroy, je vous demanderais d'y inclure mes beaux-parents. Ils ont tout à redouter des communistes.

— Sans problème. Vous pouvez également vous joindre à eux.

— Pas question ! Quand les « Charlies » se pointeront, vous aurez besoin de quelqu'un pour négocier avec eux.

— Je serai là pour ça.

Macroy secoua la tête.

— Ils refuseront. Par principe parce que vous êtes le maître de Bao Tan. Un symbole. Tandis que moi, je possède un gros avantage sur vous, je les connais. — Il sourit, hésita avant de poursuivre : — Je leur ai rendu quelques petits services.

— Comment ? tonna Fischer, tu as osé faire ça ?

— Naturellement. — Il avança les mains. — Laisse-moi expliquer ! Quand les Américains ont mis en pratique les clauses des accords de Paris, portant notamment sur une aide financière pour la reconstruction du Nord-Viêt-nam, ils ont payé une bonne partie des sommes en argent liquide. De beaux et de bons dollars. Mais des dollars neufs. Et ces dollars sont arrivés jusqu'ici, encore enveloppés dans leurs sachets de plastique. Ils étaient difficilement négociables : la Sûreté gouvernementale n'a pas été longue à réagir. La possession d'un billet de banque tout neuf signifiait immanquablement que son propriétaire avait partie liée avec les communistes. Alors, les Viêt-congs se sont adressés à moi.

« J'ai monté une combine avec les Chinois de Cholon — qui, entre parenthèses, sont tous devenus maoïstes ! — et j'ai changé les dollars neufs contre des dollars usagés ou des piastres.

— En prélevant ton pourcentage au passage ? ironisa Fischer.

— Pour qui me prends-tu ? Je ne les ai jamais escroqués d'un *cent*. D'abord parce qu'ils s'en seraient aperçus, ensuite parce que je ne voulais pas toucher à ce fric.

— Vous auriez dû m'en parler, dit Henri d'un ton d'amical reproche.

— Je ne l'ai pas fait pour la simple raison que vous me l'auriez interdit. Et comme il y avait longtemps que j'avais compris que la partie était perdue, je tenais à prendre un gage sur l'avenir. Voilà.

— Et vous, Michel ?

— Je reste aussi. Je suis curieux de nature, monsieur Mareuil. Si le bateau doit couler, j'aimerais être à vos côtés sur la passerelle. Juste pour savoir si j'aurai peur.

3

26 avril 1975

Et l'attente, comme une muraille de silence...

Xuan Loc était tombé la veille. C'était, à vingt kilomètres au nord, la dernière localité avant Bien

Hoa. Dans la nuit, un bataillon d'infanterie sudiste était arrivé à Bao Tan, où il avait pris ses dispositions de combat dans l'ancien poste militaire, déserté depuis une semaine. Son chef, un jeune capitaine, avait paru surpris de trouver encore des habitants, européens de surcroît.

— Vous êtes fous ! leur dit-il. Les unités d'assaut communistes sont constituées de jeunes soldats, tout juste arrivés du Nord, qui ne verront pas la différence entre des civils et des militaires, des Français ou des Américains. A leurs yeux, vous serez des *My*, des Yankees. C'est-à-dire des ennemis. Ils ne feront pas de quartier.

— Nous en prenons le risque, répondit Henri. De toute façon, il est trop tard. Nous n'allons pas nous lancer sur les routes sans savoir où aller.

Au petit matin, le bataillon avait décampé, en pillant au passage le dépôt de riz du village.

Depuis l'aube, ils guettaient.

La veille, Henri avait convoqué M. Cum, le chef d'atelier, auquel il avait clairement dicté la conduite à suivre :

— Dites aux ouvriers de rester chez eux et de ne plus chercher à avoir de contact avec nous. Qu'ils ne fassent pas de zèle, qu'ils pensent d'abord à leur sécurité. Quand les Viêt-congs arriveront, qu'ils obéissent scrupuleusement à leurs ordres, même si ces ordres leur déplaisent. A bientôt, j'espère.

Cum avait approuvé. Puis, montrant une émotion qui n'était pas dans ses habitudes, il s'était penché, avait saisi les deux mains d'Henri qu'il avait portées à ses lèvres.

— Prenez soin de vous, patron. Je suis certain que nous pourrons encore travailler ensemble.

Ce n'était qu'un vœu pieux, mais Henri affecta de le croire.

— J'en suis certain moi aussi, Cum.

Toutes les dispositions étaient prises. Installés tous les trois, Macroy, Courbois et Henri, à l'intérieur du bungalow sur le toit duquel flottait un grand drapeau français, fenêtres closes, ils avaient enterré toutes les armes de guerre de façon à se présenter les mains vides, non comme des combattants ou des ennemis, mais comme des hommes de paix.

— Ça ne coûte rien d'essayer, observa Courbois.

— Je suis embêté, ajouta Macroy : mes Viêt-congs ont eux aussi disparu du paysage. J'ai essayé de les contacter. En vain. Ils ont été escamotés. A croire qu'ils ont peur des Nordistes eux aussi.

Le silence était total. Comme si la bataille, qui faisait rage la veille encore vers le nord, Xuan Loc et les grandes plantations de Suzannah, et vers le sud-est, en direction de Long Than et de la route de Vung-Tau, l'ancienne station balnéaire du cap Saint-Jacques, avait épuisé toute sa violence et cherchait un second souffle.

A tour de rôle, chacun d'eux allait prendre la vigie sur la terrasse, et, jumelles aux yeux, surveillait les pistes par lesquelles, d'une minute à l'autre, surgirait l'ennemi.

— C'est le désert des Tartares, remarqua Courbois.

— Je commence à comprendre l'état d'esprit du lieutenant Drogo, fit Henri, en regardant sa montre pour la dixième fois en une heure.

— Patron, appela Macroy, depuis son poste, j'entends un bruit de moteur.

— Des camions ?

— Non. Une pétrolette ! Et elle arrive par l'allée principale. Je me demande quel est le dingue qui choisit un jour comme celui-ci pour venir nous rendre visite ! C'est venir se jeter dans la gueule du loup.

La moto déboucha sur l'esplanade, effectua un large virage et vint stopper devant le perron. Henri ouvrit la porte et poussa une exclamation de stupeur.

— Patrick ? Que diable êtes-vous venu faire à Bao Tan ? Nous allons être attaqués d'une minute à l'autre !

Patrick descendit, retira son casque et s'avança à sa rencontre en se massant les reins.

— Quelle aventure ! grogna-t-il avec une grimace. Cela fait plus de dix heures que je n'ai pas quitté ma selle ! Un vrai calvaire !

Henri l'aida à gravir les dernières marches et le guida jusqu'au salon où Patrick se laissa tomber dans un fauteuil en disant :

— J'apprécierais un whisky, avec des glaçons et juste un filet de soda. Je crève de soif.

— O.K. pour le whisky, O.K. pour le soda. Mais vous vous passerez de glaçons : le frigo à pétrole est en panne depuis deux jours. — Puis : — Maintenant, expliquez-moi. Quelle idée saugrenue vous est passée par la tête ? A Saïgon, vous étiez en sécurité. Et nos femmes ? Pourquoi les avoir laissées toutes seules ?

— Hé, là ! Doucement. Chaque chose en son temps. Parlons d'abord des femmes. N'ayez aucune crainte pour elles. Le consulat de France a pu les faire évacuer, par avion, sur Manille. Liên a pris les choses en main. Vous la connaissez, rien ne lui résiste. En principe, dans quelques jours, tout ce petit monde sera en France.

« Croyez que cela n'a pas été sans mal. Mais, au moins, de ce côté-là, vous pouvez avoir l'esprit libre.

— Et Saïgon ?

— Saïgon vit des heures de folie. Des guêpes tournant dans un bocal. Les maisons se vident sur les trottoirs, tout y est à vendre pour un billet d'avion, un visa sur un passeport, une pièce d'or. Malheureusement, il n'y a pas de clients. Les soldats débandés cherchent à se planquer, les pillards s'en donnent à cœur joie, les règlements de comptes politiques se passent au grand jour. A propos, le président Thieu a disparu et c'est le « Gros » Minh qui assure les fonctions de chef de l'État. De quel État, on se le demande. Tout part à vau-l'eau.

— Mais vous, Patrick ? Vous étiez en sécurité chez vous ! Personne ne songeait à vous nuire. Quel besoin...

Patrick but une gorgée, émit un bref commentaire : « c'est de la pisse d'âne » et reprit :

— On voit que vous ne vous faites pas une idée juste de la situation. Habiter une maison qui jouxte l'ambassade américaine, défendue comme Fort Knox, n'est ni une sinécure, ni une garantie de sécurité. J'ai été envahi d'une horde de civils et de militaires affolés qui avaient découvert ce moyen de pénétrer dans le sacro-saint territoire inviolable ! Ensuite, à chaque minute, un hélicoptère lourd atterrit et décolle du toit de l'ambassade, parmi les cris, les appels, les coups de semonce des marines qui tentent de mettre de l'ordre dans ce foutoir !

« Et j'ai pensé que, si les communistes attaquent Saïgon — ce n'est plus qu'une question d'heures — , à qui s'en prendront-ils d'abord ? Au palais du gouvernement, bien sûr, mais aussi à l'ambassade U.S., symbole de l'impérialisme abhorré. Et je n'avais pas envie d'être sur la trajectoire !

« A Bao Tan au moins, si on reçoit un projectile, on saura qu'il ne s'agit pas d'un hasard malencontreux !

Henri sourit :

— Vous me racontez des histoires, mais cela ne fait rien. Je suis sacrément heureux de vous voir. Sincèrement, pourquoi être venu ?

— Mon cher Henri, répondit Patrick d'un ton grave, je peux vous le dire, je suis venu pour veiller sur vous, comme j'avais promis à votre grand-mère de le faire. — Il baissa la voix et, comme pour lui-même : — Je suis venu pour elle aussi. Vous ne le savez peut-être pas, mais elle fut mon premier grand amour. Tout ce que j'ai accompli par la suite, ce fut en grande partie pour être digne de l'idée que j'avais d'elle. Elle était merveilleuse.

— Voilà nos libérateurs ! clama, du haut du toit, la voix gouailleuse de Macroy.

Les trois hommes se levèrent et se dirigèrent vers la porte d'entrée.

— L'instant de vérité, souffla Courbois, pâle comme un mort.

Vide la seconde d'avant, l'esplanade se couvrit en quelques minutes d'une nuée de soldats en vert, qui essaimèrent dans toutes les directions, à la recherche d'un éventuel ennemi. Ils manœuvraient au sifflet, se couchaient, se relevaient, bondissaient comme des recrues à l'entraînement. Puis ils prirent position aux endroits sensibles, installèrent mitrailleuses et mortiers et attendirent. Ils étaient les maîtres des lieux.

Escorté d'une escouade de bo doïs, l'arme sous le bras, un officier s'avança alors vers le bungalow et, à l'aide d'un porte-voix rudimentaire, clama :

— Rendez-vous ! Vous êtes prisonniers de l'Armée populaire de libération du Viêt-nam ! Sortez, les mains sur la tête ! Au moindre geste suspect, vous serez abattus !

Henri ouvrit la porte et ce geste provoqua, chez les soldats, un raidissement des mains sur les culasses des pistolets-mitrailleurs.

— Nous sommes français, dit-il, en s'efforçant de donner l'impression d'un calme qu'il était loin d'éprouver. Surtout après avoir entendu Macroy qui venait de lui glisser à l'oreille : « Ces cons-là n'attendent qu'une occasion de nous faire la peau ! »

— Mettez vos mains sur la tête, répéta le gradé.

— Nous sommes des civils, répondit Henri.

— Où avez-vous caché vos armes ?

— Je vous l'ai dit, nous ne possédons que des fusils de chasse.

— Descendez et alignez-vous contre le mur !

L'un après l'autre, Henri, Courbois et Macroy obéirent. Patrick fermait la marche. Au passage, il remarqua, sur la poitrine de l'officier, un petit insigne rond, représentant un bo doï hissant un drapeau rouge au-dessus d'un blockhaus. Au-dessus, une inscription : « *Chien Si Diên Biên Phu — 1954* ».

— Tiens, observa-t-il, vous étiez là-bas ?

Interloqué par cette question directe, le gradé acquiesça.

— En quoi cela vous intéresse-t-il ?

Patrick haussa les épaules.

— J'y étais aussi. Mais, naturellement, pas du même côté !

Le Viêt hésita. Puis il daigna sourire :

— Nous avons beaucoup de respect pour les Français qui se sont battus à Diên Biên Phu. Ils étaient courageux. A quel bataillon apparteniez-vous ?

— Au 1er Bataillon étranger de parachutistes. Et vous ?

— J'étais chef de groupe au Régiment 88.

— Le Régiment de la Rivière Claire ? Bravo, c'était une sacrée unité d'élite !

— La vôtre n'était pas mal non plus...

L'ambiance devenait surréaliste. Aussi bien Henri et ses compagnons que les bo doïs de l'escorte semblaient sidérés par ce dialogue incongru. On eût dit les retrouvailles de deux anciens combattants.

— Vous allez voir qu'ils vont se raconter leurs campagnes, souffla Macroy.

Mais le Viêt s'était repris.

— Je suis obligé de vous traiter en suspects, dit-il aux prisonniers. Ce sont mes ordres. Tout à l'heure, un officier de la sécurité viendra vous interroger. Vous devrez rédiger un compte rendu détaillé de vos activités pendant ces trois dernières années. Nous les vérifierons auprès de vos ouvriers. Ensuite, nous statuerons sur votre cas.

— Pouvons-nous rentrer dans notre maison ?

— Non. Elle appartient aux Vietnamiens libres. Vous habiterez désormais dans les bâtiments d'en face. Nous vous donnerons de quoi vous nourrir.

Une semaine durant, les quatre Français restèrent ainsi, prisonniers dans une pièce de trois mètres sur quatre, l'ancien local de la radio. Au fil des jours, ils avaient pris des habitudes et leur inquiétude des premiers temps s'était muée en une sorte de morne résignation. Coupés de tout, véritables naufragés d'une île déserte, ils étaient laissés dans l'ignorance de ce qui se passait dans le reste du monde. Leur horizon visible se limitait à l'orée des hévéas.

Le 30 avril, une effervescence soudaine s'empara de la garnison. Vers cinq heures du soir, Henri et ses compagnons virent apparaître, encadrés par des soldats, les ouvriers de la plantation qui avançaient, mimant une danse censée être celle de la joie, chantant des couplets à la gloire d'Ho Chi Minh. Ils frappaient dans leurs mains et secouaient de petits drapeaux de papier aux couleurs bleu et rouge du Viêt-cong.

Ils s'alignèrent devant le bâtiment où étaient détenus leurs anciens maîtres et, le poing tendu, leur lancèrent des injures.

— Quels salauds ! grogna Macroy, écœuré.

— Mettez-vous à leur place, répliqua Patrick. Ces pauvres bougres n'ont aucune autre solution s'ils veulent rester vivants. Et ils n'ont pas fini d'en baver : le simple fait qu'ils aient travaillé avec vous les désigne comme coupables de collaboration avec les impérialistes. Ils auront du mal à se réhabiliter. L'expiation ne fait que commencer. Elle sera longue et cruelle, je le crains.

Un peu plus tard dans la soirée, le Viêt, ancien de Diên Biên Phu, vint leur rendre visite. Il paraissait anormalement excité.

— Les Forces populaires ont libéré Saïgon, annonça-t-il. Depuis midi, le drapeau du Front national flotte sur le palais du gouvernement fantoche !

— Quel drapeau ? Le vrai, c'est-à-dire celui de Hanoï, ou l'autre, celui qui vous sert d'alibi ? interrogea Patrick, ironique.

L'officier était insensible à cette forme d'humour provocant. Il négligea de répondre, ajoutant simplement :

— Spontanément, la vaillante population a décidé de donner à la capitale libérée le nom du père prestigieux de la révolution, Ho Chi Minh.

Michel Courbois était un homme pratique.

— Puisque vous êtes vainqueurs, plus rien ne s'oppose à ce que nous puissions reprendre le travail. Le Viêt-nam va avoir besoin de toutes les bonnes volontés.

Le Viêt resta figé, manifestement sidéré d'une pareille prétention de la part de ceux qu'il considérait comme des impérialistes, des intrus, des ennemis.

— Il ne saurait être question pour vous d'espérer poursuivre à votre profit la mise en coupe réglée de notre capital industriel ! Ce domaine est déclaré propriété d'État. Nous possédons nous-mêmes suffisamment de spécialistes pour nous passer de vous ! Estimez-vous heureux de ne pas avoir été traduits devant un tribunal populaire, constitué par ces ouvriers que vous avez cyniquement exploités depuis tellement d'années ! Dans quelques semaines, quand l'ordre sera rétabli dans ce pays, vous serez expulsés et renvoyés dans votre pays.

Le 8 juin, après six semaines d'internement, Henri et ses compagnons furent transférés à Saïgon, devenu Ho Chi Minh-Ville, et remis entre les mains du consulat de France. Cinq jours plus tard, en compagnie d'une dizaine de journalistes français qui avaient couvert la chute de la capitale et qui avaient été « retenus » en « invités » dans les grands hôtels, ils prirent le chemin de Tan Son Nhut, l'aérodrome où les attendait un DC9 d'Air France qui devait les rapatrier sur Paris.

La ville portait les stigmates des combats qui l'avaient ensanglantée au mois d'avril dernier. Et plus particulièrement aux abords de la plaine des Tombeaux où les carcasses calcinées de quelques chars soviétiques T62 commençaient à rouiller sous la bruine tenace qui noyait la ville depuis l'aube.

Dans le car qui les conduisait vers l'aéroport, un journaliste les montra du doigt.

— J'y étais, s'exclama-t-il. C'était le 30 avril ! Putain, quelle bagarre ! Il y avait en face une brigade de rangers sud-vietnamiens. De vrais lions. Ils se sont fait massacrer jusqu'au dernier, mais visez le résultat ! Dix-huit chars au tapis ! La veille, j'avais dîné avec leur colonel, un Eurasien, un type sacrément gonflé d'ailleurs. Nous avons évoqué le combat de Camerone, dont c'était l'anniversaire. La grande fête de la Légion étrangère. Il a souri et m'a dit : « Vous verrez, nous sommes capables de faire aussi bien. »

« Il a tenu parole. Vers midi, quand il a compris que tout était foutu, savez-vous ce qu'il a fait ? Il a endossé son uniforme de parade, a accroché sur sa poitrine toutes ses médailles, même les françaises, et, tout seul, sans chercher à se cacher, il est parti à l'assaut, un lance-roquettes à la main. Du coup, impressionnés, les communistes l'ont laissé approcher, croyant peut-être qu'il se rendait. Mais, posément, comme à l'exercice, le colonel a épaulé son arme et, froidement, il a exécuté le T62 qui s'est ouvert en deux, comme une vieille boîte de sardines. Et il s'est fait sauter avec lui. J'avais pris des photos de cette scène, mais ces salauds de Viêts m'ont piqué mon appareil ! Dommage...

Tout pâle, Henri s'était approché du journaliste.

— Vous rappelez-vous le nom de ce colonel ? demanda-t-il, anxieusement.

— Une seconde ! je l'ai noté sur mon calepin. — Il fouilla dans la poche de sa veste, feuilleta quelques pages et dit : — Le voilà. Lam Than Hieu. Le colonel Lam Than Hieu. Pourquoi ? Le connaissiez-vous ?

Henri avait les larmes aux yeux. Il hocha la tête.

— C'était mon cousin. Son vrai prénom était Matthieu, mais il avait choisi d'en changer pour s'affirmer solidaire de ses soldats. Depuis mon enfance, c'était mon meilleur ami.

Il pleurait. Par la fenêtre du car, il suivit des yeux la carcasse du T62, le dernier blindé, qu'un rayon de soleil furtif venait caresser. Et il lui sembla apercevoir la silhouette de Matthieu, nimbée de lumière. Il se tenait bien droit dans son uniforme de parade, d'une blancheur éblouissante, et lui adressait, de la main, un dernier signe d'adieu.

DU MÊME AUTEUR

AUX PRESSES DE LA CITÉ

L'HOMME DE PRAGUE, roman, 1977 (collection Frères d'Armes).
LES SENTIERS DE LA GUERRE, roman.
Tome I : LES SENTIERS DE LA GUERRE, 1981.
Tome II : FRÈRES D'ARMES, 1982.
Tome III : LE FLAMBEAU (prix Claude-Farrère 1984).
L'HÉRITAGE, roman, 1985.
CONVOI 42 (La marche à la mort des prisonniers de Diên Biên Phu), 1986. Document.
2e CLASSE À DIÊN BIÊN PHU, roman.
SUD LOINTAIN, roman.
Tome I : « LE COURRIER DE SAÏGON », 1990.
Tome II : « LA RIVIÈRE DES PARFUMS », 1990.

Dans la collection « Troupes de Choc »

LA LÉGION AU COMBAT, 1975.
BATAILLON BIGEARD, 1977.
LES CADETS DE LA FRANCE LIBRE, 1978.
LES 170 JOURS DE DIÊN BIÊN PHU (couronné par l'Académie française), 1979.
LA 2e D.B., 1980.
LA GUERRE DES APPELÉS EN ALGÉRIE, 1981.
LA COLONIALE, DU RIF AU TCHAD, 1982.
BATAILLON DE CORÉE (Les Volontaires français, 1950-1953), 1983.
LA LÉGION AU COMBAT — II — 1984.
GENDARMES AU COMBAT (Indochine 1945-1956), 1985 (prix Moncey 1985).
11e CHOC, 1986.
LA BATAILLE DE DONG-KHÊ, 1987.
INDOCHINE 1951, L'ANNÉE DE LATTRE (Album « Troupes de Choc »), 1987.
PARAS BIGEARD (Album « Troupes de Choc ») 1988.
DIÊN BIÊN PHU (Album « Troupes de Choc »), 1989.
BIR HAKEIM, 1989.
ALGÉRIE — LES APPELÉS AU COMBAT, 1991.
OPÉRATION DAGUET (en collaboration avec Alain Gandy), 1991.

CHEZ D'AUTRES ÉDITEURS

MOURIR AU LAOS (prix Raymond-Poincaré 1965), France-Empire, 1965. (*épuisé*)
LES PETITS SOLEILS, France-Empire, 1966. (*épuisé*)
PRENEZ-LES VIVANTS, Balland, 1973. (*épuisé*)
LES PARAS (Collection « Corps d'Élite »), Balland, 1971. (*épuisé*)
LA LÉGION (Collection « Corps d'Élite »), Balland, 1972. (*épuisé*)
L'AFRIKAKORPS (Collection « Corps d'Élite »), Balland, 1972. (*épuisé*)
VANDENBERGHE, LE PIRATE DU DELTA, Balland, 1973. (*épuisé*)
COMMANDOS DE CHOC, INDOCHINE (Les Héros oubliés), Grasset, 1975.
COMMANDOS DE CHOC, ALGÉRIE (Le Dossier rouge), Grasset, 1977.
BIGEARD, Librairie Académique Perrin, 1988.

ERWAN BERGOT a obtenu, en 1983, le Grand Prix de Littérature de la Ville de Bordeaux, pour l'ensemble de son œuvre.

Dans Le Livre de Poche

Extraits du catalogue

Documents, témoignages

Edward Behr
Hiro-Hito, l'empereur ambigu
Erwan Bergot
La Marche à la mort
Sud lointain 1 : Le Courrier de Saïgon
Sud lointain 2 : La Rivière des Parfums
Sud lointain 3 : Le Maître de Bao Tan
Roger Borniche
Le Coréen
Alphonse Boudard
Les Grands Criminels
Iossif Brodski (*dossier sur*)
Le Procès d'un poète
Fabrizio Calvi
La Vie quotidienne de la Mafia de 1950 à nos jours
John le Carré
Une paix insoutenable
Varlam Chalamov
Récits de Kolyma 1 : La Nuit
Récits de Kolyma 2 : Quai de l'enfer
André Frossard
Le Crime contre l'humanité
Philippe Husser
Un instituteur alsacien
Dominique Lapierre
Plus grands que l'amour
D. Lapierre, L. Collins
Paris brûle-t-il ?
... Où tu porteras mon deuil
Ô Jérusalem
Cette nuit la liberté
B.-H. Lévy (*collectif sous la direction de*)
Archives d'un procès : Klaus Barbie
R. Michael Marrus, Robert O. Paxton
Vichy et les Juifs
Pierre Ottavioli
Echec au crime – 30 ans Quai des Orfèvres
Gilles Perrault
L'Orchestre rouge
Cornelius Ryan
Le Jour le plus long
Dominique Veillon
La Collaboration
Günter Wallraff
Tête de Turc
Thierry Wolton
Le K.G.B. en France
Alexandre Zinoviev
Katastroïka

Composition réalisée par EUROCOMPOSITION

IMPRIMÉ EN FRANCE PAR BRODARD ET TAUPIN
Usine de La Flèche (Sarthe).
LIBRAIRIE GÉNÉRALE FRANÇAISE - 6, rue Pierre-Sarrazin - 75006 Paris.
ISBN : 2 - 253 - 06372 - X   30/9656/7